男人帮

唐浚 著

恋爱中的男人，到底是怎么想的？

湖南文艺出版社
HUNAN LITERATURE & ART PUBLISHING HOUSE

解析恋爱原罪·选择性偏好·处女情结·忠诚困境·捉奸成本论

分手礼仪·闺蜜捆绑销售·男联盟暴力美学……27款热门应用

目录
CONTENTS

男人帮

LESSON 1 恋爱原罪

所谓缘分，背后都藏着俗不可耐的因果关系。
慰藉，逃避，报复，疗愈，我像你爸，你像我妈……
所有爱情的开始必有原罪。

“导演，上次答应您的那集剧本，我可以晚两天交吗？我生病了，发烧……你听听……嗬……嗬……是呀，昨天下雨着凉了……你那儿没下我这儿下了啊，局部地区的雷阵雨，可厉害了，乒乒乓乓对着我脑门砸呀，噼里啪啦——没有没有，还哑着呢，你听……嗬……嗬……”

挂上电话，顾小白长长地松了口气。他回到电脑前，坐下，两眼痴呆地看着屏幕。

“爱情，究竟存不存在？如果存在，它为什么到处长着不统一的脸？如果不存在，为什么有人为它哭为它笑为它死？爱情，归根结底，是不是我们为了满足现实的需要，而编织出来的一个最大的谎言？”

——屏幕上一共闪现着这七十七个汉字。

从今天凌晨两点钟到现在，这七十七个字没有增多，也没有减少，就像亘古以来就在那里似的。他转头看钟，已经是早上九点，楼下的车流声、人流声已经不绝于耳。也就是说，自己已经在电脑前枯坐了七个小时。

顾小白是一个情景剧编剧，不同于其他耳熟能详的职业——医生、律师、教师之类，“编剧”这种职业向来是存在于现实但又充满超现实色彩的。每当被提起，对方总是露出一脸诧异的神色来——“啊？编剧啊，我生活中还从来不认识这样的人呢！”

“那你每天看的电视剧都是什么样的人写出来的呢！”顾小白每次都忍不住想问。每天以看肥皂电视剧为生的现代人，却觉得“编剧”这种人的存在是不可思议的，好像也只能出现在电视剧当中。这不能不说是一种荒谬的事情，更荒谬的是……

“那您都写过什么作品呢？”每当别人接下来这样问的时候，顾小白都会露出窘迫的神色来。

“我是一部作品都没有在屏幕上播出过的‘编剧’。”

这样的回答，一旦说出口，都忍不住要自杀。

然而事实上，这却是一件再正常不过的事情。每年，各种以制作电视剧为己任的制片公司都会投入大量的资金、能源，聘请各路工作人员。然而制作出来，能被电视台选中并以播放的形式最终出现在观众面前的，几乎是九牛一毛。剩下大量的剧集只能沦为仓库里积压的废品，或者作为粗制滥造的盗版影碟发行一下了之。参与过该片的工作人员（上至导演，下至茶水）连究竟有没有经历过这样一件事情都存在真假难辨的错觉，顾小白就总是充当其中的一份子。

然而尽管如此，每年依然有数不清的制片公司会投入大量的金钱、人力，去炮制这样没有前途没有未来的剧集。结局当然是要么倒闭，要么转行。

所以顾小白是一个始终生活在动荡中的人，活儿多的时候，他一个月可以有两三万的收入。而每当有一家公司倒闭，他就会陷入一种真正的“兔死狐悲”的悲伤当中。因为这有可能意味着，他下个月将没有一分钱进账……

究竟是什么原因才选择了这样一种生活方式呢？顾小白已经想不起来了，只记得大学毕业后，他没有按照大多数人所选择的那样——选一家主流稳定的公司，拿一份可靠稳定的工资，进而娶一个踏实能干的媳妇，最终生一个虎头虎脑的儿子——人生轨迹这种东西，一旦进入某种齿轮，就会生生不息地运转。一步错，步步错，然后就沦落到了现在这个样子。

当世道实在不行的时候，顾小白还会毫无选择地给各种三流杂志、报纸写情感专栏、星座运程这种乱七八糟的东西……一转眼，也已经三十出头了。生活在上海这样一个高度紧张节奏下的都市，三十出头还这样动荡不安地存活着，连顾小白自己，有时也觉得非常惶恐不安。

一个月前，有一家影视公司不知道从哪里听说他这样一个缥缈的存在，邀请他写一部叫做《男人帮》的剧本。主旨大意是以男人角度讲述男女关系，以男人视点看待两性关系中的种种问题，究其本质……

“男人没有一个好东西。”这样一句挂在女人口中耳熟能详的名句。

顾小白将之仔细拆分，条分缕析，摊开来看，“男人为什么没有一个好东西”乃至“为什么男人没有一个好东西”，“好东西究竟是什么”。

是符合女性一厢情愿的东西吗？男人究竟是怎样一种奇怪的动物？

在两性恋爱交往过程中，让每一个女人抓破脑袋也想不通的男性逻辑到底是怎样运转的？

怎样让女性彻底了解男人这种生物？以至于让其先从绝望中振作起来，继而认清——原来男人是这样想的呀。从而不抱任何虚幻的期望，身心舒坦地生活下去。

就是这样一部说积极也积极，说自暴自弃也自暴自弃的，带有一种诡异气质的剧集。简直就是将男人这个群体活生生出卖给女性，彻底背叛“男人”这种具有默契感的联盟——大家就是商量好似的这样去想事情，做事情，与女人交往，和女人“作战”。你却把我方的战略、战术，甚至行军路线图统统画好

拱手交上去，简直是比叛国还要严重的罪行……

这让顾小白陷入愧疚与不安之中，好像一旦这部戏有幸上演，自己走在路上会被任何雄性动物射杀，然后将脑袋悬挂在城头……

自己是一个叛徒。

但是任何叛徒都有为自己辩解的理由，顾小白已经有两三个月没有进账了，连星座运程这种闭着眼睛乱写的东西都被编辑再三退稿——理由是和上个月一模一样。顾小白愤而接下了这份工作——既然没有男性为他不做叛徒而发工资给他，他就要想办法养活自己。

从第一集开始，顾小白就打算彻底戳破“爱情”这东西。

爱情到底存不存在？它是不是人类文明以来最大的谎言？

人们将所有现实的需要——性欲，生活保障感，动物繁衍的本能——全部套上了“爱情”这一层温情脉脉的面纱，从而为它哭，为它笑，为它生不如死，焚身以火。而爱情……或许根本就不存在。世间根本就不存在这种看不见，摸不着，用最尖端的仪器也无法测量出来的东西，就像“鬼”一样。

“唯物主义”“无神论者”可以义正词严、理直气壮地宣称这个世界上压根没有鬼，但再激进的无神论者也没有宣布过这个世界上压根就没有爱情。

做叛徒就索性做大一点……干脆反人类好了。

就这样，一个月过去了，到现在为止，第一集就写了七十七个字。

真是一份让人想死的工作啊……

顾小白一边想，一边打了一个大大的哈欠，打算去洗洗脸，回屋睡觉算了。就在这时，背后的门铃响了。

“谁？”

“我。”早上九点，一个叫做“我”的人敲门。

“你谁呀？”

“我就是我……”外面一个女声回答，“快递。”

“快递！快递你跟我那么调皮！”

骂骂咧咧地打开门，顾小白想再关上也来不及了，和门外的人互相推着门推来推去。终于，阿千顺利地把自己挤进来，站在客厅中央，理直气壮地问顾小白：“写了多少了？”

“七十七个字。”顾小白干脆地说。

阿千是一个美女，只要她不开口，不和人交流，任何人都无法否认她是一个美女。她有着精致的五官、秀丽的长发，还有一个一米七的凹凸有致的好身材，还有一只……时常短路的大脑，能把任何正常人聊到休克的，不知以怎样的方式运转的大脑。阿千是顾小白小时候的邻居，三五岁的时候，两个人还曾经在一起光着屁股玩过。后来顾小白搬家，和阿千也失去了联络。不想二十多年后，顾小白有一次在片场遇到她——当然认不出来，互相道了姓名后，两人愣了半天才敢相认——她居然已经变成了一个演员，和顾小白一样，一个整天为接戏发愁，有上顿没下顿的漂泊演员。命运就是这样莫名其妙。

那天之后，阿千就时常来找顾小白玩。从某种程度上说，两人都是被主流社会摒弃的人，理应相处得很好。但即便是顾小白，有时也承受不来……

因为她实在是太神经了。

“我说陪你逛街又不是逛超市。”

反正也没办法睡了，顾小白索性把阿千拉到楼下的一个大超市，推着车给自己囤积食物。

“你找个男朋友好不好？老莫名其妙地来烦我。”

“我才不找呢。我现在又没什么名气，要找也找不到什么像模像样的，只能先拿你凑合着用用。”

“我哪儿招你惹你了啊？”

“等我变成明星了，那真是往来无白丁啊，什么集团总裁啊、商业巨子啊、阿拉伯王子啊……”阿千感慨得要命，“我还得在这里面挑，要多有钱就多有钱……”

“要多丑就有多丑。”

“那叫男人味儿，懂么你！你听说过女明星嫁给小瘪三吗？”

“没，我就听说过小瘪三做明星梦的。”

“那叫理想！做人得有理想，哪像你！一个大男人推着一小车，村姑似的。”

两人一边拌着嘴，一边推着车晃到冷藏柜前。顾小白不再理她，拿起两盒牛奶反复比较起来。

“这盒才5块钱，可不太好喝。”顾小白痛苦万分，“这盒挺好喝的，要15块钱，买哪种好？”

“村姑！”

“哎？！我要这个！”在冰柜前仔细打量一番后，顾小白眼睛一亮，拿起边上完全不搭界的另外一盒，毫不犹豫地放进推车里。

“这……这盒30呢……”

“你管我！”顾小白拎着篮子就往前走，“这盒包装好看。”

恐怕顾小白对于阿千的观感，放在阿千对于顾小白这里，也同样适用吧。

“从来没见过这么神经的男人。”阿千胆战心惊地想。

突然远处传来一个女人的叫喊声，“顾小白……”

顾小白微微转过脸，好像仔细辨别了下，然后脸色发白，迅速拉起阿千的手。刚刚还有些羞涩的阿千，猛然被一股大力拽着，不由自主地奔跑起来……

是撞见了什么债主吗？阿千一边被顾小白拉着如丧家之犬般奔逃一边想，两人推着车在各种货架间一通风驰电掣地乱转后，顾小白猛然停住身子。

面前站着一男一女，看着顾小白和阿千，脸上露出微微的笑容。

女人大概三十岁不到，笑容甜美，穿一身职业的套装；边上的男人看起来四十左右，西装革履，有一种成熟男人特有的优雅淡定。两人一望即知是什么大公司的“金领”阶层的人物，看起来好像还是情侣。面对着这样两个人，阿千顿时有些无地自容起来。

边上的顾小白则像打多了肉毒素一般，脸色僵硬，挤出尴尬的笑容来。

“嗨……”

“帅哥！”女人望着顾小白热情地招呼着，随后把视线移到阿千身上，上下打量了一番。

“这是你现任女朋友？叫我‘安吉拉’。”她对着阿千笑起来，伸出手。

“什么基拉？”不知是没有听清还是英语不好，阿千觍着脸问。

“对不起，她外婆病了，我们要去医院看她外婆。”

顾不上解释，顾小白抓起阿千就要逃。

“急什么？这么久没见了，一起吃饭吧。是吧，永邦？”说着，安吉拉甜蜜地依偎在边上这个叫永邦的男子身上。

“你是我最疼爱的女人……你有最……的嘴唇……”

就在顾小白苦思冥想有一个同样叫永邦的歌手，有一首歌唱的什么来着的时候……

“真的，不急，我外婆早死了。”

边上的阿千早已经眨着大眼睛花痴地看着那个男人。

“我恨不得掐死你。”餐厅里，顾小白对着阿千小声发狠。但阿千已经完全顾不上他了，看着那个叫左永邦的男人小心翼翼地切着牛排，每切一块，就用叉子温柔呵护地送到钟贞——那个叫安吉拉的女人的中文名——嘴里，她忍不住又一次焕发着花痴的光芒。

“你们是怎么认识的啊？”

“是这样的……”钟贞含情脉脉地看了边上的男人一眼，“有一天早晨，我在外面跑步，跑完步在街边的小店准备买一束花送给自己。可当时我穿着运动衣，忘了身上没带钱，他正好在边上，帮我付了。就这样，我们就认识了。”

“哦！一见钟情哦！”

“他也这么说……翻来覆去地强调。”化身为安吉拉的女子柔腻地搂着边上的男人，“我都听腻了，是吧，永邦？”

那个叫左永邦的中年英俊男子柔腻地看着钟贞笑。

“对不起，我回避一下。”说完，顾小白站起身，朝两人点点头，踉踉跄跄地就朝厕所奔去。

到了洗手间，强压着一阵阵的反胃，实在有些……撑不下去了。

自己为什么这么反胃呢？别人晒幸福为什么会招致自己这么大的反感呢？大概是这个女人身上的做作感吧？不知怎么，顾小白总觉得这个人身上有某种矫揉造作的东西。在顾小白看来，在这个世界上，每分每秒都幸福得像在童话中的人是不存在的。或许是自己过分黑暗的缘故，顾小白总怀疑“一见钟情”这个东西是虚假的，凭空营造出来的。大概也是嫉妒吧。

“你怎么了？是不是吃坏肚子了？”一抬头，阿千不知什么时候已经走过来，关切地问。

“我是被你们恶心的。”

“回去吧？啊？”阿千关怀地搀起他，“再忍忍，再忍忍。”

刚回到座位，还没坐下，钟贞又兴奋地招呼顾小白，“小白小白！我刚刚和永邦说好了，这个星期六是我生日，你们都来参加我的派对！”

“哦，对了！明天我……”

“不许说不！”钟贞断然截断顾小白的后路后，又甜蜜地搂起身边的男人，“永邦是公关公司的，他做活动最拿手！”

“你们要不来我就不帮她办了。”那个叫左永邦的迷人男子为虎作伥地看着顾小白微笑。

“你敢！看我不跟你分手！”

“那你拿什么谢我？”

“我晚上报答你一下就好了嘛。”

“不行。”男人再度望着顾小白，“要小白答应才行。”

两人这么公开秀幸福，坚强如顾小白也已经虚弱得再也撑不下去了，“我去还不行吗？”

“你是怎么认识那个什么钟……钟贞的？”

晚上，和阿千道别后，顾小白到了罗书全家。罗书全是顾小白自大学以来的死党，两个人在大学里就好得要命。顾小白在忙着泡妞的时候，罗书全在忙着打游戏。等到顾小白被那些女孩子抛弃，罗书全就负责去安慰。两人像互帮互助小组一样存活至今，毕业后连房子都在一个楼里的上下楼。

说实话，罗书全不丑，非但不丑，稍微收拾一下还很像哈利·波特。可惜哈利·波特总是和正义、勇气这些东西挂上钩，提起爱情没人会想到他。

大概是过于正直和木讷的缘故吧，罗书全到现在还没有女友，在一家网络科技公司上班，同时又在一所民办的大学里教什么电脑课程。

“别提了，我以前一女朋友的朋友，和我们玩过一段时间。你知道她最大的爱好是什么吗？就是隔着十米观察人家手里的LV是真的还是假的，你说这关她屁事啊？”

“那后来呢？”

“后来就喜欢在我和我之前那女友之间给各种意见，最后给掺和黄了，我们掰了。她居然还特义正词严地来指责我，约了我好几次要教育我，都被我逃了，你说这什么人哪！这次是真没逃过去……”

躺在罗书全沙发上，顾小白长长地哀叹了一声。

“那个左永邦看起来也是个人物，怎么就喜欢钟贞这种没气质没长相的女人呢？”顾小白突然想起，“他是不是个女权主义者，明知不可为而为之，为了崇高信念牺牲自己？”

“那对他有什么好处呢？”

“悲壮啊，要不就是为了混到现在这个地步，做了不少坏事，就找了一个这样的人惩罚自己，获得内心的平衡。”

“那得多变态啊。”罗书全也惊叹不已，“哎，你说他是不是因为太有钱了，品味才开始变的？我听说有钱人品味都特别怪。”

两人就这么正儿八经地讨论起来。

“算了吧你，要发自内心地喜欢钟贞那样的女人的人，那得有钱到什么份上啊？得有钱到看到稍微齐整点的女孩就胃里犯腻，就想吐的地步。”

“要不他就是外国人！”

“你才是外国人呢！”

“那就证明只能是爱情了。”罗书全感慨，“还是不假借着爱情名义的真爱。”

“什么爱情名义？”顾小白呆呆地看着他。

“多了，喏，对于男人来说……”罗书全不厌其烦地解释起来，“我女朋友漂亮得让你们嫉妒死，所以我喜欢她；她是‘第一次’，我除了高兴还很悲壮，油然而生一种莫名其妙的责任感，所以我喜欢她；她不是‘第一次’，但很有经验我喜欢她……但害怕得不敢娶她。”

罗书全一边掰手指一边说：“对女人来说，男人开宝马，我喜欢他；长得像艺术家，我喜欢他；他追了我一百年我开始没搭理，后来发现我自己也老了，就开始回头喜欢他——这都是不可告人的——看起来都相配着呢，其实跟爱情没啥关系，假借着爱情的名义。”

假借着爱情的名义？是这样啊……

“那照你这么说，”顾小白张大嘴，“我看全天下的爱情都假借着爱情的名义，打着爱情的幌子。”

“至少左永邦不是呀，因为他没幌子可打。”

“哎……你要不跟我一块去吧？”

“你不是带阿千去吗？”

“就冲着阿千看左永邦那眼神我能带她去吗？”顾小白恨恨地道，“回头追着人家左永邦鸡飞狗跳怎么收拾？”

“你不正看着他们这对不顺眼吗？让阿千去搅和搅和。”

“阿千现在表面上是我女朋友……即使是他们误会的，但也将错就错了。钟贞已经够一塌糊涂了，这左永邦是她男朋友。哦，我女朋友再去追他——我不是处在一个食物链的最底层？我招谁惹谁了，我怎么就处在食物链最底层？”

罗书全呆呆地望着他。

“你真有远见，已经考虑得这么深刻了？”

“那是。”

突然罗书全身边的手机响了起来，罗书全看了看来电，脸色一下子变了。

“怎么啦？接啊！”

罗书全还是迟疑地不敢碰。

“谁啊？”顾小白好奇起来。

“我学生……”

罗书全班上有一个叫做潇潇的女学生，正在读高二，又漂亮又酷，脸上总是一副对什么事都满不在乎的神气。但偏偏上了五节培训班的课后，对罗书全一往情深。对方才十七岁，罗书全哪里敢接招。

虽然罗书全崇尚没有原因的爱情，但“没有原因”到这个份上，罗书全心里反而没底。他接了电话，没想到对方在电话里说已经杀到他家楼下来了。罗书全挂了电话，面无人色地下楼。

果然，不远处，潇潇戴着帽子，嚼着口香糖正在等他。

到人家楼下堵截，这是黑社会才能干出来的事啊……

“什么事啊？”走过去，罗书全期期艾艾地问。

“你在干吗？”

“和朋友聊天。”

“男朋友女朋友？”

“男的男的。”罗书全连忙解释，又突然反应过来没必要跟她解释，“关——关你什么事啊？”

“我给你发的Email你收到了吗？”

“没。”

“好，我告诉你，我喜欢你。”望着不知所措的罗书全，潇潇开始跺脚。

“喜欢你喜欢你喜欢你！”

“别激动别激动……”罗书全吓死了。

“你听到了没？”

“听到了。”

“那你收到我的Email了吗？”

“收到了。”

“你喜欢我吗？”

“我不明白……”一阵尴尬的沉默，罗书全终于鼓起勇气，“你到底是为什么喜欢我？”

“喜欢你就是你！哪里有为什么？”她烦躁地挥手，“喜欢你上课的样子！喜欢你下课的样子！”

罗书全瞠目结舌，“我就这两种样子……”

“我都喜欢。”潇潇干脆地说，“既然我喜欢你，你也喜欢我……”

“等等！我什么时候说过喜欢你？”

“你不喜欢我？你不喜欢我你接我电话那么哆嗦？你不喜欢我你上课看也不敢看我？任凭我在下面捣多大的乱你也不看我？”

“潇潇，”实在顶不住了，罗书全只好讨饶，“我们讲道理好吧？”

“不讲。”

“我比你大那么多那么多那么多……”罗书全语重心长地看着她，同时心里还有一种心痛，“你还不知道什么叫爱情。”

“我知道！”潇潇盯着他，“我只知道你虚伪！”

说完，潇潇转身就跑，眨眼间消失不见。

留下罗书全一个人在楼下默默地站着……古道，西风，瘦马。

“爱情究竟是不是完全不讲道理？当我们问所爱的人，你为什么喜欢我？

她回答，我喜欢你就是你，没有理由没有原因的时候，我们是不是真的应该相信这句话？如果真的是这样，那爱情又是怎么结束的？”

第二天，顾小白拎着笔记本电脑，在街上拣了个咖啡馆继续写起来。

“一见钟情就是这样，我们第一次看到一个人，就有了好感。除了长相和气质，还能因为什么？我们不会对一头心灵美的猪一见钟情，我们故意忽视这些，是因为我们想让自己变得很崇高。”

结论已经越来越明显了，但剧情还是没有想出来。

顾小白正坐在椅子上，托着下巴怔怔发呆的时候，咖啡馆的门被推动，一个女人走进来。在风和气流的鼓动下，她的头发微微飘动。

或许是皮肤太白的关系，光影下鼻尖都有一点亮光在闪耀。她戴着墨镜，在顾小白边上摘下，挑了个位子，把包放下来，走去柜台选拣咖啡。望着墨镜下的眼睛，顾小白的心脏突然抽紧……

女人端着咖啡走了回来，坐在顾小白身边的位子上，拿起包里的一本笔记本看起来。顾小白偶尔看看她，女人好像也感应到似的，回望了两眼。这么煎熬地坐了两分钟，顾小白终于站起身，走进咖啡馆的洗手间，关上门。

“会不会搭讪？”

“啊？”电话里的罗书全完全没反应过来。

“我在咖啡馆啊，我看到一个女孩子啊。”顾小白对着电话激动地说，“百分之一百审美啊！你会不会搭讪？”

“什么叫搭讪？”

“……”

杀人的心都有了。

“这样吧，你走上去，说自己手机没电了，问她借手机，然后拨到自己手机上，你就有她的号码了。”

“这是十年前的招数吧！”

“十年前你就是这么教我的呀！”

如果不是隔着电话，顾小白早已经把他拎出来海扁了。但一时也实在想不出更好的方式，顾小白走出洗手间，回到座位一边把手机揣在口袋里，一边查看着那个女人……她也正好在打手机。

证明她是有手机的人，行动……成功了一半。

“不好意思，我手机没电了，对不起小姐……”顾小白不断地在心里反复练习着，一边胆战心惊地走上去，眼看着对方放下手机。刚要开口，心脏无故地停跳起来……好像什么都感知不到似的，胸口处突然空空荡荡。

顾小白大惊，刚要假装什么事都没有发生过，面无表情地从她身边走过，身边突然传来一个声音。

“先生……”

呆呆转过头。

“我手机没电了……”那个女人求助地看着他，“能不能借你的手机用一下？”

“那后来呢？”

“后来她打完电话，把电话还给我，笑了笑就走了。”一个小时后，顾小白找到罗书全——罗书全正在街上闲逛，两人就一起逛起来——把刚才的奇迹诉说了一遍，兀自还带着不可思议的困惑。

“你没留她电话？”

“没有。”顾小白摇摇头，“一鼓作气，再而衰，三而竭……”

“那也不错啊，萍水相逢，缘分从这里开始，从这里结束。”

“但是我出于好奇拨了刚才她打过的那个号码，是一个公司电话，他们前台告诉了我地址。”

“然后呢？”

“我打算跑过去看看她是不是在那里上班。”

“你还真是不屈不挠啊。”罗书全呆呆地看着他，“她身上有什么吸引你这样啊？”

“漂亮啊——我喜欢的那种漂亮。”顾小白干脆地承认。

“没了？”

“其他的目前还不知道。”

“漂亮真那么重要吗？”

“不重要？”

“心灵比较重要。”

“你少来。”顾小白不屑地说，“无论是男人还是女人，只要是他们其中的一个朋友有了女朋友，他们问的第一句话是什么？是——‘漂亮吗’。”

“……”

“就算现在不管男人还是女人都认为男人的事业比较重要，长得帅不帅没关系。但只要一个女孩有了男朋友，所有她的女性朋友问的第一句话，还是，他长得帅吗？男的朋友才会故意回避这个问题，问她他是做什么的。”顾小白愤愤地说，“所以说漂亮很重要，大家都虚伪死了。”

其实漂亮当然很重要，这是一个众人皆知、心照不宣的前提。问题是谁也没有开口说出来，就像国王的新衣般，逐渐变成了一个似是而非的问题。

罗书全也不止一次地在心里问自己，如果那个叫潇潇的女学生不漂亮，自己还会不会被她的“喜欢”弄得心乱如麻？那应该是断然不会的。只有当“漂亮”和与之不相称的“幼齿年龄”成为冲突时，罗书全才开始天人交战。

昨天在他家楼下跺完脚后，潇潇今天就开始玩失踪，无缘无故的没来上课。罗书全反而有种一脚踏空的惶恐，忍不住打电话过去问她为什么旷课。潇潇在电话里哭了起来，哭着再一次约他。罗书全不敢答应，也不敢说不，只好借着顾小白的事迹来为自己找一点道德上的支撑点，没想到顾小白的完全外貌协会主义把罗书全弄得更加灰头土脸。

“哎？不如晚上你们和我一起去钟贞那个生日派对怎么样？”顾小白灵光一现，“左永邦给安吉拉钟办的那个生日派对，你也正好去见识见识，人家对这种横扫一切的爱情是多么逆来顺受。”

“谁？”

“左永邦啊？神仙啊！他现在在我心目中就是一个偶像……哎？我到了？”和罗书全在街上走着，顾小白突然停了下来，望着边上的一栋写字楼。

“到哪儿了？”罗书全也顺着视线看，完全不认识的地方啊。

“是刚才那个女人打电话去的公司啊！”顾小白看着罗书全，“不然你以为我跟你在街上瞎逛什么呀！”

接过钟贞家的地址，罗书全愤愤不平地走了。顾小白开始在写字楼下转来转去，写字楼在淮海路上的百盛附近。正是下班时分，街上来往出入的满是打扮时髦的白领女性，顾小白望着那些如流沙般的人群……

如果当初没有选择这个诡异的工作，也不至于沦落到每天只能待在家里的境地吧？也不会这么喜欢穿着小西装、举止干练的白领女性。

这么分析下来，自己简直有些变态……

但是话说回来，对有着“正经工作”的女性充满癖好与欣赏……如果自己还在那个短暂工作过的广告公司上班，恐怕就不会这样了，倒有可能会欣赏歌手、演员这种充满超现实氛围的女生了。人总是对达不到的彼岸，充满一种探知的憧憬吧。正这么想着，肩头突然被人拍了一下，差点以为自己要被人下迷香了……转过头，那张两个小时前才让他心动不已的脸，就在身边，望着他舒展地笑起来。

“好巧啊！怎么又遇到你了？”

她穿着一身黑色的套裙，裸露着肩膀，超白皙的皮肤和黑色的麻棉形成了刺眼的对比，好像所有的光又集中在她一个人身上。

“是啊，好巧……”顾小白终于长长地、缓缓地松了口气，笑了起来。

“我叫林柔。”漂亮的女白领对着他伸出手笑道。

华灯初上的街道上，顾小白和她缓步走了起来。

林柔说自己在刚才写字楼的一家公司做市场营销——典型的都市白领职业，顾小白也羞涩地介绍了自己的工作。她说你叫小白你爸妈怎么想的，他说小白不是他的本名，他以前曾经交过一个女朋友，喜欢时常小白小白地叫他。他开始以为是蜡笔小新在叫他的狗，还觉得自己很可爱，后来才知道小白是“小白痴”的简称。

她笑起来，望着他，他别转脸，看着路灯，笑影迷幻。

路灯很美，夜色很长，人群像流沙，朝他们涌来，又在身后退潮般逝去。林柔很美，顾小白也不差，总是能吸引一些欣赏的目光，驻足停留一会儿又散开。这目光好像有某种奇异的魔力，好像众人在赞许般配的这一对。

如斯，不是一对简直对不起这些检阅的群众目光。

渐渐地，顾小白感到有一双手臂缠上自己肩膀。如果他们不是这么好看，不是光在形象上就这么登对，怕是享受不到这种目光下魔幻的福利。

每个人和伴侣走在路上都希望被人注视，在嫉妒的眼光中感到一种团结，在同情的眼光中感到一种分裂。这种眼光是一种无声的力量，会渐渐聚拢你们，也会渐渐拆散你们。

这其实很虚荣，也很实际。爱情在这时，几乎可以忽略不计。

莫名其妙地跟着顾小白回了家，林柔看着顾小白关上门，转身望着他。两人注视对方，都在感慨命运如此奇妙——却不感慨自己这么轻浮——互相望了半天，仿佛所有言语都通过目光讲完了。

“还有什么话要说吗？”顾小白轻声问道。

林柔摇摇头，“你呢？”

“没有。”

“那来吧。”

即便这一切看起来如此不可思议，甚至在顾小白不靠谱的人生中也还是第一次，但……爱情这种东西不就是这么回事吗？

没有理性可讲，没有逻辑可推，如果一切是步步为营，可以靠计算堆积起来，没有某种“谜”性的因素，爱情这种东西，也不会让人趋之若鹜了。

顾小白刚要闭上眼睛，把吻凑过去，电话铃响了。

是罗书全，他和女学生潇潇都已经待在钟贞楼下待命，只等着顾小白把他们接应上去，问顾小白到了没有。

“快到啦！”顾小白说。

“到个毛！”罗书全在电话里喊，“你周围听起来这么安静，难道想骗我你现在在室外？加上……你说话为什么这么喘？”

“什么这么喘？”

“就是这么喘，呼呼喘气的喘……你到底在干什么？”

“锻炼身体呀！”

“锻炼个毛！”

罗书全和潇潇站在陌生的住宅楼下，地点人物就让他浑身燥热不已，就盼着顾小白来搭救，如果顾小白再不来，罗书全恐怕自杀的心情都有。挂了电话，顾小白望着林柔苦笑，林柔也望着他微笑，刚才的魔力眨眼间消失不见。

或许这是上帝的安排，不要那么快开始，那么草率，那么仓促，因为她将会是我认真对待的爱人。不得不说，在自我安慰这种超能力上，顾小白又拔得头筹。他问林柔要不要一起去朋友的派对，介绍自己最好的朋友给她认识。林柔微笑柔顺地点头，仿佛已经是顾小白的正牌女友。正所谓——缘，妙不可言，连顾小白都要开始怀疑起来，自己这个剧本，光第一集就不成立了。

往下，连生存都成问题了……

牵着林柔的手，到了钟贞家楼下，罗书全的耐心已经降到负数，隔了老远就看到怨念在头顶飘散，边上站着一个巨萌巨酷的小萝莉，顾小白看着两人狂笑。罗书全心里恨得要死，但又有一种隐秘的亢奋，好像在为了爱情犯一项重罪，又悲壮又光荣。

“生日快乐！”开了门，顾小白对着一脸诧异的钟贞说，“没带礼物，除了——”指指林柔，再指指罗书全和潇潇——“这三个人你随便挑一个作礼物好了！”面对一下子三个陌生人，安吉拉钟简直有些不知所措。

“都是我的朋友。”顾小白补充道，“林柔，罗书全，潇潇。”

“欢迎欢迎！”反应过来，钟贞惊喜地说，“快请进！”

屋子是装潢相当考究的三室一厅。

顾小白率先在屋子里四处乱找，东张西望，“左老师呢？”

“他在厨房，你怎么那么惦记他？”

“他是我偶像。”

潇潇走上去，抬起头，面无表情地望着钟贞。

望着这么清澈但是浑然不知道什么意思的眼神，钟贞又一次……困惑了。

“对不起，洗手间怎么走？”

“哦哦，在这边。”长长地松了口气，钟贞把潇潇带去洗手间，看着门关上，马上杀将回来，上上下下地看着林柔，“你是顾小白的女朋友？”

林柔笑了笑，没有说话。

“小白，”钟贞叫起来，“这前后才一天！过两天你要请客。”

“为什么我要请客？”

“哦——林柔啊，”钟贞压低声音，又恰好保证所有人都能听到，故意在林柔耳边嘀咕，“我跟你说，我昨天遇到顾小白的时候，他正在……”

“好好！请客请客！现在你知道她多讨厌了吧。”顾小白小声对罗书全说，完全搞不懂自己为什么来参加这种没头没脑的派对。

阿千搅完局就跑了，自己和林柔不尴不尬地存在在那里——或许真像之前所说，所有的意义在于让罗书全参考一下左永邦——是怎样对这种横扫一切的爱情逆来顺受。

刚想到这里，左永邦擦着双手从厨房走出来，又会下厨、又是公司高管的中年成熟男子简直性感到爆。左永邦好像俘虏般高举双手，“欢迎欢迎！”

“这是林柔！”钟贞高兴地对左永邦介绍，“顾小白的新女友！这是罗书全……”罗书全也有些羞涩起来，伸出手寒暄地弯腰。

快把你的魔法棒拿出来，把他变成刺猬。

顾小白正在胡思乱想的时候，潇潇从洗手间出来，被顾小白一把抓住，拉到罗书全面前——仿佛为自己哥们挣面子似的——“这是罗书全的女朋友。”

“你好……嗯？”望着潇潇，左永邦的微笑开始凝固，“你把头抬起来我看看？”

潇潇低着头，慢慢坚毅地抬起来，“干吗？”

“你在干什么？”

“这话应该我问你……”

望着左永邦，潇潇略微歪过头，看着他，“……爸？”

话一出口，所有的人都呆了，罗书全更是震惊得大脑一片空白。要不是顾小白是始作俑者，连他自己都怀疑这是一个恶毒的圈套，好像所有的噩梦都在刹那间全部实现了一样——趁左永邦和潇潇对峙的十几秒，罗书全飞快地把顾小白拉进洗手间，猛地关上门。

“怎么回事？这到底是怎么回事啊！”

“根据我观察，是这样的，”顾小白故作镇定地说，“潇潇是左永邦的女儿，后者是前者的爸。”

“废话！我不知道吗？”罗书全看起来，要跳楼了。

“那你还问我？”

“我是说，怎么会搞成这个样子？”

“这你不应该问我啊！”顾小白好奇地看着他。

“你摸摸我的胸，你摸摸我的胸！”罗书全一把抓住顾小白的手，按在自己胸口，“我的心脏啊！它快喷出来了！”

“你镇定点！镇定点！”顾小白使劲甩开他手，“事到如今，也只有见机行事了！”

“行你个头啊！哪里有机可以见？这是摆明了逼死我啊！”

“那你打算怎么着？就赖在这厕所里不出去了？”

罗书全一屁股坐在马桶上，“你待会给我送块蛋糕进来好了，你说出去我称呼他什么？伯父？岳父？”

遇到比自己大十岁的男人，因为和比自己小十几岁的女生约会，男人就变成了岳父。这样的事情让罗书全有一种把三纲五常全部毁灭的心情。

这时门轻轻开了个缝，潇潇探进头来。

“罗书全，你没事吧？”

罗书全镇定地坐直身子，表示事到如今，我只有把自己扔进马桶冲下去。

“潇潇，”顾小白皱着眉头，“他真的是你爸？”

“他有什么了不起的，干吗我要冒认他是我爸？”

“这样见到你爸，你一点都不吃惊？”这下连顾小白都困惑起来。

“有什么大不了的吗？他跟我妈离婚了，”潇潇坦白道，“我和我妈过，不时管他要点零花钱，我怎么会知道遇到他？”

原来是这样，顾小白呆呆地看着潇潇，思维在周身转了一个大小周天。终于若有所悟，俯身在罗书全耳边说起了悄悄话。

“现在，你知道她喜欢你什么了吗？”

罗书全怔怔地看着他，突然间也开始明白起来。

原来，这并不是无缘无故的爱。

回到客厅，左永邦正面带微笑，像什么都没发生过似的帮钟贞插着蛋糕上的蜡烛，林柔在旁边帮着倒饮料，顾小白慢慢地挨到左永邦身边。

“没事吧？”

“啊？”左永邦也一脸诧异。

“我去把罗书全叫出来，你不会砍他吧？”

“小孩子闹着玩，你怎么那么紧张？”左永邦呵呵笑起来。

“你一点无所谓？”

“要什么所谓？他们又没做什么。”左永邦笑起来，突然收起笑容，一脸肃杀，“做了吗？”

“没有没有！当然没有！”

顾小白吓得魂不附体，双手乱摇，面前的男子又笑了。

“那不就完了？”

“噢……”顾小白走到林柔边上，茫然不已，“我摸不透他啊。”

此时的林柔，像圣母一样爱怜地摸摸顾小白的头，“去把他们叫出来吧。”

“你们再不出来，我们就要冲进去了！”

顾小白走到洗手间门口，拼命砸门。

过了一会儿，罗书全讪讪地走出来，潇潇也低着头。潇潇终于面对了爱上罗书全的原因，而罗书全得知原因的时候，心也好痛。

蜡烛的光好亮，一口气吹灭蜡烛，钟贞迎接着众人的掌声，把第一块蛋糕分给潇潇。

“第一块给你，潇潇，你受惊了。”

潇潇表示一点也不受惊，接过蛋糕，若无其事地吃起来。

“不好意思啊，”左永邦走到罗书全边上小声说，“我女儿不懂事。”

“不不……是我没留神……”罗书全连忙说。

“谁追谁的？”左永邦笑问。

“她追……不不，是我追她……啊！也不是！”五内俱焚啊……简直。

“你们别说相声了，你女儿都看着呢。”顾小白走过来，严肃地警告，两人一起回头看了看潇潇，潇潇果然看着他们。

“我们说点儿别的吧。”左永邦窃窃地道。

“对不起。”罗书全坦白，“我被你吓得已经忘了你叫什么了……”

这时，另一边，林柔的手机震了起来，谁也没留意，顾小白一直在留意着阳台上的潇潇。林柔拿起手机，悄悄走开。潇潇一个人站在阳台的背影看起来又孤单又萧索，顾小白不禁有些心疼。

原以为喜欢上一个人毫无原因，原来，还是有原因的。

但即便如此，找到原因就非要这么难受不可吗？

爱一个人非得毫无原因，爱上你因为你就是你，才值得欢欣鼓舞吗？

顾小白走到阳台，和潇潇并排看着窗外的景色。

“想开点。”顾小白转过头，“很多事实你必须面对，面对了才能长大。”

少女默然不语。

“对不起，借我靠一下。”还没经过同意，潇潇轻轻靠上顾小白肩膀。

“罗书全跟我说，我并不是喜欢他，我只是需要我爸。”

“不是吗？”

“或许吧……可是我爸不要我了，他要谈新的女朋友，比如她……”转过身，潇潇指了指里面的钟贞。

“那是你爸一时糊涂。”

“小白！”钟贞突然气势汹汹地冲过来。

“你什么耳朵呀！”顾小白简直想从阳台跳下去。

“你看到林柔了吗？她怎么不见了？”

呆呆地望着钟贞，顾小白一时没反应过来。被潇潇的手肘顶了顶，他顺着她的指示看下去。

阳台下面，好大一片小区的空地。路灯下，停了一辆车，林柔在一个男人面前，似乎在竭力挣脱，最终在他怀里啜泣，那个男人轻轻抚摩着林柔的背。

顾小白呆呆地看着，所有人都围在顾小白边上，关切地看着他。

“不用管，让她去。”刚想出声表示坚强，没想到喉咙已经沙哑。顾小白自己也没意识到的时候，已经跳起来，冲下楼去。

电梯好慢，心跳好快，自己，好愚蠢。

到了楼下，望着远处的两个人拥抱着，男人紧紧地抱着林柔，似乎在不断道歉，林柔则哭得不能自已。

不由自主地朝他们走去，那个男人看到顾小白，也愣了愣。

林柔也反应过来，转身走到顾小白面前，刚要说话……

“嘘……让我猜一猜……”顾小白望着这个才认识一天，便让他先后体验到天堂和地狱的女人，笑起来，“你是他女朋友，他是你男朋友。你们在一起很久，突然有一天，他做了什么对不起你的事情，或者你发现他做了什么对不起你的事情。然后你们吵架，然后下午问我借电话，其实是打给他是吗？然后你遇到我，可能是想忘记不开心的事情，可能是想报复他……”

“不是，我没想报复……”

“无所谓。”顾小白笑了笑，“反正现在你发现你还是离不开他，他也离不开你，这不是很好嘛……”

“对不起，小白。”

“别别别，千万别说这个，说这个就俗气了，几个小时，也很好嘛。”

看着顾小白，林柔一句话都讲不出来。

“我这个人有个好处，多惨的情况下都能发掘自己的价值。这回成功被你用来打击你男朋友，成功扳回一局，我很欣慰……”看着不知所措的林柔，顾小白反而宽慰起来，“感情这种事就是这样的嘛，你捅我一刀，我捅你一刀，数数身上的伤口，差不多就行啦。回去吧，人家等着呢。”

“那……我回去了。”

“好……”

恋恋不舍地转身，走了几步，林柔突然又转过头来，笑起来。

“对了，你昨天打电话到我公司，在前台接电话的人……是我。”

“……”

“一直忘了告诉你，你的声音很性感。”

看着远处明亮的眼睛，顾小白终于哈哈笑起来，原来自己也并不是那么受上天恩宠。看着那个人走远，这一天，从下午到晚上，到现在，都恍如一个美好的梦。梦醒来，还在回味，即便是梦，也留给自己高兴的时光。

多谢你，赠我空欢喜。

“很多事你都需要面对，面对了你才会长大。”不知何时，潇潇站在他身边，“棒棒糖？”

接过棒棒糖，顾小白转过身剥开。黑暗中，几个小时前林柔摘下墨镜的眼睛还在眼前，还是很甜……

聚会终于结束，罗书全表示要送潇潇回学校。左永邦对顾小白和罗书全说很高兴认识，希望有机会再联系。

他们都明白应该给顾小白反应过来的时间。

顾小白告别了他们，一个人走在街上。想没多久前，还有一双臂膀缠着自己，让自己觉得新生活要开始，但恍然之间又被打回原形。

或许……真的像他以为的那样。

每个人喜欢上另一个人都会有原因，这个世界上并不存在毫无理由、毫无原因的爱情。除了财富与地位、美丽与才气，或许还有别的。想要一种相似的慰藉，想要满足虚荣心，想要逃避过去，想要宣泄一些感情。这些都挂着爱情的名义，有的慢慢淡去，有的真的爱上了你。

有原因并不可怕，可怕的是，不承认这些原因，却把它归结为缘分的神秘。

看来，自己的剧本可以进行了……

不，等等，还有例外，忘了还有两个人……

“我走了。”

钟贞家门口，面对一桌残羹冷炙的宴席，左永邦笑望着钟贞。

“哦，对了，你等等。”钟贞冲回房间，打开包，取出一份合同，她跑过来递给他，“这是我们两家公司合作的合同，我已经签好字了。”

他微笑着接过合同，收好，放在包里。

“谢谢。”左永邦微笑地看着她。

“谢谢你，陪我做这一场戏。”

“你喜欢顾小白那么久，为什么从来不对他说？”

“他并不喜欢我，你看不出来？”钟贞望着左永邦，也微笑起来。“你想得到我们公司的合作合同，而我只想让他看见我很幸福。喜欢一个人，并不一定需要什么原因，也不一定要什么结果。不是吗？”

她想不到，这个时候，她喜欢的人正站在天桥上，望着人流，双手合十，为他们祈福……

LESSON 2 选择性偏好

我注重三围尺寸，也渴望精神伴侣。
当两者不能在一个女人身上完美统一时，
原始本能决定我的终极选择——美女优先。

“选择，重要的就是选择。从我们生下来的那一天起，除了我们的父母不能选择之外，所有的一切都可以选择。选择好的幼儿园、小学，漂亮的小学同桌；选择好的初中、高中；选择好的大学，选择好的工作；选择好的电视机、电脑、音响、台灯，选择不同牌子的化妆品、汽车、避孕套；选择男人，女人；男人选择女人，女人选择男人；男人选择男人，女人选择女人。终其一生，我们的人生充满了各种选择。而这中间，对男人来说最重要的，是选择智商在及格线徘徊的美女，还是随便就能写几千字散文的才女；对女人来说，选择一个对她好但是没钱的穷光蛋，还是选择一个有钱的但是……**CUT**……**CUT**！”

室内的摄影棚里，一个青年在跑步机上模仿着电影《猜火车》的开头，对着镜头气喘吁吁地说着，终于撑不下去了，弯着腰撑着膝盖不断地喘气。

景片被工作人员移开，后景的街道，房屋全是硬板纸。

“他妈的谁写的台词啊！”青年对着边上丧心病狂地喊，“这么长！”

原来这是一部情景剧的摄影棚，边上一堆工作人员，导演在监视器前看着镜头。边上一个小角落里，投资方的老板正在看着顾小白的剧本。

顾小白在边上狗腿似的观察着对方的反应，老板笑，他也笑。老板严肃，他也紧张。终于看完，老板长长地松了口气，顾小白看着老板，脸上阴晴不定。

“不错啊。”老板微笑起来，“小白，这组里就你交活儿快。”

“养家糊口养家糊口。”顾小白也谦虚地笑起来。

“不过下次……可不可以不要一场那么多台词啊？”老板征求地看着他，“演员背不过来啊……”

“老板，你得这么想，”顾小白在边上推心置腹，“台词一多，时间是固定的，那场次就少，场次一少，换场就少，换景不要钱啊，经济危机，大家能省一点就省一点嘛。”

老板恍然大悟，刮目相看起来，两个不要脸的在边上心照不宣地奸笑着。

“领稿费！”老板豪爽地说。

“哎！”

顾小白得令，屁颠颠地朝摄影棚另一处财会那里跑去，这时手机响了。

这是距离上一次认识左永邦一个星期后的一天……

“喂！你到了没有？”罗书全在电话里嚷嚷着，听声音，是在大街上。

“到哪儿？”

“餐厅啊！靠，左永邦约了我们吃饭，你忘啦？”

“没忘，现在才几点啊？”

“我知道，我就是下课了，没事溜达溜达，一不留神就快到啦。”

“无业游民！”顾小白对着电话撒娇，“人家可是有正经工作的哟……”

“你别恶心我了，话说回来，这左永邦约咱俩吃饭干吗啊？我们跟他又不熟。”

“所以说这是鸿门宴，我跟你说，谁早去一分钟就是早死一分钟。哎哟……”

“喂？喂？”

片场里，顾小白拿着手机边打边走，一不小心撞到了一个人，手机也掉了下来。顾小白抬起头，刚想道歉，突然两耳轰鸣，心脏一紧。

什么声音都听不见了，只有自己心跳的声音，扑通扑通扑通扑通……

越跳越快，几乎连成一线。

“你……你没事吧？”被撞到的那个人关切地扶起他。

“没事，我经不起吓，一会儿就好。”顾小白看着她，一边捂着心脏一边慢慢地挪到墙边。

“真的没事吗？”

“真的没事。”

面前的人，是一个真正意义上的，无论从哪个角度都只能被称之为“美女”的女人。尽管每一个男人对美女的定义不一样，但顾小白可以肯定，对面的这个女人，无论哪个男人，都不能否定她的美丽。

美女，只是这两个字，就可以让全世界90%的男人心跳加速。美貌，是上帝赐予一个女人最好的礼物，不，是上帝惩罚男人最好的武器……

自己，什么声音都听不见了，连视线都模糊起来。

在模糊的视线中，仿佛看见投资方的老板朝她招了招手，美女看了一眼顾小白，笑了笑，径直往老板那里走去。

只有顾小白自己，捂着自己心脏，慢慢软倒下来……

罗书全走进一个装潢极其华贵的餐厅。

下午四点，几乎没什么客人，罗书全突然紧张得不知所措，打量了一下自己，穿着一件非常朴素甚至有点土的外衣，一时间甚至想掉头离开，服务生正好走上前来，“欢迎光临。”

罗书全咳嗽了两声，定了定心神，进去坐下。

服务员拿着菜单过来，罗书全镇定地接过，慢慢地看着，每样标价都上百，服务员毕恭毕敬地站在边上。煞有介事地翻阅了一遍，罗书全慢慢地递还给服务生。

“Water……”罗书全优雅地说。

片场里，投资方老板站在中间，顾小白和美女站两边，都有些不好意思。

“这就是你剧本里新加的角色。”投资方老板对顾小白说，“这是我们找的演员，小秦，你看看怎么样，符不符合你心目中的角色？”又转头对小秦，“这就是我们这个戏的编剧，顾小白。”

“顾老师，您刚才受惊了。”小秦对顾小白鞠了个躬。

顾小白连忙还礼，“不不，你才受惊了。”

“您受惊了。”

“您受惊了。”

两个人互相跪拜着。

“好了好了，你们别互相拜来拜去的，拜天地啊？”老板有点受不了了，“小白，我还有点事忙，小秦这个角色，你跟她多说说。”说完，老板施施然走掉了，小白微笑着转过身来，看着美女。

“顾老师。”小秦的大眼睛望着他，好像雨刷在清扫挡风玻璃，“我有点事想向你请教。”

“请说。”顾小白斯文地微笑着。

“我理解的这个角色呢，是一个集智慧和美貌于一身的女人。她平时最爱看的一本书是——”小秦手忙脚乱地从包里翻出剧本来，一字一字吃力地念着，“纯粹现象学……和现象学哲学……的观念。为了更好地揣摩这个人物的内心，我觉得——我有必要把这本书借来看看的，但是我找来找去都找不到，不好意思，您能借我一下吗？”

顾小白呆呆地望着她，耳中再一次什么都听不见了，只有电闪雷鸣不绝于耳。其实当时，他写这一段的情形是这样的……

为了写一个生僻的书名，他在百度搜索里打下两个关键词：“生僻”“哲学书”，然后跳出来一堆书目，顾小白随便拣了一个，喜气洋洋地复制，粘贴，他自己压根不知道这本书。

“这个真没有……”顾小白尴尬地看着她。他突然也不知为什么，临时改了口风，接了下面两个字，“……问题。”

因为真没有的话，可能顾小白和她也就再也没有戏了。

餐厅里，服务生已经给罗书全倒了第三十杯水。罗书全再次喝完，餐厅里还是空空荡荡，没有顾客上门的迹象。罗书全已经快水中毒了，望着窗外的落日，忧愁地……好想上厕所。

艰难地站起身，罗书全走到餐厅的盥洗室，中间有一张大的洗手台，两边分别是男女的洗手间。洗手台上的大镜子前，一个女人正在那里朱唇半启地化着妆，地上全是商场的购物袋。罗书全也没多看，自己命都快保不住了，连忙推开男厕所的门。

“哎哎！”那个女人突然叫住他，他颤抖地转过头。

“不好意思，能不能借我扶一下？”面前那个漂亮女子期盼地看着他。

“刚买的，店里来不及试。”女人还没等罗书全答应，已经搭上他胳膊，另外一只手吃力地套上一只新的高跟鞋。

罗书全已经……不能动了。

撑着高跟鞋，边上的女人左右来回地看着，好像又觉得哪里不满意，摇摇头又从购物袋里拿出另一个鞋盒，完全没有在意到边上的男人因为尿急已经浑身颤抖了。那只扶着的胳膊不断地晃着，让她怎么都穿不上那只鞋。

“你别抖呀！”女人不可思议地看着他，“怎么这么个大男人站也站不稳的？”

罗书全只好重新站直，觉得自己还差一点，任督二脉就要快打通了。

“嗯，这双呢……跟比较高，衬我身材。”边上的女人又满意又犹豫地说，“但那双颜色比较好……你给点意见，哪双比较吸引人？”

“什么……什么吸引人？”

“就是让男人一看到就想……你懂的……你不要抖呀！”女人再一次埋怨他。

罗书全和顾小白碰上头的时候，餐厅里已经人满为患，左永邦还没有来，两人并排坐在一张四人餐桌前，顾小白兴奋地向罗书全描述着刚才的经历。

“你不知道哦！我刚才这个心脏哦！扑通扑通扑通！就要跳出来啦！”顾小白宣布。

“我要去看医生。”罗书全说。

“想想也蛮奇怪的，”顾小白完全不管罗书全在说什么，“你说一个美女和一个长得一般的女人，给男人的心理冲击怎么会有这么——质的差别？我看到长得一般的女人，心里就想，嗯，这是个女人……或者根本没想法。我看到美女，就像看到别的生物一样！外星人！小学教导主任！核导弹发射试验场！

那种又恐惧又期待的心情……”

“我要去看医生。”罗书全再一次没有表情地说。

“但是一只狗，一只猪，或者一只羊，看到一个美女觉得也就是那样，和别的女人没什么差别。”

“我要去看医生。”

“哎？我这么以貌取人是不是不太好啊？”顾小白喜滋滋地看着他，“哎，其实我心里有一种喜悦的惭愧。”

“我的肾……肯定坏掉了。”

“那本书……去哪儿找呢？”

“左永邦怎么还不来？”罗书全气得要拍桌子，“他……”

话音未落，一转头，门口，左永邦笑着推门进来。

“不好意思不好意思，刚才开会拖晚了。”

随着左永邦的身影，身后……

那个害自己肾差点变成碎片的女人踩着高跟鞋，小鸟一样地飞进来。

罗书全目瞪口呆，女人却好像完全不认识罗书全，柔顺地依偎在左永邦身边，随着他走过来坐下，左永邦接过服务生递过来的菜单低头看起来……

边上的女人拿腔拿调地坐着，一言不发。

“怎么又换了啊？”顾小白凑在罗书全耳边小声说，“这才几天啊？你说我是不是要拜他为师啊？”

点完菜，服务生转身走掉，左永邦微笑着看着两位。

“是这样的，上次有幸结识二位，小白兄潇洒不拘，一表人才……”左永邦又转头看着罗书全，“书全兄，小女又承蒙您的照顾。小弟对两位的人品、学识，都是心仪得很……所以，今天冒昧斗胆来做个小东，希望以后大家可以成为朋友，常走动，常联络，啊？哈哈。”

左永邦打完哈哈，顾小白也马上接上古装腔。

“不敢不敢，我们才是小弟，您是大哥，以后还有多仰仗的地方。”

“哪里哪里！”左永邦谦虚道。

两人在那里相互比拼着场面话，罗书全在边上看着对面的女人，对方还是像完全不认识他一样，低头优雅地微笑着。

“这位是？”看着左永邦，顾小白终于忍不住问。

“哦！忘了介绍了，这是米琪……”

米琪，山东青岛人，来上海念书，经过数年寒窗苦读，可成绩一塌糊涂。无奈之下进了一个三流大学，读了一门不知所谓的专业。毕业后发现毫无用处，身无所长，而此时大学毕业生的普遍收入为一千五。辗转几家小公司的前台之后，一次意外的邂逅，让她认识了左永邦……

当时左永邦是在她任前台的小公司开会，开完会后，自己公司老板低头哈腰地恭送着左永邦出门。左永邦西装革履，成熟得体地微笑着。

走出门，突然又反转回来，看着米琪……

当时米琪还在低头看漫画，就听到头顶一声优雅成熟的笑声。

“小姐，一会儿有空吗？”米琪看着左永邦，头顶仿佛有一束光射下来。

就这样，米琪辞去了工作，目前以刷卡为生。

酒过三巡，顾小白、左永邦已经酒酣，在一边畅谈着，而罗书全和米琪面对面坐着，气氛冷淡。

“来来！我们现在来做一个选择题。”顾小白对诸位说，“第一位是个美女，非常漂亮，但是说话很白痴，白痴得你恨不得掐死她。”

米琪正在往嘴巴里送叉子，突然顿住。

“不是说你，你继续吃呀。”顾小白对米琪说。

米琪咬牙切齿地吞进去。

“再一个，才女，读过很多书，讲话有趣，出口成章，有文化，但是长得一塌糊涂。你们选哪个？”顾小白看罗书全和左永邦。

“我哪个都不选。”罗书全说。

“必须选。”

罗书全还没说话，米琪突然抬头，“哦，照你这么说，世界上就没长得又漂亮又有才的女人了？”话中充满攻击意味，顾小白毫不示弱，立刻反击。

“有啊。你见过吗？”

“……”

“这种可能性接近于零的事情，我从来不去想。就像中彩票500万一样，概率上是存在的，但接近于零。”

米琪一时想不出辩驳的话，边上左永邦瞥了她一眼，米琪只好默默低下头不做声。

“好吧，”顾小白又说，“那我修正一下我的问题。在一座孤岛上，只有你和另外两个女人。一个美女，但是说话很白痴，根本没法沟通；另一个长得跟孤岛上的怪兽一样，但是说话很有趣。你选哪个？”

“我跳海。”罗书全干脆地说。

顾小白看左永邦，“你呢？”

左永邦苦笑，“我可不可以也跳？”

“不可以，你必须留在岛上。”

“那我只能这样，”左永邦想了想说，“我选择美女，然后指望着生下一个长得又能看又能讲话的小孩子，这样我可以跟小孩子讲话。”

顾小白呆呆地看着左永邦，佩服得五体投地。愣了一会儿，他不依不饶地说：“那我再修正一下我的问题，你在孤岛上，但是你被结扎了，有两个女人……”

左永邦和顾小白聊得巨High，边上米琪一个人默默地吃着，罗书全不时关切地帮她递东西。米琪抬起头，尴尬地朝罗书全笑了笑。

吃完饭，顾小白、罗书全和左永邦他们告别，两人一路无话。顾小白还在惊叹左永邦的超人思维，恨不得拜他为师。罗书全则被刚才的情景颤动了心中不知道哪一根弦，也默默不语。两人回到大楼，进罗书全家门前，顾小白转过头，带着一脸崇拜。

“我觉得这个左永邦可以啊，很可以交朋友。有气质，有风度，有钱，最重要的是，他比我们年纪都大。”

“废话，潇潇都是他女儿了，不过你想说什么？”

“比我们大就是比我们有资历呗，经验、手段、心智都比我们成熟，碰到我们觉得难的问题，我们可以请教他。”

望着顾小白兴致勃勃的神情，罗书全难以启齿，但似乎又必须说，好像有什么压在喉头，不吐不快似的……

“你不觉得……”罗书全皱着眉头看着顾小白，“他对那个米琪很不在乎吗？”

“啊？”顾小白呆呆地看着他，“我从来不留意别人的女朋友。”

罗书全突然脸色僵住，看了一眼顾小白后，头也不回地打开自己门进屋，砰地关上。门外顾小白愣了一会儿，开始砸门。

“你有毛病啊！！”

第二天一大早，顾小白就精神振奋地起床——平时这是他开始睡觉的时间。顾小白发誓逛遍全上海的书店，也要把那本书刨出来。然而，整整半天过去，在每一个书店遭遇的情景都是一样的。

“不好意思，我问一下，有没有一本书叫……”

柜台前，顾小白撑着手，楚楚动人地对着书店服务员微笑，掏出纸条开始念：“《纯粹现象学和现象学哲学的观念》。”

“什么？”

“纯粹……现象学……和……现象学……哲学……的……观念。”

“什么？”

“再见。”

每一个书店都是一模一样的经历，不同的营业员，同样茫然的表情，同样把头摇得像拨浪鼓一样的频率。顾小白的信心几乎被全部击毁，望着清单上最后一个书店，就在自己面前。如果这个书店还没有的话，恨不得自己写一本——为了美女垂青，这样的事情他也可以做得出来。

看着书店招牌，顾小白面无人色地一步步迈进去。

推开门，又是同样的柜台。

“请问您需要点什么？”营业员问。

顾小白掏出张纸，对服务员摇摇手，示意不要出声，然后对着纸念：“我们在天上的父啊，愿人都尊你的名为圣，愿你的国降临……救我们脱离凶恶，因为过度，权柄，荣耀，全是你的，直到永远，阿门……”

“你在干吗？”

“祷告。”

“……”

“请问你有没有一本书，叫——《纯粹现象学和现象学哲学的观念》？”

“没有。”营业员干脆地说。

顾小白默默抬起头，看着天。

“你也喜欢这本书？”突然旁边一个女声响起来。

顾小白连忙转过脸，边上不知何时站着一个瘦小女孩。女孩抱着书，戴着黑框眼镜，其貌不扬，欣喜地看着他。

“啊？”顾小白呆呆地看着她。

“太好了，我还以为就我一个人在看这本书呢！”

女孩激动的神情好像找到了此生的灵魂伴侣。

顾小白精神恍惚地回到家，一路上都在犹豫要不要加入基督教，心情又是忐忑又是激动，兼怀书店邂逅后的遭遇，简直有些精神错乱。他没有进自己家门，而是一脚踹开了罗书全家的大门。罗书全正在和某人打着电话，看到顾小白，猛地放下电话，神情有些尴尬。

“怎……怎么了？”

“你在干什么？”顾小白警觉地问，好像自己擅闯民宅从来不是问题。

“没什么呀。”罗书全无辜地看他，“你怎么啦？”

“显灵啦！”顾小白把刚才的事情说给他听……

那个女孩儿说她有这本书，顾小白说他很想读，女孩低下头羞涩了一下，说她可以借给他看。随后他们俩一起走出书店，为了不使这个邂逅太过突兀，他们还在边上的咖啡馆聊了一会儿天，内容涉及哲学、美学、建筑、音乐，顾小白很久没和人聊得那么酣畅淋漓。

一个美好的下午过去了，分别前，女孩答应他一回家就把那本传说中的生僻书快递给他。刚说完，罗书全的电话响了，他接起电话，应付了几句，然后转过头，纳闷地看着顾小白。

“怎么回事？有快递说有东西递给我，现在上来。”

“对啊对啊，就是我的书。”望着罗书全不解的表情，顾小白解释道。

“因为我看那个女孩看我的眼神不太对劲，唔……所以为了安全起见，我留了你的手机和你这里的住址，所以我现在过来是来收快件的。”

打发走快递后，顾小白像拆圣诞老人的礼物一样撕开包裹，里面除了传说中的那本书外，还附着几张稿纸。

“那一刻，我升起风马，不为祈福，只为守候你的到来——”顾小白深情地念着稿纸上的诗句，“那一天，闭目在经殿香雾中，蓦然听见，你诵经的真言。那一月，我摇动所有的经筒，不为超度，只为触摸你的指尖……”

“这是什么？”

罗书全正在翻那本汉字全看得懂，集结在一起就什么都看不明白的书，听到这，转头问。

“她说寄给我书的同时再附点她喜欢的小诗什么的，让我品评一下。”顾小白赞叹不已，“看看，人家这文笔……”

“我怎么觉得哪儿听到过。”是网上流传的不知道谁写的诗。

“我怎么觉着这是给你的情诗啊？”罗书全接过，像文物鉴定专家般看了一会儿，下结论。

“还好……”顾小白目瞪口呆地看着他，“我留的也是你的名字……”

“你好，很高兴认识你……我叫罗书全。”

出于动物防御本能，顾小白第一时间就报出了罗书全的名字。

就在罗书全双眼充血，几乎要扑上来撕咬的蓄力期，顾小白一把扯过书和稿纸，连蹦带跳地逃回了自己家，还没进家门，就看到了那个让他几乎心脏停跳的美女演员小秦，以一种本人即是风景的姿态静静地站在他家门口。

那一瞬间，连周围的空气都稀薄起来。顾小白远远望着她，一步步走近。

造物主是多么神奇。

“顾老师。”

“进……进来吧。”

得到书的下落后，顾小白就第一时间打电话给她，说可以快递给她，但是电话里她坚持说要上门来取，顾小白拗不过，给了她地址，但是没有想到这么快。

“你不知道我找这里找得多辛苦……”小秦一边走进顾小白家一边抱怨，“出租车司机先是不知道这条路，然后绕来绕去绕来绕去，我下了车，还走错门洞……”

“所以说快递给你就好了……”

“这样才显得我比较有诚意啊，来之不易的东西都是珍贵的，是吧？”

她看着他，眼神清澈，但又焕发出异样的光芒。

又要被定身了，顾小白连忙晃了晃身子。

“你……你想喝点什么？”

“气泡矿泉水就好了。”

“没有这种东西。”

“哦……那随便吧。”

她开始迈动脚步，在顾小白的客厅里浏览起来，书架上全是玩具。

“原来编剧的家里是这样的啊，我还以为全是书呢……”

她看到那个《终结者》的玩偶就伸手去拿。

顾小白想要阻止，已经来不及了——好不容易摆放好的阵形一经变动，轰隆隆倒了一地。小秦站在玩具的废墟上，牵动嘴角。

“它们是不是不欢迎我啊？”

“没事，我去帮你拿书。”

明明心疼得想要马上把她杀了分尸，顾小白却只能强颜欢笑，一边深呼吸一边给她拿书。

《纯粹现象学和现象学哲学的观念》

自己怎么会选了这么一本倒霉书？

拿起来刚要走的时候，适才的画面突然莫名地涌现在眼前。

“其实我觉得这种书看了和不看也没什么区别。”

咖啡馆里，黑框眼镜的女孩对他这么说。

“嗯？为什么？”

“因为哲学属于上层建筑，但我们是活在喜怒哀乐生老病死中的。如果人在常态下看看哲学书还有点意思，搞搞脑子，但碰到喜怒哀乐生老病死这种事情，什么知识都没用。”

“对对，这就是马斯洛的需求说。”顾小白激动地附和，“而且人的大脑分左右脑，左脑控制理智，右脑负责情绪，这两边是分开的，理智再清楚，情绪这种东西还是无法控制。”

“但是我终生都在寻找我的灵魂伴侣，那一个不论身在地球的哪一个角落，时空的哪一个节点，都能和我心心相印、心有灵犀的那个人。”

我也是……纵然多么渴望美色，我还是希望这个世界上有一个人能彻底了解我，明白我，懂得我……

“不好意思……”顾小白放下手里那本显而易见的书，转过头，“那本书我忘了放在哪里了，找不到了。”

“哦，没事。”小秦显得满不在乎。

“没事？”

“问题是……”小秦笑得很好看，向顾小白步步逼近，“那你怎么补偿我呢？”

顾小白步步后退，突然有些惶恐起来，“你你你不是说来之不易的东西才比较珍贵吗？”

“是啊，我是说你啊……”

他还没有准备，已经被对方贴上来，重重地靠在书架上，那嘴唇吻到嘴边。所有还屹立着的玩具全部崩溃，纷纷掉落在地上，连同那几张稿纸。

“那一月，我摇动所有的经筒，不为超度，只为触摸你的指尖……”

晚上，左永邦在家，接到顾小白的电话，说有急事要来拜访，左永邦给了地址。没多久，顾小白就上了门，把刚才的事情诉说了一遍后，开始自顾自地在沙发上痛心疾首地检讨起来。

“这是全世界所有男人都会犯的错啊！！”顾小白沉痛地说。

“你想开点，没人要你去自首，问题是你现在怎么办呢？”

“我要知道我还来找你干吗？你家装修得那么冰冷，一点也不好玩。我刚才和她接吻的一个很大原因也是因为这样她就可以不用再说话了。”顾小白睁大无辜的双眼，“但是我总不见得永远在和她接吻吧？”

“说不定人家也是和你玩玩的呢？”

“没必要啊，我又不是导演，潜规则我没好处啊。”

“那你可以帮她多写点戏啊。”

“那倒也是……”顾小白陷入沉思。

“你在想什么？”

“我在想写什么情节可以把她写死……”

“好了好了你别装了，也别那么极端。”左永邦站起身，给自己倒了杯酒，“反正现在就是你面临着……在孤岛上二选一的问题了是吧？”

“聪明！”

“问题是你不在孤岛上啊！”

“嗯？”

望着顾小白呆呆的眼神，左永邦刚要进一步解释，电话响起来，左永邦走过去接了电话。

“好了，你别闹了，感冒又不是什么大病……明天再说吧，吃两片药就睡吧。啊？小白在我这儿呢，就这样，拜拜。”应该是米琪的电话。

左永邦挂了电话，回到座位上，“问题是现在谁也不是你的女朋友，谁也没逼你选谁做你的女朋友，双方又都不知道对方的存在，局面对你来说有百利无一害啊。”左永邦不解地望着他，“干吗把自己逼到非要二选一的地步呢？反正你现在除了在家写东西和在外面闲逛也没别的事，就都先交往看看啊，答案会自动浮现出来的……”

顾小白得圣人指点，豁然开朗。是啊，谁也没逼自己非和对方交往不可，干吗非要二选一？大概是从小到大选择惯了，不懂得兼容并蓄的道理。

有时候并不是你在选择事情，而是事情在选择你。

就像左永邦说的，“答案会自动浮现出来的。”

顾小白兴高采烈地回家，路上那个书店的女孩还给他打电话，问他书有没收到，顾小白表示非常感谢。

“没没，我没说是你写的，但也代表了你的心境，我明白……”

挂了电话，突然觉得不对头，但究竟哪里不对头一下子也想不起来。

正好，在门口遇到了好像正要去找他的潇潇。

“罗书全去哪儿啦？”潇潇见到他，开门见山地就问。

“啊？”

“我找他玩一会儿……他不在，去哪儿啦？”

突然……全明白了。

“妈的我也要找他。”顾小白咬牙切齿起来，“他什么时候把那个书店女孩的号码转移到我手机上啦？”

“没事，就是保险丝断了。”罗书全跳下椅子，对米琪说，“可能你电器开太多了，又是灯又是热空调什么的。”

“嗯，谢谢你。”对面的女人裹着被子对他说。

就在前一天，她还传奇般地在厕所门口扶着他，差点害他大小便失禁，随后又知道她是左永邦的女朋友。罗书全整整一顿饭目睹着她如何不被左永邦关怀，心里不知是同情还是什么，看到顾小白和左永邦聊得那么投入，两人只能不咸不淡地说着话，交换了MSN和电话，没想到刚才她打电话给他。

电话里的声音听起来又凄楚又恐惧。

感冒了，家里不知怎么回事，又一下子全黑了，自己的男友又是这么不管自己死活。说着说着，哭了起来。

罗书全赶到她家，帮她解决了能源补给问题，家里又重新亮了起来。

“没事。”罗书全笑笑，“这么大点事，女孩子一个人在家里黑灯瞎火的是挺害怕的——你身体还难受吗？药吃了吗？”

好久没有尝到被人关怀的滋味，米琪点头。

“那……那我走了。”

“你可以陪我说说话吗？”对方恳求地看着他，“他只知道给我卡让我刷，从来不知道主动关心我，我生病了也不在乎，我和他出去说什么他都说我不懂别乱说。我就是一个人害怕，才把所有的灯全打开，我就是感到身上冷，才把空调调到最高，谁知道保险丝也断了，保险丝也不关心我……哇……”

接下来的十分钟里，米琪像洪水暴发般宣泄着自己的悲愤。罗书全坐在边上，手脚没处放，也不知道怎么安慰对方，只好不断地抽着纸巾递给她。

“生日的时候，我以为他会送我礼物，没想到他什么也没有。他还说，我把卡都给你了，你自己喜欢什么就买好了。我就一口气买了鞋子、包包、项链、耳环、耳钉，把他卡全刷爆了，就是忘了没有买保险丝……哇……”

再这么下去，屋子就要淹了……

“他既然对你这么不好，”罗书全犹豫了一会儿，终于下了决心，“这么不关心你，你干吗要和他在一起啊？”

“因为一年只有一次生日，我也不太生病……”对方用一种不可思议的眼神看着他，“但剩下的三百六十四天，我都是需要鞋子、包包、项链、耳环、耳钉的啊……”

只有在虚弱的时候，才会觉得精神的关怀是一件宝贵的东西。大多数时候，仅仅是物质上的满足，已经让人很快乐了。

“你是不会理解的。”米琪擦擦眼泪，抬起头，“谢谢你，你早点回去休息吧。”

罗书全点点头，站起来，米琪依依不舍地送他走，走到门口拉开门。一低头，另一只手被米琪拉住。罗书全低下头，呆呆看着米琪拉着自己的手，米琪也低头看着自己的手。这是怪异的一刻，米琪不知道自己为什么这么做，罗书全就更加不知道怎么给反应了。

正好——又是正好——手机响起，罗书全像抓救命稻草般接起了电话。

“你到底在哪里啊？”电话里顾小白使劲问，“你什么时候把那个书店女孩儿的电话转移到我手机上的？”

“废话，这是你的事，又和我没关系！”

“好吧，这个是我的事，但还有件不是我的事儿现在我在帮你担着。”

“啊？”

“潇潇！潇潇赖在我这儿不肯走，非要等你回来和你玩一会儿呢，我也不知道和你玩什么，总之你再不回来我就要被她玩死了，你到底在哪儿呢？快点回来！！！”顾小白砰地挂掉电话。收起电话，两个人都回过神来，尴尬地看着对方笑。

“有事情？”米琪笑了笑。

“我……我一个学生的事情。”

她是你男友和前妻的孩子，也是我的学生，实在是有点太乱了。

“你人真好。”米琪淡淡笑了笑，“真的好男人就一定会被女人珍惜的。”

“托你吉言，好好照顾自己。”

“今天是我太脆弱，我不该找你的，也不应该给你电话让你过来，是我太冲动了。”

“我明白，每个人不可能两全其美的，你知道你要的是什么就够了。”

对方低头笑了笑，然后抬起头，下了决心般说道：“再见。”

女人比较容易想清楚然后忍痛割舍，男人总幻想着两全其美真的会落到自己头上，哪怕不能完美统一，能分裂着供给也不错。接下来的日子里，顾小白和美女演员、书店女孩同时交往着，享受着和美女并肩走在路上虚荣心的巨大满足，感受着和书店女孩倾谈的内心平静。可惜和前一个无法交流，后一个又实在让他除了聊天产生不了任何其他想法，但哪一个都不舍得率先丢弃。

“我现在已经完全疯掉了。”半个月后的一天，顾小白对罗书全说，“每次手机铃一响，完全不知道打过来的是谁，骰盅就开始摇。”

“那你跟她们其中一个在一起的时候，另一个打过来怎么办？”

“你这个问题问得好！你想知道我是怎么解决的吗？”

“嗯？”

“话说这个问题的解决办法，我还是从你这里得到的启发。”

“我这里？”

罗书全和米琪的短暂情谊只维持了一个小时，他可以尽情地关心顾小白的八卦。

“你那天不是把书店那个女孩儿的电话转移到我手机上吗？”

“是啊。”罗书全点头，“用个手机软件就可以，专门可以指定具体的号码转移。”

“这个软件我也下了。”顾小白一边打手势一边解释，“我和A在一起的时候呢，我就把B的号码转移到她自己手机上。”

“什么？”罗书全听不明白。

“就是她打电话给我，从我这里兜一圈又回到自己手机上，等于自己在给自己打电话。”

“那……那会听到什么？”

“我怎么知道？”他干脆道，“我又没打过这么变态的电话。”顾小白哀怨地走到罗书全的窗前，看着楼下，“人生真的很辛苦……”

“你不觉得，你这样很卑鄙吗？”

“你以为我想啊！”顾小白转过头，恨恨道，“我在做公益事业！”

“What？”

“你看啊！我制定了这样一个计划……”顾小白看着他，“我哪——同时在为小秦补文化课，介绍她看不同的书啊、电影啊、CD啊，提升她的精神品味。但同时呢，我在给那个叫小蓝的补服饰课，我问小秦女人的衣服怎么搭配啊，化妆怎么化脸部会比较立体啊，我还在鼓动小蓝把眼镜摘了，戴美瞳，那样看起来更有女人味儿。”

“那你成功了没？”

“没。”顾小白沮丧地摇头，“她们同时开始认为我是个很有文化的同性恋。”

“……”

“但任何事情都是有附加的好处的。”沮丧了一会儿，顾小白又振作起来，“你看，由于我长时间进行这种身体和灵魂的分裂活动，我已经开始渐渐掌握了灵魂出窍的技能。”

罗书全呆呆地望着他。

“你看啊！”顾小白开始微笑地闭着眼睛在沙发上坐定，一动不动。

“干什么啊？”等了半天，罗书全终于忍不住问。

“你看角落里。”顾小白依旧微笑地闭着眼睛，“有没有看到一个人影在走动？”

罗书全转头看去，理所应当的，什么也没有。

“他现在走到厨房，倒了杯水，然后他喝了——他现在正在洗杯子……他现在把碗也洗了，你昨天吃的是速冻湾仔码头的水饺，因为地上还有一张残破的包装袋……他现在收拾起垃圾袋，往垃圾间走去……”

顾小白栩栩如生地描绘着一个并不存在的人。

“你快看医生去吧！”

被罗书全飞来的杂志击中，顾小白倒在沙发上，还在闭目微笑。

“你现在击中的是我的肉体，但是由于我的灵魂已经出窍，所以我的痛感神经没有办法感知到这一种撞击的行为……”

罗书全恨得要死，加上羡慕嫉妒恨，扑上去就掐住他脖子使劲晃。

“你现在感不感知得到？你现在感不感知得到？”

开始还在憋着气，终于忍不住扑腾起来，“别闹，”顾小白使劲叫，“你别闹！”

“我在帮你招魂呢！”

只能挠痒痒了，顾小白手伸到罗书全腋下一通乱抓，两人闹得好欢乐，门不知何时被推开了。书店的女孩毫无征兆地推门进来，看到这个情景，眼珠子差点掉下来。

“好了。”望着她飞奔下去落荒而逃的身影，顾小白严肃地坐起身，整理了一下衣领，“她现在很确定我是个同性恋了。”

罗书全看着顾小白跳起身，冲下楼去挽救这段不知道算不算恋情的关系，自己在电脑前若无其事地玩起来，十分钟以后顾小白连蹦带跳地冲上来。

脸色居然显得十分喜悦。

“怎么样？你成功挽回了吗？”罗书全问。

“左永邦真是个神人哪！”顾小白激动得都语无伦次了，“他告诉我两个同时交往，答案会自己浮现出来的，答案果然自己浮现出来啦！”

“啊？”

“话说我冲下楼去，她逃得比兔子还快！”

顾小白冲下楼去，拉住书店女孩。

“我上气不接下气地向她解释，事情不是她想象的那样，罗书全只是我的一个好朋友。”

“你不是叫罗书全吗？”女孩呆呆地看着他。

“嗯哈？”罗书全得意洋洋地反问，“你怎么说？”

“我说对，没错，我只是在展示我新学会的一门技能，她刚才看到的那个人其实不是人，其实只不过是我用意念分离出来的一个分身。既然都是我自己，那名字当然是一样的啦！”

罗书全呆呆地看着他，从来没看到能这么会自圆其说的人……

“你……真TM能掰啊！”罗书全吃吃地说。

“嗯，于是她非但认为我是个同性恋，连精神都不正常，于是我更加激动，更加口不择言地向她解释，这种冲动我已经很久没有体验到了……”

顾小白脸上浮现出梦幻的表情。

“所以你终于明白你真正选的真正喜欢的其实是她。”罗书全大叫道。

“哈哈哈，你完全猜错了，我在跟她解释的时候看着她的脸，我终于意识到哪怕她讲话再有趣，再有文化，再能背唐诗我也不想跟她在一起。”

“……”

“你想象一下，”顾小白看着他，“你如果每天起床，睁开眼睛看到的第一样东西，就是一张自己不喜欢的脸，你是什么心情？”他飞快地说，“那么每一天对我来说都是一个心情糟糕的开始，我将以糟糕的心情开始每一天，我会变得不爱说话，不爱见人，不爱任何活的东西，了无生趣，把睡觉当成我唯一的乐趣，直到我从此长眠不醒……”

望着罗书全呆若木鸡的脸，顾小白尘埃落定。

“这就是我聆听到自己内心的声音……”

“但是那另一个是个半文盲啊。”

“文盲都是可以培养的啊。”顾小白诧异地看着他，“小孩子不都是文盲吗？不都一个个培养出来了吗，你只要把她当成小孩子就行了——反正女人内心都是小孩子，只不过这是个漂亮的小孩子，我可以培养她的心智。但我再厉害，也没办法把一个不漂亮的小孩子培养好看啊！”

“你真是个禽兽啊！”罗书全叹为观止。

“你……”顾小白紧紧盯着他，“一直在看手机干吗啊？”

原来自己也在不知不觉的时候，一直在看有没有人打电话来。而这个人……正在一个人逛商场，也不时拿起手机看着，没有来电，失落又失落地放进包里。突然响起来，米琪激动得要命，一阵手忙脚乱地接起，原来是左永邦。

“嘿，是你啊。”

“干吗？不是我还是谁啊？”

“没有。”米琪笑了笑，“我就是在想，这个时间你怎么会打电话来？”

“一个会刚开完，一会儿去客户那里。”左永邦说，“顺便给你打个电话，你感冒怎么样了？”

“早好啦，你听听。”米琪把手机举在空中，“我像是在家里吗？”

“又在商场里？”

“干吗？心惊胆战了？”脸上挂着的，是勉强的笑容吧。

“我喜欢的是你。”对面的左永邦笑起来，“所以你喜欢什么就买什么，我干吗要害怕——对了，晚上我们一起吃饭吧，顾小白约了我们，好像要带他的新女朋友给我们看。”

“好啊。”挂了电话，米琪不由得往边上的餐厅望去。

就是在那个餐厅里，她前所未有地感到自己原来这么不被重视。这是对比下来感知到的心情……原来米琪丰衣足食，即便偶尔有些伤感，也咬咬牙过去了，但她也终于明白……有些东西，比如一个男人的关心，是钱买不来的……

罗书全走进餐厅的时候，米琪正在大落地窗前坐着，喝着咖啡，旁边一大堆购物袋。两个人见到对方的时候，都有些尴尬，又都是早到了。

“嗨！”

“嗨！”

两人微笑着看着对方。

“怎么又是你一个人先来？又要试鞋子？那我先去洗手间。”罗书全面无人色。

“没有没有。”米琪笑着扬手，“我给你看样东西。”

罗书全困惑地走过去，坐到米琪身边，看着她从一个购物袋里拎出一个大公仔玩具。

“你什么时候学得跟顾小白一样喜欢这种东西了？”

“没没，我给你看啊！”

说着，米琪在公仔后面的开关上拨拉了一下。

“早点睡觉咯？”公仔发出声音，“不要着凉喔……睡不着我讲故事给你听吧……从前呢，有只小白兔，它在森林里迷了路……”

罗书全呆呆地看着她。

“可以自己录音的哦。”米琪得意地笑起来，“以后我想听什么好话它都能跟我说。”

这是一个女人给予自己最最温暖的妥协……

因为她也想通自己要的究竟是什么，怎么去得到。

与此同时，在陕西路地铁站边的季风书店里……

顾小白拎着购物袋，里面全是女装。小秦在杂志栏前翻着杂志，开始一二三四五拿起五本杂志往收银台前走。

“你干什么？”顾小白忍不住问。

“啊？我们不是说好的吗？一件衣服换一本书，我们刚才买了五件衣服，所以我负责看完五本书。”

“是书……不是杂志。”

“啊？有什么区别吗？”

“杂志……”顾小白深呼吸，“里面还是衣服……”

“好好，就这几本吧！”小秦随便在边上的柜子上拨拉出几本书来。刚要走，突然瞥到一本书，一边抽出一边叫起来，“哎呀！这本书我十年前看过的！很感动的啊！”是痞子蔡的《第一次的亲密接触》。

“我还记得我当年看这本书的时候，我们全班女生都在看呢，我就拿过来看看啊，想，哎哟……怎么会有作者叫那么奇怪的名字啊，叫‘胚子蔡’啊。”

顾小白呆呆地看着她。“叫什么？”

“胚子蔡啊！”

“真的啊。”

“是的啊！”小秦伤感地感慨着，“那天下午我一个人看得几乎哭死，后来我就一直在想，这个胚子蔡是学理工的呀，怎么能写出这么感人的故事啊？难道是真的啊？明明写得那么感动，非要给自己取个名字叫胚子蔡，奇怪哇。”

一回头，身边顾小白已经消失。

大街上，人来人往，这么多人，却只有顾小白一个人在逃亡。

我们总是在不断地选择，衡量不同的指标，选择有钱的，选择身高一米八，选择胸围，选择学历，选择进攻的方向，选择逃跑的路线。因为这个世间没有尽善尽美，我们只能选择对自己最有利的。

选择，成为我们不被淘汰的理由，成了我们活下去的法宝，只是我们早已经忘了——

在我们很小的时候……

在罗书全从米琪家“安全”回来的那一天，到顾小白家接潇潇的时候。

“潇潇，我问你个问题。”他坐下来，疲倦地问面前的女孩。

“啊？”潇潇抬起头看着他。

“你长大以后，你会选择一个有钱的男人，还是对你好的男人呢？”

“什么？没听懂。”

“你会选一个有钱的男人，还是对你好的？”

“这些东西和我有关系吗？”

面对这样难倒所有成年人的困境，潇潇毫不犹豫地看着面前的男人。

“我只选自己喜欢的。”站起来，拍拍罗书全的脸，“也就是你啦。”

说完，潇潇嚼着口香糖，头也不回地走出顾小白家。

罗书全一个人呆呆地坐在那里。

我们都已经忘了……

LESSON 3 红颜知己零风险

有时，我真的还想和另一个女人保持某种关系。她不是小三的升级换代产品，她没有妒忌、没有小脾气，她是最好的男人身边才会有的、无毒无公害的红颜知己。

从某个角度、某个时间看这个城市的人流，你会发现每个人都是一模一样的。一样的表情，一样的步伐，去一样的地方，做一样的事情。彼此之间没有交流，没有说话，像工厂流水线上输送的产品。唯一让他们获得活下去的动力，或者说与别人不同的，是他们心里都有一个人。这个人懂你所有的心事，了解你所有的行为模式，在你低落的时候当你的输送液和垃圾桶，在你高兴的时候陪你举起杯子庆祝，这个人就叫做“知己”。

这一天，罗书全在家里的电脑前干活，而顾小白趴在桌子边像狗一样看着他，看了足足有一个半小时，罗书全则始终不为所动。

“你看看我呀，你看看我呀。”顾小白终于忍不住了。

“我看你什么啊？”

“你看我失恋多可怜啊。”

“你可怜个屁啊。”罗书全转过头，“你哪次失恋不是这个样子？都是一模一样的，我都看了十几次了，就有一点不同的是你这次是被两个女人同时甩了，活该！”

“嗯？你这个人怎么这么没有同情心？”顾小白诧异地看着他。

“我忙着呢。”

他凑上去看了看，原来罗书全正在给一个网络游戏做测试。这是公司最近派给他的工作，为了让他专心打游戏，不要被别的事情打扰，罗书全可以不上班，在家“工作”。

“切……幼稚。”

“你成熟？”罗书全反击，“成熟的人现在不是在工作，就是在去工作的路上，谁像你在这里扮失恋——你可以上去睡觉了！”

“我不去。”顾小白呻吟了一声，“失恋的人是不可以睡觉的，太没气质了。”

“滚！”

“哎？亏我把你当我唯一的好朋友、知己，你居然叫我滚……好吧……我滚了……”顾小白悲怆地走到门边，扭头回眸，“我滚了啊……”

“嗯。”

“我真的滚了啊。”

“嗯……”

“我不会。”顾小白妩媚地一笑，“你来教我怎么滚。”

罗书全跳起来要揍顾小白，顾小白逃出门去，罗书全砰地关上门，走回电脑前，还听到顾小白在外面发花痴，“团成一团……团成一团……”

顾小白跑到楼上，一步步贴着墙壁，像陀螺一样地打着转，滚到门边，头晕眼花，忍不住弯下腰，“头好晕，好想吐。”

突然在他的视线里，出现了一双白球鞋，顾小白心中一寒，慢慢往上看去。祸不单行，站在面前的正是阿千大人。

“麻烦你告诉我我看到的是幻觉。”顾小白抬起头，面无表情地看着她。

“不是幻觉，谢谢。”阿千义正词严地回答。

原来阿千作为一个万千人流中打死也红不起来的小演员，已经半年接不到活了。非但没有任何剧组找她演戏，照她的话说，连个广告代言也没有，所以她就越来越穷。俗话说穷则思变，阿千变来变去变不出什么花样。突然这天早上脑子里变出个顾小白，于是脸也没洗就跑过来求救了。

“不是我不帮你，我现在在写的那个戏已经介绍你客串过了，那个角色已经死了，你也不能再去演了啊。”楼下的咖啡馆里，顾小白已经困得要死过去了，只能用力撑着下巴听着阿千诉苦。

“那改成双胞胎行不行？”

“索性写成克隆人好哇？”

“……”

“是这样的，我租的那个房子已经三个月没有交房租了，房东已经催了我三百次了，再不行我就要卖身了。”阿千深吸一口气说。

“这么严重？哎呀，你早说嘛，需要多少钱？”

“大概一万块。”

顾小白打着哈欠打开钱包抽出卡，“密码是我生日，自己去取，我现在可以上去睡觉了吧？”

“不行，这一万块是欠房东的钱，房子已经被房东收回了，这一万块是把我押在他那里的身份证取回来的钱。”

“哦……那你现在住哪儿啊？”

“住你家？”

“阿扑色录特嘞闹特……”

“什么意思？”

“就是不可能，滚。”

“喔，那就没办法了。”阿千死死攥着卡，羞涩地笑笑，“把你拽到这里的这会儿，我已经叫搬家公司把东西全搬你家门口了。”

顾小白家里，顾小白躺在客厅的沙发上哼哼，刚刚他才亲眼目睹了一场暴力拆迁的反面——暴力迁入。还没恢复，边上的阿千兴高采烈地把一件件家具搬进另一间次卧，出出进进，还在往墙上贴海报，俨然已经把这当做自己的新家。

“哎呀！你想开点嘛。”阿千看他实在打击过重，走过来，在沙发上坐下，看着他，“你想想，这间房间空着也是空着，而且一个女人跟你一起住，没事也可以给你烧烧饭，打扫打扫卫生。”

“你以为我会笨到被你这种话骗吗？”顾小白斜眼看着她。

“那，”阿千一副听天由命——她还有脸听天由命——的样子，“现在生米已经煮成熟饭了，你就应该往积极点的方面去想。”

“比如说？”

“比如说，你想啊，”阿千自己想了一会儿，开始掰手指，“从今以后我住在这里，你碰到什么失恋啊、失业啊、失婚啊这种事情，这种事情对你来说很平常的呀……”

“啊！真是的。”顾小白点头，“我刚刚同时被两个女人甩了呢！”

“我就可以安慰你啊，开导你啊。”阿千谆谆诱导，“帮你出谋划策啊，帮你主持情感热线啊，做你的情感垃圾桶啊……”

刚刚还躺在沙发上奄奄一息的顾小白，听了这话，眼睛慢慢地亮了起来，坐起身看着她，说：“噢……原来你是作为一个垃圾桶搬进来的？”

“阿扑色录特嘞耶丝！”

第二天，风和日丽，左永邦、米琪、罗书全被顾小白叫到港汇附近喝咖啡。顾小白把阿千作为一只移动垃圾桶搬进来的辉煌事迹渲染了一遍，所有的人都斜着眼看他。

“我和她是最纯洁的男女关系呀！”顾小白说。

“我觉得世界上就没有纯洁的男女关系。”米琪发言。

“这算啥说法？照你这么说，男人和女人就没办法做朋友啦？”

“普通朋友肯定能做。”米琪说，“但做到好朋友，好到一定程度，就肯定有问题。”

“什么问题？”

“男女问题。”

顾小白绕不过她，气死了，“你们女人就是这么狭隘，喔，她没钱付房租，我让她在家里住一阵，就像家里放了个垃圾桶，我和垃圾桶能有什么问题？”

“你们一个男未婚，一个女未嫁，又都是单身，没有问题也会出问题。”米琪接着说。

顾小白看看左永邦，刚想求救，顺便挑拨离间一下，左永邦倒自己放下杯子说话了。

“我同意米琪的说法。”左永邦点点头，“但是还有一种情况也是例外。比如，一个男一个女，好朋友，如果这个女人特别丑，丑到你不会有任何想法，那就不会出什么问题。但，那个阿千不丑吧？”

“阿千当然不丑，她是一个演员嘛。”

“那就是了，你当心一点。”左永邦说。

“我当心什么？当心什么啊！！！”

左永邦不说话，看着远处……远处的云好白，然后他转过头。

“你回想一下，你以前有没有过那种长得特别漂亮的女性朋友，跟你关系特好的？”

“有！有！”顾小白不疑有他，急着往陷阱里跳，“我前两年就认识一个，后来去美国了。那个特别漂亮，我跟她就是什么事都没有，就是兄弟，勾肩搭背逛街，勾肩搭背各回各家。”

“那你们是没喝过酒。”米琪举手。

顾小白瞪着眼看左永邦，“你还要不要她？你不要她我可以现在一脚踹死她吗？”

左永邦笑起来，“那我再问你一个问题，这个问题回答完了，就过关了。”

“好！”顾小白振奋了一下精神，好像过关后可以领奖金。

“你好好回忆一下，”左永邦看着他，慢慢地，一字字地问着，“仔细回忆，老实回答，你和那个去美国的美丽‘纯兄弟’接触的这段时间里，你晚上……呃……有没有做梦梦到过她？梦里面，有没有——和她……呃……有过超出‘友谊’的举动？”

问完，大家还想幸灾乐祸地看反应，没想到一转眼顾小白已经不见了。

五十米外，一阵风沙滚滚，顾小白一边跑着，一边迎风流泪。怎么会有这么阴险的问题啊？人家以前单身，做春梦也不可以啊……

回到家，阿千正躺在沙发上看电视，姿势还颇为撩人。顾小白冲进里屋，噼里啪啦地翻出一叠纸。阿千也不知道发生了什么事，然后还听到里面有打印机的声音。过了一会儿，她刚想敲门去看，顾小白已经拎了一叠纸出来，把她也拎到客厅茶几前，啪地把纸拍在茶几上。

“鉴于我小时候家门不幸，”顾小白的表情严肃得要命，“和你住在同一个楼层，又发生过交谈，以至于二十几年后我遭到了命运齿轮的报复，让你和我住在同一个屋檐下。为了我们能更好更和谐地相处，直到你搬离这栋屋子，上帝对我的惩罚期限到期为止。我有必要和你签订一份协议，约法三章。”

“哪……哪三章？”阿千吃吃地看着他。

“条约第一款，”顾小白缓缓道，“不论发生什么事情，或者我们处在什么样的状况，除非地震火灾等不可抗因素外，和我保持两米的距离。”

“第二条呢？”

“不论发生什么事情，或者我们处在什么样的状况，除非地震火灾等不可抗因素外，和我保持两米的距离。”

“这不是第一条的内容吗？”

顾小白又缓缓点了点头。

“一共六页，四十八条，每一条都是这句话。”顾小白看着她，“千言万语数不尽我心中的哀与怨，总而言之一句话——你离我远点啊！！！”

阿千真是家门不幸，寄人篱下，只好忍受顾小白数不尽的蹂与躏。她恨恨地签了，顾小白高兴起来，叫了外卖和阿千吃。吃饭过程中顾小白也尽量小心翼翼，等阿千夹完了再夹菜。这一顿饭真是吃得举案齐眉，顾小白从没想到吃一顿饭能把自己吃得筋疲力尽。

吃好饭，顾小白说要去附近超市一趟。

“我也要去！”阿千急忙穿好衣服说。

“你去干吗？”

“我也有很多东西要置备啊……”

这副二皮脸的样子让顾小白真是一点点办法都没有。

家附近步行十分钟就是个百货公司，百货公司底层有个大超市。顾小白拎着篮子，阿千也拎着篮子，周围有很多人在精挑细选地往篮子里放东西。顾小白却随时监视着阿千，她靠近一步，他就跳开三尺。他眼睁睁地看着阿千买了红酒，红酒开瓶器，还有乱七八糟一堆生活用品，心想这下真是死定了，他是不是半夜趁阿千睡觉搬家算了。

两人从自动扶梯走上来的时候，顾小白心里一直在盘算着这个计划的可能性，越想越是万念俱灰。

到了地上一层，路过一个化妆品柜台，阿千叫住顾小白，说等一下她，她想试试一个粉底。

“粉你老母。”顾小白心里恨恨道，看着阿千坐在那张圆凳上东张西望。这时不远处走来一个制服小姐，越走越近，越走越近，顾小白呼吸也越来越困难。那确确实实是一个明艳动人，符合顾小白200%审美的极品美女！

那个人走过来，从边上的盒子里先后拿出一样样化妆用的刑具。

她每拿出一样，顾小白心脏就停跳一拍，拿出十几样后顾小白的心脏几乎已经连成一条线了。那个人完全没注意到，只是拿着睫毛刷在阿千的眼睛上划来划去。阿千也闭着眼睛，一副很享受的样子，完全没想到，边上已经有一个人快要没命了。

“快一点，啊……”顾小白一边在四周焦灼地乱转，一边嘴里嘟哝着。

他刚经历过不靠谱的美女事件，对美女这种生物又期待又抵触。

“没关系，马上就好。”那个女孩子转过头，对着顾小白动人地笑了笑，“先生，你女朋友这么漂亮，用了我们公司的产品会更漂亮的。”

不知是公司规章制度，还是纯属没话找话，说完这些，那个大眼睛、笑起来很灿烂的女孩子开始向顾小白和阿千推销起产品来了。顾小白心里只有一个声音在狂喊：“那不是我女朋友！那不是我女朋友！那就是个垃圾桶！”

但什么声音也发不出来，喉头嘶哑，就差就地吐出一摊血来。

“他不是我男朋友。”阿千突然睁眼，对她说。

“啊？”女子愣了愣。

“他不是我男朋友。”阿千又再度强调了一遍。

大概是以为小两口在闹别扭，女人只是笑了笑，并没有接话。顾小白也死死咬住嘴巴，怕一张嘴，喷两人一脸血。

“你觉得他这人怎么样？”过了一会儿，阿千突然又问。

“啊？”

“就说长得帅不帅吧！”

“挺……挺帅的呀……”

可能是不太好意思——任何人面对阿千都会有一种不好意思的心情——女人转过头，对顾小白礼貌地笑笑。

“可你知道吗？”阿千突然睁开眼，看着她，“他刚接连被两个女人抛弃啊！”

面对着自来熟的阿千，女人再一次局促地笑起来。

“一个人到底要惨到什么份上，才会接连被两个女人抛弃啊？”阿千睁大眼，不依不饶地看着她，“嗯？你倒是说说看！”

“我……我不知道啊。”

“那你想不想知道呢？把你手机号码给我……”

“……”

第二天，罗书全在电脑前打游戏，顾小白在边上拿着一张名片对着灯光已经看了一个小时。

“是真的。”罗书全忍不住安慰他。

“莫小闵……”顾小白拿着昨天那个女人羞涩地拿出来的名片炫耀，像念银行存款一样幸福地又念了一遍手机号码，“你看！你们以小人之心度君子之腹了吧！阿千非但对我没任何想法，而且还积极地在帮我张罗，让我尽快摆脱失恋的苦恼。”

“你苦恼个屁啊。”罗书全回头问，“那个化妆品小姐漂亮吗？”

“非常漂亮啊！”

“也就是说阿千帮你搭讪了一个美女，来提供你发展的可能性咯？”

“Yes！”

“我也好想有一个这样的垃圾桶啊。”罗书全突然很羡慕地看着他，“你让这个垃圾桶搬到我这儿来怎么样？”

“哈哈，怎么可能？！”顾小白指着罗书全，“非但不可能，而且你已经从我的知己名单里OUT了，因为我找到了真正的红颜知己！”

“对你来说，你的红颜知己就是媒婆咯？”

顾小白微笑地看着罗书全，然后慢慢手伸下，按下电脑开关电源，在罗书全错愕的眼神中蹦蹦跳跳地上楼了。

在上楼过程中，他感到一种前所未有的幸福感。

所有的事情都将启未启，好像一张刚刚放进播放器还没按PLAY的DVD。所有的事情都有可能，所有的方向都有可能。但就是这种什么都还看不清的情形，让他突然觉得生活很美好。

美好在可能性本身上，那种岁月静好、现世安稳的例子根本用不到顾小白头上。对他来说，岁月不静才好，现世不安才有劲。

然而以前只是脑中蠢蠢欲动的朦胧，自从阿千这个现实行动派的搅屎棍子搬进来，一切才变为无限可能性的现实。

回到屋里，阿千正在看电视。听到顾小白开门，转过头看看，表情非常之得瑟。阿千也不说话，保持这种表情转过头继续看电视。

顾小白走到阿千边上，坐下，突然间……涕泪滂沱。

“我错了。”顾小白一把鼻涕一把眼泪地说，“我错误地估计了形势，低估了你的能量，以至于用了一种简单粗暴的办法来制约我们的关系——对此我表示真挚的道歉，请你接受我的哀悼。”

他沉痛地说完，斜眼打量她的反应。阿千置若罔闻，完全无动于衷。

“如果你再不原谅我，”顾小白小心翼翼地说，“我只有以死相逼了。”

手上突然多了一把水果刀，是阿千默默递给他的。

望着这把刀……顾小白思考了下，虚晃了一枪，拿过一只苹果，开始默默地削起苹果来。

“我问你，”阿千突然转过头，紧紧地盯着他，“你跟我签订的那个协议……”

“不要再提那个协议了，我错了！”

“是不是害怕我会跟你发生点儿什么？”

顾小白停止了动作，呆住了，转过头一动不动地看着她。

“小白，”阿千看着顾小白，真心诚意地说起来，“我喜欢你，是喜欢你的为人，真诚，不做作，不虚伪。你有所有男人的缺点，但是你从来都不掩饰。”

“你……”顾小白又有点不确定了，“你是在夸我吗？”

阿千点点头。

“但是我绝对不会跟你发生点儿什么。”阿千突然有些哀愁地笑起来，“不是因为你不够有魅力，而是……我其实是喜欢女孩子的。今天的电话不是为你要的，是为我自己，这也是为什么今天我在那里化妆化了那么久。其实对我来说，你才像是真正的姐姐……”

阿千静静地看着他，真诚地说完，然后带着一声遗憾般的叹息。她站起身来，缓缓走进了卧室……

身后的顾小白，浑身的每一个血细胞，都变成了粉末。

接下去的几天里，顾小白再也没有出过卧室，饭也是叫了外卖，自己拎进屋子吃。阿千开始还以为没事，进去看了几次，顾小白都躺在床上，缩在被窝里看《金刚经》，胡子也不刮，蓬头垢面的也不以为意。他看了一眼阿千后，也只是眼神浑浊地缓缓转过头去，继续看书。

就这么熬了近一个星期，阿千终于忍不住了，跑下楼去找罗书全求救。

“我就是要让他受点打击，”跟罗书全说明完前因后果后，阿千解释道，“不要整天沾沾自喜，自以为是，觉得每个女人都会爱上他，电话当然是帮他要的啦！可你知道他让我签的那份协议吗？”阿千看着目瞪口呆的罗书全叫起来，“整整六页，四十八条，就一句话，和他保持两米的距离！”

“可是他今天已经一天没吃东西了。”阿千苦恼地说，“我刚才进去看他，他抱着一本佛经在看，看到我睬也不睬，好像根本没我这个人一样，我这次是不是玩大了？再下去他和我隔着就不是两米的距离了，是两个世界了。”

呃……这么严重了吗？

“哎呀，”反应过来后，罗书全开始开导阿千，“你不为他想也要为自己想想啊，你想他现在已经开始自暴自弃了，哪天突然开始恼羞成怒了把你赶出去，你怎么办？”阿千张大嘴，愣愣地看着罗书全，终于反应过来，猛地站起身，毅然决然地走到顾小白卧室门口，开始敲门。

罗书全也一脸凝重地跟在后面。

“小白……小白……”阿千拼命敲门，里面却一点反应也没有。

悄悄拧开门……屋子里光线昏暗。床上，一个木乃伊一般的存在正在一动不动地躺着，手里拿着一本佛经，正在入神地看着，对于周围的变化，对于身边多了两个人完全没反应。

“小白……”阿千走到床边，关切地看着他。

“干什么。”

“吃早饭了。”阿千抒情地说道，“我做了你最爱吃的火腿煎鸡蛋。”

“哼！吃与不吃，有什么分别。”顾小白鼻子里嗤了一声，悠然望着天花板，“怎么都是行尸走肉的一副臭皮囊，早晚化为风中的一缕青烟。”

阿千大惊失色，吓坏了，转过头看着罗书全。

“他精神还正常吗？”

“别扯早饭的事情啦！”罗书全也急了，“说重点！”

“这个是这样的，”阿千咳嗽两声，“小白，我之前是跟你开玩笑的，呃……有关我，和那个电话……其实我不是……那个电话我是帮你要的……”

阿千从来没有这么毕恭毕敬地和谁道歉过，然而换来的却是……

“真实与虚幻，谁能分得出其中的界限？”

顾小白转过头，静静望着她，哀伤地笑起来，“你又怎么能确定你看到的是我，那只不过是你的幻觉。一切都是虚妄，如梦幻泡影。包括你，包括我，都是尘世间的一缕青烟……”

阿千只好无奈地看看罗书全。

“小白，”罗书全也帮忙检讨，“阿千跟你开个玩笑，你想开点。”

“是啊是啊，”阿千连忙点头，“我认错了，而且我以后真的跟你保持两米的距离。你不允许，我不会开口说话的。”

“那每天帮我扫地。”顾小白连忙说。

“没问题。”

“每天叫外卖点的菜我做主，你不许发表意见。”

“没问题。”

“以后我的任何行为，都只许赞美，不得以讽刺、拒绝、沉默的方式加以否定。”

“没问题，你都是正确的。”

“行了，”顾小白双眼盯着佛经，“电话拿来吧。”

接过阿千恭敬地递上来的名片，顾小白面无表情地扯去手里“佛经”的书皮，露出里面《幽游白书》的封面，长长松了一口气，继续津津有味地看起来。一转头，他讶异地看着罗书全和阿千。

“咦？还在这里？没事了，退朝吧。”

阿千呆呆地望向罗书全，罗书全面无表情地转过头，落荒而逃。

接下去的时间里，顾小白一直在酝酿怎么打那个电话，以及打了怎么说，说什么。阿千只好在边上，一直以赞美鼓励配合的方式支持着顾小白。为了确保顾小白的第一个电话完美无瑕，她还拿着手机跑到洗手间冒充莫小闵和顾小白对台词。这一通热身电话打了足足有七八十个，打到顾小白胸有成竹，打到阿千威胁顾小白把她的手机费包年为止才罢休。

直到顾小白终于拨出莫小闵的电话，听到电话里传来一声“喂”。

“喂？”

“莫小闵吗？”

“是，请问你是？”

“我是顾小白。”顾小白深吸了口气，回答。

莫小闵稍微有些惊讶，顾小白解释了以后——“和那天那个令人印象深刻的精神病女子一起的倒霉男人”——莫小闵才反应过来，笑起来。

顾小白约她晚餐，莫小闵迟疑了一下就答应了。挂了电话，顾小白愣了半天，不知道这是出于自身魅力，还是上天对于他最近那么惨的一次性大礼包回馈。总而言之，他迅速开始收拾，到了下午五点总算打扮妥当。从屋子里出来，逼得阿千赞美了他一百遍，这才忐忑不安地出了门。

到了莫小闵上班的百货公司，莫小闵正好下班，两人一见，竟有些讪讪的。不得不说，这样的约会本身就是有些无厘头的。莫小闵在化妆品柜台上班，加上容貌娇美，身材魔鬼，少不得吸引一些关注的眼光。但事情坏在来化妆品柜台的男人总是陪着身边的女友，纵然心动不已也只能干咽口水。哪里料得到还有阿千、顾小白这种组合，更别提阿千主动要了她号码。

那一次莫小闵就对顾小白有些好感。

在她看来，顾小白当时心慌意乱的样子简直是好玩死了。当然也料不到接下来的发展，给了阿千手机号码后，她还惴惴不安地等了一两天。没想到音讯全无，也就绝了念头，就当是一出无聊的闹剧。今天接到顾小白的电话，突然有了一些峰回路转的错愕。再接下去一秒，也就觉得生活美好起来。

顾小白约了她在边上的一个意大利餐厅吃饭。

进了餐厅，落了座，点了餐，周围的音响里放着谢弗兰演奏的巴赫大提琴奏鸣曲。对面的女人大胆起来，笑吟吟地睁大眼看着他。顾小白反而有些羞涩，只能傻笑不已，也不知道在笑什么。

“你是做什么的？”莫小闵突然问。

“啊？”顾小白没反应过来。

“职业。”

顾小白愣了愣，“我是做广告的。”

“广告？”

“广告。”顾小白长长吸了口气，确定地点点头。对于这个问题，他有一个照例的撒谎的回答。因为对一般人来说，无论是自由撰稿人还是情景剧本作家，都会给人一种不靠谱的感觉，因为人们很容易对不了解的东西产生误会。而在广告公司工作感觉就不一样了，会给人又忙碌又与时俱进的质感。反正顾小白以前也在广告公司上过班，不算百分之一百的说谎。

“广告创意，”顾小白点点头，“就是把客户这边传来的营销策略啊、广告定位之类的东西转化成故事或者一个点子之类的。”

营销策略，广告定位……真是好专业好帅的词……

可惜离顾小白的生活已经快十年那么远了。

那是大学刚毕业那个时候的事，他迅速觉得那些忙忙碌碌的时尚感都是虚假繁荣。虽然每天穿着最时尚的装束去上班，公司里也都是一班最时尚的精神病患者。但他们面对的，却是一帮恨不得在三十秒里把最土的广告词念上三十遍的广告主。他心中还是有类似梦想般的东西吧，虽然不确定那是什么，但至少不是这个。于是，顾小白就毅然辞了职。

“就像我们产品那样的东西吗？”

“是啊。”

“那你知道我们产品的广告是哪个公司做的吗？”莫小闵认真地问，“我一直觉得我们的产品拍得很漂亮。”

“不知道。”顾小白斩钉截铁地回答。

回到家，顾小白简直是身心疲惫。好久没有正儿八经地约会了，尤其是面对一个自己认真喜欢的女孩，简直比上一个月班还累。要注意谈吐礼仪，要幽默风趣，要兵来将挡，要找准机会主动出击，不能总是被动挨打。碰到难以回答的问题还要小心翼翼地迂回绕开，约会简直变成了一个军事活动。

但想到莫小闵离去时微笑的眼神，他心情又复杂纠结得要命。回到家，一推开门，屋里一片漆黑，还没拉开灯，一股刺鼻的气味就扑面而来。打开灯，阿千坐在沙发前的地上喝着红酒，灶台前乱七八糟。

“我靠！你在干吗！”

顾小白呆呆地看着她，愣了半天，终于反应过来，连滚带爬地去收拾灶台。

“放着吧，”阿千拿着红酒杯，咯咯笑起来，“一会儿我来。”

“你来？你来一会儿屋子就该烧起来了！”

顾小白连擦带抹，然后跑去窗前打开窗，让风吹进来。那是不知什么东西被烧焦的味道。阿千一直坐在沙发边的地上，手上拿着红酒杯看着顾小白忙进忙出，也不说话，就是咯咯笑。好不容易等顾小白收拾停当——

“你回来啦！”阿千举高杯子，“欢迎回来！”

“你刚看见啊？”顾小白走过去不可思议地看着她，“为什么喝那么多酒？”

“我本来是想吃饭的啊，于是便自己烧饭，因为烧砸了，所以只好喝酒了。”阿千无辜地看着他，顾小白静静地回看了她一会儿，走过去坐下来，给自己也倒了杯酒。

“你约会怎么样？”

“累死我了……”顾小白叹了一口气，“我一直在和她说我是广告公司工作的，因为我不想让她觉得我是个吊儿郎当的人。”

“呃……问题是你就是个吊儿郎当的人啊。”

“可我不想让她这么认为啊。”顾小白看了看她，“偏偏她又特别感兴趣，我只好一晚上使劲回忆我以前在广告公司上班的事情，做过的案子，想得我筋疲力尽，都快吐了。”

“啊哈哈哈，”阿千笑得浑身发颤，“她信了吗？”

“嗯，她看起来就是一个工作很疲惫、身心很需要依靠男人的人，哈哈。”

“你个禽兽！”阿千哈哈大笑起来，顾小白也嘿嘿乐，也不知道两个人为什么突然笑起来。

“哎？”阿千突然转过头，直勾勾地看着他，“我觉得我真是失败啊，工作又失败，恋爱又失败，二十五岁了还没演过一个别人记得住的角色，男人一听说我是演员么，”阿千使劲抓头发，“又本能地想玩玩，但是又不能太认真。你知道一个女演员二十五岁还没怎么演过一个正经的角色，还有多少年可以混吗？”

“所以嘛，”顾小白自顾自点点头，“你应该和别人说你是个百货公司售货员。”

“哎，你说是我们太失败了，还是太没自信了？”

“啊？”

“就是说……”阿千斟酌了一会儿，“是主观说太没自信了，还是客观上其实是太失败了？”

“你很有文化的嘛，还知道主观客观。”

“你去死吧！”

顾小白又嘿嘿笑起来。

“我跟你这么说吧，”顾小白微笑，“其实这不是主观客观的问题，这是一个鸡生蛋蛋生鸡的问题。就是因为自己没自信，所以越来越失败；而越来越失败呢，就会越来越没自信，所以就这么恶性循环。”

“谢谢！有文化的人就是不一样，安慰起人来感觉也特别不一样！”阿千重重点了点头，“这样吧，我们来做个约定！”

“什么约定？”

“等到你四十岁没人要，我四十岁也没人要的时候，我们就在一起搭伙过日子，怎么样？”

“明白！这就是传说中的备胎。”

“完全正确。”

“完全拒绝。”

望着阿千呆呆的眼神，顾小白耐心地解释起来：“你想想啊，我是男人啊，男人四十岁还是可以找三十岁甚至二十岁的女孩子。你就不行了，你只能找六十岁的，最多五十岁的——这叫道不同，不相与谋。”

“很好。”阿千点点头，拿过电话，“我现在就打电话给莫小闵告诉她，你不知多少年前就从广告公司辞职了，现在自由职业，有上顿没下顿。”

“我靠！”顾小白浑身一抖，扑上去和阿千抢电话。两人都喝了酒，阿千更是喝得醉醺醺的，两人在地上爬来爬去，互相拉扯。不知怎么，就发现对方离自己那么近，真的是……很近。而且，不知怎么地，在无声无息中——变得越来越近。近到了阿千听不到其他声音，近到了她自觉地闭上了眼睛。在闭上眼睛的一刹那，看到对面的人也闭上眼睛。

这是多么长的一瞬间……

阿千闭着眼睛，等着那一种叫做吻的温暖的东西，等着那一种让自己放松心情，即便第二天宁愿什么都没发生的事情。然而……那一瞬间也太TM长了吧！阿千睁开眼，对面的顾小白不知何时早已睁开眼，一动不动地看着她。

“你不觉得这样……”顾小白说。

“太悲惨了吗？”阿千自然而然地接了下去，然后两人同时笑了起来，笑得在地上打滚，笑得刚才所有的氛围荡然无存……

他们又变成两个光屁股的小孩子。

再往后的时间里，两人彻底沦为废柴。顾小白和阿千一个没工作，一个懒得工作，两人一天里大部分时间都窝在沙发上看电视。

顾小白隔三差五地去和莫小闵吃个饭，约个会。两人关系也越来越近，但莫小闵始终不知道顾小白家里有这么个女人。而这个女人，基本上已经荣升为顾小白在异性交友方面的总策划、总参谋和总演戏对象。

每次约完会回来，顾小白都事无巨细地汇报，滴水不漏地坦白，阿千便指东打西，一一分析，摆出莫小闵说这一句话背后的一二三四层意思。让顾小白惊叹，女人实在是太神奇的一样生物了。和阿千出街的时候，顾小白又轻松又自然。阿千长得美，路人又纷纷拿羡慕的眼光看他。而顾小白工作的时候，阿千便会一边涂着脚指甲，一边把脚搁在顾小白腿上晾干……

没错，就是这么和谐，和谐到突然有一天，顾小白心里起了一个可怕的疑问，那就是……

“我要女朋友到底要干吗？”

这天，顾小白再次约了左永邦、罗书全和米琪。在港汇楼下的咖啡店，对他们发出了终极疑问：“自从阿千住在我这里以后，我突然发现，我根本不需要女朋友！女朋友能够提供给我的快乐她都能提供！”

“真的么？”罗书全转过头斜眼看着他。

“畜生！”

顾小白义正词严地看了他一眼，转过头又激动地说起来。

“我们可以一起玩，一起上街，一起打打闹闹，一起谈天说地。”顾小白掰手指，“我要工作的时候她也不会来打扰我，我们一起上街的时候别人看我的眼光也不会是同情，而是羡慕嫉妒恨。我们俩可以坐在沙发上喝红酒喝到天亮，互相倾诉各自的感情史，然后感慨自己是如此遇人不淑，然后各自回房睡觉。而同时，她又不会因为出于爱情而理直气壮地来霸占我的私人空间、私人时间。她不会来干涉我的社交，不会来窥探我的隐私。没有妒忌，没有愤恨，没有小脾气。一句话，她能给我所有女朋友能够给我的快乐，而没有任何女朋友所带来的负面的东西……”顾小白一口气说完，缓缓地扫视众人。

“那我为什么还要女朋友呢？请问。”

“……”

“嗯？请问！请问！请问！”

“那你为什么不把她带来一起吃饭呢？”米琪问。

“那她不真成我女朋友了？”不假思索地，顾小白脱口而出。

这句话说完，顾小白自己也突然觉得不太对劲。反应过来后，眨着眼睛惊恐地看着他们，三个人约定好般面无表情地回看着他。

“你小心到最后把阿千变成你的女朋友。”左永邦慢悠悠地说道，“把莫小闵变成你的红颜知己。”

“你们为什么老是要吓我呢……”

到底什么是女朋友？什么是红颜知己？她们之间相差的到底是什么呢？

总体而言，男人需要的是一个谅解、体恤、懂他的女人。而这点，又确确实实是红颜知己最能办到的。那女朋友呢？女朋友只是一个……

晚上，顾小白一边和莫小闵吃着饭，一边脑子里还在思考这个问题，想到脑枯萎。

“你知道我这两天下了班回家后都在干吗吗？”莫小闵突然问。

“啊？”顾小白回过神，呆呆地看着她。

“你知道……我这两天每天下班回家都在干吗？”

“干吗？”

“看电视。”莫小闵深吸了口气，“我以前看电视都看电视剧，但我这两天碰到电视剧就转台，专门找广告看。我发现广告真的还蛮好看的，可惜……”莫小闵看着顾小白的眼睛，微微笑起来，“一直没看到你的作品。”

“……”

望着张口结舌的顾小白，莫小闵再度笑起来。

“没关系，我再找找……”

“你找不到的……”凝视了莫小闵良久，顾小白终于长长吸了口气，“因为那是好多年前作的，早已经放完了。”

“……”

“我早已经从广告公司辞职了。”顾小白看着她的眼睛，“现在不是在做广告，是自由撰稿人。这么说是好听的，其实是有上顿没下顿，太穷的时候也会给一些情景剧写剧本。”

顾小白一口气交代完，心里有了一种踏实感。“我不知道你会怎么看我，看我的职业，会对我有什么判断。我不想让你觉得我是个不靠谱的人，所以我本能地骗了你，对不起。”

“是这样。”终于，莫小闵慢慢点了点头。

“你现在肯定加倍地觉得我不靠谱吧？”顾小白笑起来。

“恰恰相反。”听了这话，一直在低头凝视着桌上叉子的莫小闵，抬起头来肯定地说。

走出餐厅，顾小白明显觉得莫小闵和他的距离近了，他说不出是为什么。但这是真的，这是怎样的一种靠近呢？顾小白心想。

莫小闵也没有说话，一路默默走着，也不知道在想什么事情。走到路边拦下车，莫小闵转头笑起来。

“那我先回去啦。”

那一瞬间，顾小白很想脱口而出，“你知道吗？现在有个女人住在我家里，那是我的红颜知己。”但是，他没有说，他没有说出口的瞬间突然明白了友情和爱情的区别。

一种叫做忌讳的东西在他心中模模糊糊地展现开来，那或许才是最根本的区别。一个心有忌惮，一个无所顾忌，而忌惮是出于在乎，无所顾忌是因为完全无所谓吗？倒也不见得。

带着这样模模糊糊的心情，他看着莫小闵坐的出租车越来越远。

回到家，阿千依旧百年不变地在厨房捣鼓，试图喂活自己，看到顾小白回来，连蹦带跳地跑上来。

“怎么样怎么样？”

“我觉得可能可以正式开始了。”顾小白说。

“你怎么判断的？”

“当然是眼神。”顾小白不可思议地看着她，“一个女人愿不愿意与你交往，眼神就看得出来啊，你教我的啊！”

“喔，是吗？”看着顾小白，阿千的眼神突然开始变得邪恶起来，“这样啊，那你看看我愿不愿意和你交往？”

“……”

她凝视着顾小白，顾小白也呆呆地回看着她。不知怎么，心中突然有一种很酸楚的东西，轻声叩动着。他想，那种酸楚的东西难道叫做幸福感吗？

大概，或许是的吧。

忽然阿千笑起来，顾小白也笑起来。

“我什么都还没吃呢！”阿千说。

“老板……两碗沙锅馄饨。”

深夜的街头路口，一个路边摊旁，顾小白和阿千坐在那里。

“这就叫人同命不同。”阿千叹道，“人家吃意大利大餐，我吃路边摊。”

“你懂什么，”顾小白瞪着她，“这个地方我都从来不带别的女人来。”

“为什么？老板是你爸？”

“是你爸！”

顾小白把阿千面前的馄饨拿过来，指了指不远处的一幢楼。

“看到那个楼没有？”那是一组在夜色中朦朦胧胧看不清轮廓的楼群。

“那是我以前的大学。”顾小白笑起来，“以前每天晚上，回寝室睡觉前，有时候我一个人，有时和我同学都会在这里吃这个沙锅馄饨。怎么也吃不厌，特别好吃。毕业后我就很少来了，没想到还在呢……”

“是你编的吧？”

“确实是。”

“确实是编的，还是确实是真的？”

“确实是编的。”

“妈的。”

顾小白看着阿千，心里知道，这些话是真的。而即便是真的，不知为什么，他也不会对莫小闵说这些。而这些，是心底最深处最留恋的东西，虽然阿千可能也不知道他想说什么。他只是想说，想说，想说很多东西。

于是他就这么说着，说着以前的事情、经历过的非人遭遇，看着阿千哈哈大笑。看着边上不远处的几张小破桌上，几个或许是他师弟师妹的少男少女在打打闹闹。

他突然明白了一件事情……

“我不知道红颜知己对男人来说意味着什么，她可能是了解女人的一个出口，可能是没有恋爱时的玩伴。或者更可能，只是虚拟一种感情的环境，让我们孤单寂寞的心找到一点点安慰。毕竟在这个时代，这个年龄，我们已经很少敢于去认真地付出什么。但不管怎么样，红颜知己，就是让你找到自信、勇气和力量的那个人。如此珍贵的一个人，就不要因为冲动、寂寞或者失落，而让她变成可能的陌生人……”

他怔怔地想着。

“你在想什么？”阿千问。

与此同时，阿千落在顾小白家的手机上显示着一条新的短信。

“对不起，这样伤害了你，我找不到你，你在哪里？”

她在哪里？

阿千不会再告诉那个人，因为那个人，已经变成了一个……陌生人。

LESSON 4 绝对性不平等

当我展示男性力量，宠爱你、保护你、为你买单的时候，请欣然接受并乐在其中。
我不会在你补妆换衣服、约会迟到时抱怨，我知道那是你对我的尊重。
男女绝对不平等，男人有男人的特权，女人有女人的特权，那是我们各自的美德。

上午九点，每天的这个时候，无数的男人和女人从家里走出来，来到街上，去各自的地方上班。他们有着不同的理想、不同的职业，但却分属两大不同的阵营：男人和女人。

这两个阵营的人，这么多年来，永远在比对，永远在厮杀。他们保留自己的特权，要从对方手上博取更多的特权。他们是如此地互相贪心，却从来没能签署一份公平合理的约定。

“你TM到底在干什么？”

“大爷！我在给你做早饭！”

“你到底在做早饭还是拆屋子？两个礼拜了，大姐！你连个炒鸡蛋都学不会，你这个人到底活着干吗？”

“我是一个演员！我会的是演戏！不是炒鸡蛋！我们在学校里学各种技能，都是无实物！你知道什么叫无实物吗？就是我现在手里有个碗，这个手里有个鸡蛋。我把鸡蛋敲在碗里，然后用筷子打，撒点盐，然后倒进油锅炒，铲子翻两下，切切碎，倒进盘子里，这盘鸡蛋就算是炒好了！你懂吗？我还会给自行车打气，我还会剥橘子，还会包饺子，你要不要吃？”

厨房间，顾小白正在和阿千对吵。

“……”

“还有！凭什么每天都是我来做早饭？明明你自己会，为什么还要我来做？”

“因为做早饭是女人做的事情，而且现在我是在养你，而且我现在还忙着！”

“你见了鬼，你不忙的时候也是在指使我做这个做那个。阿千，地板脏了，来拖一拖。阿千，咖啡洒在桌布上了，你帮我洗一洗。阿千我肩膀酸了，你帮我揉一揉，我是你的女奴啊？”

“对不起对不起，你不要像母夜叉了，我现在正忙着。”

顾小白见势不对，连忙掉头就跑。

这一天，像往常一样，顾小白每天早上把寄居蟹一样的阿千从蟹壳——也就是她住的客卧拖出来给他做早饭，而他自己则在电脑前吭哧吭哧地干活。但这天早上，也不知道怎么了，面对从厨房冒出的黑烟，顾小白再也没能像往常一样视而不见，而是冲进厨房一顿狂吼。结果……结果就是换来阿千的一顿反吼。

这是顾小白没料到的，几个回合之后，他决定鸣金收兵。因为和阿千对吵并不是一个明智的选择——尤其是母老虎的查克拉爆发以后，把他的屋子拆掉都是有可能的。见到顾小白灰溜溜跑回去的背影，阿千的好奇心倒被激起来，她亦步亦趋地跟在后面。

“你到底在忙什么？你不是马上要出去和莫小闵约会了吗？”

“就是嘛，就是因为马上要和莫小闵约会去，所以我昨天晚上很早就睡了，而且还调好闹钟，八点钟起床，然后做做运动，精神抖擞地去见她，然后我就忘了一件很重要的事。”

“什么？”

“我忘了今天还有篇稿子要交给杂志社，他们还等着收稿呢。”

“呃……”

作为一个和阿千半斤八两的靠自己手艺养活自己——但迄今为止一部正经的戏都没在电视里播出过的“编剧”来说，最主要用来活命的收入，反倒是给杂志社写各种乱七八糟的专栏稿——从星座速配到一夜情安全指南，顾小白在这方面闭着眼睛瞎编的天赋与生俱来——但悲痛的是，这方面的才能从来没办法在电视平台上施展。

“专栏的选题叫《男女平等》，拜托，现在都什么年代了，这种陈词滥调有什么好写的？”顾小白趴在电脑桌前悲痛欲绝。

“我来帮你写吧！我小时候作文可好了！就是因为天生丽质而自难弃，误入歧途做了演员这一行……”阿千站在边上跃跃欲试。

对于自身认知幻觉这方面的天赋也是阿千所独有的。

门被敲响了，顾小白和阿千两人正在互相长吁短叹，转而面面相觑。

“罗书全吗？”阿千问。

“罗你个鬼啦！这么急得像投胎一样的人不会是他！”

来人是米琪，打开门，她看也没看阿千，就直冲冲地向顾小白走来，其气势和姿态活像顾小白欠了她整整八辈子的债。顾小白刚想本能地拿起靠垫护住自己，米琪已经“噌噌噌”走到他面前，居高临下。

“顾小白！我问你个问题！”

“好……好。”顾小白哆嗦着说。

“你是一个作家吧？”

“你才是作家！你们全家都是作家！”神经反射一样，一秒钟也没考虑，顾小白冲着她龇牙咧嘴地反吼，这是顾小白最讨厌的事情啦。

因为讨厌朝九晚五上班，最后只能沦落到给不同的情景剧写剧本和给乱七八糟的杂志社写稿件，顾小白一方面过得优哉游哉。

另一方面……对自己的存在感到非常模糊，有一种稀薄感让他时常无法确认自己。这个时候……再被人叫做“作家”，顾小白感到的只有屈辱。在他的概念里，作家都是活得很伟岸的……

太阳升得越来越高了，米琪就这样坐在顾小白的沙发上，给顾小白和阿千讲述她来的原因。

昨天晚上，就在左永邦和她刚刚“那个”完，左永邦突然脑子抽风一样提出要和她聊聊天——因为以前每次结束后左永邦不是马上转身睡觉，就是起身去工作台前工作。米琪抗议过几次，可能是左永邦突然天良发现，也有可能是那天脑垂体分泌异常，左永邦提出了这样一个要求，米琪当然求之不得。

“好啊好啊好啊，聊什么？”米琪怀抱着非常期待与感动的心情问道。

“不知道，你来想。”

“……”

“我提出邀请，你来想话题，这样就很公平，给你半分钟，想不出话题我就睡觉了。”左永邦说。这简直就是脑筋急转弯加智力大考查！

“你今天工作顺利吗？”十秒钟后，米琪努力憋出这么一句。

“顺利。”

“……”

头顶墙壁上的秒针一针针地走着，滴答滴答滴答，好像每一声都在宣判米琪的死刑。两分钟后，可能是左永邦越来越睡眼朦胧的关系，米琪终于豁出去了，她问了一个让她后悔了整整一个通宵的问题。她看着左永邦，深深地吸了一口气。

“你……有过多少个女人？发生过关系的。”

左永邦猛地睁开眼，以每十秒钟一次的眨眼幅度看着她。

“没关系，你说说看好了，我只是纯粹作为兴趣想知道。十个？十个不止吧？那么二十个？还是三十个？”

米琪强颜欢笑，尽量显得像一个心理咨询师，问这个问题好像是为了解决左永邦的童年阴影似的。

“你觉得呢？”左永邦说。

“我觉得怎么也不止十个，二十个还是三十个？还是二十个和三十个中间？”米琪和颜悦色，心里好像在俄罗斯轮盘赌。

“这样吧。”十秒钟后，左永邦击出了他个人问答史上最漂亮的一垒，“你先告诉我你的，然后我再告诉你我的怎么样？”

“那你说了没有？”

顾小白家，面对着米琪垂泪的讲述，顾小白吓得血压都升高了，颤抖着问米琪。

“我当然说了啊！我太想知道他的答案了！”米琪说。

“五个……”米琪看着左永邦的脸，微微有些羞涩地低下头。

“……喔。”

“喔是啥意思？”两分钟后，米琪等不到别的回答，终于开口问。

“没啥意思，我要睡觉了。”

“你还没说你的答案呢！”

“太累了，明天说吧。”

说完，左永邦一动不动地凝视了米琪一会儿，然后像个高僧一样慢慢合上眼，转过身，从此遁入异次元空间，就差干脆圆寂了。

而米琪，静静地看着左永邦的后背，再也没有说出一句话，没有发出一点声音。就这样，整整一个通宵，她睁着眼睛，翻来覆去。偶尔，她想伸手去抱左永邦，但在触及的那一刻，又缓缓把手缩了回来。

就这样，直到天亮。大早上，左永邦醒来，起床，洗漱，出门，都没有和她多说一句话，而米琪也没有敢再问什么。左永邦前脚出门，后脚米琪就飞快地穿好衣服跑到顾小白家。

“这种问题怎么能如实回答？”顾小白家里，顾小白冲着米琪吼，“你是不是小脑缺失了啊？！”

“谁说我如实回答了！我还打了七折呢！”米琪也反吼。

顾小白彻底地石化了……

阿千则在一边拿起十个手指，绝望地开始算五个和七折的关系。

“问题不在这儿你知道吗？问题在于不管我打几折，我肯定没有他多，不然我可以从这个窗口跳下去。”

米琪显然已经有点歇斯底里，“那么凭什么他听我说五个，就可以用这样的眼光打量我，然后翻身睡觉呢？他一公关公司的客户总监，整天接触不同的小姑娘，在认识我之前，四五年吧，花着呢。那我也没闲着啊，在认识他之前，我不认识你，你不属于我，我们还是一样，守在一个陌生人左右，走过渐渐熟悉的街头……那认识他之后，我也很乖啊，也没做什么对不起他的事情啊。为什么他看我的眼神就像我是个荡妇呢？而他明明比我多，却可以用这种眼神打量我呢？凭什么他就是风流，我就是淫荡呢？为什么他就可以这么理直气壮，我就十恶不赦了呢？”

米琪一连串说完，崩都不打一个，双目炯炯地看着顾小白。

顾小白居然被看得有些羞惭。

“问题的关键还不在这里，你知道哇？”

“那关键到底在哪里啊？”顾小白快到精神崩溃的底线了。

“关键在于，为什么我不敢这么理直气壮地问他，而会心虚……反而……会……到这里来问你呢？”

“对不起，我实在来不及了，我得走了。”顾小白看看表，连忙站起，跑向门边，突然想起什么似的回过头对着米琪嚷，“对了，不管你以前有几个，你都应该对左永邦说……”顾小白狠狠地看了眼阿千，大喊道，“都是……无实物！”

直到坐上出租车，直到下了出租车，直到来到和莫小闵约定的商厦门口，米琪幽怨的眼神还是印刻在顾小白的脑海中，他不由得想……

在这个时代，男人和女人除了生理上的不同，社会职能的不同，在两性关系里……到底存不存在真正的男女平等呢？

商厦门口，顾小白放眼望去，满是手里拿着各种花、绒毛熊，透着像各种被等待接回去领养的宠物一样眼神的男人，可怜兮兮地站在那里，列成一排，等待他们的女友。而顾小白，也是其中的一分子。

此时此刻，顾小白家里，米琪还在困惑激动地向阿千控诉。

“凭什么？凭什么他女人越多，人家就会认为他越有魅力？哇，左永邦，这个是你新女朋友啊，哇，又换了啊，哇，哥们你可以啊！”

米琪拿出大力金刚掌的力气猛拍阿千的肩膀，阿千痛得都不敢吱声。

“凭什么我每次换个男朋友，人家就会在后面指指点点？呦呦呦，啧啧啧，呦呦呦，又不是老鼠咯！什么意思啦？大家都是人，都是爹妈生的，都是幼儿园、小学、初中、高中念上来的，大家都活在社会主义的新中国，凭什么到了二十岁以后，一切都变啦？哦！男人越老越有魅力，女人越多越有魅力，女人非但不能老，老了没人要，而且在老之前还不能有很多选择，一多选择人家就要戳脊梁骨，这算啥啦？想逼死我啊！”

“你先消消气，消消气。”

“哦！对不起，我们还不是很熟……”

“不不，是这样……本来呢，这个问题我还没办法站在我的立场上回答你，但我现在有点不太一样，你知道，”阿千坐在顾小白的沙发上，双手合十，笑眯眯地说，“我住在顾小白家里，吃他的，用他的，寄人篱下还要被他训，我腰板就有点挺不起来。照以前，我老早一个耳光上去了……”

“你……什么意思？”

“我的意思，是不是你一直在用左永邦钱的关系啊？”

阿千看着米琪震惊加恍然大悟的眼神，笑眯眯地摊开双手。

商厦门口，顾小白望着那一群个个眼神饱含煎熬和早点解脱的期待，活像马上要送进毒气室里的男人，心想——

“男女当然是不平等的，男人有男人的特权，女人有女人的特权。女人的特权之一就是约会迟到，约会迟到对女人来说已经成为一种美德，因为在它背后代表了这个女人对你的尊重。我要换衣服啊，我要换鞋子啊，我要化妆啊，更别提我现在等的是一个化妆品柜台营业的女人。而男人，是不能在这种时候抱怨的。”

这时，远处莫小闵急匆匆地赶到。

“不好意思不好意思，刚才路上堵车。”

“没关系没关系。”顾小白强笑。

“等急了吧？”莫小闵打扮得非常美，露出抚慰受伤小动物的眼神，“那……我们去哪儿？”

“是这样，在刚才等你的时候，我无聊想出来一个规则。”顾小白兴高采烈地说。

“规则？什么规则？”

“就是，在我们以后的交往约会过程中，为了充分体现男女平等的准则，迟到的那个人负责策划整个约会项目。”

“……”

“就是负责想约会的内容，干什么，一起玩儿什么，另外一个人什么也不用想，乖乖服从就行。”说完，顾小白双手合十，笑眯眯地看着莫小闵。

“呃……那也行！”莫小闵想了想说。

“嗯？”顾小白突然有一种不祥的预感。

“我本来也打算去做美容，你就跟我一块儿吧！”莫小闵无比欢乐地说。

此时此刻，顾小白家，茶几上摆着一堆信用卡，边上一把剪刀，米琪即将跟它们说再见，阿千在旁边攥着小拳头鼓励。

“振作起来！让你全身的血液沸腾起来！去绞断这些枷锁吧！就是它们！让你卑躬屈膝！就是它们！让你低声下气！就是它们！让你在不平等的天平上倾斜！直至降到地狱！”

“你在干什么？”

“没有，我就是鼓励你，顺带练一下台词。”

“你这样很打扰我，我正在思考先剪哪一张。”

“先从额度大的剪，反正总要剪光的。”

“咳……”

半个小时后，在阿千的威逼利诱下，米琪终于把六七张信用卡统统剪光，看着桌上的一堆残片，简直是心如刀割。阿千当然没有这种感受，因为她从来没有有钱过，所以很难体会一个有钱人变成一无所有的心痛。

“你只要想一想嘛，你以后就再也不用看左永邦脸色做事，再也不用说话思前想后，再也不用低声下气，一个不爽老娘就可以撂挑子走人，爱谁谁，多爽啊！”

“也是啊！”米琪高兴起来，“靠，老娘现在就去找他去，把他从公司拉出来跟他约会，管他在干什么，我用人民币砸死他！”

“酷！”

“好姐妹！讲义气！”

“讲义气！你先看看皮夹子里有多少现金。”

“三十块！”翻完皮夹的米琪斩钉截铁地说。

这……是习惯刷卡的人最容易忽略的问题吧……

美容院的一间包房里，空气里飘浮着檀香的香气。顾小白和莫小闵躺在两张床上，脑后各有两名女子在爱抚着他们的面颊、脖颈，莫小闵轻车熟路，早已睡着。

顾小白则恨不得拿一段木头咬在嘴里，因为他怕痒，身后的女人每在他脖子上用手绕一圈，他就像在地狱里走了一圈。不到半个小时，顾小白对十八层地狱已经有了充分的了解，简直可以去申请做导游了。

“这位先生，我们现在来到了地狱的第一层，也就是广为人知的拔舌地狱。自古相传，凡是做美容痒得叫不出来的人，死后都会进入拔舌地狱哟……”

“现在，我们来到了第二层剪刀地狱。自古相传，凡是生前做美容痒得叫不出来的人，死后都会进入剪刀地狱哟……”

“现在，我们来到了第三层铁树地狱。自古相传，凡是生前做美容……”

此时此刻，在这个城市的另一栋高级写字楼里，左永邦大人正西装革履、人五人六地给部门员工开进度会议。昨天晚上的事情压根没有给他留下任何的心理阴影，作为一个结了婚又离过婚的男人，有处女情结简直是不可思议的。他是实在太困了，又不想回答米琪的问题，以免捅出马蜂窝来，只好装作一副很受伤的表情，缓缓转过头去睡觉，几秒钟后就睡得死去活来。

谁知道边上的女人提心吊胆地整整一宿没睡着，说时迟那时快，报应总是来得好快，他还没意识到自己到底作了什么孽，公司会议室的玻璃门就被推开，米琪一脸凛然地出现在门口。

“我要和你约会！”米琪当着所有人的面宣布。

“I beg your pardon？”左永邦当着所有人的面反问。

此时，左永邦刚要咆哮发作，只见米琪缓缓拉开包，取出一把点五五小口径半自动手枪，当着所有人目瞪口呆的面，“砰砰砰砰”，把所有人全部杀光……地上缓缓流淌着黑红色的血液——

开玩笑的啦，米琪取出的是一千块钱，缓缓地拍在左永邦面前的桌上。

“你一月三万，合下来一天一千。”米琪看着左永邦的眼睛，缓缓道，“今天，我买你。”

其实米琪现在手里的钱都是从阿千手里讹来的。

当她皮夹里只有三十块现金，而阿千热血沸腾地又把自己架上去下不来了之后，米琪无耻地提出，把自己另外一个包里的各种LV啦、Gucci啦、可可香奈儿之类的VIP卡卖给她，附赠恒隆广场地下的包月停车卡。就算阿千没有车，但她哪受得了这种刺激，花个几千块钱就有了一种在高级百货公司消费过几十万的体验感，所以这笔生意很快就做成了。

于是米琪用这笔钱把左永邦从公司里拉出来，拉进出租车，拉到一个餐厅前。

左永邦刚下意识地要翻钱包。

米琪已经飞快地把钱递上去，“谢谢，不用找了。”

在出租车司机后视镜里看小白脸的眼神下，左永邦诧异地跟着米琪下了车，米琪已经为他拉开门。

“干吗啊你？”

“请进。”米琪带着悲愤的神情，绅士般地说道。

餐厅是那种典型的意大利餐厅，由于才下午四点，正常人是不会光顾的，所以店里只有左永邦和米琪两个人，还有一堆百无聊赖的店员恨不得集在一起打斗地主。好不容易一个倒霉悲催的店员被选举出来去伺候米琪和左永邦两个人，这人在边上站了足足有五分钟。这五分钟里米琪一直以一种矜持优雅的姿态看着Menu，然后很潇洒地随意点了几个菜，要了一瓶红酒，将他打发了。

左永邦饶有兴趣地打量着米琪。

“你没事吧？”

“没事啊，我能有什么事啊？”

“你没受什么刺激吧？呃……如果你是因为昨天晚上……”

“昨天晚上？昨天晚上怎么了？”

“……”

“喔！如果你是说昨天晚上那个事情，那是我不好，问那种问题干吗？又无聊又没什么意义，跟我们现在也没什么关系。”米琪假装云淡风轻地说道。

凭着几十年摸爬滚打的社会经验，左永邦本能地觉得有一种危险的气息，如浓雾一般正在缓缓逼近。但正因为雾浓，雾里面有些啥东西，他根本就看不清，只好带着探究的眼神打量着米琪。

“你好像有点不一样了？”

“没有什么不一样呀。”

“上帝啊！请你拨开我面前的浓雾吧！”左永邦在心里嘶喊着。

“好吧……是这样的，通过昨天晚上的事情，我进行了深刻的自我反省。”米琪说，“我意识到一个被我忽略很久的问题，或者说，是一个我以前一直认为理所应当但其实不是的问题。”

“请你说中文……”

“就是我不再认为依赖你是理所应当的，我不再认为在我们两个人之间我是应该受保护，受宠爱，撒泼打滚都是我有理的那个人。”

“哦？”

“为了表明我的决心，我打算从今天开始，我们的约会都由我来付账，用我自己积蓄的钱。当然，你没那么好命，我也没打算从此包养你，我是说，还债。”

“还债？”左永邦还没反应过来，机械地重复道。

“Yes，从我们交往第一天起，你在我身上花的这些钱，我打算陆陆续续全部还干净。”

“然后呢？”左永邦突然开始觉得好玩起来。

“然后从那一天起，我们之间的开销，共同支付，财务分担。”

“真的？”

“嗯，真的，这就叫——男女平等。”

左永邦打死也没想到，因为实在太困而临时想出来的这一招智力上的角力，居然牵扯到“男女平等”这么宏大的主题上来。他闭上眼想虽然事情发展得有点出乎意料……But……何乐而不为呢?

于是他牵动嘴角，微笑着说：“好啊……”

“先生，先生……”遥远的声音仿佛从宇宙中传来，划破辽阔的天际，穿越无数的光年，悠悠地传入耳中。

顾小白缓缓睁开眼，叫他的人倒挂着脸，正是那个美容师。顾小白这才想起来，由于太过生不如死，他已经在不知何时昏死过去了。

“已经结束了。”

“嗬嗬？喔喔！”连忙爬起来，美容师递上一面镜子。

“您可以看看效果。”

顾小白接过，不经意一照，这一照照得他差点魂飞魄散。但见镜子中那人白皙娇美，鲜嫩欲滴，如赤霞万丈，又如清泉涓涓，痘痘、黑头和毛孔全都不见啦！

“好……好神奇哦……”

“先生，如果您想长期维护您的皮肤，推荐您购买我们的……”

美容师正待唠叨，顾小白一扭头，莫小闵早站在一边，笑吟吟地看着他。刚才那副广告模特般的嘴脸全被她看了去，这真叫他口中一甜，一口黑血差点喷了出来。顾小白大叫一声，连忙起身，穿起衣服，急急往门外走去。

“喂喂！你怎么啦？”莫小闵跟在身后莫名其妙。

“对不起，对不起，我突然想到还有一篇稿子忘了交，要赶忙回去写！”顾小白转身，匆匆交代了几句，飞奔出美容院。

“当时如果留在这里……你头发已经有多长……多长……”

“当时如果没有告别，这大门会不会变成……一道墙……”

如果当时有月亮，顾小白可能会飞奔到那里去了。

餐厅外面，米琪和左永邦走出来。

“哇噻！我真没想到，原来买单的感觉这么爽！小姐……请问你是现金还是刷卡？现金……啧！太有腔调了！怪不得你那么爱买单，原来真的很有快感啊。”

“好啊，那以后这个快感就让给你。”左永邦干脆地说。

“你当我傻啊，等我以后把债还清了，我们还是一对一。”

左永邦笑了笑，不置可否，此时两人走到停车场。左永邦车前，米琪刚把手放到副驾驶左门把上，左永邦刚掏出钥匙，就听到米琪突然惊喜地叫了一声。

“慢着！”

“干啥！”

“我来开！”

“你会吗？”

米琪当然不会，所以左永邦的语气是反问的，但他忘了一点，今天是不平凡的一天。在这一天里，顾小白会变成美娇娘，米琪也可以变成一把杀猪刀。但见米琪杀气腾腾地冲上来，一把夺过左永邦手里的钥匙，打开门坐进去，扭动钥匙，发动引擎就要开出去。左永邦吓得连忙绕过车头，坐进副驾驶舱。

车子已经缓缓开动。

“你……你什么时候学会开车的？”

“现在。”米琪沉着地说。

左永邦刹那间面无人色，正要拉下安全带催促米琪下车，但见她一转头，一按手，压在他手背上，目光炯炯地看着他。

“今天，要不你让我开，要不你从我的尸体上开过去。”

顾小白家里，阿千正在厨房洗碗，顾小白站在沙发上指挥。

“下一步把地给拖了啊！然后再把窗帘卸下来洗了！然后再把地拖一遍。”

“靠！你回来找点男人的感觉就是回来使唤我做苦力的？”阿千扔下碗，回头吼道。

“没办法，我必须使劲掰过来，不然我这心态真调整不回来，我求求你了。”

“你找男人感觉就是当大爷使唤女人啊？”

“我求求你了呀！”

“那你给我钱！”阿千想了想。

“没问题！要多少有多少！要多少钱？”

“三千……不，五千！”

“成交！”顾小白从抽屉里取出一叠现金拍在桌子上，指着窗，“把窗帘洗一百遍！”

在经历了一秒钟心跳一百下的半小时后，左永邦的车终于和迎面而来的一辆面包车相撞了。由于两辆车速度都不快，所以车也没毁人也没亡，就是各自的车头短了一截。面包车本来就没车头可言，短了一截让司机怎么开出去做人？

司机拨了110，警察很快就赶到。面对警察的询问和面包车司机急赤白脸的辩白，警察走到米琪窗前，非常有礼貌地敬了个礼，然后用一种惯用的冷淡兼充满后续威慑力的语气说了两个字。

“驾照。”

然后他听到了平生在回答这个问题上最有威慑力的一次说法。

“没有。”

“没有啊！没有啊！没有啊！”

顾小白家里，阿千终于干完了活，辛苦了半辈子终于靠自己的劳动挣了五千块钱，加上刚才米琪留给她的一堆VIP卡，她下一秒就有资本拿着这些跑到恒隆逛上五分钟。但她不管怎么找，前后找，左右找，就是找不见那一堆卡了。

“到底没有什么啊？”顾小白问。

“卡啊！米琪卖给我的那一堆贵宾卡啊！！”

“啊？我以为是垃圾，全给我扔到垃圾袋里了。”

“那垃圾袋呢？”

“被你收走了。”

“……”

“你收到哪里去了？”

“废话！垃圾袋当然是收在垃圾桶里！”十几秒后，阿千扑到顾小白身上，一阵疯狂的撕咬。“你家住十几楼，垃圾通道都是在房子里面的！！！”

那种幽暗的，直贯通到楼梯的垃圾通道……

这样的垃圾，扔进去是找不回来的……

派出所外面，左永邦和米琪一前一后走出来，米琪在后面委屈地跟着。

“好了，现在钱也罚了，分也扣了，我车也被扣了，你玩够了？”左永邦转身问。

“我只是觉得……我只是觉得……”

“觉得什么啊？”

“我只是觉得你从来不在乎我！你只是一直把我当个摆设，或者像个玩具，你高兴的时候就拿来玩玩，不高兴的时候就丢在一边，我也是人啊！我想掌握点主动权！”

“主动权就是开车去撞别人？”左永邦不可思议地看着米琪。

这时，米琪哭了，妆被眼泪打花。

“我只是不想老是被你带来带去的，我觉得自己很没用，什么话也不敢说，什么问题也不敢问，就怕你不高兴，我……我老是怕你不高兴……阿千说我是因为在用你的钱……所以我只能被你带来带去，我什么话也不敢说，不敢问，就怕你不高兴……我一直找不到自己的位置……”

米琪哭得十分伤心，左永邦只好叹气，看着她，走上去抱住她。

“行了行了，大家都笑话你呢。”

“我都已经够笑话我自己的了。”

“我知道了，你想说的我都知道了，你的感觉我明白了，我以后不会再让你有这种感觉了，行吗？”

“真的？”

“嗯，以后不管什么事儿我们都有商有量，男女平等，行吗？”左永邦息事宁人。

米琪哭着点点头。

“好吧，为了这个历史性的时刻，我们今天好好庆祝一下。”

“怎么庆祝？”米琪抬起头，还挂着泪，笑着问。

一男一女，又是成年人，又是情侣，又是为了男女问题庆祝该怎么庆祝？当然是在男女关系上庆祝。于是，一个小时后，在左永邦的卧室，两人一边激情地互吻着，一边开始撕扯对方的衣服。

“其实我想告诉你，你刚才买单的样子，真的很性感。”左永邦说。

“真的？那我一会儿再买单……”

“省省吧你。”

两人纠缠着在床上，米琪伸手拉开边上的床头柜抽屉，一阵摸索。

“用完了……”米琪看着左永邦，愕然道。

“什么？什么用完了？”

“你说什么用完了？”米琪嚷道。

原来……是米琪用的外用避孕药用完了……昨天，是最后一颗。

这时，仿佛嫌还不够热闹似的，左永邦肚子叫了起来——饿了，左永邦想干脆下去买点吃的，再顺便把药买了。两人只能裹着羽绒衫哆嗦着下楼，在十字路口，左永邦簌簌发抖地指着马路两边的一个超市和一个24小时药房。

“我们分下工，你去药房买药，我去超市买点吃的，我们一会儿这里碰头。”

“……”

还没等米琪说话，左永邦已经裹着身子跑远了。他跑到24小时便利店，兴高采烈地买了很多糕点，一路小跑着回来。

米琪果然在那个十字路口微笑着等他。两人再甜蜜恩爱地携手上楼，拎着大袋小袋的食品推进门，全程米琪插着口袋，脸上荡漾着若有若无的微笑，看着左永邦兴致很高地把食品在茶几上摊开，又把红酒启开，各自倒了一杯，“来，我们每人喝杯小酒……庆祝一下……”米琪接过杯子，微笑。

“其实我想跟你说，谢谢你，米琪，你今天真的给了我非常好的感觉。”

“哦？为什么？”又是那种若有若无的微笑。

“你让我感到我又回到了二十五岁了。”

“二十五岁？为什么？”

“我今年多大？”左永邦指指自己。

“四十了啊，怎么了？”

“我在二十五岁的时候啊，看到学校里的漂亮女孩子都不敢追。”左永邦微微笑了下，“为什么？因为她们永远高高在上，我们永远是想吃天鹅肉的癞蛤蟆。但是我今年四十了，我跟你说句实话吧，我再看到那些女孩，她们就是我眼睛里的牛。”

“牛？什么牛？”

“你没听过庖丁解牛的故事吗？她们的弱点，她们的缺点，只要看准一刀下去，都是同一套程序，闭着眼睛就可以完全搞定，说实话，真的很无趣。”

说到这里，左永邦萧瑟地叹了口气，真的有一种……寂寞高手的感觉呢。

“……”

“但只有我二十五岁的时候，我看到同样年龄的女孩，她们和我是一样的。我们之间是完完全全平等的，谁也不用主导谁，因为谁都主导不了谁。那种感觉才是最平等，最美好的……”左永邦突然有些伤感，微笑地看着米琪，“你今天让我回到了二十五岁，谢谢你。”

“不客气。”米琪也微笑着说。

两人碰杯，放下杯子，左永邦渐渐凑近米琪，两人热吻。

“药呢？”左永邦轻声问道。

“没买。”米琪也轻声回道。

“什么？”

米琪一动不动地看着左永邦，“你是不是男人，这种药要我来买？”

左永邦愣了半天没反应过来……这是什么意思……什么叫……你是不是男人……这种药要我来买……每个中文字都听得懂，但集结在一起……真的变成了匪夷所思、很难理解的话啊……

左永邦愣了足足十秒钟，终于恼羞成怒了——因为实在听不懂。

“什么叫我不是男人？”他先试探地问。

“你就不是男人！”

“我怎么就不是男人了？这药本来就不是我用的，是你用的避孕药，怎么我不买我就不是男人了？”

“喔！你一个人屁颠屁颠地去超市买零食，你让我一个女孩子一个人半夜三更跑到药房去买避孕药？”米琪冲着他喊。

“怎么啦？回来会被人打劫吗？会有人打劫避孕药吗？”左永邦也终于恼怒起来。

“这种东西本来就应该男人买的！”

“怎么这种东西本来就应该是男人买的？凭什么这种东西就应该男人买呢？这不是你用的东西吗？”

“你懂不懂保护女人？”米琪嘶喊。

“我怎么就不保护你了？”左永邦反问。简直是，无理取闹啊……

“好，我再问你，照你的逻辑，男人凭什么非要保护女人？”左永邦忍住气，平心静气地问。

“你还是不是人啊你？这种问题你都问得出来？你是男人，男人力气大，天生就应该保护女人！”

“我是要和你上床！不是要和你打架！”

米琪愣了，她呆呆地看着左永邦，仿佛不认识面前的男人，但自己怎么会为不认识的男人流泪呢？摸了摸自己的脸，眼泪不知道什么时候流了下来。

米琪泪眼盈盈地看着左永邦，拎了衣服又要离家出走，被左永邦一把拉住。

“离家出走是吧？这也是你们女人的特权是吧？咱们今天不是男女平等吗？我也享受一回！”

左永邦拽了衣服，也气得浑身哆嗦，摔门出去。

根本就搞不明白，到底是发生了什么见鬼的事情。

下了楼，半夜两点，整个城市只有街灯是亮着的。

左永邦一时间完全不知要到哪里去，摸摸口袋，只有几十块钱，去住酒店当然不可能。这点钱只有打车到顾小白家去，不管怎么样先蹭一晚上再说。于是左永邦拦了一辆出租车，往顾小白家赶。

“看来自己还是不了解女人啊……”左永邦看着车窗外，有些气恼，有些沮丧，又有些幸福，真是一种微妙的感觉。

到顾小白家，左永邦出了电梯，走在楼道里，还没敲门，就听到里面顾小白和阿千吵得不可开交的声音。

“我怎么知道你那些破卡都是跟米琪买的？你买那些破玩意儿干吗？”

“米琪一天到晚在用左永邦的钱！所以一点地位都没有，我当然要援助她啦！”

“废话！你不是也一直在用我的钱？你买那些破卡的钱也是我的！”

“用你的钱怎么了？用你的钱怎么了？男人天生就应该给女人钱用的！”

顾小白愣了愣，“啊！哈哈！你终于说出来了！男人天生要给女人钱用的！是吗？为什么为什么为什么？”

“你没看到每张钞票上印的都是男人的头？什么时候上面印女人的头我就给你钱用！”

屋子里，阿千冲着顾小白没头没脑地大喊。

“……”

趁着顾小白被这句话震得大脑休克，一时张口结舌的当下口，阿千大举反攻。“凭什么男人可以在外面花天酒地，就算风流？凭什么女人在外面多玩玩，就嫁也嫁不出去？”

“那凭什么你们女人结婚非要男人有房子有车子？男人上辈子欠你们的？”

顾小白也终于反应过来，第二回合开始。

“那离了婚之后呢？离婚之后凭什么男人更加吃香？啊？就像那个左永邦。女人凭什么离了次婚就贬值了？男人不贬值反而还升值？！”

“升值贬值升值贬值！你们女人考虑问题还能再狭隘一点吗？除了整天想自己有没有人要，还能想点别的吗？”

“废话！女人一辈子最大的梦想就是有个好男人！不像你们男人，一辈子最大的梦想是有无数个好看的女人”

“你说谁？”

“我就说你个王八蛋！我要像你一样有过那么多男朋友我还嫁得出去？”

“开拓思维开拓思维！你还有没有别的攻击啊？翻来覆去就这点东西。”

“你还说我呢！你一个男人像女人一样和我唧唧歪歪对吵，你也好意思。”

“你说谁唧唧歪歪？”

“你你你！”阿千说。

“像谁？”

“像女人！”

顾小白愣了，“你到底在骂谁？”

阿千也愣住了，一时算不清楚了，“靠！”，跑上来踹了顾小白一脚打开门就跑。

“有种你别跑！”顾小白捂着脚追出去。

门外早已空空荡荡，左永邦不知何时已经走了。

纵横的楼道里，阿千和顾小白还在你追我赶。

“有种你别逃！”

“有种你别追！”

“有种你别回来！”

“有种你别锁门！”

两人就这么一追一逃地在大楼内穿梭。

男人和女人，从诞生的那一天起，就各自拥有了数不清的优势和劣势。男人凭什么追求女人？女人凭什么不断地在逃？当你作为猎物被我追到，凭什么反过来对我指手画脚？其实，男人和女人，就像两块严丝合缝的拼图，只有找到你的那一块，才会幸福和满足。

至少左永邦看着米琪不断地在哭，他突然意识到一个巨大的错误。当一个女人万分伤心的时候，你能做的只有默默抱住她，然后……

哭得比她更凶！

左永邦默默地回到家，推开门，看着黯然神伤的米琪，突然一把抱住，号啕大哭，米琪完全被吓坏了。

“你怎么了？你怎么了？没事吧你？”

“我不知道，我好伤心，我觉得我怎么做都不对，我好伤心，我连生也不应该被生出来！呜呜呜呜……”左永邦扑在米琪怀里，哭得呼天抢地。

米琪虽然不知道发生了什么事，但仍然抱着左永邦，拍着他的背脊，安慰他。

她同时瞪大着眼睛，张望着四周，完全不知道哪里出了问题。

尽管如此，“每个女人与生俱来的母爱……永远是你体验过的……最伟大的爱情……”

窗外，夜凉如水。

这个都市里，一个中年男子哭得是如此伤心……

LESSON 5 捉奸成本论

捉到奸之后，是一刀一个捅死，还是温柔地说一句，你们继续？捉奸会陷入两难之境，成本高昂，有害健康，丧失尊严，没有赢家。

你们有没有跟踪过什么人？偷偷摸摸小心翼翼地跟在那个人身后，想知道她不在你身边的时候，是在干吗？这个时候，你是在捉贼，还是觉得自己就是一个贼？

又是一个阳光灿烂的下午，万籁俱静，顾小白和阿千两个人就像僵尸一样地并排半躺在沙发上，百无聊赖，把所有能干的事情都想光了……还是没有一件事情可以干。对着一个电视机，阿千以半秒钟一个频道的速度在换台。

两个人还是僵尸一样面无表情，有气无力。

“头好晕。”顾小白呻吟。

“为什么下午一点好看的电视都没有？”

“因为正常人现在都在上班。”

“为什么你不去电脑前上班，在这里坐着？”

阿千坐起身子，特别正义地看着顾小白。

“我昨天刚刚交掉稿子。”

“为什么我从来没看过你写的电视剧在播，你居然还能这么活下去？”

“我也不知道，好奇怪。”

“其他人现在都在干什么呢？”

“为什么我觉得我们的对话好耳熟？”

“因为昨天刚刚说过。”

“前天也是。”

“大前天也是。”

自从阿千搬进来以后，每一天都是这样的，而与此同时，在这个城市的另一个熙熙攘攘的街头——奇怪的是，每个人都要上班，但每天城市的街头永远是那么熙熙攘攘——有一件血案即将发生……

顾小白和阿千仍然死样怪气地并排躺在沙发上。

“你在想什么？”阿千说。

“我在思考宇宙与个人的关系。”

“你可不可以想点我能参与的事情？”

“好吧，那我想想你什么时候可以交我房租？”

“啊？！你不是说我不用交房租的吗？”阿千猛然翻转身子，紧张地看着顾小白。

“本来是啊。”顾小白悠然道，“你自己让我想点你能参与的事情，而且我本来觉得你住在这里会好玩点。我不太会整天像个死人一样躺着，现在又多了一个像死人一样这样整天躺着……我要你干吗呢？”

“……”

“唉，我什么时候才能完成我小时候的梦想呢？”过了半天，顾小白长叹一声。

“什么梦想？”

“拯救地球。”

每一个男生小时候都有过这样的梦想吧，小时候是学校——再大一点是城市——再大一点是世界——而自己，一个默默无闻的小人物，突然展示了绝顶的本领，力挽狂澜，顺带救了一个美女，在无数人敬仰的欢呼声中微笑致意——可惜这样的梦想在现实的岁月中被一点点消磨，变成今天上班不要迟到就好了。

这时顾小白边上的电话响了，他随手接起电话，电话里什么声音也没有，只有三长两短的敲击声，顾小白脸色一下子像见了鬼，拿着电话冲进卧室关上门。

“怎么了？干吗启动SOS紧急求救摩斯密码？”顾小白兴奋得浑身颤抖。

“废话废话废话！启动SOS紧急求救摩斯密码当然是我有事要紧急求救啦！”电话里传来左永邦崩溃的咆哮声。

身在这个城市另一端的一所百货公司的男厕所里，左永邦拿着手机迫切地呼喊着。

事情是这个样子的，左永邦作为一介公关公司客户总监，又兼中年离异的老帅哥一个，每天的工作除了在办公室开会，最大的福利就是流连于各种路演、商演、夜店活动之间。而众所周知，这种商演路演的主角自然是这个城市里各种花枝招展的小蝴蝶——也就是85到90后的小MM。左永邦手持蝴蝶网，这些年兴奋地在花丛中扑来扑去——扑不扑得到本身不重要，重要的是这个行为本身证明了……宝刀不老！

但在上个礼拜的一次商业路演中——就是大家时常见到的各种商厦商场前，傻帽主持人手持话筒哇啦哇啦一通废话后，开始上来各种小女孩儿跳舞，各种民工咧着嘴围观。左永邦有幸搭识了其中的一个85后小女孩，互相留了电话、Email、微博账号，约了今天吃晚饭。

这天一大早，左永邦就盛装出门——就差没穿燕尾服了——屁颠颠赶到公司，在火锅中翻滚般地煎熬了一天，临下班前一个小时胡乱编了一通理由就溜出公司，赶赴约会去了……

俗话说，这个世界上不幸的人有各种不幸——他的这副做派嘴脸早就被米琪看在了眼里。米琪也不是善主，不动声色地跟在左永邦身后，在公司楼下蹲点一天。左永邦出公司前还特意致电米琪说晚上要开会，米琪在他写字楼下笑眯眯地说，好，那早点回来。然后就看到亲爱的男朋友狗头狗脑地从她面前走出，迈着扭秧歌般的得意步伐赶赴沙场。米琪千辛万苦等的就是这一刻，于是也头一低，眼一眯，跟在后面。

就这么跟了有七八条街，也真叫老天开眼，终于在左永邦进一个商厦打算给小MM买点小礼品时，在商厦门口的小镜面墙中反射出了那个叫他魂飞魄散的身影。话说左永邦历练四十余载，也是一员悍将，不动声色地溜着小曲儿，转手就进了商厦的男厕所，掏出手机，亲切致电给顾小白。

“瓮中捉鳖！瓮中捉鳖！你懂吗？”左永邦在厕所里对顾小白狂喊。

“靠，我是个作家，我当然比你懂。”顾小白说。

“反正你快点来救命吧，我这西装阿玛尼两万多一套，再在厕所里这么熏着，我哪儿也不用去了。”左永邦哀泣道。

“那你现在到底在哪个商厦？”

客厅里，正百无聊赖的阿千突然看到顾小白走出来，已经穿戴整齐，意气风发，怎么看都是要马上出门。

“啊？你要去哪儿？”阿千愣愣地问。

“终于找到点事情做了……”顾小白辛苦地说，然后转过头，严肃地用手比了一个V字。

“什么？”

“拯救地球。”

顾小白说完，伟岸的身影消失在门口，只落得一斜余晖，袅袅投射在门中。此时，顾小白的心中充满了兴奋。

不得不说，在从小玩战争游戏、玩具兵人长大的男人的血液里，天生对“掩护”“撤退”“阻击”“营救”这一类字眼充满了亢奋，一听到就血压升高。此时在顾小白的感知中，这事儿和伦理道德什么的压根扯不上关系，他只觉得他要去执行一项因为极度信任而委派下来的军事行动……

一个小时后，在厕所里等得几乎要发疯的左永邦，终于等到了他心目中英勇的救援队员。可与他期望相悖的是，救援队员顾小白并非在隆隆的直升机声中从天而降，而是从厕所外的地板爬了进来，一边爬还一边鬼鬼祟祟地东张西望。

仰头，左永邦正俯视着他。

“我真他妈想一脚踩死你。”左永邦说。

“海军陆战队都是这样哒！”

顾小白兴奋地站起来，拍拍身上的灰尘，浑然没觉得身上的衣服也很贵。

“我告诉你，已经查探清楚，尊夫人米琪正在厕所外最近的一个鞋子柜台佯装试鞋，眼神没有放过任何一个进出口的人，所以我这么爬进来是很有必要的。”

“那她看见你没有？”

“当然没有！”

“So……What？”左永邦侧着头，“你这么进来算什么意思呢？瓮中捉两只鳖？”

“You……”顾小白伸手，缓缓指着左永邦。

“Me……”左永邦也缓缓道。

“你错了，我来就是想告诉你，我女朋友，我新女朋友，莫小闵……”顾小白放慢音速，好像世界静止了一千年。“就是在这个商厦上班。”

“啊？”

“反正莫小闵既不认识你……”顾小白神秘地说，“也没见过米琪，我正好可以利用这个机会，用莫小闵把米琪调开。”

“那你现在打算干吗？再这么爬出去找莫小闵？”左永邦万念俱灰。

顾小白郑重地点点头，用手指指左永邦，“你又对了一次！”

左永邦绝望地看着顾小白左顾右盼地等候时机，然后再慢慢地趴下来，爬出厕所通道。

“我还是把约会取消算了……”左永邦心想。

十分钟过去了，那个叫顾小白的人完全没有给他传来任何信息，也没有再露过面，好像整个人就这么消失了一样。

左永邦甚至开始怀疑刚才把顾小白叫来，顾小白爬着进来救援又爬了出去，这一幕是不是自己期待获救的心情过于迫切而产生的幻觉。

但翻了翻手机——通话记录还在。

话说，距离他向顾小白正式求救到现在……已经两个小时过去了啊……这么多时间里到底发生了什么事情呢？他不禁探出头去，往外看了看，米琪果然不在了！

半小时前……

厕所通道的出口，顾小白鬼鬼祟祟地爬到一处，站起身来，转头朝米琪处看。

米琪正在高兴地试鞋，并转头关注着厕所通道。

顾小白转过头，同时米琪也转过头，于是米琪看到了顾小白。

而顾小白并没有看到米琪“看到了”了他，于是大方地放松身体，朝莫小闵的专柜走去，米琪怪异地打量着顾小白。

“小姐，这双你觉得怎么样？”售货员问米琪。

“等一下，等一下。”米琪恍惚不自觉地站起身朝顾小白走去。

顾小白在前面走，米琪在后面跟着。

厕所内，左永邦跃跃欲试地准备随时越狱。

远处，莫小闵正好换完制服，穿着便装从员工间走出来。

顾小白刚要微笑着走上去，突然看见莫小闵笑着走向一个陌生男人。

顾小白呆呆地看着，下意识地躲在一个遮挡物后。

米琪觉得顾小白古古怪怪，突然意识到自己的本职工作，急忙往回走。

此时，左永邦鬼头鬼脑从厕所通道出来，看向鞋子柜台。

米琪果然不在了！

左永邦终于放下心来，身心舒泰地朝商厦外走去，浑然不知米琪仍旧在后面跟着。

遮挡物后，顾小白气苦地看着莫小闵和陌生男人边走边交谈。随即莫小闵和那个男人的背影出现在他面前，两人朝商厦外走去。两人的对话清晰地传到顾小白耳中。“走这儿吧。”“去哪儿？”“随你。”

顾小白看到那男人搂着莫小闵的腰，心头气苦，情不自禁在后面鬼鬼祟祟地跟着。

大街上，左永邦在前面走着，米琪在后面双眼发红地跟着。

米琪的视线里，左永邦接起电话，在电话里笑着说着什么。对方是那个小辣妹，意思就是“差不多快到了，刚才有点事耽搁了”之类的话，然后爽朗地笑着放下手机。左永邦突然意识到什么，打开手机，给顾小白发了一条短信。

都市另一条大街，顾小白正跟着前面的莫小闵和那个男人，表情和米琪一模一样。

手机传来短信铃声，顾小白打开，“大恩不言谢——发送者：左永邦。”

左永邦自信爽朗地走着，收到顾小白回的短信，“谢你妈的头！”

左永邦一脸发囧，完全不知道哪里得罪了顾小白。

想了想，管他呢，继续往前走。

顾小白则一脸悲壮地向前面走着，突然手机铃声响，顾小白吓得连忙转身接电话。

“喂……你在干吗呀？”顾小白家，阿千对着手机百无聊赖地说。

“干吗？”

“我好无聊……”

“无聊就去跳楼！”顾小白恶狠狠地说。

“你有病啊！我不就是问问你在干吗吗？”阿千也爆发了。

“哈哈哈，你想知道我在干什么吗？”顾小白悲苦地大笑，“好，我告诉你，我现在在跟踪莫小闵。”

“跟踪莫小闵……这……你……这怎么回事啊？”

“对，我在跟踪莫小闵。我到了莫小闵的商厦，本来想找她，结果看到她和一个男人下了班，现在他们正在我前面并排往前走！”

“喂！小白！你可千万别乱来啊！说不定那是她弟弟呢。”阿千叫道。

“莫小闵没有弟弟。”

“说不定就是她一个普通朋友呢？”

“普通朋友会把手放在她腰上？普通朋友会去拨她脖子上的头发？普通朋友会……”

“……”

“喂喂？”电话里突然没有人了，阿千对着电话喊道，然后听到顾小白在电话里气急败坏的声音，“他妈的人呢？”

原来，忙着和阿千通话，不知何时，顾小白已经把莫小闵给跟丢了。

此时此刻，城市另一边，左永邦自以为摆脱了米琪，怡然自得地迈进了和那个小辣妹约定好的餐厅。两分钟后，米琪也探头探脑地进了餐厅。

“小姐，有定位吗？”服务生走上来，客气地问。

“没有，一个人。”

“好，请跟我来。”

米琪悄悄地跟在服务生身后，以她为遮挡物，找了一个角落里的最佳狙击位置，她远远地窥视着左永邦。

左永邦心安理得地坐在一张桌子前等着那个女孩子的到来。

“我不管！我不管！你帮我把她找出来！”

街头，顾小白正对着手机丧心病狂地喊着。

阿千在家，也愣住了。

“我……我怎么帮你找啊？”

“我不管！是你打电话来然后才让我跟丢的，帮我把她找出来！”

“那……那要不，我帮你在百度上搜索一下‘莫小闵在哪里啊’？”

“……”

一万句脏话在顾小白的胸中翻涌，这些脏话经过翻涌，发酵，终于变成了另外一样东西，一样叫做“酸楚”的东西。

“阿千……”顾小白鼻中一阵发酸，“我好难过。”

“我明白。”

“真的明白？”

“真的明白。”

“为什么我每次真心喜欢上一个人，都会这样呢？都会有这样糟糕的事情发生呢？”

谁不是这样呢，在这个城市里，在这个世界上，心悬挂在另一个人身上，就是被带着走，被带着走，就是被磕碰着，碰撞着，疼痛着。

可即便如此，最心酸的是——被悬挂的那颗心，却是时时刻刻担心着那个结会松开，自己会掉落下来。落在地上，会碎成什么样不重要，碎成几片也不重要。重要的是，不在那个人身上了……

“你好好地想一想。”阿千说，“扪心自问，发自内心地想一想。你现在这么难受，是因为看到莫小闵脚踏两只船自尊受不了呢，还是出于你真的爱她？”

“这……这有啥区别？”街头，顾小白拿着手机问。

“当然有……”电话那头的阿千说，“如果是自尊受不了，那你现在去找到莫小闵。或者你打电话给她，不管她在电话里怎么说她现在是一个人，你都可以告诉她你全看见了，你不玩儿了，拜拜！或者你现在另外去找个姑娘，反正这对你来说也不难。你可以有一天让莫小闵不小心看见你们在一起，等她上来质问你的时候，你就可以很轻松地对她说，大家彼此彼此而已，然后在她错愕的眼神中飘然离去，爽吗？”

“太爽了！我现在去联系人。”复仇的火焰熊熊燃烧起来。

“……”

“对了，如果是出于我真的爱她呢？”

“如果你是真的爱她，你就什么都不要问，什么都不要管，当做没有这件事情地回来，和她继续下去。就算有一天她和你分手，你也要显得从来不知道这件事情。”

“为什么？”

“因为你爱她是你自己的事情啊！”

“……”

爱一个人到底是一个人的事情，还是两个人的事情？

我们总是在说“我爱你”“我爱你”。

其实，在说出这句话的时候，我们希望听到的不是“我也爱你”吗？

如果那个人没有说，我们还认为自己的这份“爱”是值得的吗？

其实，说出那三个字的时候，祈望的不过是一种等价的交换而已。如果A说“我爱你”，B说，“我喜欢你”。A的失落难道不应该被认为是一种自私的、自以为是的期望落空吗？

在此基础上的失落、失恋、酗酒、杀人、放火、毁容，乃至强奸幼女、背叛国家、发动核武器……难道不是可笑的吗？

因为爱……从来只是你心底的……一个人的事情啊。

“我可以问你一件事情吗？”一分钟后顾小白问。

“你现在是不是开着我的电脑，页面上显示的是我在一篇杂志上的情感专栏问答？”

“答对了！”阿千兴高采烈地回答。

“所以你刚才对我说的话是我自己写的。”

“又答对了！”

“……”

“我怎么说得出那么道貌岸然的话来呢？”在顾小白家，对着电脑屏幕的阿千说道，“要是我，早就上去一刀一个捅死完来！”

“……”

“所以现在问题是，你对别人说的，你自己做不做得到？”

城市另外一端的一个高级餐厅里，左永邦还在焦急地等待着那个漂亮的小MM。米琪则耐心很好地在角落里等待着犯罪分子的落网，突然一个帅哥出现在米琪的视线里。准确地说，是挡住了她的视线。

米琪抬头，匪夷所思地看着那楚楚动人的笑容。

“嗨……”

“嗨什么嗨，你挡着我了，快点让开。”

帅哥错愕，下意识地转身看，被米琪喝止，“别回头！别回头！”

帅哥连忙把头转过来，完全不明白什么意思。

“干吗啊？”连帅哥也无辜起来。

米琪突然发现……帅哥这么给她做遮挡物也挺好的，“嗯，要不你就这么站着吧。”米琪真诚地说。

“……”

“说实话，我不知道你到底在干吗？我只是想上来认识一下你。”帅哥哭笑不得。

“有什么好认识的？”

“哎，其实认不认识也无所谓，我只是看你一个人在这里吃饭很孤单的样子，所以就想上来跟你说说话，我也是一个人。”

突然……一股邪火蹿了上来。

“谁跟你说一个人吃饭就很孤单了？谁规定吃饭就必须成群结队地吃了？吃饭就是吃饭，吃饱肚子就行了，什么孤单不孤单？你什么意思啊你？”米琪抬头，死盯着面前这个身为男人代表的动物。

仗着自己是雄性，就见猎心喜，到处播撒他的种子……

男人，都是这样的生物吗？

“干吗？！不同意啊？”

“那真不好意思了。”帅哥讪讪地说，“打搅了……”

看着那个遗憾走掉的身影，视线里空出了远处的左永邦。米琪不甘心，又拿起手机，拨给左永邦。

“嗨！宝贝儿……”眼前的左永邦带着一阵失落，强颜欢笑地接起。

“嗨，你在干吗呢？”米琪努力笑着问。

“我在外面吃饭呢。”

“嗯？你不是说去客户公司吗？”

“是啊，那和客户开完会就一起和客户下来吃点东西啊，你呢，你在干吗呢？”

“我……”米琪突然有点口吃。

“你那边怎么那么吵？你在哪儿呢到底？你不在家吗？”那边的左永邦突然皱起眉头来。

“我……我在家啊……没吵啊，是你这边吵吧？”米琪突然恶狠狠地说。

“我这边？”

“是你这边的声音吧！”

左永邦愣了愣，把手机移开，听听环境声，果然是自己这边的声音啊。

“咳，我都糊涂了……我这边太吵了，我回家再打给你啊，拜拜。”

远处的左永邦微笑地挂了电话，长长地松了口气。

那个单身帅哥在斜对角吃饭，正在又好奇又困惑地看着米琪。米琪挂了电话，牙根发痒，就想找人咬，转过头去，帅哥连忙躲开她的视线。

“喂！”米琪深呼吸了一下。

“嗯？叫我？”

“不是叫你难道叫鬼？”米琪突然妩媚地笑起来，“你不是说一个人吃饭很孤单吗？”

另一边，顾小白终于想清了他与莫小闵，人与神，个人与宇宙之间的关系。他一边感慨自己竟是如此地伟大，具有凡人不能企及的境界；一边热泪盈眶地打了一辆车准备回家，大约开了一条街的距离。

这时……顾小白看见了……莫小闵和那个男人，并肩走在一起。

再一次。

“师傅，停车停车停车！”

在这一场人性与神性的天人交战中，顾小白只花了零点一秒的工夫，就证明了人定胜天的真理，他完全忘却了刚才让他热泪盈眶的那一场鏖战。在那一场鏖战中，他回顾了这些年来交过的女友，有过的情感，背叛与被背叛，伤害与被伤害，肉身的离去和心中残影的袅袅消散。但这些都不重要了，他扔出二十块钱，不等找零，推门窜出。

这一秒，这一刻，这一个活在当下的此时此分，他只想……知道真相。

远处的莫小闵，和那个并肩交谈、如此亲昵的男人，将要走向何方。

他，顾小白，将要走向何方。

餐厅里，米琪正在和帅哥同坐一桌，谈笑风生。

“你刚才一开始对我那么说，是在考验我？”

“你觉得呢？”

“我只知道，能和美女有幸一起吃饭，从来不是一件容易的事情。”

帅哥看着米琪，笑吟吟。米琪对着帅哥，笑眯眯。

当人受到伤害、威胁、攻击的时候，本能反应就是——报复。虽然米琪还没有正儿八经地捉到左永邦的奸——“奸”字的左半边尚未出现。但从左永邦的种种表现，诸般反应，这右半边则是昭然若揭。米琪和左永邦厮混多年，岂能不知，焉能不晓？加上活活等了大半天，心中所爱的人又在自己面前几米外撒谎，这口邪气岂能不出？

帅哥当然也搞不懂，刚才还在冲他精神病一样喊的女人，怎么会眨眼间又对他笑语嫣然起来。但，这总归是一件好事吧？

男人——某种程度上，总是这么简单的，乐观的。

报复——从某种程度上，是将他人施与自己的伤害遣还回去。至于对方是否“领受”到了，这点其实并不重要。从某种角度上说，米琪并不希望左永邦看到、发现、领受，只要米琪自己知道自己在做什么就好了……

是在出一口恶气吧。

报复，本质上，是一种负面能量的转移，就像武侠小说里的“乾坤大挪移”、“四两拨千斤”这样的功夫。自己消受不了，就转个手，将它扔向外太空吧。至少，心理是平衡了。

所以说，米琪并不希望左永邦看见，但她忘了一点。

左永邦怎么说也都和她处在同一个空间，十几米的距离，最重要的，按照古龙的话来说……左永邦并不是一个瞎子。

就算是瞎子，也是被眼前米琪的所作所为给“闪瞎”的……

他先是愣愣地反应了一会儿——丫不是跟我说乖乖在家吗？

这个时候，他已经完全忘记了自己是什么货色，犯下了什么十恶不赦的滔天大罪，才活活把米琪逼到这个份上。心中的冤屈、悲愤，85后到现在还没来的屈辱，统统涌上心头。

这一刻，他从一个加害者的角色迅速……变成了受害者。

他走到米琪面前，笑眯眯地说。

“一个人，在家吃饭吃得很开心呵？”

“不……”米琪抬起头，呆呆地看着他，也傻了，语无伦次起来，“不是你想的那样……”

“我什么都没想，我就知道你跟我说你乖乖在家，结果在这儿和一个男人在吃饭……”

“那……那你呢？”

“我说和客户吃饭啊？”

“那客户呢？”

“客户吃完了，走了啊！”

米琪望着左永邦，六月的天气，应该是下起雪来的吧？

这一刻，米琪是完败的，她败给了一种叫做“迟到”的东西。

这个时候，左永邦的手机响了，他匆忙接起，偷偷摸摸地转过头听，讲。十几秒后，他转过头，看着米琪，用一种“你慢慢吃吧”和“回家再和你算账”的MIX表情，受伤、气愤但又骄傲地抬起下巴看了米琪一眼。

“拜拜！”然后他调转身子，头也不回地往门外走去。

越跑越快……越跑越快……

“不要追上来啊……”左永邦的心里在呼喊着。

因为，刚才的电话里，那个85后的小MM跟他诚恳地解释了迟到的原因——实在太堵了——以及希望他干脆直接到她家去的愿望。

所以，此刻左永邦的心情……比他脸上的表情……要复杂一百倍。

因为他实在是——欢喜雀跃的……

米琪呆呆地望着左永邦的背影。

“谁啊？”对面的帅哥问。

但是她什么都没有听见，反应过来的时候，人已经冲了出去。

街边小道，顾小白偷偷跟随着莫小闵和那个男人。

两人突然停下脚步，顾小白吓得连忙躲进边上的弄堂墙边，偷偷看。

“你到底想走到哪里去啊！我都说了我不想再走了！”

“再走两步，再走两步就到了啊。”

“我知道，你想把我带到我们第一次吃饭的餐厅，让我回忆起我们以前在一起的日子，然后心软，然后重新回到你身边，对不对？”

“……”

“我跟你说了！没可能了！我们已经结束了！”

“那到底为什么呢！”

“你到底要我再说多少次呢？我们在一起的时候，你不珍惜我，等到我走了，你再想起我的好，我不是你的玩具，OK？”

“我怎么不珍惜你了？！”

“你把我整天锁在屋子里不让我见任何朋友就算珍惜我？你一天到晚翻看我手机，查我短消息，我跟朋友出去吃个饭，你转手就在后面跟踪我，这就叫珍惜我？”

街道上，莫小闵的声音越来越激动。

顾小白躲在墙角，心跳得越来越快。

“对不起，我要的真的不是这样的感情。我向往的是这个男人有坚定的信心，相信不管怎么样我都会爱他的。他有这个自信，不管我在干什么，我心里都是会有他的。同样，他也是这样爱着我的，而不是靠堵，靠截，靠盯防，你懂吗？”

“……”

“这是我最后一次对你说这些话，因为我再也不想见到你了。”

“……”

“好吧，如果这么说能让你死心的话——我已经有新的喜欢的人了，我已经有新男朋友了。”

“……”

“以前的事情，请你忘了吧……”

顾小白不用转头看，他就知道站在莫小闵对面的那个男人流下了眼泪。

因为，顾小白自己也流下了泪。因为，他听过这样的话。

他也曾经听过这样的话，深深爱着的那个人对他说：“对不起，我有了新的喜欢的人。”

“过去的事情，请你忘了吧……”我想，每个人都听过这样的话吧。

这是怎么样的一种心痛。

痛到骨子里，泛了酸，变成了酸楚，脸颊一酸，眼眶一热，一种莫名的液体就不经允许地流淌下来——过去的事情，是说忘就能忘的吗？

就凭……你有了喜欢的人，我就要忘掉以前所有的事情——来配合你?

这一刻，站在莫小闵对面的男人并不是一个人在战斗，在转角的顾小白也恨不得冲上去掐住莫小闵的脖子来回晃。

“凭什么凭什么凭什么！”

但……莫小闵嘴里说的——新喜欢的人——是顾小白自己啊。

“他是你说的那样的人吗？”那个男人问了一句。

“什么？”

“你的这个新男朋友，是你想要的那种人吗？”

“我不知道，我希望他是……”

大街上，顾小白拼了命地奔跑着。下了出租车的左永邦，也拼了命地奔跑着。后面一辆停下的出租车里，下了车的米琪也拼了命地奔跑着……

大家还真是……很忙的啊……

左永邦下了出租车，奔进那个小MM跟他说的小区大楼，按了电梯上楼，米琪紧随其后。看清了电梯停靠的楼层，也跟着另一架电梯上去。

在电梯上升的过程中，米琪想：

这样上去的她，究竟是要做什么?究竟是要看到怎么样的场面，她才甘心?

如果一切与想象相反，她会不会反而有一种扑了空的失望?

而一旦如愿，她该怎么办呢?

是上前一刀一个，捅死了事吗?她做得出来这样的事情吗?

更何况……翻遍全身，她所有的凶器，只是一枚指甲钳。

“你就这样逃回来了？”

顾小白家里，阿千看着躲在被窝里簌簌发抖的顾小白问。

“是啊，高中校运会以后我就再也没有这样跑过。”

“太险了，万一被莫小闵看到，她就可以直接一下同时PASS两个人了，太华丽了。”阿千从来都是唯恐天下不乱的那个人。

顾小白瞠目结舌。

就在这个时候，顾小白的手机响了，来电显示“莫小闵”，顾小白石化。

他颤颤巍巍地接起，莫小闵在电话里伤感地说：“就在你家楼下，想上来看看你。”

“看看我什么，看看我什么？”挂了电话的顾小白在客厅原地表演跳绳，“是来宣布分手吗？”

“镇定点嘛，说不定是来捉我和你的奸的呢……”阿千轻松地说。

这个世界上，有一种人，有一种超能力，安慰一个人的时候，能把一个想死的人活活安慰到真的去死，阿千无疑就是这样的人。

莫小闵打开门的时候，顾小白正穿着运动装擦着汗，吭哧吭哧装作很累的样子，阿千在他边上给他拉筋。

“你……你们在干什么啊？”莫小闵吃惊地问。

“咳，一天到晚在电脑前写东西，偶尔也要运动一下。”

“在工作吗？有打扰到你吗？”

“没有没有。你呢，吃过饭没有？”

“还没有。”

“喔？还没有？”顾小白看看表，很无辜地看着莫小闵……

“你下班到现在也有好一会儿了，你都没吃饭，你都在干吗啊？”

阿千正在厨房倒茶，转头，惊恐地看着顾小白。

顾小白微笑着一动不动地看着莫小闵，莫小闵也静静地看着顾小白。

这是一个静止的瞬间，至少在顾小白和阿千的心里，这个瞬间被无限地拉长。

然后，莫小闵笑起来，“没有呀，轮班的同事晚到了，我就陪着顶了一会儿。”

“哦……是这样啊……”

“是啊。”

“那我陪你下去一起吃东西啊？”

如此凝视着对方好一会儿后，顾小白笑了起来，站起身对莫小闵说。

“不用了，我没什么事，就是上来看看你。”

说完，莫小闵静静地看着顾小白，浮现出一个微笑，转身往门外走去。

这一刻，她心里在想什么呢？顾小白是不知道的。

他更不知道，在接下来的一秒里，他做出了一个自己也没料到的举动。

他走了上去，一把拉过莫小闵，拥在怀里。

莫小闵也呆住了，在他的怀里，眨着眼睛，不知道发生了什么事。

“我会是的。”顾小白说。

“什么会是的？”

“没什么……”过了一会儿，顾小白笑起来。

这是一句无厘头的对白。但与此同时，这个城市另一栋高楼的22层走道里，一个叫做米琪的女人，做着一件更为无厘头的事情。

她眼睁睁地看着左永邦敲门，是一个小女孩开的门，他进去了，她关上门。

米琪冲到门口，想敲门，但是那一瞬间，她停住了。

因为她实在——确确实实地实在不知道，敲开门后，她该怎样面对眼前的一切……

是一刀一个捅死了事吗？还是揪住左永邦扇他耳光，还是扇那个小女孩的耳光？这些事米琪都做不出来……

还是安静斯文地对他们微笑着说，“没事，你们继续”？

那她敲门到底干什么？就是为了说一句你们继续？这也太神经了吧！

追踪到此的米琪，终于彻彻底底地困惑起来……

捉奸，无论对于女人还是男人而言，到底意味着什么？跟到最后，追到最后，到底是求一个结果，还是寻一个踏实？

听说有的女人捉奸未果，还会露出失落的心情来。

这无论怎么讲，都已经陷入变态的范畴了吧？

不管怎么样，米琪发现她……没有任何可以选择的下一步……

于是，她弯下腰，蹲下身子，取出刚才买的鞋，一双细跟的高跟鞋。

她换上，慢慢地……慢慢地……在这个楼道里……反复地走着。

空荡的走廊里，回响着高跟鞋咚咚咚的声音。米琪穿着高跟鞋，一个人，在走廊里，从这头走到那头，再从那头走到这头……

走廊里回荡着这种警告、示意、不想难堪面对的声音……

这个世界上，想寻求一种结果，往往会有两个答案：一是这个结果寻而不见——无论是不敢见，不想见，或者不屑见。

二是这个结果以一种截然相反的面目扑面而来。

这个世界上的事，大都如此。

LESSON 6 闺蜜捆绑销售

现实是，闺蜜为女朋友不可分割的组成部分。
我们坦然地享受着一群女人的明媚春光，与忠诚、道德、后宫妄想无关。

她的朋友，装载了她所有的过去，希望着她所有的将来。

当你爱上她，她的朋友可以在危机时为你们两肋插刀，也可以在安稳时插你们两刀。你无法主宰，也无法干预。

好在你有张良计，我有过墙梯。

当你无法与她的朋友正面冲突时，别忘记，你还有你的朋友……

让你的朋友，把她收编了吧！

“这边，这边，小心点，哎呀，这个盒子很贵的，千万不要磕着。”

这一天早上，顾小白客厅里人来人往，搬家公司的人正在不断地把阿千的东西从房间往外搬。阿千不断指挥着，顾小白、罗书全、左永邦三个人坐在沙发上看着，顾小白笑眯眯地朝每个搬家工人挥手致意。

因为莫小闵在某种意义上真正地成为了顾小白的女友，阿千要从顾小白家搬走了。

“我们真的不用帮忙吗？就这么坐着啊？”

左永邦坐在沙发上，有些坐立不安。

“不用啊，这是他们的工作啊，我付了钱给他们的，我们只要拍拍手鼓励鼓励他们就好了。”顾小白笑眯眯地拍拍手。

“她搬出去没什么问题吧？”罗书全坐在沙发上，很认真地问顾小白。

“当然没问题啦，我已经和另一个情景剧的剧组讲好了，让她演女二号，女二号啊！她什么时候演过这种角色，开心也开心死了。”

“嗯，她看起来是蛮开心的。”

“不开心的是我呀，制片方答应了，让她演，但是代价是我帮他们免费写三个月剧本，三个月！”顾小白哀号了一声。

“啊？”

“就是说，以后阿千演每一集电视剧所拿的片酬，其实就是我的稿费，你懂吗？所以我接下来的三个月会过得好惨，我会轮流到你们家吃饭的。”

一阵尴尬的静默。

“但是你们千万不能告诉她啊！”顾小白突然说。

“为什么？”两人齐声问道。

“因为我是在帮阿千也在帮自己。”顾小白严肃地点点头，“你们想，她已经半年没演戏了。一个女演员半年没有戏演，在可预见的下半年，也没有戏演，是什么概念？”

“什么概念？”

“就是要考虑转行啦！她这个德行，你让她去做什么啊？”

“她可以去我公司做前台啊，正好在招。”不知死活的左永邦说。

“你算了吧你。”顾小白说，“她去你们公司做前台，你们公司一定会倒闭的。而且，你自己的事情都没处理好吧，你和米琪怎么样了？”

“她还是不接我电话。”

“你活该。”

“我本来想算了呀。”左永邦表现得很委屈，“多一事不如少一事，结果门一打开，就开了一条缝，就看到她穿着高跟鞋在走廊里走过来走过去，走过来，走过去，跟狱卒一样。那我有什么办法，我只好又偷偷把门关上，回屋子里去了。”

“……”

“我本来天良发现，我本将心向明月，奈何明月不让我出门……”左永邦双手一摊。

“你别管他了。”罗书全突然想起，转头问顾小白，“你刚才说又帮阿千又帮自己，是什么意思？”

“废话，我和莫小闵确定关系了呀！她现在就是我正式的女朋友了，一会儿就要过来介绍给你们认识了。”

“是这样啊。”

“所以啊，我再留个女人在我屋子里住着多奇怪啊，哪怕她是我好朋友，这种事情也是说不清的。就算莫小闵一开始表现得很大度，无所谓，阿千嘛，是你哥们儿嘛，她们也笑眯眯的你好我好大家好。但这是定时炸弹，你知道哇？万一我们因为什么事吵架，这肯定会是她拿出来攻击我的一条理由，这就叫具有前瞻性的战略眼光。”

“那你就让阿千这么搬走啊？”

“我三个月的薪水！要不你让她住你那儿去！”

“哎……”听了这话，罗书全愣了会儿，然后开始感慨，“好像这人啊，一谈恋爱，就必然要和自己的朋友这边发生冲突……喔，一边是友情，一边是爱情……左右都不是，为难了自己……”

“是为你想吧！该为她想吧！啊啊啊！爱虽然已不可自拔啊~”顾小白也加入进来。

“装作不在意的你~”左永邦举起手，当做握着个麦克风。

“如何面对~”

三个人突然转头，呆呆地看着门口，门口站着脑门上三条黑线的莫小闵和另一个女孩。

楼道里，阿千挥着手向大家告别，“我先走啦啊！再见啊，谢谢啊，过一阵我再出现啊！”

这句话说完，顾小白马上关上房门，于是屋子里留着五个人。

顾小白、罗书全、左永邦、莫小闵，还有莫小闵的好朋友AMY。

顾小白拉过莫小闵，“当当当当！隆重介绍！这就是我的女朋友，莫小闵小姐！这是罗书全，住我们楼下。这是左永邦，住在很远的地方。”

两人也很客气，“你好你好，终于见到了，幸会幸会。”

顾小白看着AMY，“这位是……”

“喔！这是我的好朋友，AMY，我们刚一起练完瑜伽，我就拉她上来看一下，我想以后也总要认识的。”

AMY是一个短发的女孩子，此时正在以一种牧羊犬尽忠职守的眼神看着顾小白。显然，她的眼中，顾小白是一只狼。

“你好你好！”顾小白热情地伸出手。

“我好什么，你怎么知道我好不好？”

“呃……”

“没办法咯，让她先冷静两天吧，如果她还需要我，她会来找我的。”

互相介绍完毕，顾小白提出去楼下的咖啡馆坐坐，因为阿千刚走，家里实在太乱七八糟了，于是大家到了顾小白楼下的咖啡馆。

左永邦很慷慨地把他的经历与新认识的两个女生分享了一下。

有女朋友的左永邦在外插花的时候被女友米琪一路追踪到别的女孩子家里，她没有走，也没有冲进去，而是选择了一种让左永邦心理崩溃的方式——穿着高跟鞋像狱卒一般地在门外走了一个多小时。

这一个多小时里，左永邦不能出，也不能进，更别提有胆子干点什么，只有在门内眼巴巴地苦熬着。

一个多小时后，米琪终于走了，而左永邦也虚脱了。

“那她如果再不理你了呢？”莫小闵问。

“那我也没办法了，对不对？”

“哎，AMY，你是做什么的？”另一边，

顾小白看AMY一直以一副宁死不屈的姿势端坐在那里，不禁上去套套近乎。

“做点小生意。”AMY冷淡地说。

“小生意？什么小生意？”

“干吗？你税务局的啊？”

“……”

两人大眼瞪小眼，顾小白的眼睛里全是“？？？？”。

莫小闵连忙打圆场，“AMY是我从小到大的好朋友，而且比我能干多了。她自己开了个小的服装店，我很多衣服都是从她这里直接淘的。喏，我身上这件就是，好看吗？”

“好看啊，很好看啊。”罗书全、左永邦齐声道。

“很合你啊，我以前怎么都不知道？”顾小白也讲。

“没办法呀，谁让人家男朋友不给自己女朋友买衣服呢。”AMY突然慢悠悠地发话。

“……”

气氛两秒僵局，谁也不说话。

AMY笑了笑，站起身，“我去一下洗手间。”

莫小闵也跟着站起来，“我和你一起去。”

AMY和莫小闵双双起身向洗手间走去。顾小白、罗书全、左永邦三人面面相觑。

三秒钟后。

“什么意思啊？她脑子抽风啊？我哪里得罪她了？”顾小白终于爆发了。

“说不定她喜欢你呢。”左永邦安慰他。

“啊？”顾小白不敢相信。

“你知道的啊，有的女人看见喜欢的男人，一见钟情。第一本能、下意识反应就是排斥，抵触，狂说各种讨厌的话。尤其莫小闵又是她好朋友，又是你女朋友。”

“你是在开玩笑吗？”顾小白沉默了两秒后问。

“我当然是在开玩笑！废话！她当然是很讨厌你，瞎子也看得出来。”

“可……可这为啥呢？我这是第一次见她啊。”

“说不定你们幼儿园的时候就是同学。”罗书全恍然大悟，“你亲过她，还对她许下了永不分离的誓言。二十多年过去，她突然发现你变成了她最好朋友的爱人。而你，已经不记得她了……”

顾小白突然动也不会动了。

“不会是真的吧？”

“当然不是，我也是开玩笑的，你真的被气傻啦？”

“靠！你们两个没义气的。”顾小白指着厕所门对罗书全说，“去女厕所门口偷听她们讲什么！”

“我为什么要做这种事？”

“我不管，你去不去？你不去我马上打电话让阿千的片约取消，让她住你家去。”

“去。”罗书全干脆地说。

罗书全偷偷摸摸地跑到女厕所门口，环顾四周，伸长脖子贴在门口偷听。

“我为什么要对他好声好气啊？我就是看他不顺眼啊。你自己看看，一个大男人，没份正经工作，整天家里待着晃来晃去，这算什么啊？”AMY说。

“这是自由职业啊。”莫小闵说。

“什么自由职业？男人就应该有自己的本职工作，自律。你看他一副吊儿郎当的样子，你再看看他两个朋友，一个呆头呆脑，话也不会说……”

罗书全一头的冷汗。

“另一个完全就是衣冠禽兽，背着自己女朋友劈腿劈得理直气壮，好像还要别人自己反省一样。这些都什么人啊？你交的是什么男朋友啊？”

厕所里，莫小闵也有些无言以对。

“你自己再想一想，JACK以前对你多好，你喜欢什么就马上买了送给你，事事都想着你，不管你错他错，一有事他就先向你道歉。是，他是盯着你盯得紧了点，可那不是因为人家在乎你吗？昨天他还上我这儿哭得跟个泪人儿似的，这样痴情的男人你到哪里再去找啊？你到底在想什么啊？”

“你别说了……反正，那个……那真不是我要的。”

“我也不是逼你非和JACK和好，我又不是你妈，可我是你的好朋友，我有义务为你的幸福着想，我怎么也看不出那个什么白能给你什么幸福。”

“……”

“反正你自己好好想想吧，真的，小闵，女人还是找一个疼自己的男人最重要。”

“我就知道！队伍里出现了奸细！”罗书全家，顾小白愤怒地大骂。

“你是在说我吗？”罗书全小心翼翼地问。

“我当然不是说你，你是正义的卧底——那个艾什么米怎么那么讨厌啊？她管得着吗她？关她什么事儿啊？她要觉得莫小闵的前男友好，自己去跟他好呗。我最讨厌这种碎嘴婆，见不得别人幸福、非要拆散了不可的女人，心理阴暗。哎，你说她小时候有没有什么童年阴影啊？”

“我怎么知道？我又没跟她是幼儿园同学……”

“……”

“哎呀，你就任她说去吧，真金不怕火炼。”罗书全说。

“谁跟你说真金不怕火炼的啊？你家有金条你脑子抽风把它往火堆里扔啊？再说感情这种东西最经不起耳边风了，闺蜜这种东西，必须扼杀在摇篮里。”

“你……要杀了她啊？”

“当然不是，对敌政策已经定下了。第一，那个艾……什么米，我最讨厌好好一个中国人取外文名字了！！！”

“你冷静点好哇？”

“嗯，一，那个AMY在我这里已经黑名单了，我不会给她好脸的。”

“二呢？”

“二，就是我派你去当卧底，跟她们混熟，打探她们情报，然后随时跟我汇报。”

“我为什么要干这种事情呢！”

“那我现在就打电话给阿千，让她住你家。”

“好吧……”罗书全睁着眼，望了顾小白一会儿，“卧底是吧？那她们两女孩子，我怎么去取得她们信任呢？”

“你自己想！”

咖啡馆的沙发上，莫小闵和AMY坐着，边上，罗书全声泪俱下。

“都是顾小白让我干的，他让我那天趁你们上厕所的时候，在洗手间门口偷听你们讲话，想知道你……”对着AMY，“为什么那么讨厌他……”

“那他现在都知道了？”莫小闵惊叫。

“嗯，我欠他一次人情，不管多么卑鄙无耻下流的事情我都要帮他干一次。”罗书全泣不成声。

“那你现在为什么要告诉我们呢？”莫小闵一脸的困惑。

“我实在忍受不了良心的煎熬，灵魂的拷问。无数个夜晚，都有一个声音在撕心裂肺地对我喊着，罗书全！你就是这么一个被人威胁、没有骨气的男人吗？就因为他是你的朋友，你就要无条件无原则地帮他吗？不，我不是，我怎么会是这样一个人呢？我是一个无论做错什么事都有勇气承认和忏悔的人……”

罗书全站起来，像哈姆雷特般伸出双手，伸向天空。

冷不防被另外一只手抓住。

“你真是一个好人。”罗书全转过头，AMY真诚地抓着他的手，看着他，继而转头看莫小闵，“你看看你的男朋友，是什么样的人品！让自己的好朋友做这种事！偷听女厕所！”

“……”

此时，罗书全正伏在AMY肩头痛哭。

顾小白家，顾小白在电脑前噼里啪啦写着东西。莫小闵推门进来，顾小白假装不知道，继续工作。莫小闵拉过一把椅子坐在他边上，看着他，微笑。

“干什么？你别吓我。”顾小白转头。

“有没有人跟你说过你专心写东西的时候，看起来特别有魅力？”莫小闵笑眯眯地道。

“没有，我专心写东西的时候周围基本上不准有生物的……”话音未落，顾小白突然反应过来，“喔！是这样……”

莫小闵也点头微笑。

“那你知不知道一个有魅力的男人首先会具备哪些条件呢？”

“有钱？”

“那是你们男人的逻辑，你以为女孩子都这么想吗？一个成熟的、有魅力的男人，首先具备的是宽容、理解……”

顾小白转头，戒备地看着她，莫小闵耐心解释起来。

“那……AMY呢，跟我是很多年的好朋友了，那她跟我之前的那个男朋友也认识很多年了，也是好朋友。她现在有些为我担心，可能帮他说了几句好话，也是出于友情，出于好意啊。”

顾小白仍旧戒备地看着她。

“她可能对你有所误解，但不怕啊，慢慢来啊，给她点时间，她就会知道你有多好，我为什么要选择你了，对不对？但首先，是你要宽容她，好不好？”

顾小白深情地看着莫小闵，莫小闵也含情脉脉地看着顾小白。

“不好！”顾小白干脆地说。

“……”

“我干吗要宽容一个总讲你前男友好的女人？你是我女朋友，她又不是，我不掐死她就蛮好了。”

“……”

莫小闵默默地看了一会儿顾小白，起身走了。

顾小白失望地想挽留，但还是什么都没说。

在电脑前写了一会儿，他突然奔去厕所，拿了面小镜子出来，搁在显示器边上，边看自己边喜气洋洋地继续写。

既然这一招对顾小白无效，莫小闵只好跑到AMY的服装店，对AMY如法炮制。

“你这样我很为难啊，你看，我和小白已经正式在一起了，但你是我最好的朋友，你应该支持我对不对？”莫小闵握着AMY的手，语重心长。

“如果是真的好朋友就应该为你着想，不是你干什么蠢事都支持你啊，你杀人放火我也支持你吗？”AMY疾言厉色。

“我和小白在一起就是杀人放火啊？”

“比杀人放火还要惨，杀人放火是害别人，你跟那个男的在一起基本上等于自杀，而且是慢性自杀。”

“……”

“小闵，我们女人说是活一辈子，但真正有价值地活有几年？”AMY反扣莫小闵的手，开始语重心长，“我告诉你，只有十年，二十岁到三十岁，老天只给我们这十年去选择我们今后的人生，之后的几十年都是在给这十年里的选择买单。你现在已经过了一半了，只剩下另一半了，你怎么一点危机感都没有？”

“呃……”

“你只有五年时间来选今后的一辈子了，你怎么一点都不开窍啊？五年，刷地就没了，你还在把这么宝贵的时间浪费在一个一看就不靠谱的男人身上。然后几年一过，他也才三十多，还是一枝花呢。你呢，残花败柳了。到时候再出点儿什么事，你们一分，他继续逍遥快活了，你呢……你怎么做事情一点都不想想前因后果啊？”

莫小闵静静地思考着，AMY刚要趁热打铁。

“你别说了，我已经决定了，我真的决定了，我喜欢他，自然有我的道理。”莫小闵说。

“……”

“而且谁能说得准以后？说不定突然爆发世界大战了，说不定明天就地球毁灭了，谁说得准呢？”

“……”

“我可不想到时候后悔，我因为这个那个没有和我真正喜欢的人在一起。你如果真的是我好朋友，你就支持我，你不支持我也没关系，我不会改主意的。”莫小闵看着AMY，严肃地点了点头。

AMY终于叹了口气，点点头，“好吧，那我答应你，我以后当着他的面不给他脸色看，对他和善点，怎么样？”

“真的？”

“嗯，但这不妨碍我在另一个世界里攻击他。”

“什么另一个世界？”莫小闵一脸茫然。

AMY突然兴高采烈起来，指着电脑给莫小闵看，“你看，我本着对你负责的态度，在网上搜他的名字，结果很容易就搜到他的博客。”

“博客？”

莫小闵凑上去看了一会儿，“他还写情感专栏？我怎么完全不知道？”

AMY非常得意。

“你看，他瞒着你的事还少吗？你看他在上面回答别人，一篇篇写得那个理直气壮、道貌岸然的，看着就让人来气。”

“好像留言还不少呢……”莫小闵自言自语。

“嗯，有一大部分是我贡献的，你看……”

莫小闵呆呆地凑上去看，评论上各种匿名回复：哼，伪君子，自己过得吊儿郎当还有资格教别人呢……先管好自己再说吧……别再害人啦……

“这……这都是你干的？”

“Yes！”

“你……你到底在干吗呀？”

AMY刚要说话，突然惊喜地看着电脑，“等一下，我回头再跟你说……”

“你怎么就知道这一定是她干的呢？”

顾小白家，罗书全看着顾小白的电脑，转头问顾小白。

“废话！除了她还有谁，摆明了是认识我的人。”

“那说不定是被你以前抛弃的女人呢……”

顾小白默默地看着罗书全，罗书全也默默地回看他。

顾小白突然振作起来，指着电脑，“喏？虽然这全是匿名回复的对不对？但是瞎子都看得出来，IP地址都是一样的，而且我的博客要留言是必须注册的，所以我就很简单地去查看了一下她的注册时间，就是在这两天。”

“那也不代表一定就是她啊。”

“但是智商低的人犯罪呢，就是处处都有破绽。”顾小白得意起来，“注册是需要填Email地址的，你懂不懂？你看，这个Email开头的名字是什么？”

罗书全凑上去念，脸色一阵惨白，“AMY7788……”

“如果你要说这个世界上叫AMY的女人多的是的话，那么为了不错杀一个好人，我把这个Email地址复制下来，然后在百度上搜索了一下，你看出来了什么？”

罗书全再凑过去看，页面上出现了淘宝的店铺。

“AMY的服装小店……”罗书全喃喃道。

“又叫AMY，又在网上开了一个服装店，实体店又在本地，又是这两天注册的，你还想说什么？华生？”

罗书全目瞪口呆地看着顾小白。

顾小白嘴巴上叼着一只打火机，冒充福尔摩斯。

“那……那你打算怎么办呢？”

“也没怎么办，我只是把她店里所有的衣服全买下来了而已。”顾小白淡淡地说。

罗书全目瞪口呆。

顾小白微笑着看着罗书全，“支付宝的退货时间是一个星期，一个星期以后我可以以任何理由退货不付款。”

“……”

“但在这一个星期里，她的店里面是没有一件衣服可以卖的……”顾小白看着罗书全，慈祥地笑起来。

与此同时，服装店里，AMY正在激动地把货架上所有的衣服拿下来打包，一边折叠塞进纸箱子，一边还回头教育莫小闵。

“你看，女人在没有一个好男人的时候，就要专注自己的事业，因为事业是不会骗你的……明白了吗？我要再打电话给服装厂订一批新货了。哎，我突然现在心情超级好啊，好到……好像连看你那个顾小白也没那么讨厌了……嗯，顾小白！不错！你一跟他好上，我就突然有一大笔订单！”

AMY兴高采烈地看着莫小闵。

三天之后，同样的地方。

AMY坐在收银机前，两边货架上都挂满了衣服，AMY咬牙切齿地看着地上一堆退回来的纸箱。电脑页面上，淘宝页面，退货解释：不好意思，我看错了，都是女装，我要买的是男装——落款：顾小白。

这是顾小白和AMY较量的第一回合，由此顾小白舒爽了好几天，乃至莫小闵推门进来的时候，顾小白都没发现，还在一边奸笑一边看着自己的淘宝页面。

那个伟大的、充满人文关怀的军事行动。

一扭头，莫小闵正在边上，把顾小白活活吓了一跳。

“你在干吗呢？”莫小闵笑眯眯地问。

“没什么呀，我能干吗呀，我一个吊儿郎当的自由职业者，当然是除了家里坐坐，打打字，写写东西，街上转转，我还能干吗呢？”顾小白一边看着别处，一边关闭电脑上的页面。冷不丁被莫小闵坐在身上，搂住肩膀。

“好啦，你还在生AMY的气呀，不要气量那么小啦！我告诉你个好消息呀，AMY已经不讨厌你了。”

“嗯？”

“我告诉她我是真心喜欢你的，而且不管她讨不讨厌你我都要和你在一起，她想讨厌你也没办法讨厌你，因为她是我好朋友嘛。”

顾小白还在戒备地看着她。

“我们一会儿出去吃饭，我再约上AMY，你们一起好好聊聊，怎么样？”

“呃……我这写稿子呢。”顾小白马上飞扑到键盘前，做奋勇状，“我明天要交的……”

“不要推三阻四的，你眼睛一转我就能看出来你讲的是真话还是假话。”

“真的？”

莫小闵得意地点点头。

顾小白深情地看着莫小闵，“我爱你……真话假话？”

“讨厌！”

“我特别愿意和你那个AMY和解，但是我还真不知道她愿不愿意……你觉得我说的是真话还是假话？”顾小白胆战心惊地看着莫小闵，互相凝视。

“哎呀！求求你啦！”莫小闵突然撒娇。

“好吧好吧！我答应你，不管怎么样，我付出多么惨痛的代价也会和她和解，怎么样？”顾小白举双手投降。

“好！这可是你说的啊！”莫小闵站起来，喜气洋洋地打电话，“喂，AMY啊，我们晚上一起吃饭啊，啊，好啊，嗯，那就那里见，七点，拜。”转头笑眯眯地看着顾小白。

“她怎么说？”

“没有啊，她说好啊，很高兴和你见面。”

“卧底！卧底！卧底！”顾小白惨呼着拍打罗书全的家门。

“干什么啊又？”过了一会儿，罗书全打开门。

“战争的号角又吹响了！”

“又响啦？”

“我不是把AMY店里的衣服全部买了又退了回去吗？莫小闵完全不知道，还叫我和AMY一起吃饭，AMY还特别高兴地答应了。注意，是特别高兴地答应了。”

“那可能她不知道是你干的呢？”

“怎么可能？我在网上的退货说明里很清楚地标明我是顾小白，她又不是不识字……”顾小白突然侥幸地想，“她不会不识字吧？”

罗书全默默地看着他。

“所以啊！这有可能是我有史以来最惨烈的一场仗，不管怎么样，你都要和我一起去。”顾小白拉着罗书全。

“陪你一起死吗？”

“你怎么老是忘记你的身份？你是卧底！卧底！”

晚上，一家日式料理店内，顾小白、罗书全、AMY、莫小闵坐在一个四人火车座两头。顾小白、罗书全坐一边，AMY、莫小闵坐另一边，旁边站着服务员，AMY坐在那里埋头看着菜单，慢条斯理地点着。

“来份刺身拼盘，生鱼片拼盘，天妇罗，三文鱼寿司，金枪鱼寿司……这个……这个……还有这个……”

“她大概想把整个店吃回来。”罗书全慢慢凑到顾小白身边，小声提醒。

“镇定。”顾小白悄声道。

罗书全点点头，回身正襟危坐，微笑。

AMY点完，楚楚动人地把菜单还给服务员，看着顾小白，微笑。

“这么说，顾老师，最近在酝酿什么大作呢？”

“咳，什么大作小作，我们这种人整天也没什么事情干，家里坐坐，坐的时间长点就叫大坐，短点就叫小坐，没什么太大区别，跟你们这种做实业的没法相比。”为掩杀气，顾小白爽朗地笑了三声。

听到“做实业”三个字，AMY简直连当场咬死他的心都有，但眼神中杀气一露，又马上隐去。

“哪里哪里，像我们这种小本买卖，能不赔不赚就已经很满足了，最怕的就是遭什么小人暗算，背地里捅你一刀，那可真是防不胜防。”

“是啊是啊！我也有同感，你要光明正大地自报姓名来找事也就算了，最怕那种什么匿名暗算啊，背后毁人啊，那可真是太下流了。”

两人微笑地看着对方，微笑地说着话。

罗书全和莫小闵互相看看，两人都默默地再移开眼神。

一招落败，AMY又另起话头。

“对了，听小闵说，你还有个职业是帮人写剧本啊，写什么电视剧、情景剧啊！有哪些播出过的啊？我也回头找了看看去。”

作为目前为止没有一部播出作品的顾小白，被恶毒地攻击到了。

他恨恨地看着AMY，对方继续对他楚楚动人地微笑着。

“咳，电视剧这种东西你还不知道嘛，都是大妈大婶看的。”过了几秒钟，顾小白故作轻松地说，“人家那都是嫁了人，有了老公，生个孩子，一切都踏实了，实在没事干，闲得无聊打发时间看的。你有这时间也别花在这种无聊事情上去呀，多浪费啊。”

“也是呵！对女人来说，找个靠谱的男人真是特别重要。”

“其实吧，我觉得靠不靠谱因人而异，每个人都不一样，这是观点问题。但有一点特别重要，就是有和没有，我觉得后者还是死了算了。”

AMY……是没有男朋友的……

她微笑地看着顾小白，如果眼神能杀人，顾小白现在已经死了无数次了。

“干什么？别这么看着我好吗？我胆小，受不了美女的这种凝视……”

边上，罗书全一直百无聊赖地在餐巾纸上写字，写好了竖起来悄悄给莫小闵看。

“我实在听不下去了。”

“我也后悔死了。”莫小闵也默默地在餐巾纸上写着。

“不好意思，我去下洗手间。”

放下餐巾纸，莫小闵站起身，浑身冷汗地往洗手间走。

“你给我等着！”莫小闵一走，AMY马上原形毕露，对着顾小白瞪视。

“我等到现在呢！”

“你死定了！”

“是吗？你就这么高兴你好朋友做寡妇吗？”

真是不肯吃亏啊。

莫小闵浑身冷汗地往洗手间走着，走到一半，突然听到背后有人叫。

“小闵！小闵！”

回头一看，前男友JACK，一个人坐在那里吃东西……

他……是怎么会在这里的？看到莫小闵呆呆地看着自己，JACK以一种聂小倩在天上飞的表情跑过来。

“原来你也在这里吃饭，小闵，原来我们又偶然遇见了，像第一次一样。人家说，缘分已尽的人是不会再相遇的……”

莫小闵匪夷所思地转头看AMY。

看着顾小白的AMY，已经完全顾不上错愕的莫小闵，脸上露出了残忍的微笑。

“小闵，你还好吗？我真的好想你，我每天都在想你，我想你想得好心痛，你可以打我，可以骂我，但是就是请你不要不理我。你不理我，我都要急死了！”莫小闵回过头，前男友还在对自己诉说，“多少次，我把你的名字刻在沙里，就下起了沙尘暴。我把你的名字刻在天空，天空就下起了雨，那都是我的哭泣，它们有没有淋到你？小闵，你有没有感觉到我在为你哭？小闵，你别一声不吭，你一声不吭我真的要被你急死了。你可以打我你可以骂我，你不要不理我……我的心真的好痛……你有没有感觉到我在为你心痛……”

确实没有，有了新欢的人很少会感知到旧爱的痛。但另一边顾小白实在听不下去了，一把推开罗书全，起身走到莫小闵前男友面前。

“你好，我是莫小闵的新男朋友，基本上也可以作为她在感情方面的新官方发言人，你有什么话可以对我说。”

JACK呆呆地看看顾小白，仿佛发现莫小闵的现男友是外星人一样，表情错愕，好像不敢相信眼前所见。

“这……这是你故意安排的吗？”

“啊？”

“你故意安排了这出戏来伤害我吗？你明知道我爱你，敬你，怜惜你，仰慕你，你对我来说那么尊贵，那么崇高……”

“我……我真没有……我何苦呢我……”

“你还要这样来践踏我的爱，我的爱已经为了你粉身碎骨，你还要这样来骑着马，坐着车，来回这样践踏，难道非要变成粉末你才甘心吗？难道真想看到我的骨灰飘洒在这片城市的天空吗？”

莫小闵突然很奇怪自己怎么会和他交往过。

但明明……这样的话以前听起来并不觉得肉麻啊。

但现在听起来，简直像恐怖分子新发明的武器。

“你真的好狠心……好狠心……”凝视着莫小闵，前男友又含泪看了顾小白一眼，终于掩面奔走。

“先生你还没结账呢！”服务员在后面追起来。

“让他们为我的悲剧买单吧！”悲愤的语声飘荡在血雾的空中。

默默回到座位，莫小闵一言不发，脸色铁青。顾小白也不说话，一动不动地看着AMY。AMY悠闲地吃着各种料理，一边的罗书全已经完成了从人到化石的转变。

“你到底什么意思啊？”沉默了一会儿，莫小闵终于冲着AMY爆发。

“呀？怎么冲着我来了？”

“你敢说这不是你安排的吗？你明知道我们在这儿吃饭，你通知他在这儿堵着。”

天妇罗还真是好吃呢……

“你现在明白了吗？背后放冷箭向来是你这位朋友的特长。”顾小白也插嘴道。

谁知这一句话不说还好，一说AMY彻底爆发，“你他妈还好意思来说我？！”

顾小白毫无畏惧地和她对视着，莫小闵反而愣住了。

“这……这又怎么了？”

“你问问他对我做了什么？”AMY嘴里咬着天妇罗，转头悲愤地冲着莫小闵喊——样子很好玩——“他知道我在网上的淘宝店，然后把我整个店的衣服全买了，我还弱智似的又从服装厂进了一批。几天以后，他支付宝不付款，衣服全部退回来，说他要买的是男装，不是女装，看错了！我整批衣服全砸手里了！我资金链本来就紧张，全部都是核算好的，进一批卖一批。现在倒好！一点钱都没有，可能明天店就倒闭，我喝西北风去！你自己好好看看，这就是你男朋友，我的店毁了都是拜你男朋友所赐！”

终究还是个女孩啊，话说完，AMY已经泪光盈盈。

呆呆地看着顾小白，莫小闵有一种不可思议的困惑感。

“谁叫她自己笨？还没确认付款就……”顾小白还在无力地嘟哝着……

莫小闵一动不动地看着他，像要看穿他一样。良久之后，莫小闵一言不发地拉起AMY，两人离席而去，头也不回地走出店门。

顾小白站起来，想追，又无力地坐下了。

“我……我还是不是卧底？”罗书全不知怎么，醒转过来，试探地问。

“随便你，你爱是不是……”顾小白气若游丝。

罗书全看了一眼顾小白，朝店门外追去。

当天晚上，顾小白一个人走在这个城市的大街上，夜凉如水。莫小闵没有给他电话，卧底罗书全也生死不明，顾小白走着走着就走到了左永邦家。

左永邦也正好在，米琪走了，还了老光棍的本尊。他正一个人在那苍凉着，见顾小白来，就开了酒，两个人坐着，边喝边叹人情冷暖，女人不能碰。

“你也是的，你明知道她是莫小闵的好朋友……”

“我一开始对她很热情啊，你也看到啊，是她对我横挑鼻子竖挑眼的，我有怎么样吗？她还鬼鬼祟祟地到我博客里来骂我，这算什么？”

“她也是担心她朋友受骗而已。”

“她又不是她妈！只是她的朋友而已。喔，我们爱一个人，就必须连她朋友也爱吗？连她七大姑八大姨都爱吗？”顾小白愤愤不平。

“理论上就是这样，这叫做爱屋及乌。”

“哦？是吗？”顾小白冷笑一声，反问，“你爱一个女人，那个女人爱别的男人，你也爱屋及乌爱那个男人吗？”

“呃……”

“所谓逻辑在爱情里是行不通的！我爱一个人，跟她朋友是谁完全没关系！”

“你到现在还弄不懂，你为难莫小闵的朋友就是在为难莫小闵本人啊！”左永邦恨铁不成钢。

“What？”

“闺蜜是什么关系？”左永邦叹了口气，“闺蜜是可以在一起分享她们的男人在床上的细节的关系！莫小闵能跟你分享她和她前男友在床上的细节吗？”

“……”

“所以你不能把她们分割开来看，有时候你在对付AMY就等于在对付莫小闵，她们有时候就象征着一个人，你要接受莫小闵就必须接受AMY，在某种程度上！”不知想到什么，左永邦突然兴奋起来，“现在只有两个办法，可以帮你摆脱现在这种困境。”

“哪两个？”

“一是你去和AMY和解，道歉，收拾烂摊子。”

“这个太难了，那第二个呢？”

“就是你去把AMY给泡了，让她爱上你，那么她之前所有骂你的话都等于在扇自己耳光，而且扇得不亦乐乎。”

顾小白呆呆地看着左永邦，面前的男人真是狠毒啊……

“你觉得哪个办法更加容易一点呢？”狠毒的男人笑起来。

窜出左永邦的家，顾小白一边拨电话给莫小闵一边拦出租车，电话里总是传来“您拨的用户正忙正忙正忙”，显然是不断地被掐了，顾小白更加急火攻心。

他拦了车到了自己家大楼，扎进电梯想找罗书全这个卧底商量对策。跑到罗书全门口拍了半天，门一开，罗书全脸色通红，正拿着酒杯，对着顾小白嘿嘿乐。顾小白一惊，往屋里看去，莫小闵和AMY都在，而且都已经醉到相当可怕的程度。

“再见啦！小白痴！”莫小闵冲着顾小白笑着挥手。

“再见啦！分手快乐！”AMY也高举双手。

“这他妈到底怎么回事？”顾小白一把把罗书全拉出来，关上门，嘶哑着嗓子。

“我们在喝酒啊！”

“废话，我知道你们在喝酒！我倒想你们喝的是敌敌畏！我是问你们到底在干吗？”

“喔，她们在我家里开你的公判大会呢。”罗书全痴痴地笑。

“呃……什么会？”

“嗯……主要就是控诉你的各种不好啦！幼稚，狭隘，自说自话，不考虑别人感受，自私……”

“然后呢？”

“然后我就在听啊！”

“听？！你在开什么玩笑？你有没有搞清楚你的身份？你的立场！你是我的卧底啊！这个时候你作为我方代表，应该慷慨激昂地为我辩护啊！你非但不通知我她们在你这儿，我找得膝盖都快脱臼了！你还在听？”

“没有没有！我不只在听！”罗书全急忙为自己辩护，“有时候我还附和两句，因为我觉得她们说的真的蛮有道理的，哈哈，你还真的就是那个样子的！我现在才知道，原来聚在一起说别人坏话真的蛮有劲的！”

“你到底在说什么啊？！”

“哈哈哈，你要不要一起来参与说你坏话啊？”

面对着三个醉鬼，顾小白完全没有任何想法了。

门打开了——莫小闵站在门口，笑着趴在罗书全肩头，对着顾小白痴痴笑起来，“不用了，不用麻烦他了，他说话都是要收稿费的。我们说他的坏话，他倾家荡产也付不起了，嘿嘿……”

“小闵……”

“嘘！不要叫我小闵喔，被我男朋友听见可不得了。”

“你男朋友就是我啊！”

“嗯！你的消息滞后了！”莫小闵摇了摇手指，“我现在的男朋友是罗书全……”

“分手快乐！”

透过两人，AMY在屋里举着杯子高叫。

这个晚上顾小白通宵没有睡，在电脑前一边反省自己一边放着凄婉的歌。因为歌声实在太凄婉了，反省的结果就是自己一点都没有错，非但没错，而且身世之可怜、遭遇之凄惨简直感天动地，鬼哭狼嚎。顾小白一边抚慰着自己滴血的伤口一边无语问苍天，问着问着，天就亮了。

天光照进罗书全窗户，把莫小闵给照醒了，在沙发上睁开眼看了看，一地的酒瓶，AMY横七竖八地躺在罗书全的地毯上。罗书全上半身靠着沙发，下半身不遂似的瘫软在地上。听见沙发上的声音，罗书全也醒了，睁开眼，和莫小闵对望。

两人……竟都有些茫然了。

“我怎么会在这里？”莫小闵呆呆地看着罗书全。

“是啊，我还想问。”罗书全突然看到地上的AMY，“她怎么也在这里？”

两人互相呆望了半天，然后把逝去的记忆统统找了回来。

罗书全吓得魂都飞了。

莫小闵慌忙地收拾自已，一边拿起包一边就要冲出门找顾小白解释。

“好好，你快点去，顺便帮我解释一下。”罗书全筛糠似的说，“不过估计你没事，我是死定了。”

“不会不会，你是他最好的朋友。”

走到门口，突然意识到还有一个在睡觉的AMY……

“那……她呢？”罗书全为难地看着莫小闵。

“可……不可以麻烦你先照顾一下她，让她醒了后自己回去，然后我们电话联系？”

罗书全点点头，打开门，突然叫住莫小闵。

“小闵……”

“啊？”

“小白真的特别喜欢你。”

“是吗？”

两人互相郑重地看了一眼，莫小闵匆匆离去，罗书全关上门。

谁也没看见，门上用油漆写的三个大字——大叛徒！

莫小闵站在顾小白家门口，拨的手机里传来，“对不起，您拨的用户已关机。”

只好使劲拍门，“小白小白！是我！”

门内传来轰鸣的音乐，“一边是友情！一边是爱情！左右都不是为难了自己！是为你想吧！该为她想吧！爱虽然已不可自拔……装作不在意的你……如何面对……”

“小白！开门！是我！你误会了！”

“有多少爱可以重来！有多少人愿意等待！当懂得珍惜以后归来！却不知那份爱会不会存在……”

“在在在！你开门就在！”莫小闵好气又好笑，继续拍门。

“爱到尽头……覆水难收……爱悠悠……恨悠悠……”

里面的人在不断地切换着播放器，玩得不亦乐乎。

突然门外的敲门声停止了，顾小白愣了愣，打开门。

门外已经空无一人，只有手里捧着的音箱还在落井下石般地唱着。

“就请你给我多一点点时间……再多一点点问候……不要一切都带

走……”

“莫小闵多久没来找你了？”

一个星期后的一家日式居酒屋里，左永邦和顾小白坐在吧台边，左永邦看着一杯杯喝着梅酒的顾小白。

“一个星期。”

“这一个星期里你都在干吗？”左永邦不可思议地看着他。

“找你玩儿啊。”他装作不在意的表情。

“我知道，小白，这一个星期我的确推了你很多次，我不是故意的，我真的是在忙。那其他时候你都在干吗？”

“其他时间里呢，我就盯着手机上。”顾小白假装悠闲地耸耸肩，“心里在发功，下一分钟她会打电话过来，下一分钟她会打电话过来。”

“那然后呢？”

“我继续对着手机上，心里发功……下一分钟她会……”

“你就完全没工作？”

“拜托！发功是一件很累的事情好不好？”

“我完全搞不懂你在干什么，你干吗不自己去找她啊？”

“喂！是她搂着罗书全的脖子对我说，那是她新男友好吗？让我去找她？”

“那她在生你气啊，又喝醉了，而且第二天不是找你了吗？你自己在十三点放各种歌啊！”

顾小白托腮，陷入沉思。

“罗书全也没来找你咯？”左永邦突然问。

顾小白点点头，“完全不知道这个叛徒在干什么。”

左永邦盯着他看。

“你在搞什么啊？你别真的搞到后来赔了夫人又折兵。”

呆呆地看着左永邦，顾小白终于反应过来，猛地放下杯子冲出餐厅，打了一辆车冲到莫小闵家楼下。刚冲进楼道，嘴里还在喊着——“小闵小闵，我错了！救命啊！你不要一步错步步错啊！不要自毁前程啊！罗书全不是人啊！”就迎面撞到下楼来的莫小闵。

“没事儿吧你。”莫小闵上上下下地打量着顾小白。

“我错了我错了，我爱你，我无法失去你。”

“你承认错了？”

“双手投降！”

“好吧，那我就来考验一下你悔过的态度。”面前的人突然露出了诡异的微笑。

“什么……态度？”

莫小闵突然凑近他，脸上的微笑越发残忍，“我要你接受一个惨痛的现实！”

“你真的和罗书全好了？”顾小白瞬间脸色发白。

“不是我，是她。”莫小闵看着顾小白，甜蜜地笑着。突然往拐角处一拉，拉出罗书全和AMY，两人手牵着手，罗书全喜气洋洋，AMY正低头臊着脸，浑身不自在。

打死顾小白也想不到，事情会向这样的方向发展着……

呆呆地看着他们一会儿后，顾小白突然凑到罗书全耳边，“真的假的？”

“真的。”罗书全点点头。

“真的真的？”

“真的真的。”

“卧底不用这么彻底吧大哥？”顾小白终于惨叫起来。

“不是啊……”罗书全挠挠头，“那天她喝醉了，睡在我这儿，我送她回家……”

“喔！又是喝酒！”顾小白恍然大悟，开始满面堆笑地在AMY身边走来走去，绕着圈走，突然凑近AMY，邪恶地笑起来。

“你呀你呀你呀你呀，这下你死定了呀，哈哈哈。”

事到如今，AMY只好硬着头皮死忍。

“顾小白！”莫小闵的声音在边上响起来。

顾小白马上握住AMY的手，双手乱摇，“恭喜恭喜你们！早结良缘早生贵子！”

“你现在知道我喜欢他什么了吧？他真的不记仇……”

“我记……”AMY咬牙切齿地说。

“你真的让顾小白把你那箱衣服全买走了啊？”又是某一日，罗书全牵着AMY在街上走着，转头问。

“是啊，这样我以后和他也比较好相处嘛。”AMY甜蜜地笑起来，“不然冤冤相报何时了啊，我老想着报仇，对你也不好嘛……”

“我倒是无所谓。”

“你说什么？！”

“没事没事！”罗书全忙道。

突然身后有人叫——“罗书全！”

回头一看，潇潇远远跑上来，站在一米外突然停住了，呆呆地看着

AMY。

“呃……这个是潇潇，是我的学生。”罗书全连忙向AMY介绍道。

“你学生？她怎么直接叫你名字啊？”

罗书全不理她，对着潇潇，“这个……这个是我女朋友，AMY。”

上上下下地打量着AMY，潇潇猛地抬头。

“艾什么米？”

不知前尘后事、因缘果报的AMY也只好微笑，“你好。”

“我好什么？你混哪个区的你？”

潇潇的表情让AMY突然感到很亲切……

那是她曾经对顾小白露出过的啊……

但无论如何，AMY只愿记得那一天，清晨刺眼的阳光中，罗书全和她坐在摇摇晃晃的出租车上，他送她回家，她昏昏沉沉。

突然睁开眼，边上的男人正在脱下外套，盖在她身上。

面对她凌厉的眼神，男人吓得连忙转过头去，望着窗外。

那一瞬间……AMY感到前所未有的——温暖。

LESSON 7　1%的信息不对称

总有些话，我打死也不能对你说。
因为1%“顾忌”是99%“在乎”的表现形式，无话不谈那是哥们儿……

你有没有过这样的经历，刚刚开始的时候，你只希望和你喜欢的人在一起。当你如愿以偿地和他在一起后，你就开始希望他了解你。你的每一个眼神，每一个动作，每句话只说出两个字，他就知道你所有的心事，他是你一辈子在寻找的人。

问题是，每一次你都绝望。下一次，你又开始这样希望。其实，在这个世界上，谁都不是谁的蛔虫，整天憋着心思让对方猜，只会让自己变成对方的噩梦……

又是一天清晨。

每一天的清晨都是这样的，艳阳高照，鸟儿叫，花儿笑，学生背着书包苦逼地去上学，白领拎着电脑等待着地铁的咆哮。

“真希望下一场雨啊……”罗书全衣冠楚楚地出门的时候心里想，“起码心情会不一样，每一天这样的心情真是腻歪死了……”

然后他就看到了顾小白，顾小白穿着衬衫，头发凌乱，从小区外的永和豆浆店走出来，穿过马路向他走来。

明显是一宿没睡加上刚吃了早饭，失魂落魄，双目呆滞，好像丧尸。他经过罗书全的时候眼睛也没眨，就这么迷迷糊糊地过去了。

罗书全忍不住出声招呼他，把他吓得半死。

“哎哟喂……”顾小白转身，拍着心脏，埋怨地看着罗书全。

他写了整整一个通宵，虽然不知道写了点啥，但被摧残了一个晚上，好像《七宗罪》里被折磨了一年的人，随便一个举动就能被吓死。

罗书全叹气，顾小白也叹气。

“你上班啊？”

“啊，废话，你还不上去睡？”

“我跟你一起去上班吧？”顾小白搂着罗书全的胳膊，很是依赖，还心事重重。

“不要啦！我是去上课！这样算什么？”罗书全使劲甩开他手。

“求求你，求求你，我给你跪下啦……”

顾小白是一个自我念头主导下什么都干得出来的人，罗书全没办法，只好被他拖着，直到坐上一辆出租车。两个人坐进去，顾小白贴着窗户。

脸被斑驳的阳光照下来，有一种难以名状的凄美感呢……

“到底什么意思？”罗书全忍不住发吼，“向日葵！”

“我在躲着莫小闵……”

向日葵转过头，脸上滑过一滴晶莹的晨露……

原来，事情是这样的。

再过几天是莫小闵的生日——这一点莫小闵没有主动跟顾小白说，是顾小白无意中看到莫小闵的身份证后记下的。

顾小白打算在莫小闵生日那天给她一个惊喜。

但惊喜的关键在于，先惊，然后才能喜。

而惊的关键在于——毋庸置疑的——对方对此完全不知情。

这才是所有事情的前提。

“有一个词叫欲扬先抑你知道吗？我预备给她大惊喜，就要在之前表现得比原来更加冷淡，更加冷漠，更加不在乎我们这段关系的样子。我只有前期压下去，到后期揭晓的时候才会出效果，不然没对比，她也不会有‘哇！SURPRISE’的感觉……”

“……”

“她生日前几天，万一跟我提起要过生日这事，我就变成只能应景地送她礼物了。这太没劲了，计划就全泡汤了。——顾小白再安排也显得这是“被要来的”，没有那种被苦苦压抑后再释放的冰雪消融感。

——那一刻，阳光普照大地。

——那一刻，莫小闵痛哭流涕。

——那一刻，顾小白所有精心安排的一切才有了意义。

所以前提是，顾小白这两天不能让莫小闵见到他，“不能听”“不能看”“不能讲”。这就是顾小白这两天躲着莫小闵的原因。

现在大家知道找一个“编剧”或者“作家”当男朋友是一件多么倒霉的事情了吧……

罗书全花了五分钟才听懂，又花了五分钟才消化。

但是他花了零点五秒钟就向出租车司机表达了他的意见。

“师傅，靠边停一下。”

顾小白就这么被罗书全扔下车，望着扬长而去的出租车，环顾四周，完全不知道身处何地。

“我……是不是还在做梦呢？”清晨的阳光——好刺眼。

罗书全对顾小白这么蛮横的一个很大原因就是，他跟AMY刚刚开始恋爱。众所周知，一个人刚开始恋爱，就会觉得周遭的世界全是稀薄的，可有可无的，唯有自己和他恋爱中的那个人才最为关键和重要。就像相机里的焦点，后景全是模糊一片，哪怕地球毁灭了也无所谓。

但这显然仅仅是他自己的看法——或者说男人的看法。

女人——有些女人，不是这样想问题的，比如AMY。

“从表面看起来，他各方面都挺好的，人也挺老实的，工作也挺稳定的，挺实在的。”AMY一边搅动着咖啡，一边抬头对莫小闵说。

“但是呢？”

“什么叫但是？没什么但是不但是啊，我们才刚开始啊，总归有个接触的过程吧，过程当中慢慢了解这个人。”

对于有些人来说，早晨九点是一个忙碌的时刻，赶地铁，赶飞机，赶着上楼睡觉。但对有些人，早上九点是一个百无聊赖的时刻，早上九点不会有人跑到百货公司买化妆品。同样，也不会有人跑到小服装店买衣服。所以AMY就干脆跑到莫小闵工作的百货公司，拉着她在百货公司的咖啡厅喝咖啡打发时间。

打发时间，有时候对女人来说，也是很重要的一个功课。

“所以你在彻底了解这个人之前，你也不会把全部感情放进去，是吧？”莫小闵也搅着咖啡问。

“废话咯……什么事不都得讲个投入产出吧？你怎么可能在完全不了解这个人之前把所有感情投进去呢？”

“但感情也不是做生意啊？”

“那是你没做过生意，你做过就知道了。这个世界上什么事情都是做生意，都得讲究一个成本核算，付出回报。一步步稳扎稳打，不然你就会死得很惨。”

“我已经有点这种感觉了……”莫小闵强鼓起一个笑容。

“嗯？”

“顾小白……已经很久没怎么正经搭理过我了……”

莫小闵……终于愁苦地说出来。

“打电话找他，他也一副爱搭理不搭理的样子，说现在正忙，忙着工作，回头打给我，回头也没打。我到他家去，他也一点不热情，像个死人一样坐在那里看电视。我跟他说什么话，他也懒得回答我，有一句说一句。”

“所以你看看！我早说你了吧！”AMY拍案惊奇。

“我也不知道怎么了？发生什么事了？前一阵也好好的啊，什么事也没发生，怎么就突然冷下来了呢？”

“男人就没一个好东西，他肯定是对你腻味了！”

“最主要的是，我过两天不是要生日了吗……”

莫小闵置若罔闻，抬头看楼层顶上的吊灯，足有五层楼高的吊灯呢。

“他从来也没问过我生日，在这种情况下，我也不可能主动跟他说我生日快到了。”

“为什么不能啊？直接说啊。”

“那就像我在向他讨礼物一样，这算什么？你知道我也不在乎这个的，我只是觉得……”

“他完全不关心你？”

莫小闵悲伤地点点头，对女人来说……这才是最致命的吧。

通常，罗书全上课要经受比一般教师更加过硬的心理考验。

一方面台下潇潇含情脉脉地看着他，一方面又要提醒自己不能说错话。所以每每走进教室的时候，他都要在心里默念各种神仙保佑。

这个时候，有人打电话来无疑是一件雪上加霜的事情。

但是打电话的人是他现在最在乎的人啊……

“喂！你那个顾小白怎么回事？”电话里，AMY劈头盖脸地嚷着。

“这件事情是这样的，你这句话里有一个逻辑错误。第一，顾小白并不是我的，我不是他爸，也不是他妈……”

“……”

“第二，什么叫怎么回事？”

“他凭什么突然对我们家小闵这么冷淡？他是不是有新欢了？你去给我转告顾小白，小闵的生日马上就要到了，让他给我留点神，别老拿工作来当借口，再这么下去小心我找人把他卸了！”

电话那头，AMY啪地挂掉了。

电话这头，罗书全心脏怦怦……

带着这样的频率，罗书全上完课，直接冲到顾小白家，把顾小白从床上拍醒，把AMY的意思非常直接地表达了一遍，顺带问了一个问题。

“你可不可以帮我解释一个成语，什么叫做‘城门失火，殃及池鱼’？”

“是这样的，这是一个典故，典故出自哪里我也忘了。”顾小白刚刚从睡梦中被拍醒，竭力显得很镇定地说，“就是说城门失了火，殃及了池子里的鱼。”

“……”

“AMY叫我转告你，莫小闵要过生日了。”

“啊哦……”

“那她说找人把你卸了也是一件无所谓的事情咯？”

“什么叫卸了？”顾小白好奇地问。

“我没细想，反正不是卸我，但我想……总归不是很好的事情。”

“啊哈哈哈，她难道想威胁我吗？”顾小白叉腰仰天大笑，“她想绑架我吗？她想找人来把我打一顿吗？哈哈哈……”眼神突然变得很恐惧，“她认识黑社会的人吗？”

“我不知道啊，她开店的，应该什么人都认识吧？”

“包括你这种白痴是吗？”顾小白愤怒得要命。

“我准备在莫小闵生日那天告诉她，我有多爱她，我有多在乎她！我会给她一切我力所能及的东西，但是我不能让她有准备你懂吗？尤其是让她知道是她的朋友AMY托你转告我之后再干这些，这就一点没有意义了。非但没有效果，而且像被逼出来一样的。”

“那我怎么跟AMY交代呢？”

“你就说你找不到我吧！”顾小白想了一会儿，说。

“这怎么听也不像是真的啊。”

“那就是你需要解决的事情，也是你需要付出的代价。”

“我……付出的代价？”

顾小白一步步凑近他。

“为什么要勾搭我女朋友的好朋友？嗯？大街上这么多女人，你谁不好找何苦非找她？嗯？你为什么要让我们四个人陷入这种怪圈里去？”

这是顾小白设的局里最大的障碍了吧。

罗书全面对质问，步步后退。

“我们是不是兄弟？”顾小白逼问。

“是……是吧？”

“那求求你啦……”顾小白猛地跪下，苦苦哀求，“说我去沙漠里采风去啦……”

“那AMY打电话给你怎么办？”

“不接。”

“那AMY如果用我的电话打给你怎么办？”

“也不接！”

“我靠！那万一是我有事情找你呢？”

“那这样，”顾小白又想了一下，“如果是你有事情找我，就打过来响一声，就挂掉，我再给你打回去。如果打过来没完没了地响，那就是AMY在打，或者是你在被胁迫的情况下，怎么样？”

果然是一个编剧啊，连谍战那一套都拿出来了……

“成交！”罗书全果断道。

事情说到这个份上，那就绝对有必要出来讲讲一些类似教程的东西。

一般情况下，一对好朋友（男的）和另一对好朋友（女的）双双陷入恋情，组成四人游模式，这听起来好像是一件非常美好的事情。日剧，偶像剧，连TM国产山寨偶像剧都是这样的人物设定，人民群众眼前顿时出现了一幅如诗一样的画面。

四个戴着红领巾的小朋友，手牵着手，迎着朝阳雀跃地奔去……

——还是慢镜头哟……还配以唱诗班的歌声哟……

这是什么？这是共产主义啊！

但实际情况呢？这绝对是一个噩梦。

因为爱情本身并非是一种完全平等的信息交流平台，我有些话是不能对你说的，你有些话也是不能对我说的。因为“顾忌”是“在乎”的一种表现形式，毫无顾忌、无话不谈那是哥们儿……

所以岔开去谈，所谓“灵魂伴侣”是一个非常让人怀疑的概念。

当两人的关系上升到无话不谈，连内心最隐秘的细节也分享不误，而对方竟然照单全收，这听起来是多么美好，多么惹人羡慕。

“哇……走过去的那个男生真是不错也，让我心中有一种痒痒的感觉……”

“……”

“有没有在听？”

“不好意思，我刚才在留神边上站着的那个女生，真的好长的腿哎……”

“很想摸一下吧？”

“是也，可是我爱你。”

“我也爱你。”

听起来无比美好，可事实是，那是不可能的。

我们内心都有一个小魔鬼，希望不被对方发现。那个小魔鬼精于“计算”“暗算”“评估”“贪婪”“比较”“怀疑”……

这样不美好的自己，怎么能被对方发现呢？

当天晚上，AMY找到罗书全，在罗书全家核实情报。罗书全当然全盘否认，一是找不到顾小白，不管他们是不是好得跟同性恋似的，就是找不到。

AMY当然不信，抢过罗书全的手机就拨给顾小白，顾小白在家，冷冷地看着电话响个不停，打死也不接。AMY无奈，放下电话，一看罗书全一副坦然的姿态，内心又起了一种可怕的怀疑。

“这小子……压根没把我拜托的事情放在心上吧？那也是不在乎我的一种证明啊。”

AMY没有那么多隐秘的心思，是个想到什么就说的人。

“是不是……”

“嗯？”

“我关照你的，拜托你的事情，你压根完全不在乎？根本没上心，压根没去找呀？”

让AMY崩溃的是，罗书全优雅地点了点头。

“嗯……是呀……”

“这这……这是他们的事情，这是顾小白的事情，顾小白的事情关我什么事情，我又不是他爹。”

罗书全道貌岸然地说完，负着双手扭头望天花板。

“那莫小闵是我的好朋友，她的死活也不关你什么事咯？”AMY惊诧得都忘了口吃了。

“是啊！这个世界上我只关心你，其他人的死活压根不关我什么事！他们是他们，我们是我们，为什么我们非要介入到别人的事情里去呢？”

是很有道理的话呢……可AMY还是不信。

“那看来这个世界上你只关心我咯？”

“为你生为你死！”

“那我生日是几号？！”

“啊？”

“那我生日是几号啊？！”

愣愣地看着AMY，面对着她的咆哮，罗书全作出了一个令他后悔终生的回答。这个回答他没有经过脑子……只是下意识……经过本能的……类似膝跳反射般的回答。

“我……我当然知道，可我就是不告诉你。”

AMY呆呆地看着罗书全，心里有一个声音在呐喊：“男人是另外一个星球上的生物！男人是另外一个星球上的生物！”

男人和女人确确实实是两种完全不同的生物，思考方式，逻辑思维，膝跳反射全然不一样。AMY早就知道这一点，所以长久以来，她没有对男人抱过叫做“希望”的东西。

但她没有料到的是……

罗书全——这样一介看起来如此普通的男人，能把这一真理发挥到如此骇人的境界。

“我知道你的生日……可我就是不告诉你。”

罗书全见AMY不语——张大嘴望着他——还以为这句话奏效了。为了确认一下这个效果，顺便打上一个QED（证明完毕）的标志，他又了加了一句。

“你等着吧，那天我一定会给你个大惊喜。”

顾小白在家，惴惴不安地看着那只响了半天但转眼间又悄无声息仿佛死了般的手机。那明明是罗书全的来电，响了那么多声明明是先前商量好的“AMY打法”。按说他可以心安理得当做这件事没发生，但俗话说做贼总是心虚，他研究了半天，总觉得什么事情正在发生——起码将要发生。

而这个不知是“进行时”还是“将来时”的事情……不是什么好事情。

他想了想，转身下楼，刚到罗书全家门口，就看到AMY气呼呼地冲出来，后面罗书全无奈地追着，一边追嘴里还一边念咒“等着吧等着吧等着吧……”。

AMY从他边上擦肩而过，没看到顾小白，罗书全却一眼看到了，刹那间吓得魂飞魄散，连AMY都没来得及再管，连拖带拽地将顾小白拉进屋里。

“到底发生什么事啦？”进屋后，顾小白忙不迭问。

“你们简直是想逼死我！”罗书全把来龙去脉说了一遍。

“你怎么那么笨啊？我只是叫你把自己撇干净，没叫你放火自焚啊！”

顾小白不可思议地看着罗先生。

“你他妈还好意思说！我不是为了你……完了，这样下去不是我和AMY绝交，就是我和你绝交！”

“我觉得前一种可能性比较大啊，哈哈哈，你真的太笨了。”

不管是自己家着火了，还是连带烧到了邻居家，顾小白总能抱着一种隔岸观火的心态来面对……

这样的心理素质……也不是凡人可以有的。

“完了完了，她到底什么时候生日呢？天哪！给我点启示吧！”罗书全惨呼。

“你……犯得着吗？现在担心这事？”

“废话！我和你不一样，你是憋着心思不让小闵知道，给她惊喜。我是答应了AMY给她惊喜，但我完全不知道她的生日，说不定是半年后，说不定就是明天，谁知道？！说不定妈的就是今天！我这下给她惊喜真是给大了！”

罗书全终于反应过来自己闯了多大的祸，在屋子里团团打转，活像没头苍蝇一样。顾小白就这样笑吟吟地望着他，突然看到他不知从哪里摸出一副扑克牌。

罗书全抽出牌，刷地举在顾小白面前。

顾小白以为他要变魔术，谁知道他说："我抽三张，这三张就是AMY的生日！"

顾小白还没来得及发表意见，罗书全刷刷刷连抽三张。

K，A，大怪。

"13月1日……大怪点！妈的我手气从来没这么好过！怎么办啊？"

皱着眉头看着罗书全抓狂，顾小白转过头……平静地看着边上衣架上挂的包。

"那是不是AMY的包？"

罗书全这才发现刚才AMY走得太急，包都忘了拿了。

"啊！对了！皮夹子！身份证！"

罗书全一把扯过AMY的手提包，噼里啪啦地全部倒在床上。

事情……已经快失控了……

出了罗书全家，AMY约了莫小闵在咖啡馆，把刚才的事情和莫小闵说了一遍，气呼呼地一口喝掉酒，胸膛起伏，"我怎么会认识罗书全这种人……气得我包都忘了拿就跑出来了……"

"你们这是何苦呢？这是我和小白之间的事。"莫小闵也奇怪死了。

"连你也这么说我啊？！"

"我当然不是这个意思，我是说，罗书全人挺好的。"

"好个屁！我说的吧！这人就得慢慢观察，一开始都好着呢，大尾巴狼尾巴都藏着呢。然后接触接触尾巴就全露出来了，人能装多久啊！哼！自私！推卸责任！撒谎！我最讨厌这种人了！"

"那……那你打算？"

"不知道！正在想！"

"说不定罗书全真知道你生日呢？"

"他怎么可能知道我生日啊？"AMY不可思议地看着她，"我从来没告诉他！我妈都没明确告诉过我！她生我的时候都疼忘了是12点前还是12点后了！"

这下，莫小闵一点办法也没有了。

床上摊满了乱七八糟的东西：唇膏，粉底，发票，皮夹。罗书全把钱包全撒下来，全是卡，零钱，信用卡，就是没有身份证。

"完了完了！没有身份证！"罗书全悲痛欲绝。

顾小白一边拿着唇膏拧来拧去玩着，一边抬头，"她不会是黑户口吧？私生女？”

“私你个头！怎么办啊？”

“这样！为了暂时消解一下你狂躁的情绪，我想到了一个办法，可以暂时让你缓一缓。”顾小白说。

“什么办法？”

“是这样，你也知道人是分十二个星座的是吧？每个星座个性都不太一样，我们只要大致推测出AMY是什么星座的，就能知道她大概是哪月生的。”

“好办法！可是我对星座完全不了解！”

“是这样的，你听我说啊……”顾小白仰望晚上七点钟的星空，“星座基本上分为四大部分，火相、水相、土相和风相——凭我的观察，AMY基本上不太可能是风相，很有可能是火相或者土相，但她偶尔发起神经又很像水相星座。”

“很好，这说明什么？”罗书全瞪着眼问。

“这说明十二个月里她基本上有三个月是不太可能的。”

“也就是说剩下的九个月里的每一天都是有可能的，对吧？”

“没错！”

“你大爷！”

罗书全又开始抓狂地摸索床上AMY手提包里的东西，没头没脑，好像在抓阄，突然门外有人拍门。

“罗书全！开门，是我，我包忘了带！”是AMY的声音。

顾小白和罗书全面面相觑，一时间两人都惊慌得呆了。反应过来的第一件事就是手忙脚乱地把AMY手提包里的东西乱七八糟地全部塞回去，拉好拉链挂到衣架上。

第二件事……罗书全要去开门……

猛地间——被顾小白拉住。

“我啊我啊！我怎么办？”顾小白指着自己，无声地做着悲痛的嘴型。

两人这才想起，这件事的开端就是——顾小白的失踪事件……

为了这个开端，不知流了多少血，牺牲了多少人。

两秒钟后，罗书全手忙脚乱地把顾小白推到衣橱边，拉开橱门把顾小白塞进去。他冲到门边拉开门，微笑着看着AMY。

“干什么呢？这么久才来开门？”AMY一边慢慢地走进来，一边狐疑地看着他。

“没……没听见啊。”

“那你刚才跟谁说话呢？”

"……"

"我听见你在跟人说话啊。"

罗书全张口结舌，突然转头看见电脑……和麦克风，又焕发了第二次想象力上的飞越——"我……我在跟人视频聊天呢……"

"视频聊天？"

"Yes，和美女。"

AMY凑到电脑边看了看，"那聊的人呢？"

罗书全装倜傥，"我关掉了啊……切……我跟美女聊天当然不能让你看见啦……"

在这种高压下的罗书全随时变成精神病都不奇怪。

"嗯，说的也是。"AMY冷笑了一声，像豹一样嗅着气息，在屋子里慢慢打着圈，走到衣橱边，猛地拉开衣橱门。

"外面天气冷了，借你件外套……"

"啊啊啊！"

"干吗？！我问你借件外套啊！都不肯啊？！"

背对着AMY的顾小白，慢慢蹲下身去，缩成一团。

"行行，你拿。"看着这一切，罗书全哆嗦着说。

AMY转头，拨拉了一下，随手拿了件外套，走到门边，看了眼电脑。

"这就是你给我的大惊喜，是吧？谢谢！"

还没等罗书全反应过来，AMY走到门边，猛地拉开门，摔门出去。

罗书全连忙冲到衣橱边，拉开衣橱。

"你没事吧？"

顾小白已经瘫软在衣橱角落里，虚弱地伸出手……

"搀我一把……大小便都快失禁了……"

接下来的一段时间里，一切看起来风平浪静，主要是因为没有人发言。莫小闵没有再找过顾小白，顾小白想反正那一天总会证明一切，不是有句话说"耐心越大，收获越大"吗？他苦等那一天，可不能因为一时心浮气躁而把一切都毁了。所以他也平心静气，好像一个好猎手，等得越久，心中反而越是兴奋，充满了一种恶趣味的快感。

而罗书全和AMY则继续煞有介事地约会着，两三天见一次面，吃一次饭。AMY那天一出罗书全家门就发现包被翻过了，她没有想到身份证那一层上去，反而开始怀疑罗书全的人品来。

但她也不说破，静静地观赏着罗书全的表演。罗书全因为吹了牛，在AMY面前的行为举止不自觉地越发神秘起来，神神鬼鬼，就差没跳大神表示他其实有超能力。

总而言之，这一切看起来都诡异极了。

男女关系到了初期的某种程度，总会有这样一个阶段吧。

我们对对方已经了解了一些，但更多的，像海面下的冰山一样庞大，静静悬浮在那里，等待着对方去发现，去了解。

冰山自己是不会跳出海平面说："看！我下面还有这么一大堆呢！"然后附赠一张说明书，这里是哪里，那里是哪里，这个开关代表着什么，而那块区域则是一按会发生核爆的——冰山自己是不会这样做的。

冰山只会静静地等待着被发现，被了解。

或许冰山也有它的自尊，有它的苦衷吧?

毕竟冰山之所以是冰山，是历经了这么多年的冷漠而慢慢凝聚起来的呀。

这一天——是莫小闵的生日。

在此之前，她一直希冀着顾小白能问上一声："你生日是几号啊？"

即便这样没头没脑的问题会显得无厘头，她应该也会一头扑在他怀里，忘掉所有的不快，冰释所有的前嫌。

把这之前所有的委屈当做真爱独特显现的代价好了，她会这样想。

但当她慢慢换下制服，打电话给顾小白的时候，听到的是——"您拨的用户已关机，请稍后再拨……"

话说，当年给移动电信商录制这一句话的女人，这些年来总共遭到了多少人的诅咒啊。

每当听到这句话，总会有人在心里，或者在嘴上说出一句"妈的……"。

这么多年，这么多人组织起来的怨念，集中在录制这样一句话的一个人身上。

"你……还好吗？"很想轻轻地问候一句。

莫小闵放下手机，抬起头，见到的人是——她的前男友。

眼前出现的是……一束花。

"他对你还好吗？"

可能是委屈，可能是愤怒——虽然说没有来由，但毕竟是积攒已久——前男友提出要和莫小闵一起晚餐，莫小闵虽然心中不愿，但不知怎么，竟然答应了。两人就近选了一个餐厅，落座后，还没点单，对方就这样悲楚地望着她。

"啊？"

"我上次吃饭见到的那个，你现在的那个男朋友，他对你还好吗？"

“好啊，挺好的啊。”莫小闵默默鼓起一个笑容。

“那他怎么会连你生日都不关心，都不陪你呢？”

“他工作忙吧。”

“再忙也会打电话给你吧？毕竟是你生日哎？”

真是让人出离愤怒的挑拨离间啊。

“他……他工作性质有点不一样，需要很专心的，有时候忙起来连自己是谁都能忘了……”莫小闵一边在为顾小白开解，一边自己心里在滴血。

她怎能想到她见鬼的男友顾小白，此时正偷偷摸摸地带着蛋糕、蜡烛、礼物、彩带、彩球，偷偷摸摸地摸到莫小闵的家。

用花盆下的备用钥匙打开了门，正在沾沾自喜地布置呢……

更没有想到的是，莫小闵对面的男人接下来看着她，用无比认真的眼神对她说：“小闵，从我遇见你的第一天，到现在，我每一天都已经把自己忘了。因为在我的心里只有你，再也容不下别人，包括我自己。”

崩溃，彻底的崩溃。然后，眼前的男人，在她眼皮底下，明目张胆地递过来一个盒子。缓缓地打开，是一枚钻戒。

“嫁给我，小闵，我会让你成为全世界最幸福的女人。”

此时，全世界最倒霉的男人正在莫小闵家——家里已经被布置得灯火霓虹——笑容僵硬地望着墙上的钟，滴答滴答滴答。

真的是很慢啊，顾小白再拨她的电话，她已经关机了。

望着曾经和自己有过感情的男人，莫小闵终于扯下脖子上的领巾，“对不起，我得走了。”然后飞也似的奔逃出这个餐厅，她心里只有一个念头，逃离这个地方，逃离那颗见鬼的闪耀的石头。她必须见到顾小白，此时，此刻，不管他在干什么！她一定要见到他！

奔跑在路上，迎面而来的好多人，都和自己擦肩而过。自己的心跳为什么那么急躁，只有那个人，能让自己安宁下来，即便……他是这样地不在乎自己。

这个时候，顾小白是在自己家的。

他等了半天还没有等到莫小闵，终于忍不住到了莫小闵工作的商厦柜台。

“啊？她早下班啦！和一个男人一起走的啊。”同事是这样回答他的。

终于听懂了这样一句话，顾小白面如死灰地走出商厦。

一路上，那么多人，都和自己擦肩而过……

自己的心跳为什么那么缓慢？是自己惹出来的事吗？

他不想再问自己，因为结局都已经那么隐隐地清晰……

回到了自己家里，顾小白一个人呆呆地坐着。

什么人都不想见，连镜子都想砸掉啊……

不知过了多久，敲门声响起来，顾小白跳起来，冲过去开门……

门口站着罗书全。

“怎么是你？”

“怎么你还真在家？今天不是莫小闵生日，你给她惊喜的日子吗？”

“不用了。”顾小白终于悲伤地笑起来，“她已经给我了。”

“怎么了？没事儿吧你？”罗书全纳闷地看着他。

“没事，你怎么了？”

“哎哟，我也就是试试你在不在家，我和**AMY**待了一天，我已经累得要中风了。她每次看我的眼神，都像对我说：今天我生日！我生日！我生日！然后我的脑子里就响起：今天我末日！我末日！我末日！我已经快崩溃了……”

罗书全跑到顾小白饮水机边倒水，咕嘟嘟一口喝完。

“她到底啥时候生日啊？”

然后有人敲门，罗书全愣愣地看着顾小白，顾小白也愣愣地看着罗书全。

走过去，打开门，莫小闵站在门口，顾小白静静地看着她。

这个瞬间，两个人心中都翻腾着无穷的情绪吧。

那些浓烈的、复杂的、几乎喷薄而出的积攒已久的话，却只化为……

“嗨……”莫小闵上气不接下气地看着顾小白，只是轻声说了一句。

“嗨……”

顾小白冷冷地看了她一眼，转过身自顾自地走进屋子。

莫小闵低着头走进来，明明有一个男人对自己如此挂怀，即便毫无关系后还这样关心，自己却没出息地只想看到他……

随着他的脚步一步步走进屋子，还要随着他的脚步一步步走向哪里……

莫小闵凄然地想着，看到边上的罗书全，也只是勉力笑了笑。

“我……我先走了啊……”罗书全看看两人，察觉不对，悄悄掩门出去。

看着罗书全走出门，顾小白看也没看莫小闵，自顾自地坐在沙发上，打开电视机遥控器，开始一个个频道看起电视来……

边上的人就这样站着。

“有事吗？”半分钟后，顾小白像突然想起似的，转过头惊讶地问。

“没事啊，好几天没和你见面了，来看看你怎么样？”

“你倒挺忙的。”

“什么？”

“没什么。”

“你——”

“我什么？”顾小白马上反问。

“没什么。”

谁也没再说话，空气里涌动着无尽的脏话。

“你知不知道今天什么日子？”莫小闵突然问。

“不知道，你发奖金啊？”

“……”

“……”

尴尬着，沉默着……

终于莫小闵轻轻笑了出来，“早说嘛。”

“早说什么？”

“说出来就好了，憋着有什么意思呢？”走到顾小白面前，莫小闵悲伤地看着他，终于像松了口气般地说道，“腻了就直接说好了，我也不会缠着你的。”

望着她认真凄然的表情，顾小白终于笑起来，像听到了世界上最好笑的事情，笑得上气不接下气。然后他慢慢凑近莫小闵，带着不可思议的表情。

“你倒挺会恶人先告状的。”

“你说什么？什么恶人先告状？”

“你自己心里明白。”

“我不明白！”莫小闵终于嚷出来，“我不明白你哪里又不舒服了？哪里又不爽了？你说你写东西怕分心，我从来不怎么主动打电话给你怕打扰你！等也等不来的时候我就对自己说，没关系，他心里想着你呢！他心里在乎你呢！所以哪怕他对你说一声晚安，你一天的等待也就值了，我不知道我哪里做的还不够好！我不知道我哪里还需要改进，我也是人，我也需要关心，我是一个女孩子！我需要人疼爱的！”

这样的爆发，换来的反应只是……

对方慢慢地转过身子，传来冷冷的一句话……

“我想疼爱你的人并不止我一个。”

“你说什么？”莫小闵脸色一白，“你看到什么了？”

这样的反应……全明白了吧。

顾小白深呼吸了一口，走到门边，拉开门。

“走好。”

“你说什么？”眼泪不知何时，已经流下来了。

但对方完全视若无睹，只是疲倦地摇摇头。“没什么，是我犯贱而已……”

“是我犯贱！！！”

莫小闵泪光盈盈地看着顾小白，终于大喊了一声，转身哭着跑出了顾小白家。

路过过道，罗书全还在过道里站着。

“你们是不是分手了？”对方心存侥幸地问道。

“什么？”

“你们如果分手了，你可不可以最后告诉我一件机密？救人一命胜造七级浮屠……AMY到底几号生日啊？”

不可思议地看着这样一个奇怪的男人，莫小闵再也没理他，一口气下了楼打车回家。

一路上整个人都在颤抖，不知道自己这一路到底在做什么，在作什么孽。

爱一个人究竟需不需要回报？如果爱一个人只是自己的事，那为什么会这样心痛到无以复加？为什么连自己的存在感都稀薄起来。

回到家，颤抖着用钥匙打开门，那一瞬间，她呆住了。

漆黑中，彩色的如星光般的灯，环绕着。急忙打开顶灯，房间里挂满了彩灯……桌上摆满了笨拙但显然是用心做出来的菜……中间是一只三层的、雪白的蛋糕……蜡烛已经烧干。

蜡烛边有一张纸条，还没有被烧掉。莫小闵怔怔地走过去，捡起纸条。

眼泪……就这样再一次流出来。

“亲爱的宝宝，恭喜你今年已经二十五岁了。在你之前的二十五年生命里，我们从未遇见，我也从来没有想过，在一个意外的场合中能够认识你。而你，也在我的生命中渐渐重要起来，这些都是我从来没有想过的事情，却成为我现在最珍贵的东西。我不是一个习惯把爱挂在嘴边的人，我可能不够甜言蜜语，我可能很多时候忽略了你，但我只是想在这样正式的日子里告诉你，你对我真的很重要，我真的非常爱你。我衷心期盼着我们能有越来越长的路走下去，我爱你，生日快乐！——顾小白”

卡片上……分明是这样写着的。

莫小闵转过身，连门都来不及关，就冲出家门。

一路上打不到车，就在这个城市里跑着，在夜凉如水、清冷如冰的夜晚奔跑着。不知道自己还要跑多久才能跑到顾小白家，但哪怕用尽力气也要这样跑下去。莫小闵一边想一边跑着，高跟鞋弄得脚很痛，但至少自己选的应该是最近的一条路。

突然眼前出现一个人，也在迎面向她奔跑过来，对方也是这样地焦急。

在一个十字路口，红灯亮起的瞬间，他们终于看清了彼此。

轰隆隆的土方车从他们中间一辆辆开过，尘土飞扬……

终于，绿灯像开恩似的亮起，然而尘土还是这样迷蒙。

莫小闵慢慢地向那个人走近，也看着那个人慢慢地向自己走近。

虽然眼前有好多障碍，但是一切在慢慢清晰。

“我想听你亲口说。”终于莫小闵对着面前的这个人说。

“生日快乐。”

“不是这一句。”

“我爱你。”

莫小闵摇头，“不是这一句。”

顾小白低下头，抬起，慢慢地微笑起来。

“我会把我所有的心里话都告诉你。”

“我也是。”

在这样的一个十字路口，抱着心爱的人，听到对方这样的一句话，一切都是值得的。莫小闵静静地想着。

因为眼前的尘雾已经消散。

而这个时候顾小白想的是……

我……真的敢吗？

我们真的……可以吗？

LESSON 8 处女情绪

不求最早，但求最好。

人生不如意十常八九，所以重点在于，我必是你最难忘最销魂的那一个。

自从人类诞生的那一天起，我们就拥有了一个词，叫做历史。

自从我们每一个人情窦初开的那一天起，上天也给我们准备了另一个词，叫做情史。

情史，就是我们从最初爱上的那个人，心动的那个人，交往的那个人，一路披荆斩棘到如今，积攒而成的一部厚厚的血泪史。

这样的历史中有欢笑，有泪水，还有怎么也忘不掉的痛苦记忆。上天给人们以记性，让他们来记住；上天给人们以时间，让他们来遗忘。于是，我们在记住和遗忘之间苦苦徘徊。有的人说，一个人不开心，是因为记性太好。有的人说，当我不可以再拥有的时候，我唯一可以做的，就是令自己不要忘记。

其实醉生梦死只是一个玩笑，当你越想忘记一个人的时候，反而记得越清楚，就像你越想睡觉的时候，你越是睡不着……

此刻，顾小白就睡不着。

早上九点，他正站在厨房里，穿着睡衣，咬牙切齿地开一瓶红酒。

红酒这种东西的气质，其开法，喝法，无论如何和顾小白现在的状态都是不同的吧。最好是配一点奶酪、鹅肝之类的东西，再放一张古典唱片，在静静的夜晚，一个人慢慢品尝才是道理。

早上九点，在厨房龇牙咧嘴开红酒这种事情，更是闻所未闻。

然后……门铃响了。

顾小白正怒发冲冠，心里发一声喊，砰地把软木塞从瓶口拔出来，听到门铃声，心里一慌，酒洒了一地。

门铃还在持续地响着。

仿佛在说："开门啊开门啊开门啊！"

顾小白哆哆嗦嗦地挨到门边——厨房地上的酒暂时不去管它了——往猫眼里看去，门外正是左永邦和罗书全。

早上九点，两个完全不应该在这里的人，出现在这里，而且是同时。

拉开门，顾小白看也不看他们，转身往客厅里走。

身后，左永邦和罗书全相互看看，然后一起走进来，关上门。朦胧间，仿佛罗书全还悄悄沮丧地给了左永邦十块钱。

"什么意思？"顾小白猛地转头，看着罗书全，"你给了他什么？你们鬼鬼祟祟地在干吗？”“是这样的，”左永邦笑嘻嘻地解释，“刚才我来找你的时候，正好在楼道里碰到他，他也正好要来找你，所以我们打了个赌。”

“打了个赌？”

“他说你应该已经睡了，我说应该还没睡，就这样，我们赌了……”

“十块钱。”罗书全沮丧地说。

真是一帮无聊的人啊。

“把十块钱拿出来给我看看。”顾小白走到左永邦面前，盯着他。

左永邦呆了呆，把纸币拿出来。顾小白看也没看，夺过来就塞进睡衣口袋里，往回走。

“你们都猜错了，我不是在睡觉，也不是没睡觉，我是刚才睡了，然后做了个噩梦，就再也没睡着。”

“噩梦？”

“这个梦刚开始特别好，梦里我的制片方给了我一集一百万的稿酬……”

“多少？！”

“一百万……你听我说下去嘛。”顾小白坐在沙发一角抓头发，“于是我用飞快的速度写了五集，那我有了这五百万干什么呢？我当然是在市中心买一套大房子啦！于是我就在市中心的一栋楼里买了套房子……”

“多好的梦呀。”罗书全说。

“就好到这里，”顾小白点点头，“从这开始剧情就急转直下，一搬进去，我就发现，原来我隔壁住的是莫小闵的前男友。”

边上，左永邦和罗书全互相看了一眼，面面相觑，不知道怎么接。

“我隔壁的隔壁，也是莫小闵的前男友。”顾小白继续说道，“整个楼道，楼上楼下，住的全是莫小闵的前男友。他们还互相串门，关系特别好，看到我住进来，还集体欢迎我……哈罗！欢迎入住！”顾小白恐惧地蒙上眼睛，尖叫。

“非但这样，连小区的保安、物业、地下车库里看车的都是莫小闵的前男友，整栋楼全是莫小闵的前男友！！！”

两人非但不知道说什么，简直已经石化了。

“我什么也没顾上带，就跑出了小区，一回头才发现，这栋楼盘的名字就叫——前男友。开发商：莫小闵……”

顾小白坐在沙发上，双手捂着脸，显然是目前尚不能自拔。

“我这辈子从没做过这么恐怖的噩梦，我准备喝点酒压压惊，继续回去睡的……”

“……”

“话说……”顾小白突然反应过来，“你们俩到底是来干吗？”

两人互相看了看，罗书全伸出手，做了个邀请的动作。

“是这样的，”左永邦坐在沙发上，斟酌了下，“我碰到点事情，想来和你们商量一下。”

“只要不是前男友的事情，都好商量。”

“当然不是，”左永邦再度沉吟了一会儿，“你还记得前一阵我去和一个小MM约会，然后被米琪跟踪吗？”

“是啊！你不是还上了她家，还把她也给上了吗？”

“当然没有！”左永邦也顺带尖叫了一把，“米琪在门外走来走去走来走去，我怎么可能跟那姑娘干点什么！我吓都吓死了，在屋子里烧香求她快点走呢！”

“那……米琪认为你干了啊？”

“是啊！我怎么解释她都不相信，那我只好一咬牙一跺脚说是啊，就干了。”

原来是这样，顾小白和罗书全死也想不到，屈打成招还能这样。

面对着死活认定他做了的米琪，左永邦一咬牙一跺脚地把没有做过的事情承认了。

“所以你和她冷战到现在，是吧？”顾小白虽然很困，但阻挡不住笑意。

一种幸灾乐祸的笑意，因为这实在是太好笑了……

“问题不在这里，”左永邦继续苦恼地说明，“问题在这一个多月来，我和米琪也没联系，她没电话我，我也没电话她——”说到这里，左永邦又尖叫了一声，“我是没干啊！！！但问题不在这里，问题是那个小女孩儿反而联系我了。”

“哇……”顾小白罗书全两人齐声赞叹。

果然是只要耐心好，守得云开见日出啊……

“我要找她呢，”左永邦说，“那这次肯定就真发生什么了，那我和米琪差不多也就真完了。我要不找她呢，那米琪也不会来找我，因为她咬定我那天就是干了……”左永邦仰着头，顿了一会儿，“我到底在耍谁呢我……你听得懂吗？”

“Absolutely Yes……”顾小白用地道的伦敦腔回答。

屋子里弥漫着一股死一般的寂静……

三个男人都在静静地体会着这一刻，命运与人生的荒谬，这样伟大的课题，竟然以这么萌的方式呈现出来。这是身为男人的三个人，活了几十年，都没有料到的吧？

“那你到底想怎么样呢？”

过了一会儿，顾小白问。

“我要知道我还来找你？”左永邦怒道。

“嗯……”顾小白斟酌了一下，“我的建议很没有人性，不知道你愿不愿意听？”

“你说。”

“既然你和米琪现在这么互相僵着，而且在不可知的将来，你们还会这么僵着，这明显不是个事儿，所以呢……”顾小白眨了眨眼睛，给自己倒了杯酒，“我建议你去答应那个女孩，你就真和她发生点儿什么。那样一来你真发生了啊，然后你就真有愧疚感了啊，有动力了啊，然后你就可以情真意切地对米琪苦苦哭诉哀求，我错了，请你原谅我！我再也不会了！她现在需要的不就是这个吗？你缺的也就是这个……你听得懂吗？”

左永邦呆呆地看着顾小白，半天动弹不得。

“你……你真是一个天才啊……”

“下一个……”顾小白疲倦地挥挥手，转头看罗书全，“你们都把我当居委会大妈了吧？”

“我……我没事啊。”罗书全无辜地说。

“……”

“我和AMY订了下午两点约会，我就是无聊上来玩玩。”

“……”

“因为真的，霎时很无聊嘛……”罗书全纯真地说。

如同所有男女恋爱的初期，罗书全觉得不跟爱人在一起的时间都是漫长的、无聊的、无法打发的，简直就是在虚耗生命。罗书全目前正处在这样一个时期。

他和AMY订了下午两点去看车——AMY最近想买辆车，约了罗书全提供意见。按说女人只有在买包买衣服这种事上才需要男人参考意见，这是在暗示最好男方出钱。但在买车这种大事上，罗书全显然出不起这个钱。

作为一个程序员和整天打游戏的宅男，他比服装店老板娘穷多了。

事实上，AMY也完全没要他出钱的意思。

事已至此，罗书全只好在态度上表示出十二万分的郑重。这一天早上八点罗书全就醒了，然后发现早上八点到下午两点之间有整整六年的光阴，只好上去找顾小白打发，被顾小白赶出来之后，他一个人在小区里逛。仿佛地球绕着太阳，围着小区转了五六圈之后才赶到4S店——这期间他数度想自杀，切腹，上吊，跳楼，但跳楼要跑上楼再跳下来，实在太累了——

他没有想到的是……

听一个汽车销售在他们面前唠叨半个小时，简直像过了半辈子。

“还不如自杀呢……”罗书全想。

“这车前窗采用无边缝的，所以在观看上没有死角，十分安全。另外底盘也非常厚重，不管飙到什么速度，很少会有飘的感觉……”那个西装笔挺，仿佛在安慰亡灵的销售带着若有若无的微笑说。

“你觉得怎么样？”4S店里，AMY转头问罗书全。

“啊？”

“放心，”AMY笑起来，“不是让你买了送给我，是我自己考虑想买，问问你的意见。”

“主要是你喜欢。”

“你也得喜欢才行，你没有车，我们以后出去你得坐我边上，所以……你坐进去试试？”

罗书全战战兢兢地打开门，坐进副驾驶。

一股奇妙的感觉油然而生……

从此以后，自己要坐在副驾驶这样一个位置上……被引导人生了吧？

这样的感觉很快被打破，因为他突然发现正驾驶座上有一个男人，也在试着舒适度，调节着靠椅。两人互相转过头，还对对方尴尬地笑了笑。

这是一个英俊的男人，英俊中带着一丝不羁，不羁中又带着一些雅痞，罗书全简直想马上把顾小白叫来学习榜样。

“看看看看……羞愧至死呀……”罗书全这样想道。

边上的男人对他笑了笑，打开门出去，然后身形站直了不动。

坐在敞篷顶下的罗书全突然仿佛看见……另一边的AMY也僵住了身子。

然后……奇妙的对话从天际传来。

“嗨……真巧啊！”是那个男人的声音。

“是啊，好久不见。”AMY也尴尬地笑起来。

“真的好久不见了。你还好吧？”

“我很好，你呢？”

语声是带着一丝拘谨的、客气的、悠远的、透着无限的沧桑。

如果对话者里有一个不是AMY，罗书全简直想唱起来。

“我……来到……你的城市……走过你来时的路……想象着……没我的日子……你是怎样的孤独……”

是陈奕迅的《好久不见》。

但依照罗书全此后的心迹，他想唱的完全是另一首粤语版《不如不见》……同一首旋律，居然填了两首心情截然不同的词……

罗书全真想把填词的林夕揪出来掐着脖子问问到底是怎么回事。

正这么想着，AMY仿佛突然想起什么似的，一把把罗书全揪出来，拉在自己边上，对着那个男人。

“哦，对了，这是我男朋友，罗书全。这是艾文。”

确实没有看错，的确是刚才对自己微笑的男人。

此刻伸出手，看着对方，脸上还荡漾着那种若有若无的微笑。

“你好。”

“你好。”罗书全也伸出手去，镇定地微笑。

隔着车顶，两只手就这样握了一握。突然，罗书全有了一种无可名状的燥热。很多年以后，罗书全会想起那天下午，出了4S店，AMY对他说的淡淡的那一句话。

“那是我初恋。”

“喔，初恋啊！”罗书全假装欢快地说，“你这么一说我也想起了我的初恋，那时候我读大学，选修课的时候边上老是坐着一个女孩子，漂亮得不得了。我那个时候就每天盼望着上选修课，能够坐在她边上，哪怕能看着她也好。我当然不敢跟她说话，但是我觉得我谈了整整一个学期的恋爱，这就是我的初恋。你呢？”

“我的第一次就是给了他……”AMY沉默了一会儿，淡淡地说了一句。

五月的晴天……闪了电……

“满意了？”心中一个声音嘲讽般地笑了笑。

“来，现在请你闭上眼睛，因为天已经黑了……”

此时，浑身燥热的不止是罗书全一个人。

在这个城市的另一端，一家情人酒店里，左永邦穿着西装坐在床上，对面是上次没来得及法办的85后女孩。睁开眼，一张双人的大床上，坐着七八个十六七岁的少男少女，都是那个女孩子的同学。左永邦出了顾小白家，就拨通那个女孩的电话。女孩叫他去酒店，他一路上对着耶稣说了很多话，但是耶稣一句也没搭理他，耶稣更加没有跟他说——

那个小女孩叫他去情人旅馆，是去玩……杀人游戏的……

左永邦现在的心情，的确是想搞一场大屠杀。

“闭上眼，闭上眼！”左永邦边上有一个男同学气急败坏的声音。

左永邦闭上眼，再睁开眼的时候。

“你被杀了。”那个声音淡淡地说。

“为什么每次都是我？！每次都是我头一个被杀，已经几十次了！”左永邦已经来不及搞大屠杀了，他要的是一个叫做公平的东西。

“大概是因为……”对面那个叫歪歪的女孩淡淡地笑着对他说，“大家都讨厌你吧？”

“我也讨厌你们。”左永邦心里说。

虽然年过四十，但心里那个声音还在很萌地、持续地嚷着。

“讨厌讨厌讨厌！”

顾小白这一天是注定睡不好觉的，他回到卧室，卷上被子，满脑子都是那栋住满莫小闵前男友的大楼。他索性起来，到厨房煮了咖啡，一个人坐在窗台前喝。这个时候城市里的人都在为自己的未来打拼，同时也在为自己的过去深深纠结着。未来和过去，到底是以怎样的方式链接起来？是现在吗？

然而从本质上说，“现在”这个概念是不存在的。因为每一个“当下”的现在，都会迅速变成过去，累积起来。未来则是一无所知，过去却越累积越多。

如同积分兑奖之类的东西，当过去累积到一定程度，上帝就会给你一个“人生大奖”之类的东西，那就是“终极解脱”。

“这真是一个消极的想法啊。”顾小白想，任谁做了这样一个噩梦，都无法不这样想事情吧？顾小白也交过不少女友，那些人声、笑影，仿佛一座座墓碑一样的东西伫立在荒凉的土地上，顾小白自己……

究竟是一个雄心勃勃的、对未来充满规划蓝图的设计师，还是仅仅是一个坟场的看守人？

就这么想着，然后……门铃又响了，顾小白起身去开门。

看到同样两张哭丧着的脸——左永邦和罗书全。

“我靠！时光倒流了吗？！”愣了半天后，顾小白忍不住叫起来。

对于左永邦来说，时光是不可逆的一个存在——当然，对任何人来说都是如此。但他更加深刻地体会到这一点的原因是——当那场恶作剧般的杀人游戏结束后，85后的小美女把那些十七八岁的少男少女赶走后，左永邦已经在床上累得虚脱——任谁被杀了几十次后都会感到虚脱的那种累。

“我不想再死了……”左永邦抬脚就要走人。

然后他就被一双小手按倒在床上，一张笑脸在眼前晃动，那个眼眸里充满着青春的笑意，还有荡妇般的风韵。

“那……我让你复活吧？”那个声音在耳边喃喃地笑道。

然后，仿佛身在异次元空间一样，左永邦仿佛脱离了自己，无法阻止地看着自己的衣服被一件件剥掉，那个年轻的身体坐在他身上。

那一刻，他想到了……米琪。

“我……回不去了，我是回不去了。”按照顾小白说的，从此我就有力量，有忏悔的动力去苦苦哀求米琪，挽回，并重新步入了正轨。因为从本质上来说，我只是做了一件在米琪眼里“过去”做的事情，是一件他已经承认做过的事情。

但当这一切结束，女孩满带着朝气与满足喜滋滋地去浴室洗澡，水声传来，左永邦看到床上那一滩分明的血迹，才知道自己这下是真的……回不去了……

“她怎么可能是第一次啊？！”

顾小白家里，左永邦冲着顾小白哀号，就差没拳打脚踢了。

这个选项，在他们的规划中是不存在的。

“这个问题提得好，对方辩友请回答，你为什么觉得她不可能是第一次？她已经三十了吗？”

听完左永邦的阐述，大概顾小白心情也不好，因此咄咄逼人地反问。

完全没去想这个缺德至极的主意是谁出的。

“没有，大概二十不到吧。”

“嗯，二十不到，那比潇潇也只大一点……”顾小白怒喝一声，“你也太没人性了吧？”

“这不是重点啊？”

“喔，对不起我忘了……请继续……”

“这这……这，这怎么看她也不像啊，你们要是见过她就知道了。身材那么好，打扮得也特别时尚，最大的爱好就是杀人游戏和去夜店。行为举止又那么潮，怎么可能是第一次呢……”

“好，我现在来指出你一个逻辑性问题。”顾小白想了想，说，“我们写剧本的时候有个常识，也就是基本上所有人——尤其是女人的原理……”

“原理？”

“原理，”顾小白点点头，“就是你塑造人物的时候，外表和内在差得越远，前后反差越大，这个人就越真实，可信。”

“对不起，实在听不懂。”左永邦干脆道。

边上的罗书全已经在间歇性地抽搐了。

“好吧，我用白话文……”大概也被负罪感侵蚀着吧，顾小白特别小心谨慎地想了想，走到一边又给自己倒了一杯酒，“女人，是一种什么样的东西？是一种严重缺乏安全感的动物。这个世界上，很多随时觉得会被大自然侵略到的动物都会采取一种什么样的方式来保护自己呢？”

“……”

“保护色。”顾小白自问自答道，“保护色是什么？就是伪装，就是让你无法一目了然地判断她的内在的东西。也就是说，在大多数情况下，一个女人的外在和内在是严重不符合的。你要看到一个女人说话细声细气、柔柔弱弱，说不定她其实是一个能把你吃得骨头都不剩的母老虎，发起疯来能把你捅死。你要是看到一个外表沉闷、打扮保守的女人，说不定她的内心比谁都狂野。”

“哇……”两人赞叹，好像哥伦布发现了新大陆。

“这都是常识啊，你不能光凭外表来判断一个女人。女人都是喜欢演戏的，演戏对她们来说是毕生的爱好，你懂吗？”

“然后呢？”左永邦一脸困惑。

“还然后？然后她打扮得很潮，喜欢去夜店说明什么呢？只说明她想让别人认为她是个喜欢去夜店的、玩世不恭的、对生活态度随随便便的女孩，就是这样而已。”

“我插一句啊……”罗书全已经浑然忘了自己的事情——因为左永邦的问题明显比他更严重，“她缺心眼儿啊？”

“这就是她想给别人留下的印象啊。”顾小白叹气，“我不知道为什么，可能她内心很害羞，可能小时候受过什么刺激，可能她不想被别人欺负。但问题的关键是，我再强调一遍，问题的关键是，喜欢去夜店的女孩不代表不是好女孩，不代表对感情不认真。同样，喜欢去书店，喜欢一个人在家种种花花草草的女孩不代表不是一个坏女孩儿。可能你被她杀了，她都可能面带微笑地拿你的尸体来做化肥，你不能凭外在来判断一个女人的。”

“我靠，那我现在怎么办？！我本来是想上了她然后没有遗憾地去跟米琪复合的啊！那我现在怎么办啊？！”

顾小白默默想了会，好像没有更缺德的办法了，只好起身，鞠躬。

“我谨代表小区的全体居民向你表示哀悼。”

“我错了，我罪该万死，问题是我现在自己也……生不如死……”

“对不起，我想问一下，到我了吗？”三分钟后，罗书全冷不丁发问。

“嗯？怎么你还在这儿？”顾小白困惑地转过头，望着他。

“废话！我等到你现在，你刚才鞠完躬就开始玩玩具了，我想可能要分上下半场，所以我等到现在呢……”

“喔喔，不好意思。”顾小白坐回沙发，“请问你有什么困惑啊？”

“你有处女情结吗？”罗书全冷不丁问。

“什么？”

“你有处女情结吗？”

“为什么问这个？”

“你先别管我为什么问，你先老实回答我。”

“处女情结就是很在意女朋友是不是处女，是不是这个意思啊？”戒备地看着他，顾小白谨慎地问。

“回答正确，加十分，有吗？”

“以前有，现在没有。”

“为什么？”

“以前年纪小，不懂事嘛……”

“说实话！”

“好，说实话。”顾小白摊手，“以前年纪小，接触处女的可能性大。现在社会也开放了，接触的女孩儿也都不是十七八岁，都二三十了。加上我自己也不是什么好东西，同一个世界，同一个梦想，我再在这个问题上较劲儿不是给自己找不自在吗……”

这确确实实是一句大实话啊……

罗书全突然拿起个坐垫捂在脸上，哭泣起来。

“说到我的痛处了……”

“哪一句啊？”

望着顾小白呆呆的眼神，罗书全拿开坐垫，声泪俱下。

“你不知道……我本来以为我也没有，AMY怎么说也二十五六了吧，怎么也不可能没有过？我压根也没指望过。这事儿也不是指望不指望的事儿，所以我本来也以为我没有……”

“不要绕圈子！往下说！”两人齐声怒骂。

“但你没看到AMY看那个男人的眼神，那个深情，那个定格，那个瞬间化为永恒……”

时间静止……左永邦和顾小白都暗自默想起来……

“瞬间化为永恒”——真是一个奇怪的东西。

刚刚还在说没有“此时此刻”，一转眼，“此时此刻”已经变成“永恒”这样一个存在了。

“就想象一下，想象一下，”罗书全循循善诱，“闭上眼睛……”

“我不闭！”左永邦哭喊。

“靠！没人让你闭！”罗书全怒道……

转头对着顾小白。

“回到十几年前，在你还纯洁的时候……你第一次看见你喜欢的女孩儿，你们散步，你们聊天，你们第一次亲吻。你们哭过，笑过，然后直到有一天，你被另一个女孩吸引，你无情地甩了她。等到你明白那不过是一时激情，那个人再也回不来了。十几年后，现在她就站在你的面前，看着你……好，睁开眼睛……”

缓缓睁开眼睛，顾小白眼睛里全是眼泪。

“明白了吧？”罗书全深呼吸了一口，“她就是这么看他的。”

时间……又一次静止了。

“你得这么想……”半分钟后，顾小白像狗抖身子一样抖擞了一下，“谁没有个过去啊，是不是？就是因为AMY有过这么一个两个三个四个我也不知道几个男朋友，才成为现在的她……而你遇见的、爱上的就是现在的她。也就是说，她之所以是她，是以前那些人共同组成的，不然你也不会爱上她……”

“……”

“你明白我意思吗？”

“你这属于纯粹狡辩。”罗书全抗辩道，“照你这么说，大家为什么都觉得处女那么好？象征着纯洁、善良、美好？你再看看他——”

罗书全转手指左永邦。

“你别看我，我这属于不小心摸到彩，我还不知道怎么办呢？”

“你看，就是因为人家第一次，所以他就不知道怎么办了。”

“What’s your point？”说了这么久，顾小白终于困惑起来。

“我就是想说，你们介不介意以前女朋友的情史呢？”

这才是问题的关键所在吧。

“我不介意啊。”顾小白转头问左永邦，“你呢？”

“我是开创历史的人。”带着悲壮的心情，左永邦恨恨地回答。

“你真的不介意吗？”罗书全对着顾小白，向前一步，“你不介意你是莫小闵第几个男人？你可能不介意第二个或者第三个，但你真的不介意是第二十个还是第三十个吗？”

“我翻脸了啊！”顾小白果然道。

“你看，问题就在这里，我们可能没办法指望是女朋友的第一个男朋友。”罗书全说，“不是不想，是没法指望，但你还是受不了她在你之前有过很多男人——不然你也不会做这样的噩梦。就像你说的，那代表着历史，历史是什么？历史是已经发生的，就会永远存在下去的。尤其是第一次，对女孩子来说……我们小时候女孩子是怎么被教育的啊？女孩子第一次，贞操有多可贵，一定要好好珍惜什么的。你想，她能把这么宝贵的东西给那个男人，说明那男人在她心里是什么分量啊？再加上她今天那眼神……”

“……”

“现在你明白了吧？我不是在和一个人战斗，我是在和十几年的记忆战斗。就算我和她在一起十年，她对那个人的记忆就会变成二十几年。我和她在一起二十年，她的记忆就是三十几年，我永远战胜不了她的记忆的。”

说完，罗书全坐在那里，眼神萧索，其他两个人也默不作声。时间一秒秒过去，都在眨眼成为新的历史，突然罗书全站起身来，默默地向外走去。

“你去哪儿啊？”顾小白问。

“既然注定打不赢，我就不想打了……”说完，罗书全无助地走出了门。

一个人的情史是怎么样的一个存在呢？一个人在遇到对方之前——就像刚才说的——是数不清（或者数得清）的“他人”集合起来，锻造的TA。TA的习惯、模式、心态、生活方式、随手关灯的细节、花钱大手大脚的习惯，都是被TA一点一点塑形而成的——或有意，或无意的影响而成的——问题是，对方也是如此。

这样，就不可避免地推导出一个令人惊骇的结论。

当一个人遇到另一个人，相遇，心动，爱上……

其实，不是一个人和另一个人的恋爱，而是一群人和另一群人的恋爱。

这是一件多么……多么……多么……可怕的事情啊……

光闭上眼想一想，就仿佛身处无穷噩梦深处一般恐怖的感觉。

左永邦开着车，在整个城市彷徨着乱开的时候，那个女孩和米琪的脸交替在他面前出现，交相辉映，像要提醒他什么似的。这个时候，手机响了，这么多天来没给他打电话的米琪，出现在电话里。

“有没有时间，我想找你聊一聊……”

电话里的声音听起来既陌生又熟悉。

左永邦挂了电话，默默地开着车。

雨……终于下了起来，是一场大雨。

“怎么了？”门打开，罗书全呆滞麻木的脸出现在AMY面前，“你？你怎么来了？你不是说你身体不舒服先回家了吗？”

看着AMY，罗书全也不说话，活像是——本身就是——被淋透了的狗一样的眼神看着她。

“快点进来，你这人怎么回事……怎么也不带把伞呢？”说完，AMY就回身给罗书全找毛巾。

“我上次把伞借给你了，一直放在你这里。”

“你……不是到我家来拿伞的吧？！”

罗书全无奈地笑着摇摇头，任凭AMY疼爱地擦着他的头发。

自己……是很爱她啊！

只是刚刚开始的感情，怎么会被过去这么轻易打败……

然而，自己一直深深地感受着挫败，一丝不假地感受着。AMY完全没有注意到这一点，回身挂了毛巾，捡起边上的汽车DM单兴高采烈地说起来。

“我刚才在研究呢，你说我们买标配的呢，还是高配的？其实，高配的也没多大意思，但是那个暖座的椅子还是挺好的。”

罗书全还是呆呆地看着她。

“你……你怎么了？你没事吧？你身体好点没？要不要去看医生啊？”

“不要，我就是想来看看你。”

“干吗？就半天不见就舍不得我啊？”

“AMY，我们分手吧。”罗书全说。

“为什么？”此时，一个二十四小时茶坊里，表情同样麻木冰冷的米琪，面对着同样不知所措的左永邦，冷冷地问了同一个问题。

“这……这里面情况非常复杂……”对面的人难以启齿。

“再复杂我也要听，而且我有的是时间，你说吧。”

于是，罗书全说了起来。直到他说完，AMY还是呆呆地看着他。

“对不起，我没听懂，请你再说一遍。”

“今天，我们遇到的，你那个初恋的男朋友……你看他的眼神……我觉得你还是忘不了他。”

“我看他什么眼神啊？！”AMY终于叫起来。

罗书全又被问到这个问题，转头又想找顾小白、左永邦模拟，可惜没有，于是悻悻地转过头，“就是……就是……”

“你到底在想什么啊？！”

“我就是觉得你心里一直有他，他是第一个征服你的男人，就像第一次爬上一座山上插了一面旗子的人。然后他走了，接下来再来爬这座山的人，都会看到那面旗帜。对他们来说，对我来说，我就是个观光客而已……”

“观……观光？”AMY看他的眼神，好像从来不认识他。

两人就这么互相看着，不知看了多久……

“我明白了。”AMY深深叹了口气，“你要跟我分手，就是因为你不是我第一个男人，是这个意思吧？”

“可以这么说……但好像也不是……”

“我的过去和你没关系。”AMY终于叫起来，“你懂吗？！我在遇到你之前，我的经历和你没关系。”

他还在不依不饶，好像和对方一起完成一个证明题，“可是过去会影响现在啊。”

“我再说一遍，我的过去和你没关系。”AMY看着他，一动不动，“我从来没想到会遇到你，认识你，但遇到你、喜欢你的——是现在的我。”

“你看你又证明了我的话。”罗书全竟然有些得意地说。

“什么话啊？！”

“你说你的过去和我没关系，但如果和我没关系的话，你又怎么会是现在的你来喜欢我呢？”

如果这事不是和自己有密切关系，他简直忍不住要为自己的清晰逻辑跳起来鼓掌。

“你到底知不知道你在说什么？”

“我自己也有点晕……”

“不用麻烦了，行，我同意。”对面的人死死地看着罗书全，起身，走到柜子前，拿出一把伞递还给他，“就这样吧，走吧。”

“啊？就这么走啦？”

这……这不是我想看到的答案啊。

我想看到的是……想听到的是……

你告诉我，我对你有多重要，是超越其他的，重要的，存在啊……

这才是……TMD……处女情结最重要的原因啊……

从这个角度上来说，每个女人的“处男情结”才是更严重的吧。

相较来说，男人比较在乎的是这个女人在不在自己身边，而女人更在乎的是自己在这个男人心里是不是……真正的唯一。

但如果因为这样，就说罗书全不是个男人——也太粗暴了吧。

“你不想解释什么吗？”罗书全吃吃地问。

“对不起，我是一座山，山是不会解释什么的，你观光已经观光完了，走吧。”但是，山明明讲话了……

“走啊！”AMY拿着伞，红着眼大吼道。

眼睛里分明是……泪水吧，山也是不会流眼泪的。

像泪水一般的雨点打在边上的玻璃窗上，米琪看着左永邦，想笑，但实在笑不出。

“我曾经设想过无数次，你来跟我分手的理由。”米琪终于笑起来，“但我实在没想到，打死我也没想到——你要跟我分手，是因为你是一个负责任的好男人。”

“因为你上了另一个女孩，你要为她负责。”

“请你不要讽刺我。”

“讽刺你？我们半个月没联系，因为我不相信你没跟她有过，但你坚持没有。好，我决定相信你，于是我打电话给你，但是你现在告诉我，你为了心态很好地来请求我原谅，所以你跟她去上床了。然后你发现她是处女，然后你来跟我分手，请问是谁在讽刺谁呢？”

眼泪终于流下来了，结合着笑容。

左永邦发现自己还是爱她的……可是……奇异地，自己怎么想为另一个女孩负责呢？因为那代表自己更像个负责全部蓝图设计的建筑师，而不是半途加入的意外分子。

逃难一般地离开了AMY的家，罗书全到了楼下，仰望着那一扇窗户，不知道事情怎么会莫名其妙地到了这个地步。早上一起去买车的时候，和现在好像身处在两个宇宙，另一个宇宙里的他们还相亲相爱地在一起，依偎在窗前数着雨滴。而此刻，在大楼下淋得像条狗一样的自己究竟是在哪里呢，在哪一个宇宙呢……

那样一个孤独的宇宙，还有谁和他在一起呢……

他转过头，同样在瓢泼大雨中淋着，仰望着那扇窗户的人是……

AMY的初恋。

"我是她第一个男朋友，她也是我第一个女朋友。十几年前，我们第一次在学校的食堂遇见，她坐在我对面，一边吃饭一边心不在焉。我看着她的样子，就想上去捏捏她的脸。我不知道她的名字，只知道她的性别。突然之间，我觉得自己坠入爱河。我就走上去，对她说了一声，同学，这个菜是不是有点咸？"

瓢泼大雨中，两个男人遇见，瑟缩地寒暄……

EEEEEEX对罗书全伤感地诉说他们的过去。

"你说话好押韵啊？你是不是写歌的？"

听这样一个男人说了一通后，罗书全浑然忘了立场，觍着脸问。

"她看着我，露出可爱的笑脸……"初恋不管他，继续说道，"晚饭后，我约她一起到图书馆看书。她看着书，我看着她，我知道我的人生将翻开新的一页。我们一起散步，我们一起做作业。我在学校常青藤下第一次吻她，她哭着说她这个吻已经保留了二十年。我抱着她，说今后八十年，我也将拥有它的归属权……"

罗书全仰天发呆，雨点这样打落下来。好想作曲喔。

"那时候，我青春懵懂，是个发春的少年。我满脑子想的是，怎么把这个我最心爱的女孩弄上床。她却说她还想做几年小女孩，但是耐不住我软磨硬泡，终于在一个雷电交加的晚上，她献出了她的初夜。她对我说，今后她将一生爱我，永远在我的身边，当时我感到好幸福。三个月后我却在想，难道我这辈子只能有这样一个女人，从此充满怨念……"

"……"

"然后我开始疏远她，借口功课忙，借口考试紧，借口我老妈生了重病。终于有一天，我们挥泪告别。我心里面却高兴得要命，我终于自由啦！然后我就开始交一个个女朋友，不断地换着身边的女人。直到有一天我开始明白，我在找的只是她的影子，我一直以为我早把她抛到了九霄云外。今天早上我们遇见，我才真正确定，”初恋转过头，看着罗书全，“十几年来我从没忘记过。”

“啊？”

“我也开始想忍，但是我打电话给她，我跟她讲了无数我们在一起时的情节，求她能不能再次回到我的身边，你猜她对我说什么？”初恋化身美好的男子转过头，悲愤地说，“她说她现在很幸福，她说我记性真好，这个记性用在别的地方一定很有前途！”

“啊？这么绝情啊！”

这个时候，罗书全已经完全忘了自己是谁，以及为什么站在这里。

“是啊！”

两个人同仇敌忾起来……

“我一直以为她和我一样，从来没有忘记过我。”初恋凄楚地说，“谁知道，我现在才知道，女人和男人真的不一样。她们有了新欢，对旧爱就再也视而不见。不管他是出了车祸，得了绝症，还是死在她面前，她都可以当没看见。我真的想不到女人怎么会这么绝……”

“真是太绝情了！”罗书全愤怒得浑身发抖。

“我在这里站了一个晚上了，我看到你走进去，又走出来，她居然可以绝到派你下来安慰我！还能再绝一点吗？！”

“啊？我不是下来安慰你的啊。”

发现事情完全不对劲的罗书全终于反应过来，迎着瓢泼大雨，撇下身边的男人，冲上楼去。带着悔意，呼呼喘着气，爬上那一层楼梯，敲着那扇门……

“Sorry，Sorry，请开门！”

换来的只有一句……“滚！”以及里面爆发而出的哭声。

历史由每一个昨天和相伴我们的人组成。因为这些昨天，这些人，变成现在的我，现在的你。男人选择记住，因为他们无法承受被遗忘的痛苦。女人选择遗忘，因为她们无法承受记忆的重量。当一切轻装上阵，过往一切，每一个恋人，每一段过去，都像一块块墓碑，存在于那里。铭刻的每一个名字，在心中死去，在另一个人身边复活……

夜店里，左永邦终于在拥挤的群魔乱舞般的人群中，找到了那个为他献出初夜的女孩子，兴高采烈地用日语宣布——“我回来啦！”

“啊？”对方用一种完全不知道发生了什么事的眼神呆呆地看着他。

“我和她分手啦！”左永邦进一步解释，“以后你的人生我来照顾！”

“你和谁分手啦？”

“我原来的女朋友啊……”

“啊？为什么？”

“因为……”左永邦像看外星人一样看着她，奇怪自己竟然还要跟她解释这个问题，“因为……白天那个是你第一次啊！”

“那个……不是啊。”对方用更奇怪的眼神回看他。

“那……”左永邦更困惑起来，“是啥？”

“大姨妈啊！”

对方朝自己伸出中指，狠狠地比了比，好像是对左永邦的嘲弄，更好像因为左永邦给她的加冕是一种耻辱。

不管是什么……左永邦明白了……

自己回不去了，因为他不断地用一个错，去加盖了另一个错，结局就是搞成现在这个样子。

好在，现在也马上变成过去。只是……再也没有米琪的过去。

其实，无论念念不忘还是开创历史，一切只是在静静发生，按照我们自以为是的逻辑推进。再也回不去，如此而已。

然而，每一个和你相处过的瞬间，都会成为永恒的瞬间，静止在另外一个空间——熠熠闪光。

每一个对现在失意、对未来迷惘的时刻，抬头仰望那些闪烁的如同星光一般的瞬间，都会让你鼓起勇气——走下去。

LESSON 9 Hero Or Zero

在动物界，永远是最强大的雄性拥有最美丽的雌性，战败者只能被淘汰。
好男人无法忍受心爱的女人被同类夺去，强大，我必须强大！

男人，为什么要有事业？有一天，你挣了很多钱，有很多人拥戴你，你还会记得那个在你争取这些时失去的女人吗？你当初做这些的时候，不就是为了能和她无忧无虑地在一起吗？女人永远无法理解，每一个男人的心中，有多少焦虑，有多少恐慌。因为这个世界上有这么多的狼，我这只牧羊犬，只好放弃我的温顺，对这个世界，放出最耀眼的光芒……

“来了，来了！”

晚上，顾小白家客厅。顾小白，罗书全，左永邦，莫小闵，AMY，连久违的阿千也来了。大伙儿端坐着，神情紧张，一动不动地盯着电视机。

平心静气地等待着下一秒的画面。不是球赛的实况转播，也不是高考放榜——谁家的高考会在电视里放榜呢？电视里出现了一个女子。一个长发高挑的女人——莫小闵，穿着长风衣，衣袂翻飞地在都市建筑前慵懒地走着。触摸着每一个橱窗，每一棵梧桐，时而仰天抬头，面露微笑。

“不管是哪一种天气，不管是哪一个地方，不管是哪一种心情，始终有你陪着我……”电视里一个女声说道。

莫小闵用手指拈起一块巧克力，放入鲜艳欲滴的嘴里。

“指引我……牵引我……遇到他……”将巧克力放入口中融化，甜蜜舒心的表情，莫小闵睁开眼……一个长发帅哥穿着长风衣站在对面三米处，看着她，面露微笑。相对站着，两人露出一副一见钟情的样子。

“就像遇到你，德芙巧克力。”慵懒而性感的声音之后，画面慢慢淡去。

“耶！太赞了呀！”

广告播完，所有人都静静地坐在那里，然后同时发出欢腾声。

“没想到你在镜头里那么好看！当然当然，本人也好看！”罗书全说。

“哎，小闵，你这么一条广告，能挣多少钱？”这是左永邦的声音。

“别提了，累死了，在外面拍了一天，挣了五六千。”莫小闵羞涩地说。

这对“接不到戏演最佳成就奖”得主阿千来说是个致命的打击。

“五六千！我现在一集片酬才两千！我什么时候才能出头啊？对了，小闵，那个男模好帅啊！你留了电话吗？”

“他要给我，我没拿。”莫小闵微笑，“不过，你要喜欢，我帮你问问。”

“好！靠，挣钱不行，有个帅哥做男朋友也是好的。”

“哎，小闵，我下个月有个服装发布会的活动，你来客串一下模特怎么样？”左永邦说。

“我……我能行吗？”

“什么能行吗？！你现在是明星了你知道吗？”

“那我……试试吧。”

“快快，再帮她找点活儿，让她快点出名，变成明星！超模！”阿千激动地对左永邦说，“以后我们就全靠你了，这下大家都有救了……”

从头到尾，顾小白没有说过一句话，一直淡淡微笑着坐在那里。这时，他突然站起身，“好了好了，演出结束了，大家回去洗洗睡吧！”

“干吗？”大家纳闷地看着他，好像刚发现他的存在，“这么快赶我们走？”

“你是不是现在突然发现小闵无比性感？”阿千认真地问，“所以有点急不可耐了啊？”

“滚！”顾小白认真地说。

众人只好意犹未尽地走了。

关上门之后，屋子里只剩下顾小白和莫小闵，他盯着莫小闵，莫小闵被看得不好意思起来。

“牵引我……指引我？”坏笑着，顾小白慢慢靠近莫小闵，搂住她。

莫小闵手脚没处放，又有些意乱情迷。没想到，顾小白在莫小闵的口袋里乱摸，问：“巧克力呢？”

莫小闵睁开眼，“啊？”

“你不是说带那个巧克力给我吃的吗？”顾小白抬起头，带着无比认真又恶狠狠的表情。

“啊？！我……我给忘了……”

“那你怎么补偿我？！”

莫小闵故作多情地笑起来，歪着头，眼波流转地看着他，“你说呢？”

“出去给我买！”顾小白用手指着门口，一本正经。

被顾小白赶下来之后，罗书全在电脑前捣鼓程序，捣鼓了半个小时，什么也没弄出来。突然，一种惆怅孤独的情绪涌上来，罗书全对这种情绪毫无防备，也完全不享受，就想马上起身洗洗睡了。没想到，这时顾小白浑身不爽地推门进来，摔门。

“请进，不客气……”罗书全替他说完客人该说的话。

“什么乱七八糟的？”

“你不是突然发春把我们都赶走了吗？”罗书全奇怪地看着他，“怎么那么快？”

“什么那么快？”

顾小白愣了一会儿，“她已经睡了。”

“喔……所以你是来跟我说晚安的，是吗？”

“是啊，现在没有AMY跟你说晚安，我来跟你说晚安……”顾小白头伸到罗书全面前，残忍地微笑。他本来指望着踩踩罗书全的痛脚，引起一场斗殴。没想到罗书全完全无视他。顾小白在屋子里转了几圈，一股邪火无处散发，砰地砸了一下桌子。

“妈的！我当初就应该坚持！”

一个月前，顾小白和莫小闵走在街上——像神仙眷侣般，突然被一个狗头狗脑的男人拦住，硬要给莫小闵递名片，说自己是星探。

“我们是正规的公司，在街上发掘明日的明星，我看小姐您真的很有这样的潜力。”顾小白当然嗤之以鼻，他也算是半个圈内人了，尤其讨厌这种偷鸡摸狗的欺诈行为。还没等莫小闵反应过来，他就掏出一块钱递给那个男人。

“呃……我不是要饭的。”狗头狗脑的男人说完，继续纠缠起莫小闵来。

再不是要饭的，当着人家男友的面，硬要留地址和电话，怎么说也是有讨打的嫌疑吧？顾小白忍了一会儿，刚要上去揍他，那个男人把名片硬塞给莫小闵，转身逃走，但事情并没有这样结束……

那一天约会的整个过程，两个人都别别扭扭，直到回家，顾小白都没正常过来。莫小闵被人这么狠夸了一通之后，还沉浸在五迷三道的喜悦中，浑然不解——

“我就是搞不懂，你为什么气成这个样子，不就一个电话吗？”

回到家里，莫小闵对顾小白的不理不睬还是感到纳闷。

“这不是电话的问题，这是你智商的问题。”顾小白说。

“呃……啊？”

“你都多大了啊？这都看不出来？”顾小白有着莫名其妙的愤怒，“这明显就是一骗子，哦，先把你夸得天花乱坠，把你夸晕了，然后让你去他们公司，装模作样地填些资料。然后让你交几千块钱，从此人间蒸发，这种事你听得还少啊？”

“问题是，他就要了我的号码，”莫小闵困惑地反驳，“没问我要钱啊？等到他真的开口问我要钱了，我再不理他也不迟啊。”

“你怎么知道不迟？谁知道你回头会怎么样？人家把你按在那儿，不交钱不让走，先奸后杀，再奸再杀……”

莫小闵不语。

莫小闵无语是因为还没缓过来，怎么就先奸后杀了。顾小白却以为那是莫小闵开始理亏，进行猛烈的自我反省。于是，觉得有必要再强调一下，就像杀手杀完人后，对着额头再补一枪。

但是他不知道，正是这一枪，让原本已被击毙的莫小闵彻底诈了尸。

“你知不知道你的智商直接反映了我的品味？”顾小白说。

“什么意思？”莫小闵反应了一会儿，终于爆发，“你这话什么意思啊？”

“没什么，没什么。”顾小白自觉说错了话，“我错了。”

“什么叫你错了，什么叫我智商反映你品味？”莫小闵吼起来，“我算是看出来了，你就是见不得人好！”

“什……什么叫见不得人好？”

“我问你，你是不是特享受你现在的状态啊？”她直直地看着顾小白。

“啊？”

“你一SOHO作家，在家什么也不用干，也不用风餐露宿，只要在电脑前敲敲键盘，一个月就有好几万收入。你女朋友，一售货员，每天挤地铁，吃盒饭，你是不是特有优越感啊？”对方眼中灼热的愤怒好像要把他烧穿。

“这……这从何说起嘛……”顾小白也被问愣了。

“那你怎么会火气那么大？跟吃了火药似的？”莫小闵死死地盯了他一会儿，拿起包，准备走人，摔门前还转过头，狠狠地摔过一句话，“我还就告诉你了，我这资料还就非递不可了，我宁愿让人家先奸后杀！再奸再杀！”

真是……重口味。

“后来，她就真的这么去了……”顾小白对罗书全黯然道，“没想到那个狗头狗脑的骗子也不是骗子，还真的拍了广告。”

“这不是挺好的吗？”罗书全搞不明白顾小白复杂的心情。

“好在哪儿啊？”顾小白猛然对着罗书全吼，“你弱智啊！这对谁都是好事，也不可能对我是好事啊！她如果真的就这么红了，一条条广告这么拍，发达了，变明星了，这是好事吗？无数先人的教训，血淋淋的现实告诉我们，女人，一旦攀上枝头，就会攀上另一个更高的枝头。随着眼界越来越宽，要求也就越来越高，正所谓麻雀乌鸦变凤凰！凤凰配凤凰！你看我像凤凰吗？！”

顾小白看上去差不多疯了。

女友被星探发掘，然后在演艺道路上一帆风顺地走起来。诚然，这对大多数人来说，是一种小概率事件，但事情的本质是，当伴侣的价值被进一步发掘，进而为大众所熟知。更进而，无论在声势还是声望上都开始蒸蒸日上，开始强压于你的时候……对于男人来说，该怎么办呢？随着眼界的拓宽，认识的人越来越多，自然，你被“当掉”的可能性也越来越大。

虽然拍了条广告未见得是一件多么了不起的事情，但未雨绸缪的顾小白显然不这么想。

“我不想当编剧了。”顾小白冷不丁地转过头，冒出这么一句。

“啊……”罗书全呆呆地看着他，“那你想当什么啊？”

“导演。”他斩钉截铁地说。

无论在生物圈还是人类的职场上，都有相生相克的说法。正如蚊子无法逃脱青蛙的嘴巴，公鸡向来是蜈蚣的天敌。顾小白产生了一种巨大的危机感，这种危机感像浓雾一样让他喘不过气来。

是想多了吗？还是……想得太早了？但是，现在他就是这么焦虑。

晚上，顾小白睡在莫小闵边上，焦虑了整整一个通宵。每每转过头，都觉得边上的人在一秒秒地以一种幻影般的速度消失。第二天一早，他什么都没有说，就赶到购买他剧本的公司，找到制片人办公室，推门就进。

“我要当导演！”顾小白坐在制片人对面，斩钉截铁地说。

“你……是在开玩笑吗？”对面那个憨厚、微胖的男人，完全没有料到这样毫无征兆的日子，对方交来这样一句话。

“你觉得我像是在开玩笑吗？”

“呵呵呵呵，我觉得是……”

“其实并不是……”

顾小白以一种“我这辈子没这么认真过” 的表情看着制片人，看得他也不由得渐渐严肃起来——敢情原来是认真的啊，虽然不知道是抽哪门子风。

“我总可以先问问原因吧？”

“原因你别管了。”顾小白烦躁地挥挥手，好像他要刨自己的祖坟，“反正我要改行！”

“是这样呀……”制片人终于在电钻一般的眼神中败下阵来，努力把微胖的身体往前凑，表现出诚意，“你呢……是我们非常好的一个编剧，不管是导演还是演员还是制片人，都非常喜欢你的本子。但导演呢……导演是个技术活，没有经过任何考量，我们很难把你放在那个位置上，而且导演现在也有人了……”

“那就是不行咯？”那是一个类似于蜡笔小新的眼神。

“咳，你别这么武断嘛。”制片人好像被派去和劫匪谈判的谈判专家，找到了新的乐趣，“我提出个方案你看看可不可行啊……本子呢，你照写。另外呢，我们先把你放到一个副导演的位置上。你先锻炼锻炼，熟悉熟悉，另外还能再拿份钱。等到时机成熟了，我们再把你放到那个位置上去，你看怎么样？”

“你认真的？”

“当真！”

“成交！”

为了想达成一锤定音的效果，顾小白恨不得一头磕死在办公桌上。

左永邦和罗书全对此完全不以为然，当顾小白把事情的原委、发展和盘托出时，招来的只有质疑和完全摸不着头脑的询问。

“你还真是闲的啊？”左永邦说。

“你至于么你？”罗书全说。

“什么叫至于么！我告诉你们——”顾小白恨不得跳起来掐死他们，好像他们都是鲁迅笔下铁屋子里的人，“尤其是你，我到现在才突然明白，为什么事业对男人来说这么重要，为什么男人都那么看重事业。我以前虽然东写西写的从来没怎么穷过，日子也过得挺滋润的。但这又怎么样呢？”顾小白对罗书全吼，“归根结底，我还是一事无成！”吼完又对左永邦吼，“我没有自己真正的事业，你懂吗？而一个女人，就算你再爱她，如果她出色的话，她是不可能留在一个一事无成的男人身边太久的。”

“莫小闵现在不还乖乖在你身边吗？”罗书全撇撇嘴。

“她乖乖在我身边吗？她乖乖在我身边吗？好！我现在打个电话给你看看……”也不知道顾小白受的刺激到底有多大，总之越来越神经质地亢奋，说着就掏出手机，噼里啪啦地按了莫小闵的号码。

“喂！小闵啊！在干吗啊！喔，是这样啊？好，那先这样……”啪地关掉，顾小白转头看着罗书全，“在拍洗发水的广告，牌子比原来那个还要大。”

“……”

“等一切都发生了还来得及吗？”

面对着焦虑狂顾小白，罗书全即便被喷了一脸的唾沫星子也不敢发作，只好默默擦去。虽然顾小白的反应有些过于神经质了，但他的判断，确确实实，是“依据无数先人的教训”得出的。最多说他预警过早，好像地震局在第二年才发生的地震，在一年前就鸣笛，紧急要求疏散而已。最多也就是被说成“神经过敏”，大不了也就是得到“至于那么早吗”的评价。

但从另一个角度看……害怕发生的事情，有一天真的发生了——究竟是料事如神呢，还是……由于你的焦点过于集中到某处，而把那样“恐惧”的事件招致过来的呢？就像骑着自行车，时刻提防自己不要撞上前面的大石头，而最终却撞上了一样。

由于意念过于集中，所以不论是害怕的还是向往的，最终都会被招过来。

无论怎样，顾小白开始过上了一种惨无人道的生活——白天混剧组，晚上写稿子，一天只有两三小时睡眠。而莫小闵这边的生活也悄然发生了改变，那个广告大受好评。随之找上门的广告客户也越来越多，这一切都让莫小闵无所适从，甚至找不到人商量。因为顾小白白天在剧组是根本不能开手机的，就算开，也只能调到静音。等他拨回去，莫小闵又因为拍摄新的广告而无法接到了。两人就这么错开来，错开去，这一阵谁也没能找着谁。

这真是一种诡异的状况，然而就这么静悄悄地发生着，弥漫着，扩展着。

一个多月后的一天下午，莫小闵把在商厦化妆品柜台的工作辞了。直到现在，她还记得走的那天，店长拍着她的肩膀说“希望你下次回来代言我们的产品啊”的表情。走出商厦，看着满天的云和满街的人，这是怎样的一种心情啊。又自豪，又有些伤感，更多的是对于未来完全空白的新领域所产生的恐惧——尽管自己的未来看起来是如此光芒四射。

但这一切……她都找不到人分享……除了AMY。

莫小闵只好去找AMY。

“自卑！肯定是自卑！”听完莫小闵的抱怨，AMY毫不留情地揭露，“不然为什么不接你电话？”

“不会啊……”莫小闵手撑着AMY服装店的柜台，一脸苦恼，“按说我如果比以前出息了，风光了，男人不是应该觉得更有面子吗？不都这样的吗？男人都想泡个女明星女模特什么的……”

“倒也是啊……”

说完，两人同时托起腮，陷入无尽的愁思中。

然后齐声哀叹，“男人真无法理解。”

身为女人，可能永远无法理解——脱胎于雄性动物的男人们天生秉承着猎杀与被猎杀的生物本能。在动物界中，永远是最强大的雄性拥有最美丽的雌性。而战败者，只能被淘汰。这种恐惧与危机感深深印刻在每一个男人的遗传因子中。“Hero Or Zero”，这是那些内心充满爱，以为有爱就能永远相守的女人永远无法理解的恐惧——被猎杀的恐惧。

流着肮脏的血液，看着心爱的异性被比自己更为强大的对手所夺去，只能哀鸣地恐惧……深深印刻在每一个男人的心中。

男人真是一种可怜的动物，女人由于在DNA中被赋予了追求“安稳”“稳定”的因子，所以会依靠更为强大的雄性，因为那样意味着危险系数的降低。无论是对生活颠沛感的降低，还是出于繁殖需要的保障感，她们很难体会到作为雄性动物的男人，在这个丛林法则支配的世界，为了“保家卫国”而做出的“抛头颅，洒热血”的行径。

强大，必须强大，但在逼迫自己强大的过程中……虚弱也相应地被放大。

罗书全没有想到，再一次看到顾小白的时候——已经一个多月之后了。他出门吃饭，打开门，却遇到了像贞子般披头散发“趴”在门口的顾小白。

“啊啊啊啊！”罗书全头皮都炸了起来，“你在干什么啊？”

“我爬不上自己家了，来你家休息一会儿……”顾小白奄奄一息地说完，倒地不起。

罗书全把顾小白扶进去，放倒在沙发上，又去泡了杯参茶。顾小白早已裹了一条不知从哪里翻出来的毛巾毯，盖在自己身上，一副被强暴的小怨妇的眼神，看着他。

“哪里来的毯子？”罗书全平静地问。

“地毯。”顾小白平静地回答。

死一般的寂静。

“我……我怎么知道副导演和导演——就差一个字，”寂静过后，必然是伴随而来的爆发。顾小白丧心病狂地喊道：“干的全是奴隶干的活啊！我整整一天，跑上跑下，跑东跑西。发通告，维护治安，传话筒，盯服装……他们能使的招儿在我身上都使全了……”

“……”

“以前好歹他们把我当个人看，现在演员脱下衣服可以直接往我身上扔了……”

“他们不知道你是这个戏的编剧吗？”罗书全忐忑地问。

现在说话真的很需要小心。

“不知道。”顾小白摇摇头，“我跟制片方说了，让他们不要对剧组说，这事保密，为此我还专门取了一个艺名。”

这是多么欠揍的人才能干出来的事儿啊。

“那你这不是活该吗？”

“你懂什么，这叫专业……”顾小白撇撇嘴，没想到这个细小的举动，不知牵引了哪一根神经，突然表情就僵硬在那里。

然后……潮汐般的泪水就在眼眶四周泛滥开来。

“我说你这是何必呢？”罗书全叹了口气，更多的是不以为然，“每个人都有他擅长和不擅长的，感兴趣的和不感兴趣的。你这么强迫自己，干你不擅长干的事情，又有什么意思呢？”

“可只有这不擅长的事才能给我带来社会地位啊。”

“你好好写东西，一样有啊。”

“那我问你，你能说得出几个你知道的导演的名字？”

“那可多啦……”不疑有诈，罗书全掰着手指开始数起来。

“那你说得出几个你知道的编剧的名字？”

又是死一般的寂静。

这名叫做罗书全的男子仿佛突然置身在一片紫红色浓雾的森林中，低头四顾……四周，全是地雷。

“呃……顾小白？”地雷，还是爆炸了，伴随着鬼哭狼嚎般的哀号声。

“讨厌讨厌讨厌！”

“喔喔，乖啦。”罗书全使劲给他捶背，“对不起啊，是我踩着雷了。”

“你以为我想啊……”顾小白一边哭一边投诉，“这事情又不好玩又无聊……一天到晚在那里喊‘开拍，停。开拍，停。’把自己弄得跟复读机一样……可眼看着莫小闵一天天大发了，我要再不努力往上爬到一个新的台阶，我怎么镇得住她啊？”

“你为什么一定要镇住她呢？”罗书全百思不得其解，“男人女人就是开心时在一起，不开心时就分开。讲的是缘分，是爱心，什么镇住她？你用这种东西镇她，你镇得了一时镇得了一世吗？你以为是宝塔镇河妖啊？”

罗书全，打心眼里不认同这种说法。

“再说莫小闵也不是这样的人吧？虽然说女人都有点小虚荣，但她也真的喜欢你啊……”挖空心思的安慰，使劲想着新鲜词的罗书全……

一扭头……边上的人已经睡着了，像一个婴儿般地睡着了。

每一个刚刚出生，对自己性别尚无意识的婴儿，都不会想到，今后面对的人生，会有这样大的不同吧。他们只是睡，大睡而特睡，睡醒了喝一点奶水，然后再度往世界尽头般的地方大睡而特睡下去，好像这所有的睡眠都是为了积攒足够的能量，以便为了今后面对的人生而搏杀。

因为这样的时光，再也不会复返了。

顾小白这一觉也只是睡了两三个小时，梦中出现了无数的妖魔鬼怪，摊鸡蛋饼的老奶奶（“不努力可是要把你当鸡蛋一样煎掉哦”）。

两三个小时后，顾小白仿佛被电流击中一样醒了过来，看了看表，冲出去干活了。罗书全不知何时，已经不在屋里了。

也不知何时，顾小白自己过上了暗无天日的生活。

此时，莫小闵正在和AMY兴高采烈地逛街，血拼。一天五六千的收入，让莫小闵觉得不把这些钱花出去简直是一种罪恶。于是，她仿佛做慈善一般把这些钱捐给了世界各国的奢侈品，换来了包包、鞋子这样的东西。

既然心爱的男人无法给予精神上的依靠，那让自己给自己物质上的满足，非但不能说是过分，简直就是理所应当。

她没有想到，此时此刻，在这个城市的另一端，顾小白正在悬梁刺股，用各种方式阻挡潮水一般袭来的睡意。他用可乐瓶抵住自己的下巴，不让自己猛地瞌睡过去；他做手工，用透明胶带粘住自己的上下眼皮，不让它们会合；他用不知哪里找来的绳子，勒住自己的下巴，这一切，都是为了让自己的视线和电脑屏幕上的稿子保持水平。

然而，焦点还是渐渐模糊起来。他……又睡着了，梦中，又被追杀了……

“最近学会一门新语言了？”第二天，制作公司里，制片人看着顾小白的稿件，抬起头，笑着问。边上已经形状似鬼的顾小白笑容僵硬地站在那里，忐忑不安地等待安检，闻言，困惑地凑上去看。

这一看，简直是魂飞魄散。

昨晚明明已经写完的稿子，不知从哪一页开始，全是“%&￥%**%￥”这样的乱码，好像外星人的语言。明明已经写完了啊，顾小白困惑到发呆。现在想来，应该是睡着了，在键盘上用脸打出来的吧，是梦里觉得自己写完了。

“小白……这样下去可不行啊。”制片人把稿子扔在桌上，靠在椅子上，慢条斯理地说，“剧组也跟我反映了……说你……”

突然，面前的那个人不见了，低头一看，顾小白已经跪在地上，抓着桌脚和自己的裤腿，声泪俱下。“不要放弃我！”

“你你你这是干什么？”没见过这样的阵仗，反应机制根本启动不起来。

“我不管！听说做大事的人在关键时刻都可以不要脸的。”顾小白恨恨地道，抬头看着面前微胖的男人，眼神里有哀求，甚至凄美。然而不知何时，突然有了两点绿光从眼睛深处隐隐泛了上来。

然后……绿光越来越亮，炽热，幻化，终于变成两道凶光。

“我问你个问题……”

“呃……啊？”

眼前这个男人慢慢站了起来，身后的投影也越来越大，黑色的、浓重得看不清的投影……分明有两只恶魔的角。

“告诉我，你是怎么做上制片人的？你是怎么做到这个位置上的？嗯？”顾小白眼中精光大盛，“为什么会有人投钱给你拍这个戏？你们家祖上是挖煤的？炒地皮？还是你们家有人贩毒？哪来那么多钱？说啊！！！”

悲愤的响声回荡在整个写字楼。

“真的疯得已经这么严重了？”城市的另一栋写字楼里，左永邦担心地问罗书全。

“是啊，早上我在小区遇到他，他又是爬着出去的，看到我也不认识了。他已经快一个星期没怎么睡了。”罗书全找到左永邦的时候，左永邦正在开会。开完会，两人在会议室里，罗书全把事情交代了一下，“按他的计划表，接下来的三个月里，基本上也不用睡了。”

“怎么会这样呢？是莫小闵逼他的？”左永邦也不可思议。

“谁也没逼他，是他自己逼自己的。”

“怎么会这样呢？”

“我劝他也没用，他觉得我比他还失败，相比而言他会听你的。你必须去劝劝他，不然这样下去他什么事都干得出来，他真的已经快疯了……”

罗书全，无比认真地看着左永邦。

男人之间的情谊——相较于女人而言——在平常时期，显得并不亲密，甚至看起来更加冷淡。一对莫逆之交，可能表面看起来比陌生人还要不知所谓。既不常联络，也不关心对方的生活。女人可以在街上手拉着手逛街，连上厕所都会结伴而行，而男人之间这么做简直就是变态。但到了关键时刻，就行动起来，拯救对方于水火，甚至赔上全部家当也在所不惜的。

男人，往往是这样的生物。

左永邦会也不开了，带着罗书全开车往顾小白“工作”的片场飞奔而去。路上，两个人都默然不语，都在想自己怎么会这么闲，这么倒霉，认识这么一个莫名其妙、思维怪异的朋友。但既然已成朋友，就像揣在口袋里的钱，没有再掏出来的道理。

他们也没有想到，这个时候，在片场，顾小白正在经历一番殊死的考验。

上午对制片人咆哮，被写字楼的保安架出来以后……

他跑到片场，导演正拿着一份署名为“顾小白”的剧本，到处打电话给一个叫“顾小白”的编剧，因为他从来没有见过写得那么烂的剧本，看完剧本，导演已经出离愤怒了。

寻找仇人这样的任务，就落实在身边那个刚刚迟到的“副导演”身上。顾小白接过递来的联络电话单，拿出自己的手机，当着全剧组的面，坦荡荡地拨了自己的号码，然后递给导演听——“您拨的用户正忙”。

“打不通呀。”顾小白无辜地摊手道，真是令人汗流浃背的瞬间啊。

但既然已经卧薪尝胆，打算做出一番惊天地泣鬼神的“伟业”的顾小白，早已置生死于度外了。

“哎……那先随便拿一集能拍的拍吧。”导演也只能无奈地说。

片场里，顾小白如蒙大赦，像奔跑的兔子一样去找能拍的剧本。

没有见过摄影棚的人无法想象，银屏前呈现出的美轮美奂、精致无比的场景，都是搭建出来的布景。

在这名为“拍摄物”的周围，是更加空旷的、杂乱的，充满各种电线、木板、杂物、氙灯的环境，和中央那块地方比较起来，是天堂和地狱一般的差别。问题是……那个是假的，而杂乱的、阴暗潮湿的、随时会被绊倒的那一块领域，才是真实的世界。顾小白就在这样“真实”的世界里，到处翻着一本看起来起码能拍的“剧本”。

起码能让观众看起来不呕吐的电视内容，这已经是非常非常难得的了。

更为难得的是，自己刚刚逃过一场大难，一旦自己的真实身份被戳穿，那样，可能永世不得翻身。在自己的顶头上司面前，用自己的“卧底身份”寻找自己，并且还摊着双手说“找不到”这样的话……放在黑社会里，是要三刀六洞后，被挂在墙上鞭尸的。

顾小白就这样一边拍着小胸脯一边镇定情绪，一边背诵“天将降大任于斯人也”这样的咒语，寻找着剧本。然后，仿佛“芝麻开门”一样的咒语起了作用一样，摄影棚的大门……徐徐打开了。

回头一望，两个熟悉的身影——左永邦和罗书全正焦急地向他走来。

那一瞬间，顾小白吓得心脏几乎不能跳了，想转身，捂脸，奔走。

“顾小白！！！”身后的左永邦大喊道。整个摄影棚的人，都转过头，齐刷刷地看着他。好像为了确认他们的疑问似的。

“顾小白！！！”身后的罗书全又大声补了一句。

顾小白看了看所有的人，又转过头去，看看左永邦和罗书全，脑子里一片空白，另一套反应机制启动——他……晕了过去。

缓缓睁开眼，发现自己是在医院的病房里，胳膊上扎着吊针。顾小白再转过头，边上罗书全关切地看着他，左永邦在绕着房间走来走去。

“我是不是出洋相了？”他虚弱地问罗书全。

“没事儿没事儿，你先好好休息。”

“你们没告诉莫小闵吧？”

左永邦本来就在气恼地走来走去，听了这话，猛地砸墙，对顾小白大吼：“你他妈醒一醒吧！再这么下去，我们直接告诉莫小闵参加你追悼会好了。”

“你先别发火，别发火。”罗书全上来劝架。

“该是骂醒他的时候了。”左永邦指着顾小白怒骂，“你他妈以为自己在干什么啊？放着好好的工作不做，放着好好的日子不过！去做苦工！还玩无间道！你是不是真的脑子坏了啊？！”

是不是脑子坏掉了啊……顾小白也在想，但是……实在太晕了。

“哎呀，他还是个病人。”罗书全说。

“病人？他马上要变成精神病人了！”左永邦再次转头对顾小白喊，“你真的觉得这么干有意思吗？为了个女人，这么折腾自己，你值得吗？”

值得吗？不值得。值得吗？不值得……

这好像是恋爱中出现频率最高的词汇了吧，搜一搜情歌，以“值得”为关键词的歌实在也太多了吧。问题是，这是值得不值得的问题吗？

感情是能够用值不值得来衡量的吗？爱上一个人，希望对方也用同样的爱意来回报自己。如果不，就是不值得；如果是，就是值得。这是一种多么粗暴的衡量啊。

相较于这个，还是“我爱你，但与你无关”这样的话听起来更酷一点。

“不是为了她。”顾小白摇摇头，虚弱地说。

“什么？”

“我以前不知道上进……”顾小白抬头，对着左永邦虚弱地笑起来，“不知道努力，觉得自己做好本职工作就好了。其实这个世界变化很快的，每个人都在进步，我一直没有意识到这一点，小闵只是让我意识到了这一点……所以……我真的不是为了她。”

“那你为什么不让我们告诉她呢？”

“这样……她会骄傲的。”顾小白又笑了起来。

时尚杂志的鸡尾酒会上，莫小闵一身低胸晚礼服，和AMY在吧台喝酒。

“怎么？还没联系上顾小白啊？”

“是啊，也不知道怎么回事，怪了。”莫小闵苦恼地说，“最近和他就联系不上，要不打过去他不接，要不就是他打过来，我正在忙，没法接。再打过去，他又不接了。不知道在搞什么？”

“那你上他家去找他啊？”

“我也想啊……可是……你不觉得，现在应该是他越来越珍惜我才对，为什么反而我要比以前更巴结他呢？”

姿态——已静悄悄地在改变了啊……

“他是不是看你好了，开始自暴自弃啊？”AMY问道。

“现在追我的男人比以前更多了。”莫小闵疲倦地笑了笑，“我已经一个个回绝他们了，我已经对他够好了。喔，还想我怎么样啊？跪在地上求他不要离开我啊？”越说越气恼，还有一种不可思议的悲哀感。莫小闵转过头，边上不知何时突然出现一个男人，衣冠楚楚地拿着酒杯，看着她。

“小姐，有没有荣幸请你喝杯酒？”

有荣幸的人从不珍惜，没荣幸的人苦苦追赶着……

那瞬间，莫小闵脑子里冒出这句话。

左永邦开着车，载着从医院归来的顾小白和罗书全，到了顾小白家楼下。转头一看，顾小白已经在后座上虚弱地睡着了……

这个人……究竟是缺了多少睡眠啊？

“我这就把他送上去了。”边上的罗书全对左永邦点点头。

左永邦也点点头，罗书全刚要推车门。

“他做的是对的。”左永邦突然没头没脑地说。

“什么？”罗书全没听懂，回过头呆呆地看着他。

“我有没有告诉过你们，我为什么会和潇潇的妈妈离婚？”左永邦握着方向盘，视线看着挡风玻璃前不知什么地方，突然笑了笑，自顾自说起来，“我们很早就结了婚，大学一毕业就结婚了。大概是觉得这个世界太混乱，我们又太喜欢对方，所以想一毕业就结婚，来固定住对方，然后又糊里糊涂有了潇潇。那时候，我们大学刚刚毕业，接下来就可想而知了。我在一个小公司做实习生，一个月也没几百块钱。我还觉得没什么，大家都一样嘛，就算有了潇潇，也是多一张嘴吃饭而已，想想那个时候真幼稚啊。”

左永邦拍了拍方向盘，嘲弄般地笑起来。

“五年以后，潇潇四岁的时候，她跟一个有钱的男人跑了——是他们公司的老板，她还把潇潇带走了，说跟着我她会吃苦的。临走的时候，她哭了……对我说，左永邦，我们生活在一个现实的世界里，跟着你，我哪里也到不了。”

“那她不爱你吗？”罗书全小心翼翼地问。

“爱我啊，爱我才坚持了五年啊。”

“那现在……”

“现在……”左永邦再度微笑起来，“现在我们只是朋友，但是我很感激她告诉了我这个道理。在我三十岁不到的时候，她用她的实际行动告诉我，男人，一定要有他的事业。不然，我到现在可能还是个公司的小职员。她用她的实际行动告诉我，一个男人，是没权利要求他爱的女人陪他一起吃苦的。”

说着，左永邦回头看了看熟睡的顾小白。

“小白比我们都聪明，他意识得比我们早，所以他失去的会比我们少……”转过头，左永邦看着罗书全笑了笑，“扶他上去吧。”

罗书全扶着熟睡中的顾小白，站在门楼口，看着左永邦的车子静静地匍匐在那里。突然，车子像惊醒过来似的，猛地发动起来，转了个弯，飞快地开出了小区，罗书全眼中最后剩下的是左永邦消失前打下的双闪灯。

那闪耀的红色的两下灯光好像某种警醒，好似某种悼念，映在罗书全眼中，久久不散。

他，对往日那个人留下的固然有深深的感激，但是何尝没有深深的遗憾。

很多天以后……

莫小闵作为友情客串，在一部正在拍摄的情景剧里演新锐模特。

在一辆面包车里，莫小闵带着妆，跟**AMY**通电话。边上那个要饭星探正在絮絮叨叨地跟莫小闵介绍，“我跟你说啊，小闵，这次虽然我们是作为客串就演一场戏，几分钟，但这对于拓宽你的领域来说，是很重要的一步，千万要把握住啊……”莫小闵点点头，继续对着手机里的**AMY**说起来。

“是啊，我现在就在去片场的路上呢。我也没听说过，我干吗要问他？他都几乎不理我了，我还要巴着他？而且，他整天这么神神叨叨，谁知道他在干吗？”

一路坎坷崎岖地颠簸着，车开进了市郊外的一家大型摄影棚。莫小闵被经纪人和工作人员牵引着，但是灵魂仿佛已经离开了这块黑暗的厂棚。

因为就在刚才……**AMY**终于在电话里告诉她，顾小白这一阵到底是在干吗，以及为什么总是接不到电话，以及为什么连**AMY**也才刚刚听说。

“顾小白一直不让我们告诉她，但是他忘了提醒我不要告诉你。这样，你就可以转告小闵了。小白不是不爱她，不是不在乎她，他从来没有这样恐惧失去谁，不要误会他。”

听到罗书全在电话里认真地说着，**AMY**自己也忍不住眼睛湿了起来。

莫小闵就这样在片场里走着，目光搜寻着。片场另一处角落里，顾小白在搬着很重的东西，灰头土脸。突然，他似乎感应到什么似的，转过头，莫小闵在面前五米的地方，光彩照人，静静地看着他。慢慢直起身，顾小白看着莫小闵。

“原来你在这里。”莫小闵笑笑。

“你怎么会跑到这里来？”

“我经纪公司安排的，我来这里串一场戏，没几句台词……我刚刚拿到剧本，是你写的吧？”

“这上面不是有名字吗……”顾小白撇撇嘴。

“那你在这里干吗？”莫小闵静静地看着他。

“我写的戏，我不能来看看啊？”尽管灰头土脸，顾小白还是笑笑，佯装随意地要走开。

“顾小白！！！”

“无所谓啦！”顾小白笑嘻嘻地转身，“他们都已经知道我真名了。”

然而，不知何时，莫小闵的眼眶已经湿了。

“我已经知道了，我已经知道这段时间发生了什么事……”

“这帮……叛徒……”

“小白，你真的觉得这才是办法吗？你难道不知道我到底在乎什么吗？”

莫小闵气急败坏地叫喊，顾小白叹了口气，转身要走开。

“你如果真的那么害怕，那么没自信，我可以回去啊，回到原来你碰到我的地方。”后面的声音再次响起，顾小白转过身，叹气。

“卖化妆品啊？你在想什么呢？”

“我只是不想你这么拼命。”莫小闵苦苦忍住泪水，“不想你这么辛苦，我只是想我们都能回到最初的地方，一切都没有变，也不会变。”

“你最初的地方并不是在我身边。”顾小白摇了摇头，“是在另一个男人身边，你从那里到了这里，我不知道……”顾小白抬起头，认真地望着她，“你接下去还会去哪里？不要告诉我你哪里都不会去，我想相信，但是我不敢相信。”

“你是对我没信心，还是对自己没信心？”

他安静地站着，好像自从到了这个地方，他从来没有像现在这样，可以静静地站上一会儿。似乎永远不断地在忙碌，在灰尘与木屑中忙碌，在每一声此起彼伏的叫喊中忙碌，在每一秒朝不保夕的焦虑中忙碌……

好久没有这样安静地站着了。

那些一天只需要工作两三个小时，剩余的时光都用来在阳光中看书，听唱片，或者在街上百无聊赖地闲逛，看看路过的哪个美女的腿更长更白，那些让顾小白觉得“人生就是应该用来挥霍和享受”的时光，不知何时已经翻天覆地地改变了。

因为不知何时，他想紧紧地抓住一个人，因为这个人——任何一个人——都是会随时走开的。等到这一天发生了，就来不及了。

每一个人，当自己伴侣的世界越来越宽的时候，想着“终于可以坐享其成地享受TA带来的胜利成果了”的念头，都会慢慢忘记。在享受的时候，对方的脚步正越来越快。所谓并肩而行，该是以同样的步伐吧？

“我不是对你没信心，我也不是对自己没信心。”顾小白终于笑起来，“我是对除了我们之外的一切都没有信心，但那个一切太厉害了，那是——一个世界。我想你好，因为你好了，你才会开心。我也因为你，才知道自己应该变得更好，也可以变得更好，我们都有还没有发挥出来的东西。”顾小白望着她，“如果我们因为对方，发现自己身上还有更多没有发挥的东西，还有更多的潜力，这不是件好事吗？”

看着眼泪终于流下的莫小闵，顾小白走上去，摸了摸她的头发。

“好好拍戏吧……要好好拍……我可是用脸写的……”

莫小闵哭着笑出来。

站在搭景内，一切准备就绪。旁边工作人员忙碌地奔跑着，莫小闵迎着四面八方的灯光抬起头，自己在乎的人正在不断地奔忙着。

突然，那个之前大发脾气的导演走过去，拦住顾小白。

“这场戏你来拍。”

“啊？”呆呆地看着他，顾小白不知道是什么意思。

“不都是你写的吗？”导演突然狡猾地笑起来，“而且你老看，老看，光看怎么行，要上手的嘛。”

原来……他也知道了……

“而且，你不就是为了这个来的吗？”导演望着他，“但是你记住啊，剧本再像上次写得像狗屎一样，你就再也不要过来了啊！”

顾小白还愣在那里。

听说过一句话，当一个人全力以赴想做一件事，那么全世界都会帮他的。顾小白转头看了看周围，每一个人，每一个部门，都在向顾小白做出一个OK的姿势，表示随时可以开拍。

再转过头，莫小闵也静静地望着他。

顾小白终于深深地吸了口气，看着导演，点点头，走到导演椅前，坐下。

监视器的屏幕里，是他不惜一切也要留住的人。

这个人……正在慢慢地，以越来越大的加速度变好。

自己也要不断地努力才行啊！

“开拍！”

凝视着监视器许久的顾小白，终于喊出了那一句话。

此刻，摄影棚外，是一个明亮的都市……

LESSON 10 分手礼仪

散伙饭上我对你说“其实你很好”“我配不上你”“我舍不得你”，都是客套话，请万勿当真。

这些统称分手礼仪，仅表示对你的尊重，捎带着安抚自己不安的心灵。

自从人类诞生文明那一天起，我们就发明了礼仪这样东西，从穿衣、吃饭、居住、出行，每一样东西都有它的礼仪。每个国家的礼仪不一样，每个人的礼仪也不一样。礼仪没有实际的用途，没有实际的形体，但它却是某种润滑剂，确保着这个都市的每个人、每段关系、每个环节都在合理地运转，改变，让人感觉不到突兀与生涩。

当我们习惯了礼仪，我们就再也离不开它。

关于男女恋爱的礼仪第一条：分手，必须难过。

因为这是对对方的尊重……

客厅里，罗书全对着电视机，站在跳舞毯上，狂热地忘我地上下摇摆，闭着眼自我陶醉，High得要命。边上，顾小白和阿千并排坐在椅子上，目瞪口呆地看着他。

“哎，他不是刚和女朋友分手吗？”阿千小声问顾小白，“他怎么一点都不难过？”

“我怎么知道？你去问他呀……”顾小白也小声回答。

“他是大脑和常人不太一样呢，还是其实他很难过，在靠着这个发泄？”

“不知道，不过你们女人一分手不也是马上跑到夜店里去跳舞喝酒吗？”

“谁们女人？”阿千转头瞪着他。

“我说你啊。”

“可他是男人啊，而且对着个电视机跳有什么好跳的，电视机又不会来泡他。”

“嗯，所以还是疯了是吧？”顾小白断言。

可能是听到他们在说话，也可能一个人跳得有些无聊，罗书全突然转过头，很High地看着他们，“Hi，你们在聊什么呢？鬼鬼祟祟的……”

“没什么没什么，你继续跳。”顾小白连忙道。

“嗯，说给人家听听嘛……”超出阿千和顾小白想象力极限，罗书全撒起娇来……这下真把那两个人吓坏了。

“真疯了啊？”阿千吓死了。

“那就来跟人家一起跳啊！来，罗老师教你们跳舞，一、二、三，扭~一二三~SMOOTH~”

罗书全忘情地扭着身子，在众目睽睽下忘情地演出一场诡异的秀。

“我问你！” 阿千走上去，砰的一声关掉电视，“你刚分手，你不难过吗？”

罗书全自从和AMY因为初恋男友的事情闹得不欢而散被赶出家门——顺带AMY也还了罗书全借给她的“伞”，“伞”就是散。这两人从恋人关系瞬间降级为“认识的人”——罗书全是顾小白的朋友，AMY是莫小闵的朋友。因为这层关系，两人互相知道对方姓名，哪怕遇见也客气地点点头。这样无论从哪个意义上来说，两人已经解除关系了。

顾小白、阿千等人一直在屏息等待罗书全把自己调到“失恋模式”。

酗酒，抑郁，写微博说“我再也不相信爱情了”，把对方照片统统撕碎吞掉，在对方名字的刺青后面加上三个字“是傻X”——虽然耗点工夫，但这统统属于失恋模式。

失恋模式代表对对方的珍视，表示其珍贵。

有一个词叫什么——痛失。

失去自己在乎的人或者事物，是有痛楚感的。

阿千和顾小白这一阵一直在等待罗书全表现出这种痛苦感，可是随着时间的过去，罗书全非但没有表现出来——他们一开始还以为罗书全反应比别人慢半拍——反而越来越高兴起来。

这，不但让人费解，简直……让人愤怒了。

这让失恋专家阿千和顾小白面对自己血流成河的情史情何以堪，恨不得代表人民、代表正义枪毙罗书全。

“你刚分手，你不难过吗？”——相当于，“你认罪吗？”

然而……

出乎意料，罗书全呆呆转过头，带着一脸的费解，还有令人愤怒的无辜。

“我为什么要难过啊？”他走到桌前坐下，困惑地问。

“你刚和女朋友分手啊！”

“我知道啊，你说过了。”

阿千简直想把折椅往罗书全头上拍去。

“不是我说过了……是你……你刚分手哎！”

“我知道啊，是她跟我分手的啊，我为什么要难过啊？”罗书全愣愣地问。

顾小白本来在一边一直不说话，这时突然冷冷地插了一句，“我明明记得是你去跟人家分手的。”

“是啊……”罗书全茫然地回过头，“我先去找她分手，然后她同意了，那我们就算达成了一致意向，我们达成一致意向了，我为什么要难过啊？”

阿千缓缓转头看顾小白，没想到顾小白也正看着她，两人同时发现对方的嘴猛地咧在一边。

那是怎样的惊骇才能瞬间达到的表情啊！

“不是……”看着他们，罗书全反而更搞不清了，“你们如果去谈一个项目，项目谈成功了，你们会难过吗？你们去店里买东西，付完钱售货员把东西给你，你会难过吗？你念书的时候去老师那里论文答辩，答辩通过了你会难过吗？”罗书全不解地轮流看着阿千、顾小白。

直到把两人活活看呆，看崩溃，看到自我价值存在感这些东西统统毁灭。

“天才啊……”缓了半天，阿千猛地拍桌子。

顾小白闷了半天，也若有所思起来，“是啊……”

这样的话，从哪个角度看，都是无懈可击的逻辑。浅显、直白，瞬间把顾小白和阿千二三十年的人生经验打上了大叉。

“我怎么没早一点认识他呢？”反应过来后，阿千怨天尤人，“有了这种思维……我就可以避免我人生的大部分悲剧了。”

顾小白也感慨起来，“理科生的脑子就是这么酷……”

“不是……我真不明白……你们在说什么呀？”罗书全依旧带着那样真诚的困惑，不依不饶。

太阳，悄悄地落下了，屋内洒下万道霞光。

阿千突然醍醐灌顶，猛地拍了一下桌子，指着罗书全。

“没什么，就这样，我决定了！以后每周一三五，我到你这里来上节课。你把你的人生观、价值观，还有各种乱七八糟的思想灌输给我……”

“为什么？”

“没为什么，我会给你好处的！”

没有看见好处，只是听见，罗书全还是呆呆地看着她。

“作为酬谢，”阿千看着他，“我负责帮你介绍个新女朋友，怎么样？”

“谁啊？”

“我女朋友里随便你挑。”

顾小白看到她那么慷慨，连忙把她拉到一边，警告起来，“你就忍心把你朋友这么推入火坑啊？”

“这有什么？”阿千反瞪他，“我的悲剧人生就要改变了，她们的死活我就顾不上了，再说，”阿千骄傲地指了指罗书全，“什么叫火坑啊，能和这样的男人在一起，每天聆听他的教诲，简直是人生最大的幸福啊。”

“那你为什么不和他谈恋爱呢？”

顾小白冷冷地问，换来一句胜过千言万语的真相。

“你以为我傻啊？”

阿千这种人的思维，某种程度上和罗书全一样云山雾罩、无法理解。罗书全是典型的理科思维，代表了计算机的最高境界；阿千则作为另一派，代表了精神病的最高境界。

没等顾小白反应过来，阿千已经消失了。半个小时后，她又风尘仆仆地出现在门口，夹着一本又大又厚集邮册一样的东西，迈着步走进来，啪地甩在台面上，辅之以一脸千山鸟飞绝的表情。好一个……寂寞的高手。

好奇地凑上去，顾小白和罗书全小心翼翼地翻开集邮册。

每一页都是一张女孩的照片，辅之以年龄、星座、工作，还有像iTunes评价歌曲一样的评星。不知道的会以为她刚刚打劫了警察局，偷来了失踪人口档案。

“这……是什么啊？”顾小白问。

“这……就是我的‘单身少女资料簿’了！”阿千一字字地宣布。

换来顾小白一个白眼，“明明是‘单身剩女资料簿’嘛。”

“你懂什么啊你！”阿千不屑地看着他，“剩女都是从少女过来的，只要是个女人，长到十六七岁就能成为少女，但没点资历，没点经验，够资格成剩女吗？”

这确实是真理，剩女并不代表没人要，不剩的不代表矜贵。但凡矜贵的，总是希望落到“值”的人手里。不知从哪里听说过这样的话：再丑的女人也嫁得出去，反倒是资质长相皆为上品的落了单，统统因为一句“不想将就”。

这样说起来，责任反而落到男人头上。这帮生物，也实在太不争气了。

“我问你啊，”顾小白翻着失踪人口事件簿，问阿千，“你们女人是不是都有给人做媒的癖好啊？”

“别人我不知道，但对我来说，是。”阿千爽快承认。

“为什么？”

“这相当于某种心灵治疗。”

“心灵治疗？”

“是啊，”阿千看着一脸茫然的顾小白和罗书全，说，“你想啊，每次我从这里面成功推销出去一个，我都会想，靠……这么傻的都被老娘成功推销出去了，那老娘这么赞的，光辉未来还会远吗？哈哈哈。”

阿千叉着腰，笑得我自横刀。

仰望着阿千得意扬扬的身影，顾小白忍不住浮现嘲笑的表情，和罗书全窸窸窣窣起来。

“一看就是没学过逻辑学的，或者逻辑零分的。”

“嗯？什么意思？”阿千转过身，警觉地问。

“那，是这样的，”顾小白转过头，耐心地解释，“你刚才的逻辑里呢，忽略了一个重要的前提。这里面，不管多傻的女人都是被你推销出去的。也就是说，你是这个逻辑里的一个必要条件，但是你又不能这么来推销自己。因为这样一来，别人就会认为你已经急死了或者干脆疯了。那么如果你要被人这么推销呢，你就要找到另一个像你这样恬不知耻、把死马当成活马的女人……明白了吗？”

花了一分钟，阿千终于明白了，反应过来的那一刹那，面如土色。

阿千拽着罗书全大哭，“师傅啊！我们快点上课吧！！！”

“哎呀，先快点把本子打开吧。”罗书全已经快急死了。

说了半天，果然还是见猎心喜，阿千看了看罗书全，振作了一下精神，打开本子，里面是一张张五花八门的脸，好像外星人在办地球女性生物展。

“好！”阿千骄傲地展示，“这是我花了多年的心血，走南闯北，走街串巷，烧杀掳掠，巧取豪夺，汇集而成的一本单身少女资料簿——集全国各省，各自治区，各直辖市，各单位的单身女性。您要什么款的，从事什么行业的，我这里都有。各位南来的，北往的，走过路过不要错过。哈哈……”

已经浑然忘了刚才的事情，阿千又高兴起来。

“哎，这个是干吗的？”指着其中一个，罗书全兴致勃勃地问道。

“喔，这个已经嫁人了。”

“啊……那你还放这干吗？”

“她叫我先留在这里，以备不时之需。”

罗书全和顾小白瞬间石化了。在一边焦急地翻着，突然看到一张，顾小白兴奋起来，“这个我喜欢呀！明明是我的款嘛！！！”

阿千盯着看了一会儿，又面无表情地转头看着顾小白。

“这个去年已经被你抛弃了好吗？”

“啊？”顾小白连忙低下头，默默地又看了一会儿后，把脸埋在桌上，呜咽起来，“记性不好，真是害死人……”

没有人管他，罗书全继续翻着，阿千在边上像妈妈桑一样喜滋滋地等待着指点。

罗书全突然指着一张，“啊？这个这个……”

画面上……是一个非常非常美丽的女子，娴雅文静，端庄秀美，时尚中带着一丝传统，传统中又略兼一点狂野，狂野外又仿佛飘浮着一层急于“回家”的迫切，迫切中是一种见惯风浪后的淡定。

这是需要怎样的表演层次才能塑就的千层糕般的极品女子啊。

“啊！这位客官真是走了运了！”阿千凑上去一看，也大惊失色，“这个是我前不久才加进来的VIP会员，一般人我根本不给看，因为条件实在是太出色了。今年二十三岁，在银行柜台做收银。因为长得实在太美，以至于其他窗口基本上没有生意，就她一个窗口，排队排到银行门外。这其中有小学生、中学生、公司职员、弄堂摊煎饼的阿叔，前不久还发生了七十岁老爷爷因为排得太久，在银行门外中暑倒地的新闻呢。”

“那……”

“可惜人家刚刚失恋……”阿千悲哀地摊摊手，“人生观遭到重大打击，就想找个老老实实、踏踏实实的男人给嫁了，什么都不要求。”

本来头埋在桌子上的顾小白突然诈尸，猛地举起手。

“这不就是说我吗？！”

顾小白被罗书全猛地一推，差点飞出大气层。

收回掌，罗书全微笑地看着照片，痴痴地笑着。

“嗯？喜欢？”阿千察看着他神情，“好！那就是她了！我回头就给你联系！！！”

阿千这种气概，很像古时候杂货店的老板娘。出货进货，出货进货，表面看起来离白痴不远，但是压舱底的，却真的有一些上古神器。那些飘浮在都市中芳华寂寞的灵魂，都被收在她的瓶子里，打开，里面全是故事。平日自己也不敢看，因为怕勾起自己的回忆来。

这一天，是她约了罗书全和那枚千层糕美女杨晶晶见面的日子。

黄昏时分，顾小白还在电脑前写稿，就看到罗书全换了一身衣服冲进来，顾小白摇摇头，罗书全马上冲回去；过一会儿又换了一身衣服进来，顾小白再次摇摇头，罗书全马上又冲回去；过了一会儿，又换了身衣服冲进来……这样来回N次，每一次都充满期待地看着顾小白。终于，顾小白缓缓点头了。

“这回行了？”罗书全兴奋地问。

“不是，我是实在没力气摇头了……”

“行！那就是它了！”罗书全得意扬扬地在门前走着，来回得瑟。

“标签标签！”顾小白急叫。

罗书全低头一看，衣服上还有标签没有扯掉。使劲扯，使劲拽，用牙咬，还是弄不下来，一跺脚，他转身冲出门外，顾小白绝望地趴在桌上，想到一会儿还要陪罗书全去相亲，简直想死了算了。罗书全回到屋子，关上门，翻箱倒柜地找剪刀。好不容易找到，罗书全把标签一针针挑下来，然后对着镜子左看右看，非常有感觉。上下全部整理了一番，他气宇轩昂地走到门口，拉门出去。

钱柜KTV包房外的走廊里，顾小白焦急地等待着罗书全。这期间，他看到了无数人间美景——因为醉酒跑进男厕所的美女，装醉调戏姑娘的大叔，还

有一屋子的中年男子敞着门撕心裂肺地唱着《光辉岁月》，悼念不再复返，似乎压根也从未有过的青春。

足足迟到半小时，罗书全终于焦急地赶来。

“这边这边！你干吗呢！让我自己先过来，你一个人耽搁了这么久。”顾小白埋怨道。

“嗯，我临出门遇到点事儿……”罗书全心不在焉地东张西望，“她呢，来了吗？”

“都来半天了！”顾小白恨恨道，“我和她又没什么话说，两个人在那傻坐着，阿千在狂唱呢。”

“那你干吗不和她说说话啊？！”

“朋友妻不可戏啊！”

“让你说说话啊，”罗书全不可思议地看着他，“谁让你戏啦！”

“我会技痒啊！”

包厢内，阿千一个人坐在电脑点歌台边上，拿着麦克风没头没脑地狂唱。正面座位上，罗书全和杨晶晶并排坐着，两个人也不说话，尴尬着，杨晶晶低着头，罗书全在边上一杯杯不断地喝水，气氛尴尬而紧张。

他仍然记得，他和顾小白互相对峙完，还没进门，就听到阿千在里面拿着话筒声嘶力竭地唱：“死了都要爱~~~不淋漓尽致不痛快~~~”

他吓得绊了一跤，好不容易才狼狈地爬起来……

视线里一双修长的小腿，套装小短裙，修身小外套，长发，娇美害羞的脸。

“你好，我叫杨晶晶……”那个人看着他，伸出要搀扶他的手。

此刻，那个人坐在身边，那双手离他只有零点零一公分。

但是，仿佛在看一场4D电影，看得到脸，听得到说话的声音，甚至还能闻到对方身上传来的香水味道，就是无法触及。因为他压根不知道说什么话，只有一杯杯地喝着水。看到这种状况，顾小白终于熬不下去了，担忧地凑到阿千身边，小声提醒她，“哎，我觉得气压好低啊……”

“啊？”阿千转过头，浑然没在意，“那你去开空调啊！”

“开你个头啊！你自己回头看啊！”

回过头，罗书全正浑身燥热地喝着不知道第几杯水，终于仰头一口气喝完，砰地放下杯子，转过头，炯炯有神地看着杨晶晶。

“呃……你平时有什么爱好啊？”

“我下了班一般喜欢去花卉市场，”杨晶晶有些腼腆地回答，“买点花回家，要不就是去电影院一个人看场电影……”

“喔……”

“你呢？”

“在家待着。”

杨晶晶本来就不是多话的人，又碰到罗书全这种擅长把话一句说死的人，一下子完全不知所措。愣了一会儿，她只好吃吃地另起话头，“听阿千说，你是电脑培训课的老师啊？”

不管怎么说，作为美女的杨晶晶做到这个份上已经仁至义尽了，她非但没有嫌弃罗书全木讷，反而主动找话题。作为一名美女，面对迎面而来的搭讪浑不搭理才是本职工作，怎么随着岁月流逝，混到跟人搭讪的份上？顾小白看不下去了，凑过去非常热情地抬起轿子。

“是啊是啊！”顾小白辅以深情的手势，“他不单是电脑课的老师，而且是我们大家的人生导师。我们在人生中碰到什么困惑啊、难题啊、想不开啊、想自杀啊，第一个想到的就是去找他，找完之后一点都不想死了。”

“是吗？为什么？”

“因为跟他相处过之后，就会发现死一点都不可怕。”顾小白断然道。

“是吗？”杨晶晶笑了笑，又接不下去了，“有点想象不出他上课的样子。”

“哎，那你是没听过他上课。”顾小白好像自己相亲那样激动，“那慷慨激昂，那指点江山。他今天是没发挥出来，主要是因为他班上没什么美女。你知道吗，没办法，人老实啊，就这点不好。”

回过头，杨晶晶温柔地对罗书全笑了起来，“那我以后电脑坏了找你帮忙啊……”

“啊？”罗书全还没反应过来。

身后，顾小白朝他竖起大拇指。

“死了都要爱~~~”满屋子都萦绕着阿千能把人唱死的歌声。

在这种炼狱一般的所在，杨晶晶和罗书全互相留了手机号码。两三个小时后，四个人出了KTV，各回各家。阿千问顾小白要钱，顾小白问为什么，阿千说我给你们伴唱了两个多小时，怎么也得收个天涯歌女的份子钱。顾小白当然不给，把阿千一脚踢走，和罗书全两人边聊边往家走去。

整个归程，顾小白明显比罗书全兴奋，一路大发感慨，说当今社会快餐式的爱情通过唱一次歌就能确立。好比鹊桥相会，那阿千就算是喜鹊，虽然歌唱得像乌鸦，但同为鸟类……

顾小白一路胡说八道，但直到家门口，罗书全还是一言不发，心事重重。

“怎么啦？多有戏啊。”顾小白匪夷所思，“人家还叫你上门去修电脑呢！”

“那万一是人家真的电脑坏了呢？”

“你懂不懂啊？！”顾小白几乎要被活活气死，“重要的不是修电脑！是上——门——修电脑！”

“那修完之后呢？”

“修完之后，你再趁她不注意把她音响弄坏掉啊！”

“你以前就是这么泡妞的啊？”

“当然不是。”顾小白骄傲地说，“这是专门针对你的办法……”

到了罗书全家门口，顾小白正要上楼，突然被罗书全叫住了。

“呃……有一件事。”罗书全看着顾小白，吃吃地说，“我刚才没告诉你，我为什么晚出门，是因为刚要出门——就遇到了——AMY。”

顾小白惊诧得下巴也要掉下来了，一半也是由于没听懂。于是，罗书全解释起来，“不是你说我衣服标签没剪吗，我就下楼剪标签，刚刚弄完……”

罗书全打开门，兴致勃勃地要出去，没想见，一抬眼，AMY出现在门口。

AMY一身黑衣，表情沉痛，就这样直直地站在门口，看这情形也是刚要按门铃，正巧门就这样开了。

“A……AMY？”罗书全呆呆地看着她。

“书全……”AMY 连语气都那么沉痛。

“怎……怎么了？”

“我有话对你说。”AMY 看着他，勉力笑了笑，“可不可以让我进去？”

罗书全大脑一片空白，一个多月未见的AMY，突然还魂般出现在眼前。这让他五官统统休克，唯一还能想起的就是给顾小白打个电话，说临时有事，要晚一点到。挂了手机，罗书全转身关门，看着AMY。

面前的人是一副欲言又止、难以启齿的表情。

那一瞬间，罗书全怀疑AMY资金运营不周，跑来是向自己借钱的。

摘下墨镜，AMY的眼神更是复杂得一塌糊涂。

“……到底怎么了？”罗书全要疯了。

“书全，我想过了，”AMY站在屋子中间，拧着手，挣扎了半天，抬起头，凝视着罗书全，“我们分手吧……”

“啊？什么分手？分什么手？”罗书全家门口，顾小白也呆呆地看着罗书全，“你们不是已经分手了吗？”

“是啊！我也这么想啊！”

“那然后呢？”

然后……面对如此艰难挣扎说出这句话的AMY，罗书全根本不知道怎么说出“我们不是已经分手了吗”这样的话，只好先拆散了，将零件一一试探性地抛出……

“不是……这……我们……不是……”边说边察看反应。

AMY打断他的话，“书全，我前阵子好好考虑过了，我们并不合适。你并不知道或者说你还没有成熟到可以知道，女人想要什么，或者不想要什么的地步。我不是二十岁的小女孩了，我已经没时间去玩了，我也没时间去慢慢培养一个男生，教他知道女人要什么、不要什么。所以……我们还是分开吧……”AMY一口气说完，神情悲痛至极。

而罗书全则完全丧失了对时间的感知，现在……到底是几月份啊？

“吓死我了，原来是分手的礼仪问题。”罗书全家门口，顾小白拍着自己胸口，心有余悸地说。

“什么？”罗书全呆呆地看他，“什么分手的礼仪？”

“那……是这样……”顾小白凝神想了一会儿，开始解释，“男女在一起，喜欢上对方，谈恋爱，这是不需要理由的，对不对？”没等罗书全说对，他又接着说了下去，“但是分手就需要理由，什么我年纪大了啊，你年纪太小了啊；我太成熟了啊，你还不成熟啊；你是个好人啊，我配不上你啊；发张好人卡啊；我家里的狗被车撞死了啊。不管怎么样，你总归要找一个大家台面上过得去的说法，这样双方面子上都好看。但归根结底的原因只有一个，我不够爱你，或者我还没爱你爱到那个份上——但不能这么说对不对？这么说又给自己树一个敌人了，所以就需要分手的礼仪。她说她想了很久，也是一样的原理，就是对你表示尊重，没什么别的。”

“啊！”罗书全恍然大悟，“是这样啊！”

“废话嘛！”顾小白的眼神像看封建社会的人，“现在谈恋爱一个星期不联系对方，这份协议就自动失效啦！别说你们三个星期谁也没理谁了。谁都知道已经算是分手了，她就是来走个过场而已，客气一下……你知道，做生意的嘛……”

“啊！这个……我……”

看着罗书全一副扭捏的姿态，一股不祥的预感在顾小白心里冒起来。

“你……你什么？”顾小白试探地凑过去，“你……你不会是……”

“是啊！我怎么知道啊！”罗书全惨呼一声，“我想她表现得那么难过！我又不可能跟她说我们不是早分手了！还说我不懂女人，我怎么不懂女人了啊！”罗书全指着顾小白，“你说过的啊！女人，说‘不’的时候，就是说‘是’，她们都是说反话的。”

“所……所以呢？”看着罗书全，顾小白牙齿都在冒汗。

“所以……所以……”

所以……当看到如此悲伤绝望的AMY站在自己面前，任哪一个女人以这样的姿态站在自己面前，他都会做出如下的行为。他看了一会儿，禁不住走上去一把抱住AMY。

“别这么说！”罗书全把脸埋在AMY头发里喃喃道，“别再对我说这样的话！我可以不了解其他女人！因为她们对我来说什么也不是！但是我不能不了解你。虽然，你是那么神秘，那么难懂，就像一本很厚很厚的书。但我哪怕查词典，哪怕问别人，我也想花上一生的时间，来慢慢读懂你，可以吗？”

AMY本已眼眶湿润，尽力控制自己，但这话谁受得了啊，她终于哭出来。

“我对你来说真的这么重要吗？”

“没有什么比你更重要了……”罗书全声情并茂、斩钉截铁地说。

“你哪里学来的这些乱七八糟的台词啊？”顾小白终于抓狂，恨不得抓住罗书全的头往墙上撞。

“我平常听你说着说着也就会了啊。”罗书全一脸无辜。

“靠！我什么时候对你说过这样的话啊？”

“你对别人说的啊，我在旁边偷偷学的啊。”

“完了完了完了，这下出事了。”顾小白不管罗书全，开始原地团团乱转，“这下怎么办？我跟你说，女人最喜欢分手了！因为分手可以充分满足她们脑子里的演戏欲望。一到分手的时候，脑子里平时看的什么日剧啊韩剧啊琼瑶剧啊，全冒上来了，悲情得可欢了！巴不得那个时候自己还得了不治之症。你倒好，还跟她演对手戏，这下全对上了！这下怎么办啊！”

把罗书全也完全说愣了，原来……不是自己想的那回事啊？！

“这怎么办啊？”罗书全愣愣地看着他。

“问你啊！怎么办？然后呢？”

“然后……”罗书全使劲回忆道，“她被我抱着，哭了好一会儿，我一直在抬头看墙上的钟，她冷不丁地抬起头，看着我，对我讲……”

“我现在心里很乱……你让我考虑一下，好不好？”顾小白接下去。

“咦？你怎么知道？”

“你去死吧。然后呢？”

“没什么然后啊，我因为急着要出门嘛，就说好的。”

慢慢瘫软在地上，顾小白已经虚脱。

“吓死我了……”

“那现在怎么办啊？”罗书全一副狗一样求助的眼神。

“怎么办？”顾小白看着不争气的罗书全，“你现在只好一边抓紧速度去追杨晶晶，另一边，赶紧求神拜佛，保佑AMY考虑后的结果是对你说不……”

说完，顾小白再也不看他一眼，缓缓地疲倦地上了楼。

关于恋爱，千百年来，被电视剧、电影、小说仿佛滴水石穿般地慢慢塑就了形状。开头当然是电光石火的，中间必然是缠绵悱恻的。然后因为这些那些，总要开始抱怨、不满，另生他念。当这些逐渐升级为不可调和的矛盾后，必然上演哭天抢地的桥段，这乃是高潮。高潮过后是惆怅哀伤，作为徐歇的余韵，至此完美收官。

这些环节被慢慢塑就了形状，每一环都轮廓分明。以至于不知从哪一天起，人们谈恋爱少了一环，或者某一环呈现得不够漂亮，内心都充满遗憾——仿佛这段恋情并不完整，自己亏了什么似的。

有种“亏了”的感觉，自然要去弥补。罗书全和AMY此时就是在补这么个玩意儿，但经顾小白一说破，非但美感全无，简直觉得自己是神经搭错。为了弥补这个错误，罗书全快马加鞭，去追杨晶晶。

其实，原本罗书全对杨晶晶也没那么热烈，他是理科生，不像顾小白随时会产生那种“啊！死了死了，今生不娶她为妻，必遭天打雷劈”的宿命感。理科生对待感情，哪怕再美的美女，也需要一个升温的过程，不会产生扑面而来、灵魂被击中这种虚无缥缈的感觉。但如前所述，他犯了一个错误，为了弥补，就抓紧去犯另一个错误。

第二天，他急切地跑到银行。银行柜台窗口后，杨晶晶穿着制服正忙碌地受理着业务，前面排着一长龙队伍。

罗书全胆战心惊地排着，终于轮到他了，他走上去。杨晶晶见到罗书全，微微一惊，但出于职业素养，又马上恢复了镇定自若的样子。

“你好。”杨晶晶像对普通顾客一样微笑。

罗书全也坐下来，像搞推销一样殷切地微笑，“你好。”

“有什么可以帮您的？”

“我……我想来存一点东西。”

“存什么？”

“我自己……”

“啊……存……存哪里？”

看着杨晶晶一脸囧相，罗书全深情地补了一句，“存到你心里……”

“我这样会不会被她打啊？”前一天晚上，在顾小白家，商量出这一番切口后，罗书全担忧地问顾小白。

“你不是很喜欢演戏吗？！”顾小白狠狠瞪了他一眼。

“那我也不想被她打或者被她赶出去啊！”

“如果是那样的话就对了！”

“啊？”罗书全经过一晚上连番的刺激，几乎要精神错乱了。

“那……是这样的，”顾小白突然又莫名兴奋起来，“我们现在是要抓紧速度追上杨晶晶，对吧？但是按你的情况来说，这比较困难，对吧？这样，我们就要用到一点策略，什么策略呢？就是引起她的愧疚感。你想，她如果冒冒失失地把你赶出去了，回头一想，肯定心里不安，你又没什么坏心，是吧？顶多就是说了两句傻话。这样一来，她心里对你就会有一点愧疚，这样，形势对我们就比较有利了。”

“这样也行啊？”

“只好铤而走险了啊，大哥！”

“那……那她如果把我当成精神病呢？”罗书全迟疑地问。

“你以为你本来不是精神病啊？！”

一句疑问，惹来了顾小白一番丧心病狂的叫喊……

银行柜台，杨晶晶愣愣地看着面前的这个精神病患者。罗书全也胆战心惊地回看着她——明明在银行，他却有了一种身在赌场的感觉。

不知过了多久，杨晶晶反应过来，甜蜜地笑起来，凑近窗口，小声地对罗书全说了一句话……一句让罗书全有一种五块钱赢回了十万块感觉的话。

“别闹了，我在上班呢……我回头打电话给你，好吗？”

语声温柔、柔腻，还带着一点点忐忑的羞涩。罗书全没料到这个反应，自己也呆了。他连蹦带跳地跑出银行，刚蹦到人行道上，就忙不迭地给顾小白打电话报喜。

“真的啊？！”顾小白听了也很高兴，“她连这套也吃啊？这下太好了，她心理年龄七岁都不到啊。”

“呃……”

罗书全刚想反唇相讥，手里的电话突然嘟嘟地响起，那是有电话要插进来，他没想到杨晶晶那么急不可耐。他匆匆把顾小白电话挂了，看也没看就接通了另一个电话。

“喂……是我，我想和你谈一谈。”一个女声传来。

“好啊好啊好啊。”话音刚落，笑容还在脸上怒放的罗书全突然反应过来，一脸僵硬地把手机凑到眼前一看……差点昏死过去。

那个“我”，竟然是目前尚不知是“前女友”还是“现女友”的AMY。

而自己，刚才在不明真相的情况下，不知死活地……答应了。

一般来说，现在的青年婚前谈个七八次恋爱完全不成问题，权当累积经验教训和为婚后的平庸琐碎提供回忆排遣的资料。但如果不走运，承上启下得太严密，就会处在罗书全这种身在旋涡中心、叫天不应叫地不灵的局面。此乃纯属没事找事，活该。罗书全不知道为什么，明明对方只是想客气客气，自己也客气客气算了，但演着演着，戏就把人推到一种绝境上。

明明是欢天喜地地奔向新生活，此刻却有了一种劈腿的惶恐感。

“是这样的，书全……”

约一个小时后，在一个咖啡馆，罗书全坐在一脸哀戚的AMY面前，像在参加遗体告别会。

“我从小生活在一个父母一直吵一直吵，一年三百六十五天，天天吵的家庭里面，所以……”AMY抬起头，凄婉地看着他，“所以我对婚姻，又是害怕，又是向往，我向往一段和他们不一样的感情，我又害怕会变得像他们那样……”

“所……所以呢？”

“我从小就没什么安全感。”AMY仿佛死人一样眼神黯淡，面色灰暗，“我不相信男人的甜言蜜语，我觉得那些都是骗人的，根本就不能相信……”

罗书全拼命点头，如果有另外一个分身，恨不得飞身出来，猛拍AMY肩膀，“说得对！说得对！有觉悟啊小同志！千万不要相信我的话。”

“但是你那天的话真的让我很感动。”AMY抬起头，继续道，“我回去想了又想，想了又想。我真的好害怕，我害怕真的就这样错过一个真心待我又踏实的男人……”

罗书全又有了一种不祥的预感。

这个时候……大规模的青蛙应该迁徙了吧……罗书全痴痴地想着。

面前的那个人按住了他的手，悲情地看着他，“书全，告诉我，我能相信你吗？你真的是我一直在等的那个男人吗？”

然后，罗书全说了一句自己意料之中但怎么也无法相信、噩梦般的话。

“我当然是……”

“我怎么会说这样一句话来呢？”回家的路上，罗书全怔怔地想，于情于理都应该说不是才对。可情境摆在那里，台词摆在那里，电视剧演到那里男主角要不说“是”，观众是会抡起手里的玻璃杯砸电视的。不知不觉把自己放到电视里的罗书全，已经觉得命运不受自己掌控了。所有的一切都在那个矩阵里，那个由所谓“人情世故”“肥皂电视剧”“琼瑶老奶奶”所共同组成的矩阵里，自己只是一个演员，说着言不由衷的台词。

回到家，他免不了又向顾小白求助。

这时的顾小白仿佛广电总局局长，随时可以叫停禁播这出戏。可顾小白此时已经彻底失去耐心了，完全放弃了这个演员，愤怒地指着门叫他“滚蛋”。罗书全一个人怔怔地回到屋里，躺在床上仰望着天花板。

“AMY还是杨晶晶，AMY还是杨晶晶？”

仿佛，这是他人生中最关键的抉择。

然而，在这场新欢和旧爱搏斗的战争中，环境突然起了决定性的作用。

罗书全躺在床上，环顾四周……到处都是AMY的身影。AMY和他躺在沙发上喝酒，吃吃地笑。早晨的阳光洒进来，醉得不省人事的她，皮肤有闪白的光。再加上就在昨天……那黯然神伤的眼神，是曾自己深爱的人悲伤的眼神。

更不用提，在这个空间里那许许多多快乐的、缠绵的瞬间——仿佛高科技的全息影像，都在罗书全的眼前立体起来，活动起来。

新欢……尚未取得入境资格，所以在这块领域里的贡献是空白的。

终于，罗书全做出了决定……

在这个虽然脾气暴烈但至情至性的“前女友”和那个温婉美丽的“未来女友”间，他选择了……前者。

因为前者夹带着回忆，那是和罗书全共同组成过的人生。

就在这时，手机响了，显示的是“杨晶晶”的来电。

“我下了班再打给你。”离开的时候，杨晶晶笑着这样说道。她打来了。

罗书全接起来，要跟她说抱歉和再见，我们只是一个美丽的误会……

“我问你呀……你今天这么跑到银行来，跟我说那样的话什么意思啊……”对面的声音高兴地问道。

“没……没什么意思。”

尴尬的仿佛荡漾着情愫的沉默中，罗书全终于鼓起勇气，“我有话想对你说。”

“好……”杨晶晶呢喃道。

“我……”

“啊！！！”刚说了一个字，对面传来一声尖叫。罗书全差点惊诧地以为杨晶晶有未卜先知的能力，已然先行悲愤而死。没想到过了一会儿，那个好听的声音又重新响起来，用哭笑不得的语气说：“对不起，刚才我在电脑前，想关机跟你说话，一撇手，牛奶翻了，这下你真的要到我家来修电脑了……”

罗书全一整夜没睡，第二天一大早，就又冲出门去找顾小白。顾小白刚刚睡下，还在梦中浮起幸福的微笑，刚弯起一个嘴角，门就被噼里啪啦地砸响，顾小白恨不得把敲门的人扔到飞机上的马桶里冲下去，他愤愤不平地去开门。门一打开，罗书全站在门口，穿着一身要多别扭有多别扭的衣服。

完全是个精神病患者一样的穿法。

"我问你，我穿这身衣服，是不是不管什么女孩子都会嫌弃我？"罗书全期盼地看着他。

面无表情地看了他一会儿，顾小白猛地关上门。

"我只想告诉你，我一会儿要去杨晶晶家里帮她修电脑，我会和她说清楚的。"

一听这话，刚要往里走的顾小白猛地转身，又拉开门。

"说清楚什么？"

"我想过了。"面前的男人真心诚意地望着他，"我还是选AMY，所以，我一会儿去跟杨晶晶摊牌。"

"你真的想清楚了？"

"嗯！"

顾小白伸出手，"那把杨晶晶家地址给我。"

"干吗？"罗书全愣了愣，还是不由自主地从口袋里掏出纸条递给他。

纸条马上被对面的人撕得粉碎。

"行了，回去继续睡吧。"

"……"

"我怎么知道你会说出什么话来？你已经疯了，你知不知道？"

"我不会的。"默默地抹去脸上的唾沫后，罗书全继续真心诚意地解释道，"我已经想清楚了，我真的选AMY。我是去跟她摊牌的啊，而且，我已经答应帮她修电脑了，人家都在家里等着我了。"

"让她去买个新的好啦！"

罗书全坚毅地看着顾小白，弯腰把纸片捡起，一点点拼凑出来。

在他眼里，拼凑的可是清晰可见的将来。

见罗书全如此执迷不悟，顾小白再也没管他。他对这个看似在不断"选择"，但实际上不断地在"被选择"的男人腻歪透顶，做老好人做到这个份上干脆死掉算了。他看看罗书全，砰地把门关上。罗书全怔了一会儿，下楼出门打车。

天气很好，是一个非常好的周末的早上。罗书全坐在出租车里，望着窗外滑过的风景，心里还有一种忧伤的美。这样一个周折，并没有减弱对AMY的感情，日后两人回忆起来，虽然会被她打，但未尝不是美好的回忆，凸显了真爱的崎岖。于是，在路上他不断模拟着接下来要说的台词……

“对不起，我和我之前的女朋友有一点误会，我们吵架了……但是现在和好了，但是我绝对没有利用你的意思……我们……还是做朋友吧……”

这样的话，被罗书全在路上演练了一百次。每说一次，就把自己感动一次，还没到杨晶晶家，他自己感动得差不多真死了。

与此同时，AMY也经过了几天的反复思索考量，终于下定决心，打电话给莫小闵和盘托出，“嗯……我决定再试一试……因为罗书全不是那种随口甜言蜜语的人。”AMY对莫小闵情真意切地说，当然也包含着她对这段差点夭折的感情的期盼。“他不太会说那种话的，所以我相信他是真心的，他又不是顾小白……对不起，我不是这个意思……没办法，年纪大了，谈新的，又要开始重新习惯，说不定还不如罗书全呢。而且，我对他身上的毛病也了如指掌了，一个个改嘛，有的放矢，总归有行的那一天。”

说来说去，有些事情，有些决定，自己心里做了，总不如对别人也说了。AMY对莫小闵说完，就觉得这件事情尘埃落定，终成现实了。

在杨晶晶家，罗书全帮杨晶晶修完电脑——原因是杨晶晶昨天一边跟罗书全打电话，一边在电脑前犯欠喝牛奶。牛奶洒在机箱里，阴差阳错的，牛奶还没流下去，就被杨晶晶尖叫着绊倒了电源线。所以电脑其实没事，只要晾干就好。两人尴尬地对望着，杨晶晶刚刚想羞涩地请罗书全吃点什么，没想到罗书全突然开口，期期艾艾，但还是完整地把刚才在出租车上演练的那段话原原本本地说了出来。

听完，出乎罗书全意料的，杨晶晶静静地站在那里，什么暴烈的行为都没有——要是AMY，简直不可想象。

杨晶晶只是静静地站在那里，然后抬起头笑了笑。

“好，没事。”

“真的没事？”罗书全简直不敢相信居然有这种好事。

“真的没事。”

“那……那我走啦？”

杨晶晶抬起头，还是温柔地笑了笑，“好啊。”

罗书全反倒愧疚得要命，只能伸出手，大方地表示，“很高兴认识你。”

“我也是。”

他也不想想杨晶晶可能是看了他今天的打扮，对他这个人的审美彻底表示悲愤，才这么轻易放他走的。

但无论如何，两人终于友好地握了握手，互相笑了笑，看着对方。

“你知道吗，其实这是天意……”杨晶晶突然笑着说。

“啊？什么天意？”

“你也知道……”杨晶晶笑了笑，说下去，“我也是刚刚失恋，想早点把自己拔出来，所以去认识了你。但是我心里其实一直忘不掉他，你知道吗？你昨天在银行排队，然后对我说的那些话，他也一模一样地干过，对我说过……”

“……”

“所以我想，”杨晶晶望着罗书全，“可能你真的是老天派给我，让我忘掉他的。加上昨天电脑坏掉，我更加坚定了自己的想法。”对面的女子又轻轻地说道，“你知道吗？电脑里全是我和他在一起的照片，我一直舍不得删。昨天电脑坏掉，我以为是天在帮我，其实……”被再度抛弃的女人抬起头，脸上满是凄楚，“老天并没有在帮我……”

“没事，你走吧，我会好的。”

“对不起，帮不了你。”罗书全终于慢慢地松开了杨晶晶的手，好像医生放开病患的手，耶稣放开世人的手，兔子放开胡萝卜的手。他缓缓转过身子，一步步走向门口。身后，这个身世可怜的凄凉的女孩子……对爱情已经绝望，好不容易鼓起对生活的信心，又重新被打回原形的女孩子……

她突然蹲坐在地上，放声大哭。

“老天并没有帮我……呜呜呜……老天并没有帮我……呜呜呜……”

汹涌的哭声中，翻来覆去的只有这一句话。

“老天并没有帮我，老天凭什么帮我……”

握在门把上的手，终于慢慢松开了……也不知道为什么，不知何时，罗书全已经转过身子，慢慢走到杨晶晶面前，蹲下来，搂住她的头抱住她。

反应过来的时候，他已经在抱着她，搂着她的脖子喃喃不已。

“老天不帮你，我来帮你……”

“你走吧，我不用你帮我。”杨晶晶朝他挥挥手，“我们无亲无故，你为什么要帮我？”

“老天让我遇到你，就是派我来帮你的。”

“你不是还有女朋友吗？”杨晶晶抬起头，一脸的泪水。

“我终于明白了。”罗书全痴痴地抬起头，看着天花板，恍然大悟，“老天派我来帮你的办法，就是先玩死我……”

窗外，艳阳高照，不知不觉，已经过了这么久。

而以后，一起看落日的窗户，或许就变成这一扇了……

晚上，罗书全在一个街头和AMY摊了牌。AMY本来以为这是全新的开始，甚至在罗书全电话她的时候，她还穿了崭新的衣服，抹了新鲜的口红，决定要把爱情进行到底，无论这个人到底多么不可救药。她站在街头，听罗书全来龙去脉地把这几天的事情说完，不可思议地看着他。

罗书全低头不语，AMY想说什么，但什么话都说不出来。遭遇到人世间最荒谬的事情，让AMY觉得语言这种东西是如此没有表达意义。她站了一会儿，转身就走，走出几步，突然站定身子，想起什么似的，又走了回来，啪的一声……给了罗书全一个重重的耳光。

这……也是一种礼仪吧。

罗书全捂着脸，望着AMY远去的身影，心想，虽然不知道他前前后后的所作所为到底是对是错，但有一件事他可以确定了，那就是他和AMY这下子真的完了。因为最后的这个礼仪是如此的粗暴而决绝，再没有任何商量的余地，好像一个用圆规画出来的句号，完整而冰冷。

在这个句号前面，那许许多多的回忆，只能变成零散的藏品……

比如有一天，他和AMY一起牵着手逛百货公司，突然看见一条跳舞毯。

“买一张回家啦？”AMY笑着对他说。

“我买它干吗？”

“你呀，”那个人笑吟吟的神情还在眼前，“不要老是宅在家里，有空我们一起出去玩玩，跳跳舞。所以，你先买一张这个回家，自己训练一下啊。”

“呃……”

“我希望你成为一个什么都会、没有缺点的男人呀……”胳膊上还有被她搂着的触感，“即使没有这样的人，我也希望你朝着这个方向努力。做一个完美的男人，哪怕是为了我，好吗？”

期盼的眼神下，他买了那张跳舞毯。直到“分手”后，自己在这张跳舞毯上疯狂地跳着……直到阿千走上来质问……

“你——不难过吗？”

LESSON 11 忠诚困境

我宣誓，不忠于任何人，只忠于爱情。
我可以向你显示忠诚，但你没有权利要求我忠诚。

忠诚，这个世界上最美好的字眼之一，自从人类诞生起，它就深深地扎根在每个人的心底。它没有法律的界定，却无处不在；它没有成文的约定，评判的标准却又那么清晰。从国家到政党，从社会关系到宗教信仰，从来没有人质疑过它存在的原因。它是那么没有余地，因而是那么容易得到和失去。就像在爱情里，忠诚，就像钱——只有在你没有的时候，你才体会到它曾经在你身边……

这一天，是一个寻常的周末中午。电影院售票处门口，人头攒动，情侣们在窗口商议着看什么片子。顾小白一个人排在队伍里，浑身洋溢着莫名其妙的兴奋。这时候手机响了，他看了看来电显示，是罗书全。

“喂？”顾小白接起。

“喂……救救我……我快死了……”电话里传来罗书全虚弱的声音。

“喔，好的。”顾小白表现得很迫切，“我现在在排队，等我排完了就过来救你啊……”

“靠，我说我都快死了，你还要排队？”

“靠，你真要死了，你拨110呀。”顾小白很惊讶，“你找我干吗？”

电话里传来罗书全啜泣的声音。

“这……这……好吧……请你告诉我你怎么了！”

“杨晶晶老逼着我发誓。”

“啊？”

“你说我有多惨，”电话里传来罗书全哀号的声音，“我的命有多苦，我和她到现在连手都没牵过哎！手都没牵过！她就逼着我发各种毒誓，发誓一辈子不离开她，一辈子只对她一个人好。”

“哈哈，表忠心啊？”顾小白幸灾乐祸的心情又来了，“那你发了没？”

“发了啊！”那边在跺脚，“我把你平时有事没事挂在嘴边的话全说了，什么全世界我只爱你一个人啦，全世界女人都死光我也只爱你啦，全世界美女都摆在我面前我也只爱你啦，我哪怕掏粪池，洗厕所，也要让你过上最幸福的日子啦……”罗书全枚举道。

“呃……我什么时候说过这个？”

“喔，那可能不是你说的。”那边有点不好意思，“我这两天使劲回忆各种深情对白了，各种琼瑶剧、韩剧、海岩剧都被我看光啦！她还是每天逼着我发不同的誓。”

“喔……这大概是她没什么安全感吧。”顾小白安慰他，“可能她还在上一次恋爱被人甩了的阴影中，没恢复过来……”

“大哥！可我是一个理科生啊！我本来词汇量就有限！哪架得住这么翻来覆去地倒腾啊！”

“我建议你啊，去书店买本什么名家名句词典《爱情篇》之类这种东西。每天背上两句，我保证没过一个礼拜，她就再也不要听了。”

真是一个……再馊没有的主意啊！

“我很奇怪，”罗书全不依不饶，“为什么你的女朋友们从来不逼着你表忠心呢？”

“因为就算我说了，她们也不会相信啊……”

“那……她们和你在一起到底算啥啊？”

这实在是太不公平了。

不知道被这句话点到了什么穴道，顾小白突然激动起来，“那……这个问题提得好！为什么我和她们在一起从来不发毒誓、不表忠心，她们还是愿意和我在一起呢？”顾小白转换了深情的语气，“因为我会做……”

一滴汗……从电话那头的罗书全额头缓缓滴下，“做？做什么？”

“爱不是靠说的，靠做的嘛。”顾小白慢条斯理地说，“虽然我不太和她们说肉麻的话，我也老是宅在家里不陪她们。但是只要我一空下来，工作一闲，我就会想方设法做些什么事，给她们惊喜。”

“哦，比如呢？”

“比如我现在就在电影院售票处买电影票，我又没和莫小闵说过，但我一会儿就去她摄影棚接她，然后我们一起去看电影。这就是惊喜，懂吗？哈哈哈……”

他正拿着电话，爽朗地笑着……

突然……电影院散场人群中，莫小闵和一个男人说说笑笑地走出来，手上拿着他现在正在买的电影的宣传单，两人迎面朝顾小白走过来。

几乎是本能反应，在零点零一秒之内……顾小白慌忙躲到柱子后面。

“喂喂，你干吗？突然大喘气干吗？”电话里奇怪地问。

“好大……好大一个惊喜……”心脏拼命地狂跳，顾小白听见自己喉咙间呼啦呼啦地响，上气不接下气地回答道。

人来人往的城市里，太阳就这样高照着。电影院外大街上，莫小闵和那个男人在前面走着。从背影看去，两人和路上典型的情侣一般无二，说说笑笑，并肩而行。顾小白拿着手机——还忘了挂——跟在后面，前面的人似乎要停住脚步。顾小白扭头一看，边上一家哈根达斯店。想也不想，他弯下腰一溜烟钻了进去。

“喂喂，你什么时候看完电影啊，陪我一起去买书好不好？”电话里，罗书全还忘了时差，无辜地问道。

“现在不跟你说了，我一会儿打给你。”匆匆挂掉电话，顾小白转头望向边上落地橱窗外。

莫小闵和那个男人大概是要打车，站在路边说话，看着来往的车辆。

刺眼的阳光，和这样逆光的背影。

顾小白心里突然升起一种酸楚感，不由自主地用手机拨通了莫小闵的电话，看着莫小闵从包里拿出手机，看了看来电显示，踌躇了一下，接起来。

“喂？”视线里的背影在耳机里发出声音。

“喂，小闵啊……你在干吗呢？”装作不在意的，顾小白休闲地问。

“喔，我刚拍完片，摄影棚出来，在路上走呢……你呢？”

不经意地侧过身，浮现在莫小闵脸上的……是甜蜜的笑容。

顾小白心中一根刺猛地扎下，刚要说话，服务生走过来，拿着菜单，要递给顾小白并开口说话，顾小白猛然站起……用另一只手捂住服务生嘴巴。

从来没见过这样点单的客人，服务生……刹那间……石化了……

看见自己面前的男人一边捂着自己的嘴巴，一边拿着电话甜蜜地说着与此情此景毫不相干的话——

“我也刚工作完，准备出门，要不……我们一会儿在哪儿见吧？”

是甜蜜的语气呢。

“好啊……哪儿？”不远处的莫小闵也说。

“半个小时后，人民广场？”

“好，拜拜……”

顾小白看着莫小闵挂了电话，又转头和那个男人说了什么。随即，她伸手拦了辆出租车，笑着和那个人挥手告别。

车，开远了……顾小白这才无力地，缓缓地，放下捂住服务生的嘴。

服务生呆呆地站在那里，不知是走是留，是不是该开口说话。

仿佛精神损失费一般的，顾小白从口袋里掏出张二十块钱的纸币，塞给服务生做小费，“千万——不要——乱说话——”

这时，罗书全无力地坐在床边，等着顾小白的电话。

没想到等来的却是杨晶晶的电话。

“喂……”几乎是颤抖着，罗书全胆战心惊地接起，考验又开始了。

“你会不会不要我？”

“不会不会，我都说了不会了。”

“你们男人一开始都这么说，什么天荒地老，海枯石烂。到后来呢？什么话都不说，人就没了，你怎么保证你不会？”

“我……我向天安门保证，我向东方明珠保证，我向黄浦江保证。如果我这样我就跳下去，我我我……”实在讲不出新鲜有力的了，“咳……你等一下，我一会儿打给你。”实在不行了，挂了电话，罗书全又马上拨给顾小白。

“喂！”

“喂？”顾小白声音听起来气若游丝，还夹杂着呼呼的风声，是在出租车的车窗边吧。

“你快点陪我去买书呀！我求求你了！”罗书全恨不得塑一个顾小白的雕像在家里每天拜。

“你最近有没有见过莫小闵？”雕像的真身问道。

“啊？什么？怎么转过去的？”

“我刚在电影院给莫小闵买电影票，”那边传来伤心欲绝的声音，“准备一会儿找她一起去看，没想到看到她和另一个男人一起走出来……”

“啊！这个！啊！”一瞬间，罗书全吓得连自己老妈姓什么都忘了，“那个，那你现在在干什么？”

“我现在约了她在人民广场见。”

“那你打算干什么？”问出口的同时，罗书全满脑子武士决斗、切腹自杀、罗马斗兽场的画面，“喂！我跟你说啊，人民广场那么多人！你可千万别乱来啊！”

“我不会的。不过，如果你以后再也看不见莫小闵，那就是我干的……”

顾小白砰地挂掉电话，深深地吸了口气，望着窗外。

他只觉得胸口空空荡荡，什么气也吸不上来。

一七七六年七月四日，在地球的某一处地方，出台了一份被绝大多数人认可并推崇的作文。作文认为：在这个世界上存在着某些真理，而这些真理中首当其冲的一条是，人人生而平等。造物者赋予他们若干不可剥夺的权利，其中包括生命权、自由权和追求幸福的权利。依照这份宣言，人即便处在任何一种关系模式中，都有追寻幸福和快乐的权利。除自己以外的任何人，都没有干涉和阻止的资格。

这就是《独立宣言》。

以此推算，所谓忠诚这一法则根本就是虚构出来自欺欺人的。当你向一个人承诺忠诚的同时，也就意味着放弃了生而为人的天赋人权。

也就是说，我可以向你显示忠诚，但你没有权利要求我忠诚，我可以在任何我不想忠诚的时候表示不忠诚。那么，忠诚这个东西，到底是干吗来的？

半个小时后，顾小白到了人民广场。在等待莫小闵的时间里，脑子里反复思考的就是这样一个问题。人民广场人流如织，莫小闵远远走来，光彩熠熠，一如自己第一次见她时那么美丽。只不过，此时每一分美丽都不知在为谁绽放。

“嗨……等很久啦？”莫小闵走过来，爽朗地问。

“也还好。”

看着她，纵然心中已被酸水腐蚀到融化，顾小白仍是保持气质，微微一笑地答道。然后，对面的人搂起自己的臂弯。

“不好意思啊，我最近拍片太忙了。刚才还忙得死去活来呢，那边打车又很困难。咳，不说了，我们去哪儿？”

“我们去看电影吗？”转过头，顾小白楚楚地笑着问。

明显看到眼前的人微微张了张嘴，愣了愣，但很快一隐而去。

“什么？”莫小闵笑着问。

举起手里的两张电影票，像在炫耀伤口般，顾小白还特意摇了摇，“我刚买了两张电影票，这片子我等了很久啦！很好看的，我们去看吧！”

凑上去看了一眼电影票上的电影名，莫小闵突然感到一阵眩晕。

这才刚刚看过啊……不过，她仍是笑着说：“好……好啊……”

“不过无所谓啊。”顾小白还在故作体贴，“如果你想干点别的，比如逛逛街什么的，我也可以陪你的。”

猛吸一口气，好像决心赴刑场一般，莫小闵笑起来，“没事没事，就看这个好啦！”

嗤的一声……在顾小白心中响起来……是某种东西破碎的响声。

一个小时后，在电影院的放映厅里，银幕的光影闪烁下，顾小白转头看去，身边的莫小闵，不知何时早已睡着。光影斑驳中，白皙的皮肤，安静的睡容，睫毛还在微微颤动，是在做着什么梦呢？忽然，莫小闵轻轻抖了抖，大概是电影院的空调太冷了。顾小白脱下自己的外套，盖在她身上，毫无知觉，莫小闵依旧香甜地睡着。顾小白叹了口气，站起身走出放映厅，在放映厅外溜达。放映厅外有很多的人，在买可乐，买爆米花，依偎着买电影票的情侣，等候着进场。你们都没有好结果！

顾小白恨恨地想，又觉得自己太阴暗了，不断长长地深呼吸着，也不知道何去何从，这个时候，手机震了起来。

“喂？买国内的还是国外的？”接起电话，罗书全没头没脑地问道。

“什么？”

“我现在在书店呢！”罗书全的声音听起来迷茫得要自杀，“面前全是名家名句词典啊！这帮人怎么这么空啊，整天说情话，发各种毒誓。喂？我买国内的还是国外的啊？还是我直接买英文原版的啊？是不是我直接对她说英文更牛逼啊？”罗书全不知状况地捏着嗓子念道，“I love you until the end of my life to die to die.”

“带你妈的头！”

“哦，对了，”大概是忽然想起来，罗书全不好意思地问，“莫小闵还活着吗？”

“她还活着，我快死了……”

“……”

“你说我这是不是报应呢？”过了一会儿，顾小白轻轻叹了口气。

“什么？”

“我以前也勾搭过有男朋友的女孩子啊……”在放映厅外，无神地望着放映表，顾小白说，“不管我一开始上手的时候知不知道，但即便我知道了，我也没有什么道德上的心理负担，也没有愧疚感。因为我觉得，每个人都是自由的嘛。我追你，你选不选择我，都是大家的权利，开心就好嘛。现在好了，女朋友被人撬了，遭报应了。”叹了口气，“报应啊！”

“我觉得吧，你把这事儿归结为报应是不对的……”看完电影，罗书全约了顾小白在楼下的咖啡馆，罗书全语重心长地开导顾小白，“为什么呢？因为你一旦把这事儿归结为报应，归结为因果循环，善有善报，恶有恶报，你心里就平静了，踏实了，你就能自圆其说了。但事实上，”罗书全眼神闪烁着理科生特有的智慧，“就算你以前没干过那种事，莫小闵也会和别的男人去看电影，你就忽略了这件事的本质了，你知道这件事的本质是什么吗？”然后，他开始下结论，“就是你特惨，特别惨，惨得不行了。你知道真正的猛士都是怎么样的吗？真正的猛士，敢于直面惨淡的人生，敢于正视淋漓的鲜血……”

“请问你是来安慰我的吗？”

罗书全点点头，从塑料袋里取出本书，朗声念起来：“The worst way to miss someone is to be sitting right beside them knowing you cannot have them.”

“啊？”

“就是说，失去一个人，最惨的情况就是，他明明在你身边，却像远在天边……”

这是罗书全逛书店的成果，他看着顾小白匪夷所思地看着他，于是咳嗽了两声，放下书，“你就这么半路把她给扔下啦？”

“是啊，你还指望我怎么样？”

看完电影，莫小闵和顾小白从电影院走出来。莫小闵强自振作精神，顾小白显得若无其事，两人走了好一会儿都没有说话。

“怎么样，你觉得？”顾小白突然转头对着莫小闵笑了笑，问。

“啊？”

“这电影你觉得好看吗？”

“好看啊，很好笑。”莫小闵说。

“哈哈哈哈，是啊，”顾小白也哈哈笑起来，“我也觉得很好笑。”转过头很认真地凝视她，“对了，你觉得哪里最好笑？”

“就是那个男人啊，”莫小闵也兴奋起来，“钻进汽车后备箱里，本来要偷东西的，结果一路不知道被带到哪里去了，笑死我了。”

“哈哈哈哈，是啊，我也觉得这里好好笑。”顾小白拼命地笑，笑得眼泪都快出来了，笑得肠子都快断了。然后，他转过头静静地看着莫小闵，很温柔地问：“可是，我明明记得放这段的时候你睡着了啊？”

“……”

“你在睡觉哎。”顾小白越发轻柔地问起来，“你什么时候学会了一边睡觉一边还能看电影的？这门技术很了不起啊，麻烦你以后有空教教我好不好？”

疑问的语气是这么如梦如幻，然而莫小闵的脸色变白了。看着莫小闵呆呆的眼神，顾小白笑了笑，伸手招了辆出租车。在莫小闵尚未反应过来的时候，顾小白坐进出租车，扬长而去……想一直开到宇宙深处。

“我跟你说，”顾小白看着罗书全，“我绝对不是那种很狭隘的男人，整天看着女朋友，不让她干这，不让她干那，不让她单独和任何男人干什么，哪儿也不让她去。你要去和人家看电影，OK没问题。看就是了，但你告诉我一声，事前事后都可以，但她什么都没说，你懂吗？”

“所以，你就感到了被背叛。”罗书全点头。

“这不废话吗？你让我以后怎么再相信她？”

“那……”罗书全换了坐姿，“你换个角度看问题，莫小闵不告诉你也可能是因为一，她不想你胡思乱想瞎担心。本来么，也就看个电影，但你那种想象力，说不定以后这事儿就没边了。这也就证明了二——她还是非常在乎你的。”似乎对自己说出这番话相当自豪，说完，罗书全心满意足地靠在椅背上。

“你到底是不是男人啊？”顾小白不可思议地看着他。

“是啊，可我这是站在女人的角度说的。”

“那你站在男人角度说说看啊！”

“How dare are you！”呆了一会儿，罗书全突然浑身发抖，“Cut the crap and I do not want see your face again，get out of my life！”

罗书全站起来激动得浑身打颤，开始狂说英文。

“你别激动你别激动……”

突然，罗书全不说了，怔怔地望着前方，顾小白顺着罗书全的视线看去。

莫小闵站在咖啡座外，用一种复杂的眼神，神情哀戚地看着他们俩。

“I get out of my life！”看了看顾小白，又看了看莫小闵，罗书全斯文地扔下一句，然后拉开门，朝莫小闵点点头，落荒而逃。

“那个人是一直给我们拍片的摄影师，工作上一直对我蛮照顾的。我们今天收工早，他约我看电影，我就……我就答应了……”

莫小闵在顾小白对面坐下，沉默了一会儿——空气中涌动着罪与罚——开口说道。

“哦……”顾小白搅动咖啡。

“就是我们之前去的那个电影院，所以我现在想起来，可能你刚才去买票的时候，看到我们走出来了。”莫小闵疑惑地问，“你……当时为什么不走上来跟我说话呢？”

呆呆地看着她，顾小白一时间不知道发生了什么事。过了好一会儿才反应过来，匪夷所思地看着莫小闵。“Are you out of your mind？如果你英文不好的话，我可以翻译给你听，这句话的意思是——你是不是脑子秀逗了？！”

“本来就是啊！”莫小闵振振有词地抗议，“我就是和别人看了场电影啊！我又没做什么别的！但是你呢，你非但看见了不说，不但不说还把我再约到人民广场，故意找我看同一场电影。你什么意思啊你？玩我啊？”

简直有些佩服起莫小闵来。

“你还真是超会倒打一耙的……”顾小白眯起眼睛看着她说。

“不是吗？”

“是你个头！好，我现在跟你说两点。”顾小白压抑着胸膛因愤怒的起伏，“按照平常我的脾气，我一点都不会跟你说，你再也见不到我了。但是，看在你刚才不小心出现在我面前的份上，我行行好跟你说两点。第一，我不是故意找你看同一场电影，而是我已经买好了票才看到你和那个男人走出来。你手上拿着那个电影的单子，而我也没有体贴到马上去给你换两张电影票的程度。”

莫小闵没有说话。

“第二，我没有上来跟你说话而是约你到人民广场，我是给你时间，也给你机会告诉我这件事情。但你非但从头到尾那么长时间什么都没有说，反而还睡着了。”

“我为什么非要告诉你呢？”莫小闵突然问。

“啊？”顾小白愣住了，呆呆地看着莫小闵。

“我为什么非要告诉你？”莫小闵反问，“这个人只是我的一个工作伙伴，顶多是一个普通朋友，我和一普通朋友看场电影，我非得告诉你不可吗？这只是我生活中的一件小事，就像吃饭上厕所，一天打几个喷嚏一样，我没有必要什么事情都和你汇报吧？”

“是这样……所以当我找你看同一场电影的时候，你还什么都没说，是照顾我感受。因为我很想看那个电影，而不是因为你心虚，是吧？”

“是啊！”莫小闵理直气壮地说。

顾小白都惊呆了，佩服地看着莫小闵。

“佩服佩服，我真的对你有一种刮目相看的感觉，我已经很久没有敬仰过什么人了。”

“……”

拿过餐巾纸，顾小白从包里掏出笔，真诚地递上去，“你帮我签个名好不好？”

莫小闵静静地看着顾小白，不说话。

“签完之后呢，再帮我写上‘忠诚’两个字，我很想知道你会不会写这两个字……”

“我就知道你会这个样子，”莫小闵开始气急败坏，“我告诉你，我不告诉你的原因就是怕你胡思乱想……”

“哈！这个言论已经一点都不新鲜了！”

突然，莫小闵气愤地站起来，反而把顾小白吓着了。

“好，那我就告诉你，忠诚，我从来不会忠于谁！”莫小闵对着顾小白庄严地宣布，“但我和你在一起，我们之间是有爱情的。如果我觉得有什么事情说出来会影响到我们的爱情，我就不会说。我忠于的是我们的爱情，你懂吗？”

莫小闵说完，转身就走，顾小白一个人呆呆地坐在那里。

这句话，彻底把他说懵了，等到反应过来，彻底气疯了。

几天后，罗书全去找顾小白。他敲开门，顾小白正对着镜子换各种造型倜傥的衬衫，弄发型，拿钥匙，拿皮夹，好像《阿飞正传》里要去欢场的梁朝伟。全部收拾停当后，顾小白一转头看到罗书全站在门口，呆呆地看着自己。

“让道。”顾小白平静地说。

“你去哪儿啊？”

“约会。”

“啊！你和莫小闵和好啦？”

“错，我是和别的姑娘去约会。”

“啊？你和莫小闵分手啦？”

“我再跟你重申一遍，”顾小白看着罗书全微笑，“我是去跟别的姑娘约会，看电影，懂吗？”看着罗书全呆呆的眼神，“好，你不懂，我教你。莫小闵上次不是跟我说，跟别的男人出去不关我事吗？因为她忠于的不是我，而是我们之间的爱情。所以压根没必要告诉我，就算告诉我我也会胡思乱想。所以这事儿压根和我没关系。你知道我听了这话什么反应吗？”

“你气疯了啊，那天。”

那天，顾小白上了楼，在罗书全家里发了半天疯，差点把他新买的名家名句辞典全部用牙撕碎。

“没错，我当时是气疯了，但我回头想了想，哈哈哈哈哈……”

顾小白仰天大笑，笑中充满悲愤。

“我为什么要气疯呢？”顾小白盯着罗书全，“嗯？这对我来说是多么利好的消息，简直是福音书，简直是神的语言……”他向罗书全步步逼近，“简直是天空中射下来的一道光，让我豁然开朗，让我醍醐灌顶，让我爽到不行！”

罗书全被吓得不行，只好步步后退。

“这也就是说，”顾小白继续说，“从此以后，我不和她在一起的时间里，我可以和任何一个姑娘约会，看电影，喝茶，吃饭，爱干吗干吗。而她莫小闵管不着！就算被她看到，就算她当时打电话来，我也可以理直气壮地告诉她，我现在正和别的姑娘在一起。但这没事儿，就像我每天吃喝拉撒一样没必要和你汇报。这也不影响我们之间的感情，因为我忠于的是我们之间的爱情！”

一口气说完，顾小白像刚宣完誓的党员，充满了火里来水里去的悲怆气概。

“你打算这么跟她直说啊？”

“有什么不可以？我只是把她的话对她说一遍而已。”

看着罗书全，顾小白又一次……又真诚又斯文地微笑起来。

顾小白本来就有一个在工作中认识，连了MSN后一直约他的女孩。但是自从有了莫小闵后，顾小白对这类邀约向来是躲躲闪闪，能推就推。实在推不过去了就直说自己有女朋友，怕女朋友误会不高兴。没想到搞了半天是自己太狭隘了，人家莫小闵推举的是大爱，是神一般境界的感情，是萨特和波伏娃，是比尔·盖茨和乔布斯，是蓝精灵和黑猫警长。从咖啡馆出来后，顾小白回到家，就约了那个女孩出来。

把罗书全赶走，出了家门，顾小白和那个女孩在电影院碰头。

偏偏就是电影院，偏偏就是看电影，顾小白和慕容复肯定都是天蝎座的。

碰了头，两人在售票处买了票。等待的时间里，女孩笑着问他是不是和女朋友分手了——又是同样俗气的问题。顾小白说没有，女孩就问那你干吗又能出来了？

“唉……”顾小白看着她，还叹了口气，开始谆谆诱导，“你脑子里只有谈恋爱和单身两种状态？单身，就可以为所欲为；谈恋爱，就应该顾这顾那。你完全无法想象这个世界上还有一些更高级……更先进……更为宏大的关系。在那种关系里，一个人对另外一个人的占有太狭隘，根本不上档次！”

话说得又悲愤又残忍，可惜人家女孩压根没听懂，也不想听懂，脑子里只是想着怎么色诱到小顾同学。小顾同学原来也没想让她懂什么，只是在下心里的那场六月雪。两人买了票，又走到卖爆米花的柜台前。女孩看顾小白不断地拿出手机看，脸上还露出失落的表情。

“你是在等什么人电话吗？”女孩终于忍不住问。

“啊？”

“你从刚才见到我，到买票，到坐电梯上来到现在，你看手机已经看了一百三十几次，你是在等谁的电话吗？”

“哈哈，怎么可能，”顾小白爽朗地笑，“我怎么可能在等谁电话呢？”

“还是你怕女朋友打过来查岗？”眼前是女孩带着坏笑的眼神。

“查岗？”顾小白故意睁大眼，“我怎么可能怕她打过来查岗？哈哈哈。我浑身上下光明磊落，君子坦荡荡，我有什么好怕的。你说吧！”把手机伸过，“你要电话关机，还是铃声开到最大？”

“随便你好了！”

“那就开到最大好了！哈哈哈。”

高举着手机，顾小白悲壮地把铃声一格格调到最大，迈步高举着手机，保持着非常酷的造型，好像要去炸碉堡。好像故意不让他失望，手机果然响了，来电显示：莫小闵。那一刹那，顾小白反而愣住了。

反应过来后，顾小白做了一个自己也没料到的举动——他猛地把手机拿到耳边，鬼头鬼脑地走开，小声接起来。

“喂？”

“喂？”莫小闵在电话里温柔地问，“我刚拍完片，你在哪儿，我去找你好不好？”

“哈哈哈！”千辛万苦等的就是这一刻，一雪前耻的时候来了。只见顾小白叉着腰豪迈大笑，然后低下头继续鬼头鬼脑地对着电话。

“我在……开编剧会呢……”

“为什么呢？为什么呢？为什么我会那么害怕呢？”回到家，顾小白悲愤地抓着罗书全的肩膀拼命地摇，“我明明什么也没干，为什么我这么心虚呢？我应该特别理直气壮地对莫小闵说，我正在和美女看电影啊。而且这不关她的事儿，请她老人家安心啊，我怎么会去开编剧会了呢？”

“所以……你现在……明白了吧？”罗书全被摇得前颠后倒，还在断断续续道，“这种对于感情的保护心理是……本能反应，莫小闵……不告诉你也就是这个……道理。”

“哼，总觉得哪里有点不对劲。”

“哪儿啊？”

“你看啊，我要证明莫小闵这种反动言论是错误的，对不对？”放开罗书全，顾小白机灵地问。

“是啊。”

“那我就要以其人之道还治其人之身，”顾小白侧过头，认真地想，“让她知道，对我瞒这个事儿应该是有愧疚感的，而不是理直气壮的。所以我现在愧疚了，她一点儿没愧疚，这代表什么呢？”

“什么呢？”

“代表我完全想不清楚这件事儿啦！啊啊啊啊！”顾小白彻底抓狂，挥舞着四肢，攥着小拳头，眼含泪花，做了决定，“总之我一定要再试一试！我一定要亲口对莫小闵说出她对我说的话，让她在悔悟中了却此生！”

然后接下来，罗书全冷冷地看着顾小白在屋子里翻箱倒柜，也不知道他在找什么东西。过了一会儿，仿佛重拾珍宝似的，看见顾小白从角落的柜子里翻出一只已经残破不堪的手机。顾小白喜滋滋地打开——居然能开机——翻到通讯录找到一个人名，蹦蹦跳跳地走过来，指给罗书全看，“这个女孩儿呢，”顾小白说明道，“是我几年前在一个意外场合下认识的，当时我很喜欢她，我觉得她也挺喜欢我……”

“然后呢？”

“然后我们就暧昧了一阵子，吃饭，看电影，散步，网上打情骂俏，但谁也不肯先正式表白。”

“再然后呢？”

“再然后就无疾而终了……”

“……”

“这种情况很多啊。”顾小白眼神似有遗憾，好像对人世有一种独特的悲悯，“你遇到一个人，你对她有点儿意思，又不是有意思到非她不可。她对你也有点意思，但也不是没了你就会去死。如果有一个人先开口提了，另一个人就会答应。问题就是谁也不提，最后就不了了之了——这种人最适合我现在这种状况。”

一边解说，顾小白一边把号码在自己的手机上按着。话说完，邪恶的联系方式也被保存到新手机上。顾小白看着罗书全，伸手做了个嘘的手势，然后缓缓地把手机放到耳边，露出邪恶的微笑。

“喂，小倩啊……”顾小白重拾旧爱，“我是顾小白啊……啊哈哈哈，是是是，很久没见啊，你还好吗？什么？”

突然，转头呆呆地看着罗书全。

“怎么了？”

“她说要见我最后一面……”顾小白拿着电话呆呆地说。

奔出家，到了约定的酒店，出了电梯，顾小白在走廊里狂奔，一边奔一边疯狂地找着门牌号。好不容易找到电话里说的门牌，他使劲拍着门。

“不要死啊不要死啊！想开一点啊！”顾小白深情地呼喊着。

门打开，那个叫小倩的美女站在门口，穿着睡衣，看着他，“谁说要死了？”

“啊？”

呆呆地走进来，顾小白还没反应过来，穿着睡衣的小倩已经把门关上。

“你不是说你刚失恋，”顾小白转身困惑地看着她，“打算自杀，要我来见你最后一面吗？”

“是啊……”美女嘲弄般地笑起来，“我是刚失恋，而且正打算见你最后一面，但我没说要自杀啊。”

“什么意思啊？”这下顾小白彻底愣了。

“我想我也不用挑明了吧，”面前的人对他微笑起来，“之前你喜欢过我，我也对你有点意思，我又刚失恋，你又正好打电话给我，这不是天意吗？”

“我……我没弄懂，怎么就天意了？”

“你说呢？”说完，对面的美女……缓缓解开了睡袍的丝带。

睡袍下似乎什么都没有，几乎是条件反射地，顾小白连忙闭上了眼睛。

“对不起对不起……我……呃……我有女朋友，而且……”顾小白突然反应过来，睁开眼呆呆地看着她，“怎么就是最后一面了？”

“今天过后，”叫小倩的美女已经合拢睡袍，勾起一抹微笑，就当没这个事，“你不认识我，我也没认识过你，怎么样？”

呆呆地看着她，顾小白一时不知道说什么，她也静静地看着他。

这个时候，顾小白的手机响了——没办法，手机这种东西就是应该在不应该响的时候响的，不然也不能叫戏剧冲突的必备道具了——顾小白慌忙接起来。

“喂？”那边刚喂了一个字。

“对不起，我现在在赶一份稿子，我回头再跟你说，好吗？”

“好吧，回头打给我。”莫小闵叹了口气。

挂了手机，顾小白长长松了口气，美女似笑非笑地看着他。

睡袍下一无所有。

“赶稿子？那就快赶啊。”

顾小白静静地看着美女，她也静静地回望着，两人就这么伫立着。

这个时候，这个城市，有多少人在背叛，有多少人在被背叛呢？在每一个角落里，在每一个恋人的视线外，有多少心事对着爱的人讲，又有多少身体奉献给另一端？

身心合一和知行合一，恐怕是这个世界上最基本也最难做到的事情了吧！

“过来……”不知过了多久，顾小白轻轻地对美女说。

美女慢慢走过去，顾小白慢慢抱住她，拢住她的后背，轻轻拍了起来。

“你还爱他对不对？”顾小白微微一笑，“你很痛苦，正好这个时候我打电话给你，你想借着我把他忘掉，就算忘不掉，你也好歹往前迈了一步，因为你跟我上床了……对不对？”顾小白轻轻地说道。

“但是你知道吗？这不能解决任何问题。”很轻柔的语气，“因为你还爱他，尽管你们之间已经没有关系了。最近有个人跟我说过，她不会忠于任何人，她只忠于她的爱情。我本来不明白她是什么意思，以为她在发神经。但是我现在想告诉你，只要你还爱他，只要你心里还有这份爱情，就不要随便和你不爱的人上床。这和他已经没有关系了，你要忠于你的爱情，你懂吗？”

被顾小白抱着，毫无预兆地，那个美女在顾小白肩头失声痛哭。

如此撕心裂肺的哭声，在顾小白轻拍着的抚慰中，如洪水般宣泄出来……

多少人，借着身体的出卖，而硬生生转移了感情。这一招，女生常常会——男人有事没事都会出轨，所以谈不上出卖。只是从来想不到，这样的转移，只不过将一个伤口转移到另一个部位……

不变的，是流血的事实，是血流尽，脓收干，结痂愈合的过程。

顾小白突然明白，忠诚这个东西，无关对方，无关什么关系，它只是你心里最宝贵的东西，最想珍惜、最想呵护的东西。为了这份东西的完整，你宁愿拼上所有的力气，去排除所有的阻碍，来让心里的这份东西干净。即便这个人离开，即便你想摆脱这份忠诚。我们都忘了，有时候，自己背叛自己，才是最痛苦的事情……

在回去的路上，他拨了电话给莫小闵。“小闵，我想你了。”

“我也是。”电话那头的莫小闵说。

“我们见面吧。”

“我想和你看电影。”莫小闵沉默了一会儿，笑道。

又是同样的地方，同样的时光，两人却已似成长。

放映厅外的售票处前，顾小白和莫小闵亲密地搂在一起看着排片表。莫小闵温柔亲昵，而顾小白……望着密密麻麻的电影排片表……心里真真为难死。

“我们看这个吧！”莫小闵指着一个片子说。

“这个……”

“怎么？”

“我……我看过了……前两天……”

“那这个呢？”

“这个我也看过了……”

“那……”莫小闵愣愣地看着排片表。

“你别费心了，现在上映的所有的电影我这两天全部看遍了。”

莫小闵呆呆地看着顾小白。

看着莫小闵，看了不知多久，顾小白忽然深深吸了口气。

“小闵，你那天跟我讲的话，让我非常非常不开心。因为我明明看见你和那个男人有说有笑地走出来，但是事后你对我只字不提，还说出了忠于爱情这种话……”顾小白静静地说道，“所以为了回报你也好，实践你的理论也好……”顾小白又吸了口气，“这几天我约了无数女孩陪我看电影、吃饭、散步，就是为了能够在你打来电话的时候对你说一句，这件事情和你没关系，我不用和你汇报……”

“……”

他笑了笑，“但是我没有一次说出口，我越说不出口，我就越想试，但是我现在终于明白了，”这口气吐了出来，“我之所以什么都说不出来，我骗你说我在工作，我骗你说我在开会，其实我潜意识里是想保护这份感情。虽然我心里很清楚，我当时做的，和我们的感情没关系。但我在说谎的时候，我是心虚的。我在说谎的时候，我其实在分裂我自己。”凝视着她的眼睛……

“我现在全部告诉你，也是想告诉你，我真正想忠于的人是我自己，希望你也是。”顾小白说完，静静地看着莫小闵，莫小闵也静静地看着他。

然后，顾小白微微笑起来，“走吧，随便看哪部都好，只要是和你……”

往前走了两步，突然听到身后有一个声音轻声地说道：“我是喜欢他的。”

站住，呆呆地，顾小白转过身来，用一种似懂非懂的眼神看着她。

“你刚才说什么？”

“我是喜欢他的。”莫小闵低着的头，终于抬起来。

“……”

“我们已经好久没有在一起过了，你的工作越来越忙，我的工作也越来越忙。”莫小闵轻声说。

“你在忙着和别人看电影！”顾小白终于忍不住嚷起来。

“小白，我不想吵，是你让我忠于我自己的。”莫小闵继续轻轻地，像在说给别的人听一样，喃喃道，“那个人一直给我拍片子，可以说是我同事，我们在一起的时间更多。其实他从见到我的第一天起，就在不断地向我表示好感……”

“你从来没说过。”

“我不想让你担心……也因为我心里根本没有他，我心里全是你。但是……”抬起头，莫小闵看着顾小白，“但是你不觉得我们根本就不像在恋爱吗？你不觉得我们就像两个小孩子在过家家吗？高兴的时候就两个人在一起玩一会儿，玩完了就各回各的家，直到下次兴致来了，可能是你，可能是我，我们再玩一次过家家……”

“……”

“小白，你把我想得太坚强、太独立了。我也是个女人，我也需要被宠爱、被爱护的。”这是一句……再平实不过的大实话啊……

“不知道为什么，在你面前，我一直很没有自信。”莫小闵苦笑了一下，“我有时候在问自己，是不是刚认识你的时候，我还是个营业员的关系？其实不是的，直到我转行了，我还是这样。是他，一直在告诉我，这个姿势很漂亮，这个你可以的，你还可以更好……然后我就一点点变得更好。每到这个时候，他都不会忘记夸我……”

“……”

“小白……你有夸过我吗？”抬起头，有些凄楚地，莫小闵看着顾小白。

“……”

“你知不知道，其实女孩子是需要被夸、被鼓励、被肯定的……”

“我……”

“不……不怪你……你可能是真的没这根筋。无数次我也对自己说，不是你不在乎我，不是你不在乎我，是你真的没这根筋，但你知道吗，”莫小闵好似竭力忍住什么，“每次他帮我按下一次快门，夸我一句，我都会好开心哦！我有时候会开心得哭出来，你知道吗？你知道我一个人在家里哭过多少次吗？”

“你……你为什么从来不跟我说？”

“跟你说，跟你说有什么用呢？”莫小闵笑笑，摇摇头，“你就是这样的人，我无数次地跟自己说，要做顾小白的女朋友，有些事情你就别特别指望了。因为那真不是他的强项，他可以写出很漂亮的话，但是你要他真的对你说，他的自尊心比谁都强……”

“所以……所以你就要跟他走了，是吗？”顾小白听见自己的声音在颤抖。

“我没有想过啊……”莫小闵摇摇头，“我只是渐渐觉得自己不爱你了，你懂吗？当我第一次和他单独吃饭聊天，我觉得好开心啊，你知道我当时有多害怕吗？”抬起头，莫小闵眼睛里不知什么时候全是泪水，“我怎么可以不爱你呢，我怎么能够不爱你呢……但是，我就是渐渐不怎么爱你了啊……”

终于哭出来，顾小白静静地站在那儿，看着莫小闵。

“我对自己说，这是他的问题，这是我受到的诱惑。回想起你第一次在百货商厦柜台前和我说话的时候，我的心跳得好快，我的脸好红。这些日子，我一直在让自己回忆那些画面，告诉自己，你是爱顾小白的。那个人，让他就这么过去就算了，他最多是一个插曲，他只能是一个插曲……”

“……”

“但是……”莫小闵抬起头，“这几天没有联系你的日子里，我想得最多的，不是你，是他。”

这句话，是死刑。

看着顾小白，莫小闵已经满脸是泪。

好像待罪的羔羊，已被判下罪，顾小白反而有了一种踏实感，已经死了，不会再多死一次了。看着她，顾小白慢慢走了上去，轻轻抱住她，“别哭了，别哭了……”

“你为什么不骂我，为什么还要抱住我，为什么不推开我？”

“我为什么要骂你？是我不好……”

“是我不好啊……我怎么可以不爱你了呢……”莫小闵使劲咬着嘴唇，好像要把自己嘴咬破，眼泪却滚滚而下。

“小白……你叫我忠于我自己……我忠于我自己……我好难过啊……”

在顾小白的怀里，莫小闵终于失声痛哭。

拿着电影票擦身而过的情侣们，谁也没有在意，只是偶尔有人好奇地瞥了瞥那对男女，以为只是小情侣的别扭。那一天，他们手里拿着连排的座位，从相反的方向走进去。顾小白知道，莫小闵那时候是多么希望他一把抓住她……命令她好好地待在他身边，哪儿都不许走，他会好好待她。那样，她可能真的就会留下来。可能，她说的这些话，是为了让他留住她。但是，他没有那么做。在那一刻，他所有的力气都已经消失，他所有的自信都已经消失。他想忠于他自己，他使劲地看我自己的内心，才发现，不知道什么时候，他已经连自己都找不到了……

音乐响起的瞬间，电影院放映厅内，灯光渐渐全部熄灭了……

什么都熄灭了，心头有光的地方……一片漆黑。

LESSON 12 无敌情敌

你父亲，我未来的岳父，是最无敌最可怕的情敌。

人生中的很多时候，我们都会毫无防备地担负起另外一个角色。这样的角色没有经验，没有课本，只好一步步向前走，直到下一个角色，变幻莫测……

幸运的是，因为我知道，我心里充满了对这个世界的爱。每一个角色，我都会努力去做好，因为这才是我人生的路……

旭日东升，阳光洒进顾小白的客厅，仿佛投射进一个焚化炉。屋内乱七八糟，方便面的纸筒，PIZZA的盒子，还有地上散落着七八只黑色垃圾袋，鼓鼓囊囊。罗书全就站在这样的客厅中央，茫然四顾，一言不发。这时门铃响了，罗书全去开门，门外站着探头探脑的左永邦。

这是莫小闵和顾小白在电影院分手后的一个月后。

“还躺着呢？”左永邦探进头，试探着问。

“嗯，昨天喝了一通宵的酒，刚刚睡下，还没睡着呢。”罗书全叹了口气，说。

蹑手蹑脚地走进屋，好像走进雷区，左永邦望着屋内的情形，目瞪口呆。

“这……这什么情况……”

“他说他被抛弃了。”罗书全摊摊手，“就像一个垃圾，一个垃圾就应该生活在垃圾堆里。”

“所以他就把自己家弄成垃圾堆？”

“嗯，他说反正也没有女人上门，他也不需要女人再上门。”

“那你算什么？”

“我是收垃圾的。”罗书全无辜地说，“等他哪一天真的就这么翘掉了，我就可以把这个垃圾堆卖出去。我昨天问过房产中介了，这栋楼又涨了……”

匪夷所思地看了看罗书全，左永邦径直走向顾小白卧室，猛地推开门。

幽暗的光线中……顾小白像木乃伊一样平躺在床上，裹着被子，抬着头，一言不发地看着天花板。果然是……地狱一般的所在啊……

“嘿！已经一个多月了，”左永邦凑过去，像对老年人一样大声喊，“麻烦你开始振作一点好不好？！”

没想到顾小白不为所动，只是嗫嚅了一下。

“好……”

左永邦看看罗书全，又转头对着顾小白，“那就起床啊！”

不出意料地，顾小白依然……一动不动地看着天花板，无动于衷。

“那……”看励志不管用，左永邦只好在床边坐下来，柔声细气道，“莫小闵走了就走了，她再也不会回来。可是，你还是有机会去接触很多别的女人啊。你现在这样整天看着天花板算什么？”

天花板有什么好看的，天花板有明媚的大眼睛吗？天花板有胸吗？天花板有小腰肢吗？左永邦恨不得这么说……

“我不会再接触别的女人了。”顾小白继续以木然的表情无动于衷，“我现在就是个垃圾，垃圾是不会想着被谁捡走的。垃圾只会被扔到垃圾桶里，然后被运到回收站，然后烧掉。翻垃圾桶捡垃圾的，那种人要不比我更惨，要不就是变态……”

思维逻辑倒还真清晰，左永邦无语了。

“不过我现在这么看着天花板，是因为我昨天喝多了。”看他不接话，顾小白又耐心解释，“闭上眼睛，世界在转，睁开眼睛也在转，我只好盯着这个灯，不然我连东西南北都分不清……”

愣了一会儿，左永邦只好又晃晃脑袋，“好了，反正你现在也睡不着，起来跟我下楼一起吃点东西，我有事和你们商量。”

“什么事啊？”罗书全插嘴。

“垃圾是不会吃东西的，垃圾也不会跟人商量什么。垃圾就是垃圾，垃圾的使命就是安安分分地做一个垃圾……”顾小白又恢复了软趴趴的形态。

见顾小白现在对什么都提不起兴趣，左永邦只好叹口气站起来。

“好，你不起床是吧？你不跟我下楼是吧？”他深呼了一口气，“我告诉你，我要做岳父了！”

本来以为这句话的效果是石破天惊，即便不是，起码也是震动屋檐。没想到顾小白连毛都没抖一根，镇定自若地躺在那里。倒是罗书全，先是愣了愣，然后反应过来，转过头惊恐地看着他。左永邦点点头，转身就往门外走。

看看顾小白，罗书全这下子顾不上他了，原地跺了一下脚，转身就追上去，“哎哎！等等！等等！怎么回事啊？”

两人一前一后追出门外，顾小白家门关上。

刹那间，屋内又恢复了空空荡荡，悄无声息，好像什么都没发生过……

一秒，两秒，十秒……最多也就十秒……

顾小白猛然气急败坏地从床上跳起来，一边穿衣服一边骂骂咧咧。

“妈的，好奇心真的害死人！”

然后就追了出去，他的耐心实在太差了！

追到楼下的茶餐厅，罗书全坐在那里，好像等待放榜的高三学生。倒是左永邦，气定神闲地坐在对面，好像胸有成竹似的。顾小白面无表情地走过去，挨着罗书全坐下，也露出一副小兔子等待胡萝卜的表情——丝毫没有讪讪的羞愧感。左永邦坐了一会儿，好像领导等待发言，面对着罗书全和顾小白，娓娓道来。

“潇潇你们知道吧，我女儿……”

罗书全还没说话……

“你是不是脑子坏了，还用说？快入正题！”失恋的人，耐心真的很差。

“好，入正题。”左永邦本来想学人评书，先来个楔子什么的，从女儿的前生后世讲起，被顾小白一恐吓，也只好叹口气，说下去，“我前两天在街上遇到她，看到她和一个男孩子在一起，十七八岁左右，和潇潇差不多大，两个人手牵着手……”

本来想等顾小白求知若渴的表情，没想到边上的顾小白……幸灾乐祸的心情油然而生，反而转过头同情地看着罗书全，“啧啧啧……时间不等人啊……”

什么人啊……

“后来呢？”罗书全对顾小白的嘲讽完全没兴致，合格地做着最佳听众，迫切地问左永邦。

“他们没想到会遇到我。”左永邦继续抑扬顿挫，“我更没想到会遇到他们啦！但我们也不可能装作不认识吧？”他摊摊手，表示自己是无辜被牵连进去的，“然后，她就拉着那个男孩子过来跟我打招呼，说那个男孩是她男朋友……”

说到这里，顾小白转头看看罗书全，期待痛心疾首的反应。没想到罗书全只是一脸严肃地皱着眉头，好像教导主任在听家长抱怨孩子早恋。这种表情让顾小白完全没招数对付，只好叹了口气转头看着左永邦。

“很正常啊，那又怎么啦？”

“没什么是没什么，”左永邦突然变得很扭捏，“主要是我的态度……”

望着两人困惑的表情，左永邦继续说，“你们看我平时也不虚伪是吧，挺正常一个人。对潇潇我也从来没说过不许早恋啊、早恋不好啊这种话。但那天我看着那个男生，不自觉地我就……我就……”

顾小白猛然尖叫一声：“你揍他啦？”

“当然没有！”左永邦气死了，老是被打乱节奏，反吼一声，“我反而特别……特别严肃，特别高贵，特别居高临下地对着那个男孩子说了声……”

左永邦回到当时，以一种睥睨天下的目光扫视着两人，模拟道：“你好……”就跟首长阅兵似的……说完，左永邦叹了口气，对自己的表现非常不满意。

“后来，连着好几天，我心里一直特别不舒服。”左永邦换了个坐姿，“我想我第一次见我岳父，他也是那个德性。我想……什么时候我也变成那样了？我也变那个德性了？”说到这里，苦恼得要死，“不会呀？我当年心里还想呢，将来我要是有个女儿，有了男朋友，我一定跟他特好，待他跟哥们儿似的。但想起来那天，那哥们看我的眼神，就跟看到阎王爷似的。我怎么就那样了呢？心里实在不舒服……”

左永邦正在翻来覆去地自我检讨，没想到边上的顾小白开始狂笑起来。

“哈哈哈”，笑得非常放肆。

“你笑什么？这有什么好笑的？”左永邦恼羞成怒。

“对不起，你让我再笑一会儿……”顾小白捂着肚子，显得非常开心——把自己失恋的事情忘到九霄云外——好一会儿才恢复严肃，点了点头，“我跟你说，这一切缘于你对自己的清醒的认识。你知道自己不是什么好人，至少不是什么正经人。但那个场合你一下反应不过来，显得特别道貌岸然，你心里就不舒服了。”

面对这种把自己的意思再重复一遍的废话，左永邦气死了。

“这不废话嘛……”他恨不得找个地洞钻进去，“还用你说，我当然知道，我就是不知道怎么扭转这种局面，我心里鄙视了我自己好几天了。”

顾小白转过头……看看罗书全。

像受到某种感召似的，罗书全也愣了一会儿，对左永邦小心翼翼地试探，“要不我叫你几声岳父？你习惯习惯？以后谁这么冷不丁地站你面前，你都特别自然了。”

“我谢谢您了。”左永邦怒道。

“哎！要不这样吧！”顾小白突然福至心灵，兴致勃勃地说，“周末我们在我家开个Party，我们把能叫上的都叫上，把潇潇和她男朋友也叫来。你就趁这个机会好好调整一下你们的岳婿关系，怎么样？”

左永邦还没回答，边上的罗书全早已经激动得浑身发抖。

“行行，我同意。”

“你激动个什么劲……”顾小白还没来得及嘲笑他……

“也不是不可以……”左永邦已经接上话，又仿佛思考国计民生似的思忖了一番，“但你家……你家也太恶心了吧？”

说的也是……

和罗书全回到家，顾小白第一件事就是开始到处翻报纸。罗书全也帮着一起翻，翻了半天终于找到一张靠谱的。顾小白端坐下来，拿着报纸，另一只手候着电话，小心翼翼地确认了一遍，拨通了电话。

“家政公司……保姆……保洁……”顾小白一边拨一边转头对罗书全说，“哎，你现在是什么心情？”

“什么什么心情？”罗书全在边上卖萌。

“别装傻呀，”顾小白完全忘掉自己的悲痛了，“潇潇现在有男朋友了，你什么心情？”

“哎，你别说得跟什么似的好吧？”也没说什么是什么，罗书全急于撇清，“我和潇潇之间清清白白，什么都没有过啊……”

“说的也是，”顾小白点点头，“而且你现在也有杨晶晶这个大折腾了，但你心里还是酸酸的吧？”

听顾小白这么启示，罗书全突然侧过头，仔细品味了一下，然后突然变得有些兴致勃勃，“哎，我跟你说啊，这种心情还真有点怪的。怎么说呢，有点酸酸的……但又挺幸福的感觉……又伤感又美好……特别红尘滚滚……”

“你丫变态。”顾小白干脆地下完结论，正好电话通了，“喂？家政公司吗？请问你们这儿阿姨都是哪儿的啊……都会烧菜吗？四川……四川太辣，吃不惯。还有哪儿？河南新乡……”捂住电话，转头迫切地看着罗书全，“河南新乡那是哪儿啊？”

“不知道啊。”罗书全也很着急。

“喂……不是很熟！”顾小白对着电话吼，“还有哪儿啊？菲律宾？”顾小白又捂住话筒，转头对着罗书全，“你会说菲律宾语吗？”

“你才会呢！”

“我英文也一般啊……”顾小白苦恼地对着电话自言自语了一会儿，“还有哪儿啊……本市的有没有？”

当然有，现在的世界什么没有？到了第二天中午，顾小白就站在客厅里，环顾四周，窗明几净，一切东西都被收拾得齐齐整整，焕然一新。边上站着一中年妇女，和蔼可亲，斯文有礼，一看就是受过教育的……下岗知识分子。

“阿姨……”顾小白看着周围，简直不可置信，“你简直是上天派下来拯救我的天使……”

“你这小孩，说话没头没脑的，我都那么大岁数了，还天使呢……”天使也禁不住吹捧，迅速堕入人间，阿姨高兴得合不拢嘴，“那……我就算面试通过啦？”

“过过，完全过！”顾小白恨不得膜拜她一下，“阿姨，你以后就两天来打扫一次，一次两小时，我一个月给你一千块钱。行吗？”

“行，就这么说定了。”阿姨一边解着围兜，似乎突然想起，“对了，今天厕所那边我还没擦。时间也到了，我留着后天来怎么样？”阿姨显得很不好

意思，继续往下解释，“本来我是应该帮你这全弄完的，但第一次也是定了一个小时试试看。而且我女儿还约我去逛街了，不好意思啊。”

“不不，”顾小白头摇得像拨浪鼓，“没问题，尽管逛。”

说着，阿姨抬起手表困惑地看着。

“我让她直接上这儿来接我……这会儿应该也到了吧？”

话音未落，门便被敲响了，顾小白愣了愣，去开了门。

门口站着一个少女，也愣愣地抬起头看着顾小白。

这一瞬间，仿佛时间也变慢了，但这变慢是存在于顾小白和这个少女之间的，时间是依然在流动的。顾小白满脑子只回荡着一句话……

“我曾经听人讲过，要摆脱一段恋爱带来的阴影，最好的办法就是尽快投入另一段恋爱，问题是……这也太快了吧……”

两人就这么互相凝视着。

这样的气场被阿姨走上来打破，她简短地介绍了一下少女——这是她女儿，叫小雪，在一所职高念书——两人便客气地告辞，走掉了。

阿姨和女儿走后，顾小白在屋子里忐忑了一阵子，便以最快的速度赶到罗书全家。罗书全也正好无所事事，顾小白心急火燎地把刚才的事一说，也没等罗书全反应，就在他沙发上高兴得滚来滚去，嚷着：“老天对我也太好了吧！”

“是你自己发骚，不要怪在老天头上。”反应过来后，罗书全冷冷地说。

“你不要胡说八道。”听罗书全这么说，顾小白翻过身，很严肃地看着他，“我告诉你，根据科学统计，人在失恋的前三个月里，是最难爱上另一个人的。这个时候你就把一天仙拎到他面前，他也觉得是一头母猪。这个时候，我看到小雪能变成那个样子，绝对是天意，是奇迹，好吗？”

“这只能说明你不是人，”罗书全反驳，“是人渣好吗？”

“你看你又忌妒我了，这只能说明一件事……”顾小白无辜地摊摊手，“小雪他们一家都是上帝派下来拯救我的天使……”

“可就算你对人家那个样子，问题是，人家也不一定喜欢你啊！”

“所以说你根本就不知道什么叫天意。”看罗书全这么木讷，顾小白都替他着急，“我告诉你，一见钟情必然是双方的，如果只有一方对另一方，那就必然不是一见钟情。”说着，顾小白凑上去，盯着他看，“你知道她走的时候是怎么走的吗？”

小雪和她妈妈走的时候，背对着顾小白目送的目光中，小雪背着手，一边向电梯走去，一边不动声色地走着，而藏在背后的手……对着顾小白不断地变化着手势，短短的时间里变幻了十一个数字的手势……

一开始，顾小白还没反应过来，反应过来后拼命用脑子记着……

那是小雪的手机号码……

"我靠。"听完，罗书全呆呆地看着顾小白，"现在小姑娘都那么开放啦？我怎么就没赶上好时代呢？"

"这都跟你说了一百遍了，这不是时代的问题，这就是那个人……"

"那你怎么确定就不是那个人手抽筋呢？"

"你怎么不干脆去死呢？"

罗书全愣了一会儿，不知道是纯粹出于理科生逻辑推导，还是不甘心另起炉灶，"我发现了一个问题啊。"说完，罗书全忧虑地看着顾小白。

"嗯？"

"那，你看啊，"罗书全像分析应用题条件似的摆给顾小白看，"你那个小雪的妈是你雇的阿姨，对不对？阿姨是什么概念呢，某种程度上是你花钱请的佣人。小雪是她的女儿……"然后，罗书全深深吸了口气，"但是你只要一跟小雪怎么样，你的佣人就马上变成你的丈母娘了啊。"罗书全一口气说完。

顾小白……迅速面如死灰了……

打死顾小白也没料到，不过就是电光石火的一见钟情，怎么迅速变成了狗血家庭伦理剧。他闷闷地在家里想了很久，后来干脆不想了——再想也想不出什么新鲜的变化来。晚上，给小雪打电话，小雪早就在等他电话了——一如顾小白所说的，一见钟情是双方的。她确确实实是用自己的方式，给了顾小白最明确的信息。这一点让顾小白欣喜若狂，再也顾不上佣人丈母娘的问题，两人迅速地联系上，第二天小雪就到了顾小白家。没过多久，两人就在沙发上心急火燎地拥吻起来。

"不行了，我得走了。"这样的时间总是过得特别快，不知过了多久，小雪突然说道，"我妈马上就要来了……"

"咱妈还有半小时才到呢。"看了看钟，顾小白已经把称呼都改掉了。

"到底是你了解我妈，还是我了解我妈？"小雪瞪着他，"我妈那个时代的人，奉行的是宁可早到，不可迟到的原则，我从小到大都听了无数遍了。"

"不会不会，我都跟咱妈商量好了，定点上门……"顾小白还在和小雪掰扯呢，突然听到门口钥匙拧动门锁的声音。

面无表情地互相看着对方，小雪已经顾不得表现出孰是孰非的成就感，也惊得小脸煞白。顾小白当先反应过来，一把把小雪从沙发上拎起来，拉到衣橱边打开门，猛地把她推进去。又飞快地在沙发上收拾起小雪的外套，扔进去，砰地关上门。

与此同时……

房门打开——小雪的妈妈，顾小白的佣人，一脸热情地出现在门口……

“我求求你了，我一月给你两千块钱，你把我丈母娘给接走吧……”顾小白家楼下的茶餐厅里，顾小白抱着左永邦的大腿苦苦哀求。

“我接去干吗啊，我屋子又不用打扫。”听完这两天的大起大落，左永邦非常高兴。

“你不用让她打扫，你就随便让她这边抹抹，那边擦擦，然后到时候就把工钱给她就行了。”面对丈母娘是他佣人这个现实，顾小白终于完全崩溃了。

“你跟那个阿姨直说不就完了吗？”左永邦奇怪地说，“自由恋爱……搞得跟间谍似的。”

“我直说我不是找死啊，”顾小白急得跳起来，“她给我饭菜里放点敌敌畏怎么办？你知道我现在过得是什么水深火热的日子？我每天一起床，就打扫卫生，我哪敢让我丈母娘帮我做这做那的啊。可倒好，她每次来一看，哟，这么干净；过两天来一看，哟，更干净！”顾小白张牙舞爪，“前两天已经在问我，是不是含蓄地表示不用她了，要炒了她？我哪敢炒我丈母娘啊？那我也不敢让她帮我做这做那啊！还打赏啊！”

“……”

“你要不同意，我就把那个小雪拉过来，我们一起给你跪下！”

“靠，威胁我……谁怕谁啊？”左永邦瞪着他，“我把我女儿潇潇，还有她男朋友拉过来，我们三个人一起给你跪下！”

左永邦自己也够紧张了，一向风流倜傥的老帅哥突然变成了什么人的岳父，这让他非常不舒服。为了举办那个“岳婿关系拉拢派对”，他已经忐忑地准备好几天了，从语腔语调到穿着打扮，都在心里反复练习，不像见女婿反倒像见自己岳父。好不容易到了这一天下午，左永邦还没有来，顾小白把小雪和罗书全先召集在自己家客厅，一脸郑重地开始布置任务。

“现在是这样的，”顾小白严肃地看着小雪，“我昨天晚上花了整整一个通宵，想得头发都快白了，终于想到一个办法。”

“嗯，跟她分手。”罗书全提议。

顾小白面无表情地转过头看着罗书全……

“关键时刻我会跟你分手。”顾小白严肃地说，“你不要打岔呀！”

“好好好，你说。”

“是这样的，”顾小白看了看时间，“那……现在再过一个小时，”看着小雪，“你妈，左永邦，潇潇，和她的新交的男朋友就要到这里来了。”

“半小时。”小雪提醒道，“半小时之内我妈就会到了，你怎么一点记性都不长呢？”

“好，”顾小白也反应过来，“这半个小时之内，”指着小雪，“你，出去，下楼，逛街，买东西随便你，只要别碰到你妈。等你妈来了之后，我会跟她说……”顾小白诚恳地模拟道，“‘阿姨，我们今天要开个派对，可能要预备比平时多点菜。但是时间有点紧，不知道来不来得及。’然后就在你妈犹豫的时候，你就主动打电话给她，主动提出要过来帮忙。”

“好！”小雪振奋地说，“那我怎么知道什么时候打电话过来？”

“我们会发消息给你的啊！”顾小白郁闷地看着她——女朋友真笨，“只要我一开始说那些话，罗书全，你就发短消息给她，大约半分钟之内你就打给她。”

“可是我什么忙也不会帮啊！”小雪紧张起来。

“可是我们什么菜也不会多加啊！”顾小白快气死了，“你还没搞清楚关键吗？关键是，我们要让你妈认为，这是我们第一次正式认识，正大光明地在她老人家眼皮子底下开始的。关键在这里啊，今天是左永邦认女婿，关我什么事啊！酒管够就行啦！”

默默地抬头看天花板，罗书全和小雪思考这个计划的可行性。

虽然实在诡异……但也不失巧妙……而且似乎也只有这样一个办法……

只有编狗血剧情的剧作家才能想出来的办法。

“大家各自的任务都明白了吗？”顾小白站起来，也没等两人唱票，振作地拍拍手，“好，现在开始对表！”

听完这话，三个人同时拿起手机开始对表，这个时候……门锁又被拧动了……

三个人面面相觑。

“我妈奉行的是宁可早到，不可迟到的原则。”

但是会早到多久……没有人知道。

顾小白已经完全惊呆了，没想到自己苦思冥想一晚上想出来的计划，被一个中年妇女轻而易举地全部摧毁。他转过头惊恐地看着小雪，小雪这个时候已经豁出去了，嗑着瓜子无辜地回看着他。

门锁……继续拧动着……

下一秒……小雪的妈妈将目睹所有真相……

就在这迅雷不及掩耳之际，不知道是怎样的天才，才能做出来的举动——顾小白冲向衣橱，打开柜门，把自己关进去，啪地把柜门关上……

与此同时，小雪妈妈开门进来，呆呆地看着沙发上的一个陌生男人——罗书全，和嗑着瓜子的……自己的女儿。

那一瞬间，阿姨都有些精神错乱，怀疑自己走错房间了。

一阵令人震惊的沉默后……

“你……你怎么会在这里？”小雪妈妈终于鼓起勇气，吃吃地问。

“我……我上次在这……”面对自己的妈，小雪没有顾小白那么惶恐，脑子飞快地狂转着。终于，她下定决心，仰起头，坚毅地看着自己的母亲……

“掉了东西！”

“掉了东西？”

“啊！是啊，我上次在这儿，回家之后，发现我包里的那个……那个……”

这个当口，居然犯起了选择恐惧症，不知道说什么东西好了。

“润唇膏。”边上，罗书全小声替她做出了选择。

“啊，对呀！”闻言，小雪豁然开朗，“润唇膏不见了，我想可能是掉在这儿门口了。”接下去就好办了，“这润唇膏可贵啦，我同学从日本回来送给我的，好几百块钱一支呢。一扭下面灯还会亮的，可好看了，我很喜欢的……上面还有个机器猫……”

小雪已经完全忘了事情到底处在什么境地，开始很开心地编织一个从来不存在的东西，越编织越详细，完全沉浸在一种胡说八道的快感中。

“差不多行了啊……”边上的罗书全终于忍不住提醒，浑身已经全是冷汗了。

“嗯……”前提越编越详细，小雪开始充满底气，看着自己老妈，“所以我就想上来找找嘛，顾小白不知道哪儿去了，不在家，正好在楼道里碰到他。”说着指指罗书全，“他是顾小白的好朋友，他说他有钥匙，我们就先进来等他了。”

一口气把谎撒完，小雪心满意足，对自己非常满意，长长松了口气。

边上的罗书全已经冻得浑身是霜了，反应过来，也伸出手，“阿姨您好，我是顾小白的好朋友，我叫罗书全，我住楼下。”

A计划已经被破坏，B计划压根还没制定，罗书全也只好振作精神，打起配合战，“我们一会儿有个朋友聚会，顾小白下去买酒了。”

衣橱里，顾小白听着两个人的弥天大谎，觉得自己昨天晚上想计划想一个通宵不知道是在干吗。他一边惊叹，一边开始怀疑自我存在的价值。

这个时候，又有人敲门，罗书全走过去开门。

门口站着穿着一身HIPHOP大大垮垮的衣服、戴着棒球帽和墨镜的中年男子——看着罗书全目瞪口呆的神情，中年男子还不忘用黑人饶舌歌手的手势，对罗书全打了个招呼……

“Hi，What's up man……”

罗书全已经……陷入官能休克状态了。

没有预期中的惊叫，左永邦有些失落。他转头看看小雪和她妈，再看看罗书全，就是没有顾小白，也开始搞不清状况起来。

“什么情况？”左永邦小声问罗书全。

“一塌糊涂的情况。”罗书全绝望地回答。

“YoYo~Check it out.”

时间已经过去一个小时，顾小白还在衣橱里关着。因为开放式的厨房是在客厅里的，谁也不敢走上去把他放出来，顾小白自己更是不敢走出来。

厨房里，小雪的妈妈正在忙碌地切菜做菜，罗书全和左永邦木然地望着衣橱的大门，心想没有比现在更绝望的境地了。只有小雪，想起自己还有任务在身，走上去凑在妈妈边上挨挨蹭蹭。

“妈……你就让我在这里帮你忙呗……”

“你能帮什么忙，你不给我捣乱就不错了。而且，今天人家朋友聚会，你留在这儿干吗？”看了看表，小雪的妈妈很是忧虑，“这小白，怎么还不回来？”

话没说完，一转头，正看着罗书全和左永邦两个大男人，一前一后地在往门外吃力地搬一个衣橱，罗书全还转头对自己殷勤地解释。

“阿姨，我们也帮不上什么忙，”罗书全真诚地对她说，“小白跟我说了很久了，这个衣橱早就想处理掉，我看今天我们今天闲着也是闲着……”

“是是……”左永邦也一脸谄媚地笑，表示确有此事。然后，在阿姨呆呆的眼神中，两人使出浑身力气把衣橱搬出门外，关上门。

真是地狱门口转了一遭……

打开衣柜门，顾小白还在里面，所幸，竟然还活着……

手脚并用地爬出来，顾小白看了看左永邦和罗书全，一边感慨两人确是生死兄弟，一边惊魂未定地拍自己胸脯。

“我刚才还在想，我是不是今天整个晚上都不用出现了……”

说完，也不等两人回答，开始扶着墙深一脚浅一脚地往楼道外走去……

“喂？喂？你去哪儿啊？”

“买酒啊！废话！”顾小白转过头，匪夷所思地看着两人。

“我是去买酒的啊……”

情形好不容易开始步入正轨，顾小白一边拍着自己的小胸脯一边走到电梯口，按了电梯进去。此时，另一边电梯门打开，潇潇和阿升走出来。阿升用一种军训时常用的正方步走着，边上的潇潇还在喊着口号……

“一二一，一二一，一二三四……”

阿升迈着方步向左永邦和罗书全走过来，然后走到他俩面前站定……

“这是我爸。”潇潇指着左永邦淡淡地道。

“首长好！”

阿升并腿，弯腰，敬礼，鞠了一个快一百八十度的躬……

回到顾小白家，接下来的一个小时里，只有潇潇悠然自得地四处逛，玩玩他的玩具，拨弄拨弄他的书。眼看妈妈一个个菜做完，顾小白还没回来，小雪已经急得团团乱转，打电话问顾小白在干吗，怎么还不回来，得到的答案是……

顾小白在楼下的超市，已经一口口地喝上了酒……

“我要压惊啊！”说完，顾小白挂了电话，哆嗦着又往嘴里灌了一口。

挂了电话，小雪绝望得都快哭了。

沙发上，左永邦和阿升尴尬地坐在沙发上看着电视。其实谁也不知道看什么，就是气氛很尴尬。左永邦别扭，阿升更加紧张得浑身通电。

为了缓解紧张，左永邦开始浑身摸烟，好不容易摸出来抽出一支，又找不到打火机。阿升见状，马上从口袋里掏出打火机，双手奴才似的给左永邦点上。

左永邦使劲吸了一口， 稍微放松了点，阿升心里一块石头也放了下来。

“嗯？你抽烟啊？”左永邦突然反应过来，转头问阿升。

“啊？不不，我不抽烟。”阿升魂飞魄散地解释，“这是专门给您准备的。”

“哦……”左永邦慢悠悠地说，“抽烟不好……我这是没办法……”

“是是。”

如此，两人关系非但没有平等，更加高低立判起来，阿升更加战战兢兢。左永邦默默地抽烟，绝望得想死。

有人开门进来，左永邦和阿升两人立刻站起身来。

顾小白拎着酒开门进来。像看到救命稻草似的，左永邦和阿升求救似的看着他。顾小白看都没看两人，连蹦带跳地走到厨房区，欢快地对着丈母娘，“阿姨阿姨阿姨，您来啦！”

“哎呀，等你半天了，你都去哪儿了，还好我今天早到。”看到顾小白终于回来了，阿姨笑眯眯地指着罗书全，“你那个朋友，说你今天家里请客。”

“是是，我刚才下楼买点酒。”

为了证明此言不虚，顾小白把一大袋酒递到阿姨面前。

“怎么自己还先喝上了？”阿姨闻了闻顾小白，一身酒气，也不疑有他。突然想起，她一把拉过小雪，“哦，对了，这是我的女儿，上次见过一面的，还记得吗？她今天帮我打打下手，没问题吧？”

“顾老师好。”小雪恭恭敬敬地弯下腰。

至此，任务终于磕磕碰碰地完成，顾小白对着小雪恭敬地弯腰，两个人都已经去掉半条命。

端上最后一个菜，桌上已经琳琅满目。阿姨松了口气，拉着小雪就要走，“今天太仓促啦，就做了这些，我们走吧。”

顾小白、罗书全、左永邦、潇潇、阿升正要往桌边走，听到这话都是一呆，眼看着阿姨拉着小雪往门外走，小雪求救地看着顾小白。

“不不，别走别走，一起留下来吃啊。”左永邦和罗书全看着顾小白还没反应过来，连忙冲上去，一人一边，架起小雪妈妈，强拉着往桌边走，阿姨一边手刨脚蹬地挣扎，一边看顾小白。

顾小白也终于反应过来，冲上去帮忙，“是是，您千万别走，您走了我们会难过得一口都吃不下去的，快坐下坐下……”

三个人活像劫匪似的，生生把阿姨绑架到桌边，在主座上强行按下。

“啊啊？我不坐这儿，我不能坐这儿！”阿姨都吓疯了。

“不不，您必须坐这儿，这儿除了您，没人能坐这位子。”顾小白断然狠狠地说。说着环顾众人，所有人都肃穆地点着头。

只有潇潇的男朋友阿升，目瞪口呆地看着这一切。

这……也太华丽了啊……

“哎……你们这儿都把保姆当太后一样供着啊？”落座后，大家终于交杯换盏地喝起来，吃起来。看着阿姨坐在主座上，战战兢兢地吃菜，所有人都对她毕恭毕敬，阿升终于忍不住小声问潇潇。

“管得着么你？我们这儿没人正常。”

“哦，是这样啊！”

阿升终于恍然大悟，原来这个小圈子的交际法则——就是真的不能按照正常逻辑来啊。看来刚才对“岳父”左永邦的狗腿姿态完全弄反啦。阿升也是个聪明孩子，一旦反应过来后，姿态立马一百八十度大转弯，一把搂过边上的左永邦。

“哎，哥们儿，你平时都玩点儿什么？”

本来还在正常地吃菜，一口菜正夹在嘴里，左永邦闻言愣住了，呆呆地转过头。

“啊？”

阿升看着他，“潇潇说你平时都挺忙的，那你平时忙完了都干些什么？都有些什么消遣啊？”

“我……”左永邦一下子反应不过来，只好老老实实地回答，“也没什么特别的消遣，就是和朋友聚聚，喝喝酒，打打球什么的。”

“就喝酒打球啊？那多荒废啊！也不谈个恋爱啥的？”

“呃……分了。”左永邦老实交代。

“为什么啊？我看你人不错啊，怎么了？给人蹬了啊？”

左永邦手紧紧捏着杯子，就快疯了。

“没事儿，哥们回头给你找一个，多大点儿事啊！我还以为抢鸡蛋呢！”阿升耸耸肩。

此话说完，左永邦就要发狂了。他正要发威喝令找人把他斩了，边上的小雪突然掩着嘴笑得喘不过气来。左永邦呆呆地转头看她，阿姨也没懂小雪干吗突然笑得那么疯。

“什么抢鸡蛋？”阿姨小声问小雪。

“没什么没什么，就是个笑话。”小雪笑得喘不过气，“说是啊，有一个姑娘，提了一篮子鸡蛋上市场去卖。半路上呢，遇到伙匪徒，把姑娘给吓得半死。匪徒对她说，要不，给哥几个快活快活，要不就要你的命……姑娘一听，放下心来，说，咳，多大点儿事儿，我还以为抢鸡蛋呢！哈哈哈哈。”

小雪一个人笑得死去活来。听完，潇潇、罗书全也狂笑，左永邦默默转头，看着阿升。

“小姑娘家！”阿姨反应过来后，怒斥小雪，“说什么乱七八糟的笑话！哪儿听来的？”

“他告诉我的，哈哈。”说着，小雪一边笑得浑身发抖，一边指着顾小白。

一边——指着——顾小白，指完，才马上觉得不对劲。

这时已经晚了，阿姨已经转过头，困惑地看着顾小白。顾小白看着阿姨，嘴角牵动，表情抽搐。

无论怎么对，顾小白都没有和小雪说那个笑话的时间，和熟悉程度……

除了想死，还是想死。

“我怎么找了个那么笨的女朋友呢……”

晚饭后，顾小白在阳台上不断拿头撞着墙。罗书全走过来，兴致勃勃地看着他。

“哟，练铁头功啊？”

“我好想死好想死好想死。”

“大家都这么希望。”

说完，两人转过头往客厅里看大家。客厅里阿姨一边洗碗，一边目光搜索着小雪，准备找机会质问，而小雪则不断地在躲着她妈。阿升和左永邦都脸色铁青地看电视，潇潇走过去，看着左永邦，一脸严肃。

“我要和你谈谈。”潇潇宣布。

左永邦看看阿升，只好跟潇潇出去。小雪见机，马上凑到阿升面前，总之，就是千方百计躲着她妈。

情况——已经一塌糊涂了。

“我说你啊，还是赶紧坦白从宽吧。”罗书全说，“我党的政策一向是优待俘虏，严厉打击敌人的。你看，你女朋友已经被逼得跟那个阿升聊天啦！”

顾小白终于没办法了，小雪在绝望地跟阿升攀谈。

“你现在是什么心情？”

“我觉得我没办法活着回家了……”阿升哭丧着脸，“为什么女孩子都要有父母呢！男生喜欢女生，女生喜欢男生，都挺好的事。一加上父母，事情就乱七八糟了。你必须喜欢她的父母，她父母也必须喜欢你。不然，这个事儿早晚都会黄掉。世界上怎么会有这么变态的事儿呢，而且还要代代延续……”

而另一边……潇潇正在严肃地跟愤愤不平的左永邦谈判。

“他肯定是被你们这些人吓得精神失常了，你个大人就不要和小孩子计较了嘛。”

“什么叫我个大人？”左永邦愤怒地说，“你什么时候把我当大人看？就是你！老是对我没大没小吆五喝六的，现在搞得你男朋友也对我没大没小的。我怎么那么惨啊，我十月怀胎把你生下来容易么我……”

左永邦坐在台阶上，一边精神错乱一边委屈地强忍眼泪。

形势终于快崩溃了。

顾小白终于深深地吸了口气，下定决心，向厨房区的阿姨走去。

阿姨收拾完，走到阿升那里，一把拉起小雪。

“救命啊救命啊救命啊！”小雪一边呼救一边死死拉着阿升。

顾小白迎面拦住。

“阿姨，我有话想跟你说！”顾小白庄严地宣布。

“啊？”

“阿姨，”看着阿姨困惑的眼神，顾小白马上声泪俱下，“您要怪就怪我吧，是我，是我瞒着您，和您女儿早就展开了地下工作。”

“什……什么时候开始的？”阿姨愣愣地问。

“自打第一次她来接你那天。”

“也就是说，我后来来打扫的时候，你们早就在一块儿了？”

“不，我们分隔两地。”顾小白严肃地回答，“我在客厅，她都在衣橱里。”

“……”

“你要杀要剐就冲着我来吧！”

见悲痛模式不管用，顾小白开始自残模式。

正在想怎么激起中年妇女的同情心……只要放过她女儿就好了……

当然，如果自己也顺便没事，就更好了。

只见阿姨——缓缓坐在床沿，开始沉默不语，偶尔擦擦眼泪，悲伤得泪眼婆娑。

“阿姨，您没事儿吧？”顾小白吓坏了，“您您您……您这样我只能去自杀了……”

“不，阿姨不怪你。我只是想到了我年轻的时候……”阿姨突然抬起头，哀伤地看着他，“如果当初……”像回到从前一样，阿姨心痛得情不自禁，“我喜欢的那个人可以完全不管我爸妈的想法，死也要和我在一起，我后来也不会嫁给她爸了……”

“啊？”顾小白惊骇得连自己叫什么都忘了。

只听见……

“就这么定了！”阿姨突然站起身，紧紧握住顾小白的手，“不管你们以后怎么样，阿姨都支持你！”

“妈~~~”反应过来后，顾小白一头扑倒在阿姨怀里，哭喊道。

这件峰回路转的事就这么结束了。

晚上，派对结束后，潇潇扶着哀伤不已的左永邦走出顾小白家。

左永邦还在哭哭啼啼，“虽然十月怀胎没我什么事儿，可是我也贡献了一份力量……后来你生下来，把屎把尿，你会叫的第一个人不是我，是你妈……我还记得你第一次叫你妈的时候，我和你妈正在打赌，看你会先叫爸还是妈，结果我输给了你妈好多钱……她到现在也没还我……”

潇潇一边扶着一边看着她爸露出了中年男子衰老的迹象，也终于有些辛酸。

“快过来跟我一块儿啊！”潇潇对着边上不知所措的阿升喊。

阿升忙不迭上去，扶住左永邦另一边。

左永邦看看阿升，转过头对着潇潇，“我跟你打个赌，他会叫我爸还是叫我妈。我赌他叫我爸，我跟你赌五百块钱……”转头对阿升，“快点叫……”

阿升感到悲痛极了，“哥们你真别这样……别说我没五百块钱，有我也不给你。不就是失恋嘛，天涯何处无芳草……”

左永邦转头看着阿升。

阿升呆呆地看着左永邦，恐惧地看着，终于尖叫一声，冲出门外。

“你他妈的！”左永邦终于叫着追了出去。

客人已经走光，客厅里一片安静，顾小白和小雪在阳台上静静拥抱着。

“我妈说以后不来我们这儿打扫了，免得打扰到我们，还有好几家在请她呢。”

“你妈真是个好人。”

“嗯。”

顾小白仰起头，是一张纯真无瑕的少女的脸。

“是咱妈，咱妈。”顾小白连忙纠正，“咱以后也定期给咱妈点零花钱。”

“你也真有本事，”看着顾小白，小雪甜蜜地搂着他，“能把我妈哄得这么高高兴兴地走了，走之前还对我说，好好和你在一块儿呢，你都和她说什么啦？”

忆当年的时候，小雪早已经吓得逃到不知道什么地方去了……

“秘密。”

看着小雪佩服的表情，顾小白也忍不住贱贱地笑起来。

“秘密……这是一个秘密……”

小闵……

你还好吗？

再见了……

LESSON 13 傍大款升级版

我们鄙视秃顶、肥胖、穷得只剩钱的大款，以及他们身边的女人。所以我们想法设法变成更高级的大款——帅，年轻，有钱，那叫做白马王子。

不知道什么时候开始，我们开始追求一切带着标志的东西。标志意味着一个人的身份、地位、品味，一个个标志纷纷涌现，一叠叠钞票付出去。世界需要经济来推动，有时候爱情也不例外。

傍大款，这个全世界只有中国人听得懂的名词，里面不知道含着多少复杂的学问，这套学问由女人负责建立，一般的男人根本别想听懂……

上午，顾小白斜躺在沙发上，仰望着天花板，面容痴呆，整个一高位截瘫病人。阳光照进来，罗书全对着顾小白的电脑时而噼里啪啦地打着，时而聚精会神地看着。

“好无聊啊……好无聊啊……好无聊啊……”顾小白不断地哼哼。

“好无聊啊……好无聊啊……好无聊……”

“好无聊啊……好无聊啊……好无聊……”

“我求求你让我清静一会儿行不行？！”罗书全终于受不了了，转过头，“我这个程序明天要急着交的啊！”

“那你回自己家做啊。”

“你以为我电脑不坏我会来找你吗？”被戳中痛处，罗书全伤心死了，“杨晶晶昨天不知道发什么神经，要看我电脑里有没有前女友照片——当然没有啦！我就正大光明地给她看。谁知道她看到没有，竟然一副捉奸不成很失望的表情，然后提出要在我电脑前玩游戏……”

“然后呢？”故事开始，唯恐天下不乱的顾小白兴致来了。

“你以为呢！”罗书全气愤地说，“她哪是要玩什么游戏啊！她等我走开了，就在我电脑里装了个什么恢复被删除文件的程序——也不知道她从哪儿弄来的，总之就是非要刨出点儿证据来折磨折磨我不可，最后……”

罗书全一副痛心疾首的表情。

“什么也没刨出来，我电脑给她刨崩溃了……”

两人就这样相互对视了一会儿，罗书全满脸悲痛，顾小白则一脸同情。

“好无聊啊……好无聊啊……好无聊啊……好无聊……”

“我求求你了，”罗书全终于崩溃了，“你无聊干吗不回屋里躺着睡觉啊？”

“我昨晚上刚刚奋战了一通宵。”顾小白哼哼道，“合计写完一集剧本、两篇杂志专栏、三份新策划的提案，刚刚交掉。现在什么也不想干，就想躺着说好无聊啊好无聊啊，你懂什么……这是消遣。”

“你干吗不去找小雪消遣？”

“她最近刚刚学校毕业实习嘛，”顾小白摊摊手，“被分到一机关单位，现在可有事业心了，整天朝九晚五的。”

“哎？我突然发现，”罗书全的兴致也来了，“但凡什么女孩只要一跟你交往，马上工作忙起来。以前莫小闵这样，现在小雪也这样，可你还是每天像个高位截瘫似的，”罗书全惊叹地看着他，“你可真有帮夫运啊？”

“你想刺激我吗？你想刺激我吗？”顾小白紧紧地盯着他，然后又虚弱地躺回去，重新哼唧起来，“可是你是刺激不到我的，我现在就是……好无聊啊……好无聊啊……好无聊啊……”

这个时候，突然有人敲门，中午十二点……

罗书全回头看看顾小白，顾小白完全没有起身去开门的意思。罗书全没办法，只好站起来走过去开门。打开门，小雪站在门口，看到罗书全，她双手拧着，不好意思地笑了笑，低下头。

罗书全呆呆地看着她，转过头，顾小白也是一副不可思议的表情。

到了这个份上，罗书全也别在顾小白家待了，朝小雪点点头，转过身，走到顾小白电脑前，在顾小白目瞪口呆的注视下，拆了顾小白的机箱。

扛起机箱，对小雪和顾小白打了个招呼，就挨着小雪挤出门。

顾小白已经吃惊得忘了阻止了。

“你怎么来了？出什么事儿了吗？”顾小白走过去，发现小雪的表情，居然……流露出一种哀戚。

“没有……我就是午休时间过来看看你。”小雪的表情还是很凄楚。

“怎……到底怎么了？”

“不是……”看着顾小白，小雪终于深深吸口气，“我就是有件事想问问你，你一定要老实回答我……”

顾小白斜眼看着小雪。

因为这实在是一个……太可怕的承诺了。

对一个问题要答应说实话并不难，难的是还不知道这个问题是什么就承诺要如实回答，这确实是一件风险系数很高的事。

顾小白看着小雪，脑子里一瞬间转过无数个念头，把她所有可能问到的问题都在脑子里过了一遍。最终，安定团结的大主题思想压倒了一切，他转过眼，老老实实地看着小雪。

“好，我答应你，我一定老实回答你。”

“你每个月到底赚多少钱？”小雪走上一步，咄咄逼人地看着顾小白。

“那然后呢？”

小雪走后，顾小白下楼，一副见了鬼的样子跟罗书全转述这之后的发展。

“我怎么知道她会问这个问题啊！打死我也没料到啊。于是，我就问她为什么问这个问题啦！”

“你先别管我为什么这么问，”小雪说，“你先老实回答我，你一个月大概赚多少钱？”

顾小白心想，难道她的真实面目终于露出来了？可这未免也太快了吧，两人交往到现在不过一个多月，就赤裸裸地问这样的问题，叫他情何以堪。可能是内心不想相信，顾小白还是用了一种小心迂回的方式继续试探。

“呃……你也知道，我这种工作又不坐班，很不稳定的嘛，多的时候多点儿，少的时候一个月一分钱也没有，说不准的。”

“那平均呢？平均一个月下来有多少？”小雪还是不依不饶。

实在无处可躲了。

“一万上下？”顾小白小心翼翼地回答。

本以为这个数字已经算保守了，没想到小雪还是撕心裂肺地尖叫了一声。

“那么多！”

“啊？”

“啊？”罗书全愣愣地看着顾小白，完全反应不过来。

“对对对，没错！我当时也就你这个表情！”顾小白激动地看着罗书全，“完全傻了，不知道她到底什么意思。”

然而，小雪什么意思也没表现出来，只有显得比刚来的时候更加哀婉，整个像刚刚参加完顾小白的遗体告别，她摇摇头，拖着沉重的身躯往门外走去。

终于忍不住，顾小白跳起来死死拽住她，“喂，你到底什么意思啊？别没事儿玩我啊！我不明白啊！”

小雪低头，黯然，不语，过了一会儿，缓缓转过头。

“好吧，我告诉你，我有次和你在外面餐厅吃饭，被我同学看到了。”

“呃……然后呢？”

“没了。”

“对不起小雪……”顾小白呆呆地看着小雪，终于讨饶，“可能我们年龄差距比较大，当中隔了点代沟，我实在不知道你在说什么，在说外星语吗？”

“我同学回去当天就和我其他同学说了！！！”小雪终于委屈地叫出来。

在脑子里把这句话绕了几十遍……

“你有男朋友的？”终于，顾小白试探地问。

“没有。”

“那我结婚了？”

“我不知道啊？”小雪惊诧地问，“你结婚了？”

“当然没有！”顾小白终于彻底抓狂，“我被你说得自己都快以为自己结婚了！老天作证，”顾小白举起三根手指，狠狠道，“如果现在我顾小白明明听懂了你的话，还在装傻就一个雷劈死我！我实在是听不懂你到底在说什么。你又没男朋友，我也没结婚，我们俩正大光明地谈恋爱，在餐厅吃饭，被你同学看到了，回去跟你其他同学说了——那又怎么啦？！”

“那个餐厅，她们从来没进去过！一个菜一两百块钱！听也没听过，更别说吃了！她们说我在傍大款！”终于，小雪撕心裂肺地喊出来。

呆呆地看着小雪，顾小白张大嘴，脑子当即休克。

缓缓绕着小雪走了一周，顾小白终于确定她不是专程跑过来耍他玩儿的，而是真心诚意地被一种怪异的负罪感折磨着——虽然这负罪感来得完全无厘头，他还是走上去，抓起小雪的手。

“小雪，我和你，男和女……都逃不过爱情。”顾小白已经精神错乱了，“我们两个单身男女，自由恋爱，茫茫人海，一见钟情，花前月下，桃李芬芳，山盟海誓到现在，人间总有四月天，发展到现在，吃吃饭，约约会……”终于尖叫起来，“这和他们有狗屁关系啊？！我的钱既不偷又不抢，都是一分分赚来的，而且约会总要花钱的啊，你管人家那么多干什么，你到底在想什么啊，这和我们有什么关系啊？”

“你不知道，你不会明白的，我现在压力有多大。”

“到底什么压力啊？”

“你不知道我的同学和她们男朋友平时出去约会都吃什么？”小雪抬头，双目含泪，“吃路边摊……偶尔吃吃肯德基已经很开心了。现在不是跟你吃什么的问题，而是吃什么我不会在背后被他们戳脊梁骨的问题，你懂吗？”

顾小白确实搞不懂，只好呆呆地站在那里，只有靠眨着眼睛表示他还活着，还没有被震骇死，然而，小雪还是慢慢转过身。

“我现在心里很乱，我先走了。”说完，小雪拖着沉重的脚步黯然离去，一句话都说不出。

“好想吃肯德基喔……”听完全过程，罗书全看着窗外，悠然神往。

“好，过一会儿我们就去吃，吃到你吐为止！”顾小白恨恨道。

“我真不知道你在这儿愁什么，”转过头，罗书全脸上全是说不上是兴高采烈还是幸灾乐祸的笑意，“这是多好的一件事儿啊！你自己想想，小雪，名字又好听，人又漂亮，又年轻，貌美如花，最重要的是一颗心像块璞玉一样，纯洁无瑕。这是你几世修来的福气啊，你还在这儿愁眉苦脸的。”

“我愁眉苦脸了吗？现在愁眉苦脸的是她啊，不是我啊！”

“要不，你把钱全部送给我吧！”

“这个世界到底怎么了啊？男人什么时候开始比谁更没钱了？”

顾小白在罗书全屋子里转了八百圈，终于爆发地叫喊出来。

从古到今，男人比的都是谁有钱。突然面临比谁没钱的场面，顾小白不仅毫无经验，简直被一棍子打蒙了……

“哎呀，你就体谅体谅他们吧。”罗书全看顾小白真愁苦了，“我们当年不也是那样吗？”

“哪样啊？”

“仇富啊！”罗书全大喊道，“我们念大学哪会儿，要是学校里哪个漂亮点儿的女生被学校外的什么老男人接出去，酒吧里喝个小酒，聊聊天儿，结个账一出手就是几百块钱，几百块钱是什么概念？是我们那时候一个月的生活费啊！”

顾小白追忆了一下。

“是啊。”

“那还不是想掏刀子杀人啊？”罗书全继续说，“可杀人犯法啊，那只好道德攻击啦。说这个女孩子堕落啊，下流啊，不要脸啊，什么话都说出来了。其实几百块钱现在看看算什么啊，随便吃顿饭就没了。而且那个时候我们所谓的老男人，也不就是我们现在这个年龄？”

三十岁出头的老男人……是大学男生的天敌。

“有道理啊！”顾小白恍然大悟，“也就是说，现在我们变成了我们当年仇视的对象？”

“完全正确。”

“不是，”顾小白呆了一会儿，使劲摇摇头，“问题是，我一点也没觉得自己有钱啊？我觉得我自己可穷了，是我认识的人里面最穷的——当然不包括你。你知道我们那电视制作公司的老板吗？谈个女朋友就送辆宝马，谈个女朋友就送辆宝马，你知道我当时都怎么想吗？我都想把他给阉了，谁受得了这个刺激啊？远的不说，就说左永邦，谈个女朋友就送张附属信用卡，随便刷，弄得我一度也很想成为他女朋友。这些人——小雪那帮同学都瞎的啊？怎么就觉得我有钱呢？”

“哎，我都跟你说了……”罗书全说，“有钱没钱这个东西都是相对的，都是随着交际圈、眼界提高而提高的。问题关键不在这，关键是现在小雪觉得你有钱了，他们同学也觉得你有钱了，你就是有钱了，你就是大款了！懂——

了——吗？！”

罗书全冲着顾小白的耳朵大吼。

顾小白不管懂还是不懂，但确实不知道接下来到底该怎么办，再打电话给小雪，小雪都不接了，接也是不咸不淡地说两句，但也没提分手，让顾小白次次碰软钉子。他突然发现，这个世界上最可怕的原来不是穷，而是你明明是个穷人，却被人家当成大款。那种屈辱与悲愤，就像一个纯洁的少女，被人当成荡妇。

“那能怎么办呢？”顾小白每天都看着寂寞的手机想。

这一天，电话终于来了，来的却是罗书全的电话。

“喂？你在哪儿啊？”罗书全在电话里说，“我刚才下班，在路上看到小雪……和一个男孩子手拉手在一起走啊。”

和一个男孩子手拉手在一起走啊……

按说到了这个份上，顾小白可以死心了。因为他对这种情形、这种事态确实束手无策，但他又不甘心——自己确实不是大款啊——莫名其妙死得这么冤。死在有钱而确实又不是真的那么有钱这种诡异的局面上。于是，他挂了电话就出门打车（看，连车都没有）到小雪念书的职高门口去堵她。

不知算他幸运还是倒霉，下了车，正好看到小雪和一个男生手牵着手正要回学校。小雪和那个男生也看到了顾小白，男生好像也知道顾小白似的，两人愣了愣。远远地，小雪和那个男生低声说了几句什么，然后慢慢向顾小白走来。

小雪走到顾小白面前，低头，不语。

“这个……麻烦你解释一下好吗？”顾小白轻声问，“到底是我看错了，还是你做错了？”

“你没看错……”终于，小雪吸了口气，抬起头，“但我觉得我也没做错。”

“所以说，我已经被当掉了，是吗？”

看着轻声细语但一脸不可思议的顾小白，小雪沉默着，过了一会儿，点点头，“我和你在一起，我心里很不安你知道吗？‘傍大款’这三个字压得我喘不过气来。我妈从小教育我说女孩子要自立自爱……那个人是我同学，喜欢我很久了。虽然人很穷，但是很有志气，很有上进心。”

“这和上进心有什么关系？我也有上进心啊。”顾小白终于忍不住了。

“你比他有钱多了。”

顾小白沉默着，站在那里，半天动弹不了。终于，他点点头，苦笑起来。

“我明白了，原来真的大家开始比谁更没钱了。”

越过小雪头顶，远处的那个男孩用着一种怨毒、愤怒的眼神看着顾小白。

“我就不明白了，她到底想我怎么样啊？”晚上，顾小白实在想不通，找了左永邦去酒吧喝酒。干了五六杯啤酒后，顾小白把酒杯一摔，终于爆发，“喔？要我退回十年前，一个月靠几百块钱活命她就会接受我了？那我也回不去啊，那要不我把房子卖了？工作辞了？那我也顶多跟那小孩儿一样啊，我要比他更穷，我只有上街讨饭去啦？”

“小孩儿嘛，脑子乱，但这是好品质啊，你好好和她说不就行了。”左永邦笑得更开心。

“怎么说啊？说不通啊！这逻辑！无敌了！我根本干不过啊？我自己都快把自己绕晕了……”

“首先，你得明白一点，”左永邦语重心长，“这样的女孩儿，是好女孩儿，总比脑子里只有钱的女孩儿好吧？明确了这一点，你再慢慢往下做工作。”

“我跟你说啊，我都想过了，我要打败我那个情敌，我只有往他户头上打钱了，还必须把我大部分的钱都打给他。”

“那你知道他账号吗？”

“我可以问啊……”酒精作用下，顾小白明显已经有点精神不正常了，拿起手机就要找小雪，刚拿起电话，就呆呆地看着吧台对面。

对面——出乎意料地——小雪也在找顾小白。不知道她怎么知道他在这里，和顾小白目光对视，她急急地从那边挤过来，朝左永邦客气拘谨地笑笑，站在顾小白面前。

“我去你家找过你，罗书全说你在这儿。”

“喔？想通了？”顾小白抱着侥幸心理，看着她。

“你能不能借我两万块钱？”

“呃？”

小雪不语。

“你家出事了吗？”

小雪还是不语。

顾小白终于着急起来，“你倒是说啊，你家出什么事了吗？”

“跟我家没关系。”小雪摇摇头，“我家什么事也没有。”

“那到底是怎么了？”

小雪咬着嘴唇，还是不说话。

“借钱是行，”事到如今，面对行为举止处处出人意料的小雪，顾小白每说一个字都在小心斟酌，“两万块也不是巨款，但我听听原因总行吧？”

大概是觉得找人借钱又不说原因这点实在有点讲不过去，小雪终于长长地吸了口气，抬起头。

“我借去给我男朋友做生意。”

“……”

“刚才我们在学校外面看到你，回去后他就跟我说他非常非常爱我，这辈子都离不开我，而且发誓一定会赚大钱让我幸福的，而且打算马上着手就干。”

“干什么？贩毒？”顾小白只有哼哼的力气了。

“卖打口碟。”小雪大义凛然地说。

“……”

“他也说了，虽然这个生意利小，也不怎么正当，但是这个世界上很多大富豪、大资本家都是从小本生意开始的。有了原始积累，赚了第一桶金以后就好办了。”

“有志气，有想法。”顾小白鼓掌，“但是他连小本生意的本钱都没有？”

“他家里穷，他说他做这一切都是为了我，我觉得我有义务帮他。”

看着大义凛然，丝毫不觉得这一切有什么不对劲的小雪，顾小白突然感到了一种前所未有的怪异。不可思议，自己好像置身在另一个次元空间。之前三十年所受的人情世故、伦理道德全部被击得粉碎，分文不值。

“所以，你就来问我借钱？”

“当然，你也可以不借，”小雪继续很正义地说，“我只是第一个先想到你。”

事到如今，顾小白连哭和笑的力气都没有了，只好怀着那种超级不可思议、无法参透的眼神，慢慢地、探究地看着小雪。

小雪终于被看得慢慢低下头去，踌躇地站了好一会儿。

“你什么时候想好了，如果答应的话，打电话给我好了。”小雪抬起头，飞快地看了顾小白一眼，掉头就奔出门外。

呆呆地望着小雪飞奔而去的背影，顾小白不知道是她疯掉了，还是这个世界疯掉了，或者干脆是自己疯掉了。找了个脑子那么怪的女孩儿做女朋友，其结果是非但顺利地让另一个小子守株待兔不劳而获，他还要赔嫁妆。

“我怎么那么慈善啊，有钱得都有些不好意思了。”

就在这时，他看到莫小闵走了进来。

莫小闵也是一个人过来的，可能是刚放工想消遣一下，就来了和顾小白交往时常来的酒吧。没想到一进门就看见顾小白和左永邦坐在那里喝酒，顾小白的眼神还是那么地分不清是天才还是白痴。

两个人已经……好几个月没有见过面了。

莫小闵笑了笑，也没避讳，向他们两人走来。

“嗨！”莫小闵走到两人面前，笑了笑，“你们还好吗？”

“好！”顾小白惨呼一声，趴在桌子上啜泣，“好得不能再好了。”

“你别搭理他，他今天不太正常。”左永邦笑着对莫小闵说。

“你那位呢？”看着莫小闵，顾小白突然转头到处找，“就你把我甩了跟他好的那位，那个什么摄影师？”

“什么呀，我没跟他好。”莫小闵笑起来。

“那个时候我心里太乱，太想一个人静静，不代表我非得和他好啊，所以也不存在什么甩了你，我们是和平分手。”

是这样啊。

“那你最近在忙什么呢？”左永邦问。

“还和以前一样啊。”莫小闵笑了笑，“拍杂志、广告，拍片儿，不过就是客户比以前更好一些了。”

“小闵，我问你个问题啊……”顾小白突然说，“你现在拍一条广告片儿多少钱？”

“一条……”莫小闵斟酌了一下，“两到三万吧？”

顾小白和左永邦相互看看，咋舌不已。

顾小白和左永邦最有钱的时候，一个月才能有这样的收入。

“拍一条广告没几天吧？”左永邦问。

“嗯，”莫小闵点点头，“大概两到三天一条。”

“是这样的，小闵！”醒了醒神，顾小白猛地拍桌子，“我为什么在这里喝酒，左永邦又说我今天不正常？是因为我今天被剧组和写稿子的杂志社同时给辞了，我失业了，我求你把我给包了吧。”

“什……什么叫包了？”

“就是我傍你，我愿意做小白脸。”

有点弄不清状况，莫小闵求助地看着左永邦。左永邦也只好苦笑，朝着莫小闵笑着摇摇头。顾小白看“撒娇求安慰”这招也没戏了，只好趴在桌子上沮丧地问：“你今天到底是干什么来啦？”

“现在找个正常的男人怎么就那么难呢？”

莫小闵憋了一会儿，终于也爆发出来。

莫小闵自从做了广告模特，钱开始越挣越多，和顾小白分开后，追的男人也不少。本来以为生活会越来越美好，没想到又有新的苦恼跑出来。

“喔！你来约我，问我想吃什么，那我说了馆子，没错，餐厅是好了点，但我没说让你买单付钱啊？”然后，莫小闵坐在吧台边上，挖心掏肺地跟顾小白、左永邦诉苦，“我们AA，甚至我买单不行吗？我是想吃这个，又不是蹭你饭。倒好，一看菜单，脸都绿了，还硬着头皮点。最后我要买单还死活不让，买完单之后到处说我坏话，说我虚荣，不实际，不是过日子的人。谁要跟你过日子啦！”

莫小闵也气呼呼地举起杯子，一饮而尽。

“我也是个正常女孩子，”莫小闵继续说，“平时一个人在家，自己随便做点吃吃也就对付了，你们又不是不知道我。问题是他们来约我吃饭，那必然是在餐厅里的啊。我跟你又还没熟到你上我家来，或者我上你家去随便做点吃的这种程度。那我想下馆子吃就是那些地方啊，莫名其妙干吗说我虚荣？我打算我买单的呀！我一月挣这点钱我还不能花吗？”

“别这么说小闵，”顾小白幸灾乐祸但语重心长地说，“这么说显得你特遭无产阶级仇恨，你以前也是一苦孩子。”

“问题是我现在不苦了呀，我有条件让自己吃好点儿穿好点儿，这还不行啊？”

“还是这句话，人得找和自己相匹配的，你必须承认，”左永邦说，“你现在的社会层次上去了，那些男人已经不适合你了。或者说，想适合你也没法适合了，这叫心有余而力不足。”

“没错，你现在的出路就是赶紧找个巨有钱的，家里有游艇的，把自己包了，大家图个清净，省心。”

“你以为没有么？”莫小闵冷笑，“就昨天，还有一个广告客户的老板请我吃饭，就我们两个人。你知道一顿饭吃了多少钱吗？一万四！他还特别得意，就跟这些菜都是他们家孩子似的，恨不得全部拉出来给我展览一遍。你以为我会喜欢这种男人吗？”

顾小白对着左永邦，朝莫小闵摊摊手，“看，剩女是怎么炼成的——真人移动教学版。”

“我以前觉得女孩子不能靠男人，得自己经济独立，”莫小闵也没理顾小白，苦恼地看着自己手里的杯子，“怎么现在我越独立越不开心呢？”

喝完酒，顾小白、左永邦和莫小闵走出来。左永邦开车走了。莫小闵整理了一下衣服，想说点告别的话，转头看见顾小白精神抖擞很振奋的样子。

“你现在怎么那么高兴？之前不还挺低落的吗？”莫小闵惊讶地看着他。

“没有。”顾小白很嗨皮地回答，“我之前一直以为你离开我过得很快乐很滋润，现在看来也不是那么回事儿，看到你过得不好，我也就安心了。”

莫小闵笑起来，看着顾小白不说话。

“干吗？”

“过来。”莫小闵笑着朝顾小白招招手。

顾小白莫名其妙地走上去，“干吗？”

揽住他，莫小闵抬起头，“之前我太任性了，以后，我们还能做朋友吗？”

“行啊，只要你多介绍点女客户公司老板给我就行。”

“你现在真没女朋友啊？”

“就昨天还有呢。”顾小白摊摊手，老实回答。

“又失恋啦？！”莫小闵惊叫。

“你还没人要呢！”顾小白大吼，“你有什么好得意的！”

“我只是突然觉得我当初的决定是正确的。”突然，不知怎么地，莫小闵声音低下去，低得细不可闻地轻声道。

“也该放你到社会上去历练历练了。”顾小白也轻轻地说，“让你知道不是每次都有机会遇到我这么赞的人的。”

无声地微笑着靠在顾小白的肩头，莫小闵没有再说话。

两人在对方的肩头寻找温暖。

这样子的离开，放开对方的手，在新的世界里，各自奋力地游着。即便没有找到岸边，眼前的视野也一片模糊，但遇到对方，还是有回忆可以寻的吧？那些共同经历过的事情，那些共同体验过的欢笑，都是心里最温暖的力量。

不知这样互相靠了多久，莫小闵终于笑着跳起来，招招手，说了声“拜拜”，拦了辆出租车走了。

顾小白没有看见，回去的路上，出租车的窗内，望着流转的霓虹，莫小闵泪流满面。

想了整整一夜，顾小白终于想通。既然小雪有志气，她“男朋友”也要闯“事业”，就当送他们一程吧，就送两万块，也不打算再要回了。第二天一早，顾小白到银行取了两万块钱，打算给小雪送去，但是打小雪电话，又一直苦于忙音——估计是和“男朋友”在说甜言蜜语。想到这里，顾小白简直搞不懂自己什么时候变得这么崇高悲壮。但既然送佛送到西，顾小白打算索性把两万块钱送到小雪实习的机关单位去。

打了辆车，到了那里，刚想进门去找小雪，正好一个戴着眼镜的女孩儿从院子里走出来。

“你好，我来找也在这儿上班的一个人，应该是你同事，叫小雪，你认识吗？”顾小白拦住她问。

女孩儿上上下下地打量着顾小白，突然毫无征兆地指着他叫，“喔！”

“喔！”顾小白也不甘示弱，指着她反叫，叫完之后好奇地看着她，“喔什么喔？”

“你……”女孩吃吃地问，“难道是那个顾……顾小白？”

“你难道是我的粉丝吗？”

“不是。”上上下下地打量了顾小白一番后，女孩掉头飞奔，“不过以后应该会是……”

“这儿上班的是不是都是精神病啊？”顾小白愣愣地望着她的背影，终于忍不住冲着大楼狂喊，“你们按时吃药啊！”

再打电话给小雪，还是忙音。这个时候，仁至义尽，顾小白恨恨地转身就走，刚走出大门，后面有人大叫：“顾小白！”

顾小白转头，小雪笑着朝他飞奔过来。

顾小白呆呆地看着小雪从远处奔过来，一头扑在他怀里。

“你怎么来啦？”小雪在他怀里抬起头，甜蜜地问。

“我觉得你在这儿上班真合适，什么叫我怎么来了？”

“啊？”

“你失忆还是我失忆啊？”顾小白呆呆地看着她，“你昨天不是问我借钱吗？我今天给你拿钱来了啊？”

“喔，这个事儿慢慢再说吧。”小雪笑起来。

小雪搂着顾小白，一脸幸福地走出大门，对面就有一个冰淇淋店，小雪提出要吃冰淇淋。顾小白趁着小雪飞奔过去的当口，连忙打电话给罗书全。

“喂？！你在干吗？”

“在家数钢镚儿呢！关你屁事！”

“我问你啊！昨天我看到小雪这事儿是真的吧？”顾小白惊慌失措，“小雪晚上来问我借钱，我看到莫小闵这事儿是真的吧？”

“什么乱七八糟的？”

“我不知道啊！”顾小白茫然地握着电话，“我觉得我在做梦一样！明明昨天小雪跟我分手了，还问我借钱给她新的小男朋友做生意，我今天拿钱给她，她就跟完全没这事儿一样！我要被玩死了！”

“喔，她可能想测试下你是不是爱她吧？”

“啊？”

“莫名其妙和你分手你也接受，分手后马上找一新男朋友你也接受，回头再为新男朋友找你借钱你也接受，世界上就没有再比你更爱她的人啦！”罗书全说。

“女人都这么变态吗？这么测试！”

“至少这事儿搁在杨晶晶身上就一点不稀奇。”罗书全淡淡地道。

真是——百炼成钢。

在罗书全这里也问不出什么来了，顾小白恨恨地挂了电话。走过去，小雪已经叫了两个冰淇淋了，一个人在露天座上吃得欢欣鼓舞，甜蜜地看着顾小白走过来。

顾小白走到小雪面前，坐下，酝酿了很久。

“小雪啊……”顾小白推心置腹地说，“我们是不是有代沟啊？”

“啊？没有啊！”小雪一脸诧异。

“好吧，就算我昨天的事情忘得七七八八，我眼睛瞎了，看到的事儿都是幻觉，那你跟我说一顿饭吃几百块这事儿是真的吧？”

“啊？昨天是真的。”

“什么叫昨天是真的？我问你，你知道这冰淇淋多少钱吗？这两个球，加在一块一百多，我在你这个年龄，吃的雪糕都是两块钱一支的，你现在心情怎么样啊？”

“很好啊，这跟两块钱的雪糕不一样，这是意大利的呢！”小雪说。

顾小白咬着牙，快崩溃了。

“行了，我撑不下去了，咱们把话摊开来讲吧。”顾小白说，“我这人扛得住，你到底想怎么样？”

“没怎么样啊！”小雪反而一脸莫名其妙，“我想和你一直在一起的啊，你别想跑了！”

回到罗书全家，顾小白终于彻底崩溃，就差没有把罗书全杀掉了。

“我他妈快被她弄得精神分裂了！”顾小白喊。

“反正你到最后也没把那两万块钱给她，是吧？”罗书全问。

“是啊。”

“她也没问你要？”

“是啊！”顾小白举起双手在空中挥舞，“就跟压根没发生过这件事，从头到尾都是幻觉一样！好像昨天发生的一切全是做梦，是我自己脑子出了问题。不行了，我真得去看医生了。”

“别别别，你先别忙着找医生。”罗书全说，“小雪昨天来找你这事儿我也是看到的，要不就是我们都神经出问题了，但这基本上不会。我想问你的是，小雪到底是个什么样的人？”

“精神病人？”顾小白条件反射。

“不是，她到底是个勤俭节约的好女孩儿呢，还是个花钱没心没肺的虚荣的女孩儿呢？”

“我是真不知道啊，大哥，昨天她说她和我吃饭花了几百块是傍大款，心里愧疚得想自杀。今天和我吃冰淇淋，连吃两回，一共三四个小球吃掉两百多，眼睛都不眨一下，到底发生了什么事啊？”

望着双眼迸着热泪的顾小白，罗书全也回答不出来……

到底发生了什么事啊？！

与此同时，面对着正和他分手的小雪，小男孩也在苦苦地追问着。

“到底怎么了？到底发生什么事了？昨天不还好好的吗？”小男孩哭着问。

“昨天是昨天，今天是今天。”小雪冷酷地讲。

“那明天呢？”男孩儿抱一丝希望，“明天你会不会还和我在一起？”

“对不起，不可能了。”

“我真的不明白，”男孩儿掏心挖肺，“你昨天还说你喜欢自力更生有骨气的男生，今天下午你还在和我通电话，现在你又要和他重新在一起。他到底是怎么挽回你的？”

“他没挽回我……”小雪冷酷地说。

“那到底发生什么事儿啦？”男孩子也终于崩溃了。

他们都不知道，不管是少年还是青年，作为男人的这两人都不知道发生了什么事。

事情其实就是在昨天顾小白去找小雪碰到那个戴眼镜的女孩后发生的……

女孩呆呆地看着顾小白，然后掉头飞奔进单位，那个时候，小雪还在电话里和“小男友”甜言蜜语地恩爱……

“我在想办法给你弄钱，应该没什么问题。”挂完电话后，小雪正在怅然若失，望着窗外，这时，那个戴眼镜的女孩冲进来。

“小雪，小雪！”

“啊？”

“那个顾小白来找你来啦！”女孩激动得不行，“就在门外等你呢！”

“他怎么到这里来了？”小雪的脸一下涨红了，羞愤交加地就要冲出去。

“我真是没想到！”女孩儿一把拉住她，紧紧握着她的手。

“啊？”

“他竟然这么年轻……这么帅……”

女孩儿突然陷入了某种梦幻般的诗朗诵中。

“What？”

“我必须向你郑重道歉，”反应过来，女孩沉痛地看着小雪，“我说你傍大款是不对的。那天，我们路过那个餐厅，远远看到你和一男的在里面，我们怎么看得清那男的长什么样……”

“……”

“在我们印象中，”女孩的语气愧疚得要自杀，“吃得起那种饭馆的，都是又老又胖、秃顶、还大肚子的男人……所以我们无耻地诽谤了你……”

“那……那现在呢？”小雪吃吃地问。

“现在怎么一样呢！那个顾小白那么帅，那么年轻，还有钱……”

“那就不是傍大款了？”小雪呆呆的。

“你傻啊？！那怎么会是傍大款呢？这是白马王子啊！白——马——王——子！”

小雪呆呆地走出门，一个人往走廊尽头走着，耳边回荡着刚才女孩儿的话。

“……那都是又老又胖、秃顶、还大肚子的男人，所以我们无耻地诽谤了你……顾小白那么帅，那么年轻，还有钱……那是白马王子啊……”

小雪耳边回响着那些话，走着走着，脚步轻快了起来，嘴边也笑了起来。

终于，脚步越来越快，小雪飞奔出门，看着远处没头没脑的顾小白。

“顾——小——白！”

小雪冲着顾小白，阳光明媚地大喊。然后，在顾小白茫然若失、错愕的眼神中，小雪远远地冲上去，欢喜地，雀跃地，扑在顾小白怀里……

因为你是我的白马王子……

不是那些又老又肥只有钱的白痴……

这就是——

大款的条件。

LESSON 14 床上的焦虑

我对于和女朋友第一次上床存在原始恐惧。
今夜到明晨，所有苦心经营的微妙平衡将被彻底打破。
何去何从，福祸难料。

从人类发明出工具的那一刻起，人类剩余的想象力就发展出了无数的恋爱类型：深情，长情，结婚情，一夜情，办公室恋情，中年怪叔叔对小LOLi的补偿型爱情，姐弟恋，同性恋，异地恋……

与其说这是发明，不如说是偏执地将其归为类型。只是有一项，在距离我们几千年前的古希腊，一个叫做柏拉图的怪叔叔，发明了一种以他的名字命名的恋情类型，人们喜爱它，推崇它，赞美它，呵护它，只是……

这样的“精神恋爱”是否真的存在，这样的恋情是否只是一个妄想狂凭空的发明……

这天半夜，顾小白正在家里噼里啪啦地打着专栏稿，小雪在背后的沙发上看着电视，百无聊赖地换台，一个台一个台地换，每个台出现两句台词，就切换掉，每个台出现两句台词就切换掉。顾小白皱着眉头忍受着这样跳进跳出的烦扰，努力吸气继续工作。终于，小雪长长地打了一个哈欠。顾小白心里一阵狂喜，以为她终于还是撑不住要去睡了……没想到，电视频道切换的声音又响起来，顾小白头皮一阵发麻。

“你困了为什么不回家呢？”终于，这么来回几次后，顾小白想死的心都有了，忍不住回头问。

“我爸妈早睡了啊，我现在回去开铁门会吵到他们的。”小雪说。

“那……”顾小白朝卧室看了一眼，“你先自己进去睡啊。”

小雪无辜地看着他。

“我不困啊！”

顾小白没办法，只好又转过头继续工作。

电视频道切换的声音又响起来，伴随着小雪十秒钟打一次哈欠的频率。

“我今天真的要工作到很晚，”顾小白转过头，真心诚意地看着小雪，“可能要到天亮呢，真的。你不用陪我，也不要等我，自己先进去睡吧。”

小雪幽幽地看了一会儿顾小白，“好吧！”关掉电视，放下遥控器，头也不回地走进卧室，由于实在太困，差不多是栽进去的。

顾小白叹了口气，转头醒醒脑子，喝了口咖啡，准备继续干活。手刚放在键盘上，房门就被噼里啪啦地敲响了。顾小白手一抖，咖啡全洒在桌子上。

没来得及打扫，面对催命般的敲门声，顾小白只好先去开门。

打开门，门外是罗书全。

罗书全穿着睡衣，睡眼惺忪，头发乱蓬蓬，非常可怜地站在门口。他也不理顾小白，垂着头自顾自走进客厅。

“我进来坐一会儿……”说完，就坐在沙发上两眼发直。

“你进来坐就进来好了，”顾小白回过身一边拿着抹布擦桌子，一边咬牙切齿，“砸门砸得跟抢劫似的干吗？而且，你们俩是不是一个个都有病啊？轮流来站岗啊？一个走了一个来……”

顾小白一边擦桌子一边恨恨地唠叨着，一回头，罗书全早躺在沙发上睡着了。不可思议地看着他，顾小白眯着眼走上去，仔细研究了一会儿。

“喂！”顾小白在罗书全耳边大喊一声。

罗书全吓得跳起来。

“你哪里不正常啊？”顾小白匪夷所思地看着他，“自己有家不睡，跑上来睡我沙发干吗？”

“杨晶晶睡在我床上。”罗书全苦恼地看着他。

倒了两杯咖啡，顾小白走到客厅，递给罗书全。罗书全蓬头垢面地顶着两只大黑眼圈接过咖啡，啜了一口，表情十分哀怨。

“是这样的……有一次，杨晶晶在我怀里特别舒服地睡了一觉……”

事情发生在两个多星期前的一个阳光灿烂的午后。

那天，罗书全坐在沙发上看IT杂志，杨晶晶在和罗书全说话，说着说着睡着了，趴在他怀里像个婴儿般地睡着了。罗书全一边看杂志一边轻轻拍着她的肩膀，屋子里安静温馨，杨晶晶睡得特别香，不知过了多久，慢慢迷蒙地睁开眼睛。

“我刚才是不是睡着了？”杨晶晶怔怔地问道。

“是啊。”

“好久没睡得这么甜了。”杨晶晶用一种梦幻般的语气说，“还做了一个特别特别美的梦。梦见我走在街上，不管走到哪里，天上都掉钱下来，而且就掉在我这边的肩膀上，一掉一块钱硬币，一掉一块钱硬币，没过一会儿，我已经攒了几千块钱啦！”

“……”

“虽然醒过来钱全没了，但真的好久都没睡得这么香了……”

“那是我在拍你的肩膀。”罗书全说。

然而就是从这一天开始，罗书全暗无天日的日子就开始了。原先杨晶晶和罗书全是分开住的，第二天，杨晶晶就拿了睡衣、洗漱用品、各种化妆品，“借宿”到罗书全家。晚上不管加班到多晚，都会跑到罗书全家里来，要罗书全抱着她，拍着她的肩膀才能睡着。这么持续着，已经连续两个星期了。

“她这么穷啊？”听完，顾小白诧异地看着罗书全，“每天都要做天上掉钱的梦才能睡？喔，还是因为在银行工作，每天见那么多钱受刺激啦？”

“那倒不是。”罗书全摇摇头，“她后来就再没做过掉钱的梦，她是觉得在我怀里睡得特别舒服、特别安心，睡觉睡得特别香……”

“那不是很好吗？”

“好个屁啊！我是个男人啊，大哥！”

看着困惑不解的顾小白，罗书全终于爆发。

原来，每次到了这个时候，杨晶晶香甜地睡着，罗书全看着杨晶晶的肩膀，睡衣下晶莹的肌肤，都忍不住慢慢把手放上去。然后看看杨晶晶的反应，然后慢慢往里伸，每伸一厘米就像去偷保险柜的钱一样胆战心惊……

杨晶晶睁开眼睛，半撑着床看着罗书全，罗书全吓得连忙举高双手。

“你在干什么啊？”杨晶晶问。

“没……没干什么啊！”罗书全应道。

“没干什么你刚才在干什么啊？”

“没干什么我刚才也没干什么啊！”

一动不动地看了罗书全一会儿，杨晶晶点点头，说了声“好吧”又睡下去，搂住罗书全的腰，没过一会儿，再次香甜地睡着了。

看着杨晶晶脖子后晶莹的皮肤，罗书全又忍不住慢慢地伸过手去，刚刚接触到杨晶晶的皮肤……杨晶晶……像被电击了一样噌地坐起来。

罗书全又连忙把手收回来，装作什么事也没有。一阵尴尬的沉默，谁也没有说话，然后，杨晶晶垂着长发，轻轻地问了一句。

“为什么呢？为什么非要做那种事呢？为什么就不能让我在你怀里，在你身边好好睡一觉呢？”杨晶晶转头，难过地看着罗书全问。

“是呀？为什么呢？”顾小白也奇怪地看着罗书全，“你为什么就不能让人家好好睡一觉呢？人家上班很辛苦的呀。”

“你到底有没有在听我讲什么啊？”罗书全快发疯了。

“有啊！就是人家要睡觉你老是不让人家睡觉，一会儿捅捅人家，一会儿捅捅人家……”

“我走了。”罗书全猛地站起来就要往门外走。

“你说呀，”顾小白又把他拉回来，真心诚意地问，“我真的不明白。”

“你是真糊涂还是假糊涂啊？”罗书全不可思议地看着他，“你到底知不知道我在说什么啊？你是不是男人啊？”

顾小白怔怔地看了罗书全半天，才鼓起勇气问：“我……问你个问题啊……如果我问错了，你不要打我啊。”

“喔……”

“你……不会到现在还没跟她那个吧？”

“是啊！”罗书全大叫起来。

“你到底在搞什么啊！！！”像比拼惨叫程度般，顾小白也冲着罗书全大叫起来。一阵怒发冲冠的大眼瞪小眼之后，顾小白突然反应过来里屋还有个小雪，连忙嘘地让罗书全小声。

“我也不知道我在搞什么啊！”罗书全鬼鬼祟祟地说，“就……就不知道怎么就……”

“你们在一起多久了？”

“我认识她的时候你不也在吗，到现在一个多月了。”

“一个多月，现在有快两个星期她住在你家，她又是你女朋友，你们到现在还没……”顾小白盯着他，“请问你是怎么造成这种奇迹的？”

“就没机会啊！”罗书全团团转，“我也不知道怎么回事，就到不了那个份上，她也好像完全没那个意思——那我总不能强奸她吧？犯法的好吗！”

“……”

“最主要的问题关键不在这儿，不做也就不做好了，我又不是很有所谓的，我又不是你……”

“靠你什么意思啊？”

“字面意思啊……我本来就不是你。”

“……”

“哎，你听我说下去，”罗书全烦躁地说，“本来我也不是非要和她怎么样不可，我以前没有女朋友的日子一个人过得也好好的，挺高兴的。一个人上上班，打打电脑，上上课，也就这么过来了，谁缺了那个不能活啊……我又不是你……”

顾小白突然站起身，“我走了……”

“问题关键是，你不能每天穿得那么少睡在我边上。”罗书全突然一把拉住他，苦苦哀求，“要我抱着你睡，还要让你好好睡，拍着肩膀摸着背睡，你倒是睡了，我怎么办？我还活不活啊？”罗书全抱着顾小白大腿苦苦哀求……

这个时候，卧室门打开了，小雪穿着睡衣呆呆地看着他们。转过头，罗书全和顾小白也呆呆地看着她。小雪也穿着睡衣，露出雪白的肌肤。

罗书全呆呆地看着小雪，一时间羞愤交加，血全部涌到脑子里，身体供血不足，只好缓缓弯下身子，跪在地上慢慢爬出门外，再抬手慢慢关上门。

呆呆地目送着罗书全出去，小雪看着顾小白。

“他不是说我……你别误会……”

顾小白刚要解释，小雪恨恨地看了他一眼，转头就走，砰地关上卧室门。

罗书全穿着睡衣可怜巴巴地走在楼道里，走到自己家门前，打开门，偷偷摸摸地往里望了一眼，然后偷偷摸摸地进去。看到杨晶晶已经睡了，他这才小心翼翼地躺上去，躺在杨晶晶边上。杨晶晶迷迷糊糊中一个搂抱，抱住罗书全。罗书全在黑暗中望着天花板瞪大眼睛，一动不动。

然后，时间一点点过去，罗书全挣扎着从床上爬起来，半躺在床上，随手抄起边上一本《道德经》。

“天下皆知美之为美，斯恶矣……皆知善之为善，斯不善矣，固有无相生，难易相成，长短相形，高下相倾……是以圣人处无为之事……行不言之教……”罗书全摇头晃脑地念起来，念得不亦乐乎。

然后……灯亮了。迎着床头灯的光，杨晶晶眯着眼睛正看着他……

“你干什么呀你，大半夜的？”

“好吧好吧。”罗书全颤抖着放下书，拧熄灯，睡下去。

刚睡下去，杨晶晶一条大腿就搁在他身上。他转头看看杨晶晶，又看看那条光洁的大长腿，仰头看着天花板，一滴晶莹的眼泪从眼角落下。

顾小白是到了第二天早上才进卧室里睡觉的，偷偷摸摸地进去，天已经开始大亮。他悄悄躺到小雪边上，借着光看她的脸，那张脸晶莹剔透，没有一点瑕疵。顾小白静静地看着她，禁不住凑上去轻轻地吻了一下。

然后，闭上眼。小雪本来闭着眼睛，然后睁开，看着顾小白的脸，然后慢慢起身，洗漱去上班……

这些时间里，顾小白一直闭着眼睛，耳边，传来各种声音。

与此同时，在大学的教室里，也整整一个通宵没有睡的罗书全，竟然站在黑板前，背对着同学，手拿着粉笔——睡着了！

同学们等着老师写字，然后时间就静止了……

不知过了多久，课堂里的潇潇终于忍不住用手捏了个纸团，穿越整个教室，向罗书全砸去，正中后脑勺。罗书全猛地惊醒，突然高举双手，转身对着同学们惊慌地高叫。“我什么也没干！我什么也没干啊！！！”

罗书全撕心裂肺地交代。

下了课，走出教室，罗书全简直羞愤得要自杀了，打电话给顾小白，顾小白的电话是语音信箱——因为他在睡觉。

“我必须把杨晶晶赶出去，我发誓今天就把杨晶晶从我家赶出去，她已经严重影响我生活了！甚至开始影响到我的饭碗了！”

罗书全对着语音信箱丧心病狂地喊着……

这一让人血脉贲张的决定终于还是没能如愿，当天晚上十二点多，罗书全还是顶着两只大熊猫眼敲响了顾小白的门。顾小白正在吃小雪给他煮的馄饨，打算吃完后开工干活。打开门，见到罗书全了无生趣地站在他面前，他毫不意外转身进屋。身后，罗书全可怜巴巴地跟了进去……

接下来……顾小白在电脑前写剧本，罗书全和小雪两人并排坐在沙发上，一口口喝着咖啡，看着电视，三个人都没有睡觉。

边上的顾小白不断地模拟着剧本里的人物说着话，进行角色扮演，一会儿慷慨激昂地对着左边空气，一会儿侧到右边，楚楚可怜地对着左边说话……

过了一会儿，对着空气……顾小白自己和自己打起架来……

“精神分裂啊！”终于，小雪捅了捅罗书全，小声说。

“我早习惯了。”罗书全不屑地瞥了一眼，“他一个人能扮演十几个人呢，有时候还会趴在地上演蛐蛐呢。”

“怪不得不需要我。”毫无征兆地，小雪轻声道。

“什么？”

“没什么。”

两个“客人”赖在客厅里又默默地看了一会儿电视。

“哎，你说还真是奇怪了，”罗书全回头看看，“原来我们平时看的电视剧，都是这种精神病写出来的啊。那我们看着看着会不会也变成那个样子啊？自己跟自己说话，自己跟自己玩儿，自己跟自己辩论……”

终于没法装作什么都听不见，顾小白转过头恶狠狠地盯着罗书全。

“干吗？”罗书全无辜地看着他。

“没干什么。”顾小白眯着眼恶毒地看着他……

“自己跟自己……”顾小白对着罗书全缓缓地做着口型，“做爱……”

“哎，小雪，”罗书全愣愣地看了一会儿顾小白，然后装作什么都没听到般无辜地转过头，“你平时都爱看什么节目啊？”

“什么都行……”小雪有气无力地回答。

“那我们换个频道行吗？”罗书全热烈地说，“古装戏实在看不下去。”

“行……”

用遥控器换了个频道，相亲节目，《非诚勿扰》那种……

两人又开始兴致勃勃看起来。

“哎，你说怪了啊……”过了一会儿，罗书全又大呼小叫起来，“这男的明明长得那么帅，这些女的都集体把灯灭了，这什么变态心理啊？”

“没安全感呗。”小雪干脆地说。

“真的啊？”罗书全惊喜地看着小雪，“原来长得帅不是什么好事咯？”

“嗯，这种男人，女人可能一夜情想找这样的，但这是相亲节目，大家都省着心呢……”

“喔，这样啊……”

“但也难保她们都把灯灭了，”小雪现实地说，“下了台都去留个电话，万一无聊时也可以拿来消遣一下。”

“消遣什么啊？”

“一夜情呗。”

突然间脑子里灵光一闪，好像流星划过，罗书全想抓，但什么也没有抓到，只是隐隐觉得哪里不太对劲，但一时又想不出来关键在哪里。

“啧……”罗书全愣愣地看着小雪，“我怎么总觉得你刚才说到了什么很关键的事，但我一下子没抓住呢？”

突然，顾小白走过来，赶鸭子般对着小雪和罗书全说道：“哎，行了行了，你们别在这说相声了，你赶紧回房睡觉。”对小雪说完，又对罗书全说，“你给我下楼去……”

“啊？你今天工作完啦？”小雪惊喜万分地看着他。

“是啊！”

小雪眼神中露出喜悦的光芒，突然看到……顾小白开始穿外套。

“你……你去哪儿啊？”

“我陪罗书全下去走走。”顾小白穿上外套，拎起罗书全往门外走。

“你刚才说到什么了？很启迪我啊，你再重复一遍！”罗书全一边被顾小白往外拖着，一边对着小雪绝望地呼喊。

眼巴巴地看着顾小白把罗书全拖出门外，小雪什么都说不出来，咬着嘴唇看着两个人消失在走廊里。开着的门，过道里的风，小雪穿着睡衣……

只觉得一种燥热的羞愤和内心的寒冷，交杂着，攻击着。

“走走走！走死你算了！”眼中……含着委屈的泪水。

夜晚的小区，罗书全穿着睡衣簌簌发抖地跟着顾小白散着步。

“干什么啊？”罗书全抱着自己，浑身发抖，“大半夜的，出来撞鬼啊。”

顾小白什么话也没有说。

“我还不如躺杨晶晶边上呢，至少还暖和……”

“你知道为什么小雪发那么大火吗？”顾小白突然问。

“废话，你打断我们谈话了。”

“你真弱智还假弱智啊？”顾小白突然转头看着他。

“啊？”

“你难道看不出来她每天这么晚都不睡，陪着我，宁愿困死也要耗着等我，是在暗示什么吗？”

“看不出来，也不想看出来。”罗书全干脆地说。

“昨天不跟你说，是怕刺激你，”顾小白叹气，“我这里的情况也快一个星期了。”

“你在说什么啊，我要回去睡觉了。”本能地觉得不对劲，罗书全转身就想走，但没想到衣领被顾小白一把揪住。

“你干吗半夜把人家拽到楼下来啊？”罗书全手推脚刨，“我要回去找我的女朋友。”

“我们从开始到现在也什么都还没发生过。”不管罗书全撒娇，顾小白盯着罗书全，一字字地说。

“我不听我不听我不听！”罗书全哭，“嗯，为什么？”

顾小白摇摇头，“我不想。”

愣愣地看了他一会儿，“我不听我不听！”罗书全再度……哭喊起来。

“靠，我好好跟你说呢。”

“你好好跟我说个屁啊。”罗书全放下手吼道，“你大半夜的把我这么拎下来，就是来刺激我玩儿的？”

“我不是这个意思呀，”顾小白抓头发，“我也很苦恼。”

自己跟自己玩得也够了，罗书全看顾小白的确很认真，好奇心开始慢慢滋长起来，凑过去，上上下下地打量他，研究他。

“对不起，”罗书全小心翼翼地说，“您的意思是，这么一位美丽可爱的小姑娘每天晚上守着您，就指望着和你发生点儿什么，而您老人家还不乐意，还在那儿装高贵AND冰清玉洁？”罗书全的表情……几乎要杀人了。

“我真不是装啊。”

“你知道……”顾小白突然转过头，“我前两年有很长一段时间一直没有谈恋爱是为什么吗？”

“良心发现啊？”

“并不是，”顾小白摇摇头，“良心这种东西对我来说只是一个概念。那两年里我走在街上也好，工作接触也好，也遇到过不少漂亮女孩子，你问我心动吗？心动的，有行动吗？一点也没有。为什么？”

“我再也不想当个捧哏的了，你快说！”

“是因为打从看到她们的第一眼，”顾小白一字字道，“往下和她们谈恋爱的全过程已经在我脑中演完了。嗖地一下子，慢不过两三秒，一下子就过去了。”顾小白展现了一组活生生的画面，“如果放慢镜头的话，就是一开始接触，约会，然后牵手，然后拥抱，然后接吻，然后你侬我侬山盟海誓，然后终于发展到上床……”笑了笑，看着罗书全，“然后，上完床后有一个延宕期，在这个延宕期里天永远是蓝的，海永远是绿的，苹果永远是红的。但是过不了多久，天开始变黑，海开始变红，苹果开始变绿。你们开始对对方不满意，从小小的吵嘴到开始互相争执。然后会再有一个短暂的甜蜜期，再接下来你们就开始互相破口大骂，男的觉得自己已经够不容易了，没法再不容易了；女的开始怪自己当初眼瞎掉，大好岁月浪费在一条狗身上。然后这么反复折腾几次，就像我们以前打的街机一样，”顾小白拍拍手，“砰……屏幕暗掉，GAME OVER……”

一口气说完，顾小白深深吸了口气，静静地看着罗书全。

“一切一切的转折点，就是从第一次上床开始的。不管对方是谁，不管对方什么个性，什么学历，家住哪个区，上街喜欢穿裙子还是裤子，都是一样的，没任何区别。就是这个模式，一点也逃不开。”顾小白猛地用手在空气里劈了一下，“上床，是个分水岭，分水岭这边往上，是天堂；那边往下，是地狱，走得快点慢点的区别。”

罗书全张大嘴，呆呆地看着顾小白。

“所以，你就死拖活拖的不和小雪上床？”

“是啊，”顾小白点点头，“她这么小，怎么会明白这当中险恶的地方呢？等到她有一天和我掰了，再找一男人，再这么不走样地拷贝一次。再找一个，再来一次。等她哪天收集齐了不同款的男人，年龄也一大把了，然后血泪控诉天下男人没一个好东西。其实男人女人差不多，大家都不是什么好东西。因为大家都不是东西，是东西的只有规律，规律才是一种东西。”

“所以，你不和小雪上床，就为了不失去她？”罗书全惊骇得都忘我了，“也不让她失去你？”

“某种程度上，”顾小白终于说出来，“我想和她精神恋爱。”

“永不消失的电波咯？”罗书全不以为然地走了两步，突然醒觉，脸色煞白。这这这……难道……

“杨晶晶是不是也是因为不想失去我才和我这样啊？！”

转过头，罗书全呆呆地看着顾小白。

“不稀奇啊，”顾小白云淡风轻地回答，“杨晶晶这么漂亮，肯定打小就被坑害，被坑害到现在，悟出这个道理也不稀奇啊！”

“但问题是，我是个男人啊！”罗书全默默思索着顾小白的话，终于发急，“我不行啊，小雪至少没要求你抱着她搂着她拍着她睡啊。退一万步来说，就算你忍得住，我忍不住啊。你看看我头发，由于缺乏睡眠，我最近掉了好多啊……”拼命抓自己头发，罗书全简直有些……失控了。

“所以，你甚至不惜冒着失去她的危险？”

“我觉得她总有一天会离开我，这是肯定的，”罗书全悲观地使劲点头，“我早晚会失去她的，但问题是，老这样下去，我压根就从来没觉得我拥有过她啊。”

“嗯，肮脏的人性……”

“靠，我这么可怜，你还这么骂我？”

顾小白又往前走了几步，看着远处，所有的人都睡了吧？

这个城市，这个时间……只有他和罗书全，两个为了得到与得不到性爱的男人在此苦苦发愁。顾小白突然转过身，看着罗书全……

“好吧，那你就要学会，什么叫做调情……”

顾小白看着罗书全，嘴角勾起一抹神秘的微笑。

这天晚上，罗书全一个人在小区里，把顾小白的话来回想了八百遍。天刚放亮，就冲到街边的星巴克给杨晶晶买了咖啡和和三明治，然后拎上楼。蹲在杨晶晶边上，像守灵一样等她醒过来。杨晶晶醒来后，看到置备齐整的早点和几乎没了人形的罗书全……杨晶晶心里突然很难过。

“你……又一晚上没睡？”

“没关系，你能睡好就好了。”罗书全哀恸地看着她。

于是，杨晶晶起床，在晨曦中啃着三明治，喝着咖啡。罗书全在边上默默守候着，直到送杨晶晶下楼打车上班，他分明看到杨晶晶的眼中……

起了一种很微妙的变化……

“行啦！行啦！”杨晶晶刚走，罗书全就连蹦带跳地蹦到顾小白家宣布，“第一步顺利成功啦！”

“怎么了？”

“她现在上班去了，”罗书全激动地描述，“走之前一反常态没有说话，之前每次上班前都唠唠叨叨唠唠叨叨，什么又要迟到了什么的。”

“……”

“今天明明吃早饭吃了半天，出门的时候反而什么话都没说，默默地就出去了。”

“好！不说话就对了！”顾小白说，“不说话表示她开始自我反省了，之前在你这儿吃了住，住了吃，完全天经地义了。你现在加倍恶心她，她就要开始自我反省了。”

“这听起来不是什么好事儿啊。”罗书全突然觉得。

“你不明白，这种情绪非常复杂。”顾小白猛烈地摇头，“一方面自我反省了，觉得自己之前不应该那么理所当然，另一方面当然是被感动了啊。”

“喔，真哒？！”

“嗯……”顾小白点点头，“女人很容易被这种小事打动的。”

“那我马上再接再厉啊！”

罗书全兴奋地转身就要冲出去，又被顾小白一把拽回来。

“千万别！”顾小白严肃地看着他，“接下来你就要开始等了！”

“啊，等什么？”

“我跟你说，”顾小白说，“感动这种东西就像受刺激一样，不能接连受刺激。接连受刺激就没反应了，经济学上这叫报酬递减定律。你必须给她一点时间，让她慢慢来发酵，回味这种感动。”

“这段时间多久啊？”

如果顾小白说是半年，罗书全大概会就地自刎吧……

“一天就够啦！”顾小白高兴地说，“但这一天里你千万不能主动联系她！不然就前功尽弃啦！”

“那我干吗去啊？”

“废话！上班去啊，大哥！”

“喔喔！那我走了！”说完，罗书全没头没脑地往门外走，走到一半，他突然想起来，“喔，对了！小雪这边怎么样？”

“我不知道，”顾小白黯然摇摇头，“我昨天上楼她已经睡了。”

顾小白是黎明时上的楼，进屋的时候，小雪不出意料地睡着了。照例在她嘴上吻了一下，顾小白翻身睡觉。天亮后，顾小白醒来，小雪已经不见了。

“那她有没有给你电话？”罗书全问。

“没有啊！”

“那她也在回味感动咯？”罗书全侧着头问。

“嗯……”顾小白沉痛地说，“我现在心里愧疚死了，说实话，我和杨晶晶才是最般配的一对。”

性，是男女关系中无法避开的一环。两个人在茫茫人海中遇见，从牵手，到拥抱，但从来没有一种东西像性一样起着决定性的作用……

它似乎昭示着我们的关系已成正果，同时也在预警着我们不可挽回地走向寿终正寝。这是所有面纱的揭开，这是所有秘密的彻底袒露，两个人之间不再有好奇和向往，剩下的开始慢慢转向无尽的挑剔和指责。

我们时刻向往着这一环，又如此心惊胆战地恐惧着这一环过后，我们的未来何去何从。男人无法阻止地开始走向疲倦，女人在被抛弃的恐惧中越来越歇斯底里，所有的恶性循环开始缓缓转动……

只是我们并不知道，只因我们以为一切都会变好……

傍晚，罗书全下班后又约了杨晶晶晚餐。为了上个床，实在是辛苦死了。

“喂？爱德华餐厅吗？我要定位，晚上七点，对，烛光晚餐，请帮我订最偷偷摸摸的位置……就是最角落的地方啦！”

预订完座位，罗书全拖着疲惫的身躯打车赶赴餐厅。车流很密，人流很长，罗书全看着车窗外的人来人往，觉得自己完全就是一出古希腊悲剧。为了和自己的女朋友上个床，简直像攻打一座城池。人来人往的人群里，还有谁比他更像俄狄浦斯王？罗书全恨不得把自己双眼都戳瞎，但既然已经干了，就只能一鼓作气干到底。

于是，他又在路上默默温习了一遍临走前顾小白交代他的话——

“那……”顾小白眨着眼看他，“经过一天的发酵后，她应该满脑子都在想你了，但这还不够，还需要最后一环。”

“最后一环？”

“女人都是感受性的动物，时刻受着感受的支配。所以你光让她发酵还不够，光发酵到最后，她只能自己把自己憋死，你得去引爆她。”

“把她给点了啊？”

“讨厌！”顾小白恨不得敲死他，“当然是给她制造好的氛围，让她沉浸在所有虚幻的气氛中，让她觉得这个世界上除了你就没别的男人了。甚至就连你，在烛光中看起来都是那么英俊。”

“靠，我本来就很英俊。”

“好好，总而言之，化感动为心动，化你的悲愤为力量，去吧，莱西！”

扔了个盘子出门，顾小白疲倦地坐回沙发，“名犬”罗书全追着盘子就出去了……

此刻，“名犬”罗书全就在烛光摇曳中望着女友杨晶晶。

桌上的盘子很高级，对面的杨晶晶看起来很不知所措。

“今天……是你生日吗？”杨晶晶呆呆地看着他。

“不是啊。”罗书全温柔地摇摇头。

“那是我生日吗？”

“啊？不知道啊，是吗？”

“不是啊。”杨晶晶的反应有着预料中的慌张，“那为什么来这么贵的地方？”

“对我来说……”罗书全伸出手，捧起杨晶晶的手，轻轻握起，轻柔地看着她，“没有什么地方是比你更加宝贵的。”

一个侍者过来，对着他们拉小提琴，琴声悠扬。罗书全掏出张纸条，小声对着那个家伙，“拉《怪你过分美丽》，《怪你过分美丽》。”

侍者愣了愣，开始拉张国荣的《怪你过分美丽》。

杨晶晶羞红了脸，“你别这样啊……”

“没事，”罗书全说，“今天晚上我已经把他给包了。”看了看纸条，抬头说，“接下来是《难以抗拒你容颜》。”

琴声悠扬中……杨晶晶看着罗书全的眼神，难以抗拒。

回家的出租车上，杨晶晶显然已经有些瘫软，望着窗外怔怔地发呆。看到杨晶晶的变化，罗书全心里突然很难过。从某种程度上说，他非常鄙视他现在的行为。在他看来，男女之间，两情相悦，应该是最自然而然的事，为什么我要用技术去堆砌她的感觉？为什么她的感觉可以被他的技术堆砌起来？

罗书全心想：当这个世界上，越来越多的男人懂了这些技术，是不是所谓的真情就再也消失不见？还是这个世界上压根就没有什么自然而然？一切都是技术——至少是下意识的技术使然？

罗书全握住了杨晶晶的手，杨晶晶手挣扎了几下，再也没有挣开。

望着车窗外，杨晶晶的眼睛突然……湿润起来……

一路回到家，两人谁也没有说话。进门后，罗书全和杨晶晶坐在客厅里，两人还是相对无语，一种暧昧的情绪流动着。罗书全想说什么，但是没说。

过了好久，杨晶晶突然笑笑，“我先去洗澡。”然后起身往浴室里走。

听到杨晶晶关上门，罗书全一下子精神起来，马上拨电话给顾小白。

“喂喂，差不多啦！最后关头啦！临门一脚啦！”罗书全在兴奋地说。

“啊？”

“我照着你说的，带她去了餐厅，又照着你开的歌单让那个服务生拉了一晚上的小提琴，他手都快脱臼啦！杨晶晶整个人明显感觉不对劲儿啦，她现在去洗澡啦！过一会儿，我的人生就要开始改变啦！”

“好啊，恭喜你。”电话里的顾小白笑声听起来很疲倦。

“小雪呢？”

“不知道。”顾小白直截了当地说。

这一天，顾小白拎着笔记本电脑在咖啡馆里工作了一天。这一天里，小雪给他打过一个电话。电话接通后，那头沉默了半天没有说话。尽管如此，一股哀怨的气息还是通过电波传了过来，弥漫开来。最终，小雪默默地把电话挂了。

直到顾小白晚上回到家，小雪都没有回来。

“好啊，那先不跟你说了！汇报完毕！Over！”

罗书全想了想，这事他实在管不了，谁叫顾小白自己不情愿呢。于是，汇报完，他砰地挂掉电话。一个人在沙发上喜滋滋地守候着，好像再过一会儿，从浴室走出来的不是杨晶晶，而是圣诞老人。

浴室里的水声听起来很迷人，好像每一声都在宣告罗书全的人生巅峰。

但尽管如此，水声还是没能掩盖掉杨晶晶的手机短信声。

手机是放在茶几上的，收到短信时，屏幕上正好显示了来电者的姓名。

那是三个英文字的缩写：“ZYB”。

一股不祥的预感让罗书全怔怔地拿起电话，按开短信。

短信上只有短短两个字：“不好。”电话号码显示的，正是——左永邦。

罗书全怔了好一会儿，这才慌忙地在发件箱和收件箱里拼命切换。终于……他把整个短信的内容按照时间顺序排列了出来。

“你很像我以前的男朋友——发送者：杨晶晶”

“喔，那又怎么样呢——发送者：左永邦”

“我可以做你女朋友吗——发送者：杨晶晶”

“不行，罗书全是我朋友——发送者：左永邦”

“我知道，那我们可以精神恋爱吗——发送者：杨晶晶”

发送时间：下午4：30。

“不好——发送者：左永邦”

接收时间，就是刚才。

罗书全拿着杨晶晶的手机，怔怔地站在那里。与此同时，杨晶晶穿着浴袍，擦着头发，笑着走出浴室。接下来，她就看到罗书全拿着她的手机错愕地看着她。然后，慢慢地，空气中的味道让杨晶晶慢慢明白过来。

笑容……也僵硬在脸上。

这是一次尴尬的面对，那一刻，好像时间、空间都凝固了。

与此同时，表情僵硬的并不止杨晶晶一个人。

刚刚顾小白和罗书全通完电话，挂掉后，就在电话边发现了一张纸条。

纸条上的内容很简单，是小雪一直没能说出口的话……

“我不知道你为什么一直在逃避我，是不是你从来没有喜欢过我？或者说，从来没有喜欢到想占有我的地步？是不是不和我亲密就代表你将来可以完全没有愧疚地甩掉我？对不起，我需要更加确认的爱情，不要再找我了，再见。——小雪”

罗书全的客厅里。

他怔怔地看着杨晶晶，那一刻是那么长，好像时间、空间都在扭曲，扭曲到脸上，变成再也无法愈合的伤口。罗书全就这么呆呆地，不可思议地看着杨晶晶。杨晶晶想解释什么，她张开口，但是什么话都说不出来，只能像在岸上的鱼一样，嘴无力地张合着。

终于，罗书全发出了一声喊，猛地把手机扔到沙发上，拉开门冲出去。

浑身发抖地按着电梯……身体在发抖，眼眶在发酸，电梯来得那么慢，好像在故意延迟他死不瞑目的时光。终于，他冲出电梯，奔跑在楼道里，冲到顾小白家门前，拼了命地砸，然后……门开了。

小雪，穿着睡衣，对着罗书全明媚地笑着，然后，笑容也凝固在脸上。

原来，小雪今晚并没有离开，给顾小白留了纸条后，就一个人藏在卧室里，偷偷地观察着顾小白看完纸条后的反应。果然，顾小白看完后，脸色发白，衣服也来不及换就冲出门外。这时，小雪终于幸福地确认，顾小白是在乎她的。她一直等着他回来，等他回来。他敲开门，迎接他的，就是她的笑容，还有那迟到的、但终于到来的——补偿……

“怎么是你？”小雪呆呆地看着罗书全。

罗书全两眼无神地看着小雪，想摇头，但眼泪无法控制地流了下来。

“怎么啦？”

“怎么了？出什么事了？”小雪连番地问着。

面前的男人只是望着她，无声地流着泪，然后猛地发出了一声喊，掉转身子就跑出去，消失在她的视线里。这个时候，在清冷的大街上，顾小白正拼命地狂奔着，拨着电话，寻找着，狂呼着小雪的名字。

罗书全的家中，杨晶晶木然地站在那里，浴室的灯光，把她的影子拉得好长。原来，搞了半天，自己还是那么孤单……

精神恋爱，或许永远只是一个说法，一个借口。

有些事情，我们无法阻挡，有些残酷，不忍心面对，只好藏在“精神恋爱”这样的空壳中……

无望地……守候着……

LESSON 15 男联盟暴力美学

当面临生命中重大抉择的时候，男人会固执地让女人躲在身后。
此时此刻，兄弟连、男人帮的粗犷友情比爱情更可靠。

我们生活的这个一秒钟一个变化的世界里，有时候友情比爱情更为可靠。

朋友可以在你最艰苦的时候默默守候，在你一切平安时云淡风轻地离开。

爱人，有时相反。

男人的友情和女人的友情又不一样，男人粗暴而简单，女人温婉而复杂。

当男女的友情遇到了男女的爱情，就会迅速变成两个阵营……

黄昏的阳光洒进来，洒进罗书全的屋子里，在背后的墙上投上一动不动的身影。罗书全呆呆地坐在屋子里的沙发上，一动不动地看着电视。

电视在不断换台，面前茶几上的手机不断地亮起……是杨晶晶。

双手颤抖着，罗书全想接，伸出手快要握住的时候又停住了。然后手机不响了，灭了，罗书全脸上又是失望不已的表情。然后，又是顾小白的电话进来，罗书全看都不看，继续表情麻木、眼神空洞地看着电视里换来换去的电视节目。

“我可以做你的女朋友吗？”杨晶晶这样问左永邦。

“不行。”左永邦说，“罗书全是我的朋友。”

“那我们可以精神恋爱吗？”

尽管是短信，罗书全依然能想象当时杨晶晶脸上哀求的表情。

这样的表情，从来没有在他面前流露过，那是痴迷着一个人的表情啊……

这个时候，顾小白正坐在电脑前，奋力给罗书全打电话，罗书全却完全不理不睬。顾小白长长叹了口气，正好门被拍响了，顾小白一个箭步冲过去开门，门外站着左永邦。

“你怎么现在才来？”顾小白都快疯了。

“我已经很快了，好吗？我接到你电话就冲过来了，路上一直堵着呢。”

顾小白恨恨地看了他一眼。

“他什么时候知道的？”左永邦没有理会顾小白的嘲讽。

“昨天晚上……”顾小白说，“昨天晚上他半夜来找我，这个时候我正在和小雪……呃……这个就不谈了，他上来敲门……”

前一天晚上，罗书全见顾小白不在，小雪又不断地问他怎么了，于是他掩面奔了出去。

顾小白满大街找小雪，最后疲惫地回到家，发现小雪竟然在家。小雪跟他说了罗书全的事情，顾小白也猜不到怎么回事。

但这样鲜活的小雪失而复得地出现在面前，两个人当下也没理会这个，拥吻起来。正当这个时候，顾小白陡然支起耳朵，一脸狐疑。

“怎么了？”小雪问。

“是不是有人敲门？”顾小白怀疑自己听错。

“没有啊？”小雪也听了听，说。

“喔……”顾小白愣了一会儿，然后继续和小雪拥吻。然后，门外又是一声虚弱的敲门声，像老鼠的声音，顾小白和小雪同时呆住了。

“不会是鬼吧？”小雪害怕起来。

被她一说，顾小白也怕起来，抄起把扫帚——扫帚对鬼有什么用——小心翼翼地走到门口，打开门。

罗书全失魂落魄得像个鬼一样站在他面前，眼中伤心欲绝。

“然后他就告诉你了？”左永邦追问。

“是啊！”顾小白看着左永邦跺脚，“他昨天晚上跟我说的，说完我也愣了，不知道说什么好。还没反应过来呢，人已经没了。然后直到现在，我都没找着他，不知道人在哪里。打电话去学校也说没上班呢，楼下我也敲过门，也没人，打手机也没人接……”

“你怎么不早打电话给我？”左永邦也急了。

“你他妈不是上班吗？”顾小白叫起来，“我已经撑到快下班的时候打给你了。”

左永邦叹了口气，没出声。顾小白憋了半天，见左永邦不说话，也怒了，狠狠踢了一下边上的垃圾桶。

“这件事情怎么不早点告诉我？”

“杨晶晶发短信要我做她男朋友？”左永邦吼起来，“我拒绝了，她还说要跟我精神恋爱，这事？我告诉你干吗？我很自豪吗？你这种大嘴巴我又怎么能保证你不会说给罗书全听？”

“那总比弄到现在这局面好吧？”顾小白瞪着他，“现在怎么办？啊？人都找不到了，你说怎么办？”

“我打电话给他。”

左永邦掏出手机，被顾小白一把按住，“你省省吧！你打他更不会接了。”

想想也是，左永邦沉吟了一下，心里也有了主意，一把拉起顾小白的手，“跟我来。”

两人下了楼，偷偷摸摸地挨在走廊里，摸到罗书全家门口偷听。

“你怎么知道他会在家？”顾小白悄声问。

“我怎么知道啊！只能先试试看了啊！”

两人一言不发地互相看了一会儿。

“你来敲门。”左永邦说，“我敲他更不会开了。”

“我都敲了一下午啦！”顾小白恨恨地说，说完走上去砸门，“罗书全，开门，我是顾小白。我知道你在家，别装了，都看见了。快点开门，什么事不好商量啊！开门开门开门！”顾小白越砸越起劲，都砸起打击乐的节奏来了。

屋子里面的罗书全，麻木地转头看看，又无动于衷地转回来。

“看，就是不在家。”顾小白对左永邦无奈地摊手。

左永邦看了看顾小白，也走上去敲门，“书全，是我，我是左永邦。如果你在就开门，有事大家就摊开来讲，别憋在心里。”

罗书全听到左永邦的声音，不知怎的，心里一惊，竟然心虚起来。突然意识到电视机还开着，马上伸手关小了音量。

“都说了不在嘛。”顾小白说。

“可是我刚才好像听见电视的声音。”左永邦很困惑。

“啊？”

“我本来也没意识到，但是刚才好像里面声音突然轻了，他在家呢。”

“我靠，在家不开门！”顾小白怒了，冲上去乒乒乓乓地敲，“开门开门开门。”

左永邦也隔着门叫：“书全，大家都是哥们儿，没什么事儿哥们之间不能说的。你现在开门，我们来谈这件事情。”

可能是觉得这也不是个办法，顾小白拉了拉左永邦，“算了算了，他现在肯定特不愿意见到你，就先算了。”被顾小白拉着要往外走，走到一半，左永邦突然急了，大跨步走到门前使劲拍门。

“罗书全！出来！你他妈这么窝在屋子里算什么意思！做缩头乌龟啊！不就是个女人吗？至于么你！哥们都不要了？开门啊！”

顾小白呆呆地看着他，不知所措。

左永邦等了一会儿，又听了听，没动静，只好加大剂量。

“行，你不开是吧。那也行，这件事我们就这么结了。反正杨晶晶也打算跟我了，你就这么屋子里好好等着吧。你的女朋友我来帮你接手，大家省力，怎么样？”

听了这话，顾小白魂飞魄散，恨不得冲上去捂住左永邦的嘴，但已经来不及了。门猛地被拉开，罗书全站在门口，浑身发抖，胸膛起伏地看着左永邦。见到罗书全终于现出真身，左永邦走上两步，看着罗书全双眼，挑衅地笑起来。

“怎么样，我这个提议还靠谱吧？”

浑身颤抖地看着他，罗书全说不出话来，只觉得胸口发闷。突然，他发疯般地揪住左永邦的衣领往外推。顾小白也急了，连忙冲上去拉他们。

“住手！罗书全住手！跟左永邦没关系！这事儿又不是他的错！”

但罗书全完全不管，死死揪着左永邦的衣领。顾小白使劲掰着他的手，罗书全的手被顾小白硬生生掰开，气得已经不辨东西了，照着左永邦的脸就是一拳。打完之后，罗书全也呆了，顾小白也呆了，呆呆地看着左永邦。

只见左永邦……使劲咳嗽两声，整了整衣领，笑起来。

“这就好了嘛，接下来开始谈事儿。”

看着左永邦，罗书全面如死灰，转身面无表情地进屋，门也懒得关了，顾小白和左永邦趁机溜进去。进门后，罗书全坐在沙发上默然不语，左永邦也没有说话，装作闲庭信步地在屋子里晃来晃去，赏玩摆设……

看着罗书全这个样子，顾小白只好坐在他边上，语重心长地劝解起来。

“你要知道，这事儿和左永邦没关系，左永邦不是撬了你女朋友，是你女朋友主动勾引他，他还拒绝了。他没做错任何事，你懂吗？”

罗书全一言不发。

“所以，这事儿和他没关系。”顾小白继续说，“跟我就更加没关系了，你现在这么对我们，算什么意思呢？”

罗书全继续一言不发。

茶几上，罗书全的手机又突然震动起来，两人条件反射地往手机屏幕看去……来电显示着杨晶晶，手机不断地、重复地震动着。

顾小白侧眼打量着罗书全的反应……

罗书全迟疑地想接又不想接，手就这么瑟缩着，神经质地抖动着。

突然，左永邦走过来，一把掐掉桌上震动着的手机，拨通了另一部电话。

罗书全猛然抬起头，愤怒的火焰几乎要将左永邦燃烧殆尽。

“走吧，都联系好了！”左永邦点点头，看着顾小白不明所以的眼神，又补了一句，“带你们去玩儿！”

一个小时后，在一个夜总会的包厢里……

左永邦，顾小白，罗书全，三人身边各坐着一个女孩。左永邦边上那个，正在兴高采烈谁也不管地唱着歌，左永邦微笑地听着。

另一边，顾小白正在和女孩玩骰盅游戏，十五二十地互相扇着耳光。

唯独最边上，罗书全默默地坐着，边上一个女孩也默默地坐着，两人不声不响地坐着。可能是觉得这么坐着实在无聊，这样拿钱也实在说不过去，女孩憋了半天，转过头看着罗书全。

“哎，你要唱歌吗？”

“不唱。”罗书全摇头。

“喔……”可能话题就这么断了不甘心，过了一会儿，女孩又问，“那你是做什么的？”

突然，罗书全眼前出现了一幅画面……

他和杨晶晶第一次见面，也是在钱柜的KTV，两人就这么坐着。

“你是做什么的？”杨晶晶转过头问他。

不由自主地，罗书全浑身一阵颤抖。

“没什么……”

“你好像不太开心？”

“嗯。”罗书全终于点点头，“我失恋了。”

“为什么呀，你看起来人这么好？”

“我女朋友喜欢上了别人。”

“咳，这算什么呀。”女孩不屑地笑起来，“有她后悔的！这世上什么最不缺？漂亮女孩儿最不缺了。一天生出一批来，一天生出一批来。你们男人多好啊，我们才整天生存危机呢……”感慨发完了，又补了一句，“对了，她喜欢上谁呀？”

“我朋友。”罗书全麻木地朝左永邦指了指。

“喔……”

往左永邦那里看去，那一副成熟自信的迷人做派，女孩不说话了。可能，女孩心想也实在难怪了，但又不好说，也实在想不出什么话来安慰，只好转过头同情地看着罗书全。

“你是不是觉得就算是你，”罗书全转过头木然地看她，“也会选他，而不要我……”

纵然驰骋红尘，被罗书全这么直截了当地一问，女孩也一下子不知所措起来。

边上，正在和女孩互相扇耳光扇得不亦乐乎的顾小白，手机响了。顾小白看了看手机，走出去接起来。

“喂，谁啊？”

“罗书全到底去哪儿啦？”电话里的人没头没脑地问。

顾小白怔了怔，看了看手机，又放到耳边，“潇潇？”

“废话，”虽然着急，电话里的潇潇听起来依然那么酷，“他今天也没来上课，学校也没说他请假，打他电话也不接，他到底怎么啦？失踪啦？”

“没事没事，”顾小白连忙说，“他和我们在一块呢。”

“出什么事了吗？”

“什么事也没有，是我们大人的事，你就别管了……”

“那你们在哪儿啊？”

“呃……这个……”这实在是很难启齿的地方啊……

“我爸也和你们在一块吗？”不知是不是具备灵媒气质，潇潇猛地反应过来，“你们到底在干吗？”

“哎呀，我求求你啦！”陡然间，顾小白惊慌失措，几乎快疯了，“你别逼我了，这事你不适合知道。”电话被毫无征兆地挂掉……

“真的很难跟你讲嘛。”顾小白心里嘟哝着。

顾小白走出门后，罗书全还在麻木不仁地坐着。左永邦突然站起，坐到罗书全边上。

“书全……”左永邦坐在罗书全边上，吸了口气，看着他，“我摆明了告诉你，杨晶晶这样的女孩儿不适合你。不单不适合你，也不适合任何人，因为她根本搞不清自己想要什么。”左永邦残酷地说，“可能这话由我说出来，你觉得不中听。但没关系，你总有一天会知道，我说的是实话。女人，可以搞不清自己想要什么，这是她们的特权。但是男人，一定要知道，什么是自己要争取的，什么是自己应该放弃的。再他妈难受也得放弃，你懂吗？”

呆呆地看着桌面……罗书全怎么可能听得进去……

只是置若罔闻地看着手机，希望来电的是杨晶晶。

然而……左永邦的手机响了，来电是……杨晶晶！

惊恐地看着左永邦和他手上显示着“杨晶晶”的手机，罗书全像被某种魔法点住了，怎么都动不了，只是呆呆地看着左永邦接起电话。

“对，他和我们在一块呢……”是完全没好气的语气。

“你别问他在哪儿，”左永邦对着电话继续恶狠狠地说，“你也别再找他了，我告诉你杨晶晶，你自己好好想想你到底在干吗！”

罗书全呼吸急促地看着左永邦，想去夺他电话，但又毫无勇气，只能任凭发狠的声音这样传进耳朵。

“你可以自己玩自己，自己害自己，这都是你的权利，但是你别来害我哥们儿。是，我叫你不要再去害他了！”

砰地关掉电话，左永邦转头迎上罗书全呆呆的眼神。

“怎么了？”左永邦无辜地问。

“你！你！你！”

——你别问他在哪儿，你也别去找他了。

你有什么权力这样对我的女朋友说这样的话……

这样盯着左永邦，罗书全眼神里全是一种叫做仇恨的东西。然后，毫无征兆地，他突然站起来，发疯一样地冲出包厢。

顾小白正在抽烟，突然看见罗书全状如疯魔般地冲出来，什么也不管就往外面冲去。

“喂！喂！你怎么了？你去哪儿啊？”

转眼间，人已经没了。

罗书全家门口，杨晶晶凄楚地放下手机，站在门口，一时间不知道是走是留。这时，一个漂亮的小女孩远远地奔过来，奔到她面前，两个人打了个照面，都愣了愣。

潇潇想敲门，但转头看看杨晶晶，又很困惑。

尤其是，杨晶晶也这么困惑地看看她。

潇潇想了想，又转身敲门。

“别敲了，罗书全他不在。”杨晶晶说。

潇潇转过头，一脸不可思议。

“你谁啊？”

“我是他女朋友，”杨晶晶疲倦地笑了笑，“但就是不知道现在还是不是。你呢？”

“我是他学生。”潇潇说。

便利店外的街上……

学生的老师手里正拿着瓶啤酒，咕嘟咕嘟全部喝下，然后一发狠，把酒瓶摔碎在地上。

心，也全部碎光。

“我真不是故意要伤害他的……”

罗书全家门口，潇潇静静地靠着墙，听着杨晶晶的倾诉。

“我也不知道我到底在干什么，”杨晶晶像对自己说一样喃喃不已，“竟然会发消息给他朋友。其实，他长得根本不像我以前的男朋友，可能气质有点像，做事的感觉有点像。其实两个人根本就是两码事，我也不知道我到底在干什么。”

潇潇不说话，看着罗书全家的门。

“不过，我的确应该回去好好想想我到底要什么。”说着，杨晶晶自言自语地笑起来，“我要走了，你呢？”

“我在这里等他。”

“嗯，再见。”杨晶晶朝她点点头，往楼道外走去，眼看就要隐没，忽然被身后的人叫住。

“喂！”

“嗯？”杨晶晶转过头。

“我是那个你想要他做你男朋友的人的女儿。”望着杨晶晶，潇潇面无表情地说。

左永邦开着车，边上的顾小白正在对他痛骂。

“你他妈是不是疯了啊？”顾小白在有限的空间里挥斥方道，“对杨晶晶说别再找罗书全，这样他以后还怎么把你当哥们儿啊？”

“他不把我当哥们儿无所谓，”左永邦耸耸肩，“但他再继续和那个女人纠缠下去他就完了。那个女人根本连自己要什么都不知道，她会把书全给毁了的，现在已经毁一半了。”

“你根本还不明白问题关键在哪儿！关键是杨晶晶想勾搭的人是你！”顾小白怒了，“且不管她是不是真的要这个，但现在问题是罗书全的心态。他现在面对你特别自卑你知道吗？自信全毁了，你再这么当着他的面，对杨晶晶吆五喝六的，你他妈让他把自尊心往哪儿搁？”

“自尊心可以慢慢建立的。”左永邦扬了扬眉毛，“而且我都说了，他以后还当不当我是哥们儿无所谓。”

面对这样的朋友，连顾小白都束手无策起来。

罗书全喝得醉醺醺地走来，潇潇靠在门口冷冷地看着，也不说话，也不上去迎。同样，罗书全走到门口，也不看她，掏钥匙开门。

“你怎么来了？”罗书全装作无所谓地说。

“我来看看你。”潇潇说。

“我有什么好看的？”

“我都知道了。”潇潇冷不丁地讲道。

罗书全站直了身子，深深地吸了口气，都知道了啊……

转过头，笑了笑，“喔，是这样吗？来看笑话的吗？”说完，转身就要进门。

“罗书全！！！”潇潇大喊一声，死死盯着他。

罗书全……站住了。

“你知不知道，其实你很招女孩子喜欢的，很多女孩子都会喜欢你的！”

“哦，比如呢？”

“比如我！！！”脱口而出的这句话，是曾经对他说过的……

再一次说……还是这么不假思索，不留余地。说完，潇潇还是死撑着，瞪着他。

看了潇潇一会儿，罗书全突然仿佛被什么迷了心窍一样，大跨步走上去，一把捧住潇潇的脸……狂吻起来。

潇潇死命地挣扎着，但心爱的人就是这样地强吻着，用自己并不喜欢的方式，和并不喜欢的原因。腾出手来，潇潇猛地推开罗书全，狠狠一个耳光扇上去。眼前的这个人，好陌生！

被响亮地扇了一耳光，罗书全愣了愣，又凄惨地笑起来，“所以你看，女人没有一句真话，全是谎话……”说完，一眼都没有再看潇潇，走进屋，关上门。

强忍住眼泪，潇潇慢慢靠着墙坐下来。

就像顾小白说的，罗书全现在的自信已经全部被摧毁。现在对于杨晶晶，他又是害怕恐惧，又是担心她再也不理他。这样复杂矛盾的心情，他也不知道怎么了，竟然从来没体会过。

他麻木悲伤地坐在沙发上，茶几上的手机再也没有亮起。

深夜，门外的潇潇早已经走了。

罗书全不断地看着手机，没有短信，没有来电，没有一个人关心他。

他，已经被全世界遗弃了。

关机，再开机，还是没有变化。他再也忍不住，拨电话给杨晶晶，开始没人接，再打，杨晶晶干脆掐掉了。

——你不要再找他。

她，竟然是这么听他话。

这下，罗书全彻底疯掉了，疯狂地拨打着。终于，杨晶晶接起了。

“喂，你在哪里？”罗书全没头没脑地问。

“没哪里。”电话里的杨晶晶，好冷淡。

“什么叫没哪里？”罗书全失控地喊起来。

“书全，对不起……”杨晶晶的声音隔着电话传过来，“我也不知道我在干什么，但是刚才左永邦骂了我，他说我自己也不知道自己要什么。我想我真的应该好好想想，我到底要什么。”

终于，罗书全彻彻底底地疯了。

“他的话你也能听？你为什么又要听他的话？！”

“不是他的话谁的话……”

“你在哪里？”罗书全抖着身子喊，“我来找你！！！”

“别别！”电话里的杨晶晶惊慌起来，“你别来找我，我不会见你的。”

然后，她手足无措地挂了电话。

罗书全愣了半天，发疯一般地穿衣服，穿鞋子，要出门。

罗书全猛地拉开门，顾小白站在门口，正要敲门。

“让开。”罗书全冷冷地看着顾小白。

“你去哪儿？”

“你管我去哪儿啊？你管不着。”罗书全冷冷地说。

“你他妈是不是有毛病啊？”顾小白也怒了，“你是不是脑子进屎了啊？对我说这种话？！”

“对你说这种话怎么了？你是谁啊？”罗书全笑了笑。

顾小白呆了，愣愣地看着他。

“让开。”罗书全说。

“你去哪儿？”

罗书全突然一把推开顾小白，撕心裂肺地喊起来：“我他妈去哪儿关你屁事啊！你是谁啊！你是我妈还是我爸啊？你不是喜欢左永邦吗？你不是爱和他在一块儿吗？你们俩不是兄弟吗？我去哪儿关他妈你屁事啊！”

顾小白整个人完全愣住了，反应过来后，也指着罗书全大骂：“你他妈是不是疯了啊？对我说这种话，你还当不当我是你朋友啊？”

“以前当，”罗书全冰冷地看着他，“以后不是了。”

顾小白呆住了——以前当，以后不是了。

“让开。”

顾小白一动不动地站在他面前，一步也没有动。

“你再不让开我不客气了。”

顾小白笑起来——面对刺激，他总是有奇怪的反应，他邪恶地微笑着说：“喔？怎么个不客气法？”

罗书全看着顾小白，突然挥拳上去。

与此同时，顾小白一言不发，也一拳打出去。

两人开始互相出拳猛揍对方，是真打，不是假打，打得一塌糊涂。两个人在地上翻来滚去，一边撕扯，一边死命地揍着对方。

一个住客过来，完全走不过去，愣愣地站在那里。

打到一半的两个人意识到妨碍了公共交通，只好讪讪地分开，让那人走过去，那个人边走边回头看。

两个人趁机坐在楼道两边，呼呼喘气，鼻青脸肿着恢复体力。

罗书全休息了一下，又要扑上来。顾小白伸出一脚，把他踹了回去。

“不打了，累死了。”顾小白一边喘气一边抹着嘴边的血，“太久没锻炼了……”

罗书全也是累得说不出话。

"你现在……现在……还去吗？"顾小白上气不接下气。

罗书全鼻青脸肿地白了顾小白一眼，往楼道外一步步爬出去。

——用爬的。

顾小白扑上去，一把揪住他衣领。

两个人再度厮打起来，罗书全一边挨揍一边抵挡一边发出撕心裂肺的哭号，"叛徒，你这个叛徒！！！"

幽静的小酒吧里，潇潇和杨晶晶并排坐在吧台边，杨晶晶喝着酒，潇潇只能喝果汁。潇潇一口气吸光，转头对着杨晶晶。

"你喜欢罗书全吗？"

"你是代表他的学生来问我，"杨晶晶苦笑，"还是代表你爸来问？还是代表谁？"

"我喜欢他，但是我不代表谁，我就是想问你。"

被潇潇干脆的回答弄懵了，杨晶晶愣了一会儿，摇摇头，"我不知道。"

"为什么不知道？这种事情怎么可以不知道？"

"我不是不知道，我只是不确定。"

"为什么不确定？"潇潇不依不饶。

"潇潇……"杨晶晶叹气，"你还小，大人的世界有时候很复杂的。"

"别跟我说大人小孩的。"潇潇撇嘴，非常不满意，"你大你怎么可以比我更加不知道你想要干吗？你喜欢罗书全就和他好好在一起，你不喜欢他就不要和他在一起。你怎么可以又和他在一起，又去和我爸说话……"

"别说'你爸'好吗？"杨晶晶浮起古怪的笑容，"这样弄得我都不知道怎么跟你说话了。"

"好，你怎么可以又和他在一起，又和左永邦说这样的话？"

看着潇潇一眨也不眨的眼睛，杨晶晶一点退路都没有。

"我不是喜欢你爸，我也不是说我要倒追你爸，"杨晶晶用尽力气地解释着，"我只是一直会情不自禁地被这样的男人吸引，你懂吗？但是我心里又知道，我需要的不是这样的人。我需要的是一个安稳踏实的男人，我需要的是……"

"罗书全。"潇潇干脆地说。

"是的。"

"你需要的到底是安稳踏实的男人，还是需要的是罗书全？"潇潇看着她。

看着潇潇，杨晶晶终于苦笑起来。

“你不愧是你爸的女儿。”

“我心里很清楚我喜欢他，”潇潇说，“但是他不喜欢我，他一直觉得我太小了。”

“你是太小了。”杨晶晶疼爱地笑起来。

“那也比你什么都不知道的好。”

这时，酒吧里走进来四个染着黄发的不良青少年，正在找地方坐。坐到一边后，四个人一看杨晶晶和潇潇，忍不住交头接耳起来。

“哎，那两个小妞不错啊！”

“真漂亮，而且一个比一个漂亮。”

潇潇转眼看他们，被杨晶晶阻止。

“别看他们。”杨晶晶低着头说。

但是已经来不及了，四个小流氓互相商量了一会儿，嘻嘻哈哈地走过来，围拢她们，“小姐，请你们喝杯酒好吗？”

“不用了，谢谢。”杨晶晶不卑不亢地看着前方的空气。

“哟！声音都那么好听啊！”一个人已经摸上杨晶晶的肩膀，“那你请我们喝杯酒啊。”另一个人也已经搭上潇潇的肩膀。

“小妹妹，果汁有什么好喝的，我们喝点儿带劲儿的……”

潇潇扭动肩膀想甩开，说时迟那时快，杨晶晶抄起一个酒瓶，拍在摸潇潇的那个小流氓头上。

摸着头，一头的酒水，夹杂着血流下来，小流氓愣住了，呆呆地看着杨晶晶。

“走啊！！！”

杨晶晶一把拉起潇潇，奔出门外，四个人回过神来，也叫嚷着追出去。

酒吧外的街道上，杨晶晶拉着潇潇亡命天涯般地狂奔着，后面四个男人拼命地狂追着。

没有料到……情形会变成这样……

终于，两人躲进一个小弄堂，抱在一起，紧张地看着外面一伙男人奔过。

“别告诉我爸……”

两人抱在一起，颤抖着，潇潇抬起头，看着杨晶晶。

“他他妈已经疯了！没人性！”茶餐厅的火车座上，顾小白一只手拿着冰袋捂着后脑勺，猛地把冰袋拍在桌上，对面左永邦和潇潇坐在一起。

这是第二天的下午……

“拽着我的头往走廊的水泥地上撞！我一个晚上只能侧着睡，躺都不能躺！”

“你们怎么会打起来呢？”左永邦不可思议地看着他。

“我也不知道啊。”

“那他现在怎么样？”潇潇问。

“不知道，估计比我好不了多少。”顾小白傲然道。

“……”

“但是现在他要和我绝交了你知道吗？”顾小白看着左永邦，“说我是叛徒！我怎么就叛徒了我？”

看着匪夷所思的顾小白，左永邦苦笑起来，“可能是你跟我在一块儿的关系。”

“那你也没做对不起他的事儿啊！所以说他疯了嘛！”

“那你想和他绝交吗？”左永邦突然微笑着问。

“你不会也疯了吧？”

“但不管怎么样，”左永邦叹气，“他现在肯定特别不待见我们，他一天之内，女朋友也没了，兄弟也没了，怎么办？”

“怎么办？”顾小白怒道，“我怎么知道怎么办？你说怎么办？”

顾小白和左永邦互相看着，然后不约而同地……

两人默契地转过头看着潇潇。

“你们看着我干吗？”

“放心……”看着潇潇惊恐的表情，左永邦笑起来，“没要你去献身，你爸我还没伟大到这个地步，就是让你多看着他点儿。”

“看着他？”潇潇很困惑。

左永邦点点头，“至于我们，”转头看着顾小白，“就先别搭理他了。”

从那天开始，左永邦和顾小白果然就开始不理罗书全了。罗书全摆明了要和顾小白绝交，但顾小白不来搭理他，他又去犯贱，喝醉酒，拿酒瓶砸顾小白家门，对着门狂骂叛徒。顾小白漠然打开门，看到蹲在地上哭的罗书全，又一脸冷漠地把门关上。罗书全找杨晶晶，电话永远开始传来“你拨的用户已关机”。

罗书全的整个世界完全塌陷了，只有潇潇，每天上课下课，都在后面明摆着跟着罗书全。罗书全赶她走，她也不走，就是倔强地看着他。罗书全扭头走，潇潇也走；罗书全停，潇潇也停；罗书全转身狠狠地瞪着潇潇，潇潇也毫不示弱地反瞪着。

他简直一点办法都没有，一个人在外面喝酒。潇潇不喝，也不走开，就在边上站着。

喝醉了，走在路上，罗书全会突然转过头来，一把抱住潇潇，失声痛哭。

不断地拍着罗书全的背脊，潇潇何尝不知道自己也在流眼泪。

但是她一直记得那一天，她老爸——左永邦，临走前对她说的一句话。

“你不是喜欢他吗？”父亲无比认真地看着她，“你也可以顺便学习一下，爱一个人，你可以为他牺牲到什么程度……”

照例，潇潇每天都会到顾小白家报到，向左永邦和顾小白汇报罗书全今天的动向。杨晶晶找他了没，他有没有好点，至于自己怎样，她完全不提。照例说完以后，潇潇面无表情地扎进顾小白家的洗手间，过了好久才出来。

顾小白、左永邦何尝不知道潇潇进洗手间，是在不断地哭，以及不断地让自己不要哭。

“你不觉得这样对潇潇太残忍了吗？”

这天，一切又重复上演了一遍后，潇潇进了洗手间，顾小白终于忍不住问左永邦。

“什么？”

“你别装傻！”顾小白恨死了，“你也看到潇潇那个样子了，罗书全也不可能欺负她，但我们都知道，她每天进我洗手间干吗啊。”

“我早说了，”左永邦装作无所谓地说，“这是潇潇必须学会的一课，爱一个人、喜欢一个人很简单。但是在这之前，你就要学会怎么承受爱一个人、喜欢一个人所带来的痛苦。这种课，哪个学校都不会教，只好我这个老爸来教。”

“嗯……我终于见识到，我们三个人中其实最变态的就是你了，你真的不心疼啊？”

“心疼啊，”左永邦白了他一眼，“但这样她才会长大啊。”

说完，只见潇潇面无表情地出来，对自己刚才哭过的残迹也毫不遮掩。她面无表情地路过两人，砰地甩门出去，全程非常之酷。

出了顾小白家，潇潇转头跑到了杨晶晶家。那次经历之后，她们两个已经莫名其妙地变成了好朋友，杨晶晶也是从潇潇嘴里辗转知道罗书全的现状。

其实，每一个人都在关心着罗书全，只有他自己不知道。

“喜欢一个人真的要这么痛苦吗？喜欢他，他又不喜欢你。”

这样奔波的自己，可能在寻找着一个答案……

潇潇坐在杨晶晶的沙发上，一边喝东西，一边问杨晶晶。

“等你长大了，你就明白了。”杨晶晶痴痴地说，“世界上的事大多数都是这样，你想要的要不到，不想要的别人硬要给你，你也不知道怎么办。”

“都是这样吗？”

“也不都是这样，”杨晶晶摇摇头，“但大多数都这样，每个人喜欢的都不一样啊。”

“如果是这样的话，我就不要长大了，长大那么痛苦。”

“不不，你不能这么想，”杨晶晶忙说，“就是因为人生不如意事常八九，所以如意的事情才可贵啊。当你遇到一个人，你喜欢他，他也喜欢你，你才能体会到，世界上竟然有这么幸福的事情。和这个相比，其他时候受的苦都不算什么了。”

“我会遇到吗？”潇潇抬头问。

望着她的眼神，杨晶晶终于笑起来，“你一定会的。我们活在这个世界上，找啊找啊找啊，找得头破血流，就是为了找到那一刻。到那时候，你就知道，之前所有的一切都是值得的。”

潇潇……终于哭出来。

“别怕，”杨晶晶搂过潇潇，喃喃道，“你还小，要有勇气长大，还有很多事等着你去经历呢。等你经历了哭，经历了笑，经历了笑过以后的哭，经历了哭过以后的笑，你才会知道，我们活着，是一件多么辛苦又多幸福的事情……”

这样的话，真的不知道是对谁说，说给谁听的。这时，潇潇的手机响了，罗书全问她在哪里，有没有安全回到宿舍。听到潇潇说在杨晶晶家，罗书全傻了半天，说要来接潇潇，把她送回学校。

“那你别上来。”潇潇说。

“当然。”那边的罗书全长长叹了口气。

他当然不敢上来，那样的自己，是根本不知道怎么面对杨晶晶的。

杨晶晶也是。

罗书全在杨晶晶楼下接到了潇潇后，瑟缩地抬头看了看窗户，那窗户亮着，代表那个人在家。就在几天前，那个人还在他家，搂着他每天睡着满足的觉，醒来见到他就抬眼笑。

罗书全不知道，事情怎么会起了这么天翻地覆的变化，好像是当初捉弄AMY的报应——自己因为B而对A犯下的“恶行”，终究会让B以更加惨烈的方式返还到自己头上——所谓“报应不爽”正是这个道理。

这么想虽然让他自己舒服了点，但这其实是错的。在感情里，不是加害方，就是施害方。最多功过抵消，功力相当，那就握手言和，道声英雄惜英雄。不然稍有不慎，便是倾覆灭顶。罗书全这么想虽然简单粗暴，但至少不费脑子。

接完潇潇，他就这么一边想一边和潇潇走着，潇潇也不说话，在边上陪着他。身后五十多米外，左永邦和顾小白累得半死。两人看到罗书全出门，早就开着车跟着他。

跟到杨晶晶家时，顾小白咋舌不已，要冲上去拦他，被左永邦按住。直到看到潇潇出来，两人才放下心，想掉头走掉。忽然又看见罗书全不打车，和潇潇在街上走，深夜也不知道走到哪里去。两人只好弃车跟在后面，为了不惹起前方的怀疑……两个人只好互相依偎着冒充情侣。

“从后面这么看上去，他们还蛮般配的咧。”

望着前方罗书全和潇潇的背影，顾小白依偎在左永邦肩头悄声说。

而就在前方五十米，潇潇也在神经紧张着——因为不知何时，他们已经走到上次和杨晶晶碰到小流氓的那条酒吧街上。

“你怎么会在杨晶晶家的？你们怎么认识的？”罗书全突然想起来。

“不告诉你。”潇潇紧张地说。

正所谓怕什么来什么，正在这时，潇潇看到，上次追她们的几个小流氓迎面走来，几人开始还没注意，一不留神发现了潇潇。

“哟，这不是上次那个小美女吗？”其中一个走上去惊喜地说，好像他乡遇故知。

潇潇紧紧拉住罗书全。

“你认识他们啊？”罗书全转头问潇潇。

“她不认识我们，我们认识她。”另外一个笑起来，对罗书全说，“识相的边上站着去，没你什么事。”

“到底是什么事情啊？”罗书全没头没脑地问。

然后，毫无征兆地，一个耳光就扇了过来，罗书全被打得一个趔趄，捂着脸弯腰在一边。潇潇尖叫一声就要去扶罗书全，只见罗书全摇了摇头，放下手，又带着一脸困惑地走到三个人面前。

“到底什么事情啊？”

其中一个呆了呆，看了看另一个，另一个到现在还没出过手，也觉得有点没面子。于是，那一个一手抓住罗书全头，另一只手狠狠地扇过去，“跟你说了没你事！”

潇潇的尖叫声中，罗书全又被扇到一边。

路灯，投下的影子，那个弯着腰捂着脸的剪影……不正是自己吗？

几个小流氓慢慢凑近潇潇……

突然，罗书全又慢慢走上来，还是带着一脸困惑地问：“什么事情啊？”

几个人互相看了看，终于彻底崩溃了，围着罗书全开始狂殴起来。

前方，罗书全被几个人痛打着，潇潇无能为力地到处拉着。

后面，顾小白要上去帮忙，却被左永邦死死按住。

“放开！你他妈有病啊，拉着我干吗？”顾小白转过头，冲着左永邦喊。

“等等！再等等！”左永邦死死地拉住他，额头暴出青筋。

这，是他恢复信心……最好的机会。

前方几十米的地方，罗书全正在被几个流氓围在中心拳打脚踢，拳头和鞋不断地击打到他脸上。看着自己的血不断地飞溅出来，他躺在地上被打得死去活来，不断咳嗽着。潇潇在边上尖叫，拉几个流氓，却被他们甩开。

那天晚上，看到短信的时候，每个字……不也是像拳头锤击在自己胸口吗？

罗书全躺在地上，流着眼泪，任凭拳打脚踢。

罗书全，你真是一个失败的男人啊！

几个人打了足足五分钟，看罗书全那么怂，也觉得挺没劲的，开始收手了，转头看向潇潇。

潇潇惊恐地看着他们。

他们没看到，后面，罗书全又慢慢站了起来。

随着潇潇的眼神，几个流氓转头看着，罗书全慢慢地、艰难地站起身来，唾沫和血一滴一滴滴在地上。

那个人走过来，一个流氓也烦了，“你他妈还没问完啊？”

对面的男人慢慢地摇摇头，“我不想再问了……”突然，罗书全冲着那个人发出了一声撕心裂肺、有如野兽一样的嘶吼，嘶吼中满是绝望、屈辱、悲愤和爆发。

每个人都呆住了，就在大家呆住的时间里，罗书全像野兽一样扑向那个流氓，疯狂地下死手，往死里打着，按在地上不断地打着……

另外几个流氓看到，也开始拼命打罗书全。

任凭那几个人在自己身上拳打脚踢，罗书全不断地打着先前的那个，而后突然抓住另一个流氓抡过来的胳膊，一口咬下去。

惨呼声中，罗书全的头被一脚踢中，远远地摔了出去。

罗书全爬起来，像野兽一样嘶吼着，再次冲过去。

几个人再次扭打成一团，不断有鲜血飞溅出……殷红的鲜血……

后面，顾小白终于挣脱出左永邦，回头狂吼：“他妈的，行了吧？”

顾小白冲上去，加入战团。

左永邦看着顾小白冲过去后，松了松领带，自言自语，“他妈的，行了……”也冲了上去。

潇潇的视界里，顾小白和左永邦不知何时，像天兵一样降落，加入战团。

她最熟悉的男人，她最爱的男人，还有她迄今为止认识的最神经的男人。这三个人曾经是好朋友，但因为一个女人，他们反目，但是现在……

鲜血不断地溅了出来……

罗书全，这个自己深爱至今的、木讷的男人，也会有这样一面呢……

像野兽般亮着牙，挥打着拳头，嘶吼着。

边上，是他的同伴，他最好的兄弟。

这是……男人帮呢……

这一切一切的遐想与事实，被左永邦一声愤怒的惨叫声划破。

“我×你妈！这领带一万多一条啊！”

视界里，自己的父亲又往死里打着那个溅脏他领带的人。

天，终于蒙蒙亮了。

门诊室长凳上，顾小白头上包着纱布，左永邦手上绑着绷带，潇潇面无表情地坐在一边。

“哎，你就不想问问，我们是怎么从天而降的吗？”顾小白兴高采烈地问潇潇。

突然，前方一扇门推开，罗书全躺在一张滑轮床上被医生推了出来，活生生一个木乃伊。

“现在他还不能说话，轻微脑震荡，身上两处骨折……”医生看看左永邦和顾小白，“你们都多大岁数了……谁是家属啊？”

“我！”潇潇喊道。

医生已经把罗书全推远了，这时，突然听到罗书全远远叫了一声。

“左永邦……”

三人听到，一起往那边奔去，左永邦看着罗书全，慢慢走上去。

罗书全躺在床上，看着左永邦笑，左永邦也笑，伸出手。

罗书全看着左永邦，终于虚弱地说：“我……没让你女儿受欺负……”

左永邦也笑着，两个人的手紧紧地握在一起。

“但是你让我受欺负了！你看看我的头！！！”顾小白对着罗书全喊。

“潇潇呢？”罗书全不管顾小白死活，转头问。

潇潇已经不见了。

“他没事了吧？”医院门口，杨晶晶看着潇潇。直到潇潇点点头，她这才把花递给她，“你帮我转交，我就不进去了。”

拿过花，潇潇一边陪杨晶晶走着，一边转过头。

“男人真奇怪，顾小白和我爸明明就在边上，就一直不过来帮忙。”

“但是他们后来还是来了，是吗？”

看着潇潇困惑地点头，杨晶晶终于笑起来，“这就是男人，我们永远也不会懂，但是我们会永远爱他们。”

“为什么？”

“因为……他们和我们不一样。”

两个人就这么走着，变成了朋友。

在黎明的医院外，远处，太阳已经慢慢升起来了。

这代表新的一天开始了……

沉积的终将冰释，珍贵的必将存留。所有蒸发过的眼泪都会变成更坚强的尊严，因为无论挫折还是苦难，教会我们的永远只是面对下一次挫折的勇气和力量！

这，是每个人人生中最珍贵的一课。

LESSON 16 面子问题

事关尊严，男人都希望前女友过得好，只要不是好得太离谱。
如果有一天，迎面抱着孩子要饭的女人竟然是前女友，手里有核武器的男人，
怕是连毁灭世界的心都有了吧？

“汽车燃油税又涨了，哎，你说我要不要买辆车啊？我其实早就想买车，有一款车我看中很久了，就是一直觉得没什么机会开，买了也就停车场放着。现在这种交通，牌照又贵，外面停车费又贵。但那辆车真好看啊，哎，燃油税又涨了……哎……我说话是不是有点语无伦次啊？”

这一天大早上，阳光灿烂，顾小白在窗前看报纸，小雪在边上吃早餐，准备去上班。无论是天气也好，自己边上的美少女女友也好，眼睁睁地看着别人去上班而自己不用去也好——反正，这一切让顾小白兴致勃勃，心情明媚。

他一边看报纸，一边这么问小雪，完全属于无聊找抽型的。

没想到，一转眼，小雪正一眨不眨地盯着他。顾小白有点发慌，想是不是昨天说梦话又吐露什么机密了，但只好假装镇定。

“你这么看着我干吗？”

“没什么，买吧。”小雪淡淡地说。

顾小白反而更心虚了。

“像你这样整天不出门，在家里已经是乱七八糟的，偶尔出个门，还是把自己弄体面点，这样对大家都好。”小雪接着道。

“什么叫对大家都好？”顾小白叫起来，“你这话什么意思啊？”

“没什么啊，我为你考虑嘛。车子是身份的象征，像你这个年龄，应该找点东西来象征一下自己的身份。”小雪继续以一种牧师的口吻说道。

顾小白狐疑地看了一会儿小雪，又转头看报纸，“切……”

多一事不如少一事，今天我心情好，顾小白想。

少一事不如多一事，今天我心情一般，小雪想，于是又追问了一个问题。

“你之前一共有过几个女朋友？”

顾小白静静地保持姿势，看着报纸，这个时候脑门叮的一声，脑子里蘑菇云已经炸了开来。一瞬间，他想到了很多事，城市上空紧急疏散的鸣笛，绿色安全出口发亮的牌子，爆发的火山，德军押送着一排犹太人，毒气室，大屠杀，血流成河，祖国兴亡，民族仇恨……

“为什么突然问我这个问题？”一秒钟后，顾小白转过头，楚楚动人地笑着问。

“你先回答我这个问题。”

“你先回答我。”

“你先回答我。”

“你先回答我。”

“没什么啊……”小雪终于认输，“聊天嘛，闲着也是闲着，随便问问。”

顾小白斜眼看着小雪，心里雪一样地清澈。

他知道面对这个问题，只要发问者是自己的女朋友，哪怕她表现得再漫不经心，也不能麻痹大意，不然，上述场景就会重复一万遍。任何一个陷阱布置得看起来都是安全的，不然也不叫陷阱了……

好在顾小白写专栏的时候随机采访过一些女性，获得了一个令人吃惊的一致答案。

“两个啊！第一个懵懂无知不懂事，我把青春献给了他。第二个赴汤蹈火飞蛾扑火，最后他伤害了我，还一笑而过。”

总而言之，就是她最惨，这个时候，现任“第三个”男友不一把抱紧她，发下永生永世照顾她的毒誓，简直连禽兽都不如。

这一招……实在是太好用了。

严格说来，顾小白有过的女友有二十个。但为了以上考量和人身安全，他自作主张地减掉了一个零。在数学上不影响结果，和普遍真理又隐隐暗合，简直是条条大路通罗马。

“两个。”顾小白看着小雪真挚地说。

时间……一秒一秒过去，小雪还在面无表情地看着他。

顾小白忍不住心虚，有一个声音在嘶喊。

“两个还多啊？！不会吧，大姐！”

当然，这是内心独白，房间里静悄悄的，只有时钟滴答滴答的声音。

过了N久，顾小白终于努力笑了一下，“怎么了？”

“没什么，知道了。”小雪淡淡道。

“什么叫没什么？什么叫知道了？”

小雪开始吃东西，不理他了。

顾小白终于抓狂，摇了骰盅不揭盅，人品能比这再恶劣一点吗？妈的，搞了半天还是个陷阱。陷阱有明陷，有暗陷，但顾小白忘了，这个世界上还有一种叫做——绕不开的陷阱……

此刻，顾小白正面临着这样的人生困境。

“两个到底算多还是算少啊？”顾小白呻吟道。

这时门外有人敲门，顾小白看看小雪，小雪还是一副云在青天水在瓶的样子，顾小白气急，起身去开门。

门外……站着左永邦。

左永邦一脸气急败坏，好像刚才被提问的人是他……

一瞬间……连顾小白都产生幻觉了，要是那样的话，该多好啊……

“出大事了。”左永邦对着顾小白顿足。

顾小白呆呆地看着左永邦，还没反应过来，那边小雪不知何时已经吃完早饭，拎着包，从他们中间走过，出门还不忘对左永邦礼貌地笑笑。

“我先上班去了，你们先商量你们的事儿吧。”

说着，美少女就要消失在视线里。

想到就这么让她走掉，顾小白可能一天都想要杀人，他终于忍不住在后面一声狂喊。

“哎！你还没回答我的问题呢！！！”

小雪站定，转过头，无奈地看着顾小白，耸耸肩，叹了口气，“如果你真想知道的话，按你这个年龄，算少的……”

说完，美少女仿佛对遗体告别似的，鞠了个躬，转身消失在楼道里。

“这算什么意思啦？啊？这算什么意思啦？我是考虑到她年幼脆弱的心灵，考虑到她的承受能力才这么说的。喔？反过头来开始瞧不起人啊？这算啥啦？陷阱啊？”

顾小白家楼下的茶餐厅里，顾小白愤怒得几乎要砸店，浑然无视于边上蔫了吧唧、一句话也说不出的左永邦。

“你可以现在发消息给她说实话啊。”

罗书全好端端地在家里睡觉，也被顾小白拖下来，托着腮，有气无力地应道。

“说个屁啊，我现在去说反而像在说谎。你是没见到她走的时候那个眼神、那个失望劲儿。变态啊？我以前女朋友少，她还觉得没面子。我要告诉她实话，她又没安全感，是不是人啊？”

顾小白活了大半辈子，从来没碰到过这种懊恼的局面，套用一句约定俗成的话，叫做“活见了鬼”。

对于女人来说，男方之前的女友，到底是多好还是少好呢?

多，显得滥情，花心，不负责任（女人可以说伤痕累累，男人这么说会被打）。

少，显得木讷，没魅力，没市场，甚至没见过世面。

最好是可以迷煞万千少女，但唯取你一瓢饮。在认识你之前，过眼云烟般的全是母猪般的存在……

这……对于全是畜生的男人来说，难度系数也太高了点。

因为母猪也是畜生呀……畜生配畜生……好了，不胡扯了……

罗书全看看在一边颓丧得一句话也说不出的左永邦，关切地问："你又是怎么了？"

左永邦抬起头，似乎冷得浑身发抖。

"我现在要告诉你们一件事情，这件事情非常非常重大，而且恐怖，它会影响我的职业前途，甚至我的后半生……"

"潇潇怀孕了？"顾小白尖叫。

左永邦默默地看了他一眼，又转过头。

"到底怎么了？"罗书全问。

"米琪……到我们公司来上班了。"左永邦看着他们缓缓地说。

左永邦扫视了一圈，面前的两人都是一脸凝重。然后，两人互相看了一眼对方，沉重地问了对方一个问题。

"米琪是谁？"

米琪是左永邦绝迹江湖的前女友，由于乌龙处女事件，左永邦和她江湖再见，半年没消息。左永邦以为她死了，或者干脆嫁人了。但今天早上，左永邦兴致高昂地走在公司走道上，得意扬扬地跟同事交代事情，一个熟悉的身影擦肩而过。

穿着职业的白领套装，但是身材的曲线……这是每一个男人与生俱来的扫描识别功能啊……

那名女子朝着人事部办公室的门鞠躬道谢，然后趾高气扬地朝公司外走去。

左永邦走了两步，心里嘀咕了两声，然后心里猛然一个闷雷，掉头狂奔。

他奔到那名女子面前，仔细一看。

这一看不打紧，直把他看得魂飞魄散，眼前这名正宗OL气质，冷若冰霜中又带着一丝御姐笑容的，不是米琪，就是米琪的孪生姐妹。

一瞬间，左永邦脑中闪过了无数的江湖传说：痴情女子跳崖身亡，孪生姐妹替姐报仇，手段毒辣，直把负心汉折磨得求生不得求死不能，最后留书警示后人——千万不要辜负有孪生姐妹的女人……

问题是，米琪没有孪生姐妹，那就是米琪本人。

有姐妹倒也算了，左永邦可以抵死狡辩，反正死无对证……

问题是……米琪看着左永邦惊恐的表情，微微一笑，“这位先生，您有什么事吗？”

“啊啊啊？”左永邦恨不得把江湖传说翻出来再咀嚼一遍。

对面的女子，看着左永邦的胸牌，微微一笑，伸出手来。

“喔，左总监啊，我是新任的总裁秘书米琪，请多多关照……”

“刚刚面试总裁秘书为什么不通知我？！”望着那个消失的背影，左永邦觉得自己也快消失了，连忙冲到人事部一通狂喊。

“为什么要通知你啊？这和你有什么关系啊？”HR总监也很无辜。

“呃……”

“总裁亲自定的。”人事总监说，“面试一切都很顺利，她对我们这一行又很了解。虽然履历一般，但形象好，气质好，谈吐又专业……哎？”人事总监突然反应过来，以为左永邦那么激动是因为High，“哎，你是不是对她有兴趣啊？千万别啊……哎，大家同事一场，别怪我事先没提醒你……老板好像对她很有兴趣……”

望着对方故作神秘的笑容，左永邦恨不得把他从二十九楼扔下去。

左永邦讲完前因后果，全身已经瘫软，只有出的气，没有进的气啦。

“好酷啊……复仇天使……”顾小白坐在茶餐厅的沙发上，悠然神往。

“什么狗屁复仇天使啊！她到底想干吗？”

“复仇天使啊！”

“什么呀？！我现在到底应该怎么办啊？！”

“你觉得呢？”顾小白转头对着罗书全，罗书全一副没兴趣只想睡觉的表情。他只好转头对着左永邦，“你先别急，你听我说，我们在确定一切对策之前，先确定一个前提。”

“好！”

“这顿饭谁买单？”顾小白认真地问。

“……”

“哈哈，开玩笑。”顾小白非常高兴，转眼间脸色一变，“你还爱她吗？”

“啊？”左永邦一下没反应过来。

“是这样的，米琪这回来你们公司上班，应聘是吧？”顾小白分析道，“以一种专业的，Professional 的姿态杀到。咱们且先不管她那种专业范儿有多少是装的，但可以确定的一点是，她拒绝表现出认识你、以前和你有过一段情。而且你同事说，你们老板对她还有超出工作范畴的兴趣。现在我们掌握到的信息就这些，是吧？全了吧？”

“没错，就这些。”

“所以我问你，你还爱她吗？”

“我……我……”

“如果你还爱她，我们还有另外一套做法。”

“如果我早就不爱她了呢？”左永邦侥幸地问。

“那还谁怕谁啊？”顾小白悬壶济世，“她要表现得不认识你，好啊，你也就像压根从来没认识过她，谁怕谁啊？你就完全把她当一个陌生人处理，她爱干什么干什么去，跟你有什么关系啊？装不熟谁不会啊？她要显得跟你完全没关系，把自己撇清，这对你来说是好事。”

“好什么？我压根不知道她是什么动机。”

“你别管别人动机，尤其是女人的动机。女人的脑子都乱七八糟的，而且做着做着动机会变来变去的。你要跟着人家动机走你得累死，以不变应万变是最好的。”

“嗯……”左永邦沉吟了一会儿，发现正是此理。

“那我还有个问题，就当有一搭没一搭问啊！”左永邦本着咨询律师，一问是问，百问也是问的原则问道，“如果……我是说如果……我还爱她呢？”

“赶紧跳槽吧你！”顾小白干脆地说，“这么大的问题我可解决不了……服务员……买单。”

出了茶餐厅，罗书全和顾小白在回家的路上，罗书全正义凛然，顾小白则心事重重。

“这左永邦真够惨的啊，”罗书全兴奋地说，“所以说，出来混迟早要还的。我看左永邦接下来的日子肯定不好过……女人真是什么事都做得出啊……”

“我想到了！！！”边上的顾小白突然高叫一声。

“哎？”

“既然我没办法再纠正刚才跟小雪说的女朋友数目问题，我可以跟她去探讨这个定义问题……”

“什么？”罗书全还没反应过来。

“女朋友的事啊！这个事不弄舒服了，我觉也睡不着的。”顾小白遗憾地说。

“我靠，你还在想这个事啊？”

“是这样的，”顾小白兴奋得要命，“她不是问我有过几个女朋友，我说两个吗？她不是很不屑吗？好，我接下来可以跟她探讨女朋友的定义是什么？怎么样才算女朋友……是牵过手就叫女朋友呢，还是牵过手上过床叫女朋友？

还是有过正常稳定的交往超过三个月以上的算女朋友？还是我正式对她说过，你做我女朋友好吗？她说好的才算女朋友……这样一来，定义不同，范围就广啦！而且可以变来变去的，伸缩自如，可就过瘾啦！”

“这样你就可以顺带改答案了？”罗书全侧着头问。

“是啊，我是不是很天才？这叫敌不动我不动，敌一动，我就动得乱七八糟……”

顾小白打通任督二脉，浑身轻盈起来，连蹦带跳地往小区里跑。刚经过门房，就被看门的老爷爷喊住。

“顾小白，有你快件！看你不在，我就帮你收了！”

“什么呀？”顾小白呆呆地接过一个信封，皱着眉头拆。

拆开一看，里面是一张婚礼请柬，上面一个女人和一个男人的婚纱照。

“谁啊？”看着顾小白发呆，罗书全凑上去问。

“我前女友……之一……”顾小白呆呆地回答。

就像顾小白刚才说的，女朋友的定义可以随着认识程度的不同而发展出五花八门的答案。有的人牵过手就叫女朋友，有的人经历过一切却否认彼此曾经认识——就像米琪和左永邦。

这个请柬里的新娘和顾小白在一个特殊时期认识：她刚刚和男友分手，顾小白也正在感情的低潮期，两人一拍即合，度过了一个半月快乐的白天和黑夜。但很快发现彼此并不适合，她迅速找到了更好的，顾小白也没有因为她的离去而感到伤心……就像同坐过一辆公交车的乘客，虽然彼此挨得那么近，但从来没有交流过站名和目的地，之间所经历过的一切，只是默默无声地看过同一场风景……

从这个角度说，她不能算是顾小白的女朋友之一……

但小雪显然并不这么看。

“怎么样，有时间没？上面注明我要携带家眷去的。”晚上，小雪已经盯着那张请柬十分钟了，顾小白终于忍不住惶恐地问。

“家眷？”

“也就是你。”

“我什么时候变成你家眷了？”小雪转过头，以一种不可思议的表情看着顾小白。

“我靠，你不会从现在就开始否认是我女朋友了吧？！”

“我不知道啊……”看着顾小白抓狂，小雪彷徨得很真诚，“我也突然有点犹豫……你说你一共交往过两个女朋友。那这个明显就是两个中的一个，两个中的一个哎！我还以为是超级精品！看来也一般般啊……”

“所以呢？”

“所以，我现在也很困惑啊，要不要承认是你的女朋友……”

“认真的？”

“认真的。”小雪确确实实困惑得不得了。

顾小白被活活气疯，扔下小雪，哭喊着下楼去找罗书全求安慰去了。

罗书全自从和杨晶晶分手以来，就不断目击顾小白和左永邦两个人遭受到感情的打击。看得多了，发现自己一个人也挺好的。

晨钟暮鼓，虽然少了点温馨陪伴，但女人这种生物，温馨时少，麻烦时多。罗书全学理，经过博弈论一算（这玩意儿居然还要用到博弈论），发现单身所付出的生活成本远远降低，唯一的不利就是无法推辞顾小白间歇性的情感例假。

“哎呀……小雪这种年龄的女孩，她们的逻辑不是我们能揣测的……”听完顾小白的诉说，罗书全安慰他，“她们都是神仙，很缥缈的……”

顾小白在沙发上表演跳高，“缥缈个屁，就是虚荣心，我要说范冰冰以前是我女朋友，恐怕她巴不得承认是我现女友呢！”

“你不要这么说嘛……那么恶毒……范冰冰真的是你前女友？”

“你开什么玩笑？你到底有没有在认真听我讲话啊？”顾小白悲痛死了，“都怪她不好，”开始迁怒于手上那张喜帖，“自己长得一般般么也就算了，找了个老公长得跟猪头一样。哎，他们怎么有这个自信心去拍婚纱照的啊？这得有多大的勇气啊？动物世界宣传片啊？”

“你以为谁都像你这样只看外表啊？人家那是爱情。”

“什么爱情……趣味真怪……”

“人家好歹跟你有过一段，别说人家趣味怪……”

“说的也是……”

“那现在到底怎么样啊？你和小雪去还是不去啊？”

“去！干吗不去！”顾小白指着请柬，“不去的话，她还要误会我曾深情地爱过她，以至于无法面对这个悲痛的现实呢！”

“你想的可真够多的。”

“我也觉得我有点失去理智啦。”顾小白绝望地摊摊手。

第二天是顾小白参加婚礼的日子，这一天左永邦也在水深火热中受煎熬。先是进公司的时候，为了平复心情，他在公司门口的大玻璃前打了一会儿太极。他不断告诫自己，要冷静，就差在电梯口劈腿练瑜伽了。

这时正巧米琪穿着一身职业套装上班，此情此景，全被米琪看了去，她带着一脸不可思议的表情走进公司，左永邦羞愤得要自杀。好不容易挨到中午，想出去吃饭透透气，又被叫到会议室开全员大会。

"我给大家介绍一下，坐在我边上的这位，是我们刚招的行政主管，兼我的私人助理。"总裁笑眯眯地一摆手，介绍边上的米琪。

面对一屋子迎接太妃般的掌声，米琪笑得像救苦救难的观音大士。

左永邦手一抖，一紧张，笔掉在地上。他弯下腰去捡的时候，正好看见会议桌下，总裁正在用鞋蹭着米琪穿丝袜的小腿。

这双令人销魂的小腿，是缠过左永邦的。

左永邦心中一抖，看到米琪的小腿本能地往回一缩。左永邦直起腰，看到对面的她脸上仍挂着优雅的笑容。

这笑容……让左永邦……很想哭啊……

"她怎么能把自己就这么嫁了呢？"此时，顾小白和小雪坐在出租车上去赶赴婚礼。小雪一脸迷茫地看着窗外，顾小白又想起了昨天和罗书全接下来的对谈。

"难道嫁你吗？"罗书全反驳。

"不嫁我，也不能嫁给一猪头啊！我觉得我的人格受到了侮辱……"

"你省省吧！"罗书全大怒，"我告诉你，人家既然跟你分了手，那就不论从名义上还是事实上都和你没关系了，说是压根和你从来没认识过也不为过。你为一个从来没认识过的人操什么心啊？"

看到罗书全莫名其妙地发火，顾小白更加大怒。

"什么叫从来没认识过？她和我在一起过。哪怕现在不在一起了，这段历史是不能被抹杀的。"

"遗忘历史等于背叛咯？你在想什么啊，你？"罗书全冷笑。

"不管我在想什么，一个人曾经是你女朋友，那么不管她现在或将来跟谁在一起，她都永远曾经是你女朋友，你懂吗？"

"我懂是懂，但是我不知道你想说什么……"

"我想说的是，"顾小白看着罗书全深呼吸，"从男人角度来说，你希望你前女友混得比你好，还是比你差？"

罗书全呆呆地看着顾小白，怔了一会儿。

"这算什么问题？当然是希望她过得比我好啦！只要你过得比我好……过得比我好……什么事都难不倒，所有快乐在你身边围绕……"

"你再唱我抽你了啊。"

罗书全住嘴，一脸无辜。

"说实话。"

“说实话也是，只要你过得比我好，过得比我好……”

眼见着顾小白扔下请柬就要开始揍人了，罗书全只好摆手，认真地说：“我觉得混得比我好或比我差我都会比较郁闷哎……混得比我好，我会想原来我是她人生初级阶段的选择。我就像一本小学生教材，她只要小学毕业，书就可以全扔掉了，这辈子也不会再看一眼了。想到这里，不用她来烧书我自己就可以自焚了……”

“很好，请继续。”顾小白郑重地点头。

“如果混得太差，我当然会内疚自责啊，想这是不是全是我的责任。因为我，因为我没有在她身边，她又重新回到了这个充满险恶的世界，或者另一个比我更不靠谱的男人身边？想到这里，我就内疚自责，觉也睡不着。”罗书全身临其境，非常痛苦。

“哪怕她们认为这是你自作多情，其实跟你一毛钱关系都没有？”

“嗯，我内心崇高的道德责任感是不会以别人的意志为转移的……”罗书全郑重点头。

“……”

“所以混得比我好，或者比我差，好像都不太好……”罗书全苦恼地说，“最好是跟我保持同步，与时俱进。”

“谁分手了还时刻注意着和你保持同步，不超前也不落后？”顾小白恨恨地咬着请柬，“这个选项不存在，取消，只能两个选一个。”

“那还是选混得比我差吧！”罗书全干脆地说。

面对这么自私、狭隘、卑鄙的朋友，顾小白简直不知道说什么好了。

“哟！你高尚死了！你敢扪心自问，你不是这么想的吗？”罗书全瞪眼。

“当然！”换来了顾小白的哀号，“面对着这么一张惨不忍睹的请柬，我又要带小雪去参加她的婚礼，你让我面子往哪儿搁啊！”

——前女友混得比你好，或者比你差，到底选哪一个呢？

当然，这种事情不归你选择，但是**YY**一下总可以吧？

想象一下，有一天，走在路上，迎面而来，抱着孩子在要饭的女人竟然是你的前女友。想到这里，手里有核武器的人，怕是连毁灭世界的心都有了吧？

当然，这牵涉到如果当初是她甩的你，而她混到这步田地，再怎么样的恨意也该释怀了。每个人内心都希望钟情过自己的对方会有一个好的出路，因为对方那样中意过自己，在她的眼中证明过自己的存在……

当然，自己是希望和那些越来越好的东西并排在一起才对吧。

潜意识里，每个人都是这么想的——只要对方混得不是好得太夸张就可以了，那涉及一个承受能力的问题……

所以，当顾小白和小雪并排站在婚礼现场门口，看着排成长龙的保时捷、玛莎拉蒂……以及鱼贯而入的财经、体育、演艺界的名人，顾小白的心理防线……彻底被击溃了……

下班时分，职员纷纷走了，办公区无人。米琪也拎着包往门口走去，经过左永邦，看到他一个人颓丧地坐在那里。

“还没下班呢，左总？”米琪笑笑，继续往门外走。

“你站住！”左永邦终于忍不住站起来，飞奔上去。

“怎么了，左总？”

“什么狗屁左总？你觉得这样很好玩吗？”

“喔……”米琪深呼吸，笑了笑，“我想我们以前和现在，公司内和公司外，还是分得清楚点比较好。”

“谁要跟你掺和啦？”左永邦叫道，“你到底在打算干吗？”

“我上班啊。我总要找工作养活自己的吧？你也知道，女人找男人养这件事总归是不靠谱的。”米琪看着左永邦笑起来，“经过您的熏陶，我又对这个行业比较熟，那我干吗要舍近求远呢？”

“哼，难道你真的以为你现在不是在靠男人养吗？你以为你真是凭实力进来的吗？”左永邦冷笑。

“我不明白你的意思。”米琪一脸肃杀。

“你当然不明白！因为你还是那么笨！你不知道这是我们老板换女朋友的老套路吗？招个漂亮女孩儿，开份高工资，弄个闲职坐坐，等把你搞定玩厌了再随便找个理由把你开除，比如能力不行——这是事实啊！你以为你很特殊吗？在你之前有过六个了！六个！”

“六个什么？女朋友啊？”

“是啊！”左永邦捶胸顿足。

“那对我来说有什么不好呢？做老板女朋友总比做瘪三女朋友好吧？更何况我记得以前做你女朋友那会儿可没工资拿……”

望着瞠目结舌的左永邦，米琪嫣然笑起来，“左总工作那么忙，就不要再分神为同事的私人生活操心了……”

望着米琪飘然而去的背影，左永邦从未觉得如此孤独过……

参加完婚礼，回家的路上，小雪一直在喋喋不休。整场婚礼，她一直在飞奔着到处找人签名，望着新娘似笑非笑的眼神，顾小白简直想挖个洞钻进去。小雪浑然没意识到这些，对她来说，她就是个一网打尽的小粉丝，手上紧紧攥着一叠各种签名的餐巾纸。

“真没想到啊，那么多只有在杂志、电视上看到的人，今天全都见到活的了！一个个都跟新郎称兄道弟的，商界巨子啊，你怎么之前从来没提过？哦，对了，你不看财经杂志的……那新娘手里的钻戒你看到没？足足有六克拉啊！起码！而且我刚才还打听了一下，你知道吗？新娘身上那件婚纱是CHANEL总监亲自给她设计的，那得多少钱啊……”

“可不可以闭嘴？”顾小白疲倦极了，“你从刚上车说到现在了！是不是应该再攒着点儿，回头留给你当梦话讲？别一下子全用光了……”

“怎么了？你不兴奋吗？”

“我有什么好兴奋的，又不是我结婚。”

“你不兴奋也没什么好闷闷不乐的啊，难道你看到前女友找到那么好的归宿不应该为她高兴吗？”小雪很诧异。

“我高兴啊……”

“你高兴什么啊，你一点也不高兴！”小雪突然惊叫，“喔！我明白了！原来你还爱着她！”

“什么？”

“你还爱着她！你还没忘记你以前的女朋友！”小雪突然发疯，顿足道，“怪不得，我想呢！本来嘛！一共也就两个女朋友，你怎么可能那么轻易忘记呢！”

顾小白望着小雪斩钉截铁如法官般的判决……风中凌乱了。

“没话说了吧！承认了吧！承认你这颗脆弱受伤的心灵了吧！”小雪乘胜追击，大吼。突然，顺着顾小白呆呆的视线，小雪转过头。

门口，站着一个长发、细腰、星眸的美女……

“小闵……”顾小白呆呆看着莫小闵，“你怎么来了？”

“我明天要出国拍组照片……”莫小闵尴尬地看看小雪，“护照怎么找也找不到，我才想起来可能留在你这儿。”

“这位是……”小雪吃吃地问。

“这是我以前的女朋友。”顾小白缓缓道。

小雪终于崩溃了，今天是什么日子呀，男朋友一共就两个女友，一天之内见全了。她这颗幼小脆弱的心假装成熟，默不作声地跟着顾小白进门，看着顾小白在屋子里翻箱倒柜，莫小闵则浑身燥热地站在门口。顾小白好不容易把莫小闵的护照找出来，交给她，莫小闵对小雪尴尬地笑了笑就要走，小雪则矜持地点了点头，这是原配夫人最佳的姿态。看着顾小白送莫小闵出去，她表情又狰狞起来。

“不用送了。”到电梯口，莫小闵转头笑着对顾小白说，“小心回头你小女朋友吃醋。”

“她这个人的逻辑，防是防不住的。”顾小白摊手。

“你还是这个样子，完全不顾别人感受。”

顾小白笑了笑，问她明天去哪儿。莫小闵说去英国，一个星期就回，然后沉默了一下，突然笑起来，“现在没必要跟你交代这个了。”笑着转身走了。

顾小白想，这一天怎么那么漫长，发生了这么多事情。但在电梯口和莫小闵一起站着的时候，他还是有种希望时间停止的愿望。时间不停地推着人们往前走，走到岔路口，又出现很多事情。莫小闵行踪不定，顾小白又有了一个神经兮兮的女朋友。大家怕是越走越远了，但狭路相逢的时候，还是有种希望时间停止的愿望。

这样的愿望……是不应该的吧！

起码小雪非常明确地表现出了这一点。顾小白回到房间，若无其事地坐在电脑前打字，其实写的全是哈利·波特的咒语。小雪一直咬牙坐在那里，突然转过头来。

“特依依不舍吧？”

“啊？”

“我是说你特舍不得吧？”小雪以一种修女般的慈悲说道，“我理解你，如果是我我也舍不得。”

“你到底在说什么啊？”

“一共两女朋友，一天之内，一个嫁富豪，一个出国拍片，真是祸不单行啊……”

“你今天是不是故意跟我杠上了？”

“我没跟你杠上，我没做什么啊？是你前女友来拿护照的啊，把你最后一丝珍贵的记忆也带走了吧？你肯定藏得特别小心吧？”

顾小白不想跟她争，小雪不但要把窗户纸捅破，简直要把窗户纸撕烂，“也难怪是前女友了，啧啧，人家长得那么漂亮，怎么可能留在你身边呢？”

“你说什么？”

“我说——”小雪像对聋子一样在顾小白耳边喊，“人家长那么漂亮，身材又那么好，又可以随随便便出国，你怎么可能留得住！”

顾小白怔怔地望着小雪，眼前这个人是这么陌生，好像从来也没熟悉过。某种程度上，她没说错什么，但是……什么都做错了。

这一瞬间，顾小白感到疲惫极了。

“是……”顾小白看着她，长长地叹了口气，“我留不住她，我也留不住你……你走吧。”

这个时候，轮到小雪愣了，这时对方应该过来哄自己的呀，男人不都是这样的吗？所有言情小说、电视剧、微博段子里，这个时候对方都应该走过来，把自己一把抱住，说出一卡车感天动地的情话才对呀。然后，自己宽宏大量地宽恕他，并且迎风流泪表示自己再也不相信爱情才对呀。

怎么……眼前的男人要轰自己走了呢？

“有的人留不住，有的人不想再留……”顾小白走到门口，拉开门，低下头，“不好意思，我想一个人消停一会儿。”

“你赶我走？”

“我没有赶你走。”顾小白摇头，“我现在头很疼，我不想吵架。”

“谁跟你吵架啦？你自己留不住人家来怨我！”小雪歇斯底里地叫。

“我没有怨你……”眼前这个男人走到她面前，一字字地说，“我是求你，立刻，马上，从我的眼前，消失。”

小雪紧紧地盯着顾小白，眼眶发红，然后冲过去扯了外套就冲出门外。

身后，顾小白疲倦地坐在沙发上，头疼得要死，连这一切到底是怎么发生的都不知道。

后来的一个星期里，小雪没有找过顾小白，顾小白也没再找过她，两个人其实都想打电话给对方，但都在最后一刻忍住了。小雪碍于自尊，顾小白则是突然发现，对于小雪这样的女生来说，其实压根无所谓什么真心不真心的喜爱。男朋友对她来说，好像是一道加法题，一旦一个人一项一项加起来到了某个合格线，这个人就可以做她男朋友，和这个人是谁无关，和这个人是不是顾小白，更是一点关系都没有。

其实，这个世界上，有很多很多情侣都是这样的。

也像很多很多情侣一样，两个人，没有再联系过对方——虽然心里、手上冲动了无数次，但每一次都忍住了——就这么，在人海中，心里遗憾着，嘴上倔强着。

突然，有一天发现……这一切……跟什么都没发生过也没有什么区别……

闲来无事，顾小白想起这一切，发现自己失了一个莫名其妙的恋，然后他回顾了一下开头，发现开头才更加莫名其妙。

原来这一切都是白给的，没有才是正常，才算回复到秩序本身。

“失控的事情怎样也要恢复正常才对吧？”

公司里，看着忙进忙出的米琪，左永邦每天都站在窗前对着天空许愿。

这一天，他终于看到，几个工人在办公区搬一张空白的桌子。

“那边是干吗呢？”左永邦拿着水问边上一个同事。

“你还不知道啊？今天开始，米琪不在老板办公室里做了，在这里专门开一块给她。”

“我就知道，被踹了吧……”左永邦恨不得马上去庙里还愿。

“你在说什么啊？”同事凑到左永邦边上神秘地说，“前一阵不是老板在打她主意嘛，听说完全没搞定。小姑娘规规矩矩的，不卑不亢，老板拿她一点办法也没有。可还巧了，带她出去见了几次客户，完全是因为她，本来几乎没戏的，最后却都把合同给签了。”

左永邦目瞪口呆。

“是啊！我这儿也感叹着呢，要说这美女还就真是有力量啊，不过她好像也的确挺专业的。我们还暗中打听过呢，没听过她之前在什么公关公司做过啊，这都哪儿修炼出来的啊……”同事非常感慨，“所以，几次以后，她专门找一机会向老板提出，想自己负责一个部门的工作。老板吧，看看也没戏了，居然还就同意了，专门给她开一个TEAM。”

“做……做什么？”

“客户总监啊，和你一个级别的。”

左永邦呆呆地看着同事，“那……那她手里也没人啊！”

“是啊，一会儿开会就要宣布的，她向老板提出，先从你手下调几个人过去，然后自己再慢慢招。”同事拍了拍左永邦肩膀，“你要留神了啊……”

望着同事晃走的背影，前方，米琪昂首阔步地在远处走来走去。

左永邦的焦点一会儿清晰，一会儿模糊。

只有一点可以开始慢慢确定……

原来，我们爱过的人，不仅仅存在于记忆里。有时候，她还会毫无征兆地重新出现在你的生活中。带着截然不同的微笑，穿着焕然一新的衣服。这个时候，她是旧爱，还是新欢？其实，每一个你用心对待过的人，都是一颗被调好时间的定时炸弹，什么时候爆炸，不知道。你唯一可以确定的是，当它爆炸的那一天，你所有现在的生活，将会再次发生转变……

原来，真心希望恢复的“失控”，才刚刚开始……

LESSON 17 已婚男的基本国策

假象是，每一个结了婚的男人，都有一个不理解他的老婆。
真相是，男人永远信奉“攘外必先安内”的出轨政策。
已婚男伤不起也靠不住。

这个世界上有六十亿人，理论上，只要你出门，上街，就会遇到他们中的一个。你与他们擦肩而过，你与他们互相凝视，你与他们在茫茫人海中再也不会遇见。

这些人中间，有的人会成为你的朋友、你的同事、你的恋人。而有的人，拥有万中无一机会的那个人，将会成为你终生的伴侣。在上天面前许下最郑重的诺言，彼此珍守一生，不离不弃。是什么样的人，会有这样的机会？又是什么样的人，会把这样的机会白白错过？婚姻，在我们这个时代究竟意味着什么？是对于爱情最极限的形式，还是对于生活最无奈的妥协……

这一天早上，顾小白在罗书全家，正在感慨人生。他每一次失恋都要感慨人生，所以罗书全一点也不奇怪。

“我已经对我这种生活彻底厌倦了，就是每天一个人工作睡觉，工作睡觉，偶尔上街转转，或者泡个妞，然后是工作睡觉，工作睡觉。我的收入不能让我变成个有钱人，但也饿不死我。然后，在接下去有限的生命里继续工作睡觉，工作睡觉，直到翘辫子。你不觉得这样有问题吗？”

“那请自杀。”罗书全直截了当地说。

“哎哟，你也不要再胡思乱想，这都是正常的。你刚刚失恋，和小雪分手，虽然也说不上谁甩的谁，但你又难免无聊。不过，这阵子很快就过去了啊，这种循环你已经一百次了啊！”

看顾小白这么沮丧，罗书全又安慰起来。所谓打一耳光，摸两下，有时候对待狗一样的顾小白，只能用这样的办法。

“就是因为已经一百次了，才不能让它继续下去！不能让它再发生一百零一次！”顾小白慷慨激昂，好像马上要建党，“为什么会有之前那一百次？分手有新的，新的分手再有新的，是因为我心灵一直是空虚的，我内心深处一直是寂寞的。从今天开始，我要彻底改变我的人生！”

看着罗书全的眼睛，顾小白凑到他面前，缓缓地说：“我要……结婚……”

两个人就这么面无表情地对视了一会儿。

“那跟谁呢？”罗书全摊手道，“不会是跟我吧？”

面前的这个男人，又沮丧起来，结婚……总是要对象的啊……

把顾小白逼到恨嫁这个份上，情路该是多曲折啊……

罗书全心中也不禁充满了同情。

就在这个时候，罗书全家门被砸响了，罗书全去开了门，阿千出现在门口，带着一脸庄严与肃穆，好像马上要去走红毯。

罗书全突然发现这两个人很配，刚想建议一下，久未谋面的阿千就当众宣布了一件事情。“我……恋爱了……”阿千攥着小拳头，眼眶里带着泪花说。

不久前的一天，阿千作为一个接不到戏的演员，好不容易在顾小白推荐的剧组演了一个角色，当这部戏拍到一半时阿千发现自己一点也不想当演员了。工作又累又苦，想潜规则她的导演胖得像猪，即便这样也不见得有出路。于是，阿千拒绝了猪头导演，领了几个月的片酬，对导演说自己想一个人思考一下人生。其实，她一个人跑到恒隆，想把这些钱花完就人间蒸发。

要把事情做到“不靠谱”这个境界，阿千向来是轻车熟路。

问题是……当她下了出租车，站在商业区，环顾着鳞次栉比的商厦，大幅的模特海报广告，推荐着各种口红、香水、照相机。这个漂亮的、物质的、令人眼馋心热的都市……她发现自己的钱包落在出租车上了……

由于慷慨地不需要出租车发票——因为没地方报销，她几乎连哪个公司的车都不知道。接下来，她用手机拨打了无数个电话——114，121，120，911——统统被骂回来，真是世态炎凉啊……

钱还不是最重要的，自己这下身无分文、寸步难行还不是最重要的。重要的是，钱包里有身份证，而补办身份证这件事是最最烦人的。

要先去填表，然后是无尽的等待。在这个过程中，她飞机都不能坐，哪里都不能去，人间蒸发这件事更是想都不要再想。她大概只有原地站着，等待氧化这件事还比较可能。

就这样，阿千站在商业街中心，突然之间，有了一种在世界中心呼唤爱的孤独感。这种孤独与羞愤，让她简直想在一瞬间把路过的帅哥、美女、依偎的情侣——统统杀光。

掉钱包这样的小事每个人都经历过吧，虽然让人懊恼，但也不至于到这个程度。主要是阿千的人生，从来没有任何好事发生。

这样，阿千反社会的人格也慢慢形成了。

“代表月亮……惩罚你们！”阿千举起手，就要呐喊。

就在这个时候，手上的手机响了，电话里的男声听起来浑厚而有磁性，“我捡到了你的钱包，看到钱包里你的名片，打了你的电话……”

“你……你一个演员……印什么名片啊？”楼下茶餐厅里，顾小白对阿千吃吃地问。

“废话，我要靠演戏养活自己早饿死啦！当然业余做点三产，批发点服装小商品什么的啊……”阿千气定神闲地说。

总而言之，他们约了地方见面。在这之前，阿千还在心里盘算，等那个人来了，自己要给多少钱酬谢。毕竟现在拾金不昧是个好品质，需要金钱来鼓励一下。但当那个男人在阿千视线中出现，缓缓向她走来的时候，阿千终于明白……她不需要给那个人钱了。她整个人，整个心都是他的。

那个成熟的、沧桑的、带着一丝丝忧郁的眼神，让人唏嘘的胡茬，还拿着一杯星巴克冰摇柠檬茶的男子……真是成熟与童稚并重，忧郁与活泼齐飞的竹野内丰内地版！阿千……马上化身为广末凉子内地版！

接下来的夜晚，竹野内和凉子并肩在外滩的滨江大道走着。两人互相交代身份与来历、职业与过去，对方是一个大公司的高管。阿千突然发现，祸害自己去做演员而这么多年颠沛流离的元凶——日剧，终于活生生地在自己身上上演了。

对于一个演员来说，这是内心巨大的喜悦，充盈着，满溢着，稍不留神就要涅槃了的那种激动与宁静……弥漫在她四周。

在轻雾笼罩的黄浦江边，他们足足聊了有五六个小时，再也没有什么值得用语言托付给对方的了，那名化身为梦一样的男人，垂下头，吻了她。

阿千闭上眼……这一瞬间，是永远……

“我恨我恨我恨，我内心充满了各种羡慕嫉妒恨！”顾小白趴在茶餐厅的桌子上哀号，“这是我憧憬了三十多年的爱情的境界啊……居然被这个家伙不费吹灰之力就……嗯，多久前的事儿啊？”

“两个月前啊。”阿千说，“这两个月里，我们约会，听音乐会，看电影，我们在酒店开房。我们哪怕什么都不做，什么都不说，就手牵着手坐在一起……”

“那您老怎么今天才突然想起来，跑过来通知我们一声啊？”罗书全问。

“今天他和他老婆结婚周年纪念日，他没空陪我。”阿千满不在乎地说。

看着两人目瞪口呆的表情，阿千又补了一句，“如果你们觉得他是骗了我的话，那不是的，他是在我们‘好’之前就告诉我的。”

“我要告诉你一件事情，如果你听完之后马上就走的话，我也不会怪你。”那天凌晨，在酒店里，男人撑在阿千身边，看着她迷离的眼神，说，“我……已经结婚了……我是有老婆的人……”

阿千愣了一会儿，闭上眼，又睁开眼，慢慢摇了摇头，微微一笑。

“我不怪你，来吧。”

世上怎会有完美无缺的事情呢？阿千侧着脸，看着窗外升起的朝阳和同时落下的月亮，想着梦幻必然是伴随着一些遗憾的……

这……就是人生啊……

“然后他就来了？就这么和你来了两个多月？”顾小白冷笑。

“他给了我有生以来最美好的感情，结不结婚不重要，重要的是这个人。我能怪他什么呢？怪他没有在结婚之前捡到我钱包，还是怪我没有在他结婚前掉钱包？”阿千也反问。

“我……我突然头好晕……”顾小白看向罗书全，“她在说什么？”

“我又没有要他离婚，又没有要他离开他老婆，我要的只是他爱我，这就够了。更何况他说他老婆根本不理解他。”

“天下所有结了婚的男人都是这么说的！！！”顾小白终于大吼起来。

也真是奇了怪了，这个世界上每一个结了婚的男人，都有一个不理解他的老婆。因为老婆“不理解他”，所以他变得郁郁寡欢，成熟沧桑，就像香气满溢的葡萄酒，身后总有一个又蠢又笨的大木桶。葡萄酒急需被人搭救，被人欣赏，这些任务统统落到遍地开花的小萝莉身上。那些纯洁的、天真的小天使们，集体变成又嫩又顺滑的鹅肝酱。

“你不觉得你是个小三吗？”顾小白问鹅肝酱。

“重要吗？”鹅肝酱反问，“他爱的是我，你难道没听过一句话……在感情里，不被爱的那个才是第三者？”

面对着理直气壮的阿千，顾小白简直觉得她疯了，站起来就要走，被罗书全死活拦住，“别生气呀，好好说。”

“让她去死！”顾小白说。

“我真是谁都想过了，”阿千委屈得要命，“但死也没想到你会来跟我较这个劲儿，你是顾小白哎！你来跟我说名分这个东西会让我觉得很奇怪哎！今天就是他结婚纪念日没办法，我才有空来告诉你……”

“你以为名分就结婚纪念日？！我告诉你，名分就是以后春节、端午、除夕、清明，什么节都跟你没关系！他都要陪他家里人！你能享受的大概只有植树节！”顾小白瞪了一眼阿千，摔门而去。

罗书全只好可怜地买了单，拉了阿千出去。阿千也无辜得要命，自己的所作所为说破大天来也轮不到给顾小白道歉，于是，她一个人佯装无事地走着。反正她现在陷入爱情中，有爱者为最大。那些诋毁自己的，反对自己的，抵制自己的，只是证明了这段爱情的伟大。世人无法企及这种幸福，只好仇恨加唾骂。

“你别对她那么凶，女孩子嘛。”罗书全走到顾小白身边说。

“什么女孩子，脑子里不知道在想什么东西！”

“不过说实话啊，看你这么正义凛然的样子，我也觉得蛮好笑的，很少见到你因为正义的事情发怒哎。”

“嗯，你不火大是吧，那我给你换个思维，让你跟我同仇敌忾一下。”

“啊？”

“嗯……你这么想吧，这天底下结了婚的男人都来跟我们抢单身女孩子，那么我们……尤其是你……以后……”

罗书全愣愣地想了一会儿。

“我靠啊！！！这个人怎么这么不要脸啊！不要脸啊！不要脸啊！不要脸啊！”

那一瞬间，罗书全后悔自己没有走仕途，应该立法把所有霸占了一个资源，又和其他男人抢占剩余资源的已婚男人统统斩首，挂在城头。

那些贪婪的人头，他们是想把我们这些一个都没有的男人往哪里逼啊！

阿千转过头，静静地看着他们，终于走上来苦苦哀求。

“好了好了，你们都别生气了。”阿千说，“我请你们吃饭吧。”

“好吧！”两个男人异口同声道。

意大利餐厅，顾小白、罗书全和阿千坐在圆桌边上，服务员一道道上菜。

“真不知道我欠了你们什么，”阿千数着钱包恨恨地道，“我谈个恋爱还要跟你们赔罪……”

“你应该剖腹自杀，来答谢社会。”顾小白说。

“切……我和谐着呢，我碍着社会什么了？”阿千突然神秘地凑上来，“我告诉你们哦，这个餐厅就是他第一次带我来约会的餐厅……”

“所以人家在家里庆祝结婚纪念，你带我们上这儿来故地重游……”顾小白恍然大悟，拿着叉子递上去，“采访一下，心情如何啊？”

“很开心啊！有种残忍的快感……”阿千嬉笑着说。

在这样情感中的女子，内心都是变态的吧……

一方面为着自己无私的奉献，感到崇高而悲壮。另外一方面，又和“爱情是排他性存在”这样的原理相悖。这两种情绪纠结在一起，就会变成一个激进的人。阿千拿起手机，邪恶地笑起来，“我打个电话，骚扰他一下。”

“你看，她发贱发得还不够……”顾小白对罗书全说。

阿千拨通号码，开始媚笑，“喂……你猜猜我是谁啊……嗯？猜错了！你再猜！”突然，她困惑地把手机移开，听听环境声，再放到耳边。

“你在哪儿呢？”

阿千突然站起来，边听电话边往外走去，迎面走来一个男人，也低着头拿着手机，对着手机急急地讲着。

“你别闹，我正在和我老婆吃饭呢！”对面的男人对着电话说。

男人抬起头，呆呆地看着阿千，阿千也拿着手机，呆呆地看着他。

男人身后，一个风姿绰约的女人坐在座位上，呆呆地看着男人和阿千面面相觑地站着。时间……静止下来了。

不知过了多久，阿千突然笑起来，她对着那个男人尴尬地笑了笑，好像终于感到了某种凄凉与悲哀。她摇摇头，没有管身后的顾小白和罗书全，头也不回地扭身冲下楼去。边上，顾小白和罗书全呆呆地目睹着这一切。

“要追吗？”罗书全小声问。

“废话！真剖腹自杀了！”顾小白跳起来，两人一前一后地往楼下追去。

完蛋了，又一个女人要不相信爱情了，可问题是……这是早就知道的吧。

原来……想象中的无私与了不起，都是幻想中的啊。直到面对才发现，自己还是那么自私啊。但，到底是……自己抢夺了别人的东西啊。

“你没事吧？”顾小白和罗书全赶到楼下，不远处，阿千一个人蹲在街边默默流泪。

“没事。”阿千笑了笑。

“真的没事？”

“真的没事。”

“你看……”顾小白终于放心下来，对罗书全说，“说什么都没用，非得自己经过了，亲眼见到了血和泪的事实，才知道血和泪的教训。”他转头看着阿千，“现在知道了吧？”

“嗯。”阿千抹抹眼泪，笑了笑，然后深呼吸，“从现在开始，我不弄到他离婚，娶我，和我结婚，他就不得安宁！”

事情……终于演变成它固有的第二阶段了啊……

当天晚上，顾小白无视阿千的撕咬打闹，和罗书全两人合力把阿千的手机没收，把她反锁在顾小白的客卧里。任凭里面吹风雨打，两人在客厅里悠闲地打着XBOX。罗书全一开始担心这样干犯法，但顾小白坚持说戒毒所里对瘾君子都是这么干的，于是两人兴致勃勃地开始打起游戏来。客卧的门内不断地传出阿千的惨呼声、拍门声、踹门声。

“开门，顾小白！你放我出去！放我出去！你开门！你个王八蛋，你有什么权力把我锁在里面？你凭什么没收我手机？”这是质问。

“放我出去！顾小白！你个王八蛋！你再不开门我骂了啊！顾小白你个花花公子！你流氓假仗义！”这是反攻。

“顾小白，我求求你了，你开门吧，我求求你了。”里面终于号啕大哭了起来，在罗书全和顾小白所听到过的女孩子的哭声里，这是最无望、最崩溃的。

“你怎么对她这么狠？”罗书全问。

“我没那个男人对她狠……”顾小白面无表情地说，说完再把棉花球塞回耳朵里。

到了半夜，罗书全撑不下去了，回屋睡了。顾小白蹑手蹑脚地走到门边，里面一片寂静。不知道什么时候开始这么寂静的，寂静得好像从来没有人在里面一样。顾小白慌了神，猛地打开门，借着月光，漆黑的屋子里，阿千垂着长发默默地坐着。看见门打开的光亮，阿千默默地抬起头，好像在识别这种光亮似的。然后，她似乎突然意识到，这样的天堂之门只会打开一瞬间，马上就会关闭了。阿千不知道哪里来的力气，暴起，向顾小白冲过来，一边咬着顾小白一边要挤出门。

“从来没有……见过她这样爱一个人呢……”

有一瞬间，顾小白真的有些心软了，想算了，放她出去吧，去和情人相会吧，关自己什么事，那个原配夫人也不是自己亲戚。他恍了恍神，“是不是……在感情里，真的不被爱的那个才是第三者？”

阿千……是这么地……理直气壮呢。问题是，那个已经不被爱的，甚至在老公口中不理解他的女人，也是被爱过的吧，不然怎么会嫁给他呢？

女人只会在感到无比幸福的那一刹那，才会把自己的一生托付给对方的吧。

谁知道，随着时间的过去，自己变成碍眼的人物了，变成阻碍他人幸福的绊脚石了。这样的转变……谁能接受得了呢？

面前这个女人，是在以伤害他人为前提来获取自己所谓的“真爱”的。

这是顾小白所不允许的。

“你根本不懂，根本不明白他对我有多好……”安静下来后，阿千坐在顾小白边上，静静地说。

“我不懂也不想明白。”顾小白干脆地说，“我唯一明白的是，他对你的好是你没资格领受的。这是另外一个女人应该享受的，不是你。”

“……”

“我们小时候都听过王子与公主的童话吧？我们也都在期待这样的感情，你什么时候听到过，童话里，公主遇到王子的时候，王子已经结了婚的？”顾小白侧头问。

“可是我们活在现实里，现实不是童话，也没有童话，现实是好男人都已经结婚了。”

“那你也不应该抢别人的老公。”

“我没抢！”

“你还没抢？！”

看顾小白真发火了，阿千又安静下来。

“你放我出去吧，”过了一会儿，她又轻轻说，“我不找他，我就是下去散散步。”

“你就在这里散好了。”

面对这样不通情理的顾小白，阿千再一次暴怒了。她冲上来，上上下下地摸顾小白的口袋。

“你还我手机！你把我手机还给我！你凭什么拿我手机？”

面对阿千的哭喊，顾小白只是冷笑。

“你以为我会笨到把手机拿进来让你搜吗？”

不知哪根弦断掉，歇斯底里到一半，阿千突然抱住顾小白，放声大哭……

“他为什么不打给我？他为什么不打给我？！”

面对着这样撕心裂肺的哭喊，顾小白只好轻轻地拍着她的背脊。

“他不打给你就是因为你并不重要，你没你想象的那么重要，你懂吗？手机就在客厅里，他如果想打给你会打给你的。我们就听听看，他会不会打给你，好吗？”

手机，再也没有响起。

一整个通宵，顾小白和阿千就坐在沙发上看着手机，手机毫无生命地冰冷着，就好像那个突然反目的男人。一整个晚上，顾小白都在揣测那个男人的心思。他是想打但迫于形势无法打呢，还是压根不想打？但无论如何，面对两边冲突的抉择，男人都会下意识地保障婚姻的稳定性。因为，这牵涉到太多其他因素了，如家庭、财产、小孩（如果有的话）。只有保持了稳定性以后，男人才会选择再次狩猎，所谓“攘外必先安内”。男人，就是这样自私的动物！

到了第一道晨光射进窗户，阿千终于明白了，其实自己并不重要。

“我明白了……我去和他说清楚，我以后不会再纠缠他，也希望他不要来纠缠我……”她看着顾小白，一字字地说。

十点一到，阿千在顾小白的陪同下，到了那个男人公司楼下。阿千打电话叫他下来，顾小白则站在一边角落监视。

不一会儿，看到那个男人走下来。那一瞬间，阿千突然觉得彼此像隔了很多年，眼前的这个男人是这么熟悉……又这么遥远。他……是别人的老公呢。

原来听说是一回事，另外一个“空间”呈现在你面前，仿佛踏入了异次元空间时，才明白是一个世界。

“昨天的事不好意思，我没想给你带来麻烦。”阿千走上去，沉默了一会儿，说。

“没关系。”对方摇摇头。

“我以后不会再来找你了。”面对着对方的沉默，阿千深呼吸，又补了句，“你也别再来找我了，就算你找我，我也不会再见你了。”

设想中，对方此时应该很激动，很错愕，很不知所措，甚至跪下来求她给一个机会才是。

可是，对面的男人只是沉默着，低着头问了一声：“你确定吗？”

阿千闷了很久，点点头。

“好吧，那祝你幸福。”对面的声音听起来是这么空旷，再抬起头，那个人竟已往里面走去。

这……也无情得太过分了吧？！

阿千呆呆地看着他的背影，突然冲上去，一把拽住他，“就这样？”

男人转过头，愣愣地看着她。

“就这样就完了？”阿千呆呆地问。

“那……那还什么啊？你还有什么没说的吗？”男人也懵了。

“你怎么可以就这么走了？！”

“这是你说的啊？”

阿千……完全呆掉了。

那个昨天还在耳边软语呢喃的人，怎么面对自己分手的提议，显得那么慷慨。

这已经无关于尊严的问题了。这样的慷慨，让阿千突然觉得，这么一断，之前所有她所认为的“真爱”完全是假象，这比分手本身还要让人不可接受。

“可是我没让你答应啊！！！”阿千终于嚷起来，“你怎么能这样？你怎么能这样随随便便就把我这么放弃了？你怎么可以一句话都不说转身就走了？”

“我……祝你幸福了啊……”男人挣扎地吐出了一句。

“没有你我怎么可能幸福？！”阿千尖叫，“我要你离开她，我不要你和她再在一起！我要你和我在一起！我不要！我不要你这样转身就走！！！”

你说过的，你说过会永远和我恋爱下去的。你怎么能说赖就赖，说忘就忘……这怎么可以……

“阿千，你冷静点！你冷静点！”不知何时，边上多了一个人。

是顾小白，在拽着她，使劲地喊着。

“你怎么能说忘就忘！你怎么能说忘就忘……”

没有戏演的演员，终于在生活中也落得了只有一句台词的境地。

顾小白把阿千拉在一边。

男人的表情很无奈，“你劝劝她吧，事到如今，我也不想……我们当初都有约定的……我也不想搞成现在这个样子……"

"总之……不好意思……"

"你不用不好意思，她这边我会来管，你只要跟我保证不要再来惹她。"顾小白架着她，对那个男人说。

阿千深爱的男人点点头，不好意思地笑笑，转身往里走去。

"你别走！你别走！"阿千终于嘶喊起来，一边推顾小白，"你凭什么管我！你是我爸还是我妈！你凭什么管我！呜呜呜呜呜，我不要求你离婚了，我不要求你离开她了，我什么都不要求了……呜呜呜呜……"

写字楼出口，白领们来来往往，都在好奇地看着这个女孩。

软倒在地上、双腿叉开、哭得不能自已的女孩，被顾小白紧紧地抱着。

晚上，罗书全来探视，顾小白憋在那里浑身发抖，阿千坐在沙发上一动不动，垂着头发，盯着面前茶几上的手机。

"还是这样啊？"罗书全小声问顾小白。

"嗯……"顾小白浑身发抖，"整整一天了，一句话也没说，动也没动过，厕所也没上过。"

"那你呢？"

"我也只能陪着她一动不动啊！"顾小白尖叫，"也不敢上厕所！谁知道我一上厕所她会干出什么来。"

"那你赶紧去吧，别回头憋出什么病来。"

"救星！可把你给盼来了……"

眼泪汪汪地握了握罗书全的手，顾小白像兔子一样往厕所奔，被罗书全一把拽住。

"她这么一动不动地盯着手机干吗呢？"

"我把那个男人的电话给删了……"顾小白一边小声说一边往厕所挪，"反正她是打不过去了，她现在是在用意念等那个男人打过来呢……求求你，无关紧要的问题回头再问吧。"

"喔……"

顾小白发射到厕所，罗书全慢慢坐在阿千边上，低眉敛眼地笑。

"阿千啊……"

"……"

"俗话说，人死不能复生，感情这种东西也是一样的。"

"……"

"而且吧，我是一搞理工科的，就我所知啊，手机这种东西属于电子仪器。电子仪器吧，靠的是电，220伏。这人的脑电波吧，只有几微伏特，你知道这个微伏是什么概念吧？只有一伏特的几百万分之一。也就是说……如果你想用脑电波让它响的话，你起码得坐上……”罗书全掰着手指数着。

突然，仿佛通灵一样，茶几上的手机响了。一瞬间，谁也无法相信，阿千也不敢相信。罗书全简直以为是自己把电话招来的，负罪感让他根本不敢面对这个现实，只有顾小白甩着刚洗好的手冲出来。

阿千也反应过来，和罗书全同时扑向手机。

“喂……”一通乱七八糟的争抢之后，阿千顺利抢到手机，一手推开窗——做威胁自杀状，一手把电话放到耳边颤声道。

一个女人的声音传来，“你是阿千吧？我想找你谈一谈。”

上访终于起效了……大太太要找阿千谈话了……

窗外的云，突然变成金黄色，呼啸着，席卷翻滚着。

“我真服了你们了，这有什么好谈的！”罗书全问顾小白。

第二天，罗书全被顾小白拖到约定好谈判的茶餐厅，阿千不知由于紧张还是害怕，又是一晚上没睡，此刻反而神采奕奕起来。

坐在另一桌，穿着最美的衣服，化着最闪亮的妆容，静候着……

角落里的顾小白和罗书全，偷偷摸摸地躲在那里说悄悄话。

“你刚才又不是没看到，”顾小白说，“她一手拿着安眠药，一只手指着让我开门，你说我怎么办？”

“……”

“而且我想了想，让她这么彻底死心也是好的，让她知道，破坏别人家庭会给别人带来多大的痛苦。这叫‘己所不欲，勿施于人’。谁都有当别人老婆的那一天，你说呢？”

“那你把我拽来干吗？我又不会当人家老婆。”

“陪陪我啊。”顾小白哀求，“而且吧……我想，人家大太太这么杀上门来，谁知道人家是什么性格啊。说不定一上来话都不说一句，直接白刀子进红刀子出。这个时候我们两个人就派上用场啦，一个抱着阿千，你不能死你不能死！另一个就赶紧去叫救护车……”

“反正我也觉得阿千不是什么省油的灯。”罗书全撇了撇嘴，“哪这么容易被欺负……”

突然，顾小白猛地抱住头，生存本能让罗书全也马上抱住头，透过胳膊的缝隙……那天那个餐厅里见到的女人，隔着大橱窗向这里走来。

那个女人打开门，环顾一圈。顾小白和罗书全恨不得套上《哈利·波特》里的隐形衣，唯独阿千坐在那里，悲壮得仿佛就要去赴死的革命先烈。

整个茶餐厅，只有这样一个人是这么挺着胸，带着一种“向我开炮吧”的神情坐在那里。大太太低头微微笑了笑，走到阿千面前，坐下。

“你……”沉默了许久以后，她问道，“就是阿千吧？”

“正是区区在下，敢问高姓大名？”阿千恨不得抱拳请教江湖字号。

这一仗……已经输了……

哪有谈判一上来这么神经的？顾小白和罗书全恨不得就此离席而去。

“我叫周密，你叫我LILY就好……”

“我想我们不用显得那么亲密吧？”阿千笑了笑。

“喔，不好意思……”

“没关系。”

“开场白交代完了，接下来就要开始动刀子了吧？”罗书全担心地问顾小白，“你给阿千配备了什么武器没有？”迎来的是一个白眼。

“没有，家里的刀都被我收起来了，我身边只有一个指甲钳，要不你去递给她？”

前面的声音又传过来，“不好意思，我从郑凯手机上拷了你的号码，他并不知道，你不介意吧？”

“不介意，这么说，他也不知道你来找我这件事了？”

“不知道。”

“好吧……”阿千沉默了一会儿，“你有什么想说的，或者想问的，就问吧，我保证知无不言，言无不尽。”

“你们在一起多久了？”

“我知道，你第一个问题就想问这个……”远处的阿千笑得无限沧桑，“我一点都没猜错，我想可能换了是我，也会第一个想知道这个吧……”

阿千抬头望天，仿佛在回忆起第一天的画面，又好像要突然发射暗器前的假动作。然后，她低下头来……

“但是你知道吗？在一起多久并不重要，重要的是这个人还在不在心里。有的人哪怕在一起一天，却在心里待了一辈子；有的人在一起一辈子，却没有在心里待过一天。你还想知道正确答案吗？”

有攻有守，不着一字，骂尽脏话，这样的辩词，阿千是想了整整一个通宵吧？

连身后的罗书全和顾小白都要忘记立场，站起来鼓掌了。

果然，对面的女人笑了笑，“好吧，那这个问题过。第二个问题，你确定他爱的是你吗？还是你以为他爱的是你？”

“我不确定。”阿千又抬头望天，天花板上的钢管上有一块锈迹呢……

“我都不确定，从很小的时候我就知道，你不能指望别人。男人的话是不可以相信的，他今天说爱你，明天说不爱你，后天又会说爱你。我没有办法确定别人的想法，因为人的想法是会变的，我能确定的只有我自己的想法。我爱他，和他在一起我觉得快乐，觉得自己像被捧在手心里。”

“问题是，他也这么对过我。”

“我知道，人是会觉得腻的。”

“但就这样一个男人，你觉得值得吗？”对面的女人看着她，“你这么年轻，这么漂亮，我想会有大把大把的、比他好得多的男人来爱你，宠你，把你捧在手心里。可是我只有他，我的世界里只有他，我甚至连我们孩子的名字都想好了。”

“孩子？”

“是啊，你爱一个男人，爱到最深处，不就想为他生一个孩子吗？这样哪怕有一天他走了，不要你了，这个孩子是你的，永远是你的，是你和他一起生的，你们是有血缘关系的。这点哪怕他死了，走了，都改不了。我就是爱他到这个份上，你可以吗？”

阿千……沉默了……没想过这个问题啊……

“因为现实不允许我想。”

“为什么？你不能生孩子，还是得了什么绝症了？”对方好奇起来。

“你才得绝症了呢！”

“这……”

“这还不是因为你吗？”阿千终于绷不住了，开始发表宣言，“通往真理和真爱的路上总会有无数的挫折和障碍，这我都已经做好了心理准备了。我今天来，就是来处理这些障碍的……”

她凑近那个女人，看着她，眼中满是恳求与坚定。

“希望你把他让给我。”

“让……让给你……”

“是的，多少钱我都给你，尽管我没有。”

“你……你在说什么啊？”对面的女人呆呆地问，“这是我今天来求你的事情啊。”

“呃……What？”

“你们在一起那么多年了，我和他在一起才几个月，我不甘心，我真的不甘心啊……”

面对着一脸凄楚的大太太，阿千觉得自己仿佛突然跑进一本推理小说中间，前不着村，后不着店……这都哪儿跟哪儿呀……

身后，罗书全和顾小白也互相呆呆地看着。终于，顾小白的眼神开始慢慢清楚起来。他猛地起身，冲到阿千的座位边上，坐下来。对面已经花容失色。

“我只问你一个问题，你只要回答是还是不是就行了……”顾小白看着对面的女人，问出了柯南的第一问，“你……是不是……以为……阿千……是那个男人的老婆？”

原来……那个男人并没有结婚。

至少阿千和对面的女人都不是他老婆，而都把对方当成了他老婆。

好恶毒的诡计，幸亏被顾小白识破了。

两人不约而同地看向对方的手，洁白的无名指，是一样的纤细，白皙。

无名指上，空无一物。

“喂……亲爱的，你在哪儿呢？”五分钟后，那个叫周密的女人拨通了竹野内的电话，“我在BOONNA咖啡馆呢，离你这很近啊。你要不要过来一下，过来嘛，我好想你。”挂了电话，脸上是自卫反击战的决绝。

“我就想看到，他看到我们两个坐在一起的反应。”

阿千看了看她，突然笑起来，拉起顾小白的手。

“我们走吧。”阿千轻声道。

“啊？去哪儿？”女人愣住了，“你不想看他反应吗？还有很多事情你不想搞清楚吗？他到底有没有结婚？还是他压根没结婚，就是用一个已婚的幌子来骗我们的？”

阿千已经站了起来，听了这话，转过头，带着一脸不可思议。

“还有什么好看的呢？还有什么不清楚的呢？”

在她错愕的神情中，阿千笑着拉着顾小白出了门。

套用黄衫姐姐评价金毛狮王的一句话，“这位施主觉醒得好快啊……”

名叫周密的女人，还没反应过来，面前又突然多了一个男人。

男人一脸诚恳地看着她，一边拿过餐巾纸在上面写着。

“我叫罗书全，我是职业给失恋女性疗伤的，这是我电话，再见。”

然后，这个男人也没了。女人抬起头，忧伤地看着天花板……

男人……都是神经病啊……

“早跟你说她疯了嘛。”大街上，顾小白看着阿千在前面蹦蹦跳跳，兴高采烈，小声警告罗书全，“别招惹她啊。”

“嗯！说我什么坏话呢？”阿千转过头，冲他们大嚷。

“没有没有。”

“带我去吃东西！！！”阿千对顾小白喝令。

“吃什么？”

“不知道。反正我这几天没吃的全要补回来！而且全要最高级的！”

“又不是我欠你的！”顾小白怒骂。

阿千猛地拉起顾小白的手臂，撩开袖子，张嘴对着顾小白胳膊。

“带不带我去吃？”

“好好好，你先放下来，什么事都好商量……”

两人正在争执，远处那个男人走过来，顾小白、阿千和那个男人同时看到对方。男人愣了愣，阿千也慢慢放下顾小白的胳膊。

男人硬着头皮向他们走来，路过他们……

“嗨，你好……”尴尬地对阿千笑笑，就要走过去。

“哎！”阿千突然在身后喊。男人转过头，慌张地看着阿千，阿千慢慢朝男人走过去。罗书全要去拦，被顾小白微笑地拦住了。

阿千慢慢走到那个男人面前，微笑着说：“我跟你说句话。”

“什……什么？”男人惶惑起来。

阿千提起手，一个耳光扇过去，男人本能地要躲开。

然而……阿千的手在半空突然停住了，继而怕疼似的甩了甩，慢慢地拎起男人的耳朵，凑近，在男人耳边轻声地说了一句：“谢谢你。”

“谢……谢我什么？”

“谢谢你还给我身份证……”

阿千，终于再次阳光灿烂地笑起来。然后，在男人错愕的眼神中放下他。

阿千尖叫着，笑着，朝顾小白和罗书全奔来，顾小白和罗书全掉头就跑。

阿千，三天没有睡，但是，她痊愈了……

某种程度上，她要感谢这次令人意外的真相，她是幸运的。但还有其他一些女人呢？顾小白一边逃命一边想。她们什么时候会明白，爱上一个有妇之夫，很多时候，不是出于爱，不是因为对方成熟，不是因为对方稳重，更加不用提什么责任，而恰恰是那一份禁忌，满足了每个女人内心飞蛾扑火的冲动。

这样一份悲壮，这样的头破血流，她们什么时候才会明白，她们认为重逾千斤的东西，其实只是那样轻……

LESSON 18 辩证性骚扰

你不喜欢我，我看你一眼，你都会觉得我性骚扰。
你喜欢我，无论我怎样，你都嫌不够甜蜜。

这个世界上，一共有两种人——男人和女人。

在大多数情况下，男人负责发明，女人负责接受和享受这种发明。从冷兵器到核武器，男人在自己发明的武器中玩得不亦乐乎，而女人却在其中损失惨重。在这些发明中，有一样可以被女人拿来反复利用，男人却只有抱头鼠窜的份。这个发明，是一个词语，叫做“性骚扰”……

这一天早上，又是一个上班日，左永邦气宇轩昂地一路开着车，到了公司楼下，停好车。他气宇轩昂地拎着包走出来，走进写字楼大堂，一路朝同事点头微笑。直到走到电梯口，停下脚步，皱着眉头，绝望欲死。

电梯口，米琪拎着包，笑吟吟地看着楼层显示灯。左永邦一步步艰难地走过去，和米琪并肩站在一起，周围很多白领都在等电梯。电梯门打开，白领们一拥而上。左永邦坏笑地想等米琪先坐上去，然后自己搭下一部电梯。

然后，所有人拥进去，米琪也站进去，左永邦一个人还在电梯口。

谁知道最后一个胖子站进去，电梯嘟嘟嘟显示超重。白领们互相看了看，胖子不为所动，仰头看着天花板。米琪盈盈一笑，站了出来，电梯门关上。

米琪和左永邦站在一起。这时，另一部电梯正好打开门，左永邦和米琪一前一后走进去。电梯门关上，左永邦按楼层按钮。电梯向上升，左永邦和米琪并排站着，谁都不说话。左永邦转头偷偷打量米琪，米琪嘴边含笑，优雅地望着楼层显示灯，左永邦心中恨恨不已。

“又是漫长的一天了……”左永邦想。

自从米琪跑到他公司来上班并得到重用之后，左永邦每天只有上下班在路上的时间心情是好的，其他时间统统堵得慌。

这时，他还不知道，今天他会比往常更堵，因为发生的事情将更多……

话说电梯门打开，米琪走出来，仪态万方。突然，她的手臂被左永邦一搀，米琪一声惊呼，被左永邦架起，架到角落里。

“哎，你干吗，干吗？”米琪煞有介事地叫起来。

“我想和你谈谈。”左永邦轻声道。

“不好意思……”米琪又浮起那个令人讨厌的礼貌微笑，“现在是上班时间，如果你要和我谈事情的话，我们可以在会议室谈啊，我也可以马上进去和前台约一下时间。”

“你知道我不是和你谈工作。”

“那我真是不知道，我们除了工作还有什么别的好谈的了。”

“米琪……”左永邦叹了口气，“你觉得这样有劲吗？”

“啊？”米琪的嘴巴呈现O形。

“我承认以前这样对你不对……”左永邦开始怀柔政策，推心置腹地说，“分手之后也好，分手之前也好，我对你都不怎么样。但你这样一句话不说就跑到我公司来，然后每天在我面前晃来晃去，我们都知道这是为什么。”

“为什么？”米琪也很好奇。

“我们都是大人了，不要装傻好不好？我就是想问问，你这样有劲吗？”

“有劲啊！我现在每天上班浑身都充满了干劲儿！”

为了配合台词，米琪做了个米老鼠的造型。

但看左永邦毫无反应，米琪只好收起姿势。

“所以没什么事，请你不要阻挠我的工作热情了，好不好？”

米琪转身要走，被左永邦一把拽住。

左永邦也不说话，一动不动地看着她。

米琪又好气又好笑，“有话就说啊，干什么？演话剧啊？”

左永邦看着米琪，良久，然后开始深呼吸，“好，我告诉你，如果你来这里上班的目的是想引起我的注意，并且看到你的改善、进步，从此对你刮目相看，并且重新对你有好感的话，恭喜你，你的目的达到了。”

米琪一脸诧异，迷茫地看着左永邦。

“是的，我对你重新有了好感。”左永邦说，“或者说，我也不知道是不是我以前对你的好感从来没消失过。只是偶尔有别的事情、别的人来转移了我的注意力。可能在我内心，我从来没有对你失去感觉。”

对方还是像听西班牙语的表情。

“所以……”左永邦叹气，“我希望你好好的，不要再闹了。你可以从这里辞职，如果你喜欢公关，我可以帮你写推荐信。我们之间，一切都可以再重新商量，重新……面对。”

米琪看着他，左永邦也看着她。

“讲完了？”米琪突然像狗狗一样抖了抖身子。

“啊。”

“你没事儿吧你？！”

左永邦呆了。

“还这么自我感觉良好啊？”米琪惊诧地看着他，“我现在在这里上班和你有什么关系啊？我做什么事和你有什么关系啊？我们已经没关系了，如果你还没睡醒的话，我可以再重申一遍……我们已经没关系了。我现在所做的一切都是我的人身自由，如果我没猜错的话，这个公司里可以让我走人的只有一个，那就是老板，你凭什么在这儿自得其乐地让我走人啊？”

“……”

“还有，不好意思，请你不要再提我们之前有什么事情了，过去了就是过去了。我不想让过去的事情来影响我现在的前途，我相信你也是。我们现在的关系只是同事而已，而且将来，未来，永远，都只是同事而已，OK？”

左永邦张大嘴看着米琪。

米琪说完摇头苦笑，转身就走，被左永邦一把拉住，“米琪！”

米琪转身，冷冷看着左永邦的手，“放手。”

“你有本事再重复一遍你刚才的话。”左永邦像小孩要糖一样绝望地威胁。

“我不是没本事，我是没时间……”米琪看着他，语重心长，“如果你老年痴呆，或者还没睡醒，麻烦你回去睡个回笼觉好吗？跟前台请个假就可以，现在请你放手。”

左永邦死死地看着她，死也不放手。

“你再不放我叫了啊，我告你性骚扰了啊！”

这样的警告左永邦闻所未闻，所以刹那间他感到非常好笑，“好啊，你叫啊，我倒很想洗耳恭听一下。”然后……整栋写字楼都回荡着一个女子凄厉的尖叫声，“性——骚——扰——啊！”

左永邦拉着米琪的手，呆呆地看着她，一转眼，不知何时，周围无数同事围观着。米琪猛地抽出左永邦的手，鄙薄地看了他一眼，快步急急地低头走进公司。左永邦还呆呆地站在那里，一转头，周围一圈准备进公司的职员都呆呆地看着他。

“她还真叫得出啊？！”

下午，左永邦到了顾小白家，恨恨地述说起来，说完顾小白惊叹不已。

“是啊，我真的太低估了她。”左永邦很哀痛。

“太狠了……怎么那么狠啊……看来她的确是想把你赶出公司啊！”

“是啊。”

“那……那你就这么跟老板交了个辞职信，然后就直接过来啦？”

“怎么可能呢？我是什么人，怎么可能被她吼一嗓子就直接辞职呢？如果我这么容易被打败，也不值得她这么花费心思来对付我了，对不对？”

此时，左永邦还在自我标榜。对此，顾小白表示非常不解。

“而且，也不是我主动去找我老板的。”沉默了一会儿后，左永邦说。

整个上午，左永邦都在电脑前做纯真状，来往的男女同事都用异样轻蔑的眼光扫过他。左永邦也不为所动，抬起头用无辜询问的眼神回击，同事们纷纷被击败。这时，老板打开门，远远对着左永邦喊：“左永邦，你进来一下。”

左永邦慢慢站起来，扫视一圈，同事们纷纷低下头，只有米琪一个人面无表情地对着电脑打字。左永邦深呼吸了一口，走进老板办公室。

“早上的事我都听说了……”走进老板办公室后，老板点了一支雪茄，开始陈述，“我先不管这件事谁对谁错，事情的起因、经过是怎么样，但结果是确定的。结果就是，我们公司的一个女职员，在写字楼的走廊里，以非常大的音量投诉了一个人对她进行性骚扰，而这个人恰恰是我们公司的男职员。你知道这会给我们公司的形象造成多大影响？你知道这一栋楼，这一层楼，有多少公司？我相信现在这一整栋楼，都知道我们公司内部发生了什么事儿。”

“什么事儿呢？”左永邦反问，反而把老板问住了。

“你放心，这件事我会处理的。”看着老板目瞪口呆，左永邦保证。

“哦，怎么处理？”

“如果你需要的话，我现在马上回去写辞职信给你。善后工作我也会处理，我会一个个打电话给我的客户，跟他们交接，告诉他们我辞职的原因。大字报也没问题，你也可以直接在写字楼大堂给我贴张大字报，强烈谴责我的流氓行径并且把我开除，我还负责签字同意。”

老板怔了怔，没料到“就地打滚”这一招……

“你不要闹情绪嘛，我也没说这件事谁对谁错。”

“但是我给公司抹黑了，”左永邦沉痛地说，“我一定会自杀来保全公司的清白……”说着，左永邦就要迎风流泪地转头开门。

“回来回来……”老板在后面急叫，“唉……这样吧，我们来以男人的角度来聊聊这件事儿。”

“男人的角度？”左永邦好奇地问。

“就是不是老板和下属，就是男人，男人和男人之间，哥们儿。”

左永邦揣测地打量他，又再度坐下来，觉得这个公司实在太好玩儿了。

“这样，虽然我们现在是在办公室，但是你就当我们现在在酒吧。反正我们也差不了几岁，又在一块儿这么多年，我就跟你说说真心话……”说着，老板还模拟了酒吧的气氛，拉上窗帘，打开灯（容易么），然后再度坐下来推心置腹地说，“当初我把她招进来，我想大家都明白是为什么。她一没学历，二没履历，我为什么要招她进来？为什么？”

“我不知道。”左永邦干脆道。

“咱能不装傻吗？”

“你想泡她。”

“是啊！这不显而易见的吗？”要不是隔得稍微远了点，老板恨不得跳过去拍拍左永邦肩膀，真是英雄识英雄。“这么漂亮的美女，我们以前都只能在电视上见啊，现实生活中哪儿见得着啊！所以我承认，当初把她招进来我绝对是有私心的。即便到时候搞不到手，放在公司里看看也是很养眼的嘛！对不对？”

“您考虑得倒很周全。”左永邦侧眼。

“那是……高瞻远瞩，可谁想到，嘿，她居然工作能力不错，而且学得很快。有时候我带她出去谈客户和带你出去谈客户，大家说的话一样，但效果就是不一样。你说也怪了，那些客户也只能看看，也摸不着，就答应得更爽气，你说男人贱不贱吧。”

“贱。”

“所以说呢，你要对她有什么想法，作为男人，我是绝对理解你的。”说着老板大手一挥，好像批给了左永邦一块地皮，但是马上又收了回来，手指嘘在唇上，“但我只希望一点，我们大家都要做得体面。我们都是体面人，不能把事情做贱了，你同不同意？”

看到表演细胞这么丰富的老板，左永邦只能表示深刻同意。

老板又看了一会儿左永邦，大有一种肥水不流外人田的惜别感。

“出去吧，”说着，老板终于大手一挥，“这事儿我就当没听见过。”

左永邦缓缓站起，往外走。

“哦，对了！”

左永邦回头，对方又马上表现得像个克格勃。

“作为我方的支持者，我想我还得告诉你，我听说楼下十七层一广告公司有个小孩儿好像也在追她。”

“啊？”

看着左永邦吃惊的表情，老板甚至想说，那你泡成了给我提成……

“嗯，好像还约了几次会，这些我都是听说的啊，跟你说了之后，我也就当从来没听说过。”说完，那个变化多端的老板，又缓缓沉下去，好像刚才的一切，都是左永邦用什么咒语召唤出来的。

“所以说你没辞职，你老板也没把你开除，是吧？”

“是啊，我要不先辞职，他就要把我开除了。我还特别跟他强调我会一一打电话给我的客户，告诉他们我辞职的原因，他当然不敢由着性子来啦。”

“那你现在跑这儿来干吗？”顾小白挠头，“你不是应该在办公桌前更加卖命工作吗？”

“我也想啊，我总得先稳定一下情绪吧？”左永邦恶狠狠地说下去。

从老板办公室出来，左永邦在前台诧异的目光中，直接走出公司玻璃门，默然无语地走到电梯口，狠狠地掏出烟，点上，吸了一口，镇定自己的情绪。

这时，边上电梯叮的一声，电梯门打开，一个二十多岁的毛头小伙子跑出来，没头没脑地张望，看到左永邦。

“你是这公司的？”小孩走到左永邦面前，斜眼问。

“是啊。”左永邦说。

“麻烦你把你们公司的左永邦叫出来。”

“他已经出来了。”左永邦平静地说。

小孩一下子没反应过来，愣了愣，转头张望，“哪儿呢？”终于反应过来，上下打量左永邦，“就是你？”

“你谁啊？”

“你管我是谁！我告诉你，你以后少对米琪动手动脚，再让我知道，不管你多老，我都往死里抽你。”

看着小孩在前面像拳王一样蹦蹦跳跳，左永邦恍然大悟。

“喔……你就是十七楼广告公司那小孩儿吧？不好意思，我年纪大了，有点儿耳背，你刚才说什么？我再对她动手动脚，你就怎么样？”

左永邦斯文地微笑地一步步逼近小孩。

“我就……”话音未落，小孩就一拳抡了上去。话说左永邦果然老奸巨猾，不躲不闪地受了这一拳，马上捂脸，“啊！好痛！”

小孩没料到这反应，愣了，远处前台小姐看见，惊慌地站起来，远远看。

左永邦转头，对前台点头微笑了一下，表示“你看见了啊，是他先动手打我的”，然后撩起袖子，一拳打上去。

两人钳住对方，开始互相殴打。左永邦把小孩按在墙上，按到电梯钮，电梯门打开，两人拥进去，开始乒乒乓乓地开战。

“救命啊！”前台尖叫，“打人啦！”

公司里一下子涌出来十几个职员，大家跑到走廊里，刚想人呢，然后看见电梯门打开，小孩在狂揍左永邦，电梯门又关上；再打开，左永邦在狂揍小孩；再关上打开，小孩在狂揍左永邦；再打开，左永邦在狂揍小孩；再打开，还是左永邦在狂揍小孩；再打开，还是左永邦在狂揍小孩。

人群沸腾起来，同事们纷纷欢呼：“耶！”

这时，米琪冲进人群，大叫着“住手”，按住电梯，进去，死命拉开两人。左永邦蓬头垢面地被拉出来，还不忘按下电梯按钮一层。

米琪把左永邦拉出来，电梯门也已经关上，小孩躺在里面往一楼降去。

实在太缺德了！左永邦被米琪拉出来，举起双手向同事们振臂致意。

米琪看了看楼层显示灯，小孩的那台电梯在不断下降。米琪连忙冲到另一边电梯，按了“下”，电梯门打开，米琪冲进去，恨恨地看了左永邦一眼，电梯门合上。同事们和左永邦愣愣地看着米琪离去，大家反应过来，再次朝左永邦发出欢呼，左永邦笑着和同事们握手致意。

顾小白看着左永邦手上的绷带，“哈哈，你就是这么光荣负伤的啊？”

“嗯，我就是这只手拉的米琪，大概真的是报应。”左永邦恨恨地说。

“那米琪对你也够好的啦！还送你去医院打绷带。”

“算了吧！她哪有这么好！”

“啊？那是谁？”

话说左永邦公司楼层里，左永邦对围观的同事招呼着，“哎，都散了吧，散了吧，演出结束了。”

同事们纷纷往里走，嘴里还抱怨，“切，我还以为起码好几个回合呢”，“那小子太不经打了”，“是啊，就这样还敢上来砸场子”……

同事们陆陆续续地走进公司，左永邦苦笑着往里走。这时前台走过来，叹气地看着左永邦，手里拿着包餐巾纸。

“擦擦吧，看……”前台微笑地看左永邦，“额头上又是汗又是血的。”

“汗血宝马嘛……说的就是我。”左永邦举起手笑着想去接，突然发现手臂抬不起来，“哎？”再使劲抬了抬，整个人一阵剧痛，酸软下去。

前台一把扶住他，“没事儿吧？怎么了？”

左永邦摇摇手，“没事没事，大概是筋扭到了。”

“那赶紧去医院看啊！”

“没事没事，休息一下就好。”

“什么没事！”说着，前台搀着左永邦不由分说地按了电梯，把左永邦搀进去，左永邦无力挣扎。

另一边电梯门打开，米琪走出来，看看走廊，一个人都没有，一脸纳闷。

前台把左永邦架到医院，照了片子，医生表示没事，确实是扭到筋，休息两天就好了。包完绷带，出了医院，左永邦向秘书告完假，就蹦蹦跳跳地跑到了顾小白家。

“喔，你是这样才来的这儿？”顾小白恍然大悟。

“是啊，我想我手都这样了还回公司干吗？除了接受群众们的爱戴以外？”

“所以是你们公司的前台送你去的医院，而不是米琪。”

“哼，她才不会管我死活呢！”

说完，左永邦也感到一丝凄凉，顾小白默默地看着他。

左永邦也默默地回看着，空气里飞着一只苍蝇。

“哎，那你们那前台漂亮吗？”半分钟后，顾小白问。

“还行吧！干吗？”

“没事，我随便问问。”

“哎，我现在没工夫想这个，”左永邦烦躁地说，“我在想米琪完全不管我死活这件事。”

“这还用想啊？”顾小白诧异地看着他，“她不爱你了啊！”

“啊？”

“她不爱你了，所以你的死活跟她没关系。女人这种动物就是这么绝情的啊，你又不是第一天出来混，这种事还要想啊，大哥？”

顾小白不可思议地看着左永邦，简直怀疑他在装纯真。

“我不是不知道，我只是不太敢相信。”左永邦摇摇头。

“哎，你叫我说你什么好，在她说你性骚扰的时候你就该相信了啊。性骚扰对女人来说是什么概念？是她不喜欢的，或者完全没感觉的男人碰她，她才会觉得性骚扰。如果是她喜欢的，暗恋的，你一把推上去强吻，她都要小鹿乱撞，春心荡漾。哪还有工夫告你性骚扰啊？我就说啦，”顾小白摊摊手，“她要是讨厌你，你正常看她一眼，她都会觉得你性骚扰她，这和强奸是一个原理。”

“啊？什么强奸？怎么扯到强奸上去了？”面对顾小白的思路，左永邦只好承认年迈。

顾小白耐心地解释起来，“两个人，一男一女，这个男人强行跟这个女人……如果这个女的讨厌他，没感觉，就叫强奸；如果喜欢，有感觉，就叫MAN……懂吗？”

左永邦默默坐了一会儿，叫起来：“靠！那是我先和她分的手，她自己跑到我公司来，在我面前晃来晃去，我可不可以先告她性骚扰，强奸我眼球？”

“强奸眼球这种事情……从原理上来说，很难实施……”顾小白看着左永邦，语重心长地摇摇头。

从顾小白家出来，左永邦拦了辆出租车回家。一路上望着夕阳，左永邦心情十分悲痛。曾经挚爱自己的人非但不爱自己了，连自己和别人打架，她都只会关心别人，而浑然不管自己死活。这是怎样的一种惨绝人寰啊？或许真的像顾小白所说，女人这种动物，一旦没了感情，血就会变得冰冷。

问题是，这样的米琪，还跑到公司来干吗！

左永邦就这么又困惑又悲凉地一路回家。刚走到自己家门前，就愣住了。

刚才送他去医院的前台秘书蹲坐在地上。

“你……”左永邦吃吃道，“你怎么会在这里？”

秘书抬起头，慌忙站起，“不……不好意思，我家门钥匙大概忘在出租车上了。”

“啊？”

“我下午不是陪你去看病吗？你不是手抬不起来吗？我付的钱，可能这个时候钥匙给带出来了。我也没注意，后来回公司我也没发现，我是到了家门口才发现钥匙不见了。”

“那……那赶紧打电话给出租车公司啊，不是要了发票吗？”

“打了，人家说没有。”

“那……那你是怎么会知道我家的啊？”

秘书低下头，“我实在没地方去，就又回了公司，在……公司的快递单上找到你的地址……”

“喔……”

“我想……我可不可以在你这儿借住一个晚上？我其他朋友都问过了，她们说不是很方便……”秘书难以启齿地说。

左永邦这才反应过来，连忙掏钥匙开门，“喔，没关系，没关系，反正也是我害你掉的钥匙。”

“对不起。”

说着，秘书低下头，不好意思地走进来。可能是太过紧张，秘书被门槛绊了一下，扑在左永邦怀里。左永邦连忙双手举起，“不是我，不是我！”

秘书一个趔趄，差点滑倒，“不好意思，我有点紧张……”

“不不，是我的问题，我今天有点心理阴影，别回头又给人说性骚扰……”左永邦一边苦笑一边把秘书扶进屋。

进屋之后，左永邦问她要喝什么，秘书说不用。于是，两个人也不知道说什么好，只好打开电视机看电视，气氛尴尬得要命。好不容易挨到十点多，秘书说要睡觉了，起身去浴室洗澡。左永邦等秘书关上门，放水，莲蓬的声音稳定地传出来，确认她不会突然跑出来之后，连忙打电话给顾小白求救。

“我这儿又出事儿啦！”顾小白接起后，左永邦鬼鬼祟祟地小声说。

“啊！你怎么都残废了还去跟人打架啊？你几岁了啊？”

“不是啊！我跟你说的那个送我去医院的前台秘书，现在在我家啊！”

“啊？为什么？”

“我不知道啊。她说她钥匙掉出租车上了，没地方去，要在我这儿住一晚……”

“那你呢？”

“我……我……你让我住哪儿去啊？”

“你可以住到米琪家去啊！说你钥匙落在出租车上了，这样搞得乱七八糟就很好玩啦。然后米琪再住到我家来，”顾小白突然兴致勃勃起来，“我再住到莫小闵家去……莫小闵再住到罗书全家去……罗书全……罗书全就让他流落街头吧……”

“我靠，我跟你说正经的呢！我现在心里直打鼓啊！”

“那她人呢？现在？”

“在浴室里洗澡啊！”这时，左永邦突然听到身后浴室门打开。

“啊！我不跟你说了，拜拜。”他挂了电话马上转头。

前台秘书穿着浴袍走出来，一边擦头发，“跟谁电话呢？”

“没有，一朋友。”左永邦强笑道。

秘书慢慢走到左永邦面前，突然浴袍就这么脱落了。

左永邦呆呆地看着她，连反应都不敢反应。

“喔……男的女的？”秘书微笑地问。

“啊！我求求你，”左永邦连忙把一本杂志盖在脸上，“我今天已经负伤了……”

秘书已经软倒在左永邦边上，在他耳边呢喃，“伤在哪里？”

“全身都是伤啊……”

灯光不知什么时候暗去，只剩下左永邦的哀求声。

第二天，鸟叫声中，左永邦在洒满阳光的床上醒来。边上躺着前台秘书，正闭着眼酣睡着，左永邦一阵绝望欲死。眼见得秘书迷蒙地睁开眼，左永邦马上把眼睛闭上装睡。过了一会儿，毫无动静，左永邦又小心翼翼地睁开眼。咫尺之间，秘书正一动不动地凝视着他。

“早啊。”秘书微笑道。

“早，早。”左永邦尴尬地笑着，一边挣扎着要爬起来，被秘书按住。

“你……你干吗？”

“起床上班啊！”左永邦也奇怪了。

“今天就不用去了。”秘书微笑着按住他，“我去就行了，我负责帮你请假。”

“不不，我还是去吧。”

“听话，知道吗……”秘书像对淘气的孩子一样哄着，“不然伤好不了……”

“那你还……”左永邦转头一看，秘书已经起身走向洗手间。

左永邦一阵绝望，倒头在床上。等到秘书在洗漱间收拾完毕，出门前还俯身亲吻了一下他的额头，他还装着在说梦话。听到铁门关上的声音，左永邦连忙跳起来，凑到窗台看，确认秘书已经走远，他马上穿上衣服冲出家门。

这下……连上班时间都这么绝望……

堵在高架上的时候，左永邦坐在出租车里，五内俱焚。

这时，左永邦上班的写字楼大堂，白领们都集体候在电梯口等电梯。秘书气定神闲地站在那里，米琪也在边上，两人并排站着。秘书微微转头，朝米琪优雅地点头笑了笑。米琪对这笑容有点摸不着头脑，也纳闷地点了点头。

听完左永邦的犯罪陈述，顾小白在沙发上笑得气也喘不过来。

“这他妈的到底有什么好笑的啊？！”左永邦大怒。

“没事没事。”顾小白竭力表示严肃，然后又开始笑得喘不过气来，“哈哈哈，实在太好笑了。”

“好了，你到底笑完了没有？”

“笑完了，”顾小白恢复正经，“你的意思是，昨天晚上你被强奸了……是不是？”

“嗯，从事实上来说，就是这个样子。”

“但是从操作性角度讲，女人是没办法强奸男人的啊？”

“你跟我装什么傻啊？”左永邦很懊恼，“我……心理上是不愿意的，情绪上是抗拒的，但是耐不住本能反应啊，这我有什么办法？”

顾小白也显得很懊恼，“是啊，也没什么妇女保护权益协会让你去投诉一下，你真是太不容易了。”

“这话说得，我也不是来求你安慰的——你这种没人性的人是不会安慰人的，我又不是不知道，我是来找你商量这事儿接下来怎么办。”

“这还能怎么办啊，你又不会怀孕！”顾小白冲着他嚷。

“靠！不是怀孕不怀孕的事儿！”左永邦也反吼，“这人和我一个公司的，是我同事啊！抬头不见低头见的，况且还有米琪。我刚想挽回米琪就被别人强奸了……世界上怎么会有这种事情啊！”

“我觉得米琪这件事儿吧，你也不用再考虑了，不在计划范畴之内，因为她已经不爱你了。而且，当着这么多人的面让你下不来台，你就赶紧把她忘了吧。重点是另外这件事情，咱别把两件事情搅在一起，那就真弄不清了。”

“另外一件什么事情？”左永邦突然晕了。

“就你这个前台啊！你喜欢她吗？”顾小白问。

“不喜欢。”

“就一点感觉也没有？”

“这……怎么说呢，不喜欢也不讨厌，这正常啊。”

“感情是可以培养的啊！”

“靠！你当我童养媳啊？！”

“不不，你不能这样想，我来跟你分享我最近的一个心得啊……”

“请分享。”

“是这样的，我最近思考了一下我前半生在女人方面的血泪教训，得出了一个令人震惊的真相。”

“其实你不喜欢女人？”

“我好好跟你说呢！我发现，我每个女朋友，都是我第一眼看到就喜欢上的，但结果都是惨烈收场，这说明什么呢？”顾小白摊手道，“说明以貌取人这件事绝对害死人，我们往往第一眼被对方的长相啊、身材啊、气质啊吸引。完了，天昏地暗了，觉得这下子爱上她了，彻底沦陷了。但事实是什么呢？就是可能你们的个性压根就不适合，根本就没办法相处。但真的和你个性相合、可以相处的人，可能在你第一眼的时候压根就先过滤掉了。这会导致什么结果呢，就是我们都会孤独终老……”

“……”

“你好好回忆回忆，米琪是你第一眼看到就喜欢上的吧？”

“是啊。”

“你也不小了……”顾小白谆谆诱导，“比我还大好几岁呢，世界末日离你越来越近，这事儿你好好考虑考虑吧。”

左永邦的公司里，米琪在办公室里工作，时不时看一眼左永邦的座位，始终空在那里。米琪心中七上八下，十分不安。她想拨电话给左永邦，按了几下又放弃。这时秘书经过她，走到人事总监边上汇报，“刚才左永邦打电话来，说今天他请病假。”

“哦……他没事吧？”

“嗯……说是去医院检查了，”秘书一本正经地说，“手臂筋骨拉伤，可能要休息两天。”

秘书走后，米琪在办公桌前面无表情地坐了一会儿，然后收拾包，走人。

走出公司，米琪犹豫了很久，终于还是打了辆车到了左永邦家楼下。这个楼曾经是那么熟悉，几乎每天都要报到，但现在竟然有些陌生。米琪上了电梯，走到左永邦家门口，面对着门，站定，犹豫，深呼吸，敲门。

没人应门，米琪站在那里，一时间心中思绪翻飞。她走到门口边上，移开盆栽，下面果然依旧静静躺着把钥匙。

“你怎么每次都忘带钥匙啊？”

恋爱时，自己常常因为没带钥匙而可怜地蹲在门口等他。

终于有一天，两人一起出门的时候，左永邦拉住她，指着门口的盆栽。

“记住了，下次再忘带钥匙，我在这下面藏了把钥匙。”

钥匙静静地躺在面前。

米琪手颤抖着伸向钥匙，拿起来，转头看着门，不知道要不要去开。

这时，身后电梯门打开，左永邦的脚步声朝她走近。

米琪吓了一跳，连忙把钥匙塞回去，把盆栽移回原处，快速躲到走廊另一处转角，大气也不敢喘。左永邦从电梯口走到门口，刚要掏钥匙开门，突然侧着头，探究地看着边上的盆栽。然后，他走过去看，盆栽灰尘的痕迹表示刚刚被人移开过。默默地在原地站了一会儿，左永邦深吸了口气，慢慢走到走廊转角处，安静地看着米琪，米琪低着头一言不发。

两人如静止的画一样静静地站在那里。

一时间谁也没有说话，但又好像什么话都在空气中交流完了。

左永邦拿出钥匙打开门，米琪默默地跟在后面。

进了屋，米琪坐在沙发上，物是人非，局促不安。此时此景，已不是当年的角色，但新的角色如何扮演，米琪仍不知所措。左永邦端着茶朝她走过来。

“你就这么来了？也没请假？”

“没有。”米琪笑笑，“我跟公司说出去见个客户。”

“那你早点回去，这种谎很容易被戳穿。”

米琪笑着点点头，又没有话说了。

“你的手，你的手没事吧？”

“没事，”左永邦笑笑，突然警觉起来，“你听谁说的？”

“没有，就是看你没来……”

“喔，你那个小男孩儿没事吧？帮我去跟他说声不好意思。”

米琪笑笑，不知道说什么，两个人继续尴尬。

“其实看你现在这样，我真的挺高兴的。”左永邦突然说。

“是啊，你以前不是老嫌我没出息吗？”

“是啊，可能……可能真的是好事吧，”苦笑着，左永邦点点头，“可能我们分开对你来说真的是好事。”

笑了笑，没有说话，米琪突然拎起包，“行啦，我该走啦。”

往门外走着，背后传来他的声音，“昨天不好意思，以后再也不会了。”

转头，米琪无奈地对他笑笑，又摇摇头。

左永邦呆呆地看着米琪慢慢走出门，关上门，怔怔地坐在椅子上。

不知坐了多久，左永邦突然跳起身，冲出门。

一打开门，看到米琪正蹲坐在走廊里，哭得不能自已，浑身颤抖着。

一看到左永邦，米琪马上抹了一下脸，站起来转身往电梯口走去。

左永邦冲上去一把拉住她，拉在怀里。被左永邦抱着，米琪只是哭着。

“我好想你，”听见他说，“我每天都见到你，但比以前每一天都想你。”

“我也是。”她也哭着，没出息地说道。

与此同时，在左永邦公司，前台秘书正在发花痴。在电脑博客上，不断用巨大的粉色字体写着：“我恋爱啦我恋爱啦我恋爱啦。”就像左永邦料不到她一样，她也料不到，此时另一个女人轻而易举地收复了失地。她还以为已经得逞，一边用粉红色BlingBling的字体写着博客，一边不耐烦地接起边上不断响着的电话。

“喂？！”

“喂……小美啊？”

这时，米琪已经搂着左永邦在商业街逛着，一边打电话请假。

“我现在在陪那个客户啊！没办法，他一定要我陪他出来给他老婆挑礼物，你跟老板说一声吧，这个客户我们得罪不起啊，好，就这样啊，拜拜。”

挂了电话，左永邦在旁边欣赏地看着她。

“干吗？”

“现在撒谎撒得很溜嘛，”左永邦欣赏地看着她，“你也开始懂得圆滑地处理关系了。”

“是吗？那是好事，还是坏事呢？”

“好事啊，你以前就是性子太直，什么都直来直去，有时候明明可以用技巧解决的事情非要捅得一团糟。”

“喔……是吗……”米琪望着他，邪恶地笑起来，“不过，我不太算会说谎啊，那个客户是要求过我陪他去给他老婆挑礼物啊。”

“啊？”

米琪举起三根手指，“三次。”

望着左永邦呆呆的眼神，米琪如数家珍地说起来……

“要我陪他去给他老婆挑礼物呢，一来可以表现出他是个有老婆的人，会为家庭负责，这样的要求听起来充满爱心，我又不能回绝。但其实他是想通过这种方式来和我多接触，即便以后真的把我搞到了，也可以跟我说，我是有老婆的人啊，你早就知道啊……切……不就这点把戏吗，谁还看不出这个……”

米琪轻蔑地笑了笑，换来了左永邦惊喜的眼光。

“你真的有点让我刮目相看了。”

“多谢栽培，都是被你启蒙出来的。”

“……”

“你的手还疼吗？手拉伤了就在家里休息啊，干吗一定要拉我出来啊？”

“我是个病人啊，病人就应该多出去走走，呼吸呼吸新鲜空气，然后身边有一个这样的美女，对我恢复身心健康比较好……”左永邦晃着手走来走去，突然转过头，骄傲地说道，“而且现在躺在床上，哪怕上街转转都不行的人，恐怕不是我吧？”

“你是说那个小男孩儿吧？”米琪看着他，“他和我没什么关系。”

左永邦困惑起来。

“是啊，我们不是有过一个DM要做，和他们广告公司合作过一次吗？他和我在外面吃过一次饭，聊过一次工作，连了MSN说过几句。他就对别人说我是他女朋友，还一起约会，我有什么办法。”米琪笑了笑，“这种事，笑笑算了。”

“那你那天也不管我死活，跟着他下楼算什么？”

“你那个胜利劲儿我还管你死活啊！”米琪惊讶地看着他，“人家是被你打了啊，虽然是他先无理，但我总要去和他打声招呼吧。我跟他说，以后不要到我公司来捣乱，我们几乎连朋友都算不上……”

左永邦笑了笑，没有说话，两人默默地向前走着。生活……真美好啊！

“这么说，你现在是单身啊？”左永邦转过头，突然微笑着问。

“目前来说是。”米琪也微笑地看着他。

突然，左永邦牵住她的手，“那现在呢？”

“现在也还是。”

大街上，左永邦突然一把抱住她，“那现在呢？”突然手一阵剧痛，原来不知什么时候，已经被米琪双手反绞，背了过去，“哎呀，疼疼疼……”

“不好意思告诉你，”米琪微笑地看着左永邦，“和你分开的这段时间里，我还参加了柔道训练班……”

真是全方位的提升啊！看来为了复仇，不管目的是否达成，至少在努力的过程中，对方的段位噌噌上涨。左永邦几乎开始觉得自己要配不上她了，但被这种自己配不上的人挽着的感觉真好啊——这是实话，虽然显得很贱，但确实是实话——总比配不上自己的人死乞白赖地挽着自己好。左永邦一想到前台秘书，就开始头皮发麻——她总归是个灾难，但灾难在还没正式成为灾难前，先称之为隐患比较好，万一不爆发呢？左永邦鸵鸟似的想着，这件事就这么露水无痕地过去就好了。

好像有点异想天开了。

但不管怎么样……先享受当下吧。

左永邦尽力不去想前台秘书，尽力说服自己，地球上压根没这个人。他带着米琪逛了一天街，两个人之间的感觉仿佛冬眠结束的熊一般，又缓缓苏醒过来，又因为睡了一觉，比以前更加生机勃勃。晚上，米琪又陪着左永邦去楼下的24小时便利店，买了饮料和面包，帮他拎着大袋小袋的往楼里走。

“事先跟你声明啊，”米琪一边走一边说，“我是看你手不好，帮你一起拎上去，上去了我就走，不要和我啰里啰唆。”

“知道知道，我哪儿敢啊！”

“哼，谅你也不敢……”

两人一边拌着情侣典型的嘴，一边甜蜜地朝左永邦家走。走到五十米开外，老天让他开了眼，好像红外线一般，远远扫在大楼门口，一个人伫立在那里。

其身姿、轮廓、身材的曲线……自己昨天刚刚测量过……

这个人……在地球上确实存在啊！

左永邦仿佛从一个噩梦中醒来，还来不及庆幸，就发现自己身处另一个更大的噩梦，他连忙抓起米琪的手。

“啊啊啊！我突然想到一件事情。”

“啊？怎么了？”

“顾小白和罗书全是我最好的朋友，我这次痛改前非，和你重新在一起，我怎么也得带你过去给他们看看啊。”

“谁和你重新在一起了啊？”

“那就更得看了！这种奇迹对我来说，如果第二天就没了，很容易变成幻觉的。我会怀疑自己，今天的事情到底有没有发生过？如果有第二个第三个人作证，我以后伤感地回忆起来，也好有个证据……”

不由分说地，左永邦拽着米琪就走。

“你什么时候这么重视友情啦？！”

“在没有你的日子里，他们是陪我最多的……”

左永邦一边奔窜着，一边胡乱解释。

“对不起，亲爱的小美，或许我该说敬爱的小美，昨天晚上发生的事情全是一个错误，或者说，是我一个人在冲动之下犯的错误。虽然你让我感觉到了一个女人能带给一个男人最美好的感觉，但是我一直是把你当做最友爱的同事来看待的。希望这件事不要影响我们之前的关系，全是我的错，在这里真挚地向你说声道歉。你永远的好友和同事——左永邦”

深夜，左永邦送米琪回家后，一个人回到家——秘书也不在了——在电脑前抓耳挠腮地措辞，感受到几十年来没感受过的写论文的感觉。

写完后，他还发给顾小白批阅。

“喂？！你帮我看看呀，这信到底怎么样啊？”

左永邦料顾小白也没睡，连忙发给顾小白审核。

顾小白这种好事之徒对此当然不会放过，兴致勃勃地看完。

“诚意是够了，问题是你干吗把所有的错都揽到自己头上啊？明明是她乘人之危，强奸了你，你还拼命道歉，这算什么啊？”

“哎呀，我这不是为了息事宁人吗？”左永邦在电话那头双脚跳，“我说她强奸我谁信啊，而且我和米琪现在这么关键的时刻，当然是多一事不如少一事啦。把错全赖我一个人身上，至少她心理上还过得去一点。”

“会吗？”

“不会也只好祈祷老天保佑会啦！女孩子嘛，我总得先考虑她自尊心吧？”挂了电话，左永邦求神拜佛，恨不得一边做着“临兵斗者，皆阵列在前”的手势，一边把Email发了出去。

但密教咒语终究没有战胜西方真理，墨菲定律特别眷顾左永邦。第二天，秘书看着电脑上的Email，然后鼠标上移，移到回复键，静止了一会儿，慢慢移开，移到“转发”键。公司同事栏，一个个打钩，然后鼠标移到转发键盘上，按下。与此同时，写字楼电梯里，米琪和左永邦站在一堆同事中，米琪面带幸福的微笑。左永邦仰着头，嘴巴里念念有词，好像在求雨。

同事们一个个鱼贯而入，前台秘书朝他们一个个打招呼，点头微笑。米琪微笑着进来，点头走入办公区。后面左永邦也进来，心里打鼓，看着前台秘书，脸上尴尬地微笑。倒是秘书自己，开朗热情地对他笑容满面。

放下心来，左永邦底气十足地走进办公区。

走进自己办公室，打开电脑，与此同时，办公区内此起彼伏地响起一个个动听悦耳的提示声。一个框跳出来，“您有一封新邮件。”

听着四周电脑上到处发出叮的一声，打开自己的电脑，什么都没有，左永邦脸上还很失落。远远地看见，米琪从座位上站起，朝左永邦走来，他还毫无知觉。“左总，现在有没有事？可不可以出来一下？”米琪对着他温柔地笑。

“怎么啦？这就想我啦？”

左永邦被米琪带到那天米琪叫性骚扰的过道，望望四周，不禁感慨万千。

“真没想到啊，昨天就在这儿，你还说我性骚扰你呢。不过就一天的时间，看看周围，啧啧，连风景都感觉不一样了。”

左永邦自顾自地说着，美着。然后，他胸口一阵剧痛。

依稀记得，对面的人对他恭敬地做了一个空手道的鞠躬动作。

然后，他什么都不记得了。

他……飞了起来……

“到底出了什么事啦？”

飞在半空的左永邦……痴痴地想着……

LESSON 19 办公室危情

男人沉迷OL，仅限于制服诱惑式幻想。
当真8小时内外被全方位监控，分手之后还要大宝天天见，
办公室迟早会变成疯人院。

这个世界上，每一件事情似乎都有类型，感情也是。但不管是办公室恋情，姐弟恋，还是其他，我们在这个世界上，寻找的，只不过是同一种温暖。这种温暖到了不同的人身上，就呈现出不同的样子，变成不同的类型。

其实，归根结底，这个世界上，根本就没有什么类型。要分类型的，永远不是感情，而是人心……

这一天上午，在顾小白家客厅，罗书全在电脑前拷顾小白的电影，顾小白则在他边上像热锅上的蚂蚁一样转来转去。

“你快一点好吧？我有篇稿子欠着一个月了，怎么样月底也要交了。”

“那要月底啊，”罗书全说，“你急什么！”

“月底就是今天啊！！！”

“好好，没问题。”罗书全转过头说，“不过你要考虑到我做事情有我的节奏。比如就拿拷文件来说，不同的文件要存在不同的盘符，不同的盘符里还要有不同的文件夹，不同的文件夹里还有不同的子文件夹……”

“你他妈到底在说什么？”顾小白目瞪口呆。

“喏……比如我现在拷电影，我要先从我电脑里分的十个盘符里找到‘娱乐’这一项，再找到‘感官娱乐’这个文件夹，里面还分有‘视觉娱乐’和‘听觉娱乐’，视觉娱乐里可以看到‘图片’‘电影’‘游戏’……”

顾小白已经要缺氧了，罗书全还在喋喋不休。

“在‘电影’里面，我们可以看到好莱坞电影、欧洲电影和亚洲电影。然后就‘好莱坞电影’这个子文件夹里又有八个子文件夹，分别是‘动作片’‘爱情片’‘警匪片’‘爱情动作片’……”

“什么叫‘爱情动作片’？”顾小白吃吃地问。

罗书全不答，还以一个楚楚动人的微笑。

“在‘爱情动作片’后面是‘灾难片’‘恐怖片’——在恐怖片里面还有‘可以一个人看的恐怖片’和‘打死也不一个人看的恐怖片’和‘再多人我也不看的恐怖片’……”

“请问你分这些目录分了多久？”

“一个月，完全科学详细，要找什么，一下子就能找到。”

“嗯。”顾小白点头，“你是不知道电脑里有‘搜索’这个功能的是吧？”

“并不是！”罗书全突然很激动，“这不是搜索不搜索的问题，这是人生态度的问题！经过三个月的总结，我发现，人生只有规划得越严谨，才越少出错；越少出错，我们的人生就会越幸福。”

自从罗书全和杨晶晶分手以来，罗书全突然多出来很多空余的时间。他就拿这些时间来思考人生，思考了半天就思考出来这些玩意儿。

顾小白面无表情地看着他，突然一拍大腿，罗书全吓了一跳。

“我想到了！”

“想到什么了啊？为什么拍我大腿？”

顾小白眼神中散发着炽热的光芒，完全不理罗书全痛得浑身抽搐。

“我不是说还有篇稿子没写吗……其实我压根还不知道写什么！但我现在想到了！”顾小白激动地说，“我就写‘感情到底要不要分类型’。”

“啊？”

“是啊！”顾小白再度一拍大腿，罗书全以光速躲开，“现在我们大家活着不都是很喜欢分类型吗？看电影，看书，连谈恋爱大家也在分类型。什么网恋啊、异地恋啊、姐弟恋啊、办公室恋情啊……乱七八糟，好像在编制军队。然后，每一种后面居然还会有人脑子抽筋地去附上一大堆详细攻略。问题是……”顾小白说，“感情到底有没有类型可分？分了到底有没有用？这就是我今天要写的东西。”

罗书全听了半天，就扔了一句话给他。“那你慢慢写吧，我走了。”

顾小白再也没有管罗书全，任凭他走到门口开门。还没打开门，顾小白就听到一声凄厉的惨叫。打开门，左永邦活像一条被淋了三天三夜雨的狗一样，出现在面他们前。“两位大侠！救救我吧！”

罗书全转头看顾小白，顾小白万念俱灰，想自己到底造了什么孽，从来没能安心顺利地写完稿子，每当死期降临，总有乱七八糟一堆事冒出来。大概上帝看出他一点也不想写稿子，故意安排点基层干部的思想工作给他。

“我也不想啊，我怎么知道那个女人如此恶毒！”左永邦在顾小白的沙发上声泪俱下。

昨天下午，米琪去探望左永邦，两人终于有了死灰复燃的趋势，左永邦当然像抓救命稻草一样抓住。经过顾小白审核，左永邦给秘书写了一封情感炽热、把所有罪过都归咎于自己的绝命书。绝命书中，左永邦希望两人好聚好散，即便根本就没算聚过，也起码像同站过一个月台的旅客，属于自己的那班列车到来后，能微笑地挥手说声拜拜。

那也是左永邦心里面一首哀伤而略显甜蜜的曲子，供左永邦夜半无人的时候拿出来反刍一下。谁知，秘书压根不领左永邦这点情，脑子里完全没有这点小清新的情怀。收到Email之后，她就毫不留情地给公司每一位同事以及老板都转发了一份。当然，其中也包括米琪。

米琪就问了左永邦一个问题，“你到底做了没？”

左永邦不吭声。

“很简单啊，就是一个是非题，做了，还是没做。”米琪站在公司走廊角落里，抱着胸，像庭审法官。

“做了。”左永邦只好低头招供。

“那不很好吗？”米琪鼻子里只有出来的冷气，“这么委屈，难不成人家一黄花大闺女还强奸你不成？”

左永邦很想转身挠边上的墙，但是只好乖乖站着听训。

“左永邦……”只听米琪道，“我一直以为，直到昨天我都以为，你已经变得和以前不一样了。在我变了的时候，你也在慢慢变得更好、更进步。没想到你非但没有进步，还退步了。以前碰到这样的事情，你还有胆来跟我主动承认。虽然我觉得你不要脸，但我还蛮佩服你这种勇气的。没想到半年不到，你连这点担当都没了……”米琪对左永邦失望极了。

左永邦低着头，脑子里把“窦娥”两个字写了八千遍。

“看来……”米琪叹了口气，“你一辈子也不会懂得‘负责任’三个字怎么写……”说完，米琪像摆脱什么似的，摇摇头，像一个失望的妈妈发现自己认领错了孩子，转身走远，左永邦一点声音都不敢发出来。

“没关系，她对你越冷酷就说明她越爱你。她现在不是在对你凶，是在对自己凶。”顾小白听完后，分析道。

“什么意思？”

“就是说她在气自己怎么第二次瞎了狗眼，会再爱上你这个禽兽。过不了自己这一坎，但不代表不爱了，你懂吗？”顾小白对着拉布拉多般的左永邦说，“你乘胜追击就好，哄女人，我们三个人里面你最擅长了呀。”

“可事情没有这么简单啊！”左永邦苦恼地说。

左永邦看着米琪的背影，刚想乘败追击，米琪按了电梯下楼。左永邦刚想觍着脸跟进去，另一边电梯门打开，老板走出来，正好把左永邦叫住。

“你来得正好，我正要找你！”老板气势汹汹地说，“你到底在搞什么？我在外面开会，收到Email连夜赶回来。她给我们公司每个人都转发了一份，你知不知道？”

左永邦心说：“废话，这还用你说。”

“你到底在想什么啊？”老板的表情活像公司里出了个杀人犯，“上午在追米琪，下午就和前台搞在一起，晚上发Email说你一时冲动……现在全公司人尽皆知。”

“说实话，米琪这件事，你揍了十七楼那小子没人说你，大家在背地里还觉得挺解气的，觉得你给公司长脸。现在已经不是那么回事了，已经从一致对外变成了人民内部矛盾了。公司里已经没人在工作了，大家都在等这件事有个说法，你让我能有什么说法？我能给他们什么说法？”

“总不见得说，对不起大家，作为老板，我没能把米琪拿下，便宜了左永邦这个禽兽，非但吃着锅里的，还想着碗里的……我对不起大家！我给大家赔罪了！”

“是不是你应该先给我一个说法啊？”老板心情好复杂，恨不得一把掐死面前这个男人，再烧上一把三昧真火，把他活活化为灰烬。

“我先进去，你一个小时后到我办公室报到！”老板抬腿就要走人。

“不用一个小时后了……”左永邦突然抬起头，“我现在就给你说法，我在跟她谈恋爱，闹了点小别扭。”

“什么？”老板没听清。

“我在跟她谈恋爱！”毫无征兆地，左永邦冲着老板的耳朵晴天霹雳般大喊。

所谓破罐子破摔，让自己的人生任由它去，反正死不足惜的心情，就是这样吧。这句话震耳欲聋地回荡在公司里，钻进了每一个偷听的同事的耳朵里。

“这是好事啊，”老板也被吓到了，看着他干笑，“你那么凶干吗……”

电梯里，米琪咬着牙，眼泪在眼眶里打转，死死地看着前面的按钮面板。

面板上，她一个扭都没按过。爆发过小宇宙后，左永邦浑身上下洋溢着谁上来谁死的气场。乍一眼望去，身体轮廓周围的空气都隐隐变着形。他大踏步地迈进公司，没想到一进办公区，同事们就集体冲着他欢呼，鼓掌，吹口哨，场面相当之沸腾——不怕是什么热闹，就怕没热闹可看，每个人的心情都是这样——左永邦呆呆地站在原地，还没搞清楚是怎么回事，秘书已经不知道什么时候站在他身边，微笑地接受着大家的祝贺，好像贵妃驾临。

“恭喜恭喜啊！”耳边隐约有人这么叫着。

“什么时候等着喝你们的喜酒啊！”另外一个声音不知从什么方位传来。

“都多大的人了，还搞什么地下情……吵架还发Email吵，还转发，还真是没把我们当外人啊！”这……是集体的声音。

“以后是该叫你名字，还是叫你嫂子啊？”有人在笑着问秘书。

“谢谢大家，我们结婚的话，一定会邀请现场每一位的！”秘书的回答让左永邦豁然惊醒，他睁大眼惊恐地转头看着她。

远处，米琪一个人站着，看着他们，看着这样的喧嚣……透过秘书的肩膀，透过这么多层层叠叠，左永邦也看着她。这么近，那么远……

半个小时后，同事们纷纷归于平静，各干各的去了。公司里上班就是这样，任何新鲜事都没有多久的新鲜劲，很快，大家对这件事情就淡漠了，忘却了，不管了，等着新的让他们重新High起来的八卦。

左永邦找了间空的小会议室，一把把秘书拽进来。

“你到底在搞什么鬼？”左永邦看着她，没头没脑地问。

“你在说什么呀？”秘书看着他，好像一只智商为零的小绵羊看着大灰狼。

“你以为我在说什么？”

“我怎么知道你在说什么？”秘书非常之委屈，“我就听到——我和全公司的人同时听到，你在走廊里对老板发疯，说你在和我谈恋爱。你走进来，同事都在闹你……那我就适当出现一下，免得到时候让你觉得没面子……”秘书看着左永邦叹为观止的脸，又怯生生加了一句，“不是吗？”

“喔……原来你是好心？”

“我不知道你说什么好心坏心，我不懂的。我从小就笨，不过我妈跟我说过，女孩子人笨不要紧，但是要善良。”

面对秘书真挚的脸，左永邦……

“那你妈有没有跟你说过，别人私下里悄悄跟你说的话，或者单独给你一个人写的信，不要搞得街坊邻居都知道，啊？”

“哦，你是说那封Email啊，”秘书苦苦思索半天，然后恍然大悟，“我本来想跟你回复说不要紧没关系的，谁知道一不小心点错了位置，回复点成转发了。你知道的啊，这两个按键离得那么近……”秘书摊摊手，表示你要告就去告微软。

“你知道我这个人从小做事就毛毛糙糙，不然我也不会书念到一半就出来工作了，念不上去了嘛……别这么看着我，好紧张……”

“喔……”左永邦同情地看着她，“我明白了，原来你是小白兔，我才是那只大灰狼。”

“什么小白兔大灰狼？”

“没关系，是我不好，我会慢慢地，在接下来的时间里，用实际行动来补偿你的……”左永邦走上两步，微笑着说。

秘书毫不示弱，抬起头，带着一丝残忍挑衅的微笑，“是吗？怎么补偿？”

就在这时，米琪突然毫无征兆地推开会议室的门进来，一推门，看到这俩人在那里互相瞪视，做雕塑状。

“喔，不好意思……”

米琪连忙退出去，过了一会儿，又悄悄推开，试探性地看着他俩，指了指会议室前面，“不好意思，我来拿个投影仪的幻灯片……”

米琪蹑手蹑脚地绕过两人，走到会议室前端，拿了幻灯片回来，踮着脚又往外走。经过他们，米琪又突然转过头来，表情非常诧异。

“哎？你们两个人干什么？不会是在吵架吧？”

两人谁也没搭理米琪，都在互相比试内力，好像谁一说话就会刹那间筋脉寸断，武功全废。

“哎呀……”米琪突然化身为居委会大妈，“小夫妻有什么不好摊开来说的嘛，干吗非要这个样子呢？这样，事情只会弄得越来越僵呀，大家又是在一个公司，朝夕相处的，有什么话不好摊开来说的啦……”

“关你屁事！！！”两人转过头来，不约而同地对米琪大吼。

米琪一溜烟地蹿了出去。

“哎？”顾小白家，罗书全赞叹地看着顾小白和左永邦，“我发现你们两个人有一个共同点啊，就是刚出狼窝，又入虎穴，真规律。”

“她倒上来劝架了，”左永邦恨恨道，“她劝得着么她？她以为她谁啊？我落到这种变态的境地，还不都是因为她？”

“那是因为她还爱你啊。”顾小白突然说。

“什么？”左永邦反应不过来。

“爱你我才恶心你……”顾小白郑重地点点头，转身对罗书全，“我突然发现这句话做首歌的歌名很不错啊，帮我记下来啊……”

“什么爱我才恶心我？她恶心得我还不够吗？”左永邦简直出离悲愤。

“远远还不够呢，照目前这种趋势来看……”顾小白分析，“一开始，她来你公司上班，就是为了恶心你。但看到你真情流露，也就原谅你了。没想到刚原谅你，就出了这么档子事，等于恶心你的小火苗刚快熄灭的时候又熊熊燃烧起来了啊，大有星火燎原的趋势。没完，估计还早着呢，不把你恶心死是不会罢休的。”

“那我还是自己回去早点死了算了。”

“别忙嘛！”

“我忙着回去早点重新投胎还不行啊！”

看到左永邦真的万念俱灰了，顾小白笑眯眯地把左永邦重新拉回来坐下。

“你先听我说，你知不知道‘危机’这个词是什么意思？‘危机’这个词，是两个字组成的，一个危，就是危险；机，就是机会。也就是说……”

“我知道！”罗书全突然举手道，“最危险的地方就是最安全的地方！古龙小说读过！”

顾小白冲上去把罗书全往死里踹，踹完以后，他回过头继续说：“也就是说，‘危机’就是危险和机会并存，最危险的时候往往就是最有转机、最有机会把局面全部扭转过来的时候。这……才叫危机。”

“逻辑上听懂了，”左永邦干脆地说，“但实际完全听不懂。”

“你想啊，你的本来目的是什么？是挽回米琪吧？没想到横插进来秘书这档子事，这下米琪也没了，秘书也赖上你了。你本来已经够恶心的了，米琪还要加量不加价地来恶心你，那你现在要怎么做才能回到原来的局面呢？”

“怎么做呢？”

“恶心回她啊！！！”顾小白振臂高呼，“她现在不是爱当居委会大妈吗？假模假式地来关心照顾你和秘书的感情吗？行啊，你就把她当居委会大妈，特别真诚地把她当居委会大妈。你一有空就跟她倾诉，说你们又怎么怎么不和了，你怎么怎么爱你的小秘书，你心里怎么怎么难受。让她给你出主意，让她安慰你，让她给你出谋划策——不就是恶心人吗？谁不会呀！！！”

左永邦和罗书全瞬间……全部石化……

“那……那接下来会发生什么事呢？”罗书全问。

“接下来会发生什么我也不知道，”顾小白无辜地说，“但有一点可以肯定，一开始肯定什么事都不会发生。记住，这是场持久战，也是暗战，大家比的就是耐心、意志力、抗恶心系数。也就是说，比的就是谁让谁先崩溃！不是你先崩溃，就是她先崩溃。只要她先崩溃，你就等着收成吧……”

“那……那要是我先崩溃呢？”

“没有这种可能，你必须不崩溃，因为这是生存保卫战！这对你来说，是最后的生存保卫战！！！”说完，顾小白又冲上去对左永邦一通往死里踹。

这个得了便宜还卖乖还显得很委屈的男人……实在太让人羡慕嫉妒恨了。

左永邦回到家，苦思冥想了一整夜，彻底领会了顾小白的核心思想。原来不管开头、中间、结尾，不管是互相吸引，两厢厮守，还是晚期分手，男人和女人，依然还是一场战争，互相争夺领地、领海、领空的控制权。和平时期，不过是大家割据得都相对满意，一旦纷争一起，又是大打出手。“打”的性质不会变，就是“打”的形式千变万化，以各种面貌出现。但究其本质，既然是战争，讲的就是谋略、胆识、耐心和毅力……

还有一份不成功便成仁的必死的信念！

第二天中午，左永邦一个人坐在公司露台上研究着各种表情模式。远远地，米琪走过来，左永邦整个人马上调整成“悲痛模式”。

米琪是来这里的书架上找什么资料的，经过左永邦身边时，像看见了空气。

左永邦一个人就在那里变换各种情态，悲痛欲绝，挖心掏肺，惨不忍睹。如果有奥斯卡评委在边上，会马上毫不犹豫地颁他一枚最佳精神病奖。

但可惜，米琪完全视若无睹，就像看到路边变换的广告灯箱画。

“米琪……”左永邦只好伸出手，一脸哀求。

“左永邦……你这样没用的。”米琪看着他，走过来叹了口气，“我们已经结束了，已经没可能了。”

“我知道……”左永邦沙哑着说，“可是我真的好爱她……”

米琪花了一秒钟才听懂，也不禁“啊”了一声。

“我从来没想到有朝一日，我会这么爱一个人……”左永邦开始发挥起来，“也没想到爱一个人会这么痛心。这么多年来，我都是把她当做一个公司的前台，从来没有留意过她。真正接触了才知道，她是个这么温柔、善良、美丽的姑娘，就像清晨还滴着朝露的花儿一样。那么娇弱，那么让人心疼……米琪，谢谢你，如果不是你……”

米琪整个人愣在那里，已经呆了。

左永邦看第一步已经起效，就像电击疗法让已经死去的人重新恢复了心跳，但心跳还很微弱，左永邦不禁开始调大电流。“从来没有一个女孩，可以让我有那种，为了她，可以向全世界对抗的念头。我从来也没像现在这样觉得自己这么穷，我只恨我没有能力给她全世界最好、最美、最奢侈的东西……”

“比如呢？”米琪冷笑。

“比如说一个比她更美的妞……”左永邦梦幻般地说道，突然反应过来不对，连忙纠正，“不，她就是全世界最美的，最美的，没有再比她更美的了。”

米琪花了好一会儿工夫才敢确认，刚才那些话确实是从左永邦嘴里说出来的。

这样禽兽般的男人，说出这样的话，那是怎样的深情啊！

原来……自己真不是对的人……

“你现在醒悟过来也不晚啊……”米琪强笑道，“你比以前更卖力，更刻苦工作、赚钱啊……”

“问题就在这里！”左永邦开始说得自己也差点信了，“这个全世界我最爱的女人，每天就在我面前，让我心猿意马，让我每时每刻心脏都不能承受这种负担，连维持正常的工作都不行，更别说卖力地工作了……”

“所以，你现在这么痛苦？”

“是啊！”左永邦干脆地说，“还有什么比心爱的女人在身边，但每一天都能感到她在一点点离我远去更让人痛苦的呢？”

“喔，那你不用担心了，”米琪也干脆地说，“我刚才路过人事部，听说她刚已经和人事部打过招呼了，这个月可能就辞职了。”

“呃……啊？”

“所以你就这么辞职了？”晚上，左永邦跑到顾小白家，顾小白问他。

“是啊，我从老板办公室一出来，就这么过来找你啦！”左永邦得意地说。

傍晚，放工的时候，职员们都走得差不多了，左永邦还坐在电脑前。秘书果然自投罗网，过来甜蜜地圈住他。

“听说你今天跟人事部说打算辞职？”左永邦转头问她。

“是啊。”秘书毫不掩饰地说。

“为什么？”

“这还用问吗？我是个女人，女人的天职不是工作，是照顾男人。我以前工作是没办法，从今以后，我就愿意在家里为你打扫房间，为你洗衣服，为你做饭，就等你回来……”

“……”

“而且，我们现在是办公室恋爱哎。”秘书得意地说，“办公室恋爱是什么？是公司里最忌讳的东西啦。好的时候没人说什么，出点什么事大家都会怪到我们头上。而且，这对我们的感情也是不利的，总有一个人要辞职离开啊。你在公司里位高权重，我这份工，做不做也没什么区别，当然是我辞职啦……”

秘书说完，笑吟吟地站在那里，等左永邦嘉奖，左永邦笑眯眯地回看她。秘书以为这番话得逞，花蝴蝶般转过身去洗手间了，让左永邦想想一会儿吃什么。

左永邦在座位上坐了一会儿，紧接着，下一分钟就推门进了老板办公室……交了辞职报告。

“她以为我看不出她心里在想什么吗？”左永邦得意地对顾小白说，“说得好听，什么办公室恋爱对公司和个人都不利，为我事业着想，什么想在家里为我打扫房间。我房间里一共就这点东西，有什么好打扫的？她不就是想抓住机会让我养她吗？我真是没想到，一个米琪倒下去，另一个米琪站起来……”

左永邦只好先下手为强，把自己手腕给断了。

“那她们俩现在都知道了吗？”

“不知道。”左永邦摇头，“不过，明天晚上是公司给我办的告别Party，她们总会知道的。”

左永邦走后，罗书全又来找顾小白。原来罗书全今天拷了一大批顾小白的电影回家看，看得不亦乐乎。然后，电脑显卡烧坏了，罗书全急火攻心，冲到电脑城买显卡……然后，碰到了AMY。

AMY是来买个网线接口之类的东西，两个人背对背地站在两个柜台前。罗书全一扭头，不留神看见了AMY，出于一种莫名其妙的做贼心虚心理，罗书全抱着头就要溜走，却被AMY叫住了。

AMY表现得落落大方，问罗书全来买什么，罗书全如实相告，AMY也交代了自己此行的目的。一个女孩子，自己跑到电脑城买电脑配件，显然是尚在单身的表征——因为如果有男友，这种杂碎事情一定是男友帮着做的。这点罗书全是反应不过来的，AMY当然也不会说破，两人就这么互相寒暄了几句。

出了电脑城，AMY又提出去边上的咖啡馆坐坐。两个闲来无事的单身男女，又是老情人，在这个都市街头不期而遇，自然是说说别来无恙。罗书全虽然别来有恙，但经过了杨晶晶这一段，仿佛地狱里走了一遭，劫后余生地和AMY讲起，居然也谈笑风生，好像只是发生了一件好玩有趣的事情。

很多事情当时如在地狱，回头说说，都像只在地狱里坐了一次观光游览车。所有的惊险刺激、煎熬痛苦只会化成淡淡的沧桑，变成谈资的一种。

AMY笑罗书全是个笨蛋，罗书全也笑着承认。两人出了咖啡馆，挥手作别，突然都有了一种不愿就此了结的心情。

不愿曾经这么在乎过的一个人，以这样的方式，在这个城市里就此消失在人海，即便这次的相遇也是上天不小心多给的配额。

于是，两人约定，从此以后做好朋友。又嫌好朋友这个说法太俗气，于是两人又商量着改成做“兄妹”——他们也不去管做兄妹更加俗气——只要能够保持联系但又保持距离就好。

告别AMY后，罗书全一直是高兴的，又有一些淡淡的伤感。

“是啊，你看看你，”顾小白对罗书全说，“你现在头发乌黑亮泽，胸口微微起伏，面色潮红，吹气如兰，真像一名初恋中的小女生。”

罗书全心情好，不去理会顾小白的嘲讽，就是来报告一下。听了这话，他哼的一声就走了。

第二天晚上，在一个酒吧里，左永邦的告别聚会。

下午，老板当众宣布了这件事情，秘书和米琪，包括全公司的同事都呆住了。谁也没想到左永邦一员情场猛将，竟有一日为了一个女秘书牺牲到这步田地。有人暗自叹息，米琪更加面如死灰。只有秘书一人，脸色铁青，被左永邦这么将了一军，一腔愤懑憋在心里发泄不出来，又要强撑着笑容接受同事的道喜，颓恨得简直想杀人。这样的心情一直维持到晚上，在酒吧里，秘书也一个人坐在那里，看着左永邦到处握手作别。

“谢谢，谢谢一直以来对我左永邦的支持和照顾。”

“不谢，以后跳槽到别的公司，大家变竞争对手了，你要手下留情啊。”

同事们和左永邦都抱成一团，有女同事喝高了，对左永邦表白，说一直喜欢他。左永邦哈哈大笑，说留个美好回忆。

仿佛一代枭雄终于金盆洗手，受尽道贺，从此江湖风波与己无干。

角落里，秘书一直恨恨地看着，冷不丁手被一人抓住，一看是米琪。

“你一定要好好珍惜他，他真的很爱你。”米琪也喝得有点醉了，红着眼对秘书说，“实话跟你说，我以前就认识他，我从来没见过他为一个女人做出这么大的牺牲。就在昨天，他还拽着我跟我说，他心里有多爱你，愿意为你牺牲一切，只要你一切都好。他从来不会为别人这个样子的，没有哪个女人有过这种待遇，你一定要好好珍惜他。”

手被米琪握着，秘书脸色十分难看。突然，左永邦挤过来。

“哟！你们俩在这里说什么悄悄话呢？”

左永邦眼里仿佛没有米琪，抓着秘书的手就诉说爱意。

“小美……对不起啊。我没有事先告诉你，我想来想去，一切都是以你为优先考虑的。只要你工作顺利，我怎么样都行，我天天在家吃泡面都行。”

米琪突然觉得自己毫无价值……

但无论如何，这样的话，从左永邦嘴里说出来，无论如何都想听下去。

“现在这一行竞争这么激烈，我能不能再找到工作也很难说。就算有，找不找得到我这个级别的也很难说。但没办法，谁叫我爱你呢。我找不到工作的这段时间，就只好麻烦你照顾照顾啦……”

左永邦满怀歉疚地看着秘书，眼神中她就是全世界，边上的米琪就是一介尘埃。秘书尴尬地把手抽出来，说要去一下洗手间。

左永邦满是醉意，一不小心趔趄了一下，被米琪扶住。这么近的距离里，米琪看见左永邦的眼眸，那双熟悉的眼眸里……毫无醉意。

米琪突然发现，面前这个男人，自己还是没有看透……他在想什么呢？

“你到底在想什么呢？”顾小白对着罗书全喊。

接下来的大半个月里，罗书全和AMY频繁地交往着。两人顶着兄妹的名头，行着各种情侣之事，喝咖啡，逛街，看电影。虽然没肢体接触，但罗书全神色状态，无不显示出他正在恋爱……

和一个前女友，如今称为妹妹的女孩恋爱。想到这里，顾小白就要发疯。

“有什么办法呢？”罗书全无辜地说，“她比我小，只好做我妹妹，我是想认她做我姐姐的啊。我从小就觉得有个漂亮姐姐还蛮拉风的，可惜她年纪比我小，只好做妹妹啦……”

“可惜不是你……做我的姐姐……”罗书全情不自禁地唱起来。

就在顾小白想掏刀子杀人的当口，罗书全一把抓住顾小白，脸色苍白。

“我能怎么样啊！你又不帮我想办法，眼看得我们俩关系又越来越近，隔三差五地出去喝咖啡，看电影。她还告诉我最近有哪些男孩子在追她，还一一列举让我帮她分析，挑哪个好，又不是菜场买菜，这么隔三差五地找我又算什么意思啦？”

“是啊，什么意思呢？”

“我也问她了。”

“她怎么说？”

“朋友啊……”罗书全模仿AMY的语气无辜地说。

就在这时，顾小白家门被敲响，顾小白开门后，左永邦站在门口……

衣衫褴褛，头发乱七八糟，胡子拉碴，看起来和街头的乞丐没区别……

顾小白和罗书全发愣的当口，左永邦神气活现地走进来，大摇大摆地坐在顾小白的沙发上。“我最近不太出门，到底怎么啦？”顾小白终于发疯了，“世界变化那么快，最近流行这种款式啊？”

“眼看胜利在望啦！”左永邦大喊。

“眼看你快死啦！”两人齐声道。

“哈哈，就是要这种效果！”看到两人发呆，左永邦得意地解释起来。

“你们知不知道，我辞职以来天天这个造型，在家里房间也不收拾，什么都摊得乱七八糟。每天就以这个造型去接秘书下班，站在我原来公司门口，同事们经过我身边，就像见到了鬼，那个秘书看我的脸色也越来越难看……”

两人终于明白过来……所谓壮士断腕后，还要捅自己两刀……

每天以浑身是血的面貌出现在大家面前，真是舍得一身剐，敢把一切都搞砸。这样的精神，真是摩羯座的杰出代表啊，顾小白不由得想。非但如此……

“我还考虑去做个那种头发，”左永邦还说，“像那种黑人饶舌歌手一样的，可以一年不洗的那种头发……怎么样？”

“你真是不上班比上班还累啊！”

“那是……容易么我……”左永邦高兴地说，“我现在管‘以这种姿态去接秘书下班’这件事情叫做上班。有耕耘，有收获……哦，对了！”左永邦突然想起，从兜里掏出一小瓶酒，仰头喝了两口，对着手吹了口气，满意地点头。

“造型要做足……”然后飘然而去。

“我们一定要向他学习。”两人望着左永邦的背影暗自发誓。

左永邦连车也不开了，为了加上一层浑身臭汗的氛围——顺便锻炼身体——从顾小白家出来，一路小跑到公司。上了楼，在原来公司的电梯口这么坐着，强自抑制着在面前放上一个饭盆的冲动……

每天以这样的造型坐着，已经有快一个月了吧。从一个叱咤商场的商业天才，到一个穷困潦倒的落拓瘪三，左永邦以一种巨大的耐心和恶趣味乐此不疲地维持着，因为这样显示出“从本公司辞职的悲惨下场”，简直是一块活广告牌。老板也不赶他走——赶也没用，稍微劝说一下，左永邦就把鼻涕蹭到别人身上……

秘书走过来了，拎着包，铁青着脸。

“小美，小美，你下班啦！我来帮你拎！”左永邦像看到神仙一样扑上去，热泪盈眶。

“不用了！”秘书铁青着脸。

“用的用的，你不要客气。”

“我不是客气……”秘书终于叹了口气，“左永邦，我们还是算了吧。”

左永邦瑟缩着手，呆呆地看着她……

为了这一天！英特耐雄耐尔就一定会实现！左永邦的内心在嘶喊着，但仍然呆呆地看着她，带着颤抖，不敢相信和一种世界毁灭的灰暗感。

“小美！你怎么能不要我啊！你怎么能这样狠心啊！啊啊啊啊！”

眼光瞥到米琪也正好下班，从玻璃门出来，左永邦立马跪倒，拉着秘书的裤腿苦苦哀求。

“不是我狠心，”秘书说，“我们生活在一个现实的世界里。对不起，我已经有男朋友了……”

哎？大家都在努力呢……谢谢你小美……

这时，电梯门打开，上次那个和左永邦打了一架的广告公司小伙儿出现在电梯口，秘书适时地搂住他的手臂，“我们走吧。”

小男孩看看秘书，又看了看左永邦，突然灵光一现，认出了面前这个人。

“这个这个……”小男孩哆嗦着挽起袖子，转头看着秘书，“要不要再打一架啊？”上次已经快残废了呢……

“算了算了，你跟一要饭的较什么劲啊？”秘书拉着男孩进了电梯。

这应该是结局了吧？米琪还看着呢。玻璃门口，米琪呆呆地看着这一切。

左永邦连忙扑倒在电梯口，对着合上的电梯哭天抢地。

“你们怎么能这样啊！你们这对狗男女！啊啊啊，我好惨啊……”小声地，“早生贵子啊……”

左永邦哭成了泪人——真的很累人——突然手臂被什么人抬住。

左永邦缓缓站起来转过身，是米琪——以从未见过的神色看着他。

“起来，左永邦，快起来，她不值得你这样。”

“什么？”

“我说她不值得你这样。”

面前的男人突然起了变化，好像魔幻片里的特效一样。突然，浑身的落魄、酒气、颓丧都在缓缓消褪，消逝，蒸发，整个人慢慢像蜕了皮一样，眼神清亮，锐利，“我知道值得的不是她。”

米琪呆呆地看着左永邦，面前这个男人又回来了……

米琪的手要挣脱，但被死死地扣住。

“是你……”

又上了他的狗当了……好恨啊……

但这，竟然是面前这个男人……为她做过的最浪漫的事情呢。

LESSON 20 告白博弈

在甜蜜的暧昧期，其实我也知道，谁先开口谁先死。
所以告白的战役永不会休止。

这一天早上，顾小白又是通宵没睡，颤颤巍巍地从楼上下来，去对面的永和豆浆吃早餐。餐厅里全是精神抖擞、充满干劲——起码看起来是这样——的白领职员，准备补充完能量去上班，不像顾小白，补充完能量准备去睡觉。

顾小白顿时羞愧起来……

他捂着脸点单，视线尽量不和人接触。一个人总是深夜工作，不接触人群，偶尔在阳光刺眼的场所现身，会有一种马上就要灰飞烟灭的感觉。

这大概就是不容于世的无地自容感吧！

顾小白一边羞愧地想着，一边打算买好早餐逃回大楼，躲在被窝里吃。就在这时，他突然看到了一幕景象，一幕即便在梦中他也没想过会看到的景象。

这一幕马上让他觉得……自己并不是那个最遭人鄙视的人。

因为起码还会有两个人，比他更丢人。

这两个人就是罗书全和AMY。

AMY和罗书全显然已经在那里吃了一会儿，甚至快吃完了，两人全程都没有看见顾小白——因为他捂着脸。两人在远处谈笑风生地交换着什么意见，然后AMY看了看表，站起来和罗书全一起走到门口。

“拜拜……”AMY挥手，留下一抹微笑，推门出去。

罗书全也挥手，脸上浮起痴痴的笑，然后也打算推门出去。

但是他没有成功……因为衣领被人拽住了……

回过头，是一个用手捂着脸的人，罗书全刚想尖叫。

“请问我是在做梦吗？”那个捂着脸的人把手拿下来，对他说。

罗书全被抓个现行，没办法，只好陪顾小白找了个座位吃早饭，因为顾小白“突然觉得不丢人了”。两人在角落里坐下，顾小白一边吃一边用匪夷所思的眼光上下打量他，罗书全浑身燥热。

“我……我做什么啦？”罗书全终于发狠道。

“你做什么了，你还好意思问我？”顾小白模仿AMY的语气，嗲嗲地说，拜拜，又人格分裂马上变成罗书全，拜拜……你还好意思问我？”

“我们现在是朋友啊！”罗书全说，“啊……不，是兄妹，我认了她做妹妹啊，我和妹妹说声拜拜怎么了？”

“嗯，和妹妹说声拜拜是没什么，”顾小白看了看手机，“现在是早上八点半，正常人不是在公司上班，就是在去上班的路上，AMY怎么会在这里？

嗯？她不是专门和你约在你家楼下吃个早饭的吧？你们在这之前在干吗？”

罗书全……顿时语塞起来……

“嗯？说呀说呀说呀！”顾小白不依不饶地问，“说不出来了吧？”又得意起来，“你不要以为我脑子晕，我现在已经补充完体力啦。”

“说就说，有什么了不起。”罗书全横了横心，说，“昨天晚上AMY约我一起吃饭，吃完饭我们一起逛了一会儿街。路过电影院，她说想去看电影，电影院里正好有通宵电影午夜场，四部电影连着放，只收两部片子的钱。她说想看，我就陪她看了。看到刚才，她和我在这里吃点东西，然后她去上班，我上去睡一觉，下午去上课，怎么啦？”

“嗯……没什么，和自己前女友，现在叫妹妹……去看通宵电影，没什么……”顾小白仿佛是分析罗书全八字的算命先生，摇头晃脑地说，“你舒服就好，又不是我妹妹。”

罗书全恼羞成怒，刚想发作，想了想，似乎没什么发作的资本。

过了一会儿，他也就幽幽地叹了口气，“我承认，我和AMY之间是有点说不清道不明的东西，我也讲不清楚，不管是逛街也好，看电影也好。其实逛街看电影还好，最主要是吃饭的时候。”

“吃饭？吃饭怎么啦？”顾小白装作很惊讶。

“哎，逛街看电影不管怎么样是肩并肩的啊，不管坐着还是站着；吃饭是面对面的呀，昨天好几次，我们互相凝视了两三秒……就像这样……”

罗书全一把拽过顾小白，深情地看着他，顾小白突然想吐，连忙捂住嘴。

“然后大家就像什么事都没发生过一样把眼光移开，”罗书全像什么事都没发生过一样把眼光移开，“你是不知道……”罗书全曼声长吟，“这两三秒有多漫长……”

“我当然知道，”顾小白说，“你再这么多看我一秒，我就跳楼死了算了。”

“但问题是，她是我妹，她叫我陪她玩，我又不可能不去，这到底怎么办呢……”罗书全顿时显得很忧愁。

“这就是暧昧，我告诉你！”顾小白一拍桌子，好像要起义的爱国青年，“暧昧！是男女关系中最重要的一环！男的犹豫不决，女的摇摆不定。他们的关系看起来时而无限远，时而无限近。远的时候感觉是那么近，近的时候感觉又是那么远……啊！多么美好的感觉！”

顾小白像戴着红领巾的学生在学校舞台上诗朗诵，弄得罗书全也悠然神往起来。顾小白突然脸色一变，“但是最变态的是什么你知道吗？最变态的是，你和AMY已经交往过了！你们已经谈过恋爱，分手了！你们已经恋爱过了！这才是最变态的！”

罗书全默默地看着他，面无表情地擦去脸上的唾沫星子。

“对不起，我有点失态啦……”顾小白说。

“问题的关键不在这里，”罗书全说，“关键是不管我和她现在什么关系，哥哥还是妹妹，还是朋友，还是她是姐姐，我是弟弟。我们这么搞下去，就对死了。我要找个新女朋友都不敢，好像有点对不起她一样。”

“少来，你哪有新女朋友可以找？”

“我说的是权利！权利！”罗书全丧心病狂地喊起来。

“喔……那对她来说不也是一样？”

“她不会啊，她还拿给我看别人要给她相亲的男人照片，”罗书全愤愤不平地说，“手里像一副扑克牌一样，还问我哪个比较好。”

“喔？”听到这里，顾小白终于感兴趣起来，发出会心的一笑，“Interesting……”

“嗯？什么听？”

“我说你已经中招了还不知道……”顾小白终于邪恶地笑起来……

他们一起回到顾小白家，正好电话响了。顾小白走过去接了电话，说了两句，然后挂了电话。

“左永邦一会儿找我们吃饭，他和米琪复合了……”

顾小白说完，罗书全面无表情地看了一会儿顾小白，突然转身往门外冲。

“你要去干吗？”顾小白一把拦住他。

“我不管了，我要去找AMY复合。”

“吃完这顿饭！”顾小白死死顶住门，“不管怎么样，听我一句，吃完这顿饭！”

一个小时后，左永邦来找顾小白和罗书全，把革命斗争胜利的成果和他们分享了一下。罗书全也禁不住，在顾小白的辅佐帮助下，把事情也说了个大概。

“我不想再自欺欺人了。”罗书全说，“我对她还有感觉，我相信她对我也是。”

“你不记得你们刚分手那会儿，AMY到处怎么说你的？”顾小白恨恨道，“说你浅薄、幼稚、低级趣味、无聊，完全就是个祥林嫂……不单对莫小闵说，还对我说。”

“嗯，对我也说了。”左永邦之前一直没说话，听到这里也忍不住点头。

顾小白和罗书全同时张大嘴。

“电话留言。”左永邦说。

“你看，”顾小白摊手，“对于这么一个分手以后到处说你坏话的女人，你居然还要去复合？这不就正好证明了你浅薄幼稚吗？”

“我不管，我相信她当时真的是挺难过的。平心而论，我们那次分手我也的确做得太过分了……”

把一个女孩子对于感情真挚的期望，翻来覆去像揉面团一样地折腾了一番，罗书全身为男人，常常在噩梦中惊醒。杨晶晶事件后，他又不断地安慰自己已然遭到报应，可以就此安息瞑目，但良心骗不了人，更骗不了自己。一个人在别人身上遭受到的伤害，并不能为他伤害别人找到开脱的理由，罗书全自我催眠并不成功。

“所以，以前的事情我也不想想了。”罗书全说，“我觉得上天既然又给了我一次机会，让我重新遇到她，我就会对这个女孩子说三个字，我爱你。如果一定要在这份爱上加一个期限的话，我希望是……”

“望你个头！”顾小白大喝一声，“我就跟你讲了，你现在这么冒冒失失地去要求复合，只有两个可能。你想不想听？”

“想！”罗书全干脆道。

顾小白拿出一支烟，跷起腿，“点烟……”

罗书全殷勤地递上打火机，顾小白长长抽了一口，就地掐灭。

望着罗书全呆呆的眼神，顾小白摊摊手，“嗯……我又不想抽烟，我就是想表现出很牛逼的样子……”

看罗书全就快精神错乱了，顾小白顿了顿，深呼吸了一口，开始讲解。

“好，我现在告诉你，你这么跑过去跟AMY说‘我爱你，让我们重新开始吧’，只有两个可能。一，就是她大睁着一双无辜的眼睛跟你说，‘喔霸！你在说什么？喔霸？！你是我的喔霸啊！我们这是乱伦啊，喔霸！’”

顾小白模仿韩剧里的悲情女主角，尽力地扭曲脖子，使劲挣出眼泪，罗书全绝望得紧紧抱住头。

“基本上‘喔霸沧浪海’这种事只会发生在韩国，在我们中国是不太可能的。”顾小白坦然道，“然后你就带着满腔耻辱回来，自己买根绳子吊死，我和左永邦以后逢年过节给你洒杯酒纪念一下。这是第一种可能。”

“……”

“你同意吗？”顾小白看都没看罗书全，直接问左永邦。

“完全同意。”左永邦深切点头。

“那第二种呢？”罗书全急切地问。

“第二种就更加带劲儿啦，你跑过去对她说‘我爱你，我们重新复合吧’，她大睁着眼睛跟你说‘你确定吗’，你说‘确定，再也没有比这更确定的事情了，让我们就这样天荒地老吧’，她说‘好吧’。”

“这不挺好吗？”罗书全呆呆地问。

“嗯，这就是你地狱生活的开始。”顾小白高兴地说。

"……"

"你知不知道在男女关系中有一个最重要的原则，就是——谁先开口谁先死？"终于讲到关键，顾小白兴奋得浑身发抖，"这一点大家谁都明白，就是谁都没有讲出来，玩的就是一个主动被动的游戏。不管是刚认识的男女，还是像你们现在这种，都是一样的。凡是主动先表白的，看上去主动，其实就占据了最被动的位置。因为他所面临的就是对方的裁决，Yes Or No，主动权全部掌握在别人手里。她要答应就答应，不答应就不答应。说要考虑几天，你就得乖乖等着让别人考虑几天。你在家里等得五脏六腑都烧起来了，跑过去痛苦地问她，她可以用比你痛苦一百倍的表情对你说，'你不知道我有多矛盾，我心里有多恐慌，我有多么害怕男人的承诺，拜托你让我再考虑几天行吗'，然后就把你打发回来了。然后你丫就在家里继续等，等成一具干尸。她以后都可以一脸遗憾地对别人说，'哎，罗书全真是一个没有耐心的人，连这么几天几月几年都等不了，我怎么能相信他会爱我一辈子呢……'"

顾小白同情地看着罗书全，罗书全像刚看完恐怖片。

"还想不想继续听下去啊？"

罗书全突然发现恐怖片还有续集，这比恐怖片本身还要恐怖。他呆呆地看了一会儿顾小白，使劲闭上眼，深呼吸了两口，"你先让我缓一缓……"

看着这个可怜的小孩，像被电击过一样浑身发颤，顾小白和左永邦互相看了看，深深叹了口气，心有灵犀地决定给他一秒钟缓一缓。

"好，那我们现在先设想一种最理想的情况，我说了啊，是最理想的情况。"

一分钟后，罗书全像狗一样抖了抖身子，说："没有什么最理想的情况，不过我可以先听你讲一下。嗯，就是……嗯……我跑过去跟AMY讲，'我还爱你，我们重新开始吧'，她说'好的'。那会怎么样呢？"

"我说了啊，这就是你地狱生活的开始啊。"

"这怎么又是我地狱生活的开始了呢？"

"因为这是你主动提出的啊。"顾小白不可思议地看着这个笨小孩，"这样你们复合了以后，你们之间一旦出现什么问题，不管什么争吵啊、争执啊，她都可以对你说，'当初是谁要求和我复合的！我可没求着你和我重新在一起，是你是你还是你。你来要求和我好的时候，就应该知道我是个什么样的人，我就是这样的人！'所以以后不管发生什么事，你都没有讨价还价的余地，你就必须无条件地容让她，因为这是你主动提出和她复合的。"

罗书全……终于……完全傻了……

"这……"两分钟后，罗书全惊恐地看着他们，"这些你们都知道？"

"废话！"两人异口同声道。

“你真以为复合那么简单啊？”左永邦像看古生物一样看罗书全，“你也不看看我和米琪是怎么复合的，斗智斗勇啊，大哥……”

“人家为了和前女友复合，工作都可以辞了，这才叫壮士断腕，舍得一身剐，敢把前女友拉下马，你有这种魄力吗？”

说完，顾小白给自己倒了杯酒，举起杯子对着左永邦，“辛苦了啊，大哥。”

“大家都不容易啊，小白……”左永邦恨不得和顾小白纳投名状。

两人完全把罗书全给晾一边了。

“那……照你们这么说，我就是一点办法也没有了？”过了一会儿，罗书全期期艾艾地问。

“办法呢……也不是没有……”

“那你快说呀！”

“那下面我们就请左总发言，大家鼓掌！”

顾小白鼓掌，罗书全看看顾小白，也鼓起掌来。

“嗯？干吗？让我发什么言？”左永邦莫名其妙地看看顾小白。

“哎呀，别装了，赶紧教教他吧。”顾小白说，“他已经水深火热了。”

“这个……让我想想啊……”

左永邦看看罗书全殷切的目光，缓缓闭上了眼睛，进入了入定状态。

十分钟后，罗书全刚要开口询问他死了没有，左永邦突然睁开眼，眼中精光大盛，把罗书全吓了一跳。

“是这样的，书全，接下来我要跟你讲的，你都要记好了。这些都是我在长期斗争中总结出来的，估计小白也早就知道，就是从来没跟你说过。”

顾小白叼着吸麦管，无辜地看向别的地方。

“我问你，”左永邦不管顾小白，直接对罗书全说，“你从小到大，自从懂事开始接触女孩儿以来，听过的最多的三个字是什么？‘追女孩’，是不是？这就养成了你脑子里的一个固定的思维模式，女孩儿是追来的。我今天就告诉你了，根本就不是，从来没有‘追女孩’这回事，就算追到也不是自己的。”

罗书全睁大眼睛，呆呆地望着左永邦。

“首先，我们确定一个前提，女人是什么？是人，不是猎物……”左永邦顿了顿，说，“大多数男人犯的一个错，就是把女人当猎物。送花啊，送礼物啊，接下班啊，烛光晚餐啊，然后再持续新一轮严防紧逼啊。这样，女孩儿可能会和你在一起，但是不是真的出于喜欢你呢？不见得，她只是被感动了而已，被这些礼物啊、手段啊感动了。换一个人做，她照样会被感动，和这个人本身没什么关系。所以就算你追到了，和你在一起了，她也未见得有多喜欢你。”

“你……”罗书全晕了，“你可不可以讲得……呃……简单明了点？”

“好，我问你，男女关系的本质是什么？”

“不知道。”罗书全干脆地说。

“就是——心理战。”左永邦歪歪嘴角，“换句话说，你让她感动，远远不如让她心动，因为心动是自发的，感动都是被动的。”

“……”

“你要让她心动，就不应该在她身上花力气，而应该在自己身上花力气。你要做的，就是把她吸引过来，而不是去追她！”

罗书全呆呆地看着左永邦，完全崩溃了……

回家的路上，顾小白和罗书全一起走上楼梯，罗书全则一脸木然地飘着。

“你还好吧？”顾小白关切地问。

“不知道……”罗书全木然道，“人生观全被颠覆了。我说，这些你们全都知道，就是从来没告诉过我？”

“是啊……”顾小白睁大眼睛说。

“为什么不告诉我？”罗书全悲愤得要命，“就一直看着我在地狱里受苦！”

“这倒不是，本来就是觉得看你这样子蛮好玩的。现在情形有点危险，你再这么下去就彻底玩完啦，不能再不告诉你了！”

罗书全脑海中依然回荡着刚才左永邦的教训，每一句话都振聋发聩，每一个字都仿佛天上而来，可惜他……

“逻辑上听懂了。”罗书全对左永邦说，“但实际上我没听懂。”

“你就告诉他吧。”望着左永邦绝望的表情，顾小白说。

“说什么？”左永邦无辜地问。

“你们老男人的泡妞方法。”顾小白说。

“谁老男人了？！”

“行行，你不老，你特年轻。我是说你……你们泡妞的那套路子。靠，别矜持啦。”顾小白食指一伸，直直地指着罗书全，“以他的悟性，再不说清楚点儿就要出人命啦！”

“什么……什么老男人泡妞法？”罗书全也呆呆地问。

左永邦遥望着远处的云，云卷云舒，在天上变幻形姿，时而排成个“人”字，时而排成个“一”字……

“那些花儿们……那些不幸栽到我左永邦手里的……堪折直须折的花儿们……你们还好吗……此举……当我告诉了边上的这个男人后……就当消业了

吧……上帝要打雷，就劈死他吧……”左永邦心里默念。

“好吧，你记住，八个字，我只对你说八个字。师傅领进门，修行在个人。”左永邦看着罗书全，“我告诉你了之后，怎么实施就靠你自己啦，这八个字就是——”

天空……突然打起雷来……

“无微不至，不动声色。”

罗书全静静地等了半天。

“啊？没啦？”

“啊？”左永邦自己也困惑起来，“无微不至，不动声色——这不就八个字吗？”

“可……这到底什么意思啊？”

“你自己好好体会体会。”左永邦的眼神就像《功夫熊猫》里的浣熊师傅半闭半合，“无微不至，就是指，你要对女人无微不至地关怀……‘在做什么啊’‘累了吗’‘马上要下雨了，出门记得带伞’，冷时要及时给她披上衣服，困了就要把自己的肩膀给她当枕头。总之，你要时刻揣摩她的心思，她每一个感觉在说出来之前就觉得你已经知道。这个时候，她就会觉得，全世界你最宠她，因为你对她最好，你是她肚子里最唠叨的蛔虫。”

“可……这一点不稀奇啊？”

“嗯，稀奇的是下一句，不动声色。不动声色，就是说，不管你对她有多好，多无微不至，哪怕你把她生理期可以当九九乘法表来背，你也不能流露出任何一句‘我爱你’‘我喜欢你’或者‘我想和你在一起’以及相关意思的话。”

罗书全……彻底傻了……

“女人都是感受性的动物，”左永邦接着说，“她会记住你为她做的一切，那么她就理所应当觉得你为她做这些是因为你爱她。但你就是不说，光行动，不说话，那人家着急吧？你这么做是喜欢我呢，还是不喜欢我呢？整天就琢磨这个，俗话说这就叫急火攻心。整天琢磨下来的结果就是，不管她原来喜不喜欢你，至少现在她脑子里已经全被你塞满啦！”

“……”

“然后接着人家这样不甘心啊，就非得有个说法不可。女人嘛，耐心都很差的，然后就来逼你了，‘你这样到底什么意思？是喜欢我，还是不喜欢我？’但——你还是不说话，人家就崩溃了，只好先说‘我现在脑子里全是你’，这招就叫真心换真心……”左永邦叹了口气。

“可你还是不说，但这样已经不妨碍你们在一起了。这样即便以后有一天，你不想和她好了，你也可以说，‘我从来没说过我爱你啊！’”

罗书全呆呆地看着左永邦，良久。

“你们老男人都是这么泡妞的啊？”

“大部分吧，至少我现在不会了。”

“……”

“记住，关键是忍，光行动，不说话，打死也不说！”

左永邦紧紧盯着罗书全。

“问题是，我现在知道了口诀，相当于武林秘籍的纲领，但没人让我在她身上试验怎么办？”回家路上，上楼的时候，罗书全问顾小白。

“那我怎么知道，你自己找。”

“好吧，我已经找到了。”

顾小白转过头，警惕地看着罗书全，望着那郭靖般憨厚的笑容，顾小白撒腿就跑。

可有道是出来混总要还的，山水轮流转，凡事总要付出代价。顾小白和罗书全大学同学，又因为关系好，毕业后同在一个大楼住。万万没想到十几年后，突然有一天，顾小白要沦为罗书全的小白鼠。但也实在是眼见兄弟为了感情水深火热，顾小白只好咬牙答应。

从那天起，罗书全就把左永邦教导的“八字真言”彻底贯彻在顾小白的生活当中。吃饭也叫了外卖到顾小白家里吃，一边吃一边温情脉脉地看着他。顾小白只好一边吃一边吐，一边吐一边吃，口味极重。吃饭还不算，两人走在路上，罗书全还时常毫无征兆地脱下大衣披在顾小白身上，关怀地帮他拨一拨围巾，顾小白还得硬着头皮强颜欢笑，对路人展示出一个幸福的微笑。非但如此，顾小白还老是半夜接到罗书全的电话，电话里什么声音都没有，但仿佛有无穷无尽的情意在流露。

“你……你在做什么……”顾小白深情地问，那边砰地把电话挂了。

就这样祸国殃民了一个月，罗书全在顾小白身上喂完一招就去喂AMY，眼见得AMY在罗书全醉拳一般的招数下节节败退，浑然摸不着头脑。以前吧，她觉得他这个人傻乎乎，说是笨也未尝不可，就像一本便签纸，内容简单，一阅即知。现在，便签纸升级为无字天书，每一个眼神，每一句话，好像什么意思也没有。但仔细一想，又仿佛有无穷无尽的深意延伸至宇宙边缘，每一个边缘都是一个黑洞，仿佛要把AMY吞噬进去。

AMY开始心慌意乱，眼前的这个男人到底是怎么了？是终于露出真面目了，还是干脆彻底疯了？

“这个时候，基本上不管是AMY还是任何一个女人，都快崩溃了。”这一天，顾小白在听完进度汇报后，对罗书全说，“但是她们不到最后关键时刻，是不会把牌摊出来的。也就是说，还有个最后关头的生死搏斗。”

“生死搏斗？”

“嗯，也就是大谈判，就像游戏里血腥大战大BOSS。在这场谈判里，你要从头到尾占取主动，最后才能赢。”

“什……什么意思？”

“你又忘了？”顾小白看着罗书全，突然反身在橱柜里东翻西翻，翻了半天，翻出一把通电的苍蝇拍。他长长松了口气，转过头，“在这场谈判里，她们会想方设法引诱你表白，这样直到最后她们还是赢的。你要做的，就是在最后关头咬紧牙关死撑到底。”

望着罗书全呆呆的眼神，顾小白一字字道：“打死我也不说！”

说完，他和罗书全讲解了一遍，然后就把罗书全给捆了起来，捆了个结结实实，手里拿着苍蝇拍，望着他。

“那，就像我刚才说的，这个时候她们会想方设法引诱你表白，你不管怎么样都要死撑到底。懂了吗？”

“行了，开始吧！”罗书全好像坐在老虎凳上，神情坚贞不屈。

“你到底什么意思？！”

顾小白马上入戏，拿着刑具，泪眼盈盈地看着罗书全。

“我们之间非亲非故的，顶多只能算得上朋友，你为什么要对我这么好？！给我夹菜，给我披衣服，整天对我嘘寒问暖的，嗯？到底什么意思？”

“呃……”

“你知不知道这样会弄得我心里很混乱？你到底想怎么样？”

罗书全只好胡乱解释，“我……我没有啊。”

“没有？那我问你，你是只对我一个人这么好，还是对所有你认识的女孩子都这么好？”

“我对所有……”

“哎哎哎！”这个问题答错了。

罗书全马上改口，“是对你，只对你一个人……”

“好，那到底是为什么？为什么你不对别人这样，偏偏对我这样？”

罗书全完全不知道怎么避让。

“你说呀说呀说呀说呀。”

“这……这还不明显吗？”

“对不起，”顾小白望着手忙脚乱的罗书全，悠然地说，“我很笨。”

“好，我告诉你，因为我想和你在一起。”

顾小白面无表情地拍上去，一阵电光中，罗书全惨呼声连绵不绝。

此时此刻，刚刚跟莫小闵诉完苦的AMY，正坐着出租车神情混乱地往店里开。她估计傍晚没什么生意，准备穿上一套新进的漂亮衣服，早点打烊，去找罗书全进行一次试探性的谈判。她哪里知道，这个时候，罗书全正在家里接受顾小白的魔鬼生死训练。她头脑昏乱，心不在焉，游魂般地到了店门口，突然发现潇潇和男朋友阿升在一起。潇潇和阿升这对小情侣正是无所事事的玩伴类型，对外说男女朋友，对内两人只是结伴看电影，玩游戏，好像无数十六七岁的情侣，没有恋人是落伍，有了也只是过家家。

这一天，阿升对潇潇说日子实在没劲，想买点新衣服穿穿，让日子有劲一点。潇潇想起认识一个叫AMY的，开服装店，就把阿升给带了过来。

AMY也不好拒绝，就由着潇潇和阿升在店里乱转，像逛动物园，自己则撑着下巴眼神迷离地望着窗外想心事。她哪里知道，这一副景象在阿升眼里完全升级为一个仙女，他呆呆地望着她。阿升十七岁，周遭都是同龄没心没肺的女孩，哪里见过“心事”这种高级东西。看到AMY趴在收银台前，眼神惆怅，仿佛有无穷无尽的愁思，一下子就迷上了。

那天告别后，阿升悄悄拿了AMY的店卡，开始有事没事的就给AMY打电话，带着年轻人独有的热情与冲劲，开门见山，直抒胸臆地说，我喜欢你。AMY看到这样的男孩子只是觉得好笑，但店里没事，就时常在电话里和阿升聊聊天——反正这一阵罗书全也消失了。她哪里知道，罗书全正每天在苍蝇拍下吐血不已。这种关键时刻是要摒住的，AMY何尝不知？只是突然一人孤独下来，失落感由阿升这样率真热情的少年补上，就也不拒绝。每次阿升语气一入核心，AMY就笑起来，马上转移话题。这样的腾挪游移，姿态优雅，简直是羚羊挂角，无迹可寻。

阿升每次要到挂完电话后才反应过来，貌似说了很多话，其实事态一点没进展。他不觉沮丧，反倒更加着迷，这样的姿态让AMY也渐渐摇摆起来。

混迹江湖这么多年，还要在情场上斗智斗勇……

这一切都让AMY疲倦极了，虽然和眼前的少年看不见未来，但谁看得见未来呢？至少，他如此纯真，冲动，她突然感觉自己矜贵起来……

“行了！你已经顺利过关了！”这一天，顾小白终于解开罗书全身上的绳子，宣布，“从今以后，哪怕是全世界各种特务机关，都不可能从你嘴巴里听到‘我爱你’‘我喜欢你’‘我想和你在一起’这种话了，你还真能扛得住！”

罗书全早已晕死过无数回，听了这话，半天才反应过来。

“这么说我可以了？我已经成为一个成熟的男人了？我已经可以去面对AMY的挑战了？”

“去吧，谁都行了。”

罗书全激动地握着顾小白的手，“谢谢你，我的同志！”转身就要冲出去找AMY，突然，在楼道里看到了一个让他们都意想不到的人。

“你前女友把我男朋友抢走了。”潇潇嚼着口香糖，吐着泡泡说。

“怎么可能？这怎么可能？他不才十七岁吗？”理清人物关系后，罗书全终于崩溃了，“这……这到底是怎么回事啊？”

“我也不知道啊，我带他去你前女友店里买衣服，他一眼看中了你前女友，然后就追了啊。昨天跟我分手了，说和她在一块儿呢。”

“这这这怎么可能？”罗书全把顾小白拉出来，让潇潇又重复了一遍，对着顾小白愤懑委屈。“这不小屁孩儿吗？我们不是老男人泡妞法吗？”

“你先别慌，”顾小白说，“先别慌，这当中肯定有误会。”又对潇潇，“他说和……和AMY在一起，是什么意思？”

“我怎么知道？关我什么事？”潇潇反问。

“……”

“他跟我分手了，再和谁在一起是什么意思跟我有什么关系啊？”潇潇莫名其妙地问。

“你就不难受？”

“不难受啊，我为什么要难受？”

顾小白崩溃地转头看罗书全。

罗书全更崩溃，冲着顾小白大喊：“你现在知道，他们父女的话都是不能听的吧！”说完，罗书全撇下一脸骇然的顾小白和一脸茫然的潇潇冲了出去。

这时，AMY的服装店里，阿升趴在账台上，深情款款地看着AMY。

“你好了呀！这样人家还敢不敢来我这儿买衣服了？”AMY只是笑。

“等我以后有钱了，我就把你这店里衣服全买下来，然后全送给你。”

年纪越小越敢发毒誓，阿升完全不知道这店里所有衣服值多少钱，对他来说，一百万和一万是一样的——就是他都没有，但他就是敢说。

这就是少年和成年男人的区别。少年不知道誓言达成的代价，所以空头支票可以开一个亿。但一成年，人就会变得谨慎小心起来，会衡量自己说出的话做不做得到，说话也跟着小心起来。偏偏女人又是喜欢听“摘星星”之类的话——明知做不到。

这就是成熟男人永恒的悲痛。

女人的悲痛在于，一方面希望找一个成熟稳重温柔聪明的男人。但另一方面，自己就享受不到听各种梦幻牛皮的快感。

AMY点头笑，“但你现在要去上课了。”

“那让我再亲一下。”

看着阿升童真羞怯的样子，AMY只好笑着推他。

“听话，说好了你这次考试全A才能亲。”

阿升也不走，就站在那里，痴痴地看着AMY。AMY被看得有些软，正好被阿升趁机一把拉住，吻在脸颊上。透过玻璃门，AMY看见罗书全呆呆地站在门口。阿升亲完，满足地松开AMY，说了声“拜拜”，高兴地走出店门，完全没注意到门边的罗书全。

罗书全在原地怔了一会儿，佯装无事推开门进去。AMY被罗书全亲眼看到，虽说没有浸猪笼的危险，但不知怎么，竟然有些心虚，只好打开电脑玩游戏，眼睛也不看罗书全，就余光瞥着他在店里转来转去。

“最近生意很忙啊？”罗书全巡视了一圈衣架，终于开口。

“嗯，有点，怎么了？”

“没什么，你有一阵儿没来找我了。”

“喔，打过你几次电话，你也不怎么积极，怕烦着你。”

“没有啊！没事啊！怎么怕烦我了？”

“哎，无所谓啦，本来也不是非打不可的。”

就这么莫名其妙地对了几句，两人突然沉默下来。

空气中竟然有一种生疏的感觉，而这生疏，竟然让罗书全和AMY同时意识到了一个问题，自己还在乎着对面的这个人，然而……

“那我走了……”过了一会儿，罗书全突然没头没脑地说了一句，就往门外走。AMY什么都不好说，只好怔怔地看着罗书全离去。

罗书全走到门口，不知哪根筋搭错，突然转过头，激动地喊：“那是潇潇的男朋友啊！”

“我不知道，他对我说他们只是同学。”AMY摇摇头，镇定地说。

“同学？”罗书全冷笑，“同学她干吗巴巴地带他来你这儿买衣服？”

“怪了，我怎么知道……但不管怎么样，为什么你这么愤怒啊？要找我也是潇潇找我啊？你又不是她爸，你用什么身份来骂我啊？”

对话……竟然变成这样子了呢……

“我……我……我……”罗书全突然想起，“我是你哥啊！”

“哈！我哥？”

罗书全顿时豁然开朗，道貌岸然，居高临下，开始进行道德批判。

“对啊！对啊！你怎么能这样呢！那是我们朋友的男朋友！你怎么能做这种事呢？！”

“你好伟大，请问我做什么事了？”

“你……你还好意思问我？”

“所以呢？”

“所以？”

罗书全突然懵了，训练中没有涉及被反问“所以呢”这个应对措施。

“不管我做了什么事，”AMY看着他，“我只想问你，所以呢？”

“所以，我……我以你哥的身份命令你，快点断掉！太不靠谱了！什么呀！”

“够了，罗书全！”AMY紧紧盯着他，“我们取消关系。”

“什么？”

“是，我们之前是约好做兄妹，”AMY干脆地说，“但我现在解约了。”

“解约？这还能解约？”

“亲生父母还能脱离父子关系呢，”AMY冷笑，“更何况我们没一点血缘关系，所以我取消了。以后你不是我哥，我也不是你妹，我们就是一般朋友，你爱认识不认识那种。”

罗书全愣住了……

“所以，你没事了吧？”AMY冷冷地看着他，“我和谁在一起不用跟你报批了吧？”AMY站起身，一边整理衣架，和罗书全擦身而过。

“借过……”

看着AMY冷酷的样子，罗书全嘴巴里突然有什么话要汹涌而出，他猛地捂住嘴，胃里翻江倒海，很痛苦的样子。

“你怎么了？”AMY转头问，“你没事吧？”

AMY扶着罗书全坐下，罗书全紧紧闭着嘴，使劲摇头，冷汗直下，巨悲情巨深情地看着她。AMY完全不知道罗书全怎么了，到底是出了生理状况还是心理状况。但眼前的罗书全简直要爆裂开来，她也不由得慌了，只好不断问他怎么了，罗书全只是摇头。

服装店里陆续有客人进来，AMY有点不知所措，不知道该照顾哪边。

这时罗书全摇摇头，挣扎着站起来，“我没事，你照顾客人好了。”

看着呆呆的AMY，罗书全摇头笑笑，“你以后好好和他在一起吧，我走了。拜拜。”

AMY缓缓站起身，伤感地看着罗书全往店外走，店里客人的身影渐渐遮挡住了罗书全。AMY无望地看着，突然觉得，这是最后一次见到罗书全了。

我们太多话没有说，所以对方就消失了……

然而AMY什么话都说不出来，只是怔怔地看着他，慢慢消逝在自己的生活里……

突然，仿佛从另外一个空间里传来的声音，AMY一时间都怀疑自己的耳朵出了问题。

“AMY！！！”那是罗书全的喊声。

她望着他——顾客纷纷被吓着，自动让开一条道——他站在门口，远远看着她。

“我还是没有办法忘记你。”罗书全说。

AMY还是什么都没有说。

“我们可不可以重新在一起？”

罗书全的声音传过来，模糊了AMY的耳朵。

而眼眶里，也有类似水蒸气般的东西，模糊了视线……

这一仗……终于赢了啊……

“阿升，不好意思，你在上课，所以我只能给你手机留言。我喜欢你，就像喜欢一个孩子一样。我喜欢你的坦率，喜欢你的冲劲儿，喜欢你身上这个年龄的不顾一切的东西。但不管怎么样，我已经不是这个年龄了。我有很多我需要考虑的事情，我……我已经和我以前男朋友和好了，我……我不能答应你……拜拜……”

大街上，AMY在阿升的手机留完言，搂着罗书全，指着海报橱窗。

“哎哎，我们来看看这个……”

“这个以前不是说过不看了吗？”

转过头，迎来的是凝视的视线，“是谁说要重新跟我在一起的？”

罗书全望着AMY，终于明白顾小白和左永邦简直就是神一般的存在，但也未见得他们有多快乐。其实，有时候，自尊输掉一点点又能算什么呢？爱一个人，本来就不是一件太需要自尊的事情。

罗书全被AMY搂着，那个不再叫自己哥哥的人这样搂着。

罗书全自我安慰般地想着……

有的人说，两个人在一起，是真心换真心；有的人说，两个人在一起，比的就是谁更狠心。

到底谁说的是对的呢？

LESSON 21 落跑新郎

“马桶坏了，冲不了水了。”她小声说。

我颤颤巍巍地走进洗手间，脑子一片空白，因为……我终于看见了女友的……

当距离感完全丧失后，即使是再完美的爱情，男人也会有那么几次想到临阵脱逃。

从这个城市的高空望下去，或者从上帝的眼光看下去，这个地球上有六十亿人口。他们每天在密密麻麻地像蚂蚁一样迁徙、忙碌，为了同样的利益拼搏奋进，为了同样的娱乐大声咒骂。这样很容易给人造成一种错觉：人是群居动物，我们需要其他人的陪伴。但其实每个人的心里都知道，在内心深处，我们是多么孤单。我们没有别人，只有自己。一个人独自孤零零地生下来，孤零零地死去，一个人孤零零地躺在床上，思考这些乱七八糟的问题……

每个月总有几天，顾小白心情低落，什么事情也不想干，就躺在床上想这些乱七八糟的事情。所以这一天，罗书全推门进来，发现顾小白故态复萌的时候，一点也不惊讶。

“我觉得你就是缺女人。”罗书全叹了口气，坐在顾小白床边安慰，“你每次都这样，一谈恋爱就什么冲劲儿都上来了，干什么都热火朝天；一旦单身超过一定时间，就开始定期发精神病。”

“问题是我不想谈恋爱啊。”顾小白很愁苦，“谈了又要分手，分手还是回到原来的德行，我觉得我早晚有一天孤独终老——你到底来找我干吗？”

“我是来问你明天有没有空来帮我搬家。”

“搬家？”

听到这句话，顾小白比家里着火还紧张，连忙从床上坐起。

“你要搬到哪里去？你怎么说都没跟我说过？”

“别，你别紧张，”罗书全连声安慰，“不是我要搬家，是AMY要搬家，我去帮她搬，你明天早上和我一起去。”

“搬到哪里去？”

“搬到我家。”望着顾小白呆呆的眼神，罗书全羞涩地说，“我们打算同居……”

原来AMY和罗书全复合后，有一天两个人闲来无事，各拿着一台电脑上网。罗书全眼看着AMY不断地在键盘上按着，搜索着什么，然后表情越来越凝重、紧张。罗书全也是犯贱，忍不住凑过去问她什么事，原来AMY租的房子快到期了，要换新的地方……

“你们也知道，”罗书全睁大眼睛说，“现在房子这么贵，稍微市中心一点随随便便四五千块钱，三千块以下基本上只能住到郊区去了……”

在楼下的茶餐厅，顾小白把左永邦拉来做了援兵，罗书全没想到自己和女友同居居然还要向两人申报批准。在复合这件事上他最终没忍住，吃了大亏，失了主动权。所以听AMY说要找房子，他居然有些自暴自弃的想法，就说索性住到我家来算了。AMY已经允了，但好像落水快淹死的人，希望听到岸边人安慰他海下有龙宫，罗书全也希望得到顾小白和左永邦的支持。

谁知……

“那她干吗不继续租下去？搬什么搬啊？”顾小白烦躁地反对。

“房东说他儿子马上要结婚了，这房子是给他儿子儿媳妇做新房用的。搞了半天，她住的这两三年都在给别人小夫妻还房贷啊。房东说不搬也行，他别的地方还有套房子，但是这里房租要加两千块钱。”

罗书全拿当时AMY的话来解释，说完还模拟AMY的语气，“我哪莫名其妙每个月多出两千块钱给他呀。”

当时AMY也是这样烦躁地看着电脑，页面狂拉，鼠标狂按。罗书全在旁边心惊胆战地看着，心里矛盾、犹豫，终于嗫嚅着吐出一句……

“要不……”罗书全挣扎着说——同时感到有另一个自己在拉着自己，“你搬到我这儿来算了。”

“什么？”AMY转过头，盯着罗书全。

“别浪费那么多钱了。”罗书全不敢看AMY，期期艾艾地看着墙，“反正我这里一个人住着也空……”

“阴谋！肯定是阴谋！”顾小白使劲一拍桌子，把茶餐厅的服务员吓了一跳。顾小白一边拍还一边转头问左永邦：“你说是阴谋吧？”

“是阴谋……”左永邦困得不行，一边喝咖啡一边点头。

“房子现在虽然涨得快，但都是期房、二手房。”顾小白恨恨道，“就是说买房子涨，租房基本上涨不上去，要涨也不可能一涨涨两千块钱，她以为我们都傻啊？”

“什么意思啊？”

“你怎么还没反应过来啊？！”看着罗书全活像看不争气的儿子，“是她要住到你这儿来，但是又不想开口，所以编了那么一大通理由，让你自己提。”

“不会吧，”罗书全斜眼看着他，“她没这么阴险吧？”

“我有时候真怀疑你是怎么长到三十岁的。好，我问你，她接下来是不是显得特别犹豫，说这不太好吧？”

“是啊。”罗书全大惊。

“你是不是说这有什么好不好的？反正我们也重新在一起了……”

“我……”

“她是不是接下来说……”顾小白不管他，马上开始化身为AMY，娇弱地看着罗书全，“那你……你不会欺负我吧……”

“你……你怎么知道？！”

看着罗书全，顾小白一头趴在桌子上不想起来，罗书全只好惊慌失措地看着左永邦。

“你别管他说什么，”左永邦姿态优雅地抬起头，“首先这件事已经定了是吧？”

“是啊，明天早上就过去帮她搬。”

“那……”左永邦站起来，朝罗书全伸出双手，“我啥也不说了，祝你好运。”

出了餐厅，顾小白和罗书全走回家。一路上顾小白嘟着嘴不说话，罗书全默默走着，两人活像赌气的小情侣。路过一个街口，顾小白恨恨地往前走着，罗书全一把拉住他，“走这边啦！”

“哼！”

“我就搞不懂了，”罗书全跺脚，“你有什么好生气的。”

顾小白别过头不理他。

“你有什么话讲嘛。”

“不讲！”

“讲嘛。”

“你知不知道她那边退租是什么意思？”顾小白终于停住脚步，转头恨恨地看着罗书全，“就是说她以后没地方去了，就永远住你这儿了，你家里就永远有这么个女人在。”

“所以呢？”

“你家永远有个女人杵在那里，你还好意思问我所以呢？”

“你在说什么呀？”罗书全死活听不懂，“我家有女人，那是我女朋友啊。你要上我家来玩儿，照玩儿啊，怎么啦？”

“哼！我才不来找你玩呢！”

“那这样，我来找你啊，我把我的XBOX放你家好了，我到你家来玩好了。”

“那PS3呢？”顾小白迅速问。

“也给你！”

“那还有几百张游戏盘。”

“给你给你！”

顾小白不理他，苦大仇深地往前走着，罗书全也跟他一起走，两人走了一会儿。

“你是不是还在想还有什么可以从我家敲诈走的？”罗书全突然问。

“嗯，被你猜出来了，”顾小白干脆道，“把你的WII也给我。”

“我什么时候买过WII啊？”

“不管，你买一个送给我！”

“我真不知道我上辈子欠你什么了！”

“那我把我的PSP送给你好了……”

罗书全默默地看他一眼，两人继续往前走，又走了一会儿，罗书全突然说：“你还记得刚才左永邦对我说的话吗？”

出餐厅前，左永邦站起身，突然拉住罗书全，说：“你别管他说什么，AMY是女孩儿，女孩儿耍耍小心眼儿很正常，最主要的是她想和你来一起住，她不好意思说。问题是你怎么想，如果你也这么想，你管他说什么。”左永邦看看顾小白，“你管她是不是耍小心眼儿呢！”

“小白。”罗书全叫住顾小白，望着顾小白不高兴的眼神……

“我其实已经很累了，我想有个人踏踏实实地走在一起，我想有个家，你能给我么？”

“不能。”顾小白干脆地说。

“所以咯……”

看着伤感惆怅的罗书全，顾小白正好在一个车模店边上，指着橱窗里的卡车模型。

“那我还要这个！”

“靠！”

回到家，顾小白一个人坐在客厅，兴高采烈地玩着敲诈来的玩具车。突然一转头，看到空空荡荡的房子，一下子伤感起来。刚才罗书全对他说的话在耳边回荡，这些话不像是罗书全会说的。正因为如此，才更加让人毛骨悚然。

连罗书全这样一个宅男都说累了，需要一个家，这让顾小白简直情何以堪。面前的玩具车就像他自己，看起来神气活现，整天天南地北的，但这狭小的空间里只容得下自己，后面的集装箱只容得下他乱七八糟的过去。他就是每天带着这一堆破烂，东奔西突，也不知道什么时候就出了车祸，连个需要通知的人都没有。

这么想着想着，顾小白开始自怜自伤起来，仿佛置身瓢泼的大雨中……

顾小白猛地从座位上跳起来，冲出门，跑下楼梯，冲到楼下罗书全家门口，使劲砰砰砰敲门。

过了很久，罗书全才开门，一脸困意，眼睛都睁不开地看着顾小白。

“我突然想通了！我决定支持你！”顾小白激动地说。

罗书全困倦欲死，“什么？”

“我支持你和AMY同居！”

“什么乱七八糟的，”罗书全诧异地看着他，“这不是白天就说好的吗？”

“不，白天是被你收买的，现在我是真心诚意地支持你！”

顾小白一把拥抱住罗书全，激动地拥抱着他，就这样过去了多久……

“我这么感人，你也回句话嘛……”

顾小白小声抱怨，转头看看，罗书全已经趴在他肩头睡着了。他把罗书全拖进屋子，摔在沙发上谈人生，罗书全只好冲了咖啡陪他一起聊。

“你怎么那么早就睡了。”顾小白看看表，才十一点不到。

“废话，明天早上七点就要到AMY家，我刚才也是紧张得睡不着觉，”罗书全说，“所以嗑了两片安眠药，刚起作用你就来砸门，你是不是打算玩死我啊？”

“不是不是，我是刚才一个人想着想着特别感慨，所以必须跑过来和你分享。”

罗书全叹了口气，看着面前的咖啡，无奈地拿起来喝。

咖啡好苦，对面的人好烦……

“你知道我刚才在楼上想什么吗？”

“什么？”面对激动万分的顾小白，罗书全像个面瘫一样面无表情。

“我在数交往过的女朋友，从第一个到最后一个，当中还因为标准不一样很难弄清是不是女朋友，所以还费了番工夫。”

“所以呢？”

“问题不在于是几个，而是我发现，我竟然从来没有跟人同居过！！！我从来没有享受过那种，两个人温馨地一起牵着手回家，在菜场买菜，早上一起去买早餐的感觉。为什么呢？这是为什么呢？”

“是啊，为什么呢？”

“我突然觉得……”顾小白静静地说，“我这辈子要孤独终老了，虽然女人很容易喜欢我，但也很容易离开我。对她们来说，我就像她们逛过的一个风景。嗯，跑过来拍张照，留个纪念，上面写着某某某，几月几日到此一游，然后就可以闪人了。几十年后可以拿来缅怀一下，嗯……我年轻时候还有过这么段荒唐的岁月啊，然后就完事儿了。谁也不会去关心那个时候我是怎么样的，我是不是还活着，是不是老得手都抬不起来，换副假牙还要人帮我。她们不会关心我，她们最终只会选择嫁给你这样的人……这是凭什么啊？”

顾小白一个人自怨自艾地说着，双手捂住脸伤心地啜泣，本来以为罗书全会安慰他，转头看罗书全，罗书全又睡着了……

“喂！！！”

罗书全猛地惊醒，“啊？啊？”

“我一晚上不睡就为了明天帮你搬家，你就这么对我？”

“喔，对不起对不起，你说到哪儿了？”

顾小白紧紧地握着罗书全的手，“我说过，只要你能够幸福，只要你能够有家的感觉……就算是替我同居了……就算我孤独终老，就算我一个人死了，我也不会忘记你们在我心中活过……罗书全，请把我那份幸福也活出来吧！”

第二天一大早，出租车在都市内开着，车后罗书全和顾小白并排坐着。顾小白一晚上没睡，躺在罗书全肩头呼呼大睡，罗书全紧张地望着外面的风景。出租车进入AMY家的小区，罗书全紧张地抬头看，出租车停下，罗书全使劲拍顾小白的脸。

“喂！喂！到了！”

“为你我用了半年的积蓄……漂洋过海地来看你……”

顾小白说着梦话，流着泪，唱着歌，被罗书全拖下车，上了AMY家的楼。在楼道里，罗书全因为紧张兴奋不已，顾小白兴奋了一晚上，现在反倒像只冬眠的熊。罗书全拉着他，完全不明白把他拉来干吗来了。

“早跟你说了，”罗书全埋怨道，“叫你早点睡觉，这下倒好，我回头还得把你搬回去……”

“没事，我马上就醒。”

罗书全叹了口气，摇摇头，带着顾小白来到AMY家门口，按门铃。过了一会儿，门打开了，AMY站在门口，对着罗书全笑，罗书全尴尬地笑，旁边顾小白还在闭着眼睛。

“来啦？”

“哎，是……”罗书全笑了笑，“你东西收拾好了吗？”

“嗯，昨天收拾了一晚上。”突然瞥见植物人顾小白，“他怎么回事？”

“他昨天晚上没怎么睡……”

顾小白闭着眼，还在睡着，哼着小曲，“为了这次相聚，我连见面时的呼吸，都曾反复练习……”像唱中他们心事一样，罗书全和AMY互相笑了笑，气氛更加……微妙尴尬起来。

终于，AMY笑了笑，“进来吧。”

让开身子，AMY往里走去，这样，罗书全得以见到AMY屋子里的景象。

屋子已经收拾一空，房间里堆着几十个纸箱，层层叠叠地垒着。

一瞬间，罗书全惊恐得恨不得自己眼睛瞎了，使劲拽顾小白。

“喂！喂！醒醒！”

“啊？”

“快点编个理由，我们快回去吧！”

茫然地瞥了一眼屋子，顾小白无动于衷地闭上眼。罗书全绝望得连求生的意志也放弃了，只好牵着顾小白走进屋子，坐在沙发上。AMY端着三杯咖啡过来，坐在罗书全边上。

“喝点咖啡吧，我咖啡机收在箱子里了，先喝速溶的吧。”

“好好，你还有咖啡机啊，真高级……”罗书全嘴里一边应付着，脑门出着冷汗。

“前些年被人忽悠着买的，”AMY点点头，“后来发现和速溶的也差不多，一直也没怎么用，也舍不得扔。不过我看好了，你厨房微波炉边上那块空地可以放的……”

“那是那是，你都考察好了啊？”罗书全讪讪地笑了笑，端起咖啡喝了一口，气氛……又尴尬起来。

“言语从来没能将我的情绪表达千万分之一，为了你的承诺，我在最绝望的时候，都忍着不哭泣……”

顾小白是醒着的吧？他他妈是故意的吧？罗书全恶意地想着，终于绝望地捂住脸。过了一会儿又放下，深呼吸了一口。

“搬家公司什么时候来？”

“七点半，快到了……”

“房东那边手续什么的都办齐了吧？”

“嗯，”AMY点点头，“账也结清了，水电也都交齐了，押金也退给我了。”

没有退路了啊……

“陌生的城市啊，熟悉的角落里，也曾彼此安慰，也曾相拥叹息，不管将会面对什么样的结局……”

身边的顾小白又唱起来，唱到“结局”两字，好像一下没唱上去，本着在梦里也认真专业的态度，顾小白深吸了口气……

“不管将会面对什么样的结局……”

“汪汪汪！”

像听到召唤似的，一只雪橇犬从里屋狂吠着蹿出来，几乎是在下一秒钟，罗书全尖叫着跳起来，冲出门去。顾小白浑然不觉，还躺在沙发上唱着，“在漫天风沙里，望着你远去，我竟悲伤得不能自已……”

AMY抱起狗，诧异地看看门口，又看看唱着梦歌的顾小白。

"我……我……他怕狗的吗？"

"我求求你了爷爷，让KIMMY寄养在你家吧……"

当天下午，罗书全把AMY的东西全搬到自己屋里后，跑到顾小白家，跪在地上苦苦哀求。

"我怎么从来不知道你怕狗呢？"顾小白好奇地看着罗书全。

"废话，我小时候被狗咬过啊。"

"多小的时候啊？"

"我两岁的时候。"

"那你还能记得住？"

"还有四岁，还有六岁半，还有初中一年级。"

"你是狗粮吗？"

"我也不知道啊，"罗书全无辜地说，"反正从我小时候开始懂事起，狗见到我就咬，见我就咬，就没有一次例外的，所以你什么时候看到我，除了你以外还跟狗待在一块儿过啊……"

"……"

"反正现在的状况是，"罗书全坦然道，"AMY是搬进来了，东西也都在我家放好了——就是这只狗，她是死也不肯送人的。说宁愿自己死，也要每天能见到KIMMY。还说这只狗是跟我分手后，抚平了她内心的伤痛的。都说这话了，我还能说什么啊？"

"吃了算了嘛。"顾小白耸耸肩。

望着罗书全面无表情的脸，顾小白毫无心理负担地和他对视。

"我什么时候想得到，"罗书全突然又跪下来，抓住顾小白裤腿苦苦哀求，"我一生的幸福，就维系在一条狗身上。所以求求你啦，顾小白爷爷……"

心满意足地从顾小白家出来，回到家，AMY已经把东西全部收拾好了。屋子里看起来没有变得拥挤不堪，反而有了一种"充实感"。AMY是怎么做到，让这么多东西各得其所，又看起来浑然天成的呢？她究竟是部署了多少张战略图纸啊？罗书全突然心惊胆战地想。

"小白答应了？"AMY问他。

"嗯……"

"太好了，以后我想看KIMMY的时候就可以上去看它，它离我又不是太远。最重要的是，你还能在我身边。"AMY走过去，有些不好意思地低下头。

“你知道吗？我突然觉得很幸福。我昨天晚上一个人在家里收拾的时候，还越收拾越害怕呢。我想，住到你这儿来以后会怎么样呢，你不会欺负我吧？虽然说，我不是没在你家住过。但这次不一样的，我没有退路的。你要欺负我，我真的是没地方去的，所以我想着想着都想放弃了……”罗书全突然含泪看着她。

“那你为什么没有放弃？”

“房子都退了呀，”AMY呆呆地看着他，“你，你不是现在想后悔吧？”

“当然不是，”罗书全举手发誓，“我只是想听听你的决心。”

“决心是吧？”AMY微笑起来，“好，我告诉你，你知道刚才你去顾小白家托付KIMMY的时候，我都干什么了吗？”

罗书全……突然有了一种不祥的预感。

“你……你干什么了？”

AMY微笑地看着他，“我把你房间里留下的上一个女人的东西全都扔光了。”

“呃……怎么会呢？”罗书全吃吃地问，“我昨天都收拾过了……”

局势是怎么瞬间从收留一个女人的好心……变成了胆战心惊的愧疚感呢？

这一切是怎么自然而然地逆转过来的啊？！

“你怎么可能收拾干净呢？”AMY微笑着说，“有些地方是只有女人才会留意的，比如厨房，比如卫生间的柜子……”

罗书全浑身冷汗，简直要跪下来磕头了……

“但是我为了给你压压惊呢，”看罗书全也被恐吓得差不多了，AMY又笑起来，“扔了垃圾以后，我顺便还去了趟菜场，买了些菜回来，晚上你想吃什么？”

“你还会做菜？”

“当然了……”望着目瞪口呆的罗书全，AMY又得意地笑了，“以前只是没必要让你知道而已。”

罗书全热泪盈眶地看着AMY下厨的时候，顾小白家，顾小白坐在地上，KIMMY趴在他面前。一人一狗大眼瞪小眼地互相看着，旁边放着狗粮盆，顾小白拿起一颗狗粮递给KIMMY。

“喏，吃饭咯。”

“汪汪！”KIMMY说。

“我叫顾小白，从今天起，你跟我一块住。现在你吃饭，给你。”顾小白坚持伸着手。

“汪汪！”

“Hi，KIMMY，my name is Guxiaobai，how about you？”

“汪汪！”

“私は顾小白です、はじめまして、よろしくお願いします……”

“汪汪！”

顾小白用法语又打了遍招呼。

“汪汪！”

“爱谁谁，你不吃饭，一会儿我把你当饭吃。”

顾小白面无表情地站起来，走进卧室，在卧室里抱着头痛苦地待了一会儿。不知道为什么，好朋友同居，自己会多出一只狗来。这么诡异的事情他死也没有想到，但屋子里满是罗书全行的贿，又加上这关系到自己最好朋友的幸福，自己也不可能给他一个家。想来想去，只有默默忍受。他走出屋子，狗还在那里，以一种无辜的表情看着他。他坐在电脑前，打算开始工作。

一转头……KIMMY还在一动不动地看着他。

“你再看，再看我就把你吃掉！”互相凝视了一会儿，顾小白开始恐吓。

“汪汪！”

“哟！不怕死咯？有信仰的咯！”

顾小白冲到厨房，拿了酱油、麻油、盐等各种调料，还有刀叉放在狗面前，换来的是对方……更坚定的眼神。

“好吧，”顾小白投降，“你要怎么样才能不看着我。”

“汪汪！”

“你奶奶的，”顾小白走到一个柜子前拉开门，“来来，给你看好玩的。”

狗抬起头，看看顾小白，又看看柜子，抬起脚一颠一颠地走进去。顾小白见它中计，马上冲到厨房找个块肉骨头出来，蹲在柜子前晃悠。

“骨头骨头，有骨头吃哦……”

听到里面……狗乱刨的声音，他真是闲啊……

“哈哈哈哈。”

顾小白高兴得乐出声来，乐了没一会儿，突然发现里面没声音了，变成了无止境的静。顾小白趴在柜子门口听了半天，这才小心翼翼地打开门。

“汪汪汪！”KIMMY追出来，对着顾小白又追又咬。

顾小白又一次……被逼进了卧室。

“喂？”半个小时后，顾小白拨通了左永邦的电话。

“喂？”

“喂！你好！”顾小白对着电话兴高采烈地说起来，“这里是深圳发业集团！恭喜您，在本次的手机号码抽奖中您获得了二等奖……”

那边毫不留情地挂了。

“您好！”顾小白再次不屈不挠地拨过去，“您还没有听我说完，您获得的这个礼品是一只纯种的西伯利亚雪橇犬。本着回馈客户的精神，本次活动不需要您支付任何费用，还能免费得到狗粮一包。”

电话再一次被无情地挂掉了。

一个小时后，左永邦睡眼惺忪地打开门，顾小白撑在门框边，妩媚动人地看着他。

“你干什么啊，大半夜地杵在我家门口？”

顾小白抬头看向走廊窗外，突然回过头妩媚地看着他，“你有没有觉得今晚的月光特别美呢……”

“啊？”左永邦不自禁走出两步看。

“月色如此妩媚……兄台不妨和我一起赏月如何？你看，我还备了月饼……”

左永邦还没搞清楚状况，顾小白一边发骚，一边脚在下面使劲把KIMMY挪进左永邦家门。

“月？哪儿月了？”左永邦跟着顾小白往走道外看，只听里屋米琪一声尖叫。回头，低头，KIMMY抬着头看着他们，左永邦面无表情地看着顾小白。

“米琪啊？”顾小白面无表情地问。

“嗯，你的狗啊？”

“嗯。”

“我以前待你好吗？”

一个小时后，顾小白又抱着狗不辞辛劳地跑到了阿千家。阿千一打开门，顾小白就开门见山地问。

“不好。”阿千也开门见山地回答。

“……”

“那你想我以后待你好吗？”顾小白愣了愣，又说。

“想的。”

“那你帮我照顾这只狗。”

阿千上上下下地看了一会儿狗，“行，一千块一天。”

顾小白瞪着阿千，瞪了半天，掏出皮夹子，数了一千块给她。

阿千接过，转身，砰地关上门，顾小白抱着狗愣在那里。

门内传来阿千的声音，“你现在开始待我好了。”

在顾小白悲苦地四处托孤的时候，罗书全正躺在卧室的床上。四周全是蜡烛、香熏精油，AMY正在给罗书全拿捏脖颈，罗书全闭着眼睛舒服得直呻吟。

“嗯……嗯……我没想到过你还会这一手。”

“你没想到过的还多着呢。”AMY得意地笑笑，“每天给你一点小惊喜。”

“那今天为什么让我知道两个小惊喜呢？”

“因为今天开业大酬宾。”

“……”

“你长期坐在电脑前面，颈椎和脊椎都有问题了。来，我来帮你整一整，翻过来……”AMY翻过罗书全的身子，坐在他身上。

“舒服吗？”

“好舒服。”

“准备好了啊。”AMY双手拿住罗书全双手，膝盖顶着他背，使劲往上一抬，随着一声惊天动地的惨呼，罗书全忽然发现自己比以前通透了，轻盈了。AMY到底会多少东西啊？转过头，AMY妩媚地看着他。

这时，门被人丧心病狂地敲着，罗书全和AMY互相看了一眼，罗书全走到门口打开门。

“还给你！”

顾小白一句话都不说，把狗送上去。罗书全连忙关上门，左右看看。

“你干什么啊？”

“什么干什么，我不养了，还给你。”顾小白把狗递到他鼻子下面。

“离我远点！”罗书全跳开八丈，吓得浑身发抖，“不然我叫了啊！”

“你刚才不就在叫？”

“嗯？你听见了啊？”

“……”

“那你知道我为什么在叫么？AMY在给我按摩呢。”

“按摩还是折磨啊？”

“按摩啊，”罗书全以一种从来没过过好日子的悲苦回答，“很舒服的，非但按摩，晚上还给我做饭了，她还说每天要给我个小惊喜呢！我求求你了，你如果把狗还过来，AMY就不跟我住了，那我又回到以前了。”

顾小白还是面无表情地看着他。

“你不是说为了我的幸福可以牺牲一切的吗？”

“你真信啊？”

望着那副毅然决然的表情，罗书全终于长长叹了口气。

“好吧，我去跟她说，但不管怎么样，你最后一晚总得让我过吧。求求你了，最后一晚了……”

第二天一大早，顾小白牵着KIMMY兴高采烈地遛着，想到他地狱般的生活就要结束了，就忍不住兴奋地哼小曲。突然，迎面走过来两个美貌的少女，看样子是刚要去上学的大学生。看到顾小白的狗，两个女生飞奔过来，简直兴奋得要尿裤子，扑过来狂摸——顾小白的狗。

“哎！好可爱噢！”

另一个也一边狂摸，一边抬起头含情脉脉地望着顾小白。

“你的狗啊？”

“嗯？”顾小白反应过来，点了点头，“是啊。”

“它叫什么名字啊？”

“顾小白。”

“咦？狗还有姓啊！好特别啊！你呢？”

顾小白刚反应过来说错了，另一个女学生已经抱着小狗在脸上乱蹭，“小白……顾小白……来，亲一下！”

“嘿嘿，嘿嘿，嘿嘿嘿……”

顾小白抬头看着天，脸上洋溢着白痴般幸福的笑容，不知道事情是怎么样转折到这里的。

此时，罗书全浑然不知顾小白已在仙境，起床后他一脸的沮丧，只想到今天AMY就要随着KIMMY而去了。自己的幸福同居生活只维持了一天，就像植物人回光返照只清醒了一天又陷入昏迷，这比长眠不醒更让人伤感。罗书全坐在餐桌前，AMY正在收拾被褥，把床单床褥叠得整整齐齐。罗书全伤感地看着，想说话但什么都说不出来。

“呃……”

“啊？”AMY转过头看着他。

“我，我有事要告诉你……”

“什么事啊？”

刚要开口，洗衣机发出工作完毕的声音，AMY哎呀一声奔过去。过了一会儿，抱着一堆洗好的衣服回来，全是罗书全累积了一个月的脏衣服。她一边在晾衣架前晾着一边转头又问：“你刚才说到一半，是什么事？”

“是关于小白……”

每一个字都是那么艰难……

“小白怎么了？”

刚要说，咖啡机又发出声响，AMY兴冲冲地跑过去……

过了一会儿，端着咖啡、火腿、鸡蛋远远走过来，放在餐桌上。

“来，主人，请吃早饭……”

竟然是……女仆般殷勤的笑容。

这在罗书全和AMY的交往史上是从未见过的……

“我求求你了，爷爷，你要什么我都给你，不要还给我……”

送走AMY后，罗书全绝望地敲响了顾小白的家门。顾小白开门后，罗书全不管三七二十一开始痛哭流涕。

“呃……你在说啥？”顾小白茫然地看着他。

“不要把狗还给我，你把狗还给我，我也不能跟狗在一起，”罗书全喊道，“我就什么都没啦！”

“谁说要把狗还给你啦？”

“啊？”

罗书全怔了怔，顾小白让开身子，于是，他得以见到顾小白屋子里的景象。

一堆女大学生，全是美女，正在顾小白的房间里。有的在玩顾小白的电脑，有的在玩他的玩具，有的躺在沙发上看小说，剩下几个正在跟KIMMY玩得不亦乐乎，罗书全眼珠子差点掉出来。

“这……这是我在做梦吗？”

“这是怕狗的人不配拥有的幸福……”顾小白悲悯地看着他，悠悠说道。

“这是怎么回事啊？”

“也没什么啊，”顾小白坦然道，“我就带它出去逛逛，然后每逛三五步就有两个小妞跑过来说，哇噻好可爱喔！每逛三五步就来两个说好可爱啊！我说是啊，要不要到我家来玩，然后就是现在这个样子了。”

罗书全……流下了发疯的泪水。

“嗯，”顾小白点了点头，“你也可以把AMY带出去遛遛，说不定也有这种效果啊。”

“怎么可能！”

“嗯，你也知道不可能啊！”

“……”

“不管你现在出多少钱，”顾小白严肃地看着他，“就算你要我的命，我都不会把狗还给你的。”

接下去的日子里，罗书全过上了和AMY同居的日子，顾小白过上了和狗同居的日子。每天罗书全醒来，边上开始多了一个睡容，睡容没有化妆，看起来似乎有些不一样；顾小白家里却出出进进多了很多人。罗书全很困惑同样是同居，为什么和一个女人同居世界变小了，而和一只狗同居，世界却呈几何级增长着?

再这么下去，顾小白家里就可以开选美大会了。但**AMY**对自己很好，这一点毋庸置疑，她开始变成了“自己人”，自己人当然要对自己人好。但同样的，“自己人”也开始对自己的屋子有了支配的权力。这一天罗书全下课回到家，在一片尘土飞扬中，看到**AMY**正在指挥着一班装修工人。

“这——这是干吗？”罗书全吃吃地问。

“那不有两面墙都空着吗？”**AMY**回身指着屋子，“我觉得怪浪费的，就找人在上面铺两层架子。你看，这一层架子，那一层架子，这空间不都可以利用了么？”

“……”

“你那些零零碎碎的书啊、碟啊，就不用老堆得乱七八糟了。上面都可以放了，还有啊……”无视罗书全僵硬的笑容，**AMY**牵着他的手往屋里走去，好像在带一个观光客，“你看，这小房间你老空着，东西堆得乱七八糟。我想过了，在上面铺一墙架子，我鞋子都可以放在上面了。”

“你……有多少鞋子啊？”

“我店里的鞋子都是我的啊。”

“……”

“还有，那面墙啊，看着特别堵，把阳光都挡了，我问过了，不是承重墙，咱们是不是能拆了？”

呆呆地看了**AMY**一会儿，罗书全掩面泪奔。他先是跑到顾小白家，顾小白一听是罗书全，死活不肯开门，还要放狗出来咬他。罗书全只能跑到左永邦家求助，把这段时间两人的天差地别的遭遇说了一遍，说着说着泪洒满襟。

“谁让你不把握机会，”左永邦叹气，“那天顾小白还想把狗塞到我们家来呢，现在都到这份上了，顾小白怎么可能把狗还给你呢？开玩笑嘛，他那人，你又不是不知道。”

“是啊，”罗书全擦擦眼泪，“我也料不到他和那狗居然组成了金牌搭档，现在倒好，他牵着狗满大街带妞回家，我家那位把我屋子都要拆了，这能比吗？这待遇，这命运，这人生，这能比么？我怎么那么惨啊？”

“不是我说你，”左永邦终于深深吸了口气，“你家那位拆屋子和狗真没关系，你要和女人同居之前，你得先定好规矩啊！”

“嗯，定规矩？”

“我跟你说，你要和一个女人同居，尤其是她住到你家去，寄人篱下，这什么概念？你得先定好规矩！”

“什……什么规矩啊？”

“废话，”左永邦匪夷所思地看着他，“屋子是你的啊，你爱定什么规矩就什么规矩。比如你不能动我什么东西，我什么放在那儿不许乱搬。你要打扫卫生，可以，欢迎，但不许搬家具，更何况是拆墙了啊！”

“我本来是想，”罗书全吃吃道，“两个人，又喜欢对方，又想老待在一块儿，那结婚后不也是这样吗，就当演习了啊。”

“结婚是女人的归宿，”左永邦张大嘴，“男人从头到尾要的都是自由，你倒好，提前把坟墓搬过来住。你看我和顾小白，就算有女朋友，女朋友也都有家，也不随便同居。你知道为什么？”

“为什么？”

“因为同居……”终于，左永邦看着他，一字字道，“就代表着你们之间再也没有距离，距离产生的是什么？美啊！没有距离没有美。结婚那是没办法，大家都要结，但结婚之前恋爱是什么？是充分享受这美的时间。她每次出来见你漂漂亮亮，你每次和她说话客客气气，大家装得都跟杂志里的人似的，为什么？一旦结了婚，这都是拿出来回忆的珍贵记忆，让你想想就不舍得离婚的筹码。你现在等于第一把给把筹码就全部推出去了，你还玩什么啊，大哥？”

“……”

“我就告诉你了，”左永邦举起手，“你就记住两句话：一，距离产生美，无限接近但永不到达零距离；二，同居，就两结局，一就是加速结婚，二就是加速分手，你要哪个？”

“我同居前，你们俩都死了啊？！”罗书全看着他，愣愣地看了半天，终于声嘶力竭地喊起来。

回到家，在大楼下的小区门口，他又遇到了顾小白。顾小白牵着狗，罗书全面色灰暗，已经没力气和他搭话了。

“哟！是你啊！”顾小白反而主动挑衅，“从左永邦家回来啦？”

“是啊。你呢？”

“我出去打猎啊。”

“喔。”

“你呢？”

“我回新装修的坟墓里待一会儿。”

“喔，别寻死啊？反正都待那儿了。”

“嗯……”

“KIMMY！GOGOGO！”

眼见顾小白牵着狗意气风发地要走，罗书全突然叫住他，顾小白转过头，面前是一张……凄惨而落寞的脸孔。

“小白……”凄婉的眼神。

“兄台请讲……”

“请把我那份幸福也活出来吧！”

“好哒！”

顾小白蹦蹦跳跳地走了，去打猎了。

罗书全悲伤地回到家里，尘土飞扬中，AMY突然把他拽到一边。

“马桶坏了。”AMY小声说。

“啊？”

“马桶冲不了水了啊！”

看了一眼AMY，罗书全颤颤巍巍地走进洗手间。这个时候，他脑子是空白的……

因为……他终于看见了女朋友的……

这是他同居之前无论如何没有想到过会面对的东西……

如此昭然若揭地显示在他面前。

这……才是同居的本质吧。

LESSON 22 罪该万死的考验

亲爱的，千万不要人为设计所谓爱与忠诚的小考验，这无异于凌迟男人的自尊心。它会对我们的爱情，造成永久性器质损伤。

不知道从哪一天起，我们遇到一个人，发生了一些事情。这些事情让我们相信，她就是对的那个人。不管她在遇见我以前发生过什么事，遇到过什么人，有过什么经历。从那一天起，我想和她共同承担以后的人生所面临的每一个困难，以后的每一天，都和我在一起。对此，我是如此地坚定。

因为，我爱你……

又是一个周末，阳光洒进的屋子里，顾小白和罗书全两个人躺在沙发上无所事事——和他们以前少年时的每一个周末都很像。

“你十年前有没有想过十年后，我们会是这种状态？”顾小白转头问。

“什么状态？”

“就是现在这种状态……”顾小白兴奋地说，“十年前我二十一岁，每次想到十年后的自己，都会把自己吓一跳。”

罗书全看着他，不知道他什么意思。

“二十一岁啊……”顾小白遥想当年，“那个时候想，十年后，我会变成什么样子呢？不是随便出入中南海，就是得了个什么诺贝尔奖，穿一身特体面的燕尾服，用伦敦腔致感谢词什么的。然后回国后各大学争相邀请我去讲学，我还以个性腼腆为理由婉拒了……心里特别悲壮。再不济，得不了诺贝尔，我也是个地产大亨、社会名流之类的。”说到这里，顾小白腼腆地笑了，“但是特别低调，轻易不上《时代周刊》，所以别人也不知道我。那种社会名流的酒会什么的，人家都不认识我，但每个人住的都是我盖的房子。我看着他们从我身边走过，心里特别悲壮……”

“那现在呢？”罗书全问。

“现在什么都没有，就只剩下悲壮了……”

“……”

“怎么时间从我身边走过我毫无察觉呢……”顾小白轻叹，“你呢？你十年前的梦想是什么？”

“能靠打游戏挣钱。”

“所以你才做程序员啊？”顾小白惊呼一声。

“是啊……”罗书全感慨道，“小时候，我打游戏，一天到晚被我爸妈骂，‘就知道打游戏打游戏打游戏，不好好念书，打游戏可以赚钱啊？’所以我就想，以后打游戏可以赚钱就好了。”

“我真羡慕你，你的人生目标这么快就达到了。”

两人默然无语，一个就这样达到了自己的理想，一个有生之年恐怕也是妄念。这两人……都觉得人生很无趣吧。

“对了，你有没有想过结婚什么的？”罗书全突然问。

顾小白的表情突然僵硬在脸上，“你说什么？”

“结婚啊，每个正常人都要结婚的结婚。”

“你别逗了。”顾小白讪笑。

“逗什么逗啊？我们已经三十多了啊，男人到了三十岁考虑结婚是很正常的事情吧？”

“我不是考虑结婚正不正常，我是考虑结婚本身是干吗？”

“啊？”

望着罗书全不解的表情，顾小白解释起来，“喏，是这样的，男人女人在一起，互相喜欢，想在一起，那就在一起嘛。想永远在一起，那就永远在一起嘛——虽然这不太可能，为什么非要结婚呢？”

“因为婚姻受法律保护啊。”

“法律保护你什么啊？《婚姻法》里还有离婚这一条呢。喔，我要结婚，你保护我；我要离婚，你也保护我。我怎么那么爱被保护啊？”

罗书全……无语了……

“我跟你这么说吧，”顾小白想了想，说，“婚姻对于正常人类的唯一意义，就是可以合法地生孩子，孩子生下来不是黑户口，就是说，它可以以一个正常的公民身份出生。这才是结婚和不结婚最大的区别。不然你跟我说结婚是干吗用的？结了可以离，虽然手续麻烦点儿，这和谈恋爱分手有什么区别？分手还有分不掉的呢。”

“你你你干吗突然那么激动啊？”

“咳，对不起，恐惧导致攻击，”顾小白调整了一下表情，“你干吗突然跟我提这么恐怖的话题啊？”

罗书全沉默了半天，“因为……AMY可能怀孕了……”

这是昨天晚上发生的事。

昨天晚上，罗书全正坐在电脑前打游戏——体验他理想实现的成就感——AMY从洗手间出来，面容哀戚，坐在他边上一言不发。

“怎么了？”罗书全不经意间转过头。

“没什么。”AMY摇摇头。

罗书全喔了一声再度把头转过去，他不知道AMY在背后看着他，那双眼睛看着他和游戏屏幕……

这个三十多岁的男人……还整天打游戏……未来简直是一片漆黑……

“你怎么了？”一抬头，罗书全又是一张关切的脸。

“都说了没事了。”

AMY悲伤地笑了笑，这下连傻子都看得出来，AMY不是没事是装没事了。罗书全不好再打游戏，默默关掉电脑，坐在AMY身边，握着她手，“乖，告诉我，到底发生什么事了？是不是马桶又坏了？”

“没有。”

“喔！我知道了！”

望着AMY似有若无的悲伤，罗书全竟豁然开朗起来，把AMY都开朗傻了，“你知道什么了？”

“顾小白曾经告诉过我，女人每个月都有那么几天，心情低落，神经紧张，莫名其妙发脾气。这个时候，最好的办法就是安慰她，帮助他，告诉她无论怎样都会陪在她旁边。千万不要跟她对着干，不然会死得很惨。”罗书全握着AMY的手情真意切地说，“没关系，一切都会好起来的。”

“……”

“在这几天里，你有什么不爽都冲着我来好了。”罗书全闭上眼，“你想抽哪里，就抽吧……”

“你到底在说什么啊？”

“你……不是那个来了吗？”

“什么来了？”

AMY呆呆地看着他，罗书全还解释起来，“就那个啊……你们女人很多称呼的那个啊……大姨妈啊，好朋友啊，你们小时候是不是都跟姨妈很亲啊？我说对了吧？”

AMY坐在那里，怔了半天，“你说对了。”

罗书全竟像猜中有奖问答般，欣慰地笑了。

“不过不是来了，是没来……”

“那你干吗？”

罗书全困惑地看着她，AMY只好再补上一句，“已经两个月没来了……”

“喔……那不挺好吗？”

罗书全起身就要去继续打游戏了，AMY在背后不可思议地看着他。终于，这个木讷的男人，两分钟后转过头来，带着像被霜打过的茄子一般的脸色，颤抖地看着她……

“你反应真快……”AMY淡淡地说。

罗书全反应快，AMY反应也不慢，第二天AMY就拽着莫小闵去屈臣氏买验孕棒。两人在货架前转来转去，AMY一边选一边笑得打跌。

“啊哈哈哈，你是没看到他当时的样子，吓得头都要掉下来了。”

“他以前没让什么女人怀孕过吗？”莫小闵皱着眉头开冰箱选汽水。

“肯定没有啊，看他当时的表情就知道。”

“我真搞不懂，你这么莫名其妙吓他干吗，这有什么好玩的。”

“你以为我想玩啊，大姐？”见到莫小闵如此轻率地评判自己的行为，AMY非常不以为然，于是她严肃地说明，“装很悲伤很慌乱的表情很不容易的好吗？我不是想吓他，不是想恶心他，就是想知道，他是不是个会负责任的男人。”

“那他不是吓得头都快掉下来了吗？”

“那是本能反应。”AMY不以为然地说，“估计男人第一反应都是这样，特镇定的那种都是装的。所以我才说，今天来买测孕棒回去确定一下啊。”

“所以，这个时间就等于让他在家好好反思？”

“没错，等于先给判个死缓。”

“那今天接着回去就直接死刑了？”

AMY郑重地点了点头，拿下一个测孕棒，“没错！”走到柜台前，“小姐，你们这儿墨水笔有卖吗？”

望着拿着验孕棒要墨水笔的女人，售货员小姐也有些慌乱了……

“你和莫小闵现在还有联系吗？”

罗书全坐在顾小白的沙发上，凝视着茶几上的一滩污渍。

“偶尔，通个电话，网上MSN上说几句话。”顾小白反问，“干吗？”

“那你觉得你们以后还有可能吗？”

“什么可能？”

“重新再在一起啊！”

“我不知道，”顾小白认真地想了想，“但是我觉得可能性很小，无限趋近于零。”

“为什么呢？”

“没什么为什么啊？人很多时候相爱在一起，就是天时地利人和。在那个时间，那个地点，那个心态，碰在一起了，才能成。如果一旦分开了，就算对对方还有怀念啊、喜欢啊什么的，但是各自有各自的生活啊，世界已经不一样了，而且越来越不一样。就算再在一起，也很难有这种心态了啊。两情相悦本来就是小概率事件，你要同样的两个人，再发生一次同样的小概率事件，那就概率更加小，基本不可能。”

“嗯。”罗书全沮丧地点点头。

“干吗问这个？”

“没有，就是……我和AMY是因为你和莫小闵才在一起的，结果你们倒分了，我们却还是在一起，感觉总有点那什么……”罗书全突然笑了笑，“造化弄人、世事无常的感觉。”

罗书全因为AMY怀孕的“事实”，因而承认了一种叫做宿命的东西。而此时此刻，AMY正在咖啡馆里，和莫小闵商量着，如何亲手制造这种宿命。

“可是你有没有想过，你这么玩，玩完以后呢？”莫小闵问她。

“什么叫玩完以后？”

“那，是这样的，你买这个东西，打算回家后加工一下，然后让罗书全确定你真的怀孕了，是不是？”莫小闵举起验孕棒，像授课教授般问道。

“是啊。”AMY也傻了……

这不是……我的计划吗？你再重复一遍算什么意思？

“那接着呢？”面前的好朋友又问。

“接着就看他表现啊？是打算负责任还是不负责任。”

“不管他怎么表现，问题是他表现完了，接着你怎么办啊？”莫小闵快急死了，望着AMY还没反应过来的样子，“关键是你没怀孕啊，大姐！”

“喔……咳，这有什么的……”AMY差点被吓死，“我就是想看他表现。他表现得好，我就好好爱他；他表现得不好，我就得非常慎重严肃地考虑我们的未来，是不是还要继续在一起，有没有这个必要。重要的是他的表现，其他就再说呗……”

女人做事一般只认眼前一步，再多一步也不想。不像男人，要事先运筹个好几十步，但通常是没等走到那一步，就不知道岔到哪里去了。

罗书全正在感慨，自己当初怎么会显卡烧坏再度碰到AMY，以至于岔到这里的时候，AMY回家了。看着罗书全像迎接皇亲般又欢喜又忐忑地走向自己，她也忍不住悲伤起来。她拿出包里的验孕棒，强笑着朝罗书全晃了晃，向厕所走去。

此举表示暂时休庭，陪审团去商量无罪释放还是当场绞死。望着AMY走向卫生间关上门的背影，罗书全想再听到亲人最后一点声音。

“她回来啦！AMY！手里拿着测孕棒回来啦！”罗书全拨通顾小白的电话，那边还没响声，罗书全就连珠炮似的发话。

“那……所以呢？！”顾小白也一头雾水。

“没有所以，她现在进洗手间测试去了。”

“哈哈，你是打电话来给我立遗嘱的吗？”

“这个……你不要开这样的玩笑，”罗书全紧张地抹着汗，“你知道我现在心脏跳多快吗？估计一分钟一千跳……怎么办啊怎么办啊，上帝保佑啊。”

“哟，你现在已经管我叫上帝啦？”

“我叫你不要开玩笑了！”

“好了好了，不开玩笑了。”电话里的顾小白听起来很费解，“我就是搞不懂，你有什么好紧张的啊？这种事，意外怀孕嘛，很正常的啊，打掉就是。你要不要医生电话啊？”

罗书全捂着心脏不说话，一说话……心脏就跳出来了……

“不过打掉以后，你们很快就会分手就是了。”电话那头说。

“嗯？”

“什么很快就会分手？”

“喔，我刚才忘了跟你说了。”顾小白在那边想起什么似的说道，“虽然怀孕这种事大家也不想，两个人感情也不错。但很多情况下，女的莫名其妙怀了孕，也很懂事地去打掉了。打掉之后，没过多久，这个女的就会和这个男人分手，而且恨之入骨。”

“啊……”

“你……在说什么东西啊？”

“我也不知道啊，女人的心态啊，很怪的。”那边听起来确实不像在开玩笑，“她们觉得一个新的生命在肚子里被扼杀掉以后，她们会一下子对这个男人毫无感情。非但毫无感情，而且会怎么看怎么讨厌，然后就会非常绝情地离开他，这种事情我听说过不止一次。”

“这这这到底是为什么啊？”

“我怎么知道！”那边叫喊起来，“我又不是女人！再过一个礼拜，你自己去问AMY好了！”

罗书全沉默了半天，说：“我的心脏已经不跳了。”

“嗯，就像你即将要扼杀的小生命一样吗？”

电话里传来罗书全的哀号，“大哥，你到底是来安慰我的还是来恐吓我的？”

顾小白严正声明，“我既不是安慰你，也不是恐吓你，我把所有事情摊开来告诉你，让你做好思想准备，做兄弟做到我这个份上容易么我？就这样，再见！”只剩下嘟嘟嘟的声音，亲人也没了……

卫生间的门徐徐打开了，好像地狱的门啊……

地狱来的使者面无表情地出来，没有表情地经过他，没有表情地坐下，拿不准是真来收他的，还是过路打酱油的。罗书全抱着试试看的心情上前搭话。

“怎……怎么样？”

坐在她身边，罗书全虽然颤抖，也要假装不害怕地问着。

“你自己看。”对方递过来一支小小的塑料条状物。

罗书全两只手捧着接过，像接圣旨。

垂下头研究……好复杂哦……是什么意思呢?

AMY坐在那里等了半天，看罗书全还在那里深情地凝视验孕棒，好像马上会有个神冒出来许他三个愿望似的，突然他转过头来。

“怎么看？”

AMY一个趔趄，想死的心都有。

AMY强笑着爬起来，走进洗手间，拿出测孕棒的说明书，递给罗书全。

“汉字会看吧？”

这个打游戏从来不需要看说明书的男人，接过说明书，比对着测孕棒，看起来。

顾小白在键盘前工作，打字，突然，房间的灯暗了暗，然后又亮起。

顾小白抬头看灯，四周的灯暗了暗，再亮起。

然后，砰的一声，保险丝炸掉，所有灯全部灭掉，房间里一片漆黑。

“祝你平安，喔……祝你平安，让那幸福，永远围绕在你身边……”

顾小白在一片漆黑中……轻轻地哼唱起来……

第二天下午，顾小白约了左永邦，来分享罗书全的悲惨命运。三人跑到楼下的茶餐厅，顾小白一口气点了八十个菜，和左永邦两个人你来我往地吃着，就罗书全一个人沉默不语。

“来来来，多吃点。”顾小白还给罗书全夹菜，“马上要做爸爸啦，要多补补……”

“行了行了，你就别刺激他了。”左永邦实在看不下去了。

这个对幸灾乐祸抱着终身兴趣的男人，是以怎样的恶趣味维持着生命啊……

“不好意思，我可能是天生运气好，从来没让女孩子怀孕过，所以基本上我很难体会这种心情。”顾小白拿起一根筷子，对着罗书全，“请问你现在什么心情？”

“没有心情。”罗书全面无表情地说。

“哇！实在是太高级了，你不由得让我想到了一个故事。”

“什么故事？”左永邦也好奇起来。

“你知道希区柯克吗？”顾小白问道，“希区柯克是美国著名电影导演，拍过《惊魂记》《蝴蝶梦》《红楼梦》等重要惊悚电影多达几十部，和村上春树、米兰昆德拉并称为泡妞必知的装逼关键词之一。他执导一部电影具体叫什么我忘了，需要女主角表演极度悲伤的状态。那女主角是谁我也忘了，反正演来演去死活演不对。极度悲伤，怎么演啊？”顾小白摊摊手，“然后希区柯克就对她说了，你什么也不要做，什么也不要演，就那儿站着，面无表情，就对了，就极度悲伤了。结果，那女主角凭这片拿了奥斯卡奖……”

顾小白转手指了指罗书全，“极度悲伤。”

左永邦看看罗书全，的确是面无表情。

“其实，我心里难过不是因为她怀孕。”面无表情的人突然说道。

“啊？那是什么？”

“是我怀疑，这孩子不是我的。”气氛一下子凝重起来……

顾小白和左永邦互相看了看，谁也不敢先开口说话，好像语音会引爆餐厅里的某种炸弹装置。

“我们每次那个……”罗书全沉默了半天，说，“我们都……至少我都充分做好了安全措施，她怎么可能怀孕？”

“喔……”顾小白想了半天，一拍桌子，恍然大悟，“我知道了！好险恶的用心！”

“啊？什么险恶用心？”

“你们这次复合啊！我本来就想了，只见过合久的分，没见过分久的合，我早觉着你们这次复合哪里透着诡异。原来是她跟别人那儿怀上了，然后不舍得打掉，就赖在你头上！果然是太险恶了！”顾小白愤愤不平。

罗书全抬头看看顾小白，“你讨厌她也得有个谱好吗？我们复合了起码三个多月了，赖也赖不着我啊！”

“嗯？这下我很迷茫……”顾小白呆在那里，已经超出想象力极限了……

“他思路太诡异，你不要理他。”左永邦搁下筷子，好声对罗书全说，“你是不是怀疑AMY在外面有人？”

“我不知道啊！”罗书全茫然得很悲伤，“我只是觉得，她没道理在我这儿怀孕。”

“那你好好回想一下，她在你面前，至少这段时间，表现得和以前有没有什么不一样。”

“什么？哪儿不一样？”

“问你呢，神态啊，表情啊，举止啊。”

“没什么啊，很正常啊。”

“有没有心不在焉啊什么的？”

“算了吧，”顾小白元神归位，插话道，“那个AMY跟他在一块儿就没怎么心在焉过，而且女人要演你哪儿看得出来啊？”

“看不出来的吗？”罗书全真不知道。

“当然看不出来，好吗？”顾小白断然说，“我跟你说过，世界上任何一个女人都是演技派。她要在你面前演自然，打死你也看不出来。只有一点可以判别——呃……就是这段时间以来，你们上床的时候，她对你有没有什么抗拒啊、不投入啊的感觉？”

望着顾小白紧张的神情，罗书全也慌乱起来，使劲回忆……

“我……我没注意啊，我没注意她什么感觉啊！”

“行了，完了。”顾小白干脆地说，“诊断完毕，出轨的原因找到了。”

望着罗书全呆呆的眼神，顾小白大喊：“你还不明白吗！谁让你从来不注意女人在床上的感觉！你不注意她，她就找别人注意去了！”

面前的男人真的悲伤起来：“真……的……么？”

“废话！当然是真的！”顾小白大喊。

餐厅里别人都转头看他，顾小白也冲着他们喊：“找的又不是我！你们看我干吗？”

大家纷纷把头转回去。

“你别听他胡说八道。”左永邦说，“我们也就是瞎猜，跟三个八婆似的，我怎么觉得浑身那么不舒服啊？你把我找来干吗？”

“废话！兄弟有难，能不管吗？”顾小白愤愤道，“这事儿我又没经验！”

“咳，好吧。”左永邦干咳两声，看着悲伤得不能自已的罗书全，“总之呢，这种没谱的事别瞎想，再严密的保全措施也有中奖的时候。”

罗书全一直沉默着，突然，他抬起头来，“我就不能问问她吗？”

左永邦缓缓转头，看着顾小白，“能问么？”

“我不知道啊，”顾小白茫然地回答，“我说了这事儿我没经验的，所以才把你找来。”

左永邦也忍不住突然大喊：“废话！当然不能问！打死也不能问！”

餐厅里，众人再次转头看左永邦。

左永邦冲他们回喊：“看我干吗？又不是问我！”

众人再次默默把头转过去。

“不管怎么样！切记！切记！”左永邦望着罗书全，好像在立遗嘱，“这个问题，哪怕在你心里问了一千遍！你也不能当着她面亲口问出来！一句都不行！”

“为什么？”

“废话！问了也无非就两种情况。一种她承认了，这孩子不是你的，忽悠你没忽悠成，那你还能要她吗？”左永邦看着他，缓缓掰着手指，“二就是这孩子真是你的，但你居然怀疑不是你的，那她还能要你么？”

“总而言之，你们分定了！”

罗书全通盘想了想，把顾小白和左永邦的话都在脑子里盘通了，缓缓点了点头。

“总之，这孩子打掉，她也肯定跟我分，对吧？”他看着顾小白，再把视线转移到左永邦脸上，“问也是肯定不能问了，是吧？你们……还能再给我条活路走吗？”

活路肯定是没有了，罗书全一个人默默地回到家里，家里空空如也。他答应了AMY今天下午四点给她答复，现在是三点半，AMY正在服装店上班。他想去看她，却下意识地打开电脑，在电脑前麻木不仁地翻着，脑子里还回荡着刚才顾小白和左永邦的话。

“从古到今，就从来没听说过，有什么男人能在女人把孩子生下来之前，就确定这个孩子肯定是他的。”左永邦说，“但生下来之后呢，一般没什么事也没人会精神病到去做个亲子鉴定。”

“那这个地球不是很危险？”顾小白说。

“对于男人来说，确实是啊……”左永邦刚感慨了一下，突然回过神来，“嗯？潇潇到底是不是我亲生的？”

见左永邦自己引火烧身，罗书全吓得双手乱摇，“不麻烦了，不麻烦了。”

那边……顾小白也抬头望起天来……

“会不会我有什么女朋友和我分了手，把孩子生下来没告诉我？这么说来，我可能会有很多孩子……遗产怎么办呢？我本来就没多少存款……”

罗书全顾左顾不了右，没想到捅了那么大娄子，整个人都傻了。

过了一会儿……大概足足有半个小时，左永邦突然嗯哼一声，悠悠醒转，长长地吁了口气……

“是我的……潇潇是我亲生的。”

“啊？靠什么判断的？”顾小白忍不住问。

“什么也不靠。”左永邦笑笑，指了指自己胸口，“靠自己的心，我刚才回忆了一下十七八年前，我和我太太……在潇潇还没出生前……我们……”

“你回忆了整整一个小时？”

“是啊，很多美好的回忆啊……”

光凭那些回忆，那些欢笑与感动，潇潇是我亲生的。

罗书全坐在电脑前，一边回想着，一边在电脑文件里乱翻。

突然，一个文件夹被打了开来，很多很多照片摊在眼前……都是他自己……

原来，在他不知道的时候，AMY给他拍了很多照片，睡得像猪的时候，打游戏痴迷的时候，一个人坐在马桶上怔怔发呆的时候……

这些罗书全自己也不知道时间流过的瞬间，都被AMY随手拍了下来……

罗书全的眼泪马上就流下来了，我怎么能……怀疑她……

这个时候，AMY在回家的路上，心里也是七上八下，忐忑不安。昨天晚上，她把那个弥天大谎撒完，看着罗书全面色惨白，刹那间只凭怨念，就把整栋大楼的灯全熄灭了。灯再亮起的时候，他对她说要再想一想。

“想什么呢？”AMY心想，她不知道罗书全经过深思熟虑的答案是什么，只是好几次半夜起床，都看见罗书全一个人坐在客厅里发呆。她有点不忍心，但事情已经做下了，只好硬着头皮做下去。AMY只好不断安慰自己，这是对罗书全最后的测试，测试他是不是一个值得托付的、负责任的男人？如果是……她就再也义无反顾……

她也不想想，如果罗书全跑上来特别郑重地对她说，我们把这个孩子生下来吧……她该怎么办？

这也是她走在回家路上，心里发懵的原因——那一刹那，心虚到竟然希望，罗书全让她把这个不存在的孩子打掉，这样她至少还能大肆发作一下……

现在，真是骑虎难下啊……

AMY就是怀着这样的心情到了家，用钥匙开了门，屋内空无一人。

墙上的钟，已经快五点了。

这个男人……竟然连见我的勇气都没有了。

此时，罗书全正拽着顾小白在南京路上狂奔，他看到那些照片，突然间脑子里无比清楚。

我没办法确定这个孩子是不是我的，谁都没办法确定，我只能确定一点……

AMY是我的，是我要的，是我一直在寻找并确定的那个女人……

我要向她求婚！

他冲到顾小白家，用最快的速度和他说明了来意，就把他拽出了门。两个人合计了一下，手头的存款合在一起，怎么样也能买一个正经不丢人的钻戒了，就冲了出去。

一路上，罗书全心情激动，浑身颤抖，顾小白还在发懵。

他想不通，这个男人前一秒还在怀疑自己女人怀的孩子是不是自己的，下一秒就要和她求婚……

但既然他决定了，就只有支持他。

在蒂凡尼的店门口，顾小白眼睁睁地看着罗书全的手机响了，是AMY打来的。

然后，罗书全在众目睽睽之下把手机掐了。

“我不想让她知道太多。”说完，罗书全就把顾小白拽进了店里。

穿着制服的美貌售货员走过来，“两位需要点什么？”

“钻戒。”

“请跟我来……”

两人趴在一个柜面上看了半天，罗书全挑中一枚钻戒，让售货员拿出来，递给顾小白。

“向我求婚。”

“啊？”

“我要试试看AMY看到它的效果。”罗书全小声逼迫着不知所措的顾小白，“快点！向我求婚。”

顾小白镇定地接过钻戒，看看周围，边上的人都在看着他。

他只好单膝跪下来……

真是这辈子最想死的时刻……

“说点儿什么。”罗书全低头对顾小白说。

“你个傻×，你爱嫁不嫁。”

罗书全凑上去，小声警告，“认真点，严肃点，弄得不好这段话我还要照样扒下来给AMY听呢。”

顾小白叹了口气，闭上眼睛想起来……

刹那间，周围嘈杂的声音都像潮水一样退去了。有一个人留在沙滩上，穿着长裙，在漫天夕阳下就这么轻轻笑着，沙滩上留下了一个个足印……

“对不起，我知道我们分开过。”顾小白睁开眼，不知何时，眼中已经满是泪水，“但你不知道，你不知道在分开以后的每一天里，我每天都想着怎么重新和你在一起。为此，我不断地祷告，不断地往前走……

“我指望着哪一天，或许哪一天，我们会在某一个路口，某一个我们根本就没预料过的路口重新遇见。这时，这个时候我们都会发现，我们曾经如此，如此轻率地错过了对方，错失了对方。而上帝这辈子给过我的最好的两个礼物，是遇见你，和再次遇见你。”

“我不能再等待上帝再给我什么了，我要做的是给你我剩下的所有的生命。也希望你能给我，给我你最好的礼物，你剩下的所有的人生……嫁给我……”

那个人像雾一样消失，眼前渐渐清晰了……

一个猥琐的男人正跪下来，抱着自己痛哭失声……

耳边，也仿佛传来一个女顾客拉着男友哽咽的声音，“谁规定同性恋在中国没法结婚？这俩哥们儿太不容易了……”

回家的出租车上，罗书全和顾小白坐着。罗书全手里拿着钻戒盒，不断地做惊喜状，打开，露出热泪盈眶的表情，然后面无表情地合上；再惊喜状地打开，热泪盈眶……循环往复N次，顾小白在一边打电话给左永邦。

“罗书全要向AMY求婚啦！”

“什么？”那边传来迷迷糊糊的声音。

“罗书全要向AMY求婚啦！”

“什么？”那个声音猛地惊醒过来，“是我没睡醒，还是他还没睡醒？什么意思？”

“罗书全，通过你的启蒙后终于想通啦！不管那孩子是怎么回事，AMY是他想要的那个人。所以和我一起刚刚买了钻戒，现在在我边上发神经呢，一会儿我们回去，他要向她求婚啦！”

左永邦反应过来，连忙起身穿衣服，“你等等，我马上过来。”

五分钟后，他也出了门。

这个时候，华山医院的门口，莫小闵正在焦急地等待着，远处AMY急匆匆地走过来，戴着大墨镜。

“怎么回事？不是说到我家来吗？”莫小闵困惑地看着她，“怎么改这里了。”

“我可能真的怀孕了。”

“什么？”

“别叫。”AMY低声说，“我可能真的怀孕了。”

一个小时前，AMY环顾着空荡荡的房间，过了约定的时间，罗书全还是无影无踪，打电话给他，也被果断地掐断了。

这个男人，不敢给什么回应，连见我面的勇气都没有了……

或许，这也是一种回应吧？

AMY站在原地，看着空荡荡的房间，无意识地不断地苦笑着。原来在莫小闵口中的这个“无聊的恶作剧”，真的是这样起了作用，照出了这个男人本性中的怯懦、无能、没有担当。

“我已经没有必要再留在这里了吧……”

AMY缓缓地看着四周，这屋子里，不知何时，已经摆满了自己的东西，要收拾起来也不是一时半会的事。

先把最容易拿的东西带上吧，今天晚上住到莫小闵家里去。

“我已经不想再见到他了……”

AMY拉出拉杆箱，胡乱地往里面塞着衣服，然后不知怎么地，可能是动作过于激烈。

一阵强烈的呕吐感，从胃里翻江倒海地升腾起来……

“你没跟罗书全说就这么过来了？”

“我跟他说什么啊？”AMY悲愤地看着莫小闵，“我之前就跟他说了，他说给我答复，到了时间，人都没了，打电话都不接，还能跟他说什么啊？说‘哦……不好意思，我之前是骗你的，这回好像是真的，请郑重对待哦。’这么说吗？”

莫小闵也答不上来了。

过了一会儿。

“你确定……你上次不是买了那个测孕棒吗？你没在家先试吗？”

“我第一个反应就是赶紧逃出来，你懂吗？我一分钟都没法在那儿待了，我们已经Over了。那个什么测孕棒，我得在上面画线啊！哪有一次就成功的，全被我用光啦！”

“那……那你准备怎么办呢？如果真的怀上了。”

“没怎么办，打掉。”

望着莫小闵呆呆的眼神，AMY伤感地笑起来，“可能真的是上帝在惩罚我吧。罗书全已经指望不上了，我们已经结束了。”

“可你不是一直想要小孩吗？”

有护士走出来，叫着AMY的名字。

AMY站起来，朝着莫小闵伤感地笑了笑，然后走了进去。

莫小闵的眼中是她的背影……

“你真的想清楚了？”

罗书全家里，三个人已经会合，罗书全正拿着飞机上的呕吐袋，不断地做着深呼吸，放下，对左永邦点头。

“真想清楚了？”

罗书全又把头埋进呕吐袋，深呼吸。

“哪怕她这次怀孕可能不是你的？”

“不，是我的。”罗书全抬起头，眼神慢慢坚定，“我想和她在一起，就是这么简单。”

“好，想清楚了就好。”

“你们快点走吧，她可能马上就回来了。”

“不要！”顾小白突然举手，“我要看！

“看什么？”

“我从来没看见过人家求婚！我要看！”

“我们走吧，我们在这儿他说不出来。”看着罗书全求助的眼神，左永邦只好劝说顾小白。

“哼！”顾小白看看他们，然后站起身，走到衣橱前打开门，钻进去，慢慢把门关上。

罗书全和左永邦面面相觑。

这时，外面钥匙开门的声音，罗书全悚然而惊，紧张地转过头去。

左永邦站起身，整了整领带，很自觉地走向衣橱，打开，进去，慢慢关上门。

姿势相当之优雅。

门推了开来，罗书全条件反射地站起来，两人互相望着。

气氛……突然诡异起来。

“刚回来？”罗书全紧张地笑起来。

“Hi！”AMY对着他，像看到一个陌生人一样笑起来。

“不好意思，我之前有点事儿，所以我没接你电话……”

“喔！没事！”AMY高兴地摇摇头，打断他，眼光转到屋子角落里，走过去拿起收拾到一半的行李箱，放到床上，开始重新整理。

“这……这是干吗？”

“没事。”AMY转过头，朝他笑了笑，“我要出去旅行一趟。”

“旅行？和谁？去哪里？我怎么完全不知道？”

“我自己一个人，刚决定的。”

AMY完全不管罗书全，整理着自己的箱子，留罗书全一个人傻傻地站在那里。

“怎……怎么回事啊？”

“没事啊，我回头跟你说吧。”

“你……你是不是怪我没在屋子里等你，没接你电话啊，我……”

“喔！没事！” AMY转过头，笑了笑，“这件事已经过去了。”

“过去了？”

“过去了。”AMY轻轻一笑，点点头。

“情况不对劲啊！”衣橱里，顾小白忍不住小声对左永邦说，被左永邦一把捂住嘴巴。

外面，AMY已经收拾完箱子，笑着对罗书全挥挥手，“行啦！我走啦！回头电话跟你说吧！”

罗书全呆呆地看着AMY。

“再见。”AMY挥手朝他笑了笑，走出了门外。

那个人已经走远，罗书全还呆呆地站在那里，只是不自觉地拿出钻戒，呆呆地看着。

“你有病啊！”顾小白跳出来喊。

“你怎么回事啊？干吗不拉住她啊？”左永邦也艰难地爬出来。

“喂！她肯定觉得，你对她怀孕压根不关心，绝望地走人啦！”

顾小白已经忍不住要抽罗书全耳光了。

罗书全置若罔闻，只是呆呆地看着门，嘴巴里突然发生轻轻的喃喃声。

“AMY，嫁给我……”

“现在说有个屁用啊！”

“AMY，嫁给我，我没有在家里等你，我没有接你电话，我是去买戒指的……”罗书全像两个人完全不存在似的，呆呆地对着空气说，“我急得连钱都忘了带，是顾小白借我的……我没有想到……我不知道出了什么事儿……你可不可以……我们结婚吧……”

顾小白和左永邦互相看了看，这个人已经疯掉了……

“AMY……”罗书全梦幻地说着，“我们结婚吧……”

“没事吧你，醒醒！”

“你可不可以嫁给我，AMY我不能再失去第二次了，我不能了……”罗书全像还魂似的突然反应过来，冲过去大叫着拉开门。

“AMY！”

撞到一个人，AMY的身影，静静地伫立在门口。

AMY慢慢转过身，脸上全是眼泪。罗书全呆呆地看着AMY。

AMY看着罗书全，笑着抹了一下眼睛，然后拎起箱子继续往走廊外走。

“AMY！”

AMY转过头，看着他。

“我没有不负责任，我喜欢小孩子。”罗书全认真地看着她，“我也没有不管你，我刚才是和顾小白一起去买戒指了……好多戒指，不知道选哪个，不知道你喜欢哪个。其实这么长时间来，我都不知道你到底喜欢些什么。说实话，我不是很了解你，但是我想了解你，想知道你喜欢什么，想要什么。我不知道你是不是想要我，但是我知道我想要你。我想知道，我们能不能一直在一起……”

AMY看着罗书全，眼泪噼里啪啦掉下来。

“AMY……”罗书全缓缓跪下，举着戒指，“我们结婚吧……”

AMY看着他，捂着嘴，慢慢向他走过去。

“我好想撒花。”顾小白小声对左永邦说。

“哪儿有花？”

“走道里倒是有一袋石灰呢……”

AMY走到罗书全面前，慢慢地伸出手，伸向戒指。

在碰到的那一刹那，她止住了。

耳边响起的是刚才在医院诊室里……医生对她说的……

“不好意思，小姐，结果已经出来了。我们观察到，你的子宫壁非常薄，受精卵很难在上面依附。不好意思……刚才的感觉可能是心情激动吧，是误会。不好意思，你非但没有怀孕，可能很难会怀孕……”

“对不起……”

AMY呆呆地望着医生，就像现在呆呆地望着罗书全。

面前闪烁的东西，是自己一直在渴望的幸福。

然而现在，就此时此刻，却是像光年一般的遥远，无法触碰……

LESSON 23 小男人

男人分分秒秒都应该是强者么？
我们柔弱无助的时候，也期盼恋母情结、姐弟恋来救苦救难。
小男人，大女人，存在即合理。

我们往往都会借着一些名义去做另一些事情，骗了别人，也骗了自己。不管是卑劣还是高尚，这个世界实在太忙，忙到我们忘了去问自己，你最想要的是什么？当这样的美好来到面前，是习惯性地逃开，还是鼓起勇气，告诉她：虽然我很害怕，但从一开始，我就很真心？

窗外，蝉鸣的声音在宣告夏天快结束，秋天快来了。

屋子里，顾小白坐在电脑前，拿面镜子照着自己的脸。

“镜子啊镜子，请你告诉我，这个世界上哪个男人最帅……”

一翻转镜子，镜子后面写着“顾小白”三个字。

“太直接了吧……”看着镜子，顾小白羞涩地笑起来。

“镜子啊镜子，请你告诉我，这个世界上哪个男人最帅……”

再一次……脸红了。

这下满意了，振作一下精神，打算开始工作。

“你每天就这么自己跟自己玩儿的？”罗书全坐在后面的沙发上，一直没说话，这时终于忍不住了，冷冷地问，“好玩吗？”

“啊？”

“啊个屁啊！你是一作家！又不是男妓！一天问自己一百遍这个世界上谁最帅干吗？”

这个好脾气的男人也忍不住叫起来。

“这你就不懂了，”顾小白转过头来，细心解释，“这叫自我催眠疗法。每天这么问一问，精神百倍，工作起来也特别有干劲儿啦。”

“……”

“而且，话说回来，我每天注意一下自己形象怎么啦？”顾小白盯着他，好像盯着歧视自己的异端人士，“是不是在你眼睛里，作家都是那种蓬头垢面，穿得跟乞丐似的，见人就躲，整天神经兮兮的社会边缘分子？”

“你以为你不神经？”

“我这叫对自己严格要求。”

顾小白转过头，拿起镜子朗诵，“镜子啊镜子，请你告诉我，这个世界上谁最嫉妒我的美貌……”

正打算把镜子转向罗书全，罗书全已经站起身来，往门外走去。

“你自己一个人慢慢玩吧，不陪你玩了。”

AMY终于答应了他的求婚，也把实情相告，两个人之间再也没有隔阂，这一阵正在心情愉快地筹备婚礼。罗书全是出于晒幸福的心情上来和顾小白待一会儿的，但实在受不了这么精神错乱的家伙了，正要往门外走去。

拉开门，看到了一个久违的身影。

转过头，顾小白的镜子里也倒映出了那个人……

他拿镜子的手都僵硬在那里。

罗书全再度转过头，对着面前的人笑了笑，“嗨……好久不见……”

“好久不见……”莫小闵也笑了起来。

莫小闵来找顾小白，也不直说有什么事，就说下去喝一杯再说。顾小白心情怪异，不管三七二十一把罗书全也拉了下去，莫小闵也不以为意。三个人到了楼下的茶餐厅，找了座位，莫小闵叫了两声服务生，没人理睬，就起身自己过去叫了。

“你拉着我来干吗？”罗书全趁机对顾小白说。

“我怎么知道她找我什么事啊，”顾小白说，“有你在，我进退比较有余地。”

“比如呢？”

“比如她来问我借钱，我就说钱全借给你了，你就马上点头。”

“你替我想得真周到，那万一她是来找你复合呢？”

“这……不太可能吧？”顾小白还真的认真想了想，“看她急成这个样子，找我复合也不用这么急吧，我又不是明天就死。”

可心里还是这么希望的吧，虽然顾小白嘴上非常骄傲地表现出不在乎。

罗书全看着顾小白，正想再酝酿点什么嘲讽话来损他。远远地，莫小闵走了过来，走到他们俩面前坐下，冲着顾小白，像是在斟酌什么。过了一会儿，又好像不想再斟酌了。

“我快活不下去了……”莫小闵说出了一句又艰难又仿佛脱口而出的话。

顾小白愣愣地看着她，“什……什么意思？”

“也不知道怎么回事，这个圈子好像突然把我抛弃了一样。三个月，一条平面也没有，一条广告也没有，一个找上门的电视剧角色也没有。好像一夜之间大家都把我忘光了，怎么回事呢？”

莫小闵困惑地望着顾小白，她遭遇到了从未有过的困境……

这是她从百货公司辞职时没有预料过的困境。

那时，她还以为自己被幸运之神眷顾，从此在演艺道路上飞奔呢。

“我……我也没办法……”顾小白也呆呆地看着她，“我现在写的一个戏的角色都已经定了，我想建议也没办法啊。”

“我实在爱莫能助，即使面前是我现在仍旧喜爱着的人，我也只能这么看着她。”顾小白心里莫名地升腾起一种复杂的情绪，不知是高兴，还是悲哀。

“我有句话不知该说不该说啊。”边上的罗书全一直沉默着，这时突然插口道。

“那就不要说！”

顾小白转头凶巴巴地看着他，转而又慈祥起来，“说吧，逗你玩呢。”

罗书全刚要说……

“你敢说！！！”

“……”

“还是逗你玩儿呢，快说吧。”

“他最近怎么了？”莫小闵目瞪口呆地看着罗书全。

“不是最近，和你分手后他一直这样……”罗书全飞快地说完，转头对着顾小白，一边回忆一边讲，“是这样，我也不知道准不准。我记得AMY有次跟我无意中说起过，她店里一直有个常客，好像是个什么……独立电影制片人？是这样讲的吧？国外回来的，一直在做什么独立制作，AMY还问过我，要不要介绍你们认识呢……”

罗书全说完，转头不确信地看着莫小闵，“可能……认识了能有点什么机会吧？”

“你怎么从来没提过？”顾小白问。

“因为你一直是接单做的呀，独立电影这种东西，是要你先有自己原创的剧本吧？你哪有这个出息呀？”

顾小白的脸上，突然浮现出一种难以描述的表情，好像被人窥破了什么秘密一般。

“这个……我还真的是有呢……”

让罗书全意外的是，顾小白还确实真有一个从未给人看过、也未跟人提起过的原创剧本。“大概是出于羞涩吧？”莫小闵惴惴不安地走后，罗书全跟着顾小白上楼，顾小白从里屋拿出一叠纸来的时候，罗书全这样想道。

“喏……”顾小白把那叠破纸递给罗书全，说，“这是莫小闵和我分手后，我悲痛欲绝之下什么也干不了，情景喜剧那是不可能写了，就写了一个这个，把我所有的情绪都发泄在上面。”

罗书全接过翻了翻。上面全是密密麻麻的字啊，看了就头疼。

“主要是讲什么？”

“讲一个人全家死光光的故事。”顾小白干脆地说。

望着罗书全一脸囧相，顾小白细心解释起来，“一个人因为和男朋友分手，接下来发生了一连串的倒霉事件，身边的人一个接一个地死去，她也不知道发生了什么事，特迷茫，特无助，老惨了……”

这大概是顾小白最真实的心情写照吧？

“你怎么那么恶毒啊？”

“艺术来源于生活嘛。”顾小白坦然道，“不过现在不同了，女主角在生活中的确太惨了，作为诅咒者的我都看不下去了，你快打电话联系那个什么制片人吧！”

罗书全盯着顾小白的脸看了一会儿，顾小白毫无心虚愧疚，坦然面对。罗书全终于败给这个精神错乱的男人，悻悻地拿起电话拨给AMY，从AMY那里要到了那个制片人的联系方法。

“喏……”罗书全抄了张纸条递给顾小白，“这是那个人的电话，AMY跟她已经说过了，你直接和她联系就行了。”

“珊莉……”顾小白接过纸条喃喃道，“男的女的？”

“不知道，听名字，女的吧？”

“谁知道，人妖呢？”

“你怎么那么无聊啊！每天！”

罗书全看着顾小白在一边记电话号码，按进手机通讯录。

“你打算什么时候打给她啊？”

“一会儿，然后约晚上吧。”

“那你还在这儿跟我贫？”罗书全惊道，“赶紧去把你剧本好好调整一下，然后一会儿好拿出去给别人看啊。”

“哪儿有那么快，你懂不懂啊？”顾小白不屑地说，“这种事一上手都是没谱的，男的女的都不知道，当然一上来大家都客气客气，了解了解……”顾小白模拟了一下即将发生的情景，摇头晃脑地说起来，“你以前做什么的啊，以后什么打算啊。彼此了解，那都是务虚的。第二拨才能谈正事，怎么这点社交常识都没有呢？”

“这跟社交常识没关系啊，问题是你这么耗着，莫小闵就死啦！”

“那就让她死吧。”顾小白恨恨道。

尽管如此，顾小白还是郑重地打了电话，用一种罗书全从来没见识过的语气——礼貌、淡定、成熟，这些在他日常生活中统统见不到的东西——和对方约了时间。对方果然是个女的，不过听声音也听不出年纪。打完电话后，顾小白皱着眉头在衣柜前挑了半天衣服，罗书全在后面看着。

第一次见到他这么紧张，正经八百的烦躁不安呢。

这个男人到底在想什么?

“这样行不行?”终于,顾小白走出屋来,一身黑色西装,一边整理着衬衫领子一边问罗书全。

“行啦,差不多就可以啦,你以为去见总理啊?”

两人默默地站着互相对视了一会儿,默契地同时走出门。顾小白关上门,“你说如果莫小闵知道我为了她干这种没钱没谱的事,是不是得感动羞愧得自杀啊?”

“说明你还深深地爱着她嘛。”

“我不去了。”顾小白转身,挠着墙,像发春的猫一样发出凄厉哀婉的声音。

“撒什么娇嘛。”

罗书全强忍着胃里翻腾的呕吐感,把扭捏不停的顾小白从楼上拽下来,拦了辆出租车,把他塞进去。看着顾小白手刨脚蹬,出租车消逝在车流中,罗书全大有穷苦人家卖女儿的幻觉。

两个小时后,罗书全接到顾小白的电话,电话里的声音听起来激动万分。

“喂?你在哪儿呢?”

“我在和左永邦喝酒呢。”

“嗯?这是怎么回事?”

原来左永邦自从因为米琪辞职后,一直没找到称心的工作。这天看罗书全也闲着,就把他约到新天地喝啤酒,两人正在感慨女人是怎样改变男人生命轨迹的。

“我因为重新遇到米琪变得这么潦倒,你因为重新遇到AMY变得要结婚了,世上的事还真不好说呢……”左永邦喝着酒,正大发感慨呢。

“好好好,你们别散啊,千万别散,我来找你们。”

说着,电话那头,顾小白猛地就把电话挂了。

半个小时后,顾小白风尘仆仆地赶来,穿着黑西装、白衬衫,活像刚从诺贝尔颁奖礼上逃亡过来。见到罗书全和左永邦,顾小白话也没说上一句,拎起罗书全面前的啤酒,咕嘟咕嘟就干掉半瓶,然后放下瓶子,愣愣地望着左永邦。左永邦刚要说话,顾小白又把他面前的啤酒拿起来,一口气干完。

两个人……都有些凌乱了。

“出事了……”顾小白喘了半天气,终于缓过来,看着两人,一字字道。

“啊?出什么事了?”

“出大事了。”

“别复读机了,”左永邦道,“赶紧说,怎么了?”

“好大好大的事。”

左永邦看了看罗书全，“咱们走吧！”

两人刚起身，顾小白连忙把两人拽下来。

“我不是刚才去见那个什么制片人吗？”顾小白又镇定了一会儿，带着电台播报领导人辞世的沉痛语气说道，“话说我用优雅的姿势下了出租车，衣冠楚楚地走向餐厅，用我修长有力的手拉开了门……”

罗书全和左永邦同时站起来。

“行行，我拣重要的说。”

“我找了一圈，没找着，正要打电话……”

约定的餐厅是茂名路上一家叫做1931的地方，顾小白进去的时候已经人满为患了。琉璃灯光下觥筹交错，夹杂着老式唱机里周璇的歌声。顾小白一下子头脑发懵，根本不知道此时此景到底是在哪里，自己是在干吗。

约定的人也找不着，顾小白下意识地拿起手机拨了对方的电话，几乎就在同时，身后的一张桌子上，响起了电话铃声。

顾小白转过头，和桌上的那个人四目相对……

那人看着他，礼貌地微微一笑。

那是一个近四十岁的女人，岁月仿佛在她身上没有留下任何痕迹，只是平添了货真价实的女人风韵，镶嵌在精致的五官里。五官中任何一官拿出来都可以当做标准楷模，按说这样精致标准的五官结合在一起只会死板，可那种浑然天成的感觉又让顾小白屏息。

成熟与童稚，优雅与狂野，庄重与风情，世故与纯情，以一种鬼斧神工般的魔力结合在一起，偏偏又显得那么安静……

这是一个无论放在什么时候，都有前仆后继的男人甘愿为之肝脑涂地的女人……

她，笑着望着他。

顾小白坐下来，礼貌地向她问好。这个叫珊莉的女人和他握了握手，两人笑着，坐下来开始聊天。

歌声在周身缭绕着，好像美人鱼的歌唱……

“她三年前和老公离婚。”顾小白说明，“从美国回来，现在一个人在上海，主要从事一些独立电影投资方面的事情。我也弄不懂太细节的东西，大致上就是发掘国内的人才，给他们机会拍片，然后卖片给海外，主要是这种事情，双方牵线这种。”顾小白看着罗书全说。

“那不是很好吗？谈得怎么样？”

“没谈细节，今天就是她介绍一下她那边的情况，我介绍一下我这边的情况。”

“那到底谈得怎么样？”

“好，”顾小白深呼吸了一口，“好得不能再好了。”

“那不是很好吗？”左永邦说，“事情也解决了，再让他们上三瓶啤酒行不？”

“不是，”顾小白摇了摇头，“你们没听懂我的意思，是好得——不能——再好了。”

两个人……的确听不懂。

“虽然我们全程都很礼貌，很寒暄，甚至很客气地在说话，但是我能感觉得出来——”顾小白又定定地发了一会儿愣，“她对我有好感。”

“什么好感？”左永邦问。

“那方面的好感。”

“我信。”罗书全真诚地点头，“你幻觉高手嘛，每天各种幻觉，你靠幻觉活下去的。”

“你们怎么就不相信我的话呢？”顾小白急了，“我那么多年也不是白混的，一个女人对你有没有好感这还感觉不出来？”

“你怎么感觉的？”左永邦也好奇起来。

“两个陌生人交谈，”顾小白张开手，活活扩张出一个虚拟空间，“总归会有话语空当吧？一个人话头结束了，另一个人话头还没起来，这个时候双方往往都会很尴尬，拼命找话说。”顾小白摇摇头，“但是刚才，我和她之间完全没这种感觉。我看着她，她也看着我。有好几次，好几秒的时间里，我们都在互相凝视，你们懂我意思吗？互相凝视哎！她连避都没避我眼睛。”

两个人确实互相凝视了好几次。

“两个人肯定心里同时都在想……”罗书全说，“这顿饭谁买单……”

“操！老子走了！”

两人连忙拉住他，“啊，行行行，我们信，我们信。”顾小白重新坐下来，“你来找我们要说的就是这个事？”

“是啊，啊，不然呢？”顾小白茫然地看着他俩，突然想起什么似的说道，“喔，对了，我来找你们是……我要不要从这个角度切入啊？”

“什么角度？切什么？什么入？”罗书全摸不着头脑。

“你自已觉得呢？”左永邦已经和顾小白聊上了。

“有风险，”顾小白沉吟道，“但也不是不可行。”

“我也觉得。”左永邦说。

“我靠！你们都没把我当人是不是？！我都说了我还没听懂是什么意思！”

罗书全悲愤死了。

“顾小白的意思是……”左永邦看着罗书全，细心解释，“既然那个女人对他有好感，那方面的好感，他是不是要从这个角度去切入、进展这件事情，明白了吗？”

罗书全愣了半天，恍然大悟，“啊？你真要卖身啊？！”

“你才卖身呢！”顾小白冲着他喊。

“怎么不是卖身呢？这还不是卖身吗？”罗书全激动地说，“你们是工作上的关系，完全职业角度，你现在打算出卖色相，那不是卖身是什么？”

“你懂不懂什么叫卖身？卖身我这会儿还在这儿？我已经在给她开发票了……”

“不是卖身那也是小白脸啊。”

“我真懒得跟你说了。”

“我倒是有点不太同意你的看法，”左永邦看着罗书全，“喔，凭什么女人就可以什么都不会，凭着一张脸从小到大到处吃得开，谁见谁给机会？喔，顾小白自己有本事，就是因为长得好点儿，长得好点儿还不行啊？非得自己毁容去谈事儿啊？”

“这顿我请了。”顾小白小声对左永邦说。

“下顿也你请。”左永邦也小声回应。

“没问题。”

罗书全还没反应过来，左永邦继续开导他。

“是吧？你说是不是，我们从小到大见过多少女人，脑子里一泡屎，就是因为长得好看，身材好，胸大，屁股翘，一辈子没吃过苦，谁见都跟奶奶似的供着。她们自己也觉得理所应当，整个地球都觉得理所应当，漂亮嘛。凭什么啊？！喔？凭什么男人不行啊？！”

“我怎么开始觉得你有点在骂我啊？”

“别打岔，我在跟他说呢。”左永邦不理顾小白，“喔，男人，长得好点儿，又有本事，双管齐下，那还有罪啦？”

“切，根本就不是这个问题。”罗书全冷笑着反击，“好，就算现在人家喜欢他，但顾小白是为了莫小闵要利用人家喜欢他，”他看着顾小白，“这算什么，你自己好好想想，你觉得不无耻就行。”

“……”

“什么喜欢不喜欢，这种东西迟早要消亡的嘛。”左永邦不以为然，“爱情这东西又是跟谁都可以培养的，可你跟谁一见钟情也培养不出几百万美金啊。”左永邦转过头对顾小白说道，“重要的是什么啊，做一切事情的秘诀是什么——你做这件事情的目的是什么，目的找准了，拣最近的一条路走。就这么简单，做任何事情都是这样。”

顾小白看看罗书全，看看左永邦，内心……挣扎起来……

这是他认识珊莉的第一天，他已经在考虑、在犹豫要不要做小白脸……

眼前，突然出现莫小闵的身影。

“我决定了。”过了一会儿，顾小白睁开眼说。

此时，在罗书全家里，莫小闵正在深刻后悔。连续几十天接不到任何一份工作，脑子一热就去找前男友求助了。事后想想，他凭什么帮我呀，他和我是什么关系呀？

“就凭你还喜欢他，他也还喜欢你啊。”AMY坐在边上，一语中的。

莫小闵看着AMY，慢慢叹了口气。

接下来的日子里，莫小闵没勇气再打电话给顾小白，顾小白也没再打电话给她。借莫小闵十个脑袋统统打破，她也想不到，此时顾小白正在为了她做小白脸。他频繁地约会珊莉，也没什么正经事谈，就是纯聊天。有时候陪她逛逛街，买买衣服。两人心照不宣地什么也没提，也不提工作。但珊莉也开始偶尔主动联系顾小白，也是不提工作，纯逛街，聊天。

事情……似乎已经很明显了……

“你之前为什么离婚啊？”

半个月后的一天，两人逛完，在边上的仙踪林坐着，顾小白托着腮一边卖萌一边问珊莉。

“咳，”珊莉猝不及防，愣了愣，“你管得还挺多。”

“咳，就没事儿关心关心你，免得将来重蹈覆辙。”

珊莉迎视他的眼神。

“重蹈谁的覆辙啊？”

“爱谁谁的。”

珊莉看了一会儿顾小白，吸了口气，笑了笑，“可能是我这个人天生不适合结婚吧。在美国，基本上结了婚的女人很少出来工作的。在家带孩子，她们自己也觉得很正常，主流社会也觉得家庭妇女是一门值得尊敬的职业。《Desperate Housewives》看过吗？《绝望主妇》？”

说到这里，珊莉看着顾小白，嘴角微微一笑。

“就是那种，偏偏我又是天生不安分的人。我不认同女人结了婚就要相夫教子，自己以前的理想、追求、抱负，全没了。那可不就矛盾了吗？”

“嗯……”

“全天下几乎所有没结婚的女人都觉得……婚姻是归宿。”珊莉沧桑地笑了笑，“可谁也没想到，婚姻其实只是一个开始。只不过是前半条路走到头了，后半条路才刚刚开始。有的女人觉得所有前半条路的折腾，都是为了后半条路的开始；有的女人觉得后半条路压根没办法往前走，寸步难行。很不幸，我是后一种。”

“哦？但是对我来说倒很幸运。”顾小白眨了眨眼睛。

“喔？为什么？”

“你要是还在走后半条路，我就没路可走了。”

珊莉猛地抬起眼，看着顾小白。

迎视着她的眼神，顾小白本来还在斯文地微笑，眼睛里嗤嗤放电。突然也不知道怎么了，微笑渐渐狼狈起来，移开视线……

眼中……充满恐惧。

在路口和珊莉告别，顾小白连滚带爬地逃回家。在回家的路上，他惊恐得都快疯了。他本来是抱着一颗挑逗的心和珊莉交往的。在顾小白的概念里，“泡”和“挑逗”是截然不同的两种概念。泡就是追，不排除步步紧逼，死缠烂打，是作为追求的目的来实现的。而挑逗就微妙得多，如果总结起来说，就是先把你挑过来……然后逗你玩儿——这是一种毫无心理负担，就像技艺高超的琴手弹奏琵琶一样的事情。快慢有致，急缓有致，快如疾风骤雨，慢似春雪消融，看似大珠小珠，叮叮咚咚，观者无不心折。但作为演奏者本身，是一种技巧展现的行为。怎么展示着展示着，连对方的眼神都不敢看了呢？

明明一开始，还互相凝视了好几秒呢……

回顾珊莉刚才看他的眼神……顾小白连呼吸都困难起来……

她……是在家里练过的吧？

像京剧演员或者暗器高手般盯着空中飞舞的苍蝇一样，练过的吧？

顾小白恨恨地，恶意地揣测起来……

回到家，没想到莫小闵等在门口。

“你怎么在这里？”

原来莫小闵这几天左思右想，越想越觉得这件事情不合适。她是不知道顾小白已经开展了充分的行动，但单就当天她的要求本身，就让她心里充满了思想负担，她是来要求顾小白把这个要求给忘掉的。

“看着我的眼睛！”

没想到，顾小白让她一进门，就提出了这样怪异的要求……

“啊？”

“别废话，看着我的眼睛！”顾小白恶狠狠地道。

作为和资深精神病顾小白交往过的女友，似乎已经练就了面对怎样奇怪的请求都处变不惊的心理素质。莫小闵虽然心中十万个为什么，但还是抬起头怔怔地望着顾小白。

时间，就这样慢慢过去了。

对面的男人还在这样凝视着自己，但自己……已经承受不了了。自己还在爱着他啊，还在爱着这样的一个男人啊……

意识到这一点的同时，一种酸楚感从莫小闵心中升起，好像从周身毛孔中涌现出来的酸楚，积蓄在莫小闵的眼眶中，化为雾气般的视界。莫小闵摇摇头，强笑了一下，转身夺门而出。

留下顾小白一个人稀奇地看着她的背影。

珊莉真是一个高手啊，顾小白不由得这样怔怔地想着。

“你们知道吗？她带上门的时候，我的肝儿都在颤。”

第二个星期，三个男人又聚在一起，喝着啤酒。

顾小白望着天，苦恼地说。

“说明你还是很爱她啊！”

左永邦最近真的是很无聊，简直是随叫随到的杰出代表。

“是啊，谁说不是呢！”

“那你就要抓紧行动了啊，那个珊莉那边到底怎么样啦？”

“看是敢看她了。”对着灯泡一动不动地练了一个星期的顾小白叹了口气，“她现在也敢看我，我们就这么一起吃了四五次饭，你看我，我看你，你看我，我看你，什么进展也没有，就跟动物世界似的——互相看来看去有什么好看的啦？”

“那你得抓紧行动啊！”

左永邦好像一个退隐的高手，见到初出茅庐的江湖小子和敌人大战了三千回合还不分胜负，心急得仿佛要匿名参战。

“我怎么行动啊？”顾小白叫，“我以前都是依照步骤一步步来的，你要先在我的眼神中败下阵去，我才心里有谱牵你的手。你小手一挣扎，我紧紧拽住，你不挣扎了，乖了，我才敢抱你，胡乱瞎来要吃耳光的——问题是她现在面对我淫威的眼神丝毫不畏惧啊！就跟江姐似的，我怎么敢再下一步啊？白板对死。”

“你可以把她眼珠挖出来啊。”罗书全本来一直在冷笑，这时忍不住插了句嘴。

“我说你这位同志怎么老是针对我呢！”顾小白怒道，“我能把她眼珠挖出来吗？啊？我能把她眼珠挖出来，然后请她看剧本吗？”

“我觉得你……”左永邦沉默了半天，“是不是有点自己先乱了阵脚啊？”

“怎么讲？”

“你先得搞清楚自己想要干吗，为了莫小闵，你愿意献身，这是肯定的。但你到底搞没搞清楚，你到底想和那个珊莉怎么样，发展到哪种地步，哪个类型？是豁出去跟她谈场恋爱呢，还是一夜情就行了？这定位不同，做法也不一样啊。”

“哎哟！”顾小白呆呆地看着他，“这我还真没想到，你一语惊醒我梦中人，吓得我屁滚尿流失了魂……这是心的呼唤……这是爱的奉献……”

见到顾小白又有精神错乱的先兆了，左永邦咳嗽两声。

“我来给你出个主意吧，她比你大吧？”

“是啊。”

“大几岁？”

“大一二三四……”顾小白掰着手指，突然惊恐地叫起来，“七岁……大七岁啊！”

“所以，你完全策略性失误。”左永邦望着边上流沙般走过的男男女女……

这些在情海中颠簸的男女啊……都是在游泳中学会游泳的……

“大七岁的女人你怎么能和她玩平等游戏呢，只有白板对死啊。”

“那……照你说呢？”

“你别忘了你的任务是什么，是做小白脸啊！小白脸是什么概念？”左永邦惘然地转过头，带着一种绝顶高手特有的神情一字字道，“装柔弱……唤起她的母性！”

“你打电话给她，什么也不要说，在那里沉默，她一定会问你怎么了，然后你就特受伤地说，能陪我出来坐会儿吗，就是陪陪我。”

耳中回荡着左永邦的教训，第二天顾小白又约了珊莉，在一个空旷舒适的餐厅，订了一个午后阳光温馨洒进来的包厢。

“环境一定要找那种开放式的，让她不要产生紧张感，但同时又有封闭小空间的那种。”

顾小白练了一下午的沉痛表情，走进包厢时，珊莉已经坐在那里了。

“到了那里，她一定会问你怎么了，出什么事了？你什么话也不要说，坐在她对面，低着头，或者看着她，就像看到一团空气。”

顾小白撑起微笑，看着珊莉，像死了老爸的蒙娜丽莎。

“怎么了？匆匆忙忙把我叫出来？”珊莉果然关切地问起来。

“没事。”

顾小白坐在珊莉对面，眼神放空，三秒后突然想起似的，尴尬地笑了笑。

“你到底出什么事了，说啊？”

“如果她本来对你就有好感，这个时候她基本上已经开始乱猜了。你到底出什么事了，是借了高利贷被人追杀了，还是家里死了亲戚？但不管她怎么问，你都特空虚地摇头。”

左永邦附体下的顾小白空虚地摇了摇头。

“什么事也没有，只是想和你坐坐。”

珊莉担忧地看着顾小白，顾小白笑笑，低下头去。

“然后，你对她说……”

“我可以靠在你腿上躺一会儿吗？”顾小白突然抬起头来，眼光中盈盈闪闪，轻声道。

“啊？！”珊莉呆呆地望着他。

“是啊，这算啥路数？”在酒吧里，顾小白带着和珊莉一样惊呆的表情看着左永邦。

“柔弱小绵羊啊！”左永邦也不可思议地看着他，“她那种女强人，你跟她拼气场没用的。你要柔化她，只好自己先把自己柔弱了，装无辜特受伤的范儿……但是你死也不能说到底为什么，你出什么事了，就看她答应不答应，这是最关键的一环。如果她答应，事情就成功一半了。”

“如果不答应呢？”

“那你基本上就没戏了。”左永邦摊摊手，叹口气，“你跟她拼实力你罩不住她的，她需要那种比她气场更强大的男人，全方位的笼罩。但真的面对那种男人，她出于本能又会逃，所以这种纠结拧巴劲儿只好用装可怜的路数啦！”

顾小白呆呆地望着左永邦，好像杨过望着那只雕。

“没事……”餐厅里，断了一只手臂的杨过望着珊莉，苦笑了一下，“开玩笑的。”

“怎么啦你到底？”

“没事，这么突然把你叫出来，没事，不好意思。”

顾小白没头没脑地站起来，就要往外走。

“你回来，到底出什么事了？”

珊莉站起来，不顾一切地拉住他，把他拉回座位边。

“我只是想在你腿上躺一会儿……”

顾小白眼神放空，瞪视着面前的空气。

看空气果然轻松多啦！顾小白心里庆幸地想。

“呃……”边上突然传来声音，“好吧。”

顾小白转头看着她，突然万分凄楚地慢慢软倒，躺在珊莉腿上，珊莉紧张得浑身僵硬。

“如果到了这一步，是最关键的！记住！千万不要乱摸！乖乖地躺着，就像受伤无助的小绵羊……”

“那……那然后呢？”

“然后你就开始问各种乱七八糟虚幻的问题，”左永邦说，“人生的意义啊，空虚的人生啊……什么抽象问什么，她这个时候一定懵了，肯定想尽办法来回答你，安慰你。”

“我真的不知道到底在干什么。”顾小白痴痴地躺在珊莉腿上，望着阳光投射在墙上的影子，喃喃地说，“人活着到底是为了什么？我们整天忙忙碌碌的，忙活来忙活去，到底是为什么呢？”

“这个……那怎么样也得活着呀。”

上方的声音有一些……慌乱呢……

“可是活着又怎么样呢？得到的终究会失去……”

“你不能这么想啊，人虽然怎么样都要死，但就是要活着，要找有意义的事情来做……”

“我真的不知道有什么事情是有意义的……”

“有很多啊，你小时候的理想啊，你想成为什么样的人啊！”

“可是那又怎么样呢？”

“可是那又怎么样呢？”到了这个阶段，顾小白也烦了，瞪着眼问左永邦，“这么车轱辘话说来说去……”

“不不，关键不是这些话，”左永邦摇头，“是你要打动她，让她发自内心地开始怜爱你，觉得要保护你。记住，这个时候你只能死撑，标志性的动作就是她会不会开始摸你的头发。如果会，就彻底成功了！你马上抓起她的手就走，如果不会，你就乖乖再坐起来吧。”

原来……是要摸头发呀……

为此……昨天洗了两遍呢……

“你真的不能这么想，”珊莉说，“你才三十啊，这么下去你以后还怎么过啊？”

“我也不知道怎么过，好像过不过都无所谓……”

“别傻了。”

上面传来的声音充满心疼，那一瞬间，顾小白躺在珊莉的腿上，突然一种劈头盖脸的温润感扑面而来……

突然……真的是觉得好累呢。

这么多年，颠簸了这么多年，在人群中混迹，为了生活，为了爱别人，也为了被人爱，付出了那么多……从未觉得累。在这个时候，这个瞬间，仿佛这么多年，这么多力气，一下子全被抽走了。

真的……好累。

这么想着的顾小白，自己也不知不觉间，眼眶湿了起来，有一种不知名的液体悄然涌上，滴落了下来。

液体轻声地掉在她的腿上，一摊印渍徐徐扩散了开来。

“乖，别胡思乱想……”光顾着诧异和忍住眼泪的顾小白，浑然没察觉到，珊莉的手已经轻轻抚摸着自己的头发。

这样为了生活死磕到现在的她，也是不容易的吧？

这一刻对她来说，也是充满宁静、可以休憩的场所吧？

好想轻吻她的手呢。

突然，顾小白的手机响起来。

珊莉的手仿佛触电般收回来，顾小白也浑身震了一下，连忙坐起身来，掏出手机，是莫小闵。

那个空间消失了。

“喂？”顾小白连滚带爬地出了包房，急急接起电话。

“小白，别帮我找工作了。”

“啊？”一瞬间，顾小白连什么意思都没听明白，“什么？”

“没什么……”那边无奈地笑了笑，挂了电话。

顾小白也莫名其妙地挂了电话，一瞬间连身在何处，到底意欲何为都完全困惑起来。

他愣愣地回到包厢，刚要说话。

对面的女人不知何时……已经坐直了身子，恢复了冰冷的神情，以及比初次见面更加遥远的距离感。

顾小白静静地看着她。

“我还有事，”不知过了多久，珊莉突然拎起包，“先走了。”也没等顾小白的回答，珊莉匆匆地离开包厢，和顾小白擦肩而过的瞬间……

从未有过的气息弥漫来开，又随即消失得无影无踪。

从那一天起，珊莉再也没有联系过顾小白，顾小白不知出于什么原因，也没有再打电话给珊莉，莫小闵更像蒸发在空气里。顾小白又恢复了一个人工作、一个人在超市里购物、一个人出入小区的生活。偶尔想起，他甚至怀疑这一切彻头彻尾都是自己营造出来的幻觉，从来没有发生过。

只是那种感觉……只有几秒钟……却仿佛可以记很久……

哪怕不是真实存在过。

即便真实发生过，过去了，和没有发生过的幻觉也没有区别吧！

“你知道为什么吗？”一个月后的一天，在顾小白家，左永邦说，“因为她发现她已经爱上你了，这段时间她自己心里过不去这个坎儿，所以自己在那儿纠结呢……”

“你给她打过几个电话她没接？”望着顾小白呆呆的眼神，左永邦又补了一句。

“就一个，我想她要回的话总会回的，但是她没再回过啊。”

“一个就对了，”左永邦点点头，“这个时候千万不能逼她，越逼她越逃，她想清楚了会来找你的。”

“想清楚什么？”

左永邦抬起头，笑了笑，“耐心点，她如果再来找你，就彻底成了。如果不再找你，这事儿就这么算了吧，总之她想清楚了。”

顾小白刚要说话，突然边上的手机响了，无意中瞥了一眼。

他整个人都僵在那里。

“珊莉”的名字显示在手机屏幕上，不断地震动着。

“小白，你明天有时间吗，我有事想找你谈谈。”

“好……”仿佛过了一辈子，顾小白长长地吁了口气。

“明天你就可以把那个剧本给她了。”看他挂了电话后，左永邦微笑起来。

转眼看一下边上自己的包，顾小白那本全家死光光的剧本就在里面。

“她说要找我谈谈，我怎么知道她要找我谈什么啊？”

“她应该还是会找你谈工作，但你应该知道，她这次找你，和以前已经不一样了，谈工作只是幌子。”

“那……那我怎么判断呢？”

“打扮，”左永邦抬起头，淡淡笑起来，“如果她明天打扮得像少女，或者不管怎么样看起来都比以前小，那就恭喜你了。”

第二天，回想着这一切的顾小白走在赴约的路上，已经浑然不像第一次行刺的凶手，而变成待罪的罪犯。周围的人行色匆匆，神情自若，但为什么我竟然这么忐忑呢，我在忐忑的是什么呢？

顾小白连气都喘不过来。

到了约定的咖啡馆前，顾小白推开门。第一眼，就看到背对着自己的珊莉。仿佛感应到他的到来似的，她转过身子。

从未见过的年轻朝气的打扮……

顾小白的心……陡然剧痛了起来。

“不好意思，我之前那阵特别忙，就忘了回你电话了。”

恍惚间，看着珊莉笑着站起来，对他说，也听见自己微笑地回应着。

“没关系。”

焦点慢慢清晰起来，珊莉在他面前好像很忙碌的样子，掏出一本东西递给他。

“喔，对了，我这次找你是因为前一阵有一个年轻导演找我投资，给了我一剧本。我看了，但是我很犹豫，不知道该不该投，所以想你帮我定夺一下。”

“啊？”

顾小白呆呆地看着她，对面的珊莉可爱地笑起来。

“啊什么啊？就当你是一普通观众，帮我看一下啊。”

顾小白呆呆地伸手接过，毫无意识地看起来，不经意地抬头，珊莉正一动不动地看着他，眼神里千言万语。

顾小白静静地迎着她的眼神。

两人凝视，很多很多秒，顾小白再也没有转过头。

珊莉垂下眼帘，化解尴尬般笑了笑，“你慢慢看，我去一下洗手间。”

珊莉起身，往洗手间走去。顾小白傻了，马上翻出自己包里的剧本。

两个剧本，左右看，不知如何是好。

突然……他好想抽烟。

“对不起先生，我们这里不能抽烟。”服务员看见他掏出烟，连忙跑过来阻止。

顾小白拿着烟，心乱如麻，恍恍惚惚地走到室外。

阳光好刺眼，他不知道想干什么，不让抽烟啊，打个电话给莫小闵吧。

刚拨出去，又被自己掐断了

不知道到底发生了什么事，她刚才这样看着自己，顾小白混乱地想着，心里好像陡然开了一个洞。有一种涟漪般的东西在心底深处涌动，终于以无法阻挡的气势奔流上来……

好像开了一个泉眼一样，一切洞开了，好像是顾小白期望已久的，终于连接上了。

剧痛过后，自己感到的只有喜悦……

不不，不是骗局得逞后的喜悦，是一种无可比拟的快乐与宁静……

好像自己一直在寻找的那种感觉，终于毫无通知地推送到自己面前。

自己……是真的爱上她了。

或许，自己早就爱上她了，第一眼的时候就是了，只不过……

无论是理智还是感情，都借着那个骗局，让自己心安理得地进行下去……

因为自己还喜欢着莫小闵。

“我不知道……我早在第一眼就爱上了珊莉……我不允许……”

可是……事实就是这样的啊。

直到她也明确地用同样的眼神看着他，才没办法再这么骗人骗己了。

顾小白拿着烟，在门口怔怔地站着，脑子里一片混乱，不知道下一步究竟该怎样。当务之急是不能让这个计划——骗局——再进行下去了。

一秒钟都不行了。

顾小白连忙转身进到店内，刚进门，就怔怔地站直，呆在那里。珊莉正坐在原来的座位上，看着他的剧本，垂首不语。

听到声音，她转头看着顾小白，眼睛里全是不解、疑问、受伤、掩饰。他呆呆地看着她的眼睛，一句话都说不出来。

“不好意思，”仿佛反应过来，珊莉强笑着说，“我随手拿起来看了，是原来打算给我看的吧？”

“我……”

是这样的……但不是这样的……

“为什么不早点拿出来呢？”她看着他，脸上露出了无法形容的神色，连语气都变了起来，“看着我干吗，坐啊。”

他不由自主地坐了下来，在她面前，好像等待宣判的囚徒。

一直被看着，然后珊莉……自嘲地笑起来。

“好了，现在我也方便了。本来还在犹豫要不要投那个片子，现在你这个比他的好多了，我也不用犹豫了。怎么样，就你的吧？”

这样嘲弄的语气，让自己的脸发烫，不，我要解释……

“真不用这样，”珊莉突然打断，“本来就是很方便的事，”从包里拿出合同，“合同都是现成的，把名字改一下就行了。这对你来说更简单一点吧？”

这对你来说……更简单一点吧?

“不是，你听我说……”

奇异的是，对面的人好像卸下了什么重担，长长松了口气。

“好啦，就这样。合同你看一下，没问题的话，明天到我公司签约，地址我给过你名片。就这样，好吗？”

珊莉微笑地说着，拿起包，就要站起来走人。

顾小白也站起来，想说话。

她看着他，好像也想说什么，但最终什么也没说，转过身往门外走去。

几乎是本能般，顾小白伸出手，拉住她。

她站直了身子，低着头，看着他的手。

他的手松开了……

珊莉笑了笑，好像看着一个无法攀附在自己柔滑肌肤上的蚊虫一样，嘲弄地笑起来。

“电话联系吧。”耳边传来这样的声音。

再抬起头，已经隔着玻璃窗，她在他的视线中，越走越远。

只有玻璃窗仿佛某种象征似的告诉他，他和她，本来就是两个世界。

却挡不住，最初遇上的相互凝望的眼神。

不……要……走……

人来人往，我没想到我们会遇上……

LESSON 24 习惯性慌张

当上天赐予最好的你，最好的爱情，我反而会不知所措。
有时慌乱之下会做出怪异、冷漠、令你心寒的事。
宽恕我吧，这一切都是因为太过在乎，我真的不是故意的。

有些时候，面对巨大的转折，我们不知所措。站在人生的岔路口，我们茫然四顾。没有指示灯，没有下一步的暗示，我们究竟该何去何从……

晚上，顾小白静静地躺在客厅的沙发上，望着天花板，把自己放松下来，希望得到某种启示般地静静栖息着。外面有人敲门，不休不止地敲着门。

无论是敲门声，还是随后而来的话语，都证明这个人就是罗书全。

"你在家吗？我有事要找你商量。"

"……"

"在的话请说一声，不在的话也请说一声。"

"不在！"顾小白终于无法忍耐，转头大吼了一声。

门外似乎也被这样令人惊骇的回答震住了，过了一会儿，声音慢慢消退，又恢复了无休无止的安静。

"我决定投你的剧本，明天来我公司签合约吧……"

那个勉力撑起的笑容，又浮现在眼前。

仿佛为这句话下一个注脚似的，对面的人又抬起头笑了笑。

"这是你该得的……"

擦肩而过的瞬间，自己是想拉住她的吧？可是什么力气都没有。

所有的力气都在那一瞬间消失了，被抽走了。自己真是一个……卑鄙的人啊，卑鄙的人在行使卑劣之事的时候居然爱上了对方。

这是完全有资格被嘲笑的吧？

"电话联系吧，你有我的名片。"

又恢复到了最早认识的距离了，不，应该是更远才对。

"电话联系吧。"这样的话里透露出的疏远与冷漠，并着客气的笑容……

能看见对方敞开的心像被什么蜇了似的，迅速包裹起来，退至无限远……

电话突然响起，顾小白翻身去接，原来是莫小闵。

迟疑了一会儿，顾小白接起电话。

"你在干吗？"

"没干吗。"

莫小闵不说话，顾小白也握着电话不说话。

两个人各自握着电话不说话真是一件奇妙的事情，在最初浓情之时，仿佛相互传递的呼吸声都在诉说爱意，而在某种无话可说的时候，诉说爱意的呼吸都变成叹息。可自始至终，呼吸只是呼吸而已。

可能因为场景氛围心情的不同，同样的情形也有云泥之别。

不知过了多久，莫小闵无声地放下电话，顾小白也落寞地把电话放下。

因为心爱的女人而去接近另一个女人，却陷入了不知是不是真的爱上了对方的困境中，这样讽刺的事情让顾小白头脑发懵。左顾右盼，前不见古人，后不见来者，有一种一脚踏空就掉入万丈悬崖的惶惑。

而那时的尸体……因为分属不同的国境，都无人认领。

“会不会是其实我早爱上她，但是我给自己找了一个理直气壮的理由来接近她，连我自己都被自己骗过去……”顾小白又侥幸地想。

“到底真相是什么呢？真相已经不重要了，重要的是结果，结果是……”

珊莉拎着包告别顾小白，走开的时候，眼神中充满受伤。

手上是她最初给他的名片——上面写着淮海路上一家写字楼的名称。

又静静躺了一会儿，顾小白跳起来，飞快地穿上外套。

临出门前，他看了一眼墙上的钟，夜里十二点半。

“哎，这家之前不是还通过猎头来挖过你吗？”

此时，左永邦，这个已近小半年没有找到工作的男人，正趴在家里的电脑前愁眉苦脸地搜索着各种招聘网站，米琪在边上耐心地陪候着，突然指着一个页面像发现新大陆般叫道。

“小姐，那是三年前好吗？”

“那你再试试啦，说不定人家现在也在找呢……”

“三年前我那么冷酷地回绝人家，三年后再找上门去，说什么呢？”左永邦转过头，冷冷一笑，“‘喔，三年前我春风得意，所以不能接受这份OFFER，现在我辞职也半年了，找了半年工作也没找着，都要靠女朋友接济了，实在穷困潦倒没办法了，这回想到你们了。’这么说吗？”

“没事，”米琪呆了呆，振作地笑了笑，“我们再换一家吧。”

“这些公司以前都挖过我……唉，我能怪谁呢，怪只能怪我以前太优秀了。”

“你……现在是在开玩笑吗？”

“你说呢……开玩笑水平也下降了，人家听也听不出……”

对面的男人又苦笑起来，米琪简直有些手足无措了。

“可……可是你现在也很优秀啊。”

“拜托，不要讽刺我了，现在优秀的是你，昨天又升职了吧？”

昨天米琪的升职庆功宴，居然有好事之徒打电话叫左永邦参加。

“你没跟我说啊！”

当然，为了不刺激左永邦，米琪压根就没跟左永邦提起，现在被他一说，反倒有一种做贼被捉个现行的窘迫。

左永邦淡淡一笑，“你也没跟我说啊……”

两个人又……相对无语起来。

“烟抽完了，我下去买包烟。”

不知过了多久，像要尽力挣脱这种沉默，左永邦站起来，穿上外套，走到门口，摸了摸口袋，摸出来总共三块五毛钱，顺着米琪的视线，又把冰箱上的一叠十块二十块的零钱一股脑塞进口袋，推门出去。

眼前的背影前所未有地萧瑟，米琪望着左永邦消失在门口。

第一次觉得，这个自己深爱的男人……真的是老了。

从未觉得他老，原来男人的生机与事业真的是血脉相连。自己恶趣味地跑到他公司上班，搞了个天翻地覆。虽然最后有情人终成眷属，但他因为自己辞职而且至今没有找到新工作。

米琪不是不愧疚的。

左永邦下了楼，买了烟，本来就不想抽，抽了两口，更加恶心。夜凉如水，一时之间，天地之大，竟感觉无自己容身之所。楼上的女人自己虽然钟情，而且有一种失而复得的珍视，但现在竟有些无法面对。左永邦在小区门口愣了半天后，打了辆车直奔顾小白家里。

敲了半天门，顾小白确实不在家。他转而跑到罗书全家，罗书全一个人在家发呆，说是刚刚也找过顾小白，可能他有心事，不想搭理他们，也可能现在确实不在。总而言之，三个男人都衰得要死。

罗书全去冰箱拿了两瓶啤酒，递给左永邦一瓶，两个人并排坐在阳台上，谁也不说话，以一种缓慢的节奏此起彼伏地喝着。

“你知不知道？在我们那个行业，半年没工作是什么概念？”过了一会儿，左永邦突然转头长叹，“那就是个圈子，在这个圈子里，所有人从这个公司跳到那个公司，从那个公司跳到另一个公司，不管怎么样，就是这点人在流动。但在这个行业里消失半年就等于所有人都把你忘了，就算不忘，所有的职位也有人坐着了，你的人脉、资源就一天断一根，一天断一根，半年之后全部断光。”

“……”

“昨天我去面试一家公司，你猜猜那个客户总监才多大？应该三十还不到，看起来比你还小，还要我做他下属，我真他妈想当面问问他我做总监的时候他读小学几年级。”

“那你问啊。”罗书全幸灾乐祸。

“我问了就等于不想做了，不过后来人家也的确没让我做，我开的薪水比他还高。”

“呃……”

“我开的薪水没人要，要也有人了，要我的我又看不上。你知道吗？米琪现在每个月给我发薪水，她一月八千，刨去她自己的房租，开销，给我一月三千块零用。”

“倒过来了啊？现世报啊？”

“可不是现世报么，”望着罗书全张成O形的嘴巴，左永邦点点头，“你是什么事情，一脸倒霉相？”

夜空好亮，有一种难得的空明……

“我不知道啊，”过了一会儿，罗书全苦恼地摇摇头，“我不知道怎么说。”

“我都把这么丢脸的事情告诉你啦，你还有什么不能说的。”

“我不知道我对AMY是什么感情。”

过了一会儿，罗书全孤注一掷，讲了出来。

“啊？！”

“我们都说好结婚了，”罗书全望着啤酒瓶口，仿佛里面会有答案钻出来，“一个礼拜后去登记，但我现在每天都在问自己，我爱她吗？如果爱她的话，我怎么会现在每天走路腿都是软的，跟谁说话都跟筛糠似的？那如果说不爱的话，我怎么可能答应和她结婚呢？而且是我求婚的耶，我以前也从来没想过跟谁结婚。”

“你不是之前还好好的吗？怎么突然……这样了呢……”

“所以我就说我不知道啊！”罗书全抓狂，“越靠近登记我就越慌，跟强迫症似的，我在想我以后就不会爱上别人吗？她以后就不会爱上别人吗？以后几十年，我们真能这么走下去吗？你知道我结了婚是不想找小三的，当然我也不希望她找啦！”

“嗯，你考虑得还真多。”

“按我本来的个性，我根本不会想这些啊。但你想想，你和顾小白这两个榜样，好么？整天在我眼前晃，这是什么力量，我能不想吗？”

言之有理，左永邦点头，“绝对属于交友不慎。”

“现在后悔也晚啦！”

“咳，算了，你也别多想了，”左永邦愣愣地发了一会儿怔，突然像被电击一样摇了摇头，“这是婚前恐惧症，每个男人结婚前都有，眼一闭，脚一蹬也就结了。”

“你之前也这样？”

“是啊！”

“所以后来就离了？”面对毫无征兆的反问，左永邦脑门立刻现出三条黑线。真是……交友不慎啊……

两个人默不作声地喝了一会儿酒。

“总之呢，不管怎么样，我呢，快点找到工作。”左永邦也不管对方是不是同意，开始下结论，“你呢，快点克服你的狗屁心理障碍，这是我们俩现在最要紧的任务。”

“你也有心理障碍啊？”

“是啊，我连米琪的脸都不敢看。”

“我也不敢看AMY的脸。”

“哎，你说我们俩换一下怎么样？”

“呃？”

“我去看米琪，你去看AMY，那我们俩的问题都解决了！”

“那看完之后呢？”

“没之后，看完之后继续看，看到没事为止。”左永邦面无表情地看着他，“我就是开个玩笑。”

“好笑吗？”

“……”

“你也别废话了，总之我们各自赶紧加油吧！”左永邦突然站起，狠狠地拍了一下罗书全，“加油！”

“你也加油！”罗书全疼得浑身抽搐，反应过来后，也对着左永邦死命拍下去。

“你也加油！”

“加油！”

两个人要把对方置于死地般往死里下着黑手。

天色，要亮起来了。

顾小白从路边超市走出来，拿着瓶啤酒一边喝着一边望着前方的写字楼。

这一望就是两个小时，望着楼房被天光渐渐雕刻出形状，是一种第一时间就想见到她的心情吧。

“嗨……你猜我现在在哪里？猜猜看！哈哈，我在你写字楼楼下，真够高级的啊。现在是凌晨五点五十七分，我决定今天晚上不睡了，豁出去了，这样天亮以后，我就能以最快速度看到你了，这叫什么你知道么？守株待兔！你现在睡得挺好吧？那你明天……不是，一会儿看到我脸色像鬼一样，不要讨厌我喔……”

不管怎么样，拨出去的都是语音信箱。

顾小白只好对着珊莉的电话自娱自乐地喃喃不已起来。

很久很久没有这种心情了啊。

为了一个人，想见到她，哪怕等上再长的时间也无所谓，只为了第一时间能见到对方的心情。最近一次是什么时候呢?

坐在路边的栏杆上，顾小白一边回想……一边睡着了……

再醒来的时候是被冷风吹醒的，顾小白一个哆嗦，睁开眼——天色不知何时已经大亮，川流不息的人群，车水马龙，这个城市仿如巨大的机器般，又一脸无辜地运转起来……

地上的啤酒瓶旁边不知什么时候多了几个一块钱的硬币。

面前的写字楼的大门，也已经开了。

顾小白猛然清醒过来，收拾了一下自己，朝那扇门走去。

电梯里，全是西装革履的上班族。顾小白站在中间，一时间甚至感觉自己是个快递员。

到了名片上的楼层，要走进去的时候，顾小白开始犹豫起来……

“我到底对她说什么呢，对不起，我不能接受你这个投资，因为我真的喜欢你了。”

“那就说明我之前真的是在骗她，如果她硬要我拍呢？我还用不用？小闵呢？事情怎么突然变得这么烦人了……”

顾小白嘴里嘟哝着，在走道里来回转。还不如真的假冒快递进去探探情形呢，事情什么时候变得这么乱七八糟了？可这么下去也不是办法啊……

顾小白猛吸一口气，推开几步远的玻璃门，朝着前台走过去。

“你好，我找珊莉。”顾小白对着前台说，换来的是对方诧异的表情。

“谁？”

“珊莉……你们老板啊，你不会连你们老板都不认识吧？”

顾小白呆呆地看着她，仿佛看到这个人快被辞退的前景，又猛低头查阅名片，没错啊。直到背后传来一个男人的声音……

“你就是顾小白吧？你好，我叫陈坤，是珊莉的合伙人，她已经把你的事情都跟我说了，把项目都移交给我了，接下来的事我来跟你谈。”

顾小白转过头，那个叫陈坤的中年男人看着他，伸出手，笑容温和，甚至还带着点不知所谓的慈祥。顾小白呆呆地看着他，一时间都忘了伸手寒暄，那个男人说完就转身往办公室走去，顾小白只有鬼使神差地跟在后面。

“你很年轻啊。”坐下后，中年男人端详了他半天，突然没头没脑地说。

“啊？”

“年轻有才，很好。”

看表情又是一句不知对谁说的话，顾小白简直有些错乱了。

“是这样的，”中年男人仿佛也注意到了这一点，端正了一下身姿，“昨天晚上，珊莉跟我通过电话，把你的事情跟我说了一些，把整个项目都移交给我做了。”

“呃……”

“这些年我们组了这样一个公司，在各自感兴趣的领域各自运作，我主要投一些有商业价值的，”中年男人拿起一根雪茄，满屋找雪茄钳，“她呢，就发掘一些有艺术潜力、可能会带来高回报的项目。但总的来说，她赌的成分比较大——你抽雪茄吗？”

“不，不抽。”

“昨天她把你的事跟我说了，剧本我也看了，我们打算做。”男人终于找到雪茄钳，像找到亲娘般长长松了口气，把面前一张纸递过来。

“这是合约，你看一下。”

“珊莉呢？”

“她已经把你的项目移交给我了。”

“那她人呢？”

男人笑起来，“她已经把你的项目全部移交给我了，接下来的事我跟你谈就可以了。”

“那她人呢？”望着男人有点招架不住的表情，顾小白又加了一句，“我们还要不要这么车轱辘地说下去？这句话我可以问上一百遍哟……”

“她已经回国了啊……”

她已经回国了……

“她美国回来的啊，经常飞来飞去的。”男人不可思议地看着他，“昨天晚上她找到我说有事要急着回国，把你的事转给我之后，坐当晚的飞机，估计现在都到了吧。”

望着顾小白呆若木鸡的表情，男人报复似的追加了一句，“我们是合作伙伴，不太过问对方的私事，但她好像一秒也不想在这儿多待的样子，急赶着就走了。”

“那你怎么联系她？你们总会有联系吧？”

“她在美国有另一个号码，但是不好意思，我答应过她，不能告诉你。如果合同没什么问题，在上面签字吧。”

望着白纸黑字的合同，顾小白第一次……踌躇起来……

“然后你就签了？”回到家，顾小白把事情和罗书全讲了一遍，罗书全不可思议地问。

“是啊。”

“退而求其次咯？人捞不着，能捞点美金拍电影也好的。”

罗书全相当佩服顾小白两手都要抓，东方不亮西方亮的精神。

顾小白猛地站起来。

“你再说一遍我听听？！”

“嘿嘿……这……这不也是你本来的计划嘛，现在目标也顺利实现了，不是挺好吗？”罗书全讪笑着步步后退。

“我只有签这个合同，我只能拍这个东西，你懂吗？”

“完全不懂。”对方干脆地说。

“我只有拍了这个片子，我才有可能重新联络到她，我们才有可能再见面，不然我们之间就彻底断了，这件事情就完完全全到此为止了，你懂吗？”

“所以你的意思是，拍这部电影是为了她？”顾小白想了一会儿，点点头，“以前是为了小闵，现在是为了她。”

“电影真是个好东西啊……”罗书全突然悠然神往地望着天花板，一脸憧憬，“真随机应变，爱谁谁，当初我怎么没选你那行呢，那你现在还准备找莫小闵演吗？”

“找啊，为什么不找，不找她演你演？只不过现在我要改剧本了……你昨天找我到底什么事？”

“嗯，没什么事。”

“快点说！”

“哎呀没什么事，就是AMY……”

“AMY怎么了？你们又分手啦？”

“你倒想呢……”

罗书全约了AMY晚上视察婚纱照相馆，加上今天又没课，一天就在家里养精蓄锐，准备以最好的精神面貌去看那些样册里幸福的人儿们。那些往昔被照了相贴了膜固定在相册里的供人膜拜的新人们，虽然现在已经不知道生死，但昔日的光辉形象还在每一天被后继的人们追念着。想到这一层，罗书全就像筛糠一样，坐在家里呼吸冥想，妄图进入精神领域的最高境界，但抵不住AMY在MSN上和他讨论了一下午各种新娘皇冠、挂饰之类的淘宝商家信誉问题，濒临崩溃，一鼓作气再而衰三而竭，只好找顾小白刺激刺激寻求点心理安慰。这时一看时间也到了，扔下顾小白就赶赴去了和AMY约定的婚纱馆。

热情的工作人员迎上来，把他和AMY领到了一个小阁楼的转角处，罗书全怀疑下一秒他们就会拎出冲锋枪把他和AMY全部枪决。但愿望毕竟是美好的愿望，工作人员端出两大本美轮美奂的婚纱相册，一页页打开，向他们说明。

相册里果然是形状各异、今古并存的一男一女们，以一种恩爱白头不死不休的神情望着罗书全，着装上时而现代时而古装，透露着三生三世死了都要爱的神秘讯息。按照这种用意，婚纱馆应该新增一套新郎新娘穿着宇航服登月的场景，或者干脆头上插两根天线——这样起码显示出未来感……

“你觉得我们拍外景百分之三十、内景百分之七十的好，还是内景百分之三十、外景百分之七十的好？”AMY打断罗书全的思路。

回到了现实……

“还是拍外面少点儿吧，天多冷啊。”

“可我们是去郊区拍啊，”AMY纠结地看着他，“大自然多清新啊，而且这照片以后是挂家里的啊，哦，照片外是室内，照片内也是室内，看着多憋屈啊。”

“好好，那就拍外景多的。”

“可是这搭的景好漂亮哦，我们以后怎么住房子也就那个样子，但多拍点这里的，感觉这种别墅都住过了一样。”

罗书全面无表情地看着AMY，AMY也面无表情地回看着他。

罗书全抬起头，逼视着一脸殷勤的服务员，“有没有外景百分之七十，内景百分之七十，加起来百分之一百四的？”

“按您这上面写的资历，这不是总监也得是个副总裁啊，怎么您就申请了个客户主管呢？”

此时此刻，在另一家写字楼的公司里，左永邦正在接受一个比他起码小一轮的人力资源部的孩子的面试。

“那总监位置你们也得有啊。”

“有没有咱们且先不说，但我怎么看怎么觉得你这个值得怀疑啊。”小孩突然很警觉地看着他，“你不是什么公司派来的商业间谍吧？”

“什么商业间谍啊？！”左永邦终于怪叫起来。

“嗯，在我们公司做着一份不起眼的工作，同时收集各种情报，其实正职在另一个公司，拿着另一份高收入，然后把我们公司的商业情报全部出卖过去。”

越是描绘，小孩脸上就越是呈现出某种红色警戒的神情，好像自己公司下一秒就要倒闭了。自己……还有三十年的房贷呢……

“想开点儿好吗？哥们儿……”左永邦恨不得起身过去拍死他，“睡醒了没？”

“不行，我越看你越值得怀疑，这个险我不能冒。”

“我靠，谁让你冒险啦！”

这时走进来一个总监模样的男人，刚要对着那小孩说什么话，突然眼睛瞥见左永邦，忍不住叫起来：“左……左总，你怎么在这儿？”

是左永邦在原来公司时候的下属，现在在这里做起了总监。

“鲁总，他是一间谍，被我截获了……”小孩还在那里没头没脑地邀功。

望着自己曾经的下属尴尬的神色，左永邦想死的心都有，他一步步走到自己曾经的下属面前。

“小鲁，有没有刀，有没有刀？”

“什……什么刀？”对方呆呆地看着他。

“给我把刀，什么刀都行，我不把他捅死，就把我自己捅死。”

夜晚，左永邦一个人落寞地走在街上，米琪不断地打来电话，左永邦看着手机，闭上眼，连接起的勇气都没有。此时此刻，罗书全和AMY在婚纱店里，边上一堆衣服，摄影师在给他们试拍。AMY笑得很幸福，罗书全笑得面瘫抽筋。而顾小白家里，顾小白面对着电脑，电脑屏幕上倒映出珊莉的脸，他看着显示器，深呼吸，开始改剧本。电脑屏幕上，文档噼里啪啦涌现出各种文字。

“剧本改得怎么样了？”

三个人再次见面，是快一个月以后了，三个人又重新聚在酒吧。

“差不多了，这两天在筹备，还没开始拍，我就快累死了。”顾小白说，“不过没办法，再苦也得扛着，谁让这事儿是我自己造孽搞出来的呢。下周就要拍了，剧本小闵也看过了，她很喜欢。”

“她还不知道这是你给另一个女人拍的啊！”罗书全惊叫。

“我本来也没说是给她拍的啊！我说的是给她找活儿挣钱。”

“做人真有余地。”罗书全感慨地转过头对左永邦道，“你工作找得怎么样了？”

“拜托……不要问这么尖锐的问题嘛。”左永邦愣了愣，突然长叹了口气，“唉，我索性借高利贷开一公司得了。”

“别别！千万别想不开，这不自杀嘛。而且万一你还不出怎么办？米琪离你而去，但潇潇是你女儿，潇潇没法放着你不管啊，还要帮你卖身还债，怎么这么惨啊……”

“你怎么能一下子想这么远……”左永邦愣愣地看着顾小白。

仿佛听见两人的念叨似的，左永邦身后突然响起了潇潇的声音。

“爸。”

三人齐回头，潇潇站在他们背后。

顾小白刹那间惊诧得连眨眼都忘了。

“我有话要跟你说。”潇潇理也没理顾小白，径直对罗书全说。

和潇潇走出酒吧，两人找了酒吧边的一个角落，罗书全十分尴尬，因为不远处，顾小白和潇潇的父亲左永邦正默契地趴在窗口看着。

“你要结婚了？”沉默了一会儿，潇潇抬起头。

“是啊，你从你爸这里听说了？”

“你为什么不告诉我？”潇潇直直地盯着罗书全，“为什么不亲口告诉我？”

“我……”罗书全手足无措起来，“我为什么要亲口告诉你这个啊，你又不是我妈……”

潇潇依然直直地看着他，“那你跟我保证你以后会很幸福。”

“你……你偶像剧看多了吧，什么台词啊？”

“我不管，必须说。”

“这么恶心的话我说不出来。”罗书全坦然道，“而且谁能保证以后一定幸福啊，大家都是努力在活着呗，而且……我干吗要跟你保证这个啊？”

潇潇看看前两个条件都得不到满足，深吸了口气，“行，那最后一件事。你亲我一下。”

“什么？！”罗书全大窘。

“就当是你给我的遗产。”

“我又没死！！！”

“在我心里，你就要开始死了。”

罗书全呆呆地看着潇潇，潇潇勇敢地凝视着罗书全。望着这样的眼神，罗书全突然痴了，一时间忘了自己在什么地方。第一次见到她是在课堂上，后来她勇敢地对自己表白，虽然无法接受这样的情感，可罗书全心里何尝不感动。扪心自问，对面前这个女孩真的没有一点情感吗？这是不可能的。但同样不可能的是，无论是出于人伦还是江湖道义，罗书全从一开始就彻底将它扼杀在萌芽之中。

但自己怎么能忘记，在全世界将自己遗弃的时候，是她，只有她紧紧依偎在自己身旁，陪自己度过那一段最黑暗的日子。

就这样想着的时候，脸颊仿佛被什么轻轻触碰了一下，潇潇踮起脚在他脸上吻了一下。罗书全还没反应过来，潇潇已经掉转身子，飞也似的奔走了。

望着她的背影，罗书全已经完全忘了身在何地，直到肩膀被人拍了一下。

“这是我账号，我女儿的初吻被你夺走了，往我卡里打钱。”左永邦拿着张纸条，面无表情地对他说。

“还有我的，”顾小白也递上一张，“帮我也打点儿，封口费。”

罗书全什么都没有听见，因为那个背影越来越远，越来越小。

自此以后，她将消失在他生命里。

因为如她所说——他在她心里就要开始死了。

面对至爱即将走进人生另一个“殿堂”，他在我心中究竟是存活下去，还是就此任其灭亡？——因为再无可能。这样的问题潇潇答不上来，因为她还小，无法了解一个人在心中存活还是消失已经无关于那个人在现实中的现状。他已经变成了心里的一个生命，用自己的呼吸作氧气，用自己的血液作养料，来滋养和灌溉。因为血脉相连，他已经变成自身的一部分，同样的，就像光合作用一样，他反馈给自己勇气、力量和面对今后一切挫折的无畏与无惧。

“今天是你失踪的第五天，剧本已经改完了，你在那边好不好，我很想你。”

每一天，顾小白都会拿着录音笔，对着麦克风喃喃自语。

他相信有一天她会听到。

又是一天。

“今天和美术确定好场景了。有一家餐厅，很像我们第一次吃饭时的餐馆。我到了那里，走进门，一瞬间，以为会见到你，但是没有。我不知道你现在那边怎么样，我只是想告诉你，有时候我自己都不了解自己。如果你因为这个受了伤害，真的对不起。我只是很确定，我现在真的很想你，你还好吗？”

“今天，我自己画分镜头脚本了，画得一塌糊涂，你看到一定会笑的。我没有告诉过你，你笑起来的样子，真的非常非常好看。我……”

“今天制片演员开过会了，我从来没给那么多人开过会，所以一开始我说话哆嗦了，但是我想到你可能在这个地球上的某个地方期待着这个片子，我嗓门儿又大起来。”

“你到底在哪里，这么一声不吭地走了算什么意思……我不知道我爱上你了，我真的不知道……可是我现在知道了，你到底在哪儿啊……你到底在不在？不在也回我一声啊……”按着录音笔REC键的顾小白，终于哭了起来。

门外有人敲门，顾小白愣了愣，关掉录音笔，过去开门。

莫小闵静静地站在门口。

“你怎么了？”

“没什么，来看看你。”莫小闵笑了笑，走进来，坐下。

“明天就要开机了，你怎么样，压力大不大？”

“还好，”顾小白笑笑，“脑子一片空白，跟弱智似的。”

“你以为你以前不弱智？”

顾小白苦笑。

“这个剧本，这个片子，是你为一个女人拍的吧？”

转过头，眼前的女人静静地看着自己，原来……她早知道了。

“看看就知道了，你这个人用心不用心，差别有多大，你自己都不知道。”莫小闵笑起来，“我看哭了，但想到这事儿其实跟我没关系，我就又笑了。”

“你是不是专程过来恶心我的？”

莫小闵笑起来，两人又坐了一会儿。

“小白，”莫小闵突然盯着面前的空气，“我们很久没聊天了。”

“我们本来也没怎么聊过天。”

“是啊……我们总是匆匆忙忙地去爱上一个人，等爱上了，在一起了，也不会去想这一切到底是为什么，就不断地在往前赶啊赶啊。”

“你到底在说什么啊？”

“没事，我就是来告诉你，第一，我知道这件事了。第二，我会帮你完成这件事的。”

“……”

“我有钱赚，你也达成愿望，不是很好吗？”

顾小白转过头凝视她，对方也这样看着自己。

“她漂亮吗？”真是一个笨蛋般的问题啊……

“最后一个问题，”莫小闵突然一本正经地看着他，“你跟我在一起的时候，真心喜欢过我吗？”

“百分之一百。”

“那就好了。”

像卸下了极重的包袱般，莫小闵舒然地笑起来。

第二天是罗书全和AMY结婚登记的日子，也是顾小白的新电影开机的日子——顾小白和莫小闵无法相陪，就由左永邦和米琪拿着DV一路陪同。昨天晚上，左永邦就发现米琪一直辗转反侧，问她为什么还不睡，换来的也只是一个勉强的笑容。左永邦心知肚明，面前的女人和自己兜兜转转五六年，即将面对的却是另一对朋友相恋一年就进入婚姻，将心比心，左永邦何尝不知道米琪心里是什么滋味。只是作为一个中年离异的男人，对于婚姻的恐惧已经在他血液里发酵、蒸发、弥漫、渗透在每一个毛孔里，对此，他连一个字都不敢提。

一大早，他就开着车，和米琪到了罗书全家里，罗书全已经一身西装地候在那里，AMY则把自己反锁在洗手间里哭得不能自已。十多年的颠沛流离，十多年的希望，落空，再次鼓起勇气去希望，再次落空。

这样的生活，坚持了十几年……

每一个都曾经以为可以，到最后事实又证明不可以……

AMY不知道是哪里出了错，除了再一次尝试……用一种不撞南墙不回头，撞了南墙也要磕塌它的勇气去尝试着……终于换来了这一天……

——恐怕，当灯泡亮起的时候，爱迪生也有相同的泪水吧。

"你到底会不会演戏啊？"都市内的一条大街上，顾小白对着监视器终于忍无可忍，冲上去对着莫小闵一顿吼。

"啊？"

"我让你表现出对于某种东西的失去，再也没办法挽回的心情，你像条死鱼一样瞪着镜头，不，瞪着我干吗？"

"你又没说具体是什么东西？"莫小闵理直气壮地反驳，"我对很多不同的没办法挽回的东西所表现出来的心情是不一样的。比如说初恋，失去了，没办法挽回，我虽然伤心，但是会想还有光辉灿烂的未来呢，这个时候，我就会带着又伤心又振奋的心情。"

"……"

"比如说我亲人出了什么意外，我就会往死里哭，怎么哭都觉得不够。"

"那你想想我呢，"顾小白愣了一会儿，"想想你失去我的时候你是什么感觉？"

莫小闵突然……长长地松了口气。

"你什么意思啊？你和我分手，你就长长松了口气？"

"是啊，想到以后不用整天受折磨了，我心里不知道多轻松。"

"我靠，你真的假的啊？"

"你自己问我的啊。"

"我让你说实话啊！"

"我说的就是实话啊！"

"你你你……"

"我我我！"

导演和女主演……当街互相辱骂起来……

"从今天开始，我们将共同肩负起婚姻赋予我们的责任和义务，上孝父母，下教子女，互敬互爱，遵纪守法。从今以后，无论贫穷与富有，健康与疾病，我们都将患难与共……"

民政局的宣誓台上，罗书全和AMY并肩站在一起，拿着一张纸，同声念道。十分钟前，他们办完了所有的手续，在各种表单上签字，直到两张红本递到面前，听着那个笑容满面的公务员对他们说恭喜，这一切都还恍如一场梦。

然而即便是梦，也踏踏实实地发生着，被米琪目睹着，被左永邦手里的DV记录着，被一个人坐在大学长椅上痛哭失声的潇潇想象着……

从今以后，无论贫穷与富有，健康与疾病，我们都将患难与共……

这意味着从此以后，我只为你的欢笑与泪水负责，你只为我的欢喜和哀愁挂心，我们只为彼此的未来而努力，他人与己再无干系……

这样的誓言，尽管和其他所有的誓言一样，是用来击破的……

但数百年来，仍然牢牢维系着每一个愿意为此尝试的人。

因为这代表着最大的渴望，最难以企及的梦想，最魂萦梦牵的诱惑……

因为我们每个人，都是如此孤单……

“她没走，她根本就没有走……”

走出民政局，罗书全就接到顾小白的电话，顾小白没头没脑地说道。

“什么？”

“珊莉，她从来就没走过，她一直在我附近……”

“你没事儿吧，你怎么啦？”

可能是被幸福冲击的喜悦，罗书全压根听不懂顾小白的话。

“我没事，我向你保证，我把她找出来，带她来参加你的婚礼。不管她在哪里，不管她在哪个地方躲着，我都把她找出来，我把这个城市给刨了也要把她找出来……我向你保证！”

电话那头传来了顾小白的哽咽声。

罗书全不知道，此时此刻，在剪辑房里整理素材的顾小白已经泪流满面。

本来只是单纯地整理一下今天拍摄的素材罢了。

在剪辑台上，摄影师随意的空镜头里，人群中，珊莉的身影一闪而过……

被顾小白发现，按了暂停，她凝视着自己……

尽管只有短暂的零点零一秒钟，也宣告着她从未离开，一直在远远地关注着，她自己也没有想到会爱上的人。

以前，有人告诉过我，这个世界上存在着天堂和地狱。做了好事的人会进天堂，做了坏事的人会进地狱。其实，这个世界上没有天堂和地狱之分。我们不断地在经历，不断地在寻觅，其实和结果没有关系。是你让我知道，无论天堂还是地狱，只存在我的心里，不论你在哪里，你都在我心里。为此，我会不断地鼓起勇气，只为了你在我心中那个天堂，更好地活下去……

LESSON 25 爱我的人和我爱的人

我们有多大概率遇到那个自己深爱同时也深爱自己的人？
即便遇到了，又有多大概率会在一起一直走下去？
这么多小概率事件凑在一起真令人崩溃。
但我还是想勇敢地追寻完美，不将就，不放弃。

在这个世界上，我们有多少几率遇到那个自己深爱同时也深爱自己的人？

即便遇到了，有多少几率这两个人会在一起一直走下去？

这么多小概率事件凑在一起真的令人崩溃。

然而，我们就是因为这么零点零几的几率相信人生，相信人生的奇迹。

究竟是不信的人太清醒，还是相信的人太贪心？

这一天，顾小白头发凌乱，显然一宿未睡，拿了纸杯从剪辑房出来倒水。对面罗书全喜气洋洋地朝他走过来，想打招呼，但顾小白两眼放空，就这么游魂似的从罗书全边上走过去，罗书全头上三条黑线。

顾小白走到自动饮水机前，倒水，然后，一边喝一边继续双眼放空地朝罗书全走来。还是没看到罗书全。

“喂！！！”经过时，罗书全终于忍不住大喊。

顾小白吓得魂飞魄散，纸杯飞掉，“啊啊啊！”定神，看清罗书全，“你有毛病啊！没事吓什么人啊！不能远点先打个招呼啊！”

“打你个狗屁啊！你都在我边上这么走过去两回了，你都没看到我？你是故意不认我还是脑子出问题啦？”

“我已经在剪辑房里三天没睡觉了。”顾小白打着哈欠，颓丧地说。

顾小白继续往剪辑房里走，罗书全跟在后面。

“三天没睡？那你都在干吗？”

“剪片子啊……”

“那……那些剪的人呢？他们也三天没睡？”

“没有，”顾小白无奈地看着他，“他们三班倒，就我一个人这么撑着。”

“你是打算就这么升仙还是什么？”

望着罗书全惊诧的眼神，顾小白摊摊手。

“没有啊，片子有交片日啊，而且我现在有临产综合症。”

“什么东西？”

“就是越到交片的时候，我就看哪里都不对劲，然后翻来覆去改，翻来覆去改，改到后来我自己都糊涂了。剪辑师都跟我翻脸了，摔包回去睡觉了，我只好自己学那个剪辑软件，然后系统被我弄崩溃了……”

罗书全……也没话讲了。

“你来找我什么事？”

“废话，我电话里跟你说过了啊，我就是过来跟你确认时间。”

“什么时间？确认什么东西？你电话里跟我说什么了？”

“靠！”罗书全转身就走，“不管你了。”

“哎呀，你就大人有大量，原谅我一次，我是真晕着呀。”顾小白拖住他，苦苦哀求。

“好，我再跟你说一次，”罗书全看着顾小白，一字字道，“三天后我结婚，办婚礼，你要到场，而且是做我伴郎！所以前一天你就要开始准备好了，记住了没有？要不要我把话刺你身上？”

痴呆地看着罗书全，五秒后，顾小白点点头。

望着罗书全走掉，顾小白再次两眼放空地坐在剪辑机边。

“导演，刚才那是你朋友啊？”刚进来的剪辑师转头问。

“啊？谁？谁是我朋友？”

这是罗书全和AMY登记结婚后的一个月的一天，顾小白拍完片子也有小半月了。这中间，除了在剪辑台上惊鸿一瞥外，珊莉再也没有出现过，好像那定格的一瞬间是顾小白过于思念的错觉。然而事实摆明在那里，珊莉并没有离开这个城市，即便明知这一点，顾小白也确实无从找起。

一个人要存心消失在你生活里，你是找不到她的。

但支撑顾小白坚持下去的，就是把这部片子完成。他相信，终有一天，珊莉会看到这部片子，会听到他想对她说的话。那个时候，她就会主动走到他面前，不再消失。与此同时，这一段时间消失在他们生活中的还有潇潇。

自从罗书全领证那一天起，潇潇就深居简出，除了按时上下课，其余的时间谁也不知道她在哪里。直到有一天，左永邦接到杨晶晶的电话，告诉他这一阵潇潇都在她家，让他不要担心。于是，这一天左永邦下了班，就驱车到了杨晶晶家。打开门，两个人都有些尴尬。

“不好意思啊。”终于，左永邦笑了笑。

“没事，进来吧。”

进屋后，左永邦四处看，屋子里就他们两个人，杨晶晶对着左永邦朝洗手间努了努嘴，“在那里面呢，都待了三天了。”

“她一个人把自己在厕所里关了三天？”

“那倒还不至于。”杨晶晶叹气，“吃饭出来吃，睡觉进屋睡，其他时间就把自己关在洗手间里，我要上厕所还要提前申请。”

左永邦看看杨晶晶，转头走到洗手间门口，轻声敲门，“潇潇……潇潇……我是你爸。”

“爸。”里面传来毫无感情色彩的一声回答。

“你这样把自己关在洗手间里算什么意思？出来，爸跟你谈谈。”

“不谈。”

“什么叫不谈？你再不出来我闯进去了啊。”

“我在洗澡。”

左永邦愣了愣，把耳朵贴在门上，里面悄无声息。

“别胡说八道了，快点开门，这样让人看笑话，你还是不是我女儿！”

过了一会儿，洗手间门打开，潇潇面无表情地又要往里走，被左永邦一把拉出来，拉到沙发前坐下。

潇潇一如既往地面无表情地坐着，但同样是面无表情，她已没有了当初的灵动神采，只是毫无生机地坐着，宣告着一具行尸走肉的存在。

“你现在到底是什么心情？”看了一会儿潇潇，左永邦终于叹了口气问。

“没心情。”

“什么叫没心情？你这样下去我就没法跟你谈了啊！”

“本来就没想跟你谈。”潇潇站起身又往洗手间里走。

“你给我站住！”

背后传来这样的一声吼，潇潇站直，回头，一脸的泪水。

杨晶晶叹了口气，马上找纸巾给潇潇，潇潇接过纸巾擦眼泪。

“你现在知道我为什么待在洗手间了吧，不是跟你为难，是为了拿纸巾方便。” 潇潇一边擦眼泪，一边对杨晶晶语重心长地解释，完全不看左永邦。

“潇潇，爸知道你现在什么心情。”

“你怎么知道我什么心情？你又没谈过恋爱！”

“我没谈过恋爱我能把你生下来！”面对反击，左永邦毫不示弱。

潇潇……沉默了……

“我知道你现在心里什么心情。”左永邦走到潇潇面前，“又难受，又害怕，对吧？怕以后再也找不到像罗书全那样喜欢的男人，对吧？”

“你怎么知道？”潇潇惊讶地看着自己的父亲。

“我是你爸！我是一凡人么？”

不放过任何机会进行自我表扬，潇潇就是在这样的父亲教育下茁壮成长起来的。

“可是你自己好好想想，你真的了解罗书全吗？你真的和他交往过吗？你真的做过他女朋友吗？”左永邦望着潇潇，步步紧逼地问道。

“完全没有，所以你根本算不上了解他。你爱上的只不过是一个你心里营造出来的人，这个人在你心里变得越来越完美，所以你根本没办法承受失去他，问题是……你其实从来没得到过人家你懂吗？”

“人都是这样，对从未得到过的和已经失去的东西感到无比美好，但事实真的是这样吗？那都是你自己想出来的，因为你不敢面对现实，所以就拼命地和自己心里的那个人恋爱，不断地爱上自己心里的那个人。潇潇，这不是坚强，这是软弱。”

潇潇抬起头，望着自己的父亲，他从来没有对自己说过这样的话呢……

尽管是自己的父亲，在人生中的绝大部分时间，潇潇都觉得有这样一个父亲简直是噩梦，除了现在。

或许……那才是真正的他吧？

“你是我左永邦的女儿，我希望你是坚强的女孩子，不要让爸失望。”

“我会找到那个我爱他，他也爱我的男生吗？”

“傻瓜，当然会，你是我女儿嘛。”

望着父亲自吹自擂的样子，潇潇再一次觉得……噩梦从来没有结束过……

“你现在什么心情？”咖啡店里，AMY一边搅动着咖啡，一边抬头问面前的莫小闵。

“啊？我什么心情？什么叫我什么心情？”

“我结婚了，你什么心情？”

“我当然是为你高兴啦！”

“那顾小白呢？”望着莫小闵不可思议的表情，AMY淡淡地问道。

“……”

“我和罗书全是因为你们俩才好的，现在我们倒在一起了，你们呢，怎么办？”

“那有什么，就放在心里留个念想呗，不挺好的？”

“你没想过挽回他吗？”望着莫小闵淡淡的笑容，AMY突然激动起来，“留在心里和放在身边，到底哪个好，你真的想清楚了吗？”

莫小闵不知道AMY为什么那么激动，但是她心里明白，自己喜欢的那个人在意的已经是别人了。这些天看着他为另外一个人殚精竭虑，筋疲力尽，仅仅是为了谋取一个见面的资格。莫小闵心中何尝不酸楚不无奈？只是……当初活生生放弃他……松开他的手，把他一脚踢进乏人问津的境地的人……正是她自己啊。如今，他有了重新在意的人，和当初在意自己一样在意的人。

除了祝福，那些不甘心，那些委屈，也只能自己嚼碎了吞咽下去吧。

因为即使一切重新再来一次，当时自己恐怕还是会做出相同的决定——因为当时觉得自己有资格有权力过得更好……

即便后来的现实与期望相反，但如果连期望的资格都没有……

那才真的是一件悲哀的事情。

“这是这部电影的拷贝，我刻了一张盘……”珊莉合伙人的公司里，顾小白把一张光盘放在那个男人面前，“希望你能尽快帮我交给珊莉。没有她，就没有这个片子，或者说，没有她，我根本就不会再想做这个片子。这个片子里有我对她说的话，我现在没有办法跟她说，只好靠这个，请你帮我转交给她。”

“好，我会尽快的。”

“谢谢你。”凝视着这个男人良久，顾小白转身走出了办公室。

同样的，凝视着顾小白的背影良久，这个男人拨通了珊莉的电话。

“是我，他刚才来过了……”男人说，“片子拍完了，说让我尽快交给你，说里面有他想对你说的话。”

对面的珊莉沉默着。

“你想看吗？想看的话，我就把带子交给你，如果你不想看的话，我就安排下面的事情了。”

“什么事情？”

“发行啊。”

两人又这么悄无声息地沉默了一会儿。

“我让你考虑的事情你到底考虑得怎么样了？”男人说，“你要不就回来，我们好好商量接下来的路怎么走，要不就把手续这么给办了。我们分居了这么久，事情总得有个了结，你总得下个决断。我想我们两个人……谁也不想这么不死不活地拖下去，对吧？”这个人……竟然是珊莉的丈夫。

“我也不想妨碍你以后的路，你好好想想吧。”

感情是什么时候悄悄起了变化？在我们各自忙于事业的时候，什么时候，再次遇见，就真的像工作伙伴一样，只剩下公事公办的语气和生疏的客气？这……都是在自己也没有意识到的时间里悄悄地变化着，到了现在……

一切都逆转不回去了。

“嗯……”很久之后，珊莉说。

“尽快给我个决定。”

那边挂了电话，合上手机，珊莉已经满脸是泪水。转头望去，窗外是顾小白家的大楼，她正在顾小白家楼下的咖啡馆里。

这样坐着……已经大半个月了，每天可以透过玻璃看见顾小白出出进进，惶惶然，凄凄然。然而对这个自己也不知不觉间喜欢上的男人，自己连上前招呼一声的勇气都没有。

因为，自己连这样的资格都没有。

一个小时后，顾小白又在她的视线里行尸走肉般走进了大楼。

只是想这样望着他，进退不得地望着他，因为真的进退不得。

进了楼，顾小白回到家，正好罗书全来找他，带着一脸匪夷所思的表情。

“你猜刚才谁打电话来？”看顾小白垂头丧气，罗书全自己宣布答案，“杨晶晶！”

“杨晶晶？”顾小白果然诧异得连自己的事情也忘掉了，“她打电话给你干吗？”

“不知道啊，”罗书全说，“说要找我聊一聊，电话里听起来又伤心又难过又着急。”

“哼！不要去！不过……去也无所谓。”

“你在说什么？”罗书全愣了愣，“你睡醒了没？”

“哈，她能找你聊什么啊……”碰上珊莉这样的事情，顾小白越发愤世嫉俗起来，“顶多就是跑过来跟你说，听说你结婚了，恭喜你啊，想到以前和你在一起的时候对你不怎么好，不好意思啊，对不起啊，不要往心里去啊。这种话听听么可以了，你还真别往心里去，她就是还没嫁出去，心里不平衡。”

“那……你干吗又叫我不要去？”

“废话！你忘了你在AMY和杨晶晶两个人之间折腾出来的事情了吗？她好的话呢，就是跟你官方发言，说点不痛不痒的话，她要真跟你闹起来呢，你能怎么办？”顾小白想了想，“不过你也不能怎么办，你不是快要结婚了，而是已经结婚了。哈哈，她也没办法啦。”

“……”

“去吧，听听她对你的忏悔也是很爽的事情。”

顾小白疲倦地总结完，像冬眠的熊一样慢慢缩在沙发里。罗书全想了想，转身出门，打了辆车，往杨晶晶跟他约定的地方赶去，一路上自己还在训练。

“对不起，我已经结婚了，不好意思……嗯？果然很爽啊……”

带着这样的好心情，罗书全到了约定的茶餐厅。

是杨晶晶家楼下的一个小餐厅。

店内还很吵，服务员忙碌地走来走去，罗书全自己找了个火车座坐下，杨晶晶还没有来，罗书全先自我表演了几个遗憾的表情，就看到杨晶晶推门进来，带着一脸早在顾小白预料中的伤心欲绝的表情走进来。

“嗨……好久不见。”杨晶晶坐下后，笑了笑。

“你好。”罗书全也笑了笑。

曾经为了这个人哭过，笑过，连自尊都崩溃过。事过境迁，见了面，也只有淡淡地道一声“你好”。

“你快结婚了吧？”

罗书全点点头，“是，已经领证了。”

“喔……书全，”杨晶晶默然低头坐了一会儿，抬起头，“我以前……以前和你在一起的时候，做了些对你不太公平的事，一直没有机会亲口对你说对不起。不过，现在你也找到你的另一半了，以前的事希望你不要往心里去，不要再介意。”

果然……是这样的对话啊。

“如果她对我这么说，我对她说什么啊？”

罗书全不禁想起了出门前他问顾小白的话。

“什么说什么啊，”顾小白表现得非常不屑，“官方发言呗，她对她的行为表示遗憾，那么你就反过来谢谢她。”

“谢谢她？”

“你懂不懂外交致辞啊？大家虚头巴脑地来一通啊，礼貌、客气。你就对她说，如果没有她，你还意识不到怎么去珍惜身边的人，总是要到失去之后才追悔莫及，如果上天能够再给我一次机会的话……嗯，这话怎么那么熟？”

罗书全抬头望着天花板……

“不过如果她要跟你闹起来，情绪突然激动的话，你就赶紧走，一分钟也别多留。”

“不会，”咖啡馆里，罗书全回过神来，笑了笑，“我不会往心里去，我们以后还是朋友，如果AMY允许的话。”

杨晶晶也笑了，往事似乎已然释怀，然而杨晶晶的笑容开始起了奇怪的变化。从淡淡的轻柔的笑，开始变得间歇性的抖动，神经质起来……

罗书全见状不妙，准备开溜，“不好意思，我还有点事，我先走了。”说着，他一寸寸地往沙发外挪。这时，杨晶晶突然抬起头，望着罗书全，用一种不可思议的语气说了两个字。

就是这两个字，让罗书全猛然站住，困惑惶然地看着她。

“潇潇……”

杨晶晶抬着头，双目含泪地看着他。

“潇潇？潇潇怎么了？”

潇潇上午在杨晶晶家被左永邦劝解过，到了中午似乎情绪好转起来，下午更是精神振作地表示，要出去逛一逛，给罗书全买结婚礼物。

曾经深爱过的人，即便到最后也没有拥有过，也希望有一样信物能代表和了结曾经对你的这份情感。

这样的心情，杨晶晶非常明白，加上潇潇已经连续好几天闭门不出了，杨晶晶非常高兴地放潇潇出门。到了傍晚六点，潇潇还没有回来，杨晶晶已经饿得前胸贴后背，打电话给潇潇。

“刚刚买到！只剩下最后一个了！”电话里潇潇听起来非常兴奋，“差点还和另一个想买的人打起来。”

潇潇买的是一个和她一人高的玩具抱熊。

也不想想这样的东西对于罗书全来说没有任何实际意义。

然而，这代表着我曾经陪伴过你，也希望它能继续代我陪伴你。

挂了电话，天色已晚，潇潇抱着玩具熊吃力地走出店门。

门外是一条人迹稀少的街道，潇潇抱着它吃力地走着。

突然，迎面走来三个人，这三个人越走越近，潇潇终于认出来。这三个是和她有过数次过节的人。第一次，她和杨晶晶在酒吧遇见，被这三个人调戏，杨晶晶用酒瓶砸了其中一个的脑袋。

第二次，她陪着罗书全走在酒吧街，三个人围殴罗书全，罗书全小宇宙爆发禽兽一样撕咬过他们。非但如此，仿佛好莱坞电影中最后关头从天而降的援兵，又被突然加盟进来的顾小白和左永邦痛殴过。

又遇见了这三个人……

潇潇抱着熊，尽量低着头，原本三人并没有发现潇潇，差一点就这么擦肩而过。就在这时，潇潇口袋里的手机铃又响起，大概是杨晶晶又来催促。就这样，三个人中的一个下意识地转过头，看了一眼潇潇。

潇潇低着头，一步步地走着，余光瞥见三个人似乎交流了一下眼色，突然，潇潇毫无征兆地拔足飞奔。

背负着一人高的玩具抱熊，使出浑身的力气飞奔着。

前面……还是一个人都没有啊。

“我找到她的时候，她还抱着送给你的礼物，整个人一动不动地坐在那里。”杨晶晶看着罗书全，悲伤地笑起来。

杨晶晶找到潇潇的时候，潇潇缩在一个胡同的角落里，抱着给罗书全的礼物，眼神涣散，手机在边上响着，潇潇呆滞着一动不动。

杨晶晶扑上去，不断地摸索潇潇，内衣带子也松了，头发也乱着，脸还是肿的，裙子也全是褶皱。

“你在干吗？你到底在干吗呀？”杨晶晶一边发抖一边大喊着。

潇潇突然感应到什么，紧张地紧紧抱住礼物，冲着杨晶晶凶狠地尖叫。

杨晶晶一个耳光使劲扇过去，潇潇立刻止住声，呆呆地看着杨晶晶。

杨晶晶抱住潇潇……忍不住痛哭起来。

“为什么不报警？为什么不报警啊？！”

餐厅里，花了足足有半分钟，罗书全才反应过来，浑身颤抖。

“报警？你认识他们吗？你叫得出他们的名字吗？而且，你让潇潇以后还怎么活？她一个女孩子。”杨晶晶轻声笑起来，笑得很恍惚。

罗书全突然站起身，“我上去看她去！”

“不要！”杨晶晶猛地一把拉住他，恳求地看着罗书全，“她让我不要告诉你！她让我死都不要告诉你！她说这件事情只有我和她两个人知道。你婚礼那天，她要带着给你的礼物，漂漂亮亮地出现，送给你。”

“……”

“可是我觉得你应该知道，你有权力知道。我知道你一直觉得自己活得窝窝囊囊，在顾小白和左永邦面前总有些自卑。现在你也结婚了，我只是想告诉你，曾经有一个人，那么深那么深地爱过你。”

杨晶晶看着罗书全，泪眼婆娑中看到眼泪从他的脸颊上流了下来。

罗书全也不知道自己是怎么回家的，AMY还没有回来，屋子里是黑的，罗书全也没有开灯，把自己关在里屋，想尽力镇定下来。但是心被绞得很痛，痛到咬着嘴唇也忍不住，终于他放开声，在黑暗中，号啕大哭起来。

他感觉自己的眼泪滚烫，不断地掉在地上。曾经有一个人，这么深这么深地爱过自己，为了自己不惜一切代价。然而，自己在意过她吗？

非但没有在意，因为那份不可能，罗书全对潇潇有时甚至是故意的粗暴。

可她是唯一真正爱过自己的人，是唯一让罗书全真正感受过爱一个人的力量的人。可尽管如此，他还是无能为力，因为他已连“能为力”的资格都没有了。

门外突然响起来，应该是AMY回来了，一起回来的似乎还有莫小闵，两人一边开着灯，一边在客厅里说起话来。

“也不知道去哪儿了，这么晚还不回来。”AMY抱怨道。

好像她里里外外张望了一圈。

“你干吗啊？”莫小闵忍不住说，“搞得那么鬼鬼祟祟的。”

“我跟你说个事。”

听方位，AMY似乎把莫小闵拉到了沙发上坐下。

“什么事啊，干吗这么神秘啊？”

“我今天去见过他了。”AMY小声说，“我白天和你在一块儿的时候，不是有个电话进来吗，是周志伟的。”

“啊？你还和他有联系啊？”

“没有，是他一直在联系我，也不知道他从哪里听说我要结婚了，这几天一直打电话给我，想和我见一面。我想了想，这样下去也不是办法，今天就去见他了。”

“那……那然后呢？”听莫小闵的声音，相当惊恐。

“没什么然后啊，然后我就回来了。”

“你们之间没干什么吧？千万别乱来啊！”

“没有，什么也没干，只是说了一会儿话。他先求我不要结婚，我说不可能，已经结了。后来他祝我幸福，我说谢谢，然后我就回来了。”

莫小闵长长吁了口气，“刚才，吓死我了。”

“我哭着回来的。”AMY轻声说。

“……”

“我发现我还是爱着他，这么多年来我没有爱过别人，我还是爱着他。他跟我说话的时候，我的手在桌子下面一直抖。我想对他说你他妈现在才说这种话，早干吗去了！”

“……”

“但是我说不出口，因为我知道就算他那个时候想跟我结婚，我也不可能跟他结婚。他有那么多女人，我怎么知道他对哪一个是真心的？他对每个女人都说一样的话，我怎么知道他对我说我和别人不一样，这句话是不是对每个女人都说过？就算是真的，那又怎么样呢？有些人就是适合恋爱，适合放在心里，不适合结婚的。”

“……”

“我小时候看过一本书，上面说：我们爱的是一些人，与之结婚生子的，是另一些人。我那个时候还奇怪呢，我怎么可能去嫁给一个我不爱，或者说不是我最爱的人呢？现在看看，现实生活就是这个样子，太爱的人是没有办法结婚的，你和他在一起的每分每秒，你都要心惊肉跳，都要担心他现在在干吗，是不是跟别的女人在一起，他还爱不爱我，他明天还会不会爱我，精神病都要出来的。这还怎么过日子啊？”

“对你来说，结婚就是过日子啊？”莫小闵好不容易挣扎出一句。

“对谁来说……都是过日子啊。”

“那罗书全呢，你到底爱不爱他？”

“想听实话吗？”AMY似乎笑了笑，“我不讨厌他，我不可能跟一个我讨厌的人在一起。但我和他在一起不会心惊肉跳，心里很稳，因为不管好与坏，对我来说都是那么回事儿。”

“所以……你不爱他。”

“没什么爱不爱的，结婚谈爱情太奢侈了，我要找的，就是一个爱我的人。”仿佛要为自己的话找一个有力的注脚，说完，AMY又补了一句，“顾小白对你来说不也是一样？”

语声开始沉默，然后是窸窸窣窣收拾包的声音，好像莫小闵慌忙地站起来，“我有事，我先走了。”

莫小闵站起身，然后她呆呆地看着一个方向，AMY顺着她的视线看去，一个叫罗书全的男人从黑暗中慢慢走出来，带着一脸的不可思议。

“还是……我先走吧。”

仿佛被魔法定住了一样，AMY什么话都说不出来，呆呆地看着这个男人慢慢地打开门，背影消逝在门外走廊的灯光下。

“盼不到我爱的人，我知道愿意再等，疼不了爱我的人，片刻柔情它骗不了人，我不是无情的人，却将你伤得最深，我不忍我不能，别再认真，忘了我的人。”

此时，在顾小白的阳台，顾小白正听着游鸿明的歌，一脸痴呆地看着楼下如蝼蚁般移动的人们。这些人整天忙来忙去，到底是为了一个爱自己的，还是自己爱的人？突然，顾小白的视线里出现了一个背着包的长发女人。

“珊莉！珊莉！”顾小白纵声大喊，下面的女人没有听见。

顾小白愣了愣神，转身冲出门狂奔，拼命下楼梯。

看到罗书全呆呆地站在楼道里，还不忘转头问：“哎？你干吗？”

罗书全刚要说话，顾小白已经跑远，罗书全猛然反应过来，去追顾小白。

前面的顾小白像疯子一样跑着，罗书全也疯子一样跟他跑出了大楼。没过多久，莫小闵也披头散发地奔出来，张望了一下，也跟着罗书全的背影狂追不已。不知道的人……以为这是警匪片呢。

终于，在一个茫茫人海的十字路口，罗书全一把扑倒顾小白——前面的珊莉早已消失在人流中。

“你干什么？你干什么呀？”顾小白对着罗书全手刨脚蹬。

“我有事情找你啊！”

“我不想再管你的事情啦，烦死啦！”顾小白抱着头崩溃地喊。没过多久，莫小闵从后面气喘吁吁地追过来，追到他们面前，喘得一句话都说不出，只是弯着腰喘息，顾小白完全愣住了。

“这……唱的是哪一出啊？”

每个人心里都有一首歌，曾经以为梁静茹的《可惜不是你》是对深爱的人说的话，后来才发现，那只是对一个深爱自己、自己却无法全心爱上的人的遗憾。罗书全看到莫小闵，一句话也不说地转身走掉，莫小闵竟然也不敢再追，只是陪在顾小白身边。

“怎么了？”

“珊莉，我刚才看到她了……”顾小白眼神灰暗地喃喃着，“她一直都没走，一直在我家楼下呢。”

扶顾小白起来，两个人慢慢地在这个都市的橱窗前走着。

“你真的很喜欢她啊？”莫小闵突然问。

“是啊。”顾小白点点头。

莫小闵笑了笑。

“你笑什么？”

“我只是突然觉得很好笑，你别误会，我没有嘲笑你的意思。”莫小闵望着人群，突然转过头，静静地看着顾小白。

这个人……自己从来没有忘记过。

“我只是觉得我们一辈子都在不断地喜欢上别人，其实那个人跟我们也没什么关系，在遇到那个人之前，我们也都各自有自己的世界和人生。为什么遇到那个人之后，一切都不一样了呢？你一定要想方设法地找到那个人，想和那个人在一起，哪怕没有办法在一起，心里以后也有着那个人，不会再忘记那个人，这一切到底是为什么呢？是什么让我们会这样呢？”

莫小闵一口气问完。

“我也不知道啊。”顾小白苦笑着说。

罗书全游魂似的在都市里逛着，自己也不知道要去哪里。其间，他无法抗拒地去了一次杨晶晶家，潇潇已经睡了，杨晶晶和他坐在客厅里，两个人局促得像第一次见面。

“突然觉得好奇怪，我突然想起你第一次到我家来时的样子。”杨晶晶局促地望着茶几，“我电脑坏了，你来帮我修，看到我和我以前男朋友的照片，我说我忘不了他，你说没关系，你会帮我一起走出来，然后我们试着开始……这么想起来，好像昨天才发生的一样。”

看着接不上话的罗书全，杨晶晶笑了笑，说，“你别紧张，我不是跟你叙旧，我只是想到，现在在同样的地方，另外一个房间睡着一个女孩子，她喜欢你喜欢到付出一切，但你可能从来没有留意过，就算留意过也没有真正当过一回事。在我们心里，永远是自己喜欢的那个人比较重要，但究竟重要在哪儿呢……”

可能就是因为得不到吧。

“我……我从来没有想过……我……”

事到如今，从来没有想过这个问题的罗书全也不得不想，他悄悄推开里屋的门，看到潇潇熟睡中还是死死地抱着那只熊。

走出杨晶晶家，罗书全一个人在黄浦江边，看着大大小小的船，江风吹来，黎明前江面上起了薄雾。他突然想到，自己和AMY最开始的时候，也是在一个上午，送喝醉昏睡的她回家，一路上在出租车里她迷迷糊糊地睡着，偶尔睁开眼，看看边上的罗书全，又安心地闭上眼。

恐怕就是在那时候……她有了一种安心的念头吧？

然而，对于女人，安心和爱……是两种容易混淆又截然不同的心情。

后者趋向癫狂，前者却趋向稳定。

回到家，天已经蒙蒙亮了，AMY果然没有睡，一个人呆坐在客厅里。眼神木然，也不知道这样在那里坐了多久。

罗书全走过去，和她一起呆坐着，就这么又过了不知多久。

“我没有办法再和你结婚了。”罗书全突然说。

“我知道。”毫不意外地，AMY点点头，这是预料之中的事情。

没有男人能接受自己的女人明确地表示并不爱他的事实，尤其是想到另一个女人为自己做的一切。

“天亮后我们就去办了吧！”罗书全望着面前的墙壁。

“我怕时间一拖长，我就下不了这个决心了。”

AMY沉默了一会儿，又点点头。

“对不起。”

“是我自己不好。”AMY叹了口气，突然笑起来，“是我自己运气不好。”

望着罗书全不解的眼神，AMY笑起来，“那些话就算我对莫小闵说，也不应该在家里说。就算在家里说，我也应该把所有房间全部检查一遍，包括大橱衣柜里都检查一遍再说的。谁知道你会黑灯瞎火的一个人坐在小房间里啊，这不是我运气不好是什么？”

“……”

“如果你没有听到我说的那些话，你还是会和我结婚的吧？”

AMY喃喃地说了起来。

“就算你觉得……就算你偶尔觉得我大概不是那么那么爱你，从来没有为你疯狂过，但你还是会和我结婚的吧？”

“我……不知道。”

“其实……其实真不知道是说你聪明好，还是傻好。”AMY突然不知道心疼他还是心疼自己般地笑了，“其实你知道吗？这个世界上百分之九十的人都是这么结婚的啊！遇到一个合适的人，打算和他一起过下半辈子，究竟是对这个人爱得死去活来重要呢，还是踏踏实实地和这个人过下半辈子重要呢？”

“……”

“我们有多少运气能碰到一个爱他爱得死去活来，他也爱我爱得死去活来，在这样的情况下还能结婚的人呢？这个世界上有多少人有运气能碰到这种事呢？就算碰到了又怎么样？这真的是好事吗？说不定一天日子都没法过，因为大家期望都太大了。”

“……”

“生活就是生活，和一个自己喜欢的、待在一起觉得舒服的人，结婚，生孩子，抚养他长大。以前有过什么刻骨铭心的事儿渐渐也就忘了，就算放在心里的一个小角落，也一点都不重要了，只不过偶尔想起，感慨一下而已，这个世界上绝大多数的人都是这么生活的啊……人只有这样才能往下活啊。”

“我都明白。”罗书全点点头。

“但你还是要和我离婚。”

“其实你知道吗？”罗书全也突然笑起来，“我从来也没有想过会有什么人爱我爱得死去活来，自从我大学里认识顾小白以后，我更加不这么指望了。一方面，我知道女人真的会喜欢的男人是什么样，反正不是我这个样子。但另外一面呢，我看着他一天到晚这么往死里折腾，还不够我累的呢，光看着我都吃不消，更别说过他这种日子了。”

望着她，他也说出了自己内心最深处的话……

“所以遇到你……我也一直觉得很幸运。我觉得遇到你，和你在一起，能和你结婚，已经是我很大很大的福气了。”

“……”

“但我现在才知道，他至少是在为自己活，为自己想要的东西去活。这个世界上是有一些人……有一些人是这么活的，哪怕最后得不到也无所谓。和他们相比，我们胆子太小了，我们太不勇敢了，我们才三十岁……”

罗书全深深吸了口气，“我不想这么不勇敢地一直活下去。”

天亮后，他们各自穿上外套，出门打车。路上，两个人的手一直紧紧地握在一起，好像在为这个人世，为彼此相识一场提供最后一丝暖意。因为不久之后，两人就各自天涯，再无干系。

哪怕彼此曾经如此接近。

到了当初登记的民政局门口，罗书全往里走，AMY突然止步不动了。

罗书全转头看她。

AMY一动不动地站在那里，突然神经质地挥了挥手，“你别打扰我，我在想事。”

罗书全呆呆地看着她。

“我爸妈明天过来，我要去接机。”AMY面无表情，好像对着空气在按计算机，“还有婚纱……婚纱下午还要去取。哦，对了，我上次跟你说的新娘皇冠，我们一起去做的西装，西装还要去拿呢，还有发出去的请柬……我还有几个朋友要从国外回来，我现在通知他们……”

AMY突然拿出手机。

“现在是……她们是晚上……她们睡了吗？”

AMY语无伦次地说着，拿着手机的手不断地抖。

“号码呢……号码我给存哪里了？后天的婚礼，他们明天一早睡醒就要出发了……我要在他们出发前告诉他们……要坐十几个小时的飞机呢……”

“AMY……AMY！”

AMY完全忘了罗书全在边上，拿着手机放在耳朵边上……

一声声的电话铃声，仿佛告诉她从此以后不会再有人搭理她。

“接电话呀！！！”AMY嘶喊一声，把电话摔在地上。

外壳，按键全部飞溅出来。

AMY终于放声大哭，被罗书全抱在怀里，AMY再也无法抑制。

“还有顾小白呢，还有小闵呢，还有左永邦，还有米琪，你的朋友，我的朋友，都在为后天准备啊……还有我，我已经为后天准备了十几年了啊……”

为什么……这么前所未有地痛恨自己啊……

“我不能结一次连婚纱都没穿过的婚就离了啊……”

罗书全就这样静静地抱着AMY，不远处的场所宣告着他们终于功亏一篑。

“婚礼，我们照办……”不知过了多久，罗书全下定决心般道。

因为……关系到太多人了。

这一天上午，左永邦和米琪正在商厦里给罗书全的婚礼选购礼物，顾小白正在怂恿莫小闵去撬开珊莉的“合作伙伴”的口，潇潇正在家里细心地清理着那只有些弄脏的玩具熊，杨晶晶在边上帮着手，珊莉终于看到了顾小白给她拍的电影。

他们谁也不知道，就是在这样的一个时候，婚礼的主角，罗书全和AMY，已经在民政局悄悄地领完了离婚证。而这场婚礼，仍将在明天进行。

出了民政局，两人抬起头，天空都变了颜色。

“我们是不是要把所有人都骗了？”AMY转过头，苦笑着问罗书全。

“我们只是骗他们一天，”罗书全也苦笑起来，“但我们不要再骗自己一辈子了……”

因为我们常常把被爱当成爱，只有自己内心知道……

爱一个人所曾付出过的力气……

LESSON 26 分手致辞

有些人我们盼不到，有些事我们回不去。
但每次想到你带给我的变化，我就充满感激。
我想起你，就想起现在变得更好的自己，那是你带给我的。
Anyway，谢谢你。

这一天，又是一个寻常的周末，艳阳之下，辛劳了一周的人们纷纷走出门，上街，购物，看电影，整个城市又熙攘起来。在这样一个周末，有人聚有人散，有人如流沙般围拢又散开。这一切都在无声中发生，无声中消散。

如同千百对在这一天结为连理的夫妻一样，罗书全和AMY也在这一天举行婚礼。前一天，他们刚从民政局领完离婚证。这一天，他们将宴请天下，庆祝他们百年好合。这是一个除了他们之外谁都不知道的秘密。

因为滚滚红尘中，相识一场，即便即将离散，也需一个好的欢宴来画下句点。

早上，顾小白一大早就起床，穿起悬挂在衣架上的西装。这一身衣服他很少穿，因为工作的关系，他很少打扮得很正式。记得最近一次穿它是去会晤一个工作关系上的人，然而他却爱上了人家，人家也直接人间蒸发。他曾答应他最好的朋友带她来他的婚礼，然而她只剩下惊鸿一瞥后的余烟。可是无论如何，今天是他最好兄弟的婚礼，他是伴郎，有义务把新郎从家里拎到伴娘家，把新娘绑架出来。

“什么心情？”去莫小闵家的路上，顾小白采访罗书全。

罗书全只是看看他，望着窗外，淡淡一笑。

恐怕此时，他和AMY想起的是同一副光景。

两人从民政局出来，手持着各自的离婚证，天空变幻。

“我们是不是把所有人骗了？”AMY转头微笑。

“只是骗一天而已。”罗书全也宽慰地笑起来。

到了莫小闵家，两人衣着光鲜，对着莫小闵家的铁门又踢又踹。里面，莫小闵正穿着伴娘服不断奔忙，AMY在化妆师的笔下仰着脸，享受化妆品的粉刷。

今天……是作为一个女人最为光彩照人的一天呢……

盼了多少年，挣扎了多久，就是为了这一天苦尽甘来，笑颜面对，将往日所有羞辱委屈都吹飞。所以，即使这一天光彩的外壳下空空如也，也要将外壳打造到惊艳，让所有人叹服并祝福。这么想着，AMY也微微笑了起来。

“开门啊！开门啊！”外面是顾小白拉着铁栏杆鬼哭狼嚎的声音。

“不开！”莫小闵打开一半门，隔着铁门笑。

“不开打死你。”顾小白恐吓。

“打死我也不开！”

说完，莫小闵转头问AMY：“怎么才可以开门？”

“让他给红包。”背对着门的AMY一边享受粉刷一边笑着叫。

“听见没有！给红包！”

“听见没有！快点给红包！”顾小白也转头对罗书全猛喝。

罗书全一边笑一边紧张地从口袋里掏出信封，被顾小白一把抢过，一边数一边训斥，“一二三四五六七……才两千块钱啊！你怎么那么小气啊？”顺便抽出十张塞进自己口袋，剩下十张塞回信封，隔着铁门递给莫小闵，“喏！红包！快点拿！”

“靠，你当我瞎子啊？！”莫小闵目瞪口呆。

“伴郎很辛苦的好吗？凭什么你有两千块钱拿我一分没有？一人一半！”

“要不要要不要？不要这一千我也省了！”

莫小闵冲上去连忙把红包夺过来，转过头对AMY说：“这下可以开门了吧？”

“哪有这么便宜啊？”AMY悠然微笑，“让他唱歌，唱《两只老虎》，要边唱边跳的。”

“听见没有，唱歌啊！”见风使舵这方面，顾小白向来是行家里手。

“要不你跟我一起来，”罗书全无奈地看着他，“《两只老虎》嘛。”

“你滚，我负责拍手就好了。”

罗书全看着AMY的背影，慢慢地，他举起手，开始边唱边跳。

“两只老虎……两只老虎，跑得快，跑得快……一只没有耳朵，一只没有尾巴……”笨拙的舞蹈，白痴般的动作……我们……就是两只老虎吧。

一曲跳完，罗书全累到虚脱，顾小白也看不下去了，对着铁门狂踢。

“这下好了吧？开门啊！”

“不开！”莫小闵干脆地说。

“为什么？”

“不为什么！就是不开！”

顾小白呆呆地看着莫小闵，几秒后开始撂下狠话，“好，你别后悔！”

“你在干吗？”

罗书全呆呆地看着顾小白放下包，从里面掏出无法辨认的东西。

“哼！小样儿！我早有准备……”

电梯门口，两个买菜阿婆拎着菜篮走出电梯口，刚转过弯，吓得差点心脏病发作。AMY家门口，两个男人坐在地上，西装外面套着褴褛的破衣服，一人拿着打狗棒，一人拿着讨饭碗，两个人对着里面唱《莲花落》。

“里面的大婶啊……阿姨啊……行行好啊，老天保佑你们好心人啊……”

两人恬不知耻地唱着，互相配合着敲打着对方的乐器，恍惚回到了大学时，圆了一个没有组过乐队的梦想。

终于，莫小闵和AMY的防线全部被击溃，忙不迭地过来开了门。四人折腾了这一阵子，急急忙忙地收拾好下楼，下面婚车已经等候多时，四人一前一后地坐进车。婚车启动，带着满车身的鲜花，往婚宴现场驶去。

“你在想什么？”后座上，漂亮的莫小闵问顾小白。

“啊？”顾小白回过神来。

“你放心吧。”莫小闵笑了笑，“她会来的。”

“要是不来呢？”

凝视着自己深爱的人，莫小闵弯起嘴角，没有说话，只是伸出手，握住了他的手，表示抚慰。我们爱过，没有结果，至少还可以做知己。

左永邦和米琪也一大早起床，催促的催促，梳妆的梳妆，两人走过一段坎坷路途，终于目睹朋友的婚礼，也算一种福报。一路上，左永邦开着车，哼着曲，米琪一路无语，只是望着路过的风景。风景不会变，只有自己在往没有终点的路上移动。到了酒店前的草地上，远远地就看见罗书全、AMY、顾小白和莫小闵结伴站着，笑容满面地招呼着每一位进去的客人。

“欢迎欢迎，请进请进。”

“恭喜恭喜！”左永邦拉着米琪快步抢上去，抱拳作揖。

“谢谢谢谢。”新郎新娘说。

“谢什么谢！快点拿红包来啊。”顾小白相当直接，一把拉过左永邦，在他耳边小声道，“你帮我站会儿吧。”

“啊？为什么？”

“我站得累死了。”

“你有没有搞错，”左永邦瞠目结舌，“你和莫小闵是伴郎伴娘，我帮你站什么啊？”

“我工作一直都是坐着的，”顾小白无辜地说道，“我从来没站过这么长时间啊，起码还要再站两小时呢，我头好晕……”

“你拉倒吧！”左永邦也小声说，“我告诉你，要不是今天是书全结婚，我才不会来呢。我和我老婆离婚后我就再没参加过婚礼，大街上遇见我都绕着道走，你还让我帮你当伴郎？”

“啊？你这么怕结婚啊？”

“不跟你说了！”左永邦恨恨地扔下一句，拉着米琪就往里走。米琪听见左永邦的话，一直不出声，苦笑地被拖了进去。

顾小白来不及拉，一抬眼，阿千和一个从未见过的帅哥走过来，手里高举着红信封。

“恭喜恭喜！新郎好帅！新娘好漂亮！”阿千把红包递给莫小闵，“伴娘好漂亮！”又看了一眼顾小白，“伴郎一塌糊涂！”

顾小白也顾不得反击，一把拉过阿千，一边看那个手脚没处放的帅哥，“你什么时候找的新男人啊？怎么都不跟领导汇报？”

“汇报个屁啊，”阿千小声汇报，“我大街上拉来的！”

一大早，阿千打扮得特别漂亮，正在路上拦车要去婚礼现场，突然看见边上一帅哥职业装，正好要去上班，阿千斜着眼打量了一会儿，觉得很帅，想了想，大踏步地走上去拦住人家。

“你一天工资多少钱？”

面对着不认识的美女劈头盖脸问了这样一句匪夷所思的话，帅哥再帅也反应不过来，只是呆呆地看着她。

“你一天工资多少钱？！快点说，我来不及了。”

“这个……大概五百吧。”

“好，我给你一千块钱。”阿千当机立断，“你陪我去参加个婚礼怎么样？”

好梦幻……好无厘头的场景。

“快点决定，不然我找别人去了。”

帅哥四处看看，边上全是上班路上衣冠楚楚的职员，最重要的是……

面前的美女非常漂亮，而且，她正在东张西望地找候补。

“好……好吧！”他做出了此生最后悔的一个决定。

“好！”阿千随后说，“你先借我两千块钱！”

呆呆地望着她，帅哥不由自主地掏出钱包，随后被一把夺走。

面前的美女数出两千块钱，然后交还给他一千，“这是你今天的工资。”然后帅哥目瞪口呆地看着她拿出一个空信封，把剩下的一千塞了进去，露出一副大功告成的欣慰表情。

“搞定啦！”命运开始不受自控的帅哥被阿千一把推上出租车，从此向不归路上走去。

“为什么这一幕这么熟悉啊……”听完，顾小白恍惚地看着阿千。

“可是你不觉得他真的挺帅的吗？”阿千小声问。

“是不错啊，你个色狼……”

远处，潇潇和杨晶晶走来。顾小白头皮一紧，连忙小声催促阿千，“你赶紧进去吧，这一拨可厉害了。”阿千转头一看，吓得拽着帅哥往里蹿去。

杨晶晶和潇潇走来，潇潇手上捧着送给罗书全的礼物。

“恭喜你们。”杨晶晶走到他们面前说。

“谢谢。”罗书全和AMY微笑以对。

“结婚快乐。”潇潇把那只一人高的抱熊递给罗书全。

罗书全接过熊，凝视着面前的女孩，她的眼里全是祝福。

“你有没有觉得这个场面非常地恐怖？”顾小白小声对莫小闵说，“好像噩梦里才会出现的一样……”

“啊！珊莉！”为了转移顾小白注意力，小闵随手一指，顾小白连忙转过头。

远处，一个肥胖的大妈摇摇摆摆满脸笑容地走来。

“新年伊始，万象更新，春光明媚，姹紫嫣红，在这个莺歌燕舞、花好月圆、高朋满座、欢声笑语的千金一刻……”

一个多小时以后，在婚宴的草坪上，司仪拿着麦克风开始朗诵起来，“在一年前的某一个地方，这个城市发生了一个惊天动地惊世骇俗的爱情故事。英俊潇洒、才华横溢、卓尔不群、放荡不羁的罗书全先生遇到了温文尔雅、冰雪聪明、貌美如花、落雁沉鱼的AMY小姐。他们一见钟情，一旦相约，不见不散，没完没了。经过春的播种、夏的浪漫、秋的酝酿、冬的考验，两颗心再也无法抑制相思风雨中、相逢恨太晚的苦痛，决定手牵手、心连心、鸾凤和鸣、鸳鸯戏水、并蒂莲花、天生连理……”

顾小白浑身掉着鸡皮疙瘩，再也忍不住了，就要冲上去揍他，被莫小闵一把拉住。

“现在我宣布，婚礼正式开始！”

《结婚进行曲》中，AMY在爸爸的陪伴下一步步走上红毯。前方台子上，罗书全穿着西装看着AMY朝自己一步步走过来，眼中闪现着他们第一次相遇、第一次争吵、第一次分开、第一次和好。这一切，包括当下，都似幻似真。

这样熟悉又陌生的曲子里，莫小闵转头静静地注视着顾小白，顾小白则一直张望着门口。米琪转过头静静地看着左永邦，左永邦闭着眼，表情又痛苦又恐惧。好像自己也想不起来的什么时候，也曾亲历过这一幕，和一个人携手走上红毯，约定至死方休。没想到还没死，就被前妻给休了，这段关系唯一存在过的证明就是现在越长越大的潇潇。

转头看潇潇，她已经望着罗书全伸手迎接AMY，泪如雨下。

“现在请新郎对心爱的新娘发表爱的贺词、心的宣言、人生的感悟、收获的体验……”

顾小白……简直连杀人的心都有了。

AMY静静地望着罗书全，罗书全一言不发，也这么看着她。

全场，就这么慢慢安静下来。

“AMY……”凝视着对面的人，罗书全突然轻声说起来，“在遇到你之前，我从来没有体验过喜欢一个人，同时也被这个人喜欢的感觉。我曾经爱上过别人，也有别人爱上我，但那种感觉是非常非常孤独的……我从来不知道喜欢一个人，同时也被这个人喜欢的感觉是这么充实。好像心里面，再也不会……孤单。不管发生什么事，不管碰到多么大的困难，都会有一个人和我一起面对，一起去承担，我从来没有感觉过这样的感觉。是你……是你……”罗书全闭上眼，再睁开，“谢谢你，不管到哪一天，我们在什么地方，我都会记住你，记住你给过我这样的快乐，让我知道，我曾经一点都不孤单……”

哽咽着说完，罗书全已经泣不成声，AMY一把抱住他，两个人抱头痛哭起来。所有的人……都懵了。

顾小白见状不对，抄起麦克风就上了台，开始唱自己也没有准备过的歌。

“莫名我就喜欢你，深深地爱上你，没有理由，没有原因……莫名我就喜欢你，深深地爱上你……”经过抱头痛哭的罗书全和AMY，小声叮嘱，“差不多就行了啊。”然后继续唱，“从见到你的那一天起……你知道我在等你吗……你如果真的在乎我，又怎么会让握花的手在风中颤抖……你知道我在等你吗，你如果真的在乎我，又怎么会让无尽的夜陪我度过。”

歌声中，所有人渐渐忘了困惑，只有左永邦，转眼看了一眼米琪，突然像被电流击中般，心中仿佛有朵花开了出来……

“谢谢你的歌！”仪式结束后，顾小白正陪着罗书全和AMY到处敬酒，左永邦一把把顾小白拉到角落，激动地说，“我醒啦！”

“什么你醒了？”顾小白纳闷地看着他，“什么我的哥？我什么时候变成你哥啦？”

“你刚才唱的歌啊！你知道我在等你吗……你如果真的在乎我……”

“啊？怎么了？”

“我醒了！”

“醒你个头啊！”顾小白恨死了，“我又不是唱给你听的！我是唱给珊莉听的啊！我不知道她在哪儿，又希望她能过来，只好向这茫茫宇宙发送我的信号……”

“你没明白，”左永邦辩解道，“我明白了，米琪一直陪着我，我不能再让她这么陪我下去了，我一会儿要向她求婚。”

“啊……”顾小白呆呆地看着他，“真的啊？”

“真的，可是我好害怕……”

“怕什么？”

“当然是结婚！白痴！”

顾小白面无表情地看了他一会儿，“喝酒啊……喝酒壮胆嘛。”

另一桌，阿千和路人帅哥坐在座位上，路人帅哥已经被这莫名其妙的婚礼弄得眼神放空，表情痴呆。边上，阿千不断地用余光扫视他，用意念发功，嘴里念念有词。“向我求婚……向我求婚……向我求婚……快点跪下来，掏出蒂凡尼的戒指向我求婚……”

突然，一个猥琐的老头凑上来，“小姐你好漂亮，有没有想过嫁人啊？”

“你给我滚！”阿千转头怒道，帅哥喔了一声，点点头就往门外跑去。

“哎哎！我不是说你啊！”阿千急忙站起来，一边追一边转过头对老头吼道，“臭不要脸的，回来再跟你算账！”

潇潇和杨晶晶这桌，杨晶晶在小声叮嘱潇潇，“一会儿镇定，别丢人。”

“谢谢，谢谢大家……”罗书全和AMY已经拿着酒笑着走过来，“谢谢你，晶晶。”

杨晶晶也眨着眼笑，“恭喜你。”

“谢谢你，潇潇。”罗书全看着潇潇。

“谢谢你，罗书全。”

“啊？谢我什么？”

“没事，”潇潇耸耸肩，“谢着玩儿……”

罗书全永远对面前这个孩子，有一种不知所措的心情。

“你看，这帮人也不知道在干什么。”背后，顾小白小声地对着莫小闵嬉笑，“你谢我，我谢你，谢来谢去也不知道在谢什么，好好笑啊！”

“本来就应该是这样的啊。”莫小闵看着他。

“啊？”

“我们生下来，一开始除了爸妈谁也不认识。”莫小闵笑了笑，“然后慢慢长大，认识各种各样不同的人，这些人有的会一直和你在一起，大多数人最后会和你完全没有关系。但不管是哪一种，你都会感谢他们曾经出现在你的生活里，因为这些人，你才会变得更好，更懂事情，更懂珍惜。”

莫小闵静静地看着顾小白，好像说给他听，好像说给自己听。

顾小白眼神迷离地看着她，过了好一会儿，“啊？”

“靠！不跟你说了。”

“对不起，”顾小白呆呆地望着她，“我喝得有点多，你刚才说什么？”

潇潇喝得也有点多，一个人捂着嘴跑向洗手间，清醒了一会儿，她走出来洗手，突然感觉不对劲，边上一个男人正拿着酒咕嘟咕嘟往嘴里猛灌，此人眼熟，正是其父左永邦。

潇潇狐疑地看着他，也不出声，看着父亲自己和自己使劲干杯。

“没事儿吧你？”潇潇猛然问。

“小屁孩儿，”左永邦斜眼看了一下潇潇，“别管我。”

“喔！”潇潇扭头就走。

“哎，等等，”突然被左永邦叫住，潇潇转过身，看着自己父亲醉醺醺地走过来，上上下下地端详自己，“我为什么看你那么眼熟呢？”

面无表情地看了他一会儿，潇潇突然转身拧开水龙头，捧了一把水，毫不留情地泼到左永邦脸上。左永邦被泼了一脸，恍然有点醒了，呆呆地看着潇潇。

“我这样是不是看起来很帅？”

“你在搞什么啊你？”潇潇猛叫。

“潇潇，你知道吗？”左永邦把她拉过，在一旁坐下，“你就要有新妈妈了……你爸妈……也就是我和你妈在你很小的时候就分开了，这么多年来，爸也没好好照顾过你……”

“给钱就行。”

“听我说完，再给钱……爸也没好好照顾过你，不是爸不想照顾你，是不知道怎么做一个好爸爸，我连怎么做一个人家的好老公都不知道，所以你妈就离开我了，这么多年来我和她也没什么联系，其实我心里一直很难过，你知道吗？但是她不可能回来了，有些东西失去了，就再也回不去了，人最重要的是往前看。”

左永邦又往嘴里猛灌了一口，被潇潇一把夺下。

“我知道，你别再喝了！”

“我很害怕再失去，所以我不敢，我不敢再对谁保证什么，可是这样是不行的，我想明白了，你马上就要有新妈妈了。”左永邦看着潇潇，脸上浮起梦幻般的微笑，“一开始……我不喜欢你的新妈妈……因为她不用雕牌超能皂……你放心，我会让她买很多很多雕牌超能皂给你的……”

自己的父亲，已经连现实和广告都分不清了。

“还是给你钱就行了？”

“给我钱就行了。”

“那好吧……给你钱，”左永邦醉醺醺地掏出钱包，递给潇潇，不想被潇潇一把按住脑袋，按在她肩膀上。这样柔弱的一个肩膀，自己女儿的肩膀，左永邦就是在这样一个肩膀上，失声痛哭起来……

空空的座位边上，米琪一个人一杯接一杯地落寞地喝着，耳边突然响起阿千的声音，“我老公呢？你有没有看见我老公？”

阿千坐在米琪边上，也已经喝得七荤八素，觍着脸问她。

“你老公？你什么老公？”

“我的新老公啊！”阿千猛然一拍桌子，钩上米琪说起悄悄话，“喔，新老公不是说我以前有旧老公，以前啥都没有，这个还是我刚刚从街上拽来的呢，但是已经被我列为老公计划NO.1啦！”

米琪一脸囧相地回望着，一句话都接不上来。

“你知不知道，”阿千推心置腹地看着她，“这女人啊，一过二十五，就想结婚想得发疯，不管她是干什么的，长得好长得丑，现在是不是单身，都想结婚想得发疯，你今年几岁啦？”

“二十七。”

“哇噻！”

不远处，传来AMY的父亲拍着罗书全的肩膀使劲赞扬的声音，“小罗，你刚才那番话说得好啊！有想法啊！当年我怎么就没认识你呢！结果遭受了她妈三十年的虐待，我早认识你，这话一说，她有什么邪火，一想起我这么跟她说过，就气全消啦！你是不是作家啊？”

“不是不是，我有一个作家朋友……”罗书全使劲辩解。

“那我就放心了！我跟你说啊，这女人就是要哄，你哄她哄不好，你自己就要遭殃了，就跟孙悟空降妖一样，你降不住妖，这妖就把你吃了……”

罗书全不断地点头称是，AMY捂着嘴忍不住哭，罗书全一把搂过她，亲吻着她的额头，“别哭，乖，别哭……”

阿千愣愣地看了一会儿这副人间光景，又转过头来对米琪唠叨。

“你说这也怪了啊，这男人女人就是不一样，这男人怎么就无所谓呢，不管二十五二十六二十七八九，三十还一枝花，想干啥干啥，这女人怎么就这么没出息呢！满脑子想的都是结婚结婚结婚……”

自己的心事……就像靶子般被阿千无意间乱刀捅着……

“男人全他妈不是东西！！！”

阿千一拍桌子，正想再砸个杯子壮壮声势，突然转过头，呆呆地看着远处。

左永邦一脸大义凛然，在潇潇的搀扶下神情悲壮地大踏步走来。

不是要被杀了吧？阿千紧张地想。

走到一半，左永邦突然转身，紧紧拽住潇潇的手，“送君千里，终有一别！”面对父亲的精神病，潇潇也毫不含糊，“劝君更尽一杯酒，西出阳关无故人！”

“不！潇潇，你永远是我的女儿！”

“不！左永邦，我以后还是不是你的女儿看你的情况！”

“呃……我一定会定期往你卡里打钱的！”

“要记得告诉我取款密码！”

两人这样毫无逻辑地对了一会儿话，然后开始深情凝视起来。

“保重！”左永邦说。

“保重！”潇潇也说。

左永邦松开潇潇，转头朝米琪双目炯炯地大踏步走来。阿千紧张得就要跳起来逃跑，但逃之前也不能不讲义气，她拿胳膊肘顶了顶米琪。米琪原先还在发愣，一抬头，看见左永邦就这样朝自己走来，好像要对自己说什么话似的郑重地走来，米琪也不由得紧张起来……

左永邦走到米琪面前，刚要开口，猛然被什么绊倒，一阵乒乒乓乓之后……左永邦摔在地上，醉得人事不省。

正所谓天下没有不散的宴席，酒宴也逐渐接近尾声。婚礼现场门口，罗书全和AMY并肩寒暄着送走一拨拨客人，并肩点头致谢。客人们一边拍着罗书全的肩膀一边往外走，对他们来说，这是见证了一对新人，但终究与己无关。而与他们的生活息息相关的左永邦，则在米琪和阿千的搀扶下昏头昏脑地出了门，杨晶晶和潇潇也不知何时走了，顾小白落寞地看着桌上的残羹冷炙。

珊莉，终究是没有来。

“差不多结束了。”莫小闵走过来说。

顾小白点点头。

“我……要走了。”

“喔，好，再见。”

莫小闵微笑着望着他，点点头，“谢谢你。”

说完，莫小闵转身往门外走去，后面的顾小白变得越来越模糊。从此之后，这个人恐怕和自己不会再有关系了吧。不管他和另外一个女人有没有进展，都不再和自己有关系了。其实，自己一直以来都是在自我欺骗，或者是心里一种莫名其妙的支撑罢了。

“等一等！”身后传来顾小白的声音，他走上来，“我和你一起走。”

“纵然是一起走又怎么样呢，走到死，也不过是无限接近的平行。”这个时候，米琪坐在出租车的后座上这样想着，边上的左永邦迷迷糊糊地闭着眼睛，只是拽着自己的袖子。

“我不是不想跟你结婚，我心里害怕你知道吗？我吓得要死，我想到结婚，想到有一天你要离开我，我就吓得半死。我不是不想跟你结婚，但是我也不想跟你结婚，你知道我在说什么吗？我很爱你，但是我想到我很爱你，我就吓得差点尿裤子，所以你不要再吓我了……”左永邦迷迷糊糊地想。

“我……不想再吓你了……我们之间，终于结束了吧。”米琪心中叹息着。

酒店的婚房里，罗书全也是这样怔怔地望着AMY。演了足足半天的戏，仿佛透支完后半辈子所有的福分，两人已经脱下“戏装”，打回原形，怔怔地望着彼此。

“你一会儿去哪儿？”过了一会儿，AMY静静地问。

“不知道，”罗书全摇摇头，“可能去找顾小白吧。”

“你打算告诉他其实我们已经离婚了吗？”

“你会告诉小闵吗？”

“想到再说吧。”

话已经全部说光，说了一整天的谎话，连说真话也感觉有些费力起来，“我走了啊。”过了一会儿，罗书全看着AMY说。

AMY点点头，罗书全也没有动，搜肠刮肚的好像还有什么东西没有交代完。

“喔，对了，”AMY突然说道，“那些彩礼钱，等我算完，我们一人一半，坐地分赃啊。”

“你留着吧。”罗书全笑起来，“你做生意的嘛，我要这些钱也没用。”

“好让我心里更加有罪恶感是吗？”

两人互相笑了起来，这……是最后的结局了吧！

“罗书全！”看着罗书全渐渐要隐没在门口的身影，AMY突然喊道。

望着那张转过来只做了几天丈夫的脸，AMY说：“你刚才在婚礼上对我说的那些话，是真的吗？”

面前的人笑了，“当然是真的，我骗你干吗？”

足够了吧，泪流满面中，AMY目送着罗书全一步步最终走出自己的生命。

人生之事，不过是不断地看着有人走进自己生命，又望着他们走出，就这么忙碌不已。珊莉最终赶到婚宴现场的时候，眼前已是一片狼藉，不断有服务生收拾着杯盏。突然，一个熟悉的人影朝她走来，越走越清晰。

珊莉明白，这个人，将从此走进自己的生命了。

“你没走啊？”珊莉静静望着那个人道。

“先是走了，”顾小白笑笑，“后来想到有东西忘了拿，就回来了。”

“什么东西啊？”

“你啊。”

“我不是东西。”

“对，你不是东西。”

怎么也辩不过他，不过……算了吧。

“路上堵车啊？”他又问。

对方摇摇头。

“心里堵啊？”

“嗯。”

“现在还堵吗？”

“不堵了。”

“喔……”顾小白若有所思地点点头，旁若无人地往门外走去。

珊莉呆呆地望着他，突然，顾小白猛地转身，一把把她紧紧抱在怀里。

好窒息……

“对不起，”听到自己困难地说，“我迟到了。”

“你迟到好多年了。”那个人好像哽咽起来，“不过到了就好……”

只有自己明白，做了这个决定，要花多大的力气。为了要和一个人在一起，我们要放弃多少东西。我也是，你也是吧?

开出去一半的出租车上，顾小白对莫小闵说：“对不起，我要去找她。”

“她要不来呢？”

“不来了我就等，等不来我就去找她，不管怎么样，我要去找她。”

从来没有见过面前的男人这样地认真，莫小闵看着他，突然手被他握住，低下头，听见顾小白的声音，“谢谢你。”

听到他让司机停车的声音，听到他推门出去的声音，听到车子重新启动的声音，听到这个都市再次响起的声音，就是听不到自己眼泪落下来的声音。

所谓聚散离合，再为平常不过，第二天一早，左永邦头疼欲裂地醒来，在床头看到了一封信。

“永邦，等你醒来的时候，我已经不在你身边了，不过你放心，我不是去自杀。我已经申请到了英国留学的奖学金，下个星期就开学了。我一直没有跟你说，因为我一直抱着一点点希望，希望你能把我留下来。但是昨天我明白了，对不起，这怪我自己，一个女人从爱上一个人开始，就计划着将来，想着将来。原谅我只是一个很俗的傻女人，逃脱不掉这些很俗的想法，既然逃不掉这些想法，我只好逃开你。对不起，永邦，是我不辞而别，我会永远记住你带给我的成长，这些东西对我来说，是多么宝贵的礼物，我从一个字都不怎么认得全的傻女人，变成一个想去国外多学多看多经历的女人，我为自己感到高兴，也希望你能为我高兴，好好照顾自己，少抽点烟，谢谢你。再见。”

左永邦跳起来，用最快的速度穿上外套，抄起车钥匙冲出门。

一路上好堵，左永邦恨不得自己插上翅膀。好不容易赶到机场，仓皇四顾，空旷的机场里满是准备出境的人，突然，左永邦瞥见一个熟悉的身影。

米琪正在往检票口走，左永邦大叫着米琪的名字，不断地拨开人群，朝米琪奔去，一路喊着，而米琪……始终不为所动。

远远地，他看着工作人员把票给米琪，米琪走进检票口。

左永邦冲到检票口，要冲进去，被工作人员生生拦住。

“米琪，米琪……”左永邦冲着米琪的背影嘶喊着。

即使是在左永邦最为失态的时候，他也没有这样声嘶力竭地喊过任何人的名字。然而，米琪听不见，她的耳朵塞着耳机，是王菲的一首歌。

“爱的路上谁在纵火，却没人为它哭泣，雨滴来得太早也要感谢上帝，一声晚安说得太早，没有回忆怎么寻找，寻找记住你的东西……”

《有时爱情徒有虚名》。

米琪就是在这样的歌声中，一步步走进机场深处，一步步走出左永邦呕出灵魂般的呼喊声中。此后，在他的人生中，左永邦再也没有见过她……

就像米琪也见不到，飞机腾空而起的那一刹那，自己脸颊流下的一滴泪水。

两年以后，同样的地方，米琪站在机场出口，一身英伦气质的打扮，戴着墨镜，拉着行李箱。一辆出租车过来停下，司机帮米琪把行李箱放在后备箱，米琪坐进去，司机开动出租车。

“小姐，哪里来的啊？”司机搭讪道。

米琪微微一笑，“英国。”

“喔哟……好地方呀，舒服的，你是在那里工作还是探亲啊？”

“念书。”

“念完回来啦？”

“没有，放假，回来看看。”

米琪的语声里既礼貌又疏远，司机也不再自找没趣了，专心地开着车。

翻下空车牌，后车座上的广告电视亮了起来。

是一个时尚颁奖典礼的红地毯，签名台前，闪光灯乱闪，莫小闵一身华贵的晚礼服，签完字对着镜头盈盈笑着，主持人拿着话筒走上去。

“小闵，你这次入围最佳女主角的角逐，有什么感想？”

“谢谢大家对我的支持，”莫小闵看来已经是一个明星了，“感谢我的导演，顾小白……”

后面，顾小白牵着珊莉的手走在红地毯上。顾小白一身黑色西装，牵着珊莉的手仪态大方地往前走，突然有人在边上扔纸团，顾小白头被扔中。转头看，人群里，阿千在扔他。顾小白瞪着阿千，蹲下捡起纸团，扔回阿千，阿千再捡起扔回顾小白，两个人隔着栏杆互相乱扔，完全不走红地毯了，阿千脱下鞋子扔顾小白，顾小白脱下珊莉的鞋子扔阿千。珊莉在边上，又好气又好笑地看着顾小白和阿千大战着……

米琪微笑地看着，这些人都活得很好啊……

出租车在马路上行驶着，在一所小洋房边，出租车停下，米琪下了车拿后备箱的东西。另一边，洋房大门，罗书全和潇潇走出来，正好看到出租车，高兴地钻进去。米琪起身把后备箱关上，车开走。

罗书全坐在车里，回头狐疑地望着，潇潇拉他。

“你干吗？”

“没有，那个女人好眼熟啊。”

潇潇兴高采烈地数着钱。

“你到你爸公司问你爸讨钱，”罗书全说，“你去讨就是了，干吗把我拉上啊，这算什么？”

“因为你在，我爸不好意思给我太少啊。”潇潇抽出一张十块的，“喏，分你一点就好了，一会儿陪我去买衣服。”

“我是你老师啊！”

“老板娘和你比较熟啊！”

“人家有男朋友了好吗，别乱说。”

“有男朋友了你们也熟啊，你还好意思说，把你结婚我送你的东西还我！”

“不要，我放在房间里蛮好看的。”

出租车就在这两人的拌嘴声中渐行渐远。

小洋房外的铁栅栏前，米琪一个人怔怔站着，脑中回想着阿千给她的Email里的话。

“罗书全和潇潇还是那样，至于左永邦和杨晶晶一起开了个公司，不过你别乱想，他们完全是朋友关系。左永邦一直没有忘记你，我们一直一起吃饭，他有时候会发愣，我们问他怎么了，他说这个地方和你一起来过……”

米琪站在洋房铁栅栏前，静静地看着洋房。

房里面，左永邦一个人发着愣，杨晶晶走过来。

“你干吗？怎么又发愣？”

“我刚才给了我女儿好多钱……”左永邦心疼地说。

“她也上大学了，”杨晶晶笑起来，“女孩子要富养的，你给点钱怎么了，她又不乱花。刚才那个房地产公司又来电话了，让我们快点去开会，这个单子做下来我们又有钱了。”

两人边说边往洋房外走。

“上次开会，他们公司一个小朋友好像对你有意思啊。”左永邦突然想起，“开会的时候乱看你，你觉得怎么样？”

“哟，这都被你发现啦！”

“废话，我连你们约会了都知道……”

“你你你……这你怎么都知道啊？”

“因为你的电话是我给他的啊，”左永邦胸有成竹地说道，“那天开完会，我把他叫到边上，问他要不要你电话，他说要，我就给他了。所以，这个案子我们肯定拿得下来，你放心吧，他好歹也是一总监级的。”

“你是不是老干这一手啊？”

左永邦点点头，“我干这手可熟练了，但你也不要虚伪，你喜欢人家吗？”

“喜欢。”

“那就不要废话了。”

走到大门处，栅栏外已经空无一人，左永邦走出门，突然转过头，静静地看着铁栅栏，一动不动。

“你怎么了？”杨晶晶问。

一串手链，静静地挂在铁栅栏上。

那是左永邦和米琪第一次约会的时候，他送给她的。

“这是我送给你的第一份礼物。”在第一次约会的餐厅里，左永邦就是拿着这根手链笑着对米琪说，“以后还有很多会送给你……”

“不过，如果有一天你不喜欢我了，你就把这根链子还给我，其他的都留着好了。”

“为什么？”那个时候，米琪和他还不熟，她睁大双眼问。

望着这个自己想泡的女人，左永邦坏笑起来，“这样……我以后想起你的时候，全是你最美好的样子。”米琪意乱情迷，羞涩地笑起来。

这个画面，仿佛就是在昨天。

“怎么了？”杨晶晶再一次问。

“没什么。”左永邦终于笑了笑，深呼吸，“只是……很眼熟……”

我们活在这个世界上，每一年，每一天，每一个小时，都在成长。我们不知道下一秒会发生什么，也不知道把上一秒放到哪里。有些东西我们盼不到，有些事情我们回不去。但每次想到，你带给我的变化，我就充满感激。我想起你，就想起现在变得更好的自己，这样的自己，是你带给我的。你还好吗？我很想问问你。有时候，我会没有勇气，我会想起过去，想到如果有一天，从某一刻，我们重新来过，一切会怎么样呢？

对不起，我在软弱的时候，会这样想着……

想着，然后鼓起勇气，告诉自己，如果一切重来，我会更加珍惜……

远行的出租车里，米琪放声痛哭。

然而自己还是好希望……一切能够重新再来一次。

人生的每一秒，都决定着下一步，一旦跨出，就再也没办法逆转回去。

然而，在这个地方，这个故事里，如果时光倒退回去，一切从结局开始……

可以吗？

LESSON 27 最后的最后

我只是想让你知道——
其实在男人的世界里，爱情也是我们的全部。

有些事情我们真的回不去，变成了遗憾留在了心里。曾经有多少次，我想过，如果一切重新来一次，我不会放开你，也希望你永远不要放开我。是的，如果我们能回到过去，是不是一切都会不一样……

或许，每个人心里都会有过这样的念头吧。

纵然目前生活安好，一切重新恢复了秩序，想起曾经的那片混乱，都只有暗暗心惊。我们是怎样错过了一个刹那、一个节点，然后把自己推到现在的地方，举目望去，周围都是陌生的光景……

虽然很好，但真的不是自己曾经想象过、梦想过、幻想中的境地。

那一个节点到底在哪里？或许每个人都想回去，看一眼，问一声，如果当时有那么一点点的偏差，或许我们依然在一起。

“你还好吗？”真的很想问问你，“你还记得吗？”

如果那个时候，我不是那么鲁莽，你不是那么倔强，或许一切都会不一样。

现如今，可能也只有或许。

回到潇潇给罗书全买结婚礼物的那一天，她在大街上晃荡，经过边上一扇扇橱窗，被一个个礼品吸引，驻足，观光……

杨晶晶在家饿得地老天荒，“喂……还没回来啊，我都快饿死了。”杨晶晶终于忍不住打电话给她。

“快了快了，我已经找到买给他的东西了，一会儿的！就回来了！”

潇潇砰地挂了电话，抱起一只一人高的玩具熊，一边翻皮夹，一张张百元大钞地数着，把钱给老板。

“小姑娘，送男朋友啊？”

“是啊，从来没谈过恋爱的男朋友。”潇潇笑起来。

“哎哟，那还真有点亏，恋爱都没谈过，就送这么贵的啊……”

“反正也是最后一次啦！”

潇潇提着礼物，晃晃荡荡走出店门，夕阳西下。

阳光照在一张国外大学的申请表格上，米琪在书桌上面填写着。背后，门打开，左永邦走进来，米琪连忙把表格藏起来。

“你在干吗呢你？”左永邦一边换衣服一边转过头，“偷偷摸摸的。”

“偷偷摸摸给人写情书呢。”米琪索性说。

“哟，那我得学习学习，来给我看看！”

左永邦笑着去抢，米琪笑着躲，抢来抢去，两人不禁开始拥抱，亲热起来。

“你说罗书全结婚，咱们送点什么啊？”

“送钱啊，送钱最实惠了。”

“钱是肯定要送的，”左永邦又正经起来，“但这么好的哥们儿，我们在一块儿并肩奋战了这么多日子，总还得送点东西吧？不然说不过去……”

“那送什么？要不你把我送了得了。”

“送你？你能干吗？”

“把我送给罗书全填二房啊，反正你也用不着，我到人家罗书全家，给人擦擦地，抹抹灰，发挥点余光余热什么的，比在这儿赖着强……”

“那也得别人要才行。”

“别人要，你给吗？”

望着米琪凝视的眼神，左永邦突然打了个哈哈。

“如果能把彩礼钱也给省了，我就给，赚点钱容易么……”

左永邦并没有发现，米琪笑着的眼神渐渐暗淡下去……

珊莉老公的写字楼楼道里，顾小白正在打电话，电话里传来“你拨打的用户无法接通”。挂了电话，顾小白杀气腾腾地在楼道里走着，两边的职员纷纷让开。冲进门去，前台小姐起身拦，顾小白推开总裁室，里面中年男人错愕地站起来看他，挥手让前台小姐出去。

“你来干吗？”男人看着他。

“我找不到她。”

“喔……找不到她，找不到她上我这儿找来了。”男人平静地点点头，仿佛很能体会他的心情，突然又暴起，把边上一卷拷贝扫开，“你他妈胆子真大！你把我当谁了你！”

“当你是她老公。”望着顾小白平静的脸，男人反而愣住了。

“你知道？”

“我当然知道，不知道怎么会来找你。”

两人对视了一会儿，突然有一种奇怪的心情荡漾开来。男人叫秘书倒了咖啡，两人从办公室走出来，移到阳台上，坐下来。

城市中心，很少有这么安静的地方，什么都听不见，除了鸟叫声。

远处，仿佛有隆隆的车流声，像从另一个宇宙传来。

“我和她三十岁不到时认识，结婚快十年了。”男人突然平静地说起来，“十年，你知道是什么概念吗？我们在一块儿经历了多少事情，那会儿你在干吗？还在念书吧？”

“高中二年级。”顾小白点点头。

男人也点点头，好像对这个事情不置可否，“感情这种事，谁都会倦的，她也是，我也是。我们开头可以共同奋斗，奋斗完了大家发现突然没什么动力在一起了。所以我放她一段时间，做自己想做的事情。然后这段时间，你长大了，你杀进来……”男人转过头，静静地看着他，“你真他妈阴险啊。”

“哟，这还真怨不着我。”

“怨不着你？如果没有你，没过多久，她就会再回到我这里，因为她会发现其实她什么都不缺，我们其实什么都不缺，就是有点中年危机而已，你以为女人没有中年危机吗？就是你，让她觉得自己又回到了少女的时候。”

“你是在夸我吗？”

“Sorry，并不是，因为这是幻觉，她毕竟已经四十了，你以为你能给她什么！”

“我怎么那么烦你们这些人啊？动不动就你能给她什么，给她什么……”顾小白烦躁地挥挥手，“是，我是不能给她买大别墅，买高级跑车，但你觉得她要的是这个吗？如果她要的是这个，她逃什么呢？”

“就像你说的，她已经四十了，一个四十岁的女人，你以为她要的是什么？她要的是存在感，是自己还在，还在被一个人发自内心地在乎，从而觉得生命真好，活着真好。你以为她快四十了，就没资格为自己活了吗？凭什么？谁规定的？”

男人沉默下来。

“如果你不是那么自私，或者说你如果对自己还有点自信，那你把她电话给我，如果她愿意和我在一起，那就是我赢；如果她愿意回到你这里，那就是我输……”

顾小白安静地看着他，眼中居然没有一丝挑衅。

“公平吗？”真的没有一丝挑衅，甚至还有一些恳求。

一转眼，眼神又变了。“你不要以为和她结了婚……”顾小白看着他，“就可以一辈子绑架她。”

黄昏的街道上，潇潇捧着礼物，一个人屁颠屁颠地走着，身边手机响起来，但是又腾不出手来接。这时，对面三个之前有过过节、被顾小白三人痛殴过的小混混迎面走来。潇潇认出来，低下头去快步走。

手机不断在响，三人越走越近，潇潇低着头越走越快。

终于，有人好奇地转头打量。

被认出来了啊……那人转身的瞬间，潇潇开始奔跑起来，抱着一只与她一样大的玩具熊奔跑……真的很累。

但是确定无疑的，自己在被身后混乱的脚步声追赶着，好像要被驱赶到不知什么方向的未来。眼前，突然出现了狭窄的弄堂，她不知怎么跑进一个石库门的社区里，边上无数的楼房。

有人在晾衣服，有人在倒垃圾，有人浑然无事地站着。

耳边擦过的风声，还是没能掩盖掉后面穷追不舍的叫喊声。

这是因果吧？即使这么小的年龄，潇潇也在亡命般的奔逃中想了起来……

每一次遇到那三个人，都是和罗书全有关，和自己这样莫名其妙、深陷泥沼地爱上的这个人有关……

难道，这真的是劫数吗？

好不容易躲进一个岔口，潇潇喘着气，看着三个人在自己面前跑过，没有发现自己。她正在暗自庆幸，跑在最后的一个人又突然不经意间转了一下头。

又被发现了！潇潇低头咒骂了一句，抱着那只熊又奔跑起来。

如果现在扔掉那只熊，可能自己会逃脱劫难吧，但劫难之所以是劫难，应该是怎么都逃不掉的才对。

就赌这一把啦！

潇潇吸了口气，转身往最近的一个门洞里扎了进去，是一个老公房，六层楼，也就是说，跑到六楼，还没有出路……只有升天了。

但只要有路，就不能停下来，周围擦身而过的房门都紧闭着。没有出口，后面的脚步声也越来越近了。自己，已经站在六楼的楼道里了。

前后左右，一共有六扇门，每一扇都紧闭着。一个不知道从哪儿冒出来的老太太，提着菜篮子，悠悠地迎面走来。

六扇门……

六扇门的高手，如果是武侠小说，老太太大概会颤颤巍巍地走过，对着迎面冲上来的三个小混混，扔出三个鸡蛋吧，每一个都有剧毒。

眨眼之间，三个人全部死在地上，身上没有一点伤口。

只是，老太太颤颤巍巍地走了下去，丝毫没有影响越来越近的脚步声。

仿佛被什么东西惊醒般，潇潇猛然转过身子，对着身后的一扇门拼命地敲起来。后面的声音越来越近了……

“请你……救我……”

门打开后，一个高大清秀的男生站在她面前，困惑地看着她，皱了皱眉，看到她求助的眼神，又听见下面传上来的声音。他好像什么都明白了，虽然她什么都没有说。

他的手伸出来，一把把她拽进门去。

砰的一声，门关上了。

推开咖啡馆的门，顾小白走进去，人很多，有些嘈杂，顾小白挑了一个位置坐下。奇怪，明明就在自己家楼下，又这么受人欢迎，顾小白却很少光顾这个地方，大概就是因为太近了吧。但今天，自己实在太疲倦了。

拿起手里的纸条，上面是一个电话号码，刚才那个男人——珊莉的老公抄给他的。

“你真的给我？”顾小白怀疑地看着他，又拿着纸条使劲看，“不会是假的吧？”

“你以为是支票啊？还假的……”

男人恨恨地瞪着顾小白，转而，又自顾自地点了点头。

“你说得对，如果她没有爱过别人，怎么知道更爱我？如果她没有经过B，怎么知道A更好？”

望着男人自信的笑容，顾小白简直怒火中烧。

“你说我是什么？”自己也太敏感了。望着纸条上的那一串数字，另一边是自己的手机，顾小白反而有些胆怯起来。

这是最后的机会了。

如果拨过去，还没有人接，大概就是终点了。

然而，不管怎么样，自己距离终点——不管是什么样的终点——只有一步之遥了，没有道理不跨出这一步。

更何况，临走的时候，那个人和自己握手……握得自己好痛！

顾小白一个键一个键地在手机上按着，好像拆着炸弹，一旦输错一个号码，自己就会眨眼间灰飞烟灭。好不容易全部输完，他又核对了一遍，拨出去，把手机放到耳边。

“嘟……嘟……”声音响起。

与此同时，身后……有一个手机铃声响了起来，顾小白呆呆地转过头。

身后，一个女人背对着他坐着，面前放着一杯咖啡，咖啡边上是一部手机，铃声就是从这个手机里传出来的，屏幕上还闪烁着一个名字：顾小白。

女人静静地看着手机，手也开始颤抖起来，想要伸手过去接，却最终在最靠近的地方止住了，迟疑着，犹豫着，彷徨着……直到边上有一个男人对她说话。抬起头，顾小白拿着手机，不可思议地看着她。

“接电话啊……”珊莉看着顾小白，他用一种从未听过的语气对自己说。

咖啡馆的窗外，罗书全经过咖啡馆，走进大楼，推开家门，灯是暗的——AMY还没有回来。

天色是黄昏的金黄色。

罗书全一个人坐在沙发上，突然呆了起来。

眼前突然闪现出无数个潇潇和自己在一起的画面：潇潇第一次对他示爱，潇潇对他又酷又深情的样子，潇潇在他失意时不离不弃，潇潇最后在罗书全脸颊深情地轻吻，慢慢消失在视线中奔跑的背影。

身影渐渐消失，焦点重新清晰起来。眼前的墙上，挂着自己和AMY的婚纱照。长长叹了口气，罗书全心中全是落寞，起身打开门，想要去找顾小白分享一下此刻的心情。

开门进去，进了电梯。与此同时，另一扇电梯门打开，莫小闵和AMY说着话走了出来，和罗书全擦肩而过。

罗书全到了顾小白家门口，也不知道对他说什么，但总有话想对他说，哪怕是静静地待一会儿也好，待一会儿，自己这种失落就会平复，因为这是正常的心情。

任何一个男人，在初次结婚的时候都会有这样的心情，只是或长或短的区别。不管曾经怀有或者将来会有怎样感情的女人，结婚后都和自己不再有关系。与其说这是失落，倒不如说是悲壮。

让罗书全意外的是，敲了半天门，顾小白都没有开。

罗书全刚想放弃，门突然开了，顾小白一脸鬼鬼祟祟地闪出身子来。

“干吗？”

“我想找你聊聊……”

“有什么好聊的，我现在没空。”

“你在干什么？嗯？你房间里有人啊？”

“来，过来。”顾小白朝他勾勾食指。

他不明所以地凑上去。

被顾小白按住一顿狂揍，尘土飞扬后，顾小白拍拍手，若无其事地关上门。临了，他还亲切地问了他一句：“还管闲事吗，亲？”

“……”

凄惨地唱着顺子的《回家》，“回家……马上回家……我需要你……”罗书全蹒跚地在楼道里走着，走到门口，正好遇到AMY送莫小闵出来。

“明天见啊……新郎官……”莫小闵笑着朝他摇摇手，转身走了。

看着莫小闵走掉，罗书全转头看AMY。

“怎么了，你？弄得灰头土脸的！”

“不知道啊，”罗书全纳闷地看着她，“莫名其妙被顾小白打了一顿。”

AMY突然笑起来，笑容中充满疼爱。然后，他的手被她牵住了。

罗书全低下头，看着那只手。眼前的这个人，要和他过一辈子呢。

他被这只手牵着往屋子里走去。其实，走到哪里，都可以。

“我看着他，我就想问，你早干吗来着，现在才对我说这些话？”

AMY一边走着，一边回想起刚才和莫小闵在屋子里的对话，嘴角也微微笑起来，“可是我觉得我还是爱着他，只是没有办法和他在一起。”

“那你对罗书全呢？”莫小闵问她。

“喜欢吧，”AMY点点头，“感觉心里踏实，和他在一起不累。”

莫小闵没有说话。

“我以前看过一本书，说……”AMY苦笑起来，“我们爱的是一些人，与之结婚生子的是另一些人，原来真的是这样……”

“不是这样的。”莫小闵突然说。

不是这样的吗？

“我们只是在失去了什么人之后，才觉得自己爱着他，”莫小闵看着她说，“和他在一起的时候从来没有觉得多可贵，直到失去了才发现在心里抹不掉，于是变成了心里最爱的一个人。其实，罗书全对你来说也是这样，只不过你不能再这么恶性循环下去了。”看着AMY的眼睛，莫小闵一个字一个字慢慢地说：“珍惜身边的人，不要再后悔了。因为后悔，实在是太难受了……”

对于莫小闵来说，顾小白也是这样的人。

“我明白了。”面前的AMY终于长长地吸了口气，吐了出来，“谢谢你。”

“怎么了？刚才是谁？”

揍完罗书全，顾小白关上门，拍拍手走进屋子，珊莉正在他房间，摆弄着他桌上的小玩意儿，转头问他。

“是我一个好朋友，他明天结婚，我答应过他，要带你去他的婚礼的。”

“那为什么不让他进来？”看着顾小白，珊莉又浮现出温暖的笑容来。

顾小白不敢相信，自己，真的找到她了。

“现在，我只想和你单独待在一起。”顾小白摇摇头，拉着她的手坐在沙发上看着她，“你知道我找你找得多辛苦吗？”

“我知道。”

“你知道？你知道还这样对我？你是在玩我吗？”

“玩你？”珊莉静静地看着顾小白，“玩你我还天天躲在你家楼下的咖啡馆，看着你出出进进，不敢去找你，也不想离开，就想远远看你一眼？”

“我是在玩我自己，而且我知道我玩不起。”

被顾小白一把抱住，珊莉依然在他怀里喃喃不已。

“我比你大这么多……虽然，我很动心。”

第二天一早，顾小白带了珊莉去罗书全的婚礼，他和莫小闵是伴郎伴娘，和罗书全、AMY四人并肩站着迎宾，珊莉则一个人坐在后面的座位上，等待着宾客的聚齐。

“你干吗？”顾小白对一直打着哈欠的罗书全说，“昨天没睡好啊？”

“别提了，晚上九点就睡了，到凌晨还没睡着，AMY要我讲故事哄她睡觉——我哪会讲故事啊……于是，我就讲了几个鬼故事给她听。”

“哄睡着了吗？”

“你半夜有没有听到人惨叫？”罗书全点点头，“我被她打的。不过话说回来，昨天在你屋子里的就是那个珊莉吧？可是你为什么要打我啊？”

“因为你很啰唆啊。”

顾小白撇撇嘴，这时AMY和莫小闵也回过头，打量着珊莉。

“啧啧……”AMY小声对莫小闵感慨，“气质真的不一般啊！她那个包真的假的啊？要真的得七八万呢！”

莫小闵笑了笑。

“你跟我说实话，你现在什么心情？”

“什么什么心情？”

“顾小白啊！他真的把那个珊莉找回来了，你什么心情？”

“没什么心情啊，他开心就行了。”

正说着，前方左永邦和米琪两人走来，走到四个人面前。

“恭喜恭喜。”左永邦说。

“别客气了，拿钱来就好了。”顾小白抢先道。

左永邦笑着把红包递给顾小白，凑在罗书全耳边小声说：“我刚认识你那会儿，我女儿还对你……现在我算是放心了——潇潇呢，她一会儿来不来？”

“来啊，应该和杨晶晶一块儿来吧。”

听到杨晶晶的名字，左永邦心里抖了抖，急忙拉上米琪先走进去了。

随后，阿千一个人晃晃悠悠地走过来，对着四人打了个招呼就往里走。

“哎！这位同志！”顾小白说，“请你站住。”

“嗯？是说我吗？”阿千回过头，带着一脸纯真相。

“废话，不说你说谁，别装不认识，红包还没给就想混进去啦？”

“喔，不是，我是想先进去打探两眼，如果有帅哥，我再出来补张票，不然我就走了……”

“你怎么混得那么无耻啊？”

“你以为我想啊！”阿千瞪着眼看他，“我穷啊……要不这样……”说着站到一边，从包里掏出一张纸，跟火车站接人似的，上面五个大字：“卖身求红包”。

她正要举起，顾小白终于崩溃了，一把拉过她，从口袋里掏出一堆钱，也没数就塞给她。阿千接过又转手一把塞给罗书全，紧握着罗书全的双手，“恭喜你们，新郎官……”然后晃进去，嘴里还念叨着，“我也觉得我好无耻啊……”

前方，杨晶晶、潇潇和一个的陌生的男生一起走过来。

“嗯？这位是？”罗书全上上下下打量着他。

“他叫冠英……”潇潇红着脸介绍。

前一天，潇潇靠着他躲过了一劫，半小时过去，潇潇正要出门，这个叫冠英的人拦住了她。

“等等，我送你回去吧。”

他送潇潇回学校，一路上潇潇跟他讲了很多事。

到了学校门口，男生刚要转身回家。“明天……”潇潇低着头不说话，突然抬起头，“陪我去参加一个朋友的婚礼吧？”

“新年伊始，万象更新，春光明媚，姹紫嫣红。在这个莺歌燕舞、花好月圆、高朋满座、欢声笑语的千金一刻……”

在主持人的致辞声中，随着《结婚进行曲》，AMY挽着罗书全的手一步步走上红地毯。身后，莫小闵挽着顾小白的手一步步走来。一路走到现在，虽然没能走出怪圈，但能与他并肩走上一程，即便是借花献佛，也已经心满意足。望着顾小白一路走一路看着珊莉的深情眼神，莫小闵暗暗地想着。

“现在请新郎给大家讲几句话。”主持人把话筒递给罗书全。

“大家好，在这样一个人生中重要的场合，”罗书全沉吟了半天，干脆道，“我也不知道说什么好，大家吃好，喝好！”说完，咧开嘴乐了起来。

既然罗书全宣布开吃，大家也当仁不让地吃起来，酒店的宴席厅里响起了此起彼伏的聊天声、哄闹声、干杯声，顾小白和莫小闵随着罗书全、AMY一路到处敬酒。

“什么叫吃好、喝好？这么重要的场合，一辈子就这么一次，你就不能跟我说点儿感人的话吗？”AMY对罗书全小声抱怨着。

“你又不是不知道我，”罗书全辩解道，“这种话我说不来的嘛，要不我给他们讲几个鬼故事？”

“你想被群殴吗？你不会事先问问顾小白？”

“昨天被他打得还不够吗？”

身后，顾小白也在对莫小闵小声叮嘱着。

“我觉得你可以快点找新的男朋友了。”

“什么？”莫小闵看着他，努力鼓起笑容。

“男朋友啊，”顾小白认真地说，“你看，罗书全和AMY结婚了，左永邦和米琪也在一起了，我又有珊莉了，就你一个人还单着，真不让人省心啊。”真是一句让人伤心的话，大概不管男女，有了新人都会对旧人说话毫不留情吧。

“管得着么你！”莫小闵只好笑着反驳。

另一边，珊莉的手机响起来了，打开一看，上面有一条短信：“祝你幸福。”静静地看着，珊莉突然眼眶一酸，抬起头笑着继续看向顾小白。

远处，顾小白和罗书全正在敬酒，左永邦从后面抄上来。

“你们俩能不能给我一分钟的时间？我有事找你们商量。”

也不管顾小白和罗书全是不是答应，左永邦一把把两人拉到角落里。

“怎么了？”顾小白纳闷地问。

“不好意思，我能不能先撤了？”

“你什么意思啊？罗书全这辈子也就只能结这么一次婚，你就先撤了？什么意思啊？”顾小白对左永邦嚷起来。

罗书全显得更加不满意，“你什么意思啊？”对着顾小白嚷道，“什么叫我这辈子也只能结这么一次婚？”

“不是，你问他什么意思啊。”

“我没什么意思啊，”左永邦无辜地说，“你们四个人在满场转着呢，到处敬酒，你们是不知道我那桌有多恐怖。米琪一直坐在我边上，也不说话，我跟她说什么她也就是点头笑笑，点头Yes摇头No。”

“为什么？她是没吃好呢，还是没睡好？”

“什么没吃好没睡好，你睡醒了吗？”左永邦恨不得敲死顾小白，“你自己看看我们那桌有谁吧，我女儿——小屁孩儿，还有另一个小屁孩儿。对了，那个小屁孩儿是干什么的？你们知道吗？”

两人摇头。

“还有阿千，十三点一个，那也不用指望了，到处在搭讪帅哥。还有一个珊莉，刚离了婚，现在跟了你。”

“没没，还没正式离。”顾小白笑容满面地回应，“不过分居好几年了，也跟离了差不多了。”

“是啊，现在那桌有男朋友而且还没结过婚的适婚女子还有谁？只有米琪了！”

“喔！……所以呢？”

“所以我不用说你们也明白了吧，她现在是触景生情，浑身散发着怨恨的小宇宙，我要再在她边上这么坐下去，我就要被微波了……”

两人终于明白了……

“所以，你就打算撤了？”顾小白问。

“是啊。”

顾小白看看罗书全。

“你为什么不索性趁这个机会向她求婚呢？”罗书全奇怪地看着左永邦。

“你以为我傻啊，我又不是没结过婚，男人第一次结婚是无知者无畏，要再结一次那需要什么勇气啊，那得有我不入地狱谁入地狱的精神，知道吗？”

罗书全无语了。

“但是，你要这么拖下去拖多久呢？”顾小白叹了口气，“她是女人，可等不起。”

“我也不知道，我现在脑子乱，看你们这帮人在这儿傻高兴我脑子更乱，我还是早点撤了吧我。”

顾小白和罗书全相互看了看对方，都不知道说什么好。

左永邦打了声招呼，就准备开溜了。

一个人偷偷摸摸地往回走，走到一半，突然被一个男生拦住。

“你是潇潇的爸爸吧？”

“啊？”左永邦呆呆地看着他。

正在角落与婚礼现场的过道中，前不着村，后不着店，左永邦被潇潇带来的陌生男生半路拦截住了。

“我……我今天第一次见您，我也不知道叫您什么好。”男生看着他说。

“我叫左永邦。”

“左老师您好。”冠英深吸了口气，“是这样的，潇潇托我来跟你说个事情。”

“事情？”左永邦呆呆地看着他，“什么事情？她自己不能来跟我说？”

“我也不知道，可能她是不好意思吧。总而言之，她希望我来跟你说，她希望你今天能向那个叫米琪的，你边上的女孩儿求婚。”

听到这个才二十来岁的小男孩，提出这么强烈的要求，左永邦也忍不住爆发起来。

“靠，你们谁啊，你们管得着么？”

“我是管不着。”男生镇定地点点头，“我认识潇潇也只有一天的时间，但她跟我说了你的事情，她心里一直非常非常爱你。”

“你说什么？”左永邦猛地转过头，呆呆地看着他。

“她非常非常爱你，但是她不会表现出来，她希望你有一个稳定的归宿，哪怕不是她的亲妈，她也希望你能踏踏实实地过下去。”

“她是这么对你说的？”

“那当然不是，她的语言组织能力是很差的，昨天晚上我前后听了一个小时才听明白。”

“你们这里的人我谁也不认识，”冠英看着左永邦，认真地说，“我只认识潇潇，所以我是最没资格跟您说这些话的。”

“你知道就好。”

左永邦不禁莫名愤怒，正要往前走，突然被身后的一句话又定住了身子。

“可是，你不想知道我是怎么认识她的吗？”

潇潇坐在座位上，远远地看见冠英往回走，远远看见他朝自己打了个OK的手势。潇潇喜形于色，冲到顾小白和罗书全边上，耳语了几句，顾小白和罗书全也一脸不可思议的惊喜表情。两人商量了一下，冲上台，一人拿着一个话筒。

“诸位观众。”顾小白说。

“诸位听众。”罗书全也说。

“大家好！”两人齐声说。

“感谢大家这些年来对我们的照顾、支持与喜爱，我们男人帮的故事要告一个段落了。这些年，我们三个人经历了无数的事情、无数的考验，我们依然在一起，团结，友爱，并且相信很多美好的东西，我叫顾小白。”

“我叫罗书全。”

“我们还有一个好朋友，”顾小白说，“是从第一章我们就认识他的，在这二十七章里，他一直是以一个不负责任的中年老男人的形象出现，只有我们知道，他貌似老谋深算的外表下，心里还是一个小孩子。其实，我们每个男人都是这样，不管我们是以什么样的面貌出现在大家面前，在我们的内心深处，我们始终是一个羞怯的小男孩。我们有时会为了一辆玩具车打架，只不过随着年纪越来越大，玩具车的样子也越来越多。”

“我们有时候会在一起八卦女人，”罗书全也笑着说，“有时候我们会一起面对讨厌的东西。更多的时候，当我们面对一样太好太好的东西的时候，我们反而会不知所措，我们不敢相信，这么好的东西竟然是上天赐给我们的……”

“有时候，因为这份不敢相信，我们反而会做出一些很怪很冷漠的事情来，这些事情会让对方心寒，会让对方失望。可是她永远不知道，在内心深处，我们是多么在乎她。今天，现在，我们最好的朋友，左永邦，将开始面对他十多年来最害怕的东西，也是最向往的东西……”

顾小白手一招，突然，一束追光打到出口。所有的人把目光全部移过去，米琪也惊讶地转过头。人群的视线中，左永邦一步步走过来。

“潇潇对我说，她非常非常爱你。她还想让我告诉你，在爱情里，女人永远比男人更勇敢。可是你是她的爸爸，她一直以你为荣，希望以后永远都是这样，她希望你不要让爱你的女人失望。”

脑中回响着冠英对自己说的话，左永邦奔出了婚礼现场，又拿着戒指从钻饰店飞奔出来。前后不过十多分钟的时间，左永邦像过了十年。现在，他拿着戒指，在像要随时被狙击枪击毙的追光中，一步步向米琪走去。

米琪呆呆地看着他。

“米琪……我……我……”走到米琪面前，左永邦突然什么话都说不出来，顺手抄起边上的一杯水，一口气喝下，“我……”

众人呆呆地看着他们。

左永邦站着，咕嘟咕嘟喝水，喝完一杯又喝了一杯。然而，还是什么话都说不出来。

众目睽睽之下，米琪突然笑着站起来，看着左永邦，两人面面相觑。

然后，米琪缓缓跪了下去。

“永邦，”米琪跪在左永邦面前，抬起头，笑着看他，“我们在一起快三年了，我从一个公司的小前台认识你，到现在，我们在一起过，分开过，又重新在一起，但是我从来没有告诉过你，认识你，是我这辈子最幸运的事情……你教会了我很多很多东西，我嘴上没有说过，但我每一天都在长大，每一天都在害怕失去。我知道，两个人在一起，就意味着要勇敢地面对所有的事情，也包括这一件……左永邦，你愿意娶我为妻吗？”

望着米琪的笑容，左永邦终于哭了起来——被求婚了啊，他哽咽得说不出话，只是颤抖着把钻戒的盒子打开，颤抖着把戒指套在米琪的无名指上。

“对不起，我还没找到工作，”左永邦哭着说，“这是用你的卡刷的，我是不是有点太过分了，我想到这一点，心都碎了……”

听了这话，除了米琪，所有的人都崩溃了，只有潇潇，笑着拉住边上冠英的手。谁也没有留意，同一桌的珊莉，正怔怔地发呆着……

婚礼终于结束了，左永邦也在罗书全的婚礼上勇敢地面对了自己的心魔，所有人都有了好的归宿，这一切看起来是这么美。罗书全和AMY站在门口一拨拨送着自己的朋友，送着左永邦牵着米琪的手笑着离开，送着潇潇牵着冠英的手离开，送着杨晶晶、阿千，送着顾小白牵着珊莉的手离开。

“我们去哪儿？”走出酒店，顾小白转头问珊莉。

珊莉垂着头没有说话。

“怎么了？”

“对不起，我不能跟你在一起。”珊莉抬起头，静静地看着顾小白。

“什么？”顾小白呆呆地看着她，完全没有听懂。

“对不起，我以为我能和你在一起，我真的以为我能，”珊莉看着顾小白，眼神如此清澈，“因为我真的喜欢你，从见到你的第一眼就喜欢你。但是……但是我刚才听了你的朋友……你的朋友米琪的话。

“小白，我也曾经那么那么在乎过一个人，在老天面前发过誓，一辈子爱他，疼他，支持他，帮助他，理解他，但是不知道什么时候，我把这些忘了。我们都会渐渐地把自己的承诺忘掉，更在乎新的感觉，新的喜欢上一个人的感觉，但是……但是这种感觉是没有底的。”

顾小白呆呆地看着她，没有想到她会对自己说这样的话。

“小白，如果我们光顾着自己，只在乎自己的感觉，那我们就会永远爱上不同的人，但爱并不是这样的，爱是经营，是坚持，是恒久忍耐。我以前以为这些话只是说说而已的，其实并不是，这个世界上有太多人了，你能保证我是你最后爱的那个女人吗？”

望着珊莉的眼神，顾小白迟疑起来……

“我们都不要骗自己，不管我现在喜欢你喜欢到什么份上，我也没办法保证你是我这辈子最后一个爱上的男人。对不起，这是实话。”

这……是实话！

“这个世界上人太多了，”珊莉继续说道，“我们活在这个世界上，每一年，每一天，甚至每一个小时，都会有意外的人闯进我们的生活，打乱我们的节奏，让你心动，让你喜欢，你不觉得这是没有底的吗？”

“……”

“你知道吗？其实我现在，我今天才明白，这个世界上了不起的永远不是打江山的人，而是守江山的人。能守住自己最早爱上的，并且一直守下去，陪伴他，保护他，不离不弃，这才是最难也最应该做的啊！”

“你说得都对，可是……”

“我会回到他身边。”珊莉笑了笑，抬起头看着顾小白，“但不管怎么样，我谢谢你的出现，没有你，我不会明白这些道理。我会一直喜欢你，不会忘记你，但是对不起，我不能和你在一起。”

“我明白，我明白了。”望着珊莉，顾小白终于艰难地点头，可贵的是，在彼此眼中看见喜悦的泪水。这泪水，代表我们曾经真的在乎过对方。

伸手拦了车，珊莉微笑着看向顾小白。

“不会就此和我绝交吧？”

“怎么会呢？”顾小白一直低着的头终于抬起来，笑了，“以后我混不下去了还要再来投奔你呢。”

“哈哈，不要再开玩笑了，我会一直关注你的，希望你以后有越来越好的成绩。”

“你也是。”

两人互相看着对方，然后微笑拥抱。

“谢谢你。”抱着珊莉，顾小白轻声说。

“谢谢你。”她也轻声说。

顾小白看着珊莉松开他，视线一直停在他身上，直到钻进车里，关上车门，还在看着他。因为她知道，这次即便不是永别，这样的眼神，也不会再有。

终于，车慢慢启动了，顾小白望着车越开越远，直到再也看不见。

顾小白没有立刻回家，一个人在路上走着，路过很多风景，很多天桥，很多行人，他们笑着，走着，有时是一个人，有时是两个人，有时是一堆人。

像流沙一样浮动……再像流沙一样散开……

从生下来开始，我们每一个人便是如此孤独，就是因为如此，我们才不断地爱上别人。我们爱别人，是因为我们需要被爱。我们需要被爱，是因为我们需要被另一个人需要的感觉。这种感觉告诉我们，我们存在，我们曾经存在于这个世界上，不曾被人忽视，也不会被人遗忘。

因为遇到过你，我才知道我是谁。因为你的感情，才让我更加血肉丰满。我只想对每一个与我擦肩而过的人说一声，谢谢你。因为你的存在，才让我相信，这个变化多端的世界，有一些东西，会永远留在心里，即使我一个人，会孤单地走下去……

顾小白孤独地回到大楼，落寞地走在楼道里。楼道的灯光下，顾小白的家门前，莫小闵穿着伴娘服，微笑地站在那里，看着他。

看着他，莫小闵脸上浮起笑容，像最初见面时她的神情……

THE END

后记

终于可以写后记了，每次到了这个时候我都神清气爽，喜不自胜。一方面高兴自己终于完成一部新的作品，一方面居然能借着一个堂而皇之的渠道，丝毫不用顾忌逻辑、情节、文笔等尽情地胡说八道一番。

这确实是一件让人只是想想就爽得不得了的事情。

记得我五年前出过一本小说，五万字的内容，写了足足十七八页的后记，足见丧心病狂的程度。另一方面也见证了我有多爱写后记，有时候我甚至怀疑，自己写一本书的目的就是为了写后记。

回到这本书上，其实是想借着三个都市男人的视角，揭露一下男性心底隐蔽的想法、思维、逻辑，主题都是两性关系交往——天幸，这可能确实是女性最关心的。

女人们似乎懒得关心男人对于国际政治经济的想法，她们关心的当然是在“男女关系”中“他”对我、对“我们”周遭这一“氛围”的想法。

至于是否真的能代表所有男人，当然是不可能的。但我至少能够保证，里面每一个男人的所思所想，都是出于真诚。

真诚，代表着不伪饰。

很多恋爱中的男人很喜欢作假，说很多甜言蜜语、自己都不相信的话，但女孩却信了，信到后来一头一脸的血，觉得男人都不是好东西。

这话其实是不对的，这世上没有绝对的好东西，也没有绝对的坏东西。在我看来，至少“真”是好的，所以我所说的都是真话。这些话可能会让很多女孩子觉得世界惨淡，但其实恰恰相反，明白了这些，世界才有可能更光明。

至少你们站在了对等、相互了解的基础上。

但有时我也怀疑，这样的作为是不是有必要。女人的智慧并不见得真的不知道，或许只是愿意假装不知道，打碎美梦是不是好事，这也的确很让人头痛。

但不管怎么样，一本书写完了，很高兴。

是为后记。

唐浚

唐浚

作家，编剧

出版作品

2005年　小说《恋人》
2011年　小说《男人帮》

影视作品

2009年　自编自导短片《江湖再见》
2011年　电视剧《男人帮》

唐浚微博 http://weibo.com/tangjun1102

男人帮

策划编辑 | 宋君　特约编辑 | 于桐　责任编辑 | 朱莹 任勇文　封面设计 | 雨佳
营销策划 | 何旋　版式设计 | 顾利军　责任印制 | 匡涛
出品 | 万榕书业　出品人 | 路金波

官方网站　http://www.wanrongbook.com
官方微博　http://weibo.com/wanrongbook

图书在版编目（CIP）数据

男人帮 / 唐浚著；-- 长沙：湖南文艺出版社，
2011.10
ISBN 978-7-5404-5124-0

Ⅰ. ①男… Ⅱ. ①唐… Ⅲ. ①长篇小说－中国－当代 Ⅳ.
①I247.5

中国版本图书馆CIP数据核字（2011）第191668号

男人帮

作　　者：唐　浚
出 版 人：刘清华
责任编辑：朱　莹　任勇文
策划编辑：宋　君
特约编辑：于　桐
封面设计：雨　佳
版式设计：顾利军
出版发行：湖南文艺出版社
（长沙市雨花区东二环一段508号　邮编：410014）
网　　址：www.hnwy.net
印　　刷：北京中科印刷有限公司
经　　销：新华书店
开　　本：880mm×1230mm　1/32
字　　数：580千字
印　　张：15.25
版　　次：2011年10月第1版
印　　次：2011年11月第2次印刷
书　　号：ISBN 978-7-5404-5124-0
定　　价：39.00元
（若有质量问题，请致电质量监督电话：021-64386496）